U0141147

博客思出版社

美麗的地獄

袁亦良 著

目次

緣遇

2000 年 1 月 18 日星期二，這個日子在英國倫敦當然還屬於隆冬季節中的一天，可是這一天卻是一個難得有的陽光明媚的日子。

我居住於倫敦西區的依林百老匯，趁著這個好氣候，我坐上了 65 路巴士前去一個美麗的地方—倫敦雷區門。

雷區門是個風景秀麗的地方，它瀕臨泰晤士河的中遊，從這個區域的主要大街一直走到頂端，然後向左便可以走到雷區門的最高處。站在這裡的高坡上，你能一覽到那清澈的泰晤士河。

河水在冬天的陽光下平靜地流淌，陽光下的河面是碧波粼粼，在陽光照射之下，這波紋還蕩揚著一片閃爍的金片，有時會向河岸邊的植被揮曬；有時會刺向你的眸瞳，讓你有一種美妙的目眩之感。

泰晤士河的河水經流到雷區門這段時，忽然在高坡下有個氣勢不凡的彎道，看上去可以瑕想到河床下正有蛟龍在戲水，或保不齊還會突然濺起什麼水花，這個九曲環水的模樣也好似神話中某個物種的身段。這可真是一幅美麗的的圖案。

風徐徐吹來，依然有股陰冷的寒意，可寒風中也帶給我一種空氣中的甜美芳香，它更給我一些沁爽的輕鬆感。

當我從高坡往下衝去時，我覺得自己的身體有些飄然，彷彿已經在河中踩水踏浪。

已到了下面的河岸，從這兒向右幾百米就是石砌的雷區門橋，橋墩下剛好有一艘潔白的遊艇緩緩駛過，它正朝著我這邊方向駛來。

走上短短的一百米，只見一位英國中年男人在入神地垂釣，而他的身後站著一位金髮碧眼的少年在觀看。我邁步走近他們，在他們毫無察覺的情況下已來到了他們的身旁。

這個的環境十分舒坦，令人有種愜意之感，由此，本由久久失業下的壓力，不想在此已一掃而光。

我約在他們的身後站了幾分鐘後，那位少年發現了我，於是他首先禮貌地和我打了招呼，這一下也驚動了那位垂釣者，隨後我們三人相互問候了一下，再之後，這金髮孩子竟用跟他年齡不太吻合的口氣對垂釣者說

「先生，您的網籠裡一條魚也沒有，我看今天的魚不在這塊地方」。

中年人瞥了他一眼後便用詼諧的口氣對他說：「這兒沒魚？要不去你家的魚塘。」

這個孩子並不示弱，他表情十分認真地說：「我家的魚塘哪有泰晤士河這麼小，可人類去不了。先生，這兒真沒魚，我看在向西五十米處就有魚！」

「你肯定那兒有魚？」中年人半信半疑地問。

「我肯定！一個小時之內你釣不到五條魚，我給你六十個英鎊。」孩子不但以這種肯定的口氣說了，他還向中年人伸出了他的小手，這一下中年人猶豫了，但最後他還是向孩子伸出了他的大手。他們握了一手，這在我看來等同於他們間簽訂了一個打賭的協議。

接下來我們三人一起把所有的垂釣工具移動到了孩子所指定的沿岸。

垂釣又開始了。

中年人在魚鈎上放了蛆，一個猛拋，魚桿揚起，魚釣就落在了河流的中線之間，僅僅幾分鐘，中年人握住的魚桿柄部晃動了一下，只見他把已成弓型的魚桿提起，一條已緊咬魚餌的大魚順著水面正濺起浪花，轉眼之間，大魚已被中年人抓在了手上，他卸下大魚，把它扔進了泡在水中的網籠。

一個小時到了，中年人已鈎上了七條魚，至此，這個打賭的協議已經沒有了懸念，此時在我的心中留下了對孩子神奇預測的印象。

我該走了！

從這兒向石橋方向走，走過橋墩後，現在展現在我眼前的是這樣的景況：這兒有幾只大天鵝正和一群野鴨一起在悠閑游曳，對岸河面上有很多鴛鴦和野鴨在划水嬉戲，我駐足了良久去觀賞這些美景，等到心曠神怡時，我才移動步伐。

從這兒向東走三十米就有一條小路，右上十幾米就是雷區門大街了。

當我慢悠地走出小道時，剛好碰上了之前那個神奇的金髮孩子，我含笑向他點頭，以示禮貌性的問候。

「你好先生，請問你從哪裡來？」那孩子問我。

「我來自中國上海」我回答說。

「你會普通話？」孩子竟用流利的廣東話問我。

我有點出乎意外的驚訝，可表面上我還是鎮定的答道：「當然會。」

「太好了，請問您的名字？」他轉用英文問我，口氣中透著貴族腔。

「袁」，從我的嘴裡只吐出來一個字，就算是我對他的回答，其實在我的心態中只想早點回家，因為我認為，這註定是一次街頭邂逅，結果一定是毫無意義的。

「袁先生，認識您我很高興，我叫斯可達。」這位叫斯可達的孩子說完，並向我伸出了他的小手。

「你好，斯可達先生」我去握了這隻小手，心中有種彆扭的滋味！

被我稱為先生的斯可達孩子樂了，你笑呵呵的對我說：「袁先生，我可第一次被人稱為先生，等我們成了朋友後，您就叫我斯可達。」

「朋友？」我心裡在想，我可無意跟一個街上相遇的小孩子成為朋友，目前我已經失業很久，所面臨的壓力也不小，我哪有這樣的閒功夫和雅志去跟他成為朋友，我這麼想，於是我的口頭上就這樣對斯可達說：「你有點神奇，能猜到河中的魚在什麼區域，這有點像聖經中的耶穌基督，可我是普通人，得有普通人的生活，祝你好運吧」。

「猜到的？哈哈！袁先生，您讀過聖經？」他表情十足顯示出一個歡樂孩子的模樣。

「是的，我讀過兩次」，我平靜地回答時，已經作出了要離去的姿勢，而這時的斯可達孩子很明顯已懂我的意向，他側身挪動了一下，禮讓我，可他的口中卻說出了這樣的話：「讀過聖經，又具備中國的文化，請問袁先生，您想不想有份工作？」

一份工作，這無疑在當時是對我的一種誘惑，可我怎麼也找不到這樣一個孩子能幫我解決問題！

我側過臉衝他淡然一笑，可他卻顯得更認真的對我說：「我覺得您應該很久閒在家裡了，您需要一份工作，而我需要您！沒關係，這個交易您需要考慮，我可以等您的回覆！」

我還是對他笑著，或許一種不信任的意思已經刻在我的表情上，對此，斯可達孩子向我道了別。

這是偶遇？是邂逅？是緣遇？奈何是人生中千萬次的擦肩而過！

在雷區門的遇見後，接下來的一個星期裡我們居然「偶遇」了四次，有這麼巧合？我自然心知肚明，不過這些讓我的思緒出現一點紛亂，擔憂和疑惑交集一起。

在又一個星期中我們沒碰上，可到了這個星期結束後，有一天，當我出門僅兩分鐘時，我便見到了斯可達孩子正站在對馬路在向我微笑。

看來他一定是知道了我的住址，從雷區門到依林百老匯是有一段距離的，難道我只是泰晤士河中的魚？遊曳到什麼地方，這孩子都能知道！

這時，斯可達已經穿過馬路來到了我的面前。

「袁先生，早上好，我想請您喝杯咖啡，您能賞光嗎？」一樣的金髮碧眼，一樣的貴族口氣，這實在讓我難以拒絕。

我們走去了依林百老匯的咖啡店，他既能知道河中的魚，也知道我的住址，在我看來，他也應該已經知道我生活中的一些狀況和洞悉到我內

心的深處，料想，他這次找到我，應該就是要坦誠告訴我他的目的。

　　咖啡送上來後，這斯可達孩子便首先作了自我介紹：「袁先生，我出生在香港，自四歲起我就在家庭老師的教導下接受了中國文化，在五年前我來到了倫敦，跟姑姑一起住。現在我想聘您成為我的國語老師，我可以支付給您每小時二十英鎊的報酬，我由衷地希望您能接受我的聘請！」

　　我對此很高興，這可是一份薪水不錯的工作。

　　我知道想掩蓋自己的真實想法，在他的面前是多餘的，所以我便欣然同意接受。

　　教學就在這一天開始。

　　我們沒有教室之類的授課場所，從雷區門到依林百老匯的所有咖啡店就是我們的課堂。

　　起初的斯可達孩子顯得不愛說話，一般在每天三至四個小時的課程中，他幾乎都在觀察我教學時的表情，特別是我的口音，一個月下來，他就完全能模仿出我的口音，在書寫方面，他用的是中文繁體字。在剛教他時，我估計他的學歷程度是小學，但在兩個月他所展示的能力程度，讓我在暗中驚訝下，真實的評估了他，他的程度應該已經達到了高中。

　　憑藉我本人的文化底蘊和多方面的認知，我認為斯可達這孩子還不能僅僅用天智聽聰慧去形容他，應該正確的說：儘管在學習上他依然有種難以形容的神力，更正確的說，作為教師，我好像在過程中是受益於的一方。

　　我是個講究人品至上的人，僅僅兩個月下來，我的心中又增添了另外一種壓力，該怎麼去教他？在這麼一個博大精深的文化中，除了中國古文，或是中國歷史之外，我竟覺得已經難以去教這個十二歲的孩子！

　　致於蒙人的事我可不幹，我也幹不了，看來我該辭去這份我喜歡的工作了。

　　我回去跟家人商量一下，決定還是辭職。

　　也就在我的決定實行的那一天，斯可達孩子卻搶先一步對我說道：「尊敬的袁先生，我想對您說：在大宇宙中，為什麼所有的星球都是圓的，這因為它們都必須變化。您是我的老師，能不能請老師您給學生一個能達到真正目的的機會，我的目的是要講一個故事給您聽。」

　　有這樣一個目的？我一聽便樂了，這個孩子很神奇，但也令我充滿好奇，其實在我的潛意識早有一個強烈的願望：我非常有興趣的想，怎麼去真正的瞭解他。

　　「斯可達，你想講什麼內容的故事給我聽？」我顯示出饒有興趣的表情詢問他。

　　「袁先生，信譽是人品表現出來的根本，我想在講故事前跟您約定

一個守則，這個守則的內容是：必須說到做到，用中國話說叫做一言九鼎！不能反悔的。」

斯可達的話使我來勁了，這對其他人來說或許做不到，可我一定能夠做到！而且我正在想，我要以我的行動來證明我能做到。至此我二句不說，直接用手掌向他伸了過去，而他用手掌重重的擊在我的手掌上，這就意味著我們已經一言為定了。

「太棒了，袁先生！我開始講故事，如果您沒有興趣的話可以隨時叫停，相反，無論故事有多長，您都得聽下去。我一定要您來聽，所以我依然是懇求的一方，所以您得依然收下該得的報酬，您能做到嗎？」

我覺得我被斯可達「套」上了，哈哈，人可有一樣東西是一下子改變不了的，這就是：性格！

「斯可達，你可以開始講述你想講的故事了。」我堅定地對他說。

「好的！我的故事內容大致是從地球開始到宇宙大爆炸，這包括高級的文明星球、天堂、上帝的一些情況。在沒有講述故事之前，我首先要重申的是：在人類的所有目視下，甚至於思想能及的地方，一切的一切只要在大宇宙中，那全都不是自然，只是一切似是自然；大宇宙的一切皆為創造下的虛擬，但讓人的感覺是真實存在；這一切的虛擬中也包括人類自身的肉體和器官；但大宇宙上下的一切虛擬中只有唯一一樣東西是真實的！我講的不是宗教和科學！

我先來講講地球，特別是眼下這波人類的真正創世紀，當然會講述人類的真正起……」

這可不僅僅是跌宕起伏的一般故事，也不是什麼驚天動地的胡說八道，這讓人驚悚到內心打顫，但一點不是危言聳聽。聽了後，這超度的邏輯讓人腦中的貶義一閃而過，讓人生的意義全在精神上不斷滋生而光大！

這個故事，斯可達整整講述了十八個月，當然我產生過上千個疑問而去詢問他，在這十八個月中我一次沒有缺席和退場，在入迷的故事已經過去後的二十多年裡，其中的情節還依然在我的腦海中纏繞。

似是虛無飄渺中含著極大的玄機，還隱含著許多對當今世界文明的預測和超大智慧的發展。

當時，斯可達對作者本人也有一些預測和警示，在時光的流逝中，那些令人實在不信的事，卻成了百分之百的事實。

而就在這個超長故事講完之後的第二週，斯可達就向我提前告別了！

「袁先生」他是這樣對我說的：我要離開英國去美國了，一個史詩級的災難即將上演，這是新的一頁開啓，是文明中的混亂向高處發展，這將在 2028 年達到頂端。袁先生，您渴望財富，會有的，也很快會失去，到了 2024 年後您會重新擁有！別太重視它，您有一個相比財富要重要萬

倍的使命，我想跟您有一個約定！」

斯可達告訴了我約定的內容，我承諾會按我們間的事去竭盡全力。

「斯可達，我想問你一個問題。」我趕緊問他，因為這個問題已憋在心裡很久了。

「哈哈，我的先生，您一定想問我，你究竟是什麼人？是吧！好告訴您，我是天堂人，一個 12 歲的英國孩子，其實我年齡比地球還大二十倍，想讓我證實一下對不對？好吧，好吧，我承諾一定滿足您。」他呵呵笑著，跟普通的孩子沒有兩樣。我以驚詫的目光緊緊地盯著他，可他還是消失在我的目光之下。

當最後一次我們在機場見面時，出現的還有他的姑姑和曾任他家庭教師的香港李先生，在我們即將分別之際，我又趕緊問他：「斯可達，我們什麼時候再見面？」

「在 2030 年前，在茫茫人海中您得辨認我。或許在跟您交集中的人群裡，甚至是您所生的孩子！」

他的答覆使我詫異，似是其中另有玄機。

在他走後十五年，我在人生的艱難飄泊中，突然有人塞給了我一封信，現在我將信的內容告訴讀者們。

「光束纏繞著大宇宙，折除重建的大爆炸早已奠定了新宇宙。

七顆星轟然爆裂，它滲入了人類的靈種。火花能建立起大宇宙的一切，也有足夠的肉體皮囊。

你們能創造權力和欲望，能創造金錢和災難，你們讓自私貪婪在無限度的罪惡下滋長，你們讓靈魂著重於利益，又讓世界進入到摩擦，最後變成殺戮的大戰場！

看看曾經的斯可達星球，看看地獄世界，這一次的選擇權已經交在地球人類的手上。

上帝和天堂人說：我們無所不能，可我們卻製造不了跟我們一樣的靈魂。

創造大宇宙，讓它成為靈魂的養殖場，成為升入天堂世界的大考場！

感悟美麗地獄的經歷，讓思想達到通透明亮。

山崩地裂下的毀滅誰都不想見到！

不停下文明倒退的腳步，那文明只有中斷！

請牢牢記住：艾華和艾娃

這看上去是一首再普通不過的詩，可我知道，這是對我一種確切的信息傳達，跟斯可達所約定的時間到了，我該開始我的使命！

我先得把斯可達所講的故事，告訴全世界！

第一部　人類的起源和我們的先祖

●

第一章：先祖之一，小小提提的故事

在大宇宙的人類中，根本就沒有祖先是誰這個定義，可奇葩又唯一的事實卻出現在我們這個星球之中，他們的到來，能揭示大宇宙的變遷，能展示這個星球文明的歷史記錄。

先祖們跟外星人有關嗎？作者可以肯定地回答：有關！

他們跟上帝有關嗎？作者可以更堅定的回答：有關！

這會不會是虛擬和危言聳聽的故事？或者是宗教延伸出來的臆想？作者的回答則更明確：不是！

荒誕無稽，絕不是我要講的故事。

這個故事就從距今一萬零五百年前的某一天開始。

一

橫睡在宇宙飛行機生活艙內的小小提提動彈了一下身體，他翻了一個身，然後展開雙臂長長地伸了個懶腰，他突然騰地坐了起來，用雙手使勁地揉了一下雙眼，他的心中在半信半疑的想：我真的醒過來了嗎？

他坐在床上，一副遲鈍的樣子，但大腦中在盡力摸索一些依然清晰的記憶：我是可依分星球人類的後代，可出生在斯可達星球上，我們這一對孿生兄弟在那兒遭遇了大宇宙的毀滅，我和哥哥大大提提跟著艾華父親和可沁母親坐上了可依分星球的宇宙飛行機……我們活著，在大宇宙被毀滅的五百年過程中，我們都活著，但後來呢？

他們都是親眼目睹的目擊者，為什麼還活著？

小小提提尋找不到答案，他心裡十分清楚，越往下想，自己找不到

美麗的地獄

的答案就會越多。

他走下了床，又去打開了生活艙的門，這時，有一道陽光從總艙的門縫中照射了進來，並從那兒吹來了一陣陣陰涼的寒風。

那是一道曾被認為是永遠打不開的門，現在看來，它已經自動開啟了。

小小提提走去哥哥大大提提的住艙，可哥哥不在，接著他又走去艾華父親和可沁母親的大住艙，但是他們也不在，最後，他徑直走進這架宇宙飛行機的駕駛艙。

一進駕駛艙，這位活潑好動又調皮開朗的小小提提，他的好奇心理就油然活躍起來，他首先去撥弄那個一點都不起眼的計時器，那上面的一排長長的數字一下子驚呆了他，憑他出生於高級文明的斯可達星球，任何宇宙的時間轉換對他而言並不難，但他沒去那樣做，他只是依賴於這個小系統，繼續尋找著自己急著想知道的答案。

「137億2千7百萬年……我睡了這麼久，這是真實的嗎？」望著這個手掌大小的計時屏，小小提提錯愕得一屁股癱坐在一個金屬椅子上。

外面有一陣細微的聲音傳到了他的耳朵裡，他心想：一定是自己的親人們回來了。

小小提提從椅子上站起來，一陣風似地向外奔去。

眼前是一片小樹林，只見稍遠處有個人正向這兒移動，他捧著大堆的細枝樹葉，由於這些細枝樹葉的遮擋使小小提提見不到那人的臉，但是憑他對那人的熟悉程度來判斷，那一定就是他的孿生哥哥大大提提。

小小提提像箭一樣飛了出去，但他在距離親哥哥的十幾米處突然停了下來，他的內心酸極了，眼淚止不住像雨水一樣掉了下來，這個曾近在咫尺的同胞手足，竟然跟他分別了這麼多個海枯石爛！

小小提提站在原地抽泣起來，不久又變成了嚎啕大哭，這哭聲驚動了大大提提，他馬上把全部的細枝樹葉扔在了地上，他也滿臉是淚，這兩兄弟向對方跨上了幾步，然後緊緊地擁抱一起。

這可是137億2千多萬年後的生死重逢！

「哥，我們真的是分開了那麼久嗎？」小小提提還處於疑惑中問。

「不，我們是在一起活了這麼久！艾華父親說，我們來到了一個陌生的太陽系星球，我們非常容易認識這裡的一切」大大提提說道。

當這兩個兄弟鬆開擁抱的雙臂時，小小提提打量起哥哥的一身新著裝，這使得他禁不住破涕而笑。

「哥，你看你的著裝，這是多麼的滑稽，樹葉掛住的上身，藤絲的遮羞帶，一副課本中原始人類的模樣。」小小提提帶上嘲弄的口氣對他哥哥說。

「這總比你現在的這身著裝強，看你露出來的地方可比遮住的地方多了兩倍」憨厚的哥哥如實地對弟弟說。

這一下提醒了小小提提，這讓他意識到了目前自己的窘相，於是兩兄弟同心協力，把地上的細枝樹葉一起搬到了飛行機的總艙外。

在小小提提的記憶中，凡是斯可達星球中的人類，他們可沒有一個跟自己的著裝製作有過關係，但眼下，哥哥卻用一種在那個高級文明星球中非常神奇的古老護身武器——射針槍中的金屬針來製作他們的原始著裝。

「哥，真沒想到你還有這麼一手。」也不知道是稱讚，還是另一次諷刺，小小提提這麼對哥哥說。

「我哪有這本事，這可是可沁母親想出來的辦法，這是在飛行機上唯一可以移動和攜帶的東西，現在，艾華父母和可沁母親都有穿的，你是唯一還沒有著裝的人。」大大提提說。

「哥，在這個星球上有人類的足跡嗎？艾華父親和可沁母親去哪了？」小小提提提出了兩個問題。

「有人類的存在，他們正處在最原始的階段。我們比你早醒過來二十一天，艾華父親和可沁母親已經出去了多次，他們正為下一步遠行而作準備」大大提提回答了弟弟的提問。

「我們的下一步是要離開飛行機去遠行嗎？為什麼不使用這架可依分一號飛行機？」小小提提接著問道。

「艾華父親以他的判斷說：祖父母、艾娃姑姑和斯斯通通他們所乘的二號飛行機肯定也在這個星球，所以必須去尋找他們。我們這架飛行機除了計時器之外，一切的工作都停止了，並可能已經背叛了我們，不然的話，一號和二號上的親人團聚，應該不會超過十五分鐘。」大大提提給了弟弟這個回答。

「哥哥，在太陽系的星球是最容易分辨出時間的，倒是應該給這個陌生的星球取個合適的名字。」

「它已經有了名字，艾華父親說，一出飛行機就見到大地，跑了幾天下來也一樣，所以就叫它大地星球，簡稱為：地球。」

在大大提提為小小提提製作這套原始著裝時，兩兄弟一直處在交談之中，這看上去簡單的著裝居然花去了大半天的時間。當小小提提穿上它後，他只耐心的等待了一個夜晚，這已經是他耐性的極限，當第二天的清晨他還沒有見到另外兩位親人回來時，他決意要去外面尋找他們。

「哥，我們一起去吧，這個陌生的地方一定是很好玩的。」小小提提說。

「不！我在這兒等他們回來。弟弟，你出去別太久了，我們在這片

美麗的地獄

區域見到過一些猛獸，現在連射針槍也不工作了，帶上射針，千萬得小心。」深知兄弟性格的哥哥這麼對他說。

「猛獸？這對於我們而言，牠們威脅不了我們的生命安全，我們可是斯可達人類」小小提提一副不以為然的樣子，從他的表情來看，他的心似乎已經飛去了那片陌生的土地。

這是個山嶽連綿的山脈，向東南方向走，那兒可是一個山崗連著一個山崗。

在整整一天中，小小提提已經翻過了三個山崗，在第二天的上午，他從一個山崗上衝下來，迎面出現了一條十來米寬的河流。這僅僅十來米寬的河面，它對於一位出生在高級文明星球上的人類來說，簡直就只算一次平時練習時的體育運動，只見小小提提往後退了幾步，接著他一個助跑，整個兩米的身子頓時宛如輕盈的蜻蜓一樣，他的身子左右飄動，雙腳已踩到了水面，可他沒掉下河，相反他以驚人的速度，刷刷幾下便掠過了河面。

過了這條河只幾十米外就是一片茂密的森林，剛進入這片森林時，絢麗的陽光還能從樹林的間隙中照進來，但漸漸的走到深處時，這兒的上午幾乎跟深夜一樣黑暗。

小小提提的嗅覺中聞到了一股陰濕的空氣，也聞到了其他物種的氣息，他停下來，細聽著從森林中傳來的細微聲響。

忽然從遠處傳來了幾聲恐怖的咆嘯聲，這聲音使整個森林微微顫動了一下，接著，一陣急促的吵吵聲由遠而近向這裡傳來，這種聲音使小小提提很容易判斷到，有一群物種正在向他所處的地方快速移動。

小小提提敏捷地閃到了一棵大樹的背後，憑藉他那特殊的眼神，他見到了正在移動的七個影子，「是人類！」他心裡肯定的說。

那七個人已經在距離他的不遠之處，他們慌慌張張地爬上了樹，也就在他們上去後不久，有一個特別黑又特別大的物種已經來到了他們的樹下。

小小提提看清楚了，剛竄來的物種是一頭很大的黑虎，牠的模樣跟斯可達星球中奇想大陸的黑虎長得一樣，只是這種眼下的黑虎還長有長長的鬃毛。

長毛黑虎在幾棵樹下繞著打轉，嘴裡還淌著饞液，牠時而停下來，牠的那對綠色的眼睛在黑暗之中猶如一道寒冷的電光。

樹上開始在劇烈的晃動，可以猜想到，那七個人類正在恐懼中顫抖。

「得救他們！」小小提提心裡作出了決定，於是他作出了反應。

小小提提已經向黑虎靠近，他故意讓自己發出聲來，以把牠引向自己。果然，黑虎極速作出了反應，牠也向他奔來。

一個是食物鏈上的頂級物種，一個是人類文明第五期的人類，他們有力量和速度，僅僅不同的是，人類還具有對手不具備的智慧！

　　這是一種在閃爍中的相互衝擊！

　　長毛黑虎已展開雙爪，張開大口撲向對方，牠要吃了他。

　　小小提提虛晃了一下，一個翻滾已處在黑虎的背後，他好像只是在自己的出生星球中玩「天中球」，他要集中自己的力量和智慧去戰勝牠。

　　長毛黑虎的前撲、側撲和如甩鞭一般的尾巴攻擊都落空了。

　　小小提提的三次閃躲，在三個瞬間過後已經確定了對手致命的弱點，他單膝插地，半蹲下身子，看上去還十分的輕鬆自如。長毛黑虎喘著粗氣，牠再次向他撲上去，這時的小小提提突然滾向地面，他在仰面對著撲上來的長毛黑虎來了個雙手並舉，他準確地抓住了黑虎的雙爪，並有力地翻滾身體，這一下，他已在虎背之上，也就在這霎那間，他放開的雙手已捏緊了拳頭，他的鋼拳幾乎以閃電般的迅速和迅雷般的力量，極速擊向黑虎的頭顱。

　　長毛黑虎的腦袋已被小小提提的鋼拳所擊碎，只見牠在掙扎中抽搐了幾下，然後就癱軟了下來，沒有多久，牠已經是一動不動了。

　　小小提提從黑虎的背上站直起來，他望了一眼在幾棵樹上的人們，樹已經不再搖晃，或許，過份的恐懼已經使那七個人類凝固在上面。

　　小小提提沒去理會這一切，他轉身去了河邊，他在洗涮自己，並洗淨被黑虎抓破小傷口的鮮血。

　　當他回到打虎獲勝的地方時，只見那七個原始土著人正膽戰心驚的跪伏在地上。

　　小小提提用盡了所有所學過的語言想跟他們溝通，但從他們的反應來看，他判斷，他們還沒有自己的語言，這可是還存在於一種被認為是，存在初期的原始狀態，應該距離人猿的起源還不到三萬年。

　　這七個人都是男性，他們的上下身只有樹枝樹葉的遮檔，只是有一個，他的遮擋中有一小塊小動物的皮毛。這個小小的不同，它讓小小提提判斷出，這位也許是他們的小頭領，另外，從這些原始土著人的皮膚彈性來看，他相信他們的年齡都是十分的年輕。

　　這些原始土著人的身材都屬於中等，約在 1.70 到 1.78 之間。

　　小小提提饒有興趣地望了他們一陣，還扶起他們跪伏的身體，他衝著他們微笑，顯得非常的祥和。

　　這七個原始土著人在小小提提所表示的友好下漸漸的從恐懼和驚慌中緩了過來，他們發出了：呀呀的叫喊，隨後還是那個穿著小動物毛皮的原始土著人指了指躺在一旁的死虎。

　　小小提提是個非常聰明的人，他當然明白那個原始土著人的意思，

美麗的地獄

於是他向他點了點頭。

這次他們都領會了對方的意思，高級文明人的慷慨和原始人類的貪婪還同樣可得以如此的融合。

只過了短暫的一陣後，又來了十位原始土著人，他們在一陣陣呀呀聲的交流後，並集體向小小提提跪下並磕了頭。在這似膜拜後，他們才將死虎綑綁起來，他們試著用樹棍將死虎抬走，但死虎的重量把樹棍給壓斷了，於是他們索性把這沉重的死虎拖著，然後向著森林的另一方向走去。

小小提提目送著這批原始土著人的離去，他一直微笑著，心中有一種替人類而行天道的快樂！「呀呀呀」，這兒出現了三次喊叫，小小提提應聲轉過去，這時他才發現還有一個還沒有離開。

這三聲叫喊也使得另一幕的出現，有兩個身輕如燕的身子從另一端的大樹後飄然地走了出來。

這無疑是兩位原始土著的女性，她們的出現使小小提提被深深的吸引住了。

她們幾乎赤裸著上身，可下體全是由動物毛皮給遮擋著，這樣的裝束，它不但彰顯出她們在原始社會的特殊地位，更顯示出她們那若隱若現的好身材。

她們正向著小小提提緩慢移動，嘴裡還發出極其柔軟的「嗎」、「嗎」聲。

她們有著一雙明亮的黑眼睛，長髮飄飄幾乎已經到達了她們的臀部之間，那玲瓏有致的苗條身材還有黑玉般發光的皮膚，那彈性十足的胸脯更突出一種天然和野性下的完美搭配。

小小提提已經覺得自己全身在燃燒，一種想控制又控制不住的衝動已經上升到他的大腦之間。

如果按地球人類來說，他可是一個超級老人，但按斯可達人類的標準來講，他才步入青春期不久，他還沒有跟任何女人有肉體上的接觸……。

那兩位原始土著女性還在向他靠近，而留下的那位男性也不知了去向！

兩位原始土著姑娘幾乎已經貼上了他，他在另一種意識下卻開始後退，忽然，他感覺到自己已經沒有了退路，後退之下，他已經靠上了一塊巨石。

再想退卻，那只有逃離現場，而這時的小小提提已經沒有絲毫想離開的念頭，當他已經和第一個原始土著姑娘貼上時，他一伸大手便把那姑娘拉進懷裡，他的嘴已開始瘋狂地吻她，使她在在觸電般感覺中，快樂的讓呼吸產生了音律。

這時的另一個姑娘，已無所顧慮地抓著他的下體，並用勁去解除他

下體的障礙。

　　就從這一天的下午開始，這三人行的交歡，一直持續了兩天兩夜！

二

　　樹林中的鳥兒鳴叫聲已經聯成一片，隨著和風的飄沸，這兒宛如輕音樂的劇場。

　　小小提提從地上站起來，看上去這兩天兩夜的交歡並沒有在他的表情上顯示累的痕跡，他還是這麼精神抖擻，而此時的兩位原始土著姑娘卻陷在昏睡之中，這讓望著她們的小小提提不由得產生出一種人類時有的心靈變化，一種憐愛下的深情。

　　小小提提從四周折下了許多細枝樹葉，他把這些去蓋在她們的身體上，最後他依依不捨地離開了她們。

　　走出森林，小小提提向東方望去，正好，一輪紅日從遠處的水平線上一躍而升，那溫暖的光芒向著大地普照而來。

　　小小提提又一次渡過了那條河流，現在的他停下了腳步，大腦在翻閱之前所發生的一切。原來男歡女愛在沒有深情相戀的情況下也能如此的奇妙。這個太陽系的星球太不同於光流下的斯可達星球了，可完全不同的文明和環境下，人類卻依舊可以棲息一起，還可以如此般的交合，無需溝通交流，無需心靈層面的深入，本能的天性竟可以赤裸裸的展現在任何場合下。

　　小小提提的臉已漲得通紅，他眺望了一眼發生故事的地方，這讓他感覺到自己的心已分成了兩半，一半留在了河的對岸，另一半則還在三位親人之中。

　　出來三天多了，該回去了！

　　小小提提決定以最快的速度趕回去，在一天的奔跑下，他回到原來的住地。

　　氣宇軒昂的艾華父親、美麗動人的可沁母親和氣呼呼的哥哥大大提提他們已經在小樹林外的高坡上等待著他。

　　小小提提在遠處見到他們時，禁不住停下了腳步，他猶豫不定，擔心著怎麼為自己的外出去向他們作出合理的解釋。

　　不去理會他們可能對自己的責問，編個故事去欺騙他們？這些肯定都不行！他的心裡是再清楚不過了，憑他們的觀察力，憑他們極強的嗅覺，更憑他們的大腦，他們幾乎能推斷出他出行後的每個細節。

　　就在小小提提駐足不前時，他的哥哥大大提提已經奔到了他的眼前。

　　「你還是這樣的胡鬧，這可讓我們大家不得不停下行進的腳步」大

大提提帶著責備的口氣衝著他說。

「哥，我錯了！你們為什麼不待在飛行機中？」聰明的小小提提既表示了歉意，又把問題提出來，他想減少哥哥生氣的程度。

「我們都進不去了，它的總艙門已經關上了，看來永遠也進不了」大大提提無不遺憾地說。

「這太可惡了！」小小提提氣憤地說。

兩兄弟沒有再往下說什麼，他們一起來到了艾華和可沁的身旁。

艾華見到小小提提時，並沒有責備他一句話，相反的，他以和顏悅色的表情對著他，然後對他說：「我想，你哥哥應該已經告訴了你，我們再也回不到飛行機上了，在它關上門時，它的照明部亮了三次，我判斷它的暗示正符合我的研判：那二號飛行機不但也在這個地球上，而且方向肯定在這個星球的最西南區域，我決定要去尋找那四位在我們的生命中最重要的親人，在出發之前，我希望你能真實地告訴我們，這幾天你的外出，有沒有發生意外的情況。」

在最值得他尊重的人面前，小小提提如實的把經過的細節，一五一十的告訴了親人們。

可沁更貼近小小提提，她以慈祥的目光望著他，然後親切地對他說：「孩子，我們已經決定了要去尋找親人們，但是看起來現在還不能馬上出發，你的行為讓我們不得不留下來去等待一種至關重要的答案，不過，你不用著急，可能在答案出來後，你得準備好作出你生命中最重要的決定。」

她的話說得不是那麼直白，讓小小提提隱約覺得，事情並非那麼簡單，這位可沁母親對生命科學的認知，就算是在斯可達星球中也屬上乘，他從心底認同她，並也知道她應該已經預知了未來的一些什麼狀況。

大家在高坡上沉默了片刻，之後，還是艾華建議大家先離開此地，然後按著小小提提這幾天的行程，向東南方向走。

在全然不知的情況下，應該這樣說，這個被他們稱為地球的星球跟斯可達星球相比有著同樣的美麗。它沒有斯可達星球中的光流和霧流，但它卻也有太陽和月亮，這同樣能清晰地區分白天和黑夜。但在生命稀疏的靜謐中，這兒卻正處在人類的萌芽之下，這如畫似卷的景色猶如誘惑人類生存的天地，可尚無開啟人類文明的大門。在高級文明人類的鼻孔裡，他們能嗅聞到未來無窮無盡的悲催，天道之下，原來地獄的大門可是從來都沒有虛設。

小小提提所走過的路線讓這四位親人像閒庭信步般走了三天多。在這過程中，艾華對這兒的天地、日月、風雨和雷電等等講述了自己一整套的天體定義，在他們討論又一致認定後，這宛如一個能銘刻又能傳頌的創世紀，敘述者斯可達說：在這第 105 次的文明中，這次這批外星人可訂下

了一個最清晰又最正確的一頁，無論天地間有多麼不一的傳說，千折萬繞，最後一定會回到這第一頁的定義中。

他們跟之前的小小提提一樣，從第三個山崗上衝下來，然後來了那條十米寬的河流前。

其實就在他們下了山崗前，聚集在河流對岸的原始土著人已經發現了他們，當他們在河流的一岸時，對岸的原姑土著人便呀和嗎的向他們歡呼起來。

「你別去。」大大提提衝著小小提提這麼說。

而艾華和可沁只是含著微笑，作出了不同的反應。他們用眼神交流了一下，然後一致向小小提提點了點頭。

有了兩位的首肯，小小提提立馬飛奔了出去，轉眼就過了河，到達了對岸。

小小提提這一次面對著三位原始土著的姑娘，其中包括兩位已經跟他有了肌膚之親。她們除了嗎嗎地喊他外，目光中含著動人心扉的溫柔淚花，這是一種多日不見的思念和渴望，小小提提好像能懂得她們，更好像與生俱來的明白她們的情感。

在無法溝通的一陣後，小小提提開始展現出他過河的本領，他讓她們中的一位緊緊的摟住他的脖子，飛一般的把她帶過河來，其餘兩位也被他帶過了河。

小小提提讓她們三人列成一排，他向她們指了指他的三位親人，然後對她們「嗎」了一聲。這三位似乎能領會他的意思，接著她們一起向小小提提的三位親人鞠了一躬。

「艾華父親、可沁母親、哥哥，我想出去一陣，跟她們在一起。」小小提提說，口氣含著徵求意見的意思。

艾華首先向大大提提擺了擺手，他知道他會反對，隨後，他和可沁一起第二次一致的作出了同意的決定。

「你去吧。」艾華說。

「孩子，有關原始社會的生存情況，在斯可達的課程中都有，照顧好她們，當然還有你自己。」可沁更是叮囑小小提提說。

他們開始感覺有輕微的飢餓感，以前在斯可達這個高級文明的星球中，他們的人均壽命是六萬六千年，而所有在人類生命工程中的功績，都沿著特定星球的軌跡在向上發展，在斯可達星球中，吃一些美味的食物只是幾年中偶爾出現的樂趣，而在地球上，食物可是一種生命中不可而缺的主要源泉。

渾身的器官在發生極其微小的變化，隨著時間的推移，所有高級文明下的功績都將漸漸退化，甚至於最終完全消失。

美麗的地獄

一種經脈氣息的變化已經開始，以艾華天才般的預測，凡斯可達星球上的氣息、文明維度和生命中的一切，它都會逐漸殆盡，這個退化的時間表，最多也不會超過五代人。到了那個時候，一切的一切都將地球化。

　　有了這個內心中的預測，那麼艾華一直在思考這樣的問題：他們從舊的宇宙歷經了這麼久，究竟的意義何在？他們到底肩負著怎樣的使命！

　　在這段時間裡，對大大提提而言，這無疑是一段人生中的煎熬，他幾次三番肅立在那條河的一岸。望著河的南岸心潮澎湃，他時時刻刻在思念著自己的親兄弟。一慣調皮大膽的兄弟，到了這個陌生的星球就變得如此的放蕩不羈，他就在河對岸的某個區域，他經不住原始土著異性的肉體誘惑，這難道還隱藏著天意使然？大大提提幾次想渡過河去尋找他，可他在幾次想徵求艾華的意見時，卻又欲言又止。

　　大大提提清楚的知道，他們這三個人一直待在這片土地上而無所事事，實際上他們在內心裡都在等待著小小提提的行為結果，在大大提提看來，這種結果在他們三個人的心目中早就有了再明確不過的答案，除非，那斯可達星球的高科技在他們的身體上還沒有消失。

　　在大大提提的認知中，其實這個答案在之前是可以改變的，關鍵是：當小小提提第一次回來時，艾華父親和可沁母親應該去阻止兄弟去再次混入原始的人類中。

　　要去尋找另四位親人的決定已堅如磐石，既然這樣，那還放任小小提提去散枝開葉，這難道是想帶上他的女人們和孩子們一起去出發嗎？

　　氣候一天比一天炎熱起來，大大提提在思念兄弟的情況下，他的焦慮也在一天天的增加。

　　有這麼一天，艾華主動把大大提提叫到了身邊，他開口就這麼對他說：「孩子別太焦慮了，你弟弟一定會回來看望我們的，雖然，我們都不希望那次的重逢是一次道別，但是以我的觀察，或許這一次就是一次道別。」

　　「艾華父親，我們的親生父親把我們兄弟倆囑託給您，除了您們之間的友誼外，我想還有一種高瞻遠矚的成份在其中，我弄不明白太多的事情，但是我好像覺得，我們兄弟出生在斯可達星球本身就是大宇宙中的蹊蹺事。可無論如何，我只求您一件事，如果小小提提願意跟我們走，那麼我們能不能帶上他的女人們和可能出生的孩子們。」大大提提坦誠直率地說。

　　「如果真是這樣，我可以肯定的向你保證，我們一定得帶上他們一起走，就是走遍整個星球，就是歷經千難萬險，也不在話下。不過，依我看，小小提提一定會留下來，因為那是他的性格使然，更是一種天意使然！我說的天意，就指的是：天堂之意。」艾華也坦誠說出了他的看法。

「艾華父親，您可是斯可達星球的主政，您不能命令小小提提必須跟我們走嗎？如果這都不行，那麼我想問：我的生父如果在世，他難道也勸動不了小小提提嗎？」過於焦慮的大大提提，他把自己的心聲直接表達了出來。

　　「你應該從你的生父那得悉到，在可依分星球的人類，他們最大的特點是：重情重義，這是人類文明的褒義行為，但有時也會裂變成一種令人遺憾的相反面，你們是孿生兄弟，又是你們的父親在單性下生養下來的，但你像極了斯可達的人類，而小小提提十分奇怪的像極了可依分星球的人類。我已經不是斯可達星球上的主政了，斯可達星球也已早被毀滅，無論是我或者是你的生父，都同樣勸動不了小小提提！在我看來，現在只有順其自然，就某種意義而言，順其自然就是順從天意。」艾華帶著微笑在講這段話，這跟講話中的內容有點不同。

　　「艾華父親，在生父不在時，我這個當哥哥的能不能代父行事？小小提提太胡鬧了，他殊不知，這也許不是一次什麼分離，它非常可能是一次生離死別。」看來大大提提有點急了。

　　「你們這兩兄弟，有兩種截然不同的倔強性格，請問，我勸不了小小提提，那我能勸住你嗎？你們兩兄弟的感情是非常好！那你知道你的弟弟跟他的女人們，又是處於感情中什麼高度？」艾華的話點到了大大提提的要害處，他明白了，也無語了。

　　在一陣子沉默後，經過思考後的艾華又對大大提提說：「兩架可依分宇宙飛行機在宇宙大爆炸下居然能生存下來，並來到了這個地球。我們在飛行機上整整看了五百年的宇宙被毀滅的過程。雖然我們斯可達人類能活六萬六千年，但不致於活成 137 億 2 千萬多年，這些宇宙飛行機雖然偉大，但它沒有讓我們活這麼久的任何功能，這可是大宇宙中第一大蹊蹺事。我覺得我們肩負著一種最特殊的使命，是文明的使命？還是天堂在大宇宙中的使命？遺憾的是：我們還一無所知！」

美麗的地獄

　　「艾華父親，在斯可達星球中，您和艾娃姑姑是最神奇的人物，人們一直把您們當成神仙，可是您也猜不到我們的使命是什麼，那我想破腦袋也無濟於事！不過我在想，會不會是天堂讓我們在這個星球來散枝開葉？如果是，這最多也就是把地球上的文明加速兩萬年，這個意義應該不是天堂的原意，那又會是什麼？」大大提提認真地說。

　　「孩子，我當然也想過散枝開葉，但這個意義確實難套在天堂的目的和原意上。我猜：這應該跟靈魂有關，因為斯可達人類已經有五期的文明程度，我們的靈魂中有一個五期文明之前絕對沒有的東西！這個東西不但黏合在我們的靈魂裡，也可以感染下去！」艾華的表情是認真又嚴肅。

　　「艾華父親，您所指的一定是：個體文明！但是，這怎麼來證明，

這個猜測呢？」大大提提口氣肯定地說。

「有兩點先期證明可言，一，你的可拉松叔叔所統帥的『玲瓏飛艇』是不是已成功的闖入了天堂；這個目前根本無法知道。二，你弟弟能不能真的使原始土著姑娘們懷孕，這可以過一陣了就知道。我們斯可達星球早已關閉了雙性交合生育的功能，能打開這功能的只有天堂！」

艾華的話使大大提提思考了好一陣子，然後他好像開竅似的笑容滿面，他說：「好像這個猜測有極高的邏輯可信性，那我們就等著我的弟弟來揭曉第一迷團中的要素吧。」

就在他們談到此時，可沁走了過來，她微笑著對他們說：「在談論什麼，看來很投入，我能加入嗎？」

大大提提讓出石板上的位置讓可沁坐，接下來他們轉了話題，主要談的是將來出征的計劃。

趁此機會，作者來介紹一下，另一架飛行機上面的人物：

第一位：他叫艾斯琴斯，他是一位斯可達星球上的頂級科學家和天文學家，他也是艾華的生父，艾華是他單性生下來的唯一孩子。

第二位：她叫艾絢艷，她是按斯可達星球的慣例，在艾斯琴斯生育後，由社會工程部指派去照顧艾斯琴斯父子兩，在斯可達星球上她就是艾華的母親。

第三位：她叫艾娃，她是斯可達星球中第一副主政，也是艾絢艷單性生下的唯一女兒。

第四位：她叫斯斯通通，她是可依分星球大大列國總統的第一夫人芹芹之之在斯可達星球單性下來的唯一女兒。

讀者們可以從他們的親人關係中，理解到艾華他們要去尋找他們的決心！

讓我們再回到眼下的情節中。

「我們是在等待已知的答案，但也必須等到小小提提的親口決定。」艾華對另兩位說。

「我想我們不能光守候著等待，應該以行動做點什麼。」可沁說，其實他們都有這樣的想法。

「最親愛的，你說得對，我們應該以行動做些事情，我們離開了飛行機，無論是走是留都處在跟原始土著人類一樣的狀況，我們起碼該有個居住的地方。」艾華這簡單的話引起了另兩位的共鳴，他們決定先造出一些可供自己居住的地方。

在這個美麗的星球上什麼都不缺，可這三位高級文明的人類，他們身上除了遮羞物和一百根金屬針之外，卻什麼都沒有。

這是一個太過奇怪的過程，從五期文明得一下子退回到原始社會。

用射針槍裡的針，很容易在任何情況下取到所需的火，他們首先是燒斷一些樹枝和大樹下的藤絲，目前得先編製大量的繩子還得從山崗上找來大量的碎石。

十天下來，一個面積挺大的茅屋地基和圍牆已經壘成，一種自然似的壘築看上去還比較美觀，可滿山遍野的樹木卻暫時成不了他們所需的建材。

他們在四周找不到金屬礦，更談不上製作任何工具，現在他們唯一的想法是先得去征服一些動物，通過它們和他們的力量結合，然後使一些較大的樹木能夠倒下來。

又十天中，他們回到了出發前的第一個山崗，在三個山崗之間，生存著許多犛牛，它們在天然肥沃的草原中滋養，這些粗壯的動物常聚集在一起，這也是一種盡量避免進入猛獸之口的方法，捕獲這種動物，並加以馴化也不難，但它們所起的作用卻不小。

樹木被推倒了，聰明的他們架起了類似的啟動架，被吊起的樹木，成功的變成了屋樑，真是難以置信，五十天後，兩個結實的茅屋就這麼建成了。

在這個土建築完成的三十天後的一個早上，當這三位走出這個土建築時，眼前的一幕，簡直使他們欣喜若狂。

在他們的目光之下，已經在河的這一邊，正一字排例，站著七匹白、紅、黑、黃顏色的駿馬，上面騎著七位人類，在中間的是小小提提，他的左右兩旁各有三位年輕的原始土著姑娘。在七匹駿馬周圍還有幾十個原始土著人，而有兩隻樹筏正浮在那條十米寬的河面上。

艾華他們三人在驚喜中衝下山坡，那一邊的小小提提跨下駿馬時，並示意她們都下了馬。兩邊的親人正彼此衝過來，跑得最快的便是大大提提和小小提提這兄弟兩。這短短的 83 天的分離似乎比分別了 137 億多年還來得使他們激動。

他們又一次緊緊擁抱在一起，滾滾的淚水濕透了對方的肩膀，作為哥哥，大大提提似有千言萬語，但他一句都沒有說出來，他只是在熱烈的擁抱鬆開後，用拳頭捶著弟弟，而小小提提則帶著淚花，孩子似的樂呵呵地笑了起來。

艾華和可沁從這一邊走到了這對兄弟的面前，另六位原始土著姑娘從另一邊也來到了這對兄弟的身旁。

六位姑娘們向艾華和可沁伏下身去，她們像拜神仙一樣磕拜他倆，這個原始社會可正處在母系階段，這種禮儀彰顯出她們最高的敬仰。

艾華又一次看了一遍那些已被馴化的馬，看了一遍跟來的一大群原始土著人，他喜形於色的對小小提提說道：「天啊，你可真不愧為天選的

文明先祖，這麼短的時間裡，你竟能給我們帶來如此的意外驚喜。」

小小提提無不得意地暢笑開來，然後他恭敬的對艾華說：「艾華父親，這個星球不但美麗如畫，而且還有超出想像的富饒資源，我帶來了三樣東西讓你看看，並為您帶來了一件禮物。」他說完，接著從一個原始土著男性手中拿過來一個樹葉包著的東西交給了艾華，艾華將其展開一看，情不自禁的說道：「這是『麥稀』（琉璜礦）」。

「是的！」小小提提肯定了後，又從另一個原始土著人手上接過了黑色的石頭，他又把它交在艾華的手上。

「你不愧為是可依分星球人類的後代，這是鐵礦石。」艾華望著他，像是要重新認識他一樣。

「艾華父親，還有這些碳。」小小提提指著第三件東西說。

「哈哈，有了這些，你們應該能製鐵了，他們還有熟食可吃，了不起！你可讓他們進步了三萬年呀！」艾華向小小提提伸起了大拇指。

小小提提走向一個壯實的原始土著人，他從他的手中接過一根一米六七的粗鐵杖，然後又回到艾華的身旁，他對他說：「艾華父親，目前我們只製作了一件，花了七天的時間，我把它送給您，這是我在人生中第一次送給您的禮物。」

艾華接過鐵杖，他顯得很感動，他拍拍小小提提說：「你真行，他將成為我們征途中的榜樣！」在艾華的表揚下，小小提提紅著臉，好像有點不好意思。這時，在他身邊的一位原始土著姑娘向他喊了一聲：嗎，這似乎在向他提醒什麼，於是他讓六位中的三位走上一步，現在他要把她們正式介紹給親人們。

「艾華父親、可沁母親、哥哥，您們以前見過她們三位，但當時她們還沒有名字，現在我已經給她們取了名字，她們也知道自己的稱呼，這位最美的叫：一嗎；這是：二嗎；另一位叫：三嗎。」

叫一嗎和二嗎的姑娘都挺著大肚子，「另三位姑娘，分別是一嗎、二嗎、和三嗎的親妹妹。在這片大區域中，共有三個大部落和十六個小部落，一嗎和二嗎的姐姐是這裡一個最大部落的首領。」小小提提的介紹雖然簡單，但使親人們已基本知道了他們想知道的內容！

當小小提提介紹完後，艾華示意他們跟他向所建的茅屋走。

在走向這一波人類的第一建築的途中，小小提提向他的女人們指著這兩大間茅屋，嘴裡說了幾個呀字，而在他身後的可沁聽到了一位姑娘說出了一個：屋字；另一位姑娘笑嘻嘻的說了一個：愛字，到了走近茅屋時，細膩的可沁聽到了那位二嗎對小小提提說了一個：吃字。

「小小提提，我聽到了她們嘴裡所說的三個斯可達語中的字，屋、愛、吃！這是在你的開拓中最先的令她們接受的三個字？或許這三個字，

包括了全部你跟她們的故事？」可沁饒有興趣的輕聲問他。

小小提提不好意思地點了點頭，然後對可沁說：「可沁母親，憑藉您的智慧，當然您能猜透我們，屋、愛、吃，這三個字，順序應該是：愛、吃、屋！」

「愛、吃、屋！」可沁重複唸了這三字，她眨了一下眼睛，然後，她一切都明白了。

三

這個「愛」字，是產生於原始到文明轉折的第一個讓人類接受的字（它當然不是一萬多年後的現在，人類已經把這個字上升到思想和靈魂的層面上），在當時的原始母系社會，這個「愛」字是女性在高潮中所呼喊的「嗎」字的強音，它也是男性為了得到它而呼喊出「呀」字的最柔軟的音質。

在原始的「愛」中，這可是至高無上的行為，這又是交配的代名詞，在那個時期，整個原始社會的罪惡和暴力有一半以上都因為是這個字。

在天災下，在女性的生育後，這種由兩性同時完成的行為就在比率上時不時產生了不平衡的狀況，久而久之下來，其中的一方就成了另一方不可而缺的資源，而這種資源，由於她們的年齡和長相；由於她們的性格和所處的環境；這讓另一方把她們分成了多種層次和等級，直到現在，在人類社會中都時不時的穿插在這種抹之不去的影響中。

當時，原始部落中的男性，他們喊出的一個「呀」字的最強音，它代表著狩獵的成功，它是力量的強音。當小小提提進入到入到了這個區域時，他其實在無意之中，使本來就比較缺乏的資源變得更加稀罕。在原始社會的人類裡，人們自然把他當成了神仙，可在一段時間後他們會把這唯一佔據他們最佳資源的神仙，也漸漸當成是掠奪他們資源的對象，他們曾對小小提提發起過三次攻擊性的挑戰，但是，這對於原始土著人來說，小小提提實在是太強大了，從任何角度來看，他們都戰勝不了他。

就為了這麼個神仙，這兒整個區域有兩百多個原始土著人，他們已經向東南方向遷徙了，當然還留下幾十人願意一心一意的追逐他。

愛，這個斯可達星球上的字音，無疑是出自於小小提提，他在跟她們交歡時，通常會連續地喊著這個字，這個字，把原始土著女性的強音和男性的溫柔音質給結合在一起，這個字音在原始土著人中傳開，並在模仿後，變成了他們最能接受的第一個字。

所有的原始狀態在經歷了兩萬多年的蝸行歲月後開始起了質的變化。

原始的人類們正在目睹這個外星人在每天中做著瘋狂的表演，極富

雄心和力量的小小提提開始風一般地去追逐讓土著人望塵不及的野馬，他能撲上去，騎在牠們的背上，無論是多少次，但總會有一次，他會把牠騎回來，他還有辦法使牠們變乖，變得馴服，最後還能不離不棄的跟著人類。

原始土著人用竹尖在河的淺灘上能捕到魚，而小小提提則不然，他索性帶著他們用泥土和碎石截斷河流，他們在抓捕到水禽的情況下，順便把河水潑向河岸，最後能捕到大量的魚蝦。

根據原始土著人的傳統，他們會把石頭不斷打磨，想取到火種，但無論多少天的忙碌他們也保證不了能得到火苗，可在小小提提在進入他們後不到二十天，他就發現了一些奇怪的碎石，他將它們打得粉碎，並將它們曬乾，最後他用他的針，在近紅色的粉末中搗一陣，撲的一下，火焰便能升起，乾草就會被點燃。一種噴香美味的食物出現了，這讓原始土著人敬為天作，由此，他們的男性更喜歡追逐他，而他們的女性更願意靠近他。

小小提提不用進食，可他很樂意觀賞他們的享受，並樂意教他們取火和烤熟食物。

「吃！」小小提提終是指著食物對他們說這個字。

「吃」，這個字，變成了除了愛之外，是很能讓原始土著人喜愛的字。

小小提提帶著這麼多的原始土著人一直往東走，在他的願望中，他是在尋找礦源。

在行走了十二天後，果然如他所願，他找到了他願望中的鐵礦。

在這八十幾天中，他們用石塊、樹木和乾草「建築」過三次茅棚，可這些都經不起狂風暴雨，雖然在失敗的無奈下，但這讓全體原始土著人銘記了小小提提不斷提到的一個字：屋。

小小提提的成就中還有兩項，他用泥土燒制了少量盛器，可以說，這是地球中最原始的「陶」，另外當然就是，他成功的製成了原始粗鐵，這個成就還有一樣成品，這成品就是他贈送給艾華的鐵杖。愛和吃已經在人類的文明中奠基了開始的一頁，雖然還缺屋，可艾華他們三人已經在文明中給他造出了真正的樣板。

屋，人類文明的歸宿源和安全源！

六位原始土著姑娘已經走進了一個大屋，艾華他們所建的茅屋其實只有兩間大房，她們六人全聚集在一個大房中。

她們在這間大房中，各自不斷說著吃和愛這兩個字，她們在表示著她們的欲望，對於這種最簡陋的的房間，她們還是表示出驚訝下的喜歡。在經過一段的驚喜下，她們開始靜了下來，她們在等待著小小提提的歸來，在她們的心目中，在這世界　，只有小小提提能滿足她們的一切，而她們則是在崇拜的心理下，全心全意的去面對她們心目中的神仙。

在這邊廂，艾華他們四人正圍坐在一起，在面對小小提提的女人們

已經出現了確定的事實面前，他們的話題已經難以觸及到怎麼去勸說他跟他們一起走。

現在的話題，如果按斯可達星球的標準來說實在是顯得十分奇葩，甚至於可以說荒唐無趣，但是，他們卻不得不談。

話題雖然還十分廣泛，而主題還是一個——有關原始社會。

在廣褒無垠的宇宙中，確實有多數的人類，他們在這段超級漫長的歲月中，因為生存而必須要有食物，而食物的來源和創造又牽涉到太多的問題和狀況，生命的長度幾乎要由食物來決定，如果這個過程處於緩慢的話，那麼人類的進步也等同於緩慢。這種情況的過分拖累，那麼你將看到人類在痛苦的掙扎下死亡，甚至是整個族群的消失。

食物和生育，幾乎就是原始人類能不能延續的最大課題。

順此，作者受託在此要說上一些這樣的話：「人類一出現在這個宇宙後，它的每個階段都是至關重要的，人類不知道自己是怎麼來的，為什麼而來？當然他們自己由父母而生。在四期文明前，人類會歷經想像、實驗觀察和不斷探索，竭盡所能去探索人類的真正起源，但是，無論是宗教和科學，他們都難以成就這一點。

而我受託要在本書中來告訴大家！

地球在大宇宙中屬於最袖珍類的星球，可它有著極其重要的特殊性。從我們這波人類出現在地球約五萬三千多年，直到今後約一千二百三十年間，我們都處在起步文明中，真實的說，這段時間被天堂就稱為地獄階段！

這是我把自己的小說取名為：《美麗的地獄》的由來。

在整個大宇宙中，地獄階段的部分佔據著很多很的人類星球，但是，在大宇宙中沒有天堂！天堂另有存在！」

好，還是回到故事中。

這四位高級外星人足足討論了大半天的時間，最後，在涉及去留問題時，小小提提已表明了自己堅決要留下的決心，他借此反過來也勸說親人們能一起留下來。既然去留的問題已經明瞭，對此三位親人決定：在十天後他們要開啓遠征的步伐去尋找另四位親人。

在結束交談之際，艾華跟小小提提立下了一個誓言般的協定：在三十年之前，凡小小提提覺得自己已經安定了，那他有義務去尋找全部的親人們，在這個協定如發生意外而超過了三十年，那麼他就應該留在這片大地上，等待艾華他們帶著全部親人來跟他大團圓。

在這十天裡，他們四人都在不停地忙碌著，艾華和小小提提帶著一些原始土著男性建起了火窯，他們將僅有的鐵礦石，做了四件鐵器，這些不是生活用具，更不是武器，它們是用來讓小小提提他們作農耕試用的工

具。小小提提則更是忙碌，他有時還帶著原始土著人去狩獵。現在他要為這幾十號人的吃而努力。

按可沁的想法設計，大大提提幾乎帶著餘下的原始土著男人在此又建起了茅屋，在八天裡，他們共建了五座茅屋。

也就在第九天，可沁忽然覺得身體中有一種奇怪的感覺，在斯可達星球中，他們的人類早就消滅了疾病，然而，在她對周圍原始土著女性的觀察中也沒有發現跟她自己有相同的反應，於是，這位高級人類的生命科學優秀者便作出了一個正確的判斷。「我的愛，我應該已經懷孕了，因為我覺得，斯可達阻斷兩性生育功能的科技在我身上已經失效，並覺得在我的身體中已經有了另一個生命的存在。」她在作出判斷後的第一時間告訴了艾華。

艾華呈現出幸福的笑容，他對著自己宇宙中的最愛說：「太好了！這跟我預想的一樣美好！」

十天到了，就在這天清晨，艾華他們三個人就啓程出發了。

他們再次望著這片土地，再看一眼他們建起的茅屋和六隻被馴服得乖巧的氂牛，所有的一切都留下。

這一天，所有的原始土著人都來歡送他們，他們以為這三位大神仙要出門去旅遊了，唯有小小提提一人跟他們一起跨上駿馬。

他們在和煦的陽光下持續走了七天，當他們見到不遠處有條黃色的大河時，他們才停了下來。這條寬闊的大河並不清澈，向東的一半似乎還算乾淨，而向西的一半就顯得比較沌濁。向東遙望，黃色大河彎曲著向天際迂迴，它的盡頭似乎連接著晨曦，向西看，連綿不絕的山嶽纏著它，也像是它們相互間的纏繞。

這是一幅夢中的畫面，不得不令人贊不絕口。

他們不約而同都下了馬，並來到了黃色大河的河邊。

「艾華父親，我們要渡過去嗎？」大大提提指著大河問艾華說。

艾華仔細地環顧了一下四周，然後他對大大提提說：「不！我們暫時不渡河，我們的親人在這個星球的西南，所以我們先沿著大河向西走，我們要找到合適的地方安下身來，讓可沁可以順利生產。或許到了那個時候我們就不用渡河了，可以從它的源頭輕鬆走過。」

大家在黃色大河邊站立了良久，之後，他們牽著馬走上了高坡。

不知道為什麼，站在高坡上的可沁忽然哼起了一首歌曲，這個歌名叫：「啊！斯可達」，這首歌是她在大宇宙即將被毀滅前由她作詞作曲並演唱的，它曾經震撼過整個斯可達星球。

這首歌也曾經使斯可達星球製造並命名為「玲瓏飛艇」上的八千零五十萬斯可達人，高吭著這首歌去衝向天堂；它更使另一個超級龐大的宇

宙飛行機「斯可達倖存者」上的那三億一千萬斯可達民眾，高吭著它並手挽著手，在宇宙大爆炸下，他們用歌聲淹沒了衝擊波的咆嘯，最後成了大宇宙空域的「人類雨」……

在可沁哼出的歌曲感染之下，其餘三人索性放聲歌唱起來！

「都137億2千多萬年過去了，是誰讓我們來到了這個陌生的星球？可我明白，這是上帝和天堂人設計的；也可能是涉及到了他們對大宇宙的終極目標；可是，我們不願意，跟這邊的親人在一起又分割了另一邊的親人，這兩頭的取捨，能不能讓其他人來代勞。」在這支歌的激發下，小小提提氣忿地仰面大叫！

「這或許是舊宇宙中最後一個使命，我跟我兄弟一樣，都對此承擔不了！」這是大大提提的叫喊，這渾厚的音質，直讓周圍的小草一片片向後倒。

「我認為，這確實是個使命，這個使命對新的宇宙也是至關重要！」可沁也說出了自己的想法。

這時的三位都把目光朝著艾華，而艾華出乎了大家的意料，他一聲都沒吭，一個人徑直又向坡下的大河走去。他等另三位也走近他時，他回過了頭來。

「小小提提，你送了我們這麼久了，該回去了。文明的源頭已經打開，那些原始土著人是多麼的需要你啊！」艾華對小小提提說。

「是的，小小提提，他們需要你，你的女人們更需要你，我們會有一天重逢的！」可沁說。

小小提提撲通一下跪倒在地上，他雙目的淚水如山泉一樣湧了下來，這時他說不出一句話，也許有千言萬語已經塞滿了他的喉嚨。

艾華難過得流了淚，可沁則輕輕的抽泣，而這時的大大提提也跪倒在地，這倆兄弟正跪對著對方。他們各自的雙手都搭在對方的肩膀上，他們沒有說出告別時該說的話，他們只讓熱淚在不斷地流淌，這淚水似乎成了他們傳遞心聲的紐帶，讓這這137億2千多萬年的兄弟深情，從紐帶上輸往對方的心房。

這段時間持續了很久，直到大大提提對兄弟說出了這樣的話：「弟弟，還記得親生父親說過的有關宇宙傳遞資訊的土方嗎？就是玄學中的『隱流』」

「哥哥，我記得！但使用什麼樣的資訊源記號呢？」小小提提由生以來第一次用這種溫柔的細聲問他的哥哥。

「斯可達動物和可依分飛行機的形象，它們都有一種含義包括在其中，我們就使用它們吧！」大大提提答道。

「哥哥，地球還處在非常原始的狀態，玄學『隱流』在此能行嗎？」

小小提提又問道。

「別忘了，我們的飛行機還在，它有上萬種功能，保不齊它會幫助我們，再說，地球上有空氣和氣流，它們同樣也有我們斯可達星球上的光流和霧流的作用，我想，那種宇宙土法應該管用。」

「好的，我們就約定這麼做！另外我也會按照跟艾華父親的約定：必將在三十年之內去尋找你們。」

在這對生死離的兄弟講到這兒時，艾華上前將他們一一的攙扶起來。

借此，作者向讀者們提這樣一件事：在東方的中國有一部古籍奇書，它的書名叫《山海經》，它的內容中有圖畫，有文字，還有地貌，可這些內容是代表什麼？講的什麼意思？對此由古至今卻沒有人能正確的解答，甚至於由古至今，地球人類的解答都是錯誤的。相信讀者們在看了《美麗的地獄》這部書後，您們會逐漸找到答案！由於非常特殊的天規，在不遠的將來，我也只能告訴現代地球人其中的三位。

在文明的創世紀中，這樣的兄弟分離已被天堂記載了下來，它跟親情和愛情同等重要，它變成了人類的基因中的一環，流淌在我們這波人類的血液中。

艾華、可沁和大大提提已經騎上了馬，這三匹被小小提提所馴服的駿馬也挺有有靈性，牠們幾乎倒退又緩步走了有一百多米，然後牠們才轉過身去，向著前方狂奔起來！

「弟弟——。」這種呼喚聲和在疾風中，盤繞在小小提提的耳邊，並在他的意識中經久迴盪。

小小提提邊呼喊著邊放聲大哭，親人們的身影已經消失了，他咬緊牙關飛身上馬，轉眼回到了高坡上，他遙望著模糊的遠方，但在冥冥之中似乎有一隻巨手拽著他，阻擋著他要追上去的衝動。不知過了多久他才平靜下來，隨即，他的腦海中突然閃過一句話：我得趕緊回去！家裡有同樣難以割捨的親人在等待著他！

小小提提掉轉馬頭向回狂奔，來時用了七天的時間，回程只花了五天多。當他快要接近住地時，他見到了在住地的方向上空正冒著濃煙，於是他快馬加鞭，一口氣奔回了家中。在這一排的七座茅屋前，有十幾堆簧火正冒著濃煙，而在茅屋的圍坎外，人們正圍住那兒。

小小提提跳下馬，向擠在那兒的人群走去。人群中的人們都在唸道什麼，聽上去像進入了蜜蜂圈一樣全是嗡嗡聲。小小提提扒開了人群來到了前面，這時，兩個孕婦和她們的三個妹妹上來圍住了他，她們雖然能說的只有個音，但她們顯得七嘴八舌，並且，她們所表現出來的肢體語言比平時要豐富得多。

憑藉小小提提的大腦，他很快判斷出可能發生了重大的事情，他沒

說一個字，則是跨過圍坎，來到了出事的中央。一具臉色青紫的女屍和一具男嬰的屍體正躺在那冰冷的地面上。那可是他最愛的女人：一嗎，他記憶猶新的想到，就是這個一嗎，還有二嗎，她們是他人生中最先跟他發生肌膚之親的女性，她是那麼的善良溫順⋯⋯可現在，她居然因為生育而與世長逝。

一陣又一陣的難受抽搖著小小提提的心，他覺得大腦正變得空白起來，一股熱淚淌了下來，他緊抓著自己的頭髮，仰起頭，向蒼天大聲抗議著，大叫著！

<h2 style="text-align:center">四</h2>

小小提提這酸澀又難過的心，只得堅強的忍下來，在眾目睽睽之下，他緊緊地咬緊牙關，在原始土著人又一次群體的悲哀聲下，他默默地俯下身子，他用他的巨大手掌再一次撫摸了他心中永垂不朽的一嗎，然後又觸摸了一下那具小屍體，再接下來，他就在他們的身邊有力的刨起土，在他刨了一陣後，這兒的人們都跟他一起刨了起來，在大家的努力下，一個大坑就在清晨的晨曦到來時完成了，於是，小小提提就把他們母子倆安放在了大坑中，在為了這個墓地蓋上土後，小小提提去撿來了許多白色的碎石，他把碎石插進泥土，在上面拼出了斯可達的三個文字：一一嗎！

一位原始土著人心目中的神仙，他居然沒能讓自己的女人和孩子活下來，這可讓他的形象在人們的心中產生了疑問和不信任，有一部分人或許為了表示抗議而離開了這個區域。三天下來，該走的原始土著人都走了，剩下的人數也只有五十個，其中的男人也只有二十一個。

受此打擊後，原本就跟原始土著人難溝通的小小提提，現在顯得更沉默了，他在一天的很多時間中都在思考問題，他特別思考的問題就是怎麼來解決女人的生產難題。

「我小小提提可是親眼目睹過宇宙大爆炸的高級人類，我不能讓痛苦打趴下，更不能讓這些可愛的人類因為生產中的意外而老停留在原始社會，我必須得改變需要改變的一切。」小小提提心中有了這樣的想法，使他的精神振作起來。

有一天，他對這餘下的五十個原始土著人作了一次小調查，他發現這五十人中，壽命最長的也僅三十一歲，而且他老態龍鐘，連活都幹了了，在這群人中，年齡最小的只有八歲，可他看上去好像已經發育成熟，看來原始土著人的成熟和衰老都來得特別早。

小小提提的心中開始有了計劃，並且有了目標，他要這些人都起碼能活到三十一歲，並至少要八成的女性能在生產的情況下母子平安。

美麗的地獄

他訂下了規定，每人一天至少有一餐熟食，人們要把水燒開後才喝下後。接下來，他鼓動大家，從河中取來了許多河泥，並在幾天中砌了火窯，他現在要做的是「大陶盆」，經過又幾天的努力，大陶盆製作了出來，還又製作了一些陶質盛器。

等又過了兩天，小小提提的二媽要生了，對此，他當然毫無經驗，但他憋足了勇氣，誓言必須去戰勝這一關。

在那一天，屋裡來了四個女性，可生過孩子的也只有一個，她對著小小提提媽媽地喊了一大堆，在根本無法理解的她們意思的他則很鎮定，他按心中想的先燒熱了水，再在大陶盆裡放了乾草墊子。

二媽痛苦的呻吟著，還伴隨著尖叫，小小提提端上盛著水的大陶盆，他把它放在邊上，接著他抓住了二媽的手，他開始小聲哼著，二媽不知不覺跟他一起哼，片刻，小小提提把哼聲變成喊聲，並把聲音越喊越大，二媽也跟著用勁喊，這時，一股股血和分泌液從她身體上流出來，小小提提快速給她清潔，但他的喊聲卻更大了，終於有這麼一分鐘的時間，二媽用力的喊聲使孩子的小腦袋滑了出來，小小提提忙一手托著孩的頸部，他非常用力合適地把孩子拖了出來。二媽無力的籲了一口氣，但她的臉上掛著幸福的笑容！

小小提提把孩子貼在胸口，一手還幫著二媽洗滌，在洗滌時，他取出了小石片，在母嬰連結的臍帶上割了下去。

「哈哈，臨盆成功了！」欣喜不已的小小提提說出了這樣的話。他本想說，生產成功了，由於他站在大陶盆前，加上過分的興奮，所以才犯了這個錯誤。

「臨盆！」這位新任母親記住了，原來，神仙把生產叫做：臨盆。

哈哈，這一個錯誤詞持續了一萬年！

當小小提提為二媽洗淨了淚水和汗水後，他對她一個字一字地說道：「你現在就叫：一媽？他！我們的孩子叫：一一提提！」

「我是一媽，他是一一提提。」已成一媽的她，伸手去接過了她的孩子。

一媽在虛弱中，她的目光依然閃耀著熾熱的光芒，她仔細的開始端詳自己生下的孩子。一一提提的容貌舉世無雙，一頭黑頭髮，黑中帶棕色的眼睛，特別是一身淺色的皮膚，一點不黑，跟他的父親相比又呈淡黃！他是兩個人種的結合，他是地球世界的第一名黃種老大。一媽高興地笑了，也激動地流下眼淚！

小小提提把兒子的誕生視為人生中最喜慶的日子，為此他決定要斬殺一頭氂牛來請大家一起來慶賀！在第二天的傍晚，全部五十位原始土著人加上熟睡中的一一提提都聚集在一起，他們圍著篝火在吃著噴香的牛

肉，小小提提也嚐了一口，他割下一塊牛肉呈給他的一嗎。

就在之後的三天裡，有兩頭氂牛生下了牛犢。

又過了 100 天，新任二嗎也生產了，她為小小提提誕下了一名女嬰，小小提提為她取的名字叫：一一嗎提提！

就在一一嗎提提出產後沒幾天，冬天來臨了。

從北面吹來的寒風能使原始土著人的黑髮上積上一層白霜，小小提提讓人們先別外出，他們組織大家把氂牛和動物皮毛放在水裡燒，然後用鋒利的石片來切割，他盡量讓所有的人身上都有動物皮毛的遮掩，也就在冬天到來的沒有幾天，那個 31 歲的長者死了。

到了這個警鐘般的事情發生後，小小提提開始帶上會騎馬的土著男性出發了。狩獵不但能使人類在享用肉類後變得強壯，它還能解決人類的禦寒問題。在 21 個男性中，其實會騎馬的只有兩個人，另 19 人分成兩隊，他們相繼也外出去狩獵。

過了六天，這兩隊人回來了，他們的收獲不大，帶回了一隻獐，一頭狼，還活捉了一匹出生不久的小馬駒。

而小小提提和兩位原始土著人，也出去六天，他們帶回的是一隻死黑虎，二十隻野兔，還有一頭活著的大氂牛。那十九個原始土著人在住地待了三天後又出發了，一波人用了十二天才回到駐地，另一波用了十五天，不幸的是，這後一波人中有兩個在路途中受到了黑虎的攻擊，他們在創傷和嚴寒的雙重打擊下，不幸死在了那片土地上。

小小提提在第二次出門打獵才兩天就回來了，這次收獲不多，但他們三位卻帶回了一男五女六位活人。這是因為，他們在途中見到這些既挨餓又受凍的人類，他們是在他們瀕臨的死亡中，拯救了他們。後來他們又在半途中救回了另外七個人。

小小提提在兩次的拯救行動中，親眼目睹了這樣的情形，這些在嚴冬的原始土著人似乎已經喪失了覓食所需的意志和力量，他們忍飢挨餓，在殘酷的氣候中竟然真正的抱團取暖。

「我要在抗爭嚴寒的方法上作些調整。」小小提提這樣想後便把全部人們都招集一起，無論男女他都不讓他們外出狩獵，他只是讓他們不停的製作冬衣，越多越好，最好能做上幾年的量，他自己只是除了那兩個會騎馬的之外，再挑選了五個跟著他們。

小小提提自調整後，他出門狩獵的時間就變得越來越長，現在出門少則十幾天，多則二十幾天，當然他們所得到的收獲是越來越多，除了之前狩獵到的動物之外，最近他們還逮到了七匹馬，更讓人高興的是，在最近一次，他們逮到了六隻羊駝，好傢伙，這些動物長得特別可愛，而且還顯得特別的溫順。

美麗的地獄

冬天終於過去了，小小提提也終於帶著大家度過了極其煎熬的難關！

　　在這個嚴冬裡，小小提提的部落中共死了兩個人，而他們救回了十三人。在幾次出走的一百多人中，已經有五十一個人回到了這裡，據說除了他們之外，其餘的都死在了殘酷的嚴冬下。

　　人類在生存中必過三個坎：氣候、食物、生產！文明真的不容易，而進入生死循環卻是十分平常。

　　春暖花開的季節到了，小小提提開始把自己的所有精力都投在了他的女人和孩子們的身上。

　　一一提提和一一嗎提提雖然說都是黃色人種，但偉大的斯可達星球人類身上的基因在他們這一代並沒有消失，他們兄妹兩都在出生一百二十天後就開始下地走路，並呀呀說話，而這時，小小提提的另三位女人也挺起了大肚子，估計她們也將在五十天內生產。

　　在這後來的三年間，小小提提的女人已經增加到了十二個，這個時期也是小小提提孩子們出生的高峰期，他共已經擁有了二十個孩子，八個兒子和十二個女兒，他為孩子取名是依數字來排例的，兒子從一一提提開始到一八提提；女兒從一一嗎提提開始到了二三嗎提提。（注：地球人類的數字是從零開始，最大的數是九，而可依分星球的數字是從一到十五，所有跟零有關的數字在日常生活中都不用，它是留給對付「地獄森林魔鬼」的。）

　　在這三年中，從表面而言，小小提提的最大成就莫過於他對兒女們教育上，這些孩子個個天資聰慧，他們全能說和寫斯可達的語言和文字，由於受此薰陶和感染，這使得他們的母親們也能聽懂那種外星語言了，到了五年後，這些部落的人們也基本上能與他們交流了。

　　這些孩子們通常一歲多就會騎馬，他們的身體要比原始土著人健碩得多，像近五歲的一一提提，他的個頭已經跟土著人的成年一樣。

　　在第四年，小小提提又多了四個孩子，三個男孩，一個女孩，而這個女孩：二四嗎提提是小小提提最愛的一嗎所生，她已經給他生下了三個孩子。

　　這相對風調雨順的年月過去了，到了第五年，一件遲早會發生的事件，就在這個時候發生了。

　　在那個時期，如果您走出這個方圓二百里之外，那就很難見到其他人類了，而在這片方圓內卻聚集著四百多個人類，其中光小小提提的部落人數就有九十二個。從所擁有的資源上來講，小小提提他們擁有十二頭犛牛、三十匹駿馬、十二隻羊駝，他們還飼養著一大片家禽，並還有八座茅屋。而其他的九個大部落中則依舊處於群居的狀態，除了語言以外，他們根本進步不了多少。

而在語言日益已能溝通的情況下，小小提提他們所處的特別生活環境和質量讓其他的部落瞭若指掌，特別是小小提提本人的情況，這可讓其他部落首領在加以模仿的情況下，又突現了一個關鍵資源的匱乏，這個資源就是：女人。

　　為了這個資源，部落間開始摩擦，然後升級成打群架，漸漸又掀起了搶奪之風，這些糟糕的事情，小小提提卻對此渾然不知，他的心只放在自己的女人和孩子的身上。

　　一股股怨氣早已在這片土地上蔓延開來，一個個星火點已經開始燃燒。

　　部落間的交往，體現出最頻繁的是他們之間在物與物的交換中。有一天，有一個部落的兩位姑娘攜帶著自己的物品去跟其他部落交換，而在沒換成的情況下，他們轉道來到了小小提提的部落地盤，由於路途較遠，這兩位姑娘沒有當天回去，而在她們第三天清晨回去的途中，正遇上了前來尋找她們的本部落人群，這群人認為她們是去勾搭神仙小小提提的，於是乎，他們就動手打了這兩位姑娘，在一路的辯解和吵鬧下，圍觀的人群在迅速擴大，這件誤會事，除了小小提提的部落外，幾乎傳遍了整個地區。

　　在以訛傳訛的過程中，不知道是誰說了這樣的話：他已經有了十四個女人和二十四個孩子了，他難道要擁有所有的女人！

　　人類在一種特殊的情況下有了語言，這也是由於語言而闖下了第一個大禍，沒到二十天的功夫，各個部落糾集了一百多個男性，他們前來向小小提提興師問罪。這可是一件讓小小提提感到莫名其妙的事件，這也讓他難以辯解，甚至還有點哭笑不得。

　　他不想傷害他們，也不可能在言論中來縮小他們之間的文明差距，餘下的只剩談判了，這所謂的談判，其實就是讓對方來開條件。

　　最後，這些原始土著人開出的條件是：小小提提必須得給每個部落各一隻羊駝和一頭氂牛，另外還必須給每個部落兩名姑娘！

　　這個數字聽上去並不大，但都給不了！

　　先說羊駝，現在小小提提這兒只有十二隻，如果給了他們九個大部落每人一隻的話，那麼他們一定是拿去當食物了，留下的三隻在這一方，那麼牠們就成寵物了，致於氂牛，這個情況大致跟羊駝的情況差不多。

　　而要交付兩名姑娘去作為誤會下的賠償，那在小小提提面前，這等同於是白日做夢。

　　小小提提在棘手的挑釁下思考了一下，然後他對著這一大幫原始土著人說道：「關於給你們姑娘的事，這個免談，我相信這裡的姑娘沒有一個會願意去你們那邊，如果你們認為不成，那我知道你們想幹什麼？想搶的話，現在就可以試試！致於羊駝和氂牛，我可以給你們，但不是現在，

美麗的地獄

那我得去逮一些回來，我保證給你們每個部落一頭氂牛和一對羊駝！但是你們必須得回去等待。」

聽了小小提提的話，他們個個氣呼呼的白瞪著眼，他們知道傳說中的神仙有何等的厲害，再看看他的身後，這一大批神仙的孩子，他們個個騎在馬上，這些孩子也肯定不好惹！

這一群的原始土著挑釁者只得悻悻離去，也就在這一天，小小提提給本部落男性訂下了一個規矩：不能去招惹外族部落的女人，這個規矩的遵守者也包括了他本人。

具有高度個體文明程度的小小提提，既然一諾而出了，就猶如定海的神針，在第二天，他便帶上大兒子二兒子和十個原始土著壯漢出發去逮羊駝和氂牛了，在臨走前，他把住地的全部事都交給了大女兒——嗎提提，他再三叮囑她要注意這裡的安全問題，特別是要保護好她的母親們！

父親走了，一一嗎提提不敢掉以輕心，她帶著較大個頭的弟弟和妹妹們，整天騎在馬上在此一帶巡邏！在父親走後的一兩天裡，一切平靜如水，可到了第三天，那些部落聯隊就殺將過來，雙方幾乎是在沒有對話的情況下就打了起來。

原始土著人的攻擊方，他們要搶這裡的羊駝、氂牛和姑娘，可在激烈的打鬥中，他們根本就得不到手，別看這些三四歲的孩子，表面上看上去也就是相當於土著人的十五六歲，可他們天生的驍勇善戰，加上他們都在馬背上，這讓對方嘗到了十分厲害的苦頭，在那一天，上百個攻擊者被打得抱頭鼠竄，他們有兩成人都受了傷，而這一方，只有一個原始土著人受了重傷。

沒有達到目的的攻擊方第二天又來了更多人，他們在打鬥的混亂中，竟然點著了三間茅屋，在一片火海中，一向善良又憨厚的七嗎衝進了其中的一間，那兒堆積著她們辛苦製成的冬衣和動物毛皮，可是，這火勢在易燃的建築和物品下越燒越旺，最後使它塌了下來，不幸的七嗎也就葬身於火海之中。

等到大夥趕到時，七嗎已經斷了氣，這可讓大夥悲痛欲絕，那一七嗎提提面對母親的遭遇更是哭得死去活來。

這一下，這場混亂的打鬥已經完全變成了戰鬥，而且還帶上了濃重的血腥味，在戰鬥中，攻擊方扔下了六具屍體後便愴慌逃竄，而守方也有一名原始土著人因傷勢過重死了。

這個誤會變成了打鬥，然後又變成了一場災難，要不是大姐——嗎提提的竭力勸說，那麼這群孩子們一定會追上去而殺它個天翻地覆。

「弟弟和妹妹們，求你們別衝動了，守護住這裡的一切，等待父親和大哥他們回來！」在事情即將失控時，一一嗎提提以央求的口氣對大家說。

五.

一一嗎提提勸住了正處於悲痛和衝動下的弟妹們，但她沒有等到父親他們的回來，也就在小小提提回來的前一天，那九個部落再次糾集了一百多人殺了過來，這一次，這批攻擊者全部持有長棍短棒，這使事態進一步升級了。

這時的小小提提孩子們也做好了充分的準備，他們也操著棍棒騎在了馬背上，就連這兒的原始土著男女為了捍衛他們所擁有的資源而拿起武器。戰鬥比前一次還要激烈，那些來勁的駿馬也不斷在人群中橫衝直撞！

一心要為生母報仇的一七嗎提提已憤怒之極，就連才一歲的一九提提也騎著馬駒參加了戰鬥。

「一七姐，就是那個人從我們的火盆中取了火，是他點著了我們的茅屋，他正在你的後面」，一九提提大聲指認了兇手。

由一九弟弟的指認，一七嗎提提立即掉轉馬頭，她將兩支短棍插回腰間，然後拿出準備好的一塊廢鐵，她一夾緊馬肚，駿馬從一個人頭上越了過去，然後她舉鐵過頂，把廢鐵狠狠砸向那個點火者。

此刻的一一嗎提提正好趕了過來，她掃了一眼躺在地上抽搐的點火者，她一邊鎖緊了眉頭，一邊大聲命令道：「大家排隊衝擊，可不能再出人命了！」

十幾匹駿馬齊發攻擊，閃電般快速的棍棒如雨點一樣落在對方的身體上，這種驅趕似的反擊把攻擊方大隊一直趕出了小小提提的地盤。

攻擊方逃命去了，他們又留下了一具屍體和三個重傷者。

第二天，小小提提他們回來了，他們帶回了八隻羊駝、一頭犛牛，還有一些小獵物。

看到這一片狼藉場面，小小提提約莫已經知道了所發生的情況，在他的女兒描述後，他緊皺著雙眉。這是意料中的意外結果，他自覺是自己的失誤，他的本意是去完成他自己的承諾，不想對方來得這麼快，又這麼猛。

對於眼下的情況，小小提提並沒有多說什麼，他只是帶著大家把七嗎那焦黑的屍體埋葬在一一嗎的墳墓旁。

這個令他極為遺憾的事件，不得不使他陷入了思考。「是該走了，該離開這片區域了。」他馬上這樣想道。

他決定走，而且要盡快的訂下日子出發！

是開啟尋親之路？還只是一擇良而棲的遷徙？

這應該是一次避免人禍驟起的遷徙！

想想這些原始土著人，他們是何等的艱難，目視之下，他們還面臨

著飢餓、疾病，特別是災難性的嚴冬，他們的平均壽命只有 21 歲，其實在他們的本性中並沒有什麼原罪，有的只是在嚴酷的生存中所練成的自我保護，到倒是有一種事實在很深的感染他們，比如小小提提自己，他的擁有無疑是他們的嚮往，擁有的前提就含著兩件深入骨髓的東西：自私和貪婪，小小提提在暗中自責，他自己的個體文明只屬於可依分星球等級的，而其他的親人才是真正的斯可達人類。

「好在我沒有跟可拉松叔叔去衝擊天堂，不然我也會被退返回來。」個體文明的自我修復在小小提提的大腦中開啓了，他一定會有所行動！

在出發之前，必須兌現自己的承諾！

小小提提帶上三個兒子和十個原始土著人，他們帶上九隻羊駝和九頭氂牛先送到了每個大部落的手中，這些大部落的大小首領沒一個敢出來見他，但牛羊他們收下了。

在十二天後，小小提提的又一次打獵回來了，這一次，他按自己的承諾，給九個部落補上了九隻羊駝。

小小提提在出發之前的一夜，他讓孩子們都點燃了篝火，這一夜，他們跟願意跟他們一起走天涯的北方土著人一道吃喝了大半個夜晚，到了凌晨時分，他們息滅了篝火，起身向不知目的地的地方開跋了。

他們留下了五座茅屋；留下了一批動物毛皮；留下了所有的家禽；更留下讓這兒的原始土著人歌頌幾輩子的神仙傳說。

小小提提帶著大家，按照上次他送艾華他們的路線向南走，他們拖兒帶女用了十二天才走到了那條黃色大河的邊上。他們就在小小提提告別親人的地方暫停了下來，他們在此歇息了兩天，之後，他們就在陽光的普照下，沿著這條黃色大河的北岸，向西邁進！

沿著西去的方向直走，他們踏在一片天然的大道上走，一路上，孩子們都在傾聽著父親那講不完的故事，在不知不覺中已經過去了三十天。

天氣一天比一天炎熱，陽光的射線加上每天太多時間的行走，這使這些母親們和原始土著的男女們都倍感口渴，並每天都有超過平時的飢餓感。

他們早在二十天前就走進了一片大山脈，可好像不知道什麼時候才能走出去。解決口渴和飢餓的問題在這片山脈中並不難，山裡有潺潺的溪水，還有從高處瀉下來的山泉，這兒的小動物到處都是，狩獵也十分容易得手。當又三十天過去後，在他們已經確定走出這片山脈時，展現在他們眼前的是另一番景象。

在他們的身後有遮擋住他們視線的一片大青山，在前面有一大片光禿禿的矮山崗，這山崗層層疊疊連綿不斷，站在高處向西眺望，那兒有一片連上天際的黃土地。這一次，他們又見到了那條黃色的大河

「父親，您的故事中說，在斯可達的星球中有一個叫奇想大陸的地方，它的西部本是一片青山綠水，可在戰爭的一千萬年後，那兒成了一片廣袤的沙漠，沙漠是什麼樣的，是不是跟前面光禿禿的地方一樣？」還未滿兩歲的一九提提問。

「沙漠跟那光禿禿的地方不同，沙漠就是全是沙子，而沒有一滴水。」小小提提像是在回答一九提提的問題，又像是在自言自語，「對啊！我們可千萬不能走進沙漠。」小小提提似是讓一九提提給提醒了，接著他對大家說：「我們得走近黃色大河，並找到合適的地點渡過去。」

從高山上下來再走近黃色大河又用了兩天。

當大家走近時，那黃色大河的一景，可把大家驚呆了。

這個的水流是一瀉千里的勢頭，在河底下似乎蘊藏著一股難以名狀的神力，它一瞬不停地讓這兒的洪流在劇烈翻騰，這咆嘯聲經久不息，彷彿要衝裂兩邊的岩石！

這個地方別說大家了，連小小提提本人也渡不過去。

對此，小小提提仔細的觀察了一下，接下來他指揮著大家貼著河岸向東走，這不是來的路徑，但確實是一個相同的方向。

黃色的大河在指引他們前進的方向，但幾天下來，這條大河可依然在喘急中翻騰和咆嘯。

又走了三天，前面出現了一小山崗擋住了他們的去路，這與其說是小山崗，到不如說它是一個兩邊小懸崖下的窄山谷，這兒一下子變得非常涼爽，在酷暑之下，山谷中穿來的風還帶著絲絲的寒意。

這兒的兩壁十分的陡峭，除了順道而行之外，絕無攀登的可能。這個山谷也彎彎曲曲，讓人繞來繞去走了好一陣。用了幾個時辰走了出去，前面的景色簡直使他們獲得了意外的驚喜。

前面是一片貧脊平原，之前洶湧湃澎的黃色大河變成了一灘很大的水池，在目視的盡頭，人們能見到隱隱約約淡影，那是一些高聳的山峰，這裡可能是黑土地和黃土地的交界處。

大家靠近這個變化下的大水池，踩著河碎石。小小提提撿起一塊石頭向大水池的中央扔去，他本來皺了幾天的眉毛舒展了開來，「這裡的水確實很淺，這是一個天然的渡口。」他心裡這麼想，臉上呈露出燦爛的笑容。

小小提提率先試著去趟過河。駿馬從灘邊漸漸從深處過去，可到了中央還能見到牠的背上還騎著小小提提，這一下，全部騎在馬上的人都跳了下來，他們有的牽著馬，有的攙扶著女性們，他們都在無風無浪的情況下趟了過去，那些羊駝、犛牛和馬，牠們更是跟著人類，就像在平地一般走了過去。這樣的渡河讓人感覺渾身舒服，這兒的大多數人中還想去泡在

美麗的地獄

水中。

這裡不能久留，因為這些牛羊和馬已有一段時間沒吃草了，而人類所帶的食物也不多了，再看看這個平原，這兒幾乎是寸草不長。

跟著河流一致方向走，進了山區，一切都能迎刃而解。

天氣實在太熱了，整個藍天中沒一絲的白雲；天實在太熱了，熱得風也消失了；天實在太熱了，整個夜晚，天際中染滿了鮮紅的霧。

又一天下來，腳下踩的黃土地在人們的知覺中不見了，半個時辰走下來，這兒的土地上有了青草，而且看前面是越來越顯得綠油油的一大片，這一下，牛羊和駿馬都低著腦袋，啃起了大地賜予牠們的食物，牠們邊走邊吃，好像還珍惜著每一根生命的源泉，牠們吃飽了，又去河邊飲水。

這麼炎熱的反常氣候，人類不但是飢餓難耐，而且他們還穿著獸皮所製的冬衣，更向前眺望，這條黃色大河已經變得很寬，在不遠處，河水已在遊起浪花，看樣子那兒的水該是很深，而且黃色的大河在高聳的山峰邊沒了蹤影。

這兒可是最後一個沐浴的好地方，而且還可以飲水充飢。三嗎第一個帶頭跳進了河，這兒的共六十一個原始土著人都下了水，他們洗刷了身子盡情地喝水。沐浴完了，他們全換上了原始的夏裝。

這個下午，應出去狩獵的都去了，可是到了晚上，他們只獵到了一隻兔。六十一張嘴，只吃一隻兔？那之後又該如何是好？他們除了屠殺隨身跟著的動物外，別無選擇！

馬是交通工具，羊駝是既可愛又溫順，而氂牛是又溫順還通人情，怎麼選？

選來選去，最後還是選擇了氂牛，牠的高大多肉成了人類屠殺牠們的理由！

殺了兩頭氂牛，可以吃飽六十一個肚子，還能積剩一些以備後用！

人們圍著一起吃烤牛肉，這時的小小提提和大兒子大女兒則在河邊聊天。

「雖然我們福星高照輕鬆渡過了黃色大河，可我們依然不知道前方的目的地在哪？我現在又擔心氣候的極端變化。」小小提提憂心地說。

「父親，難道反常的熱天會比我們出來前那個地方的冬天更可怕嗎？」一一嗎提提問。

「我沒有這方面的經驗，在斯可達星球上，任何的氣候變化都是掌控在人類的高科技手中，但從學習的資料上得知，任何反常的極端氣候，都會引發災難。」

「父親，那我們去看他們吃完了沒有，吃完了，就催他們走，早一點進入山區，就能避免意外的風險。」一一提提說。

可吃飽喝足的人類哪還想走，吃飽、喝足、美夢這三件是能連在一起，這可不就是人類認為的幸福嗎？

人們是需要好好的睡一覺，他們也真夠疲憊的。小小提提和他的孩子們不用睡，這一夜，他們就守在甜夢人們的身邊。

在他們熟睡的時候，天還是這麼炎熱，到了後半夜，從西邊出現了一大片烏雲，它們正向著這個方向的上空移動。

在過分悶熱下，終於吹來了一陣又一陣涼爽的大風，大風正在驅趕天空中的紅霧，讓烏雲佔據著，此刻，小小提提忽然覺得心裡浮起一陣急躁，在一種難以名狀的感覺下，似又像一種不祥不安的心理佔據了心頭。

「不對，得叫醒他們，馬上走！」小小提提在不安的心理催促下這麼想，然後，他跟孩子一起，把熟睡中的人們叫了起來！

「趕緊走！」小小提提大聲叫道！

人們驚醒後尚處於朦朧的迷茫狀態，但他們不得不跟著騎在馬上的孩子們去趕路。

天亮了，陽光被烏雲遮擋著，只勉強有些光，烏雲密佈下的天空中開始畫出道道的閃電，閃電先在空中閃耀，接著又畫向大地，一聲響徹雲霄的悶雷響起，跟著雷聲大作。

騎上馬背上的孩子們都帶著自己的母親向著山區前的樹林飛奔，一批原始土著人，他們靠著小小提提和一些單槍匹馬的孩子在一段一段運送！另一批年輕強壯的原始土著人則掉在後面，因為他們正在趕著牛羊和馬！

「老鄉們，放了牠們，牠們都很有靈性！你們該騎上馬的騎上馬，該騎上牛的也可以！」小小提提向掉在後面的原始土著人發出了命令。他說完，馬上向一頭大公牛甩了一鞭，大公牛向前直奔，所有的牛羊馬都跟著狂奔起來！

在閃電和悶雷的世界裡，天上好像早蘊藏著幾條大河，在孩子和母親們只距離樹林只有半個時辰時，似有一雙巨手把天窗給打開了！

一種或許是百年難遇的超級大暴雨砸向了大地！茫茫的雨海中，那些原始土著人彷彿已經喪失了視力。大風一陣又一陣和暴雨捲動在大地上，眼看很近樹林的人們，他們連人帶馬像是在海上的小舟一樣打著轉前進！

狂奔的公牛所帶領的動物，牠們後來趕上首先衝進了樹林，從小在馬背長大的孩子們，他們既有不凡的視力，又有高超騎術，他們帶著母親們也衝進了樹林，最後進來的倒是小小提提跟——嗎提提和一二提提，因為他們在運送最後的原始土著人！

一進入樹林，小小提提目視了一遍原始土著人的人數，沒錯，一個

也不少。可眼下的樹林不密，雨點跟外面差不多，當他再向深處走了一陣時，見到那些牛羊和馬正在啃著濕透了的青草，於是他們牽上牠們，向樹林的高處走去。

他們走了好一陣才跟大家會合，之前進來的人都聚集在三棵參天大樹的下面，這裡的雨水稀稀啦啦，相比外面要小得多。

小小提提用目光清點著人數，他的十三位女人都在，她們緊緊地貼在一起，有許多人還在不斷的顫抖。再清點一下孩子們，他們一共少了七個，於是小小提提問一七嗎提提：你的三位哥哥和三位姐姐去哪了，還有一九提提？

「大哥帶著他們去了北面方向，一九弟是偷偷跟去的，二姐帶著她們去了東北方向，他們都說去探路的。」一七嗎提提把情況告訴了父親。

「一四嗎提提你過來，你跟一七嗎提提一起以最快的速度讓你們的母親們重新穿上冬衣，還有所有的原始土著人也一樣。」小小提提吩咐完後立即上馬，他順著女兒指定的方向去找另外的七個孩子。

在半路上，小小提提遇見了他四個趕回來的兒子。

「一九提提，你怎麼跟大哥同騎一匹馬，你自己的馬呢？」小小提提問。

「我的馬在受驚下把我翻倒了地上，牠自己跑了。」一九提提回答說。

「父親，北面上不了山，上面的大石和樹木真在塌下來。」一一提提把情況告訴了小小提提。

「我知道了，現在你們趕緊回去，千萬別再移動，一一提提你要組織全部人，立刻在樹與樹之間拉上盡多的繩子，上面蓋上所有能弄來的遮蓋物，用衣服也行，總之要搭一個淋不到雨的棚，你明白嗎？」他吩咐說。

一一提提答應後就帶著弟弟走了。小小提提掉轉馬向另一方向奔去。

他騎馬奔跑了一陣才見到了他的三個女兒。

「父親，您來得正是時候，看！這兒有一條上坡的路，人畜都能過，現在的雨太大看不清楚，在閃電下能見到最高處，我目測了一下，只要半天的時間，我們就可以上去。」一二嗎提提指著上面對小小提提說。

「不用閃電我已經看到了，謝天謝地，這正是一條天然的好通道，但我們現正不能上，因為會面臨山體滑坡的危險，跟著我回去，我們得先解決眼下的問題。」小小提提說完就帶著她們往回走。

現在，所有的人都在雨中搭一個能遮風擋雨的棚，在天黑前他們搭成了，這個棚能使一半的人可以避雨，再檢查一下食物，要堅持到雨停下，這些食物也看來足夠。

眼下只是還有兩個關鍵問題解決不了，一，所有需要睡覺的人們不

能躺下，因為從山上流淌下來的水讓人們猶如站在河流的淺灘中；二，這裡的一切已經都濕透了，要生火取暖或是烤熱食物已經完全沒有可能。大家只能站著，只有小小提提的十三位女人，她們伏在馬背上休息一陣。

也就在這個大雨天的第二天，一嗎開始咳嗽了，沒多一會兒，小小提提的所有女人和大部分的原始土著人都出現了類似的症狀。

「不好！看來最糟糕的事情即將發生。」小小提提的大腦中，不禁掠過了這個想法。

第二章：東方的足跡

一

一天多下來，雨不但沒有停下來，連停止的跡象都沒有，到了第二天的下午，小小提提的十三位女人，加上原始土著人五十三個中的四十八個都染上了和一嗎一樣的「抽搐病」，而這時的一嗎和二嗎已經在發熱的情況下陷入了昏迷。

小小提提的孩子們在雨天的第二晚上，他們在大樹之間拉起了三個長吊床，他們將所有的母親們從馬背上移到了長吊床上，接著他們四處去尋找生火的乾物，但是，那時的一切都是濕的，在極其無奈之下，一九提提想到了一個辦法，他們將根皮割開刨下木屑來生火，火是點著了，可根本燃不成火焰。

「沒有火，燒不成熱水，病人們只剩下了兩個字：熬和槓！」小小提提明白又清晰地想。

到了第三天，一嗎從昏迷中睜開了眼睛，她目光無神，聲音微弱的對小小提提說：「我的神仙，我要死了，孩子們還好嗎？」

「孩子們都沒事！你要堅持住，你一定能挺過去的！」小小提提握著她的手，內心是無比的酸澀。

五嗎也從昏迷中甦醒過來，她用目光在搜尋兒子一五提提，當兒子來到她身邊時，她那張削瘦的臉龐露出了笑容，然後就又閉上了雙眼。

在第四天的清晨，雨終於停了，這些孩子們都出動去了最高處，他們一刻不停的採集能點火的樹枝，他們甚至把樹枝散開來，去迎接太陽光的到來！

美麗的地獄

旭日在東方升起，在陽光照射和暖風下，那些樹枝在午前就乾了，他們把這些柴枝捆紮好，整整馱滿了十九匹馬。

火生著了，並燃燒起熊熊的火焰，孩子們趕緊燒水為病人們洗涮身子，一次又一次，一直到了柴火燒盡。

到了第五天的凌晨，六嗎從昏迷中醒過來，她微笑著跟孩子們聊天。約一個時辰下來，小小提提的女人們都醒了，十三嗎和十四嗎一醒來就叫著要吃的，接著一嗎和二嗎也一樣，看來她們真的是餓壞了！

小小提提欣喜得近於興奮，他見食物已經很少了，最多撐不到兩天，於是，他帶上一一提提和一二提提飛身上馬，他要去打獵，要為她們病癒後的身體補充營養。

這父子三人從高坡處向東邊下去，在行了一段後來到了對面的大山。進入大山時，這兒的環境似乎給小小提提有一種親切感，因為這裡有點像斯可達星球中的奇想大陸。

他們三人騎在馬上，那馬蹄在觸及地面的植被時發出陣陣聲響，聲音讓慌不擇路的兔子在拼命逃竄，而這兒的獼猴群也在樹梢上不停的作著逃跑的比賽，在不遠處，有群梅花鹿正停下了啃食青草，牠們在豎耳觀察！

忽有一聲虎嘯響起，它迴盪在深山中。

「停下，以我看，這虎嘯聲聽起來不太正常」小小提提先下了馬，然後對孩子兩說。一一提提和一二提也下了馬。在駿馬吃草之間，父子三人對環境作了觀察。

「我們可能進入到了一個動物世界，在斯可達星球的奇想大陸，有超過兩千萬種動物，這是我們的人類跟動物和睦相處的結果，我們人類跟動物相隔存在了一億多年，但是還建立著那種值得稱讚的交往。」小小提提顯得興趣盎然的樣子。

「父親，您有講不完的斯可達故事，但是有太多的我們都不太明白。」一一提提面帶笑容說。

「就別說你們，就是我也一樣，如果你們的祖父母和大伯在的話，我想，在我們剛面臨的困境中，他們不會束手無策，我不是一個斯可達星球的好學生，甚至可以說，我是斯可達星球中最最無知的人。」小小提提對自己的真實評價，讓兩個兒子哈哈大笑。

「哈哈，可母親們和原始土著人還把您當成神仙，父親，真正的神仙是什麼樣子的，您見過神仙嗎？」一一提提問。

「在我們斯可達星球的課本中是這樣定義的：從人類的文明到一期文明前，這一段被稱起步文明，也可以說成地獄階段，凡超過二期文明至五期文明的人類，對他們而言就是神仙，神仙有大小之別，以文明的高低

來作標準。可在斯可達星球中，認定的神仙只有三種：上帝、天堂人、還有高維人，他們才算是真正的神仙。」

「父親您看！」一二提提的叫聲打斷了他父親和他大哥的談話。

「這是野豬，斯可達星球叫牠們為疣豬，牠們長著一對獠牙，所不同的是：牠們還長著長毛，地球的大動物都長著長毛，或許牠們還處在進化中，這兩大一小，也許是一家的。」小小提提說。

這時，一二提提的坐騎突然長嘶地叫了一聲，小小提提警惕的向另一方向望去，「你們看到了沒有，正有一頭大傢伙出現了，是一頭棕色的大熊，牠比氂牛還大，牠看上去笨拙憨厚，但牠力大無窮而且十分兇殘，孩子們，我們趕快上馬離開。」小小提提在見到又一物種到來之後，他快速介紹完，然後跟兒子一起跨上了駿馬。

「父親，牠雖然大，但我們三人加在一起能打得過牠嗎？」一二提提問。

「孩子，請你們都記住了，我們是人類，是能只做有把握的事，不然的話就是笨蛋，或者是笨蛋似的賭徒。」小小提提說著，他騎馬到了一棵百年大樹後，兩個兒子也跟著躲到了大樹後，他們在觀察，這三隻疣豬對大棕熊的反應。

大棕熊正向這兒走來，三隻疣豬一發現便一哄而散，牠們向不同的方向拚命的跑動。看了這一幕之後，這父子三人便離開此地，向東奔去。

這一走一直到了近黃昏，這時的三匹駿馬突然停了下來，牠們令人不解的不肯移動。在這片區域，這父子三人可沒發現什麼意外的動靜，只是覺得這兒有絲絲的寒氣。

「這兒好像有一股奇怪的寒風。」小小提提提醒兩兒子，他們謹慎的牽馬去躲在齊腰高的草叢中。

這裡除了有股寒氣之外，一切是出奇的靜。不一會兒，有五隻梅花鹿走來不遠處吃草，有一隻大的並沒有吃，牠好像在替牠們望風。

突然間，從另一個草從中有細微聲音，這父子三人都見到了有一隻黑黃相間的物種正貓伏前進式向梅花鹿們移動，這個物種身體很長，這讓一一提提和一二提提緊張得倒抽了一口冷氣，「父親，是一隻黃黑斑虎」一二提提說，小小提提馬上對他做了個手勢，示意他別出聲。

在此瞬間，從另一草叢中蹦出來另兩隻大梅花鹿，牠們在波浪型的跳躍下也驚動了原來那五隻梅花鹿，在他們父子的目光下，全部的梅花鹿都開始逃遁，只見被一二提提稱為的黃黑斑虎，牠跳動出不一樣的姿態，牠的大跨步猶如蹦緊後又彈射了開來，只短短的一分鐘，牠就撲殺到了一隻梅花鹿，一陣低沉又耍威的咆嘯從牠的身體中傳來，轉眼間，黃黑斑虎叼著獵物向另一方向穩步走去。

「父親，牠比我們狩獵到的黑虎還大！」——提提說。

「孩子們，你們看天空上。」這時的小小提提似乎忘了剛才的一幕，他的手指向了天空。

夕陽已經開始西落，那是映著餘霞的金色天空，在這個背景下，正有一對五彩繽紛的大鳥翱翔在那兒，牠們飛翔速度不快，可優雅的姿態，彷彿是一對舞蹈高手。

「這個物種，斯可達星球中也有，牠們很珍貴，我們稱牠為：鳳凰。」小小提提介紹道。

「這些鳳凰太美了。」兩兄弟不約而同讚美說。

「我們休息一陣子，前面有個小山洞，走吧。」小小提提對兩孩子說。

「在這陌生的地方，好像什麼動物都獵不到，還不如我們以前的北方地區。」一二提提說。

「不能空手而歸，母親們和原始土著人正需要多吃點來增加營養。」一一提提接著說。

「眼下的氣候和季節是比較難獵到動物，這也啓示了我們人類，一旦遇到了合適的地方，得要珍惜啊！。放心吧孩子們，我們會有收獲的！」小小提提口氣肯定的說。

父子仨在進了山洞後不久，天色就暗了下來，可當他們只交談了一陣後，外面的駿馬就嘶叫起來，看來有新的情況，夜晚是動物出來尋找獵物的最佳時候。

小小提提看著前方，跟兒子介紹說：「我看到了那兒有七隻狼正圍住了兩隻比牠們還小的動物。」

「父親，我也看見了，那兩隻小動物是山貓，牠們跟北方的那些長得一樣，牠們應該是在樹上的，怎麼會在地面上被圍住。」一一提提說。

「一二提提，你去把馬牽進山洞，一一提提，我們靠過去，準備好石刀片，下手要快。」小小提提立即跟大兒子一起，向那動物的搏殺地靠了過去。

可已經晚了，只見一隻前面見過的那種黃黑斑虎不知道從哪裡竄了出來，牠一個反滾就側身咬住了一隻狼的喉嚨，其它的狼四處奔逃，兩隻山貓也飛快的上了樹！

「會是之前的那一頭猛虎嗎？」一一提提問。

「絕對不會，所有的貓科動物吃飽了，就會停一陣子才會獵食其它動物，這兒的猛虎分布的情況極不正常，這兒很危險，記住，我們以後出發時，不能來這個區域」小小提提說後便跟一一提提撤回到了山洞，一回來後，他們便又騎上馬，向另一個方向走去。

另一方向上，動物也不少，但沒遇到猛獸，在天亮之前，他們也沒

有再碰上驚險的事。

　　在這一路上，這兩兄弟又開始以父親故事中的情節，在跟他聊天。

　　「父親，您們的視力可真夠厲害的，能稱得上是：火眼金睛，您說：這一切都是艾華爺爺所做的傑作，這樣看，他的大腦有多厲害啊！我想，他就是天堂人，就是大神仙！看，我們的視力也很厲害！」一一提提又扯上了斯可達的故事話題。

　　「凡是我們斯可達的人都這麼認為，可你們的艾華爺爺自己都不知道，他已經記不清是從哪裡來的！」小小提提說。

　　「可我更喜歡艾娃姑奶奶，那仗大宇宙戰役打得太棒了，您還說她是大宇宙的第一美人，父親，艾華爺爺不是肯定了她也在這個星球嗎？我能見到她該多好啊！」一二提提說。

　　「只要堅定的活著，會有機會見到她的。那場大宇宙太空戰役是打得很棒，幾乎全殲了『地獄森林』人，可惜當時我還沒有出生，可你們偉大的親爺爺，我的親生父親參加了，並立下了功勳！」小小提提無不自豪地說。

　　「父親，我們過不去了」這時一一提提說。

　　小小提提定神一看，再抬頭看看，是的，這是一些長在懸崖上的樹木，前面是一道高聳的懸崖峭壁。

　　「我們已經來到了這片區域的最高處，上面是頂峰，可這個地方相比另三個方向的大山，它只屬於一座小山嶽」小小提提說著，他在原地轉了兩圈，最後還看了一下天色。「天很快就要亮了，我們就貼著這個懸崖往反方向走。

　　天色果然很快就亮了，在他們走了一陣後，忽然間小小提提向兩兒子擺了擺手示意停下來，他指著一個方向，輕聲對他們說：「牠們共有七隻，兩大五小。」兒子們點了點頭，表示他們也看到了，接著小小提提又指出了一個點，並說：「那兒也有四隻，三大一小，這些動物不會爬樹，更不會飛，牠們一定有巢穴，一一提提，你和一二提提去那個高坡，我的口哨一響，你們就朝牠們衝擊，記住朝著大個衝，別停下。」在小小提提的囑咐下這兄弟兩領會地點了頭。

　　他們悄悄的去到了那個高坡，轉眼，父親的哨聲響了。

　　倆兄弟極速從坡上衝下來，小小提提則從另一個方向朝著目標衝了過來。

　　原來這是兩群疣豬，牠們在受驚下反應極快，開始大個帶著小個跑，沒跑多久，牠們分散開跑，在小小提提他們急追不放的情況下，兩隻小的在慌忙中鑽進了洞穴，而那些大的繼續亂跑，不久，牠們跑沒了蹤影。可這狡猾的一招，怎麼能逃過他們父子三人的眼光。

美麗的地獄

父子三人跳下了馬，一二提提性格急，他馬上去牠們的藏身之處查看。

「父親，我看見牠們的獠牙了，可洞裡很深，根本抓不到牠們。」一二提提遺憾的說。

「不用著急，我們會抓到他們，因為我們有這個。」小小提提指著自己的腦袋說，看上去他早已胸有成竹。

在父親的帶領下，他們取下了攜帶的所有繩子，這些從北方帶來的藤絲繩和前一陣編織的草繩都放在地上，小小提提把藤絲繩挑選出來，隨後他們三人圍成了一個小圈子，把藤絲繩在身體上相隔幾吋的距離繞了十二個圈，然後脫下放在地上，再接著，把餘下的繩子燒斷，在放下的藤絲繩中打了三十個結，當三人把這些繩子提起來並又鬆開時，一張大網就出現了。

「父親，這張網可放不下三頭疣豬！」一一提提帶上擔心的口氣說。

「沒打算把牠們放在網裡，這些傢伙不能馱在馬背上，只能拖回去，來！我們去逮牠們。」小小提提和兩個兒子來到了疣豬藏身的洞口。

「一一提提你抓緊這一邊，一二提提你要抓緊另一邊，記住，當牠們衝出來時，是小個的，一一提提得迅速鬆開口放牠逃生，是大的，你們兩要用力封住！明白了嗎？」

「父親，我們明白了。」

「好，我們開始吧。」

小小提提把草繩盤成一堆，然後點上火，當火焰煙霧上升時，他把它塞進了疣豬洞穴。

很快，洞裡發出刺耳的嚎叫，當小小提提抽出石刀片時，已有一大一小兩頭疣豬衝了出來，這兩兄弟憑著渾身的力氣將網堵住，這瞬間眼明手快的小小提提已經將石刀片插入了那個大疣豬的喉嚨，再接著，那兩兄弟同時撲向大疣豬，把牠死死的摁住，而小疣豬趁勢逃走了。

在一陣嚎叫後，大疣豬咽氣了，小小提提抽回石刀片，在牠的身上擦乾淨。

「弟弟，我們不行，要不是父親動作快，這個大的一定跟小的一樣跑得無影無蹤了。」一一提提說。

「哥，這是第一次抓這樣的動物，沒有經驗，現在我懂了，其實我們不用使這麼大的勁，關鍵是要快，用網纏住牠的腳就行了。」一二提提說。

「你真聰明，關鍵是快，你們的快速反應要快過疣豬的衝擊力和速度。」小小提提說著，然後他帶他們去找另一疣豬洞穴。接下來的捕獵行動就很順利，他們三個人共捕到了三頭大疣豬。

他們經過一天多的返程路後回到了那片樹林的高坡。

「哥，我好像聽到姐妹們的哭聲。」在高坡上，一二提提說。

「不好，我也聽到了一片哭聲，一定是出什麼事了。」一一提提確定了一二提提的聽力。

而這時的小小提提已揮鞭抽馬，他的坐騎，風一般的衝下高坡。

二

孩子們悲痛欲絕的號啕大哭已經證明瞭一切。

就在小小提提他們父子出外狩獵的三天裡，除了一嗎、二嗎、十三嗎和十四嗎挺了過來之外，小小提提其餘的九個女人都應病而去世了，而那些原始土著人更是只剩下了十三人活著，其中也只有三個女性。在這悲慘的一幕下，所幸的是：小小提提的二十四個孩子都安然無恙，這或許就是：這些孩子們都有極強的免疫能力。

失去母親的孩子們是萬分悲痛，失去女人的小小提提已經是欲哭無淚。

到了第二天，大家一起上了最高坡，在那兒，他們用了整整一天的時間來安葬這五十四具屍體，並將三頭疣豬都烤了，用一些來祭拜亡靈。做完了這些，小小提提就在高坡的一塊小平地上，用碎石壘成了一幅圖案。

「父親，您壘成這幅雙魚圖，是為了紀念和祭祀母親們嗎？」一九提提問。

「當然是的，不過我還有另一層意思：這對有翅膀的魚，是出於可依分星球的物種，按我和你大伯的約定，我正以一種宇宙資訊傳的土方法去告訴你的大伯，我們離開了原居地，正艱難的行走在途中。這種會飛的魚叫贏魚。」小小提提明確的回答了兒子一九提提的問題。

自那天之後的五十一天中，這剩下的四十一個人類，他們確實走過了一些艱困曲折和迂迴不斷的道路，在那個期間，他們在猛獸的攻擊下死了三個原始土著人，他們有兩頭氂牛被咬死，還有可愛的羊駝，有一半被叼走。

在炎熱的天氣已經完全過去後，這些人類已經來到了一個超大山脈的最東一座大山中。

「父親，快看！」有多個孩子齊聲喊道。

小小提提的目光向著他們所視的方向望去，只見前面的天空中正飛翔著一隻金色的鳳凰，牠的優雅飛姿和美麗的身影真令人賞心悅目。

這一幕剛過不久，前面就出現了一片長歪的樹木，很明顯，它們已

美麗的地獄

經擋住了大家的去路。這時，一一媽提提驚叫了起來，跟著大家都驚嘆不已，在前面不遠出現了一隻美麗無比的物種，牠長有一身潔白柔軟的毛色，上半身是羽毛，小腦袋頂上有一撮黑戎毛，尾巴上有一點點翠綠的斑點，牠止在跳躍，一跳一個轉身，牠好像在為人家引路。

「這個物種叫麒麟，牠們有三個種類，這是很珍貴的一種，這在斯可達星球也有。牠們特別的稀有，在那兒被鎖定位置的只有六十個。牠們神奇又靈性，看！牠好像在為我們帶路」，小小提提向孩子們作著介紹，看上去，這個物種使他久久的不悅，變成了難得的笑容。

「大家一起跟著牠。」一一媽提提愉快地說。

「那是向西方向，這是一個錯誤。」一二提提向大姐提出了異議。

「聽你大姐的話，跟上牠。」小小提提決定似的說道。

跟著牠，他們進入了一條崎嶇的羊腸道。一向走山路如平地的牛羊在前面，大家則不得不跳下馬，緊挨著，小心翼翼向前移動。這樣的路走了半天，突然，這崎嶇的羊腸路有了出口，這個出口還在大山的高處，這兒可以將大山下的大平原一覽無餘！

哇！這是一個超大的綠色平原，除了隱約能見到黃色大河這一條線外，其餘的都是平原。

「大家停下來休息，我們等明天清晨才下去。看來我們已經來到了一片適合我們居住的地方！」小小提提喜形於色的向大家宣布說。

他說得沒錯，這兒確實是他們尋找的理想之處。

在第二天的清晨，他們一起走下了這個相對平坦的大斜坡。

全部十個原始土著人和牛羊走在前面，跟著的是騎在馬背上的二十四個孩子們，最後是小小提提和他的四個女人。

到了一個嶄新又可愛的地方，小小提提又一次用碎石在這塊土地上疊起了兩個圖案，疊完後，他跟孩子們介紹說：「這個叫饕餮，另一個叫應龍，牠們都是可依分星球上的物種，牠們有猙獰疹人的外表，卻是溫順又貼進人類的動物，牠們都以土為食，在大部分見不到光明的可依分星球中，牠們象徵著安居樂業和平安無事！這就是我要傳遞給你們祖父母和大伯的信息。」

「父親，在您的故事中，可依分星球的文明達到了三期，而它的鄰星系的『地獄森林』系只有二期文明，可我不明白，為什麼二期文明去攻擊殺戮三期文明，這是不是宇宙中顛倒的現象？」一一提提問。

「父親，我也弄不明白這一點，按理應該是可依分滅了地獄森人才對！」一二提提跟著說，看起來這兩兄弟有同樣的疑問。

「你們的爺爺和姑奶奶都說過：大宇宙有天堂所訂下的潛規則，不能恃強凌弱！只有一期文明不到的地獄階段才恰恰相反！在關鍵的時刻，

天意一定會幫助弱小一方。」父親這簡單的兩句話，並沒有完全點明他們心目中的疑問，因為他們所處的文明階段讓他們依舊迷惑。

在這一百多天的遷徙中，小小提提幾乎是沒合過眼，一種達到目的時的安閒反而使他覺得有點睏，於是他合上了眼，睡了一覺。

當他醒來時，大腦中清晰的回憶到夢中的情景，他也見到了伏在山崗上的應龍，這使他心情開始愉快起來，因為，土方的信息告訴他，他的親人們也已經安居在一個好地方。

「現在要去尋找他們？」小小提提閃過了這個念頭，但又被他自我否定了，現在孩子還小，而且一切的生存基礎還沒建立，如果這麼拖兒帶女群集出動，那保不齊會災難重重。

在這片大地上生存和生活，起初的幾年中，一切都由小小提提的親力親為或直接指揮，雖然這裡的土地肥沃，出產的資源比北方還要豐富，但是相比當時的生存，現在的一切反而顯得緩慢和不急不躁，這樣現象是小小提提所喜聞樂見的，他牢記著斯可達教課書中所說的：人類的文明進步從來不是直線的，人類的錯誤在於退化和倒退和逆行時而毫無所知，別讓糟糕的事情繼續，不能停滯在以往的翻版中，這才是文明所需要的。

在這些歲月中，這批人類在這個嶄新的土地上建起了更多的茅屋，他們在享用天然果實和動物肉類時，也嘗試著烘乾草根和曬乾果實，他們在尋找耕耘的種子和去發現所需的礦源。

在又一年裡，成長中的一九提提發明瞭木製的「拉風箱」，在此八年的生活後，小小提提帶著兩個兒子外出時發現了鐵礦，他們將另兩種礦石放在一起，製作出了真正的鐵，至此，他們才真正的脫離了石器時代，這可是讓文明又上了一道台階。

再來看看小小提提和他的孩子們的其他情況。

先來說說小小提提。眼下他雖然只有四個女人，可是在這風調雨順的歲月中，這四個原始土著女性又為他增添了十二個孩子，他們是六個男孩和六個女孩，現在他所擁有的子女人數已經達到了三十六個。

再說一下，一一提提和他的兄弟們。

當這些人類到達這片廣闊的天地時，在起初的幾年中，他們並沒有見過有眾多的人類出現，他們也沒有跟其他人類有什麼交集，這個情況一直持續了近七年，隨著這些孩子的日趨成長，也由於外出的狩獵，他們所活動的區域是越來越大與越來越廣闊，到了他們發現了鐵礦時，他們見到了有很多人類，這些人類有簡單的語言，他們有的群居在森林裡，也有的群居在天然的山洞中。

至此他們開始跟原始土著人有了交集，從北方跟來的原始土著人再跟他們有了交往，甚至有了交歡上的往來。

在之後的一年中，一一提提已經熟悉了他們的近百人後，有一天，有個部落中的兩位年僅十一二歲的姑娘，忽然間在一一提提他們採礦時，寸步不離的跟著他們，他們之前認識，也有手勢上的交流，但是這一次的反常跟隨，引起了一一提提的好奇，通過僅有的一點交流，一一提提弄明白了兩點：一，她們正在受飢挨餓；二，她們想跟著他們走。

既善良又極具憐憫的一一提提滿足了她們的要求，從此以後，這兩位姑娘就得到了一一提提的長期供給和幫助，後來她們也跟著他來到了這個地區，在某一天，一一提提終於陷入了跟他父親曾經有過的同一狀況，他們發生了一對二的交歡。

這些事情，所有的人都沒發現，也不知情，直到這兩個姑娘都顯懷了才讓他的親人們面對了這一事實。

小小提提對這樣的事情，不但沒有去批評大兒子，相反，他在知情後的第一時間，便讓出了自己的居所來讓他們三位去住。

一一提提的第一個孩子出世了，這是一名女孩，小小提提為孫女取名叫：曦提提，平常喚她為曦。九天後，一一提提的第二個孩子也來到了世上，她也是女孩，這一次是一一提提的生母一嗎給取的名她叫：紮提提。

這些事情都發生在他們來到大平原的第九年，之後不久，小小提提從一九提提那兒瞭解到，一二提提也有了女人，而一三提提和一四提提也隔三差五的夜不歸宿，這些情況已經讓小小提提的內心有了明確的判斷。

從第十年到來之際，小小提提帶著大家又開始大興土木，他們現在共建造了二十四座茅屋，其中有五座還是一些十分像樣的木製大屋。這二十四座茅屋共分立成三排，這樣的建築氣勢就當時而言，這簡直可謂奇景。

也就在第十一年的夏季，小小提提做出了一個大家長的決定，這是一個只涉及到親人的決定，但從文明的角度來看，這等同於把人類文明推到關鍵的起點！

他為他的孩子們在資源和居住上作了詳細的分配，這一分配在無意中使地球上的這波人類中出現一個文明產物——「家」

家，它原本是人類文明進步過程中一個自然形成的現象；家，是大宇宙中貫穿人類文明全程的現象；可在我們這波地球人類中，它卻讓一個外星人，以分配的方式給完成了。對此，天堂人都說：這可真是一個另類。

現在可以說，在地球中，小小提提就是創立「家」的鼻祖。

故事講到這，本作者應該還得講一下小小提提另兩個第一。

在東方的中國文字中，有祖先和先祖兩個名詞，它們之間應該有明顯的區別，祖先指的是群體，凡指一個未知的大群體，當人們知道了人類的真正起源時，您一定會翹拇指來讚揚這個名詞的正確性，但先祖又是指

的什麼，應該是指的個體，當您知道了人類的真正起源後，您可能會認為這個名詞是不能存在的，奇葩的是：這個名詞在大宇宙之內的地方，讓它記錄了下來。

這個家的鼻祖，是地球人的先祖之一，更是黃種人的先祖，大家同意這樣的稱呼嗎？

故事中說：兩架宇宙飛行機帶上八個外星人來到了我們這個星球，能稱得上先祖的有五位，小小提提也是這五位中的第一人！

不用絞盡腦汁去弄明白太多為什麼，看完了這本書後自然就明白了。這個奇葩究竟是誰的傑作？相信聰明的讀者們定能猜到！這是 140 億年前的設計，這是新的 300 億的開啓！猜吧猜吧，猜到了，猜不到，都會得到好運氣！

小小提提為了子女們分配完後，不知不覺又想到了另一個問題：他發現他的兒子們已經漸漸融入到了這個星球中，他們一定會像自己一樣，讓地球的世界裡根深葉茂，這是天意，也是本能。然而他所想到的問題是：為什麼他的女兒們在此方面卻毫無動靜，難道天意不管她們，還是她們沒有本能的所需？

有一天，小小提提找來年齡大的五個女兒，作為父親，他是第一次跟女兒們交談有關她們的想法和涉及到她們的私事。

通過跟女兒們的促膝談心，大致能讓小小提提明白到，他的女兒們作為女性，在性格方面像極了斯可達星球上的女性，她們自己的感覺成了她們對於異性的第一要求。

她們的心靈中有這樣幾種能激發好感覺的因素：一，異性的外表；二，追逐下，異性所表現出來的熱情度；三，溝通中的表現方式；四，異性的性格合不合她們心中的設定。

「在這個原始的社會裡，恐怕沒有男性能符合她們的要求，怪不得她們從內心深處在抗拒他們」小小提提的心裡在這麼想，他對女兒們在這個星球中所處的環境，以及她們從抗拒中建立起來的心高氣傲，有十二分的擔憂，不過，作為出生於高級文明的人類，他也不會過多去糾纏在這種擔憂中，這是因為，他的心中有個非常明白的道理，人類的天性、人類的本能和人類的伴配，在很大的程度上會出現一個不可抗拒的因素，這個因素的名字就叫做：天意！

等這次的父女交流結束時，一一嗎提提禁不住問父親：「您怎麼忽然間想起來跟我們姐妹們談論這些事？」

「我是一個父親，我當然要關心每一個我的孩子。知道我們現正所生活的狀態叫什麼嗎？這叫家，我多麼希望你們都像你的大哥那樣有一個家！另外我感覺現在的情況已經達到了成熟的時機，我想應該出發去尋找

你們的艾華祖父、可沁祖母和你們的大伯，甚至去遙遠的地方尋找你們的祖父母和你們的姑奶奶，當然還有我和你們大伯都愛的斯斯通通。」小小提提把自己的想法，第一個告訴了大女兒。

「太好了」，　嗎提提興奮得拍著手說：「您曾經說過，艾娃姑奶奶是大宇宙中最美和最有智慧的女性，我多麼想見到她。」

「我已經想好了，要去不知道的遙遠地方，我不能帶太多的人一同前往，我只帶上一九提提和二一提提。」小小提提口氣肯定地說，他好像已經決定了。

一一嗎提提向他翻了一下不滿又調皮的白眼，然後厥著嘴走開了。

望著大女兒的背影，小小提提呈現出寬慰的笑容。

<h2 style="text-align:center">三</h2>

已經給子女們全分配完畢，並也找了大女兒他們談了心，小小提提已經覺得在出發前該做的已經做了，現在他顯得意氣煥發志滿躊躇，幾天後，他召集了所有的人，對大家宣布了自己的決定。

「春天即將到來，大地將再次被喚醒，這是一個出發遠征的好時機，我要去尋找我們的親人們，這一次跟我一起遠去的是一九提提和二一提提，其他人都留下！我不在時，家中的所有事情由你們的大哥、二哥和大姐、二姐負責，發生大事，需要大家商量而作出決定。要記住兩點：1.不要做盲目的擴展，只求守住眼下的成果；2.盡量避免跟大平原的原始土著人發生摩擦和衝突，如果避免不了，寧可再次遷徙，也不要開啟殺戮。我們三個等到一一提提的第三個孩子出世，便立刻出發！」

在小小提提向大家宣布決定的當夜，一一提提的第三個孩子便來到了世上，這名是男孩，小小提提為他取的名字叫：華提提，很顯然，他將最尊敬最愛戴的養父艾華的名字移到了大孫子的身上。

這次父子三人的遠征，除了三匹他們自己的坐騎外，還另帶上三匹駿馬，這些馬的背上全馱的是鐵製工具。

孩子們把父親的遠征當成了習慣中的出門狩獵，唯一感覺不同的是，小小提提的心頭摯愛一嗎，她上前緊緊地抱住了他，她還流著熱淚，並跟他親吻。

走了！馳騁在大平原上的六匹駿馬猶如一條飛速移動的線，這條線不斷在變淡，不久就消失在親人們的目光中。

在整整大半天的急馳後，他們穿入了一片崇山峻嶺之中。

連綿不絕的山道，幾乎每次都讓他們覺得無路可行了，可結果，大多數的路還是天從人願的出現了峰迴路轉的那一幕，但是也有一次，他們

真的走到了盡頭，不得已，在懸崖峭壁下折回來，重新選擇新的道路。

這是一個不知道目的地的奔馳，但這父子三人的心中都存在著冥冥之中所賜予的方向。

八天後，當這父子三人從山上衝下來然後又穿過一個樹林時，眼前的一幕，擋住了他們前進的道路。

「父親，這是一條水流湍急的大河，比那條黃色大河的河面還要寬闊。」一一提提率先說道。

「那我們又要退回去繞著走嗎？」二一提提急著問。

小小提提看著這一情景，鎖緊眉頭沒有吭聲。

「父親，我先去看一下。」一九提提沒等他父親開口，他策馬向河岸馳去。

「孩子，這不是大河，而是一條大江。」小小提提這麼說，隨即也躍馬馳去。

二一提提不甘落後，他索性在馬屁股上抽了一鞭，他的坐騎邁開大步馳往江邊，另三匹駿馬也跟了上去。

小小提提還是以投石問路的方法去試水深，然後他對著孩子說：「這條大江也許比那條黃色大河還要長，從它的水流和深度來判斷，除了它的源頭之外，我們可再也不可能有好運氣像上次那樣遇到一個天然的好渡口，看來只有渡過去。」

「渡過去。能行嗎？」一九提提疑慮地問。

「一九提提，你想想，如果這條大江由西向東，將這片大陸一分為二的話，那麼應該說，在兩岸的原始土著人就沒有聯繫的可能了，可我們應該都相信，他們會有聯繫，我的意思是：無論是因為聯繫，或者是兩邊的遷徙，他們一定會想方設法的渡過去。他們都能做的事情，我們沒有理由渡不過去。」

父親的話讓一九提提很明白，但是，面對洶湧的江水，究竟怎麼過去，他還沒有想通。

「哥，我明白了，我們可以造船渡江。」二一提提拍著巴掌，興奮地說。

「傻小子，你一邊去待著，還造船哪？你是聽父親的故事聽暈了吧。」一九提提用這種口吻對兄弟說。

「造船？我們暫時沒有這個能力，但是我們可以造一個筏渡過江去。」小小提提口氣肯定的說。

「筏！那是個什麼東西？」二一提提轉著迷惑的眼珠問。小小提提沒有回答，他跨上了坐騎，沿著大江向東而去，兩個兒子也只得跟在他的身後。

美
麗
的
地
獄

一直到了第二天，小小提提才和兒子們停了下來。

　　這裡的水流相比昨天的江面要平靜一些，但是，這裡的江面也比昨天的江面要寬得多。望著這滔滔的江水和寬闊的江面，兩兄弟對視了一下，然後又一起望向小小提提。

　　「我知道你們兩在想什麼，凡事都要開動腦筋，我挑選這裡渡江，主要是，這裡的樹林離江面最近。渡江要關注水流和風向，處於我們現在的情況，渡江材料的取產地是一個關鍵。」小小提提和藹的對他們說，並示意他們下馬。

　　「我明白了，如果原始土著人認定了風向，他們抱住木頭也能漂過江去，哥，你懂嗎？」二一提提一下馬就對一九提提說，口氣很得意。

　　「你的一九哥哥是你們兄弟中最聰明的人，他一定懂，還有，由南向北要挑東風，由北向南要選西風，在這個季節裡，我們做完了筏就可以渡江了。」小小提提帶著兒子走向樹林時，教導他們說。

　　「父親，我們斯可達人跟原始土著人在渡江方面是不是智慧相等的？」二一提提問。

　　「二一弟弟，你是沒話找話，這個差距實在是難以形容，他們的風險比我們都要大上百倍。」一九提提說。

　　「好了，不多說了，卸下工具幹活！」小小提提說。

　　按小小提提的要求，他們分別做成了兩個筏，一個是木筏，另一個是竹筏，做了兩個筏後，他們讓駿馬將兩個筏先拖到了岸邊，然後將兩個筏牽連在一起，他們在目前退潮時，再讓駿馬把兩個筏拉到了泥沙灘上，接著這父子三人將六匹馬栓在竹筏上，自己則跳上了木筏。

　　在等待了一個時辰左右，只見江水一陣又一陣向江岸湧來，不多時，水流已經將兩個筏托了起來，在水流的衝擊下，筏在劇烈的搖晃。

　　「孩子們，準備好了嗎？」小小提提大聲問道。

　　「準備好了！」兩兄弟齊聲喊道。

　　小小提提舉刀過頂，用力斬斷了一根由筏連接著岸邊小樹上的繩索，而兩兄弟則用長長的樹木頂向岸堤。

　　順著風，破著浪，雙筏向東南方斜線衝去。一划到江中，風浪便開始激起陣陣的浪花，浪打濕了這父子仨，也打濕了六匹駿馬。兩兄弟在拼命有力划著筏的兩側，而小小提提此時也持著長棍，他時不時在兩筏之間跳來跳去，他一邊要穩住受驚的駿馬，一邊還要來幫手兩個兒子。

　　已經到了大江的中線段，兩個筏在互撞下打起了轉，小小提提又從竹筏跳到木筏，他讓二一提提在木筏前把一根小木棍觸進水中，而他跟一九提提，一個在左，一個在右，奮勇划動。

　　筏不再旋轉，二一提提手中的短棍成了方向舵，在小小提提和一九

提提奮力划動下，木筏牽著竹筏向下遊方向破浪疾行。

在整整三個時辰的斜線衝浪後，雙筏已經接近了南岸邊，這時，小小提提跟一九提提都跳進了水中，他們遊上岸後，把繩索綁在樹木上，隨後父子一起把雙筏拖到了岸。

二一提提鬆開了栓馬的繩子，他們三人把馬牽到了岸上。

早春的夜色落了下來，天空上的明月和繁星已經高高掛著，他們好像在觀賞父子三人的行動，那灑下的瑩光，似乎是對他們的讚頌。

上了南岸的兩兄弟，他們正擁抱一起來慶祝渡江的成功，這時的小小提提則猛吸著南岸上的空氣，他似乎要從空氣中獲取什麼資訊。

斯可達星球上的人類就是這麼了不起，他們不但有一雙火眼金睛，還有一個特別靈敏的嗅覺，他們可以在嗅覺中識辨：植物、動物和人類的氣息。在這個空氣星球中，相比光流星球的斯可達，小小提提在地球的嗅覺可更有作用！

在這浩瀚得要費勁形容的大宇宙中，所有的一切都由具有的智慧的人類在主宰，而一切的虛擬景物也只是服務於人類。

「東邊和南邊方向的人類活動的氣息是十分的濃重，而西邊方向的人類密度則稀少得多，我們先向西行，在合適的情況下再轉入南行，這兩個筏就留在這兒，讓需要用的人去使用，如果沒人用，在我們回程時也需要它，孩子們，上馬！向西前進！」小小提提已經騎上了馬，兩兄弟也跨上了駿馬。

這六匹駿馬飛速奔跑，到了後半夜，他們已經從一片平坦的平原上穿進了樹林中。

「父親，樹林中好像有人。」機警的一九提提說。

「別去理他們，我們趕自己的路。」小小提提這麼說，但他從馬鞍下取出了長鞭，他的兒子們也照著父親的樣取出了長鞭。

駿馬繼續向西方奔馳，前面的道可變得越來越窄。

突然有一大批尖竹向他們飛來，跑在前面的一九提提迅速反應過來，他長鞭飛舞，在這風輪般的速度下，那批尖竹紛紛改變了方向，並掉在了地上。

緊接著，兩兄弟的長鞭都揮舞起來，在黑暗和快速下，只見幾個影子在晃動後倒地，一陣嚎叫已經在馬的身後傳來。這三個非凡的人類，差一點被原始土著人當成了獵物。

這一夜，本是處在趕路之中，沒想到，到了天亮前竟變成了突圍中的急奔。到了第二天的正午，他們才跑出了這批樹林。

六匹駿馬正喘著粗氣，牠們渾身上下的白汗，就像是掛在樹上的白膠，看牠們的樣子是又飢又渴。

美麗的地獄

「孩子們，我們得下來讓馬歇一陣，先得把牠們身上面的汗洗去，讓牠們喝足水再吃夠青草，再讓牠們好好睡一覺，等牠睡醒後，我再繼續趕路。」小小提提跳下馬，對兩兒子說。

替馬洗涮乾淨了，讓牠們喝夠了水，現在這六匹駿馬都低下腦袋，啃嚼著這片肥沃的青草。這兩兄弟從樹上採了許多樹果，他們仨就在一棵大樹下吃了起來。

「孩子們，我以前跟你們講過許多故事，那些都是斯可達星球中的事。現在我想告訴你們一件千真萬確的事，這是一件非常重要又有趣的事，凡是文明程度達到四期的人類，他們都知道這個真相。」小小提提為了打發時間，他的口氣中故意帶上誘惑的味道。

「父親，我想聽，您講什麼樣的故事我都愛聽。」二一提提搶著說道。

「父親，您之前所講的大宇宙故事，我不知道信不信，但我喜歡聽您講有關戰爭的故事，比如斯可達星球所發生的滅國大戰，還有您所講的，斯可達星球在艾娃姑奶奶的領導和爺爺的率領下的那場宇宙太空殲滅戰。父親，您說的艾娃姑奶奶真的有這麼美麗嗎？」一九提提坦直的話，引起小小提提那喜悅的笑容。

「這是千真萬確的，你們的可沁奶奶已經是無比美麗了，可你們的艾娃姑奶奶更是鶴立雞群。」小小提提肯定地說。

「哥，你別打岔，讓父親講那有趣的故事。」二一提提提出了小小的抗議。

「好吧，讓我來講給你們聽，人類是怎麼來的，也就是人類的真正起源。凡是人類，他們最想知道的就是人類的自己是怎麼來的，人類文明到了進入三期時，人類的主要目標就會放在人類真正起源的研究上，在一般的情況下，他們會製造出等同於人類自己的智慧人，讓他們乘上宇宙飛行機去他們夠得到的地方，到了近四期文明時，人類會在能力的軀使下，去任何空白的星球中放上最高超的收集資訊源，一旦出現了人類起源的情況，他們就能在第一時間收集中獲知真相。

人類的起源，無論是在光流系、霧流系、三源系，還是太陽系等等，在大宇宙的人類種類跟天上的繁星一樣多，但起源的狀況卻是一模一樣的，現在，我根據斯可達星球的有關人類起源的記錄來告訴你們，人是怎麼來的！」小小提提說了一道開場白，然後才講述人源起源的故事！

小小提提之前所講的故事，都引人入勝，還能使孩子們入迷，可這次太不同了，這個講述的內容，先是讓兩個兒子鎖緊了眉頭，繼而他們的臉上都出現了驚悚和恐懼，到了最後，竟然使他們呆呆地發楞。

「你們怎麼啦？」小小提提關切的問。

「我覺得太恐怖了，心裡陰森森的，我生來不怕天不怕地，可我們

的心裡終算有怕的東西了。」一九提提實話實說。

「我還沒有講到人類進化中的艱難，看你們已嚇成了這樣。」小小提提對他們的表情確實有點意外。

「父親，一九哥還不太怕，可我更怕，這種故事可以拿來嚇壞人。父親，以後我不敢再聽您講故事，起碼不要再聽：人是怎麼來的。」這是二一提提的真心話，可這話引起了小小提提的一陣大笑。

「哈哈，我以後不講人類的起源了！不過，人類確實不容易生存下來，我們斯可達人類都知道，草芥人命，殺戮成性的人，必遭天堂千萬年的懲罰！滅國大戰後，這麼偉大的艾之冰河主政，他依然被『高維人』判為：你永遠進不了天堂！對這樣的釋免，恐怕只有上帝親自來做。孩子，你們不如也休息一晚，明天我們要繼續趕路！」小小提提說完，他便站起來，向江邊走去。

故事講到這兒，先放一放，我請讀者們跟我一起，去看看，在大平原中，這批黃種孩子的情況！

就在小小提提離開的一百天後，一二提提又多了兩個原始土著女性，而一三提提和一四提提也各有一個原始土著女性。這些黃種兄弟們都把她們帶回了住地。從表面上看，在這片大平原上，這些黃種人發展和生活都在旺盛中趨於穩定，可實際上，他們正面臨著他們在離開北方前的同一個問題。

小小提提說過，在大平原中的原始土著人類要比北方的原始土著人類早存在一萬年，他們表面上只是膚色上的小小差別，但實際上，這些存在於大平原上的原始土著人類要成熟和智慧得多，首先他們有了語言，他們早就擺脫了僅用呼喊來表達的年代，他們雖然還處在群居的狀態，可是他們中的石器已有一半消失了，而他們原本存在的另一種原始的節點——母系社會，在漸漸消失在人類文明的進程中。

在原始社會發展到目前這個背景下，我們可以從小小提提的第二第三代的對比中，能發現一種了不起的基因在退化，從曦提提開始的第三代孩子，他們的成熟度和成長期都要比一一提提這一代來得遲緩，最明顯的是，他們的反應度遠遠不及他們的父輩。

從原始社會一直現代，在多方，人類是不及先祖生下的一代，敘述者說：人類的進步和退化是同步存在的，倒退的一步，極有可能會使文明的進步失去非常多的大踏步。

從小小提提帶著他的黃種孩子來到大平原已經有十二個年頭了，在之後的兩年裡，從四面八方湧來的原始土著人是成倍的增加，原來這批黃種人只跟採礦時所遇到的原始土著人有些交集，事實上，小小提提的兒子中，他們有六個原始土著女性都來自那個礦區周圍，而現在，從一三提提

到一八提提，他們的交歡對象卻來自另兩大區域：東邊和南邊。

在這批黃種人只顧忙碌又毫無在意之下，他們已經對周邊的環境缺乏了敏銳的觀察，而就在此時，新到的原始土著人則完全不同。

新到的原始土著人能遷徙來的，只有兩種原因：一，受了一種傳說的影響；二，原居地發生了天災。

剛到時，他們對傳說中黃種人是充滿好奇，在黃種人的樣板下，原始土著人的大多數部落，也開始飼養牛羊，圈圍土地，本來的男人狩獵，女人主管內需的情況真在急劇演化，狩獵高危的降低，使地球人類不可而缺的食物和交媾關係也起了質的變化，沒有食物就生命中止，缺乏交配，部落的延續就會中斷。

男性開始佔了主導，欲望自然會直線高漲。男性把難得的交配權演繹成了佔有權，佔有權又變成了擁有越多越好！在母系社會即將瓦解前，女性地位已極速下降，她們變成了異性的財富，一種不易得到，但可以輕易扔棄的財富。

讓他們好奇，又強大的黃種人，眼睜睜看著他們受到部落女性的青睞，他們的能力和長相是原始土著女性的嚮往，在她們的社會地位日趨低微的情況下，能跟黃種人一起度日，快要變成了一種時尚。

跟在北方產生戰鬥前的情況不同是：這大批的大平原原始土著人的心要大得多，在他們的眼中，這些黃種姑娘是個個美如天仙，而就是這些頂級財富們，卻沒有擁有者，這種超級的誘惑，怎麼能不讓覬覦者唾涎直流。

在新的原始土著人中已經開始了串聯和醞釀發難，而又半年後，一五提提、一六提提和一八提提又將三個原始土著姑娘帶回了住地。

這會像在北方那樣引起一場大風波嗎？

就居住在大平原的原始土著人的人口而言，一旦這個導火索被點燃，那麼，這場不僅僅是風波，而是一場在原始社會中最高等級的風暴！

四

天色朦朧，黎明即將離去，這時，有大批從西部過來的原始土著人已經率先把茅屋區給團團圍住，他們鼓噪著，把原有的安寧打破了，接著他們開始攻擊茅屋，他們扔擲的碎石不斷朝著茅屋襲來。

一一提提被驚醒了，他沒從正門出來，而是從窗裡跳了出來！他跨了幾個大步便穿過了院子，轉眼就出現在大群原始土著人的面前。

見到高大無畏的一一提提，有幾個粗壯的原始土著人不由得後退了幾步，現在他們都用兇狠的目光射向他，過了一陣，有兩個像是領頭的土

著人走前了一步，他們劈里啪啦對著一一提提講了一通，雖然一一提提能聽懂的還不到一半，可他完全明白他們的來意，再看看他們手持的傢伙，有長有短，那些又尖又利的矛頭是用來對付猛獸的，但是現在它們正對著自己。

一一提提顯得鎮定自如，他的臉上甚至還含著笑容。

這時，一一提提的兩個女人從屋內走了出來，她們一見外面的這種情形便立即退回了屋裡，這一露面激起了外面原始土著人的騷動，他們前來的目的就是要把黃種人跟土著女人分開的。

人群開始向院子大門湧來，一一提提則勇敢的退到門檻，他將身體擋住他們，不讓越雷池半步。

有三、四支短棍像標槍一樣向他飛來，一一提提以極快的手勢將飛來的武器拍落在地，就在此刻，有一批人群由西向這兒湧來，在這兩群人合在一起時，顯得亂成一團，也就在一一提提沒弄清楚狀況之際，只見有三匹駿馬已撞入他的眼簾，在駿馬的背上正坐著兩位威風凜凜的少年，另一匹上還騎著一個孩子。

趕來的是一六提提和一七提提，還有不滿三歲的二七提提。

他們手持長棍，腰插短刀，而二七提提腰插短刀，手裡還拿著兩把短刀，此時，只聽到這孩子在高聲大喊：「大哥，接住！」

一把短刀從人群的頭頂飛過來，一一提提接住後並沒有使用，他只是把它插入腰間，他是從對方的手中奪下了長棍而掃向他們。

二七提提已經騎馬衝到了院門前，駿馬站在了門前的位置，這讓襲擊者無法闖入院中。

地面上的一一提提和馬背上的兩兄弟正在揮舞手上的長棍，他們在不長的時間中已經打翻了十幾個原始土著人。

在打鬥中，一一提提邊打邊向著兄弟靠攏，他的嘴裡還大叫著：「別開殺戒。」

這僅僅只有四個黃種人，可他們的戰鬥力簡直讓原始土著人目瞪口呆，打著打著，這些襲擊者們已經暈頭轉向了。

等到一陣哨聲之後，一一嗎提提已經帶著十個弟妹趕來了，這時的六十多個攻擊者已經開始逃跑。

「我們那邊已經打完了，二一嗎提提帶著大家正在收拾殘局。」一一嗎提提跳下了馬，她對一一提提說。

大善如佛的一一提提沒有答話，他正在攙扶一個個受傷倒地的原始土著人，等到那些受傷者全部站立時，他又命令一二提提去牽來了一頭牛去送給他們。

「大哥，你這是在幹什麼，這表示我們怕他們嗎？」二七提提既疑

美麗的地獄

惑不解又不高興地問。

一一提提對大家說：「父親叮囑過，不能恃強凌弱，所以我要息事寧人。」

一六提提則个滿地說：「父親還說過，地球正處在原始社會，它就是地獄，而地獄不在大宇宙的法則中。」

「是的，是他們主動來攻擊我們的！」一七提提在一六提提的話後又加了一句。

「父親的叮囑也只能照辦，大家別冤了，開個會，商量一下以後怎麼辦。」一一提提說。

這三十四個黃種人第一次擠在一起在討論商量他們的下一步。

根據他們所討論和訂下的職責和規矩，首先決定的是：在所有的住屋區中，興建一道能連接一起的高籬笆，這一工作要全體兄弟姐妹們和北方跟來的土著人一起參加完成，另外由最小的二七提提、三二嗎提提、和三四嗎提提一起組成一個放哨隊，他們得整天騎在馬上，在這片區域巡邏，還有的是：由一七提提擔任騎馬教官，這次受訓的對像是北方土著人的後代和已經會騎馬的四位母親。

有了任務和兄弟姐妹們的齊心合力，那道比人高的籬笆很快就建成了，在他們新定的規矩下，現在他們的勞作和外出也在三人同時的情況下進行。

另外，他們的原居住布局也作了一系列的調整。面向東南方向的第一排建築，由一一嗎提提為首的七個姊妹和五個兄弟居住；第二排由大哥一一提提和一二提提帶著家眷居住，這兒還包括了四個母親；第三排是最大的居住區，那兒安排以一二嗎提提和餘下的兄弟姊妹們居住，第三排區域還居住著全部北方土著人，連他們飼養的家畜也在那兒。

不得不說這批身上流淌著可依分星球血液的黃種人真是聰明，這個整體居住布局也能彰顯出他們的智慧。但凡是都不是完美的，這個居住布局也顯示出不利的一點，這一點就是：有點自我封閉。

這批黃種人的安排用心，只是應付這幾年可能出現的意外不測，在他們的心裡，只要等到父親歸來就會天下太平了。這不是長期的措施，只是目前迫不得已的做法。

這些長期受父親故事影響長大的孩子們，他們在內心中明白，在大宇宙中有一種力量，他們是宇宙的製造者，也是人類的主宰，或許在人類的意外之際，他們已經為了人類的仰慕者們搭起了登場的舞臺，並排定了所有的戲碼，只要在最恰當的時間，各方就會粉墨登場。

又風平浪靜了一百天，事實證明，率先打來的西部原始土著人，他們在戰敗和一一提提的懷柔對待下，他們之間的導火索已經被掐斷，但是

僅僅一百天後，在這些黃種人的眼皮眼下，一下子出現了五、六百的原始土著人，經傳來的消息說，這些土著人主要來自兩個方向：南方跟東方。而這兩個方向的原始土著人已經合在了一起，他們誓言要搶奪全部美麗的黃種姑娘，並且要滅掉黃種男性的存在，以此來報復黃種人「搶」了他們的「資源」。

在風高黑夜下，黃種人開始丟失了牛羊，在繁忙的勞作時，有三分之一的家禽失蹤了。

在這些日子裡，有一批又一批的原始土著姑娘遊蕩在這片區域，有時，外出的黃種兄弟們不時能見到，那些骨瘦如柴的姑娘們正遭受男性的欺凌，甚至是光天化日下的強暴。

柔弱的女性想盡辦法在偷偷摸摸向黃種人乞討食物，只要有機會，她們會奮不顧身的闖進黃種的籬笆牆。

都是女人，這些黃種女性已經忍無可忍，因為女人的關係，那些原始土著人已經作好了開戰的準備。

又過了幾天，二七提提正在巡邏的馬隊，偷偷地把十幾個原始土著姑娘藏到了後山，並不斷提供給她們所需的食物，這樣的行為不久就被發現了，於是，原始土著人出動了一百多人，在一天的深夜便搶回了她們，而這事只過了三天，已經糾集完畢的各部落的攻擊群體，他們在沒有預先警告的情況下，以近四百之眾，把這片住地區的三面圍住。

「趕緊關上籬笆大門。」在受壓力最大的第三排建築中，一二嗎提提大聲叫喊著。籬笆門被關上了，可有近兩百個攻擊方人馬開始衝擊籬笆牆。

「你們給我們遞石塊，越多越好，弟妹們，我們上屋頂去打擊他們。」一二嗎提提在指揮戰鬥。

十幾個北方土著老鄉不斷為屋頂上的黃種人遞上石塊，而他們則扔擲著石塊打擊撞牆的攻擊方。也就在此時，一八嗎提提突然想到了什麼，她立刻告訴一二嗎提提說：「二姐，我們的飼養隊正在山坡上放養牛羊，他們會不會已經遭到了攻擊？」

妹妹的提醒讓一二嗎提提的神經緊繃起來，她二話沒說，直接跳下了屋頂，然後她喊道：「趕快上馬，趕快上馬！」

在她的叫聲下，能上馬的都跨上了馬背，在他們準備衝出門前，一二嗎提提對一位年長的北方老鄉說：「叔叔，你帶上你的人，從後面繞著去大哥那裡，去告訴他，我們去山坡救弟妹們。」

「好的，你把我們的六個小子也帶上，他們也厲害。」這個老鄉在臨走前也提出了他的要求。

「好吧，讓六個小子也上馬。」一二嗎提提答應後，就等著北方老

美麗的地獄

鄉們全部撤離，接著，她又跳下馬，隨後對大家命令道：「都準備好衝出去，我把門拉開，注意，衝！」

一二嗎提提一拉開門，等同於打開了急流中河的決堤口，在馬隊一湧而出時，她也跳上馬，跟在了他們的身後。

這突如其來的衝擊，撞倒了攻擊方的許多人，也讓他們自己殺開了一條路。

馬隊迅速穿過了兩里地的平原，在上坡前又要經過五里地的樹林，當飛奔的馬隊已過樹林正向高坡跑去時，一陣悲哀的哭聲已經傳進了他們的耳朵。

二四嗎提提正坐在冰冷的山坡哭泣，她抱著還在流血的二二提提，鮮血已染紅了她倆身邊的草地。二四嗎提提一見到她的二姐，她立刻從悲傷中變成了憤怒。

「二姐，二七提提第一個通知了我們，說是大隊的土著人正殺了上來，在他走了後，我們便立即趕著牛羊從這邊繞著過來，可沒想到竟在這裡也撞上了他們，他們不但人數多，而且一交手就奔著殺戮上，看二二哥死得有多慘。」二四嗎提提把過程說了一下。

一二嗎提提從二四嗎提提的懷裡接過了二二提提，他的臉色已經發紫，在他的胸膛間，一支木矛已經插入，他的太陽穴處更留下折斷後的尖竹。一二嗎提提想為弟弟除去殘害他的兇器，可是，她的手在劇烈的顫抖，她痛哭起來。沒過多久，一七提提和二七提提也趕到了，二七提提一見這位最憨厚的哥哥已經死去時，他立刻嚎啕大哭。

「二二哥最後叫了三聲父親，然後才閉上了眼。」二四嗎提提忽然這麼悲憤的補充說。

「二姐，光在這裡有用嗎？現在我和一七嗎提提都在，除了一九弟之外，我們可都是最厲害的。」一七提提忍無可忍地說。

「你們六個小子都過來，你們幫著二四嗎提提和二七提提一起把二二提提送到大哥那兒，餘下的人全部上馬，一定得追到那批畜牲！」一二嗎提提下了這個命令，大家開始分頭行動。

一七提提和一七嗎提提一路當先，其餘的七位兄弟姐妹緊隨其後。

這九個黃種親人先向東面下坡，他們一追到了居住區東側的七里地才見到了那批牽著牛羊的強盜。

在這邊的西側，正有一批又一批的原始土著人向四處奔逃，而追趕他們的是一三提提他們，追趕者個個揮舞著棍棒，痛打著來犯者。這邊廂的一二嗎提提他們，當他們追到了牽著牛羊的一大群人時，並立刻大開殺戒。

沾滿鮮血的短刀不斷在閃耀，在痛苦的哀嚎聲下，不斷有人噴出血，

然後倒去。一二提提無意中來到了這個區域，他一見這個瘋狂殺人的一幕，不禁大聲喊道：「你們瘋了？快住手！你們闖大禍了！」他邊說，邊還用長棍去擋住弟妹們的短刀。

「二哥，你一邊去，一切我負責，就是父親回來要砍我的腦袋，我也認了。」一七提提衝過來朝著他的二哥吼道。

「你小子敢這麼對我說話？究竟發生了什麼事，讓你們神經都錯亂了。」一二提提說。

「二哥，二二弟被殺了，這一幕實在太殘忍！」一八嗎提提上來作解釋。

「什麼？」一五提提從一二提提一方閃了出來，這個壞消息，使他瞪大了眼睛。

有這麼多人被急瘋了的黃種人給殺了，而這時，本是攻擊的一方，現在已經像潰壩的潮水一樣在拚命的逃跑。

在一二提提和冷靜下來的一二嗎提提的勸阻下，一場血腥的戰鬥到此算是停了下來。

當所有人在大哥一一提提的居處集中時，他無不遺憾的對大家說：「我們的生命是父親給的，我曾經有個哥哥，可他在生下時跟一一嗎母親都離去了，母親們又是如此不易的生下了我們，父親臨走時的話，大家一定還記得，在特殊的情況下，寧可遷徙也不要大開殺戒。現在的禍已經闖下，看來腥風血雨的大戰一定會到來。」

從來不干涉孩子事的一嗎也出現了，她無不擔憂的對孩子們說：「我的神仙，他的話一定不會錯，二二提提也是我的親生兒子，我真的不想再有孩子被傷害，我看，我們還是走吧。」

他們大家沒再出聲，在他們的心中只有二二提提的悲傷事，現在提出走遷徙的煩惱事，實在是讓上人很煩，再說遷徙的艱難，在此的大多數人都嘗試過。

在大家默不作聲的情況下，一一提提趁著這個時候，把想的遷徙計劃說了出來。

「我的想法是：為了避開東南的大批攻擊人群，我們先可以借道西部，從以前我們遷徙來的途徑計算，向西出去一百里，就可以直向南走，我估計碰上西邊的原始土著人，他們也不會過份為難我們。這是一條陌生的道路，但我們不用擔心。

這兒能帶的就帶走，不能帶的就留下來，現在我們已經有了這麼多的鐵製工具，就是從頭開始也一定比剛來到大平原要容易得多！

如果遇到阻擋，我們也不要刻意回避，但出手時，真的不要大開殺戒了，只要快！相信弟妹們的能力，這一定能打開前進的大道！」一一提

美麗的地獄

提說。

「大哥，對於你的簡單方案我想補充。」一一嗎提提說。

「大哥，我也要補充。」一七提提說。

「大妹，你先說。」

「我們不能把東南方的土著人當傻子，這一次，他們分散了兵力，那下一次如果真的要打個戰役的話，他們還會這樣嗎？怎麼走要好好布陣，還有，西部的地形我們太陌生了，依我看就向南或東方向走。我們都見到過黃色大河的澎湃之勢，翻滾著，後浪推著前浪！」

「大妹，你具體說說你想什麼個走法？」

「讓我們姐妹當先鋒，我們長鞭開道，我們沒有你們兄弟的衝擊力，但我們有細膩的配合，把兄弟們的鋒芒當二排，你和母親們在最後。另外我們先鋒隊還得組合牛群，現在我們有三十八頭牛，這些牛可以讓我們的馬牽上，一旦遇上最強的攔截而需要衝鋒時，我們讓牛跟著我們一起衝！」這是一一嗎說的話。」

一一提提向她點了一下頭，轉而朝著一七提提，他示意他發言。

「我第一感覺，這次的大戰已經難以避免，我們都明白父親老提的『天意』二字，我想的跟大姐差不多，我也認為可以讓姐妹們當先鋒，我們兄弟們在二排，現在大姐提到讓牛群也加入，這一定更棒！我想補充的是：無論怎麼走，先訂下陣容。」一七提提說完，跟著一一嗎提提又接著他的話說：「前排是我們厲害的十姐妹，剛才我又想：那些壯牛就讓北方六小子來管，衝鋒時讓他們放開牛，你們兄弟七人在距離三百米當壓陣的，其餘的跟大哥一起，我想大哥他們應該距離兄弟五百米左右。」

「嗯，一個不錯的陣形。」一一提提肯定了這個出發和預防阻擋的陣形。

「我明白大姐的意思，按人數的按排來說，我和三個大弟弟是跟大哥一起，我不同意，讓小弟弟和小妹妹跟著他去保護母親們和家眷們就行，我們得上去參戰！」一二提提口氣堅定的說。

「我看有個更好的辦法，讓二哥、三哥、四哥和五哥當預備隊，你們自己按形勢需要而行動在二三排之間！」一七提提說。

這一下，大家都一致贊成了，可唯獨二七提提嘬著嘴對大家說：「我在最後？太沒勁了，我可以告訴大家，沒有我和我的牛，這個牛群不是往回亂跑，就是站在原地發呆。」

「你是在嚇唬大家，那有這種事！」一三提提樂呵呵的說。

「是的，我的大公牛在我出生前就是牛首領，牠沒有我怎麼會衝，一旦要衝了，牠回過頭來找我怎麼辦？可這頭牛首領只聽我，我絕對不嚇唬你們。」二七提提的口氣簡直讓人毋容置疑！

「二七弟從來不撒謊，就讓他帶著六小子一起在前排，不過，二七弟，你乾完了你的事，盡量撤到安全的地方。」——嗎提提給二七提提說了情，也給他提了要求。

「好吧，現在就全部訂下了，所有的弟妹都去做出發的準備，你們需要時間，估計到明天天亮前，大家應該可以出發了，一七提提，你跟著我立刻去三方向去探個虛實，盡量在天亮前趕回來。」——提提一說完，大家便散了。

散會後，他們全部去忙碌出發的事，而一一提提和一七提提則立刻上馬，奔跑了出去。

他兩馬不停蹄跑了幾十里地，在三個方向他們所見到的是這樣的情況：從東面方向正向他們徒步來的原始土著人最多，在距離黃種人最近的只有三十里，他們大多數看上去十幾二十人一批，從表面上看，他們多半是逃荒來的難民。

西面方向的地勢是以高山崇林為主，過去十來裡左右，他們便見到了約近一百個原始土著男性，他們似乎在站崗放哨，又或許要阻止難民的進入。

南面方向的形勢正如他們開會時所估計的那樣，光在三十里內就能見到近六百個男性，他們已經露宿在大平原上，對此，讓這兩兄弟好奇的是：這些準備攻擊他人的大群體，他們是怎麼來解決自己吃喝的供給問題？靠近了看才知道，那裡的河流周邊有足夠的水源，有幾處滿是樹果的小樹林，在二十里之後還有一批大樹林，那兒應該有數不盡的小動物，再仔細看，這大批人中連一個女性都沒有，這些男性手上所持的全是狩獵所需的工具！

「大哥，東西兩邊難以出去，只有這個南部方向了，大姐的感覺真不錯，看這些就是阻擋我們的主力」，「一七提提指著前方大群的篝火堆說。

「我明白，東西方向沒有向導會出現太多的變數，南北方向我們熟，北面走不遠就是黃色大河，我們的方向是南方，如果繞著走，光渡河也得兩次，就目前而言，只有南部方向了，我們該回去了，一定要在天亮前出發，他們的大隊距離我們最近的只有十里地，在他們移動前衝鋒，只要衝過十里地的阻擋，進入後面的大片樹林，那麼我們就算是成功突圍了。」——提提說完，他們便飛速地向回趕去。

在大家的同心協力下，出發的準備已經提前完成，現在他們正在為二二提提遺體安葬和帶走想辦法。

他們把這具遺體放入了一個大木箱裡，然後用一塊扎實的長方型木板駕著兩頭牛的背上，大箱子就放在了長方板上，然後紮緊固定。

一一提提一回來見此情景，他禁不住眉頭緊鎖，他無不遺憾的對一一

美麗的地獄

嗎提提說道：「我們在父親出去後的日子，確實沒有把這裡的事情做好，我們應該早就造出幾輛車出來。」

「確實是這樣，我們沒有深謀遠慮，現在自責也沒用，這給了我們莫大的教訓，看來我們對文明的理解是非常的膚淺。」——嗎提提說。

出發了，這浩浩蕩蕩的人馬已經全部走出了居地。他們按訂下的陣容，也已在駐地後排列定當。

一排中有些改動，她們是十五位英姿颯爽的姐妹們，她們的身後緊跟著二七提提和北方六小子所率的牛群，參加衝擊的大壯牛共有二十頭。

距離一排兩百米是十位威風凜凜的兄弟，他們全持著長矛，腰間插著雙短刀。

五百米後，餘下的親人和北方老鄉都在那裡，這時的四位母親也騎在馬上，她們間在熱烈的交談，看上去，她們把這一次的出發當成了旅行。

一一提提望著前方的陣容，他顯得非常的滿意，在心情愉快的情況下，他對著同騎一匹黑馬的兒子華提提說：「孩子啊！你的叔叔和姑姑們有多麼的厲害，到了你們都長大後，我希望你們也一樣威武地前進。」

五

這個人數不到對手十分之一的黃種人隊伍，它顯得如此的壯觀又有序，這支拖兒帶女又帶上家畜的隊伍，他們走得十分的緩慢，當他們走了四、五里地時，東方的旭日已經跳上了水平線，天大亮了。

當他們再向南方向前進了三里地時，前方黑壓壓的大批人群已經出現在他們的視線中。

一一嗎提提命令大隊停止前進。

原始土著人的大部隊也開始前進，他們的大批人馬的突前位置是三十幾個身材健碩，高大粗壯的彪形大漢，這些大漢或許是他們各部落的大首領；或許是他們挑選出來的一等勇士。

雙方正在向著對方靠近。

這時的黃種人一邊，在見到對方前進時，他們也迎面闊步向前，站在這一方突出位置的是：一一嗎提提和一二嗎提提，在緊隨的姐妹已經列成了左右兩排，她們的中間正由二七提提和北方六小子所率領的壯牛隊。

「二七弟，記住我的話，別逞強，幹完了立刻撤到大哥那裡去。」一一嗎提提重申了她的要求。

「大姐，如果二七弟弄沒了，那他們至少要賠償幾百條人命。」一旁的一二嗎提提說。

原始土著人大隊由大步向前變成了奔跑，他們率先開始行動了！

「二七弟，可以開始了。」一一媽提提命令道。

二七提提跟北方六小子迅速到了最前面，他首先對他的大公牛狠抽了了兩鞭，公牛首領一動不動楞了一下，二七提提忙大喊著：「呀呀呀，呀呀呀。」

大公牛起跑了，北方六小子馬上放開牽牛繩，同時姐姐中也有十一位放開了牽牛繩。

「大姐，快幫著一起叫！」二七提提用力叫道！

一片呀呀聲響起了，在牛首領的帶領下，牛群發瘋式的向正前方狂奔，只是片刻之間，眼看牠們已快接近了對方的人群。

「姐妹們，衝啊！」一一媽提提揮舞起長鞭，發出了戰鬥的命令！

牛群已在人群中直衝亂撞，姐妹也殺到了。只見十五條長鞭在空中飛舞，猶如十五條蛟龍穿梭在天地之間。

長鞭下，幾十個原始土著人被抽倒在地，在壯牛的衝擊下，來不及避開的也有一批受傷倒地。

一一媽提提的長鞭發揮了很大的作用，幾乎是一鞭下去打倒一個，而爬起來的原始土著人有三分之一的人向後逃竄，但是沒過多久，她就碰上了一個難纏的漢子，那位粗壯有力的年輕人，他一連受了她的幾鞭子，他不但沒倒下去，反而掄著木棍向她劈頭蓋臉的打來，儘管她躲閃很快，但她的右臂還是被重重的打了一棍，一一媽提提忍痛又憋著氣，她瞧了對方的手腕重重打了一鞭，這一鞭打飛了那人的武器，可意外的一幕出現了，那人隻身向馬背上的一一媽提提撲了過來，第一次撲空後他跌倒在地，他很快爬起來再次撲上來，這次他又從快速轉身的馬屁股上滑了下來，緊接著，他又再一次爬了起來，並一躍而上抓住了一一媽提提腰，幾乎只在瞬間，他把一一媽提提撲下了馬，他自己同樣也第三次倒在地上。

兩人纏在一起滾了兩下，那漢子已佔居了一一媽提提的上風位置，這時的一一媽提提還在用力使勁，但在那大漢的大力下，她只有掙扎。

這時，一二媽提提剛靠近他們，她揮出一鞭，將那漢子的脖子圍了一圈。

「二妹，快拉呀，使勁。」一一媽提提在大聲地喊。

這時那漢子轉過了脖子，他那烏黑的眼睛正對著馬背上的一二媽提提，這使一二媽提提暗中楞了一下，那她要使勁也遲緩了。就在這當兒，二七提提出現了，他用繩索套住了那漢子，並用力把他從一一媽提提的身上拖了下來，被解難的一一媽提提快速跳起來，她跟她的小弟一起，把這個漢子牢牢的綑綁起來。

「一二媽提提，你搞什麼鬼，要不是二七弟，我可吃虧了，還有二七弟，你怎麼不聽話？算了，把這個『無賴』交給你們。」一一媽提提邊說

美麗的地獄

邊上馬，話音剛落，她已經馳馬飛去。

兄弟們已經在原始土著人大隊中穿插，姐妹們打得興起，打得也挺順利，只是一三嗎提提誤入了人海裡，這裡的人太多，她被夾在其中，連她的坐騎也在原地打轉。

在這人群中也出現了這麼個硬漢，他長得高大威猛，一身肌肉發達，一身黑皮膚是油光閃亮。

在混亂中，這高個土著人把一三嗎提提拉下了馬，在地面上兩人就搏鬥起來，他們用長鞭和木棍攻擊對方，木棍被打落了，長鞭在如此猛礙的空間也發揮不了大的作用，於是一三嗎提提索性也把它收了起來，接著，他們站著徒手搏擊，後來又在地上翻滾著打。

一七提提穿進了人群，他的長棍擊倒了一批人，此刻，一一嗎提提也穿了過來，他們的長棍和長鞭一起飛向高個土著人。

一三嗎提提趁此跳上了馬，可馬長嘶了一聲卻挪不動步伐，正在她納悶時，她不禁回頭望去，原來她坐騎的尾巴給高個子土著人給拖住了，看來這人的力氣可真夠大。

一七提提又向那人揮了一棍，儘管這人嚎叫了一聲，但他死不鬆手。

一一嗎提提已經抽出了腰間的短刀，她手起刀落斬了下來，她無意斬斷他的手腕，只是斬下了馬的尾巴，駿馬揚蹄一衝，把那人摔倒在地。

他們三人都跳下了，把這高大威猛的傢伙牢牢綑上。

經過兩個時辰的激戰，近百個受傷和敗兵們都往回跑去，而原始土著人的最大隊依然沒動，以這些兄弟姐妹們的估計，他們可能正在商議更大的戰鬥，更或許他們在牛群的衝擊下還驚魂沒散。

在結束戰鬥的半個時辰後，雙方相隔的距離大約有兩里地，而這時，那批公牛們在雙方的間距中發楞，牠們望著自己一方的眼神顯得特別迷惑，這似乎在問：人類，你們究竟怎麼啦？

一一提提親自到了這裡，他看著這個打贏的局面實在是高興不起來，因為，他們的出路還是被牢牢的堵上。

「強衝是過不去了，我們等在這裡時間長了會吃虧，大家回去吧，先守住家園，再見機行事。」一一提提把大家勸了回去。

撤回來的這批黃種人立刻忙碌了起來，他們把帶走的工具和其他東西重新卸下，他們把母親們和家眷們安排去了第三排建築，由一一嗎提提所帶領的姐妹先鋒隊人員，則把抓來的俘擄帶去了第二排建築關押。機靈聰明的二七提提，他和六個北方小子並沒有將牛群拉回原處，而是把住地中所有的乾草和易燒物全部駄在了牛背上，接著將其拖到居地外，並全部撒在地上。

二七提提的這個多一個心眼的舉動，日後證明，它在保衛暫時的家

圍中起到了關鍵的作用，也給他們的出走贏得了許多重要的時間。

在這批黃種人撤回還不到五個時辰，原始土著人的攻擊方就全部壓了上來，這次有六百多人，他們喊聲震天，氣勢如虹，大有一舉滅掉黃種人的氣勢。

在沒有家眷牽涉的顧慮下，這三十七個黃種人充分表現了他們以一擋十的戰鬥力，可儘管如此，他們所受的壓力還是十分的巨大。

這可是在原始社會中最大的一次戰役，在短短的半個時辰中，原始土著人已經有一批死傷，而這樣的廝殺在雙方眼紅的情況下，一定會升級，一場血腥的大戰也一定會演繹成殺戮中決戰。

二七提提見不得自己人吃虧，在雙方已經無法控制的局面下，他跟六小子們把全部在地上的乾燥物給點上了。

熊熊的烈火向空中升起，陣陣濃煙席捲著這塊土地！

在烈焰下，戰馬發瘋似的在人群中奔跑撞衝，那些受驚的牛群，牠們更是在混亂中衝撞對方。

原始土著人開始驚慌失措，他們既亂成一團，又慌不擇路的到處亂喊。

烈焰衝天，更鼓動起黃種孩子的勇氣和力量，可原始土著人卻完全相反，他們害怕烈火和濃煙，這使黃種人得到完勝，也使原始土著人的攻擊得到了瓦解。

戰役後的第二天，一一嗎提提帶領了十二歲以上的姐妹來到了關押九個俘擄的院中，然後她們把俘擄押了出來。

「姐妹們，父親擔心我們將來會沒有男人，可我們確實一個都沒有男人。現在大家不要害羞，見到合適的就選，如果要愛情，就去征服他們，直到合適相愛為止。」大姐一一嗎提提笑咪咪的對大家說。

「大姐，看這兩個長得跟他們七個不同，他們的皮膚較白，跟北方老鄉一樣，長相也不錯。」一五嗎提提第一個站出來說。

經審問，這兩個不同於七個的原始土著人都來自於東部，並屬於一個部落，而兩個中的一個正是在戰場上表現得不屈不撓的一位，他也被大姐稱為：無賴。

餘下的七個，他們所說的語言，姐妹們只能聽懂一半，可他們知道，一三提提的女人能聽懂，於是，二二嗎提提跨上馬，去請她的三嫂過來。

二二嗎提提一走，一二嗎提提就上前一步，她衝著被叫做『無賴』的問：「喂，你挺勇敢頑強的，告訴我們，你們為什麼要打我們？」

「我們的一切都被洪水衝走，我們到了這裡，是南方人給吃的，是他們要我們來打你們的。」「無賴」指著另七個說。

「你們又為什麼要攻打我們？」一一嗎提提問那七個。

他們七嘴八舌說了一通，可姐妹們聽不太懂。

「他們說要滅了你們，要搶走你們這批仙女。」「無賴」翻譯道。

「你會他們的語言？」一二嗎提提問他。

「是的，是我爸教我的，我的爺爺奶奶就是從他們那裡遷到東面的。」「無賴」解釋說。

「他們的目的十分鮮明，自信也強大。」一一嗎提提的諷刺話，引起了妹妹們的哄笑。

「你要我嗎？」一二嗎提提勇敢直白的詢問「無賴」。

「要、要、要！我帶人來打你們，就是要你們一個女人。」「無賴」毫無掩飾的說，或許他就根本不會掩飾。

「你不可能這麼容易得到我！你得一切聽我的，要喜歡我，起碼要學會騎馬，並且幫我們帶路，離開這裡。」一二嗎提提也不掩飾了，她把自己的要求提了出來。

「無賴」像雞啄蟲子一樣不斷點頭答應了。

「大姐，我不磨蹭，現在我就帶他去騎馬，然後做出決定。」一二嗎提提說。

「去吧，我都由著你自己決定。」一一嗎提提高興的說道。

「大姐，哪我呢？」這時一五嗎提提問。

「你怎麼啦，你難道跟你二姐看上了同一個？」一一嗎提提反問說。

「不是，那個東部人也很帥，我想試試，喂，你願意跟我去學馬嗎？我可跟二姐的要求一樣的多。」一五嗎提提直接對著另一個東部人說。

那一個也同樣連續點頭表示了同意。

兩姐妹帶著兩個東部人走了，只一會兒，會南部語的一三提提的女人跟著二二嗎提提到了這裡。

姐妹們對這七個南部人都看不上，一一嗎提提讓她們把其中的六個押回原地，而她留下了另一個。這一個就是在戰場上提到過的高大威猛的大個子。

「弟妹，我要問他問題，你來作一下翻譯。問他：願不願意留下來跟我學騎馬？願不願意幫我們來化解本無怨無仇的大戰？」

經過他們之間的溝通，一三提提的女人，把得到的答覆告訴了一一嗎提提。

「大姐，他是個大首領，是從南方遷徙來的，現在在大平原上，南方人有兩千多個，他好像是頭野獸，他說要跟我們一直打下去，直到殺光我們的男人，並讓這裡的女人都歸他們。大姐你聽後別生氣。」

一一嗎提提並沒有生氣，她鎮定地上去為他鬆了綁，然後回過頭對弟妹說：「代我問他最後一個問題：如果我要了他，他能勸說南方人，跟

我們從此休戰嗎？」

高大威猛的「野獸」，聽到傳來的話，他立刻在原地狂喜的跳動了兩下，接著他對著一三提提的女人說了一大通。

「他說他最想要你，因為沒有女人配得上是他的對手。但他要五個黃種女人，餘下的分配給各部落的大首領，他要這裡的男人全部離開，這樣他就能勸住南方人，永久不打仗。」

「做夢！」這次一一嗎提提生氣了，她二話沒說便直接把這高個推進了關押他的地方，並用繩子綑綁住了他的雙腳。

到了第二天，其餘的南方六人都得了食物，並吃完後被釋放了，唯有這個「野獸」沒有得到一口吃的東西。

到了第四天，在這個「野獸」餓得眼冒金星時，一一嗎提提才出現在他的眼前。她牽來了兩匹馬，把一大塊烤肉放在了馬背上，她雖然一言不發，但意思明確：不答應條件，就沒有食物！

「野獸」認了，他狼吞虎嚥吃完後，只得跟著一一嗎提提去學騎馬。

再來說說一二嗎提提和一五嗎提提她們的情況。

那天，一二嗎提提和一五嗎提提帶著兩個東邊人去山坡上騎馬，到了上面，她們各帶一個分開在教學騎馬。

「無賴」在短短的時間裡就幾次從馬背上摔下來，可他卻越摔越勇，摔下來多次都阻擋不了他繼續上馬。

另一位東邊帥小夥子則不同，你被摔倒了兩次便謹慎起來，他一邊在觀察，一邊在聆聽一五嗎提提的教導。

「你要耐心，不急於上馬，要先跟馬兒說說話，不管牠能不能聽懂，你還要多跟馬對視，這樣你們可以增加認識度和親近。」

在這一邊廂，「無賴」則繼續不服，雖然他已經可以上馬走上一小段了，可終是在他的感覺稍好時，又被馬摔倒在地，他在不斷被摔下使他多處受傷，並流了血。而此時的一二嗎提提卻沒有給他提示，她看著他，不是在看他騎馬，而是在觀察他的反應和品行。

這一次又一次的被摔終於使他生氣了，他用土著人的髒話在罵馬兒，忽然他好像發現了什麼，他見牠的耳朵在轉，於是，他跟馬兒說起話來，說了一陣後，他又忽然見到馬兒在望著他，於是他也直楞楞的去看著牠。

在整整折騰了三個時辰後，他又爬上了馬背，這次他用乞求的口氣對馬兒說：「求求你沒摔我了，我騎不了你，那個我要的女人也會跑掉。」這話好像管用，只見他緊拽著韁繩，在馬的飛奔下，他沒有掉下來。

「他很倔強，也很聰明，他確實是我所需要的男人！」見到他在飛奔時，一二嗎提提自言自語說，然後她發出了銀鈴般的歡笑。

在一五嗎提提這一邊，由於她的細心教導，那個東方帥小夥子學得

美麗的地獄

快，騎得也很順利，在兩個多時辰中，他的騎馬動作顯得很規範，馬兒也願意讓他順利的騎著跑。

「今天就到此為止，要真正成為好騎手得不斷練習一段日子，喂，你有多大了？」一五嗎提提問他。

「我十五歲，你多大了？」他反問道。

「我十七歲，我叫一五嗎提提，你叫什麼名字？」她繼續問他。

「我叫阿郎子！」他又答道。

「打仗的時候我沒見過你，現在我看你很溫順，所以，從現在起我就叫你為：小綿羊。」

「小綿羊？這名字好聽，我喜歡！那我怎麼叫你？」

「你應該叫：我的一五嗎，記住了嗎？小綿羊，你喜歡我嗎？」

「喜歡喜歡喜歡！」他連說了三遍。

「那好，我們別待在這兒，上馬，我帶你去玩！」

這一夜，他們玩了一夜沒回去；第二天，一五嗎提提把小綿羊帶回了房，一整天，他們也沒出來。

六

經過了第一天的騎馬訓練後，「無賴」不但會騎馬了，而且他在一二嗎提提的內心中得到了認可，儘管一切發展得很順利，但一二嗎提提自有自己的標準，她變得嚴肅而不把情感流露，她知道他要達到一九提提的騎術，無論有多麼努力，但天份終是不夠，她希望自己把他培養成一七提提的水準，成為原始土著中的第一人。

在第二天的凌晨，一二嗎提提繼續拖他起來去坡上練習，在他騎馬路過她時，她終是揮著響鞭而讓他繼續，他毫不怨言，顯得如此的順從，僅憑這一點就能肯定，在未知的未來中，他會聽從於她。

當這樣來來回回的訓練已不知多少次時，一二嗎提提把他的長鞭扔給他，他的反應使他接住了長鞭，但下一次，她卻把短刀飛向了他，這次他沒有接住，但他一言不發，繼續在飛跑中去接她飛來的短刀，這個動作要成功得在馬背上有靈敏的反應，到了黃昏時分，「無賴」接住了一二嗎提的飛刀，這時他已經又累又餓，可一二嗎提提卻向他飛來了兩把飛刀。

這個動作直到黑夜中，他才練成，雖然他只成功了一次，但這時的一二嗎提提已快馬追上了他，她嗖得一下躍起來，從自己的馬背上跳到了他的身後，她摟著他的腰，嘴貼著他的耳朵邊說：「可以停下來去找吃的。」

「不！我不餓！」他說。

「我們下馬！」她說。

他們下了馬，可在冷不防下，「無賴」把她推倒在地，他用自己的身體去壓在她的身體上。

一二嗎提提沒有反抗，她正在做著自己想做的動作，她順勢抱緊他的腰，用嘴去吻他，用舌頭去舔吮他的耳朵。

他還沒有嘗試過人類中的男女行動，只是從本能的器官中激發著自己，他不斷胡亂摸她，更要扯去她的遮掩物。

「等一下，我還不知道你叫什麼名字，也不知道你多大了。」一二嗎提提在此刻親切的詢問他，這可不是在把握節奏，這突顯了她的毫無經驗之處。

「我叫山郎子，十七歲。」他呼吸急促的答道，他的動作減緩了下來。

「你的名字叫山郎子，大姐稱你『無賴』，這全不好，我叫你：羊，讓你叫我：愛。」一二嗎提提變得無比溫柔的說。

「我知道羊的意思，我會聽你的，愛是什麼意思。」他一下子完全停止了動作並認真的問。

「愛就是……我也不完全懂！記住我提的全部要求，然後繼續你想做的事。」一二嗎提提的臉漲得通紅通紅，她說完，閉上了雙眼，不去看他。

羊楞楞了一下，然後讓心中的這團火重新燃起……微風中飄揚著她美妙興奮的呻吟，清脆的美聲中和著一陣陣有節奏的喘息聲！

已經是後半夜了，一一嗎提提還在院子裡散步，不一會，一二嗎提提帶著她的羊回來了。

一一嗎提提細細的打量了一番妹妹，然後笑咪咪的對她說：「看樣子你跟一五妹妹一樣，你們都跌進了天堂的陷阱，她跟一個叫小綿羊的傢伙在兩天中只出來過短短的三次，接下來該輪到你了。」

一二嗎提提示意羊先進屋，然後她對她的大姐紅著臉說：「也許這真是天堂所設的陷阱，幾乎是一個不可抗拒的陷阱。」

「一二妹，我都沒時間去詢問一五妹，現在請你告訴我，這是一種什麼感覺，為什麼男人會熱血沸騰到毫無理智，女人會一下子變換了思想，這是生孩子的行為，怎麼好玩又誇張到如此的地步？」

她不好意思說，但大姐的目光正在逼視著她。

「我說不太準，感覺分兩部分，思想上在幸福的飄沸，肉體的交集下，渾身有一股股令人酸透發抖的感覺。」

「酸，大腦神經和肉體都酸？」

「好像差不多，總之很飄逸，我真的說不好，要不你找『野獸』試試。」

「我可沒喜歡上他，為了我們的將來，我想去馴服這頭野獸，他如果接受馴服，我可以去試試喜歡他。」一一嗎提提坦言道。

「抱歉大姐，我忘了跟他提我們的遷徙，現在擺在我們面前的是：離開這裡，結束這沒完沒了的戰鬥。」

「對啊，先向東也應該是個好的選項，你現在完全可以去指望『無賴』來給我們帶路。」

「大姐，你必須得改口了，『無賴』多難聽啊！他現在叫羊，我的羊。」

「哈哈，一個叫小綿羊，一個叫羊，依我看，在這片東方大陸中，將來一定會出現一個叫羊的姓氏。你回去繼續『酸』吧，明天一早，我們要舉辦安葬二二弟弟的儀式。」

一二嗎提提帶著幸福的笑容走向了自己的屋中。

第二天，這兒所有的人們在細雨綿綿中為二二提提舉行了葬禮，這個葬禮讓他們全陷在悲哀的痛苦中。

葬禮結束時已近正午，當二二嗎提提和二七提提去為「野獸」送食物時，他們才發現「野獸」逃跑了，他是用打碎的陶片割掉了繩子逃跑的。

「大姐，我們的馬快，去把他追回來」姐妹們提議說。

「這是一個桀驁不馴的野獸，靠樹膠去黏住他，完全不可能！」一一嗎提提否定了大家的提議。

「你剛才說什麼：樹膠？為什麼我沒有想到。」在一旁的一一提提突然笑著說，他的話，讓大家都覺得莫名其妙，更讓大姐是一臉的懵懂。

「大家跟我去看。」一一提提沒向大家作出解釋，只是帶著大家跟著他走。

大家跟他來到了他的住處，只見一二提提、一三提提、一四提提和一五提提都在那兒忙著手中的木工活，大家走近一看，心裡都明白了。

「大哥，你們正在製造車輛。」一一嗎提提興奮的說。

「是的！僅僅幾天，我們就做了八個木輪子和中間的主軸，還得做八個輪子和兩個主軸，接下來是車的墊板和車欄，這些雖然都有木插梢連著，但估計在馬的快速奔跑下，承受的牢固度會使車的結實產生一定的影響，如果有了樹膠的作用，車承受的壓力和壽命會大大的增加，我們可以在木插梢和各個介面黏上樹膠，那麼，這樣的車一定能在遷徙的途中，大大的幫助我們。」一一提提說。

「我看在車子的外觀都塗上一層會更棒些。」一一嗎提提把自己的認識提了出來。

「大哥，我們有了車，帶走的東西可以全放上去，也讓母親們坐上去，這樣我們就可以在一起特定的情況下快速通過，今天上午我問了羊，

他願意帶我們向東邊方向走，說是東邊人很善良，這些難民不會阻擋我們，他們也沒有能力阻擋我們，一旦到了他的家鄉，然後去北邊和南邊都會相對安全。」一二嗎提提說。

「我的小綿羊也是東方人，他也願意帶路。」一五嗎提提舉起雙手向大家宣布道！

「好！那我們趕急把車造好，兄弟姊妹們要在這些天裡提高警惕加強戒備，等車造好，測試完畢後，我們馬上離開這裡。」一一提提也宣布了他的決定。

在大家散去時，一一提提拉著一二嗎提提的手，想再確定一下問：「那個無賴真的會帶路？他不會像野獸一樣逃跑？」

「大哥，你明知道他的名字了還不改口，我的羊是這個。」一二嗎提提翹起大拇指說。

「大哥，羊是一個厚道的人，他們兩人已經『酸』在了一起，這事不會錯！我可擔保。」一一嗎提提以最肯定的口氣說。

「又是小綿羊、又是羊、最近的妹妹們怎麼啦，『酸』在一起什麼意思？」

一一提提的問話使這姐妹仰臉大笑，她們沒有作出解釋，笑完後就興高采烈的走了。

「都這麼大了，還耍調皮。」一一提提搖了搖，轉而也笑了。

三天後，兩輛嶄新的木車造好了，經沾上和塗層白膠後，只一天也乾透了，他們用兩匹馬，或一頭牛拉著新車試了一下，確實很棒。

這是我們這波人類所造出的第一輛車，可以這麼說，它們相比七千年後，在這片土地上出現的第一輛封建皇朝的車還要棒多！

該走的準備已經全部完畢，一直外出打探的一七提提也回來了，目前外面是一片腥風血雨，在戰勝不了而吃敗仗的原始土著人，他們已經開啓了自相殘殺的戰鬥，南方人與東邊人打了起來，東方人跟西方人也打，有時自己方也打，總之一句話：混亂不堪，令人眼花撩亂。

這兒的形勢變得對這批黃種人是非常的有利，無論走與留都暫時不會遇到麻煩，但是，他們選擇了走，選擇了堅定不移的遷徙！

就在他們準備好的第三天凌晨，這支以黃種人為主的大隊又一次出發了。

在最前面的是：一二嗎提提、一五嗎提提和他們的兩個心上人一一羊和小綿羊，後面沒有戰鬥時的陣容，他們各找自己的親人在聊天，只是讓兩輛新車走在了中間。

這批人既顯得浩浩蕩蕩，又像是現代人在趕往喜慶地一樣，在東方的大地上，他們已經沒有了威脅和危險，只是他們為了未來而放棄了家

園。

在他們只走了十里地時，忽然見到了一個滿臉是血的高個土著人正在這批人的坡下慌忙奔逃，他後面有七八個壯漢正舉著棍在追趕他，一一嗎提提一見那人她便認了出來，她二句沒說，一夾馬肚便奔下坡去，一一提提一見此景，他忙讓大家別動，自己也一蹓馬跑了下去。

那些追兵一見騎馬的黃種人後就變成了逃兵，一一嗎提提和一一提提一步也沒去追趕，他兩的馬直接攔下了已快跑不動的高個子。

「真的是『野獸』！」一一提提和一一嗎提提跳下了馬，她上去從地上拔起草為「野獸」擦去他臉的血跡，然後她對她的大哥說：「你幫我看住他，我去拿點吃的給他。」一一提提點頭表示同意。

一一嗎提提很快回來了，她把一大塊烤肉交在他的手上！

「快走吧！」一一嗎提提對他說，「野獸」還楞在那裡！這時，一一嗎提提站直身，她從身上抽出馬鞭扔給了他！

「要、要」，野獸一手拿著烤肉，一手抓過她仍給他的馬鞭，他嘴裡吐出兩個字。

「大哥，我們上馬。」一一嗎提提臉色嚴峻，輕聲對一一提提說。

當「野獸」站直起身來時，只見那兄妹兩已經衝向了高坡。他們日行夜宿共走了十五天，他們已經走到了黃色大河的岸邊上。

從這兒開始，他們不斷見到一批又一的原始土著人，他們都是從東邊過來避難的難民，現在他們在此已經棲息了一段日子了，大部分的人類正要回到自己的東邊故鄉去。

在後來的十五天裡，跟這批「奇人」結伴而行的人很多，當他們一起走出這一片山區時，眼前又見到黃色大河和另一個大平原。

「愛，走過這一段，再翻過最後一座大山，我的家鄉就到了。」羊對一二嗎提提說。

許多許多的原始土著人在這片區域停了下來，或許他們又回到了他們的原居地。一一提提他們又走了六天，才進入到羊所稱的最後一座大山。

羊說，翻過這座大山不會超過六天，這批黃種人預計越過去不會超過三天。

就在他們即將從大山中下來時，一嗎已經處在彌留之際，在孩子的呼聲下，她艱難的睜開了眼睛，那個眼神已經沒有了光澤，她的親生孩子除了死去的二二提提之外正全部守護著她，但她依舊用目光在搜尋她想見的人，終於她無比艱難的從喉嚨裡吐出了一個字：愛，然後永遠閉上了雙眼！

愛，它是地球原始土著人從高級文明人類中所接受的第一個字，愛

帶給她大半身的生活期望和快樂！

　　她曾經沒有名字，小小提提為她取名叫二嗎，因為親姐的逝世，她又被叫成了一嗎。在小小提提在東方所留下的足跡中，他有過十四個女人，而這個一嗎，一人為他生下了五個孩子。一嗎這個名字除了小小提提之外就沒人喚她過，在孩子們的心中，她只有一個名字，這個名字就叫做：母親！這位偉大的第一母親離開了人間，她享年三十六歲，僅僅只是這個年數，可她還是當時的人類中最長壽的一位。

　　大家就在山上，他們就地取材，為大母親做了一個靈柩，根據她交代一一提提的遺言：她一定要回歸故土和姐姐一一嗎和好妹妹七嗎葬在一起！

　　下了大山，他們又走了一天便來到了羊的原居地，他們在此停留了下來。

　　一嗎親生的五個孩子，二二提提死了，一九提提不在，剩下了一一提提和二三嗎提提和二八嗎提提，現在他們將護送母親的靈柩去北方，在等待了一天後，一二提提、一四提提和一五提提原意帶上全家跟隨他們的大哥，當然還有北方的老鄉們和北方六小子也一同前往。

　　在羊的引路下，他們向北走了兩天然後渡過了黃色大河。

　　兄弟姊妹們為一二嗎提提和一五嗎提提在這個區域建造兩座大木屋，在建成的三天後，一一嗎提提就帶領餘下的親人向南繼續前進。

　　經過二十多天的南下，在他們的面前便出現滔滔不絕的大江。

　　經過幾天下來的生活和觀察，最後大家一致決定要渡過大江去。

　　在這批黃種人的群策群力下，他們造出了渡江的工具，這五個交通工具不能被稱為：筏，確切的說，應該稱它們為：舢板舟！

　　經過五天的渡江，這些人和牛羊馬全悉數安全的到達了彼岸。

　　冬天來臨了，大家就在這片廣闊的天地裡安頓了下來。

　　在這個冬季裡，這批黃種人在接受了以往的教訓下，他們跟江南的土著人相處得很融洽，在這種文明的建設和平和的氣氛下，一些單身的姐妹和兄弟都找到了另一半，值得一提的是，一三嗎提提所找的真是一個如意郎君，這個南方人是個中等個子，長著濃眉大眼，他強壯有力又心細體貼。

　　就在這個冬季即將結束時，一直盤繞著一一嗎提提心中的關鍵事又強烈的浮現了出來。

　　父親小小提提已經走了一年多了，迄今音訊全無，在這東方大地上，這些黃種人已經發生了很大的變故，現在的兄弟姐妹們正天隔一方，而父親一定還不知道這些可能會使他擔心的變故。

　　一一嗎提提要去尋找父親，甚至想去尋找父親故事中的全部親人，

美麗的地獄

她的勇氣足以讓她去這樣做。

一一媽提提把心裡想的告訴了弟弟和妹妹們，她給他們的感覺是勢在必行，在這個情景下，哪又有誰去跟她同行？

第一個人選必然是一一媽提提的生母二媽，第二個一定要去的是武功上乘的一七媽提提，本來一一媽提提屬意一七提提一同前往，可他一直在想去大哥那裡，還有，在目前的江南地區，其他的親人們也需要他！接下來願意跟去的是二四提提！有這四位同行，一一媽提提覺得也夠了。

正在一一媽提提準備訂下出發的日期時，二七提提跑來對她說，這樣好玩又期待的事情，他也非得跟上，可那時，他的生母十三媽可反對他遠離自己。

「母親，我非去不可，要不你也一起去吧。」二七提提為了他勢在必行的目的，他從這時開始就以他的風格，對母親進行了「死纏爛打」的勸說，在他的「磨功」下，十三媽終於同意和他一起跟著一一媽提提他去遠方尋親。

一一媽提提訂下了時間就要走了，可這一次親人離別使他們之間個個都熱淚滾滾難離難捨，其實親人們有聚也有離，這在人類的生命中是常態的事，現在這些親人的表現是非常動人心扉，或許在冥冥之中，他們已經預感到了：這一別，會是人生永別！

一一媽提提的一行六人出發了，二媽和十三媽坐在車上，其餘四位騎在馬上，另外，他們還帶上兩匹駿馬當作備用。

他們走了兩天，來到了一片綠油油的平原，這裡可是江南最美麗富饒的的大平原。過了大平原他們進入了山區，雖然他們堅定了向西的方向，但天然之路終是曲折迂迴讓人繞來繞去，他們還是按前出大平源的習慣：夜宿日行，這樣的一路西行讓他們的感覺是，這西行的路是那麼的漫長到無窮無盡。

他們沒有身體上的疲憊，但在心裡上的疲憊是日復一日的加劇。

「二七弟，我們是不是已經走了七十五天了。」有一天，一一媽提提問二一提提說。

「是的，我們確實已經走了七十五天了，父親說過，艾華爺爺判斷：在這個星球上繞一圈要六萬里，東方的平面也有八千多里，還早著哪，到了九千里之後，才能向南走。」聰明的二七提提說。

「這座山有層軟軟的草甸，這讓馬行走起來太累，大姐，我們還是下山走，看山下有條西行的小道。」一七媽提提說。

一一媽提提採納了一七媽提提的建議，於是他們下山去沿著西行的小道行馳。

他們在山下加速向西前進，約半天下來，忽然有大批的動物出現在

他們的身後，牠們有大猩猩和猴群，牠們不在樹上和棲息地，而是在他們身後奔跑。

天空中也有很多大的飛禽在向西飛翔，牠們向地面發出陣陣的嘶喊。

他們到了天黑時才停了下來，兩位母親開始進食，但是這些馬匹卻沒有去吃草，牠們顯得焦躁不安。

沒過多久，周圍的大地上傳來了天崩地裂的響聲，整個大地跟著搖晃了起來。

「大姐，快上馬離開這裡，這片區域是見鬼似的不太平。」一七嗎提提在身感危機時說道。

大家迅速上馬，就在他們極速上馬後不久，紅色的天空中響起了不斷的悶雷，在他們身後的兩山上，轟嗚中，山嶽正在塌了下來，地面上電龍在劃開一道又一道的裂口，有大批的地層陷滑了下去。

「這是父親所講的可依分星球的地震，幸虧我們走得快，我們還得繼續快走。」一一嗎提提對大家說。

沒錯！是地震，而且大大小小震了好好幾天。

等過了地震的動靜在減少時，他們才停了下來。

現在他們來到了又一個新的區域，他們能看見自己的四周圍都是大山的影子。在這塊盆地區停下的第二天上午，二七提提第一個發現，在他視線的盡頭，正有三個點在向這裡移動，這移動的樣子使二七提提漸漸的興奮起來。

「大姐，看！父親他們回來了。」二七提提大叫起來。

這叫聲引起了大家的一致關注，大家定神望去，漸漸的也興奮起來。

「像是有三個點在移動，對！他們騎著馬。」一七嗎提提口氣確定地說。

沒等大家再說什麼，二七提提飛馬向那個方向衝去。雙方的駿馬在不斷靠近，最後他們終於合在了一起。來的確是三位騎馬人，也確是他們想的親人，可其中只有一九提提和二一提提，那第三個並不是他們的父親，那人個子高大，帥氣逼人，但他的長相是他們沒見過的，他擁有一身淡紅色的皮膚。

「父親在哪？父親在哪？」一一嗎提提顧不得這些親人在久別後的擁抱和激動落淚，她急著衝著一九提提追問。

「大姐，等一下我會仔細的告訴你。」一九提提對大姐說，他忍著熱淚，先上來抱住他的大姐。

「父親在哪？」一一嗎提提繼續追查一九提提。

「我們走到了一片高聳的雪山下，那個地方使馬流了鼻血，後來父親決定讓我們先回來在東方等待，他自己隻身去找艾華爺爺他們。」在大

美麗的地獄

姐的追問下，一九提提只得以最短的敘述方式告訴她說。

「那個紅色人是誰？」一一媽提提又問。

「他是我們路上遇到的朋友，我們打過架，他一個人，他想永遠跟著我們，他們的語言很容易學，他叫亮！」二一提提用回答大姐的方式又介紹了這個紅種朋友！

這時，這個紅種人的目光正盯著一七媽提提，而她也紅著臉在端詳著對方。

「大姐，我們就在這裡安定下來吧，這兒應該更便於等待父親的歸來。」一七媽提提轉過臉對她的大姐說。

「好！在此跟兄弟團圓了，就在這裡安下家！」一一媽提提馬上作出了決定。

──────────── ● ────────────

第三章：尋親之路

一

小小提提和兩個兒子自渡江後一直向西奔跑，在看來似乎不太艱難的途中，他們卻再三受到了原始土著人的騷擾，為了避開他們，他們的行進路線有些偏差，在整個路線中，絲毫的小偏差也會引發他們的百里之錯，在時間上，他們已經奔跑了八十多天，就環境而言，他們已經看不到那條大江了，現在，他們進入到了一片綠洲，這兒到處是潺潺的小溪流。

「孩子們，我們一定是偏離了方向，在不知不覺中，我們可能在偏北的路上。我不清楚地球的地理模式，但斯可達的教課書中說，在茫茫的綠洲後往往是沙漠，我們只能向正南走，因為我判斷，我們的腳下可能就是大江的源頭，所以我們至少錯失了兩條南行的機會，都是我的錯。」小小提提以客觀的態度向孩子們道歉說。

「父親，已經跑了八十多天了，先讓馬兒們休息幾天。」一九提提向父親建議說。小小提提點點頭表示同意。

前面有一片草甸，有一些食草動物在吃草，大地的水塘中有大批的鷺鳥正伸著長頸在張望，在浩瀚的藍天下，有幾只天鵝正排著隊在上面飛翔。

這六匹馬餓極了，牠們頭都不抬的啃著肥草，直到吃得肚子沉下時

才停止，過不多久，牠們俯伏身子，開始睡了。

小小提提他們在淺水中很容易就抓到了魚，他們點燃了篝火，吃著、溫暖著。

在黃昏的金色夕陽下，小小提提徒步去周邊逛了一圈，到了天黑時，他才回到兒子的身邊，這時的他們已經睡了，小小提提見此，他去取來了兩張獸皮為他們蓋上，他又在篝火上增加了一些細枝條。

天空中繁星璀璨，而他的大腦正在翻騰。

高級的文明人類都知道，極目之下全是自然，而深入中的體驗和實際卻沒有自然，從自然到全不自然的過程，這就是人類文明步伐的過程，天堂啊天堂，你們為什麼要造人類和宇宙？小小提提想著大腦發漲的主題，眼前是一片模糊……。

天空中是如此的黑暗，猶如毫無寸光的可依分星球，在錯亂的天際中，根本沒有太陽和月亮，唯有的只是黑暗下的疾風。突然間，一片飛雲捲走了混沌不清的黑霧，它將魔鬼酷愛的黑暗一掃而光，天際中呈現藍色，還飄來了一陣陣斯可達的白色光流。

就在近處，一隻金色的鳳凰騰空而起，她拍打著繽紛五彩的翅膀，牠在飄逸中展翅飛舞，可是一陣陣狂風無情地撲向牠，牠開始旋轉，開始快速下沉，忽然之間，牠那美麗的翅膀被折斷了，在牠生命即將殆盡時，長空中響起了「啊，斯可達」的迴盪聲響。

小小提提從夢中驚醒，他木呆的望著長空，他的嘴上喃喃地說：「哥哥，我明白！你是在告訴我，可沁母親已經仙逝了。」

此時的小小提提是熱淚滾滾，轉而他哭泣起來。

等兩個兒子醒來，他把夢中的資訊告訴了他們。

「父親，我可不信，您說過，斯可達星球上的人能活六萬六千年，但可沁祖母出了飛行機後到現在還不滿二十年，她不可能會逝世得這麼早。」一九提提一聽這個消息，他馬上表示了不認可的態度，一旁的二一提提也一樣，憑他的不斷搖頭就可以知道，他跟他的哥哥是一樣的想法。

小小提提沒往下說，他只示意他們上馬出發。

在向正南方向的行程中，他們所行的速度是十分的緩慢，算下來還不到之前行程的一半速度，在來到這片綠洲的三天前就是這樣了，這只因為是：這裡的海拔太高，而且高到馬匹們正在往上爬行，或許這裡的海拔高度比大平原上的山峰還高。

又走了好多天，他們已從綠洲來到了一片荒漠中。這兒飛沙走石，不時還下起鵝毛大雪，這是一個惡劣的環境，但也呈現出壯觀的景色。遠處有幾座插入雲霄的雪山，看不到它們的峰頂，連山的胸部也若影若現，這裡應該就是地球的最高處！

「父親，這裡呼吸起來很不順暢和舒服。」一九提提說。

「有一點這樣的感覺。」小小提提說。

「父親，您看，我的馬在流鼻血，我們後面還有一匹馬也一樣。」二一提提驚叫起來。

「我已經看到了，好吧我們開始向東走，可能會略好一些，堅持住，我們的腳下是一片雪地，趟過雪地，我們就停下來。」小小提提鎮定自如地說。

足足走了一天兩夜，他們才過了雪地而來到了一條清澈的大河前。已經走過了這皚皚白雪的地獄，於是他們就在這條大河邊上停了下來。

「父親，我們終於回到了大江的岸邊了。」一九提提高興的說。

小小提提觀察了一陣子，然後對他的孩子們說：「這並不是我們曾經渡過的大江。看這陽光明媚的天空，氣流在高空的速度很快，雲朵都好像是在賽跑，這兒也不能待久，我們得沿著這條江流往下遊走。」

從這兒向東走了兩天才停下來，小小提提預測得沒錯，就在這兩天中，他們曾經停下來的地方，氣候溫度曾下降到比北方時的嚴冬還要寒冷。

在和煦的陽光下，他們進入到了一小片樹林中，在此，他們待了一天一夜的時間。

「父親，我在夢中見到了會飛的鱲魚，還見到了大哥和大姐在流淚。」一九提提從睡夢中醒來時，把他的這個夢景告訴了父親。

沒多久二一提提也醒了，他告訴了父親同樣的信息。

小小提提對此想了一陣，然後他神色嚴峻地說：「我覺得大平原出事了，你們的兄弟姐妹們應該遇到了很大的麻煩。一九和二一，我們得立即啓程，就按這偏東方向走，一旦有什麼好的向南通道，我就一人走，你們不用繼續跟我去完成尋親之路，你們一直走，有北方向通道出現就上去，你們得去跟兄弟姐妹們會和。我一旦找到了你們的艾華祖父他們，一定會回東方來接你們大家！」

看看父親嚴肅的表情和堅定的口氣，儘管這兩兄弟有極大的不願意和依戀不捨，但他們也只得服從。

只又走了一天，小小提提心中的理想之路就出現在他們三人的眼前。那是一片只有幾百米高的碎石山崗，它們像是駱駝的脊背一樣排行在他們的眼簾中，對此，小小提提舉目看了一番，然後跳下馬，他對兒子們說：那裡一定有我南下的道路，我們就在這兒分手，別忘了我對你們說過的話。

一九提提和二一提提也跳下了馬，他們一擁而上，緊緊地抱住了父親。

「走吧孩子們！但願我們很快就能重逢。」小小提提用他的那雙大手，安撫地在他們肩上拍了拍，隨後就堅定的跨上了馬。

兩兄弟用濕潤又模糊的視線在目送他們的父親。

父親的背影是如此的高大挺拔，但他不久就成了一個快速移動的點，這個點雖然是越來越小，可它足足在他們的視線中停留了大半天，當夜色降臨後，這個點才跟山崗融合了一起。

月亮已經掛在了西邊的夜幕中，它正和著滿天的星星、那兒有一片巨山的影子。小小提提站在高崗上，憑藉他那雙斯可達的金眼金睛正眺望著四周。北面向下是一片斜坡後的大地；東面是連綿不斷能連上天際的山巒；南面是遼闊的平原，在平原後還有大山的影子；南面平原跟西面斜坡下的大地相比，它們還有幾百米地勢上的差距。

再望西面，小小提提覺得自己站著的地方跟西面的天際是處在一個平面線上，而在此望向中間的景色，夜幕下，有許多亮點在其中閃爍，如果把這些閃爍的亮點聯在一起，似乎它像是一條正在起伏的銀蛇。

小小提提跳下馬，牽上牠，向坡下走，那另一匹馬正跟在後面，時不時在東張西望。

下了坡向西走，接著又是一個向南更長的山坡，到了天色已經全亮時，他就見到了昨夜那條銀蛇，原來它是一條大河，而現在，這條河流已成金色，在陽光下，它正閃爍著耀眼的光芒。

小小提提又騎上了馬，他沒有向南下去，而是向著西坡極速奔去。這看似較近的長河，但小小提提坐在馬　上飛奔了整整一天才到達它的岸邊上。這兒的風光不錯，這兒的氣候更是特別的舒適宜人！

小小提提跳下馬，他把自己和馬都洗了一下，接著他整理了一下馬匹的韁繩和馬鞍，還把所帶的小工具也整理了一下。

眼下，他牽著馬，以遛彎的狀態在河邊散步！

忽然在不遠處傳來了一陣聲響，他警覺的把馬牽到了一棵大樹背後，自己則躲在樹後探出身子去張望。

順風把剛才的聲音一次又一次傳到了他的耳朵，他憑著自己特有的聽力和視力正仔細的觀察前方所發生的情況。

有兩個人正在河水中嬉戲。對！是兩個非常年輕的女性，以他的判斷：她們的年齡跟他第一次遇上的一嗎和二嗎一樣約在十二歲到十四歲之間，聽上去，她們有自己完整的語言，而且她們的母音比較近似斯可達星球語音，但她們的長相極不同東方的人類，她們擁有烏黑亮麗的長髮，有一雙很大的眼睛，有一身淺色的皮膚，這膚色不是純白，是一種淺蘭藍色，像是晨曦下的蘭藍天。

不久，這兩位姑娘從水中來到了岸上，這就像兩朵出水的芙蓉花，

當她們上岸後便一個閃身就消失在一棵大樹後，不一會兒，她們從樹後出來，她們的上下私隱處已經穿上了一層用熱帶藤製的遮羞物。

「有語言，有較精製的衣著，她們應該是一族更古老的地球人類。」小小提提心中想道。

她們向西走了二十米，原來在前面大樹的遮擋下，那兒還有一棵大樹，現在見不到她們了，可片刻後，她們居然騎在同一匹馬背上又出現了。

這時，在小小提提冷不防下，他的另一匹駿馬嘶叫起來，緊接著，牠嗖的一下就竄了出去！

這馬飛奔不止，轉眼就到了姑娘們的身後，這一下，她們的馬也快速跑動起來，之後，她們在受驚下尖叫起來，再之後，這一切全部消失在前面的拐角處。

「這不爭氣的公馬，太管不住自己了。」小小提提無奈地嘟了兩句，轉而他自己笑出聲來，他的心裡在說：我怨牠是不對的，我何嘗不是也一樣，這個本能就是造成自己走在這片陌生的道路上的原因。

小小提提只得坐上自己的坐騎，他沒有去追趕，怕的是會造成意外的麻煩。

好了，備用馬沒了，工具也沒了，有什麼辦法，自認倒楣吧！

在天黑下，小小提提騎馬鑽入了一片森林中。

他靠在大樹前休息了，這時，從遠處傳來了馬的大聲嘶喊，這個聲音很熟悉，他認定這叫聲就是來自於他所丟失的公馬。馬的嘶叫聲停止了，森林中變得一片寂靜。

不久，從森林的空氣中傳來了一陣陣馨香，這香氣沁人心脾，小小提提貪婪的吸了幾下，沒多長的時間後，他才覺得自己很睏，再一想，不妙！他趕緊起身想去牽馬，可晚了，他變成了一個病人，疲軟到一頭跌倒在地上。

他的神志開始混沌不清，「要掙脫，要掙脫。」他最後的這個願望，也很快消失了。

不知過了多久，小小提提才漸漸的甦醒過來，他首先打量著眼下的環境。這是一個大草棚，周圍有木欄和石壘的齊身圍牆，可這個棚子沒有頂篷，它是露天的。他正躺在地上，他的手腳都是被綑綁住的！他側了一下身體，現在他能見到前面有個一米高的土墩，那有一個大鬍子原始土著人正坐在土墩上。

這個大鬍子見小小提提已經睜開了眼睛，他先是哈哈大笑，然後語速極快的向他咆嘯著喊叫，這個粗魯的聲量伴著又怒又急，又喊又嚷的各種手勢。小小提提是在認真的看著他的表演，可是他還是無奈的向他直搖頭。

這時，有兩位優雅的姑娘進入到了他的視線，也在同時，那個大鬍子恭敬的退到了一邊。

她兩都是一頭齊腰的長髮，淡藍色的皮膚，一雙會說話的大眼睛，這不是小小提提在河邊所見的兩位姑娘嗎？是的，是她們！

兩位姑娘交替著用溫柔的聲音向他說話，雖然他沒能聽懂，但從她們的形體語言和手勢中，他卻能明白她們的真實意思，她們明確的在表達的意思是：因為小小提提在河邊看到了她們的裸浴，所以他得「要」了她們兩。

「不不不！我要走。」小小提提連說了幾次，雖然對方也聽不懂他的話，但他的反應，對方都能領會到。

此時的大鬍子更暴怒了，他衝上來就對小小提提拳打腳踢，而另兩個皮膚黝黑的原始土著人更是給了他一頓暴揍。

為了減少傷害，小小提提在地上不斷打滾，當他的身體已經滾到門檻時，有一隻纖嫩的手使勁攔住了他。

小小提提翻過身來，他仰臉朝上，此瞬間，他那棕藍相間的眼睛正撞上了一對明亮又大的黑眼睛，在這個距離之間，他能清晰的看到，在那對黑眼珠的中央有一點綠色，這個綠點所發出來的光能一下子直達他的心窩。

那對快要貼到他臉的眼睛正在閃爍著一種讓異性才能讀懂的熾熱內含，當那對目光在漸漸移走後，小小提提禁不住從嘴裡吐出了兩個字：莎拉！（斯可達語：美麗）。

她已經轉過的身體在原地停頓了一下，轉而又轉過來，她漸漸俯下身來，用她那纖細的手伸向他的身子，最後為他解開了繩子。

見她費勁的樣子，之前的兩位姑娘一起上來幫助她。

小小提提站了起來，他目視了一下草棚的一切，這裡有十二個人，六個黑皮膚的原始土著壯漢，還有六個女性，三位是藍膚色的，三位是黑膚色的。

剛才為他解繩的淺藍色皮膚的女性看上去有十七八的樣子，看她輕步走到土墩前的樣子，她應該在此地屬於不一般的女人。

她現在的臉上泛著一些紅暈，很明顯，她在避開小小提提的目光，當她跟其他三位黑皮膚的姑娘講了幾句話後，便示意小小提提走到草棚的中央。

沒多久，三位黑皮膚姑娘捧來了很多短木棍，她們把短木棍仍在了地上。那六個壯漢中有三個各撿了兩支短木棍，而小小提提一支都沒去撿，他只是冷冷的望著他們。

三個壯漢同時揮著短棍向他撲來，眼看短棍就要砸到他的腦袋，小

美麗的地獄

小提提開始作出迅雷般的反應，他轉身閃到了美麗女人的身後，接著他健步衝到土牆，隨即一躍而起，雙腳蹬在牆上，他借力一個後翻，這個動作讓他已經在攻擊者的側方，在毫無遲疑之下，他連番飛踢雙腿，重重的將其中的兩個踢翻在地，瞬間時，他掐住了大鬍子的手腕，奪棍、猛擊一氣呵成，大鬍子一聲嚎叫，也倒在地上，之前跌倒的兩個已經爬起，但美麗女人的一個喊聲把他們叫停了。

她的看著沒有去追打他們的小小提提，整個表情顯示出仰慕時特有快樂，從她的目光來看，那兒已經掩蓋不住內心的喜悅。

她向其他人揮了揮手，這使他們都離開了。

草棚中只剩下了他們倆，這時的小小提提才扔掉了手中的短棒，他開始變得手足無措，真不知怎麼做才算是恰如其份。她含情脈脈的望著他，目光中有一種欣賞，她好像見到了一件傳說中的寶貝，原本是虛擬的，而現在，這是實實在在的讓她碰到了。雙方都知道，靠語言，他們無法交流！

在這種非常可能成為僵持的情況下，還是她勇敢的靠近他，並向他伸出了手。「不，我得走，我要去尋找親人。」小小提提心裡這麼想，所以他望著這只伸來的手，竟遲疑著一動沒動。她縮回被拒絕的手，但她在表情上沒有一點生氣和惱火，她接著衝他嫵媚的一笑，然後，大方的走出了草棚。

小小提提下意識的愣了一下，他沒料到她會這樣走了，更不知道以後會是怎麼樣，他應該已經獲得了自由，但聰明的他感覺到，這樣的自由，有一種說不明白的侷限性，而侷限性完全可能來自於自己。

他終於也走出了草棚，可一出來就覺得全然沒有了方向，現在既使有了方向也沒用，因為他連坐騎都沒有了。

他開始在這個區域遛搭，看著這個美麗的田園中，到處都是結滿果實的樹，在樹蔭下，總有幾位黑皮膚的女性在編織。

在這漫無目的的東逛西走時，他心中在想，這兒該有人騎在馬背上，因為他誤入這個區域時，第一見到的是兩位會騎馬的姑娘。

實際上，他不但沒見到馬匹，就連家禽類也沒有見到。他想像中該有的許多人類，可他所見到的是：一群群彩鹿途經此地，還有天上的鳥群掠過上空！小小提提的心中有一點是肯定的，他已經到達了一片大陸的南方，或許它只是南方的開始。

接下來該怎麼辦？重新抓馬去馴養？可這裡一個馬影也不見。要步行走天涯嗎？這實在是胡思亂想，如果地球跟斯可達星球是一樣的大小，那怎麼可能走得完？

小小提提已經忘掉了自己的本事，甚至忘記了他之前的自信，更忘

了自己是一位人類文明的高級人，眼下，他只得仰面對著蒼天喊道：「天啊！讓我步入一條正確的道路吧！」

二

　　失去坐騎的小小提提整整一個晚上都在閒逛，這個曾經是大宇宙中高端人類的一份子，如今只得在無奈之下窘迫得不知去向。獲得自由的他，在去與留的問題上猶豫不決，要堅持去尋找親人只有徒步，這路途上會是什麼遭遇？會遇到奇禽異獸和人類的騷擾？會不會還誤入食人的植物區？而留下呢，保不齊又一次需要大量時間的重新開始，看來最稱心如意的結果是，去耐性等待美麗女人的出現，而她又能在不設置任何條件下，把自己的兩匹駿馬給歸還自己。

　　小小提提的這種狀態並沒有持續太久，當第二天朦朦亮時他忽然聽到了馬匹的叫聲，這一下他開始吹起了口哨，在特別寧靜的區域中，他想以此來呼喚自己的坐騎。

　　過了一陣，一切又恢復了寧靜，可就在他自認為是出現幻覺時，由遠而近卻傳來了急促的馬蹄聲。

　　一匹駿馬快速掠過了他的身旁，他在反應下的瞬間後，馬上高叫著：「這是我的馬！」

　　那匹棕紅馬一直向前方衝去，在小小提提喊叫聲下，那匹烈馬竟將騎牠的騎手掀離了馬背。那位騎手並沒飛到地面，因為她的雙腕已經跟韁繩綁在了一起。

　　「危險！」小小提提急了，他立刻向前奔去，憑藉他的速度，已經跟馬縮短了距離，但他知道，一旦時間長了，他們間的距離會變得很遠，在此情況下，那位騎手是完全可能被甩斷手腕，甚至會……。

　　小小提提沒敢多想，他已經處於刻不容緩的時刻，他不再絲毫停頓，立即把手指插入嘴裡，並用足力氣，猛吹起來！

　　那駿馬又揚起了前蹄，牠把騎手甩到了馬的另一側，接著在一陣的慣性後，牠停了下來。

　　那騎手忍住疼痛，費力地又騎上了馬。小小提提奔到了她的馬下，先幫助她解開了綁在韁繩上的繩子，然後扶她下了馬。「她怎麼如此傻，或許她還是一個調皮無知的小姑娘。」小小提提以憐憫的目光望著她，心裡這麼想。

　　他開始查看她的傷勢，只見她的雙腕皮膚已經凹了下去，這些皮膚已變成了青紫色。對此，小小提提不禁緊鎖起眉頭。美麗的女人從他的目光中明白了他的內心，她的反應是先搖了搖頭，然後咯咯的笑了，小小提

美麗的地獄

提非常明白她的意思，她一定在表示：沒關係，不用擔心哦。

兩人開始向著她前來的方向走，小小提提一手牽著馬，一手挽著她的胳膊。他們沉默著走進了一個小樹林，並沉默著走出了小樹林。前面是一道斜坡，遍地是綠油油的草，當他們走過了這個斜坡，後面一拐彎又是一個高坡，這是海浪型的坡，看上去的風光是綺麗入目。

不久，小小提提在河邊曾見的兩位姑娘又出現了，她們都騎在馬上，小小提提一眼就認出來，她們騎的馬匹中有一匹正是被他認為是「不爭氣的公馬」，就是牠才耽誤了他的行程，也就是牠引發出小小提提的一堆故事。

美麗女人似乎在向她們講述前不久所發生的事，她們聽後便下了馬，先把她托上小小提提的坐騎，隨後她們又騎上了馬。

她們三人都已經在馬背上，而一個人留在地面的小小提提尷尬的不知所措，這讓三個女性都吃吃地笑了起來，最後，還是美麗的女人向他挪了挪嘴示意他騎上她的馬，小小提提通紅著臉照辦了。

這四個人騎在三匹馬上跑了一陣，現在展現在他們面前的是又一幅景色迷人的畫圖。這裡有個池塘，池塘中長滿了蓮蓬，而在兩面的近岸處，還有很多紅色的果樹。

他們繞過了池塘，在池塘不遠有一座小山崗，這山崗不高，約有六七米，從這兒望去，能見到兩個山洞口，她們上了山崗又穿過了山洞，只見山崗的後面是另一個斜坡，坡下有一塊不很大的平原，在那兒有十幾匹馬和許多羊群，還有許多膚色黝黑的原始土著人。

「這可真是深藏秘密的地方，怪不得我之前見不到一匹馬。」看到這一些，小小提提心中想道。

在草棚裡見過的那個大鬍子向他們奔過來，當她們中的姑娘對他講了幾句話後，他又急匆匆的向另一方向奔去。

下了坡後，在不遠處有兩座較大的竹棚，竹棚上蓋滿了厚厚的乾草。他們四位先走進了第一個竹棚。

在這個草棚的中央，鋪著幾張黑白斑紋的獸皮，看上去應該是斑虎和白豹之類的猛獸皮，另外這兒還有一個石壘的盆，它的中間豎著一小根黑木，在黑木的頂部正燃著燭燈似的火，這個竹棚的地上全鋪著乾乾的河沙。以小小提提的判斷，這裡是美麗女人下塌的地方。

三位女性開始交談起來，一旁的小小提提專注著她們的肢體語言和表情，他似乎能懂一些。

過了一陣，那大鬍子來了，他帶來了一個小竹筒，進門後，他從竹筒中倒出了一些綠黃混合的物體，然後去敷在美麗女人的傷口上，敷完後，他留下竹筒就走出了竹棚。接下來是兩位姑娘動手了，她們輪換著用

那支黑木將美麗女人手上的不明物體在慢慢烘乾。

這時的小小提提在一旁更肯定的判斷，這些美麗女人一定是一支更古老的人類民族。

在此，作者得插上幾句話：小小提提的判斷是完全正確的，按地球現代科學家的說法，地球人類的最古老民族起源於當今的非洲，而天堂的記錄是：我們這波人類的起源地是地球的西方，是當今希臘、義大利和葡萄牙這一帶，而起源最早的就是這一批美麗族人。

在烘乾了美麗女人手腕上的不明物體後，那兩位姑娘也離開了。竹棚中只剩下了他們兩，這時，小小提提正又細細的打量著她。她確實美麗，而且她還有一個窈窕的身材，她應該是出自於地球中最美麗的一族，並且，她應該還是美麗種族群中的佼佼者，她嬌嬈卻又透著大方。

為了尋找親人，他一直在小心控制著自己的情感，他怕自己的情感一旦泛濫開來，再次讓大局變得無可預料，就在此時此刻，他在享受視覺的快樂時，也盤算著怎麼去要回自己的馬匹。

他的心理雖然有強烈的目的性，但他畢竟是來自於高級的文明人類，如果讓他去行欺騙，他當然不會，也不會去「巧妙」得手，然後揚長而去。

美麗女人開口了，現在她用聽不懂的語言加上不能做手勢的手在對著他，可他明白，因為她的美麗眼睛在告訴他，讓他靠近。

小小提提已經跟她一樣坐在獸皮上，而她對他的話則越說越多，她似乎一點都不在意他是否能聽懂。

小小提提喜歡聽她那歌聲般的嗓音，在目前的情況下，他居然一直在耐心的在聆聽。憑藉小小提提的記憶力和模仿能力，到了夜色降臨的時候，他居然用從她口中模仿來的十幾個單詞去應付她。

有兩個原始土著姑娘送來了吃的，擺在她眼前有四種吃的：紅色的、綠色的、白色的，唯一讓小小提提認識的是一小塊烤肉。

美麗女人示意他一起吃，可他堅決拒絕了，這一下美麗姑娘大笑起來，她伸了一下舌頭，又調皮的開上了眼睛，這個表情，讓小小提提很明白，她好像誤認為：他在預防自己再一次被迷倒在地。

其實，小小提提並沒有這麼想，他不需要食物的這個事實讓他無法解釋得了，倒是在她進食時，小小提提用手勢和自己的語言在告訴她，他認出了她食物中的兩種原料，一種是：蓮蓬中的蕊籽，另一種是用天然地瓜磨成的粉。

美麗女人興奮得想鼓掌，但在疼痛中她又縮回了手，但是明顯的是：她對於彼此在這種情況下也懂對方，而表露一種令人難以忘懷的欣喜目光。

她示意小小提提攙她起身，當她站直後，她又示意他把她攙出門外。

美
麗
的
地
獄

按照她的第三個示意，她讓他把她扶到了第二個竹棚，接著，她給了他第四個示意：讓他回到第一個竹棚去。小小提提明白了一切，第一個竹棚留給他居住，她把閨房留給了他，現在的第二個竹棚就是她目前的居住地。

他回想起跟一嗎和二嗎的第一天，還想起了自己對她們猶如手掌和手指的連結關係。而現在，這個美麗的女人，掀起了他一種內心中從沒有過的滋味，他解釋不清這種滋味該如何形容，他只覺得一種惆悵的心理佔據著他，在堅定的尋親之路上，這種惆悵變成了一支矛，它正衝擊著內心中的尋親之盾。

他沒有去到第一個竹棚中，而是在意識飄浮中繞了過去，他盲然的上了高坡穿過了山洞，又去到了池塘邊上，最後他在那邊停了下來。

池塘中的一邊沒有蓮蓬，他對著水面仿彿對著月夜下的明鏡，他把鏡中的自己當成了親哥大大提提，於是他一古腦的向水中的他傾訴起來。

天亮了，他這一夜的傾訴到這時如夢醒來，他站直身，向原路返回。

美麗的女人已經在第一個竹棚中，看得出，她剛進完食，她示意他吃，他還是不吃。美麗女人驚訝的望著他，她用已有好轉的手在作手勢，這好像在說：你不用吃飯和睡覺嗎？對些小小提提肯定的向她點點頭，表示他確實不用。

美麗女人幾乎用了整整一個白天，她想弄明白他為什麼不吃又不睡，而小小提提用了幾十次他不久才學到的美麗族語言，對她不斷作出三字經的回應：我，不用！

美麗女人相信了他，她在又一個夜色降臨時，用女性特質中的溫柔動作向他表示了她對他的留意，但是，這五六次的努力，又換來了小小提提的另外三個三字經：不，我走！

美麗的女人終於站了起來，一種非常不如意的遺憾在她的臉上掠了過去，她沒有表示生氣，只是轉身而去，當小小提提追出去，並陪她走到第二竹棚時，她徑直進去了，並馬上關上了門。

第二天，美麗的女人沒有來，小小提提在等待的整個白天中都在排練自己想怎麼去告訴她：他要走的重要性。

到了第三個夜色降臨時，他不想再等待了，於是，他便衝去了第二個竹棚。美麗的女人已經不在那裡，而小小提提開始去找她，找了一個晚上，也沒見她的蹤影。

到了這事的第二天下午，在第一竹棚外響起了馬的嘶叫聲，小小提提喜出往外的向外跑，可他見到的是，那兩位在河邊見到的姑娘，她們每人都牽著一匹馬，這兩匹馬就是小小提提從東方帶來的駿馬。

「走！」她們同時對他吐出了一個他能聽懂的字。

「她？」這個字，他連問了她們三次！

她們向他搖了三次腦袋，接著就離開了。

這可極其出乎小小提提的預料，這突然間的失而復得的待遇一點也引起不了他的興奮和開心，相反，他的臉漲得通紅，並騰起身，就像是一支飛箭，一口氣奔到了第二竹棚。她當然已經不在了，小小提提生氣了，他在此等待了好長時間。

外面開始響起了雷聲，接著大雨頃盆而下，屋頂的乾草很快濕透了，竹棚的屋簷下全是一道道水簾。

小小提提回到了第一竹棚，他把馬牽到了室內。

既然她以這種方式讓他走，他在帶上衝動的情緒下就決定馬上離去。小小提提跨上了他的坐騎，他直接衝出了竹棚，另一匹「不爭氣的公馬」也緊緊的跟在了後面。雨水在奔跑的馬身上水花四濺，牠們在大雨下，像滾動的飛龍在大海上穿行一樣。很快上坡，很快穿過山洞，也很快過了池塘。他向南、再向南不斷前進！

天幕拉了下來，前面有座高山擋在眼前。小小提提停下來，仰望山頂，在他所在的角度還望不見山頂，他左右張望了一下，看上去這座山延伸的地方很長，給他的感覺是：只有翻越過去。

夜幕降臨，他到了山的半腰，在這個高處，他還是留有一種情感的向北望去，「美麗的女人，抱歉了，我會永遠記住你，等我找到了親人後，也一定在回東方時，尋找你！」他對自己立下了這麼一個誓言。

容易走的路不會長，現在他在這個高度時只能牽著馬繼續向上，只上了一點高度後，陡峭山壁已經上不去了，而此時，他再看，天啊，他驚出了一身冷汗。

他只能將一匹馬一匹馬的往下牽，他的雙腿必須使勁的一步一步向下挪，這必須格外小心，不然，這人與馬會滾下去，而且後果一定是極其的可怕。這可真是上山容易下山難！

到了第二天的凌晨，他才牽著馬回到了山的腳下。

這東西兩面看上去都沒有道，然而，小小提提以他歷經風險的經驗，作出了向西行的決定！

天已大亮，小小提提在慢速西行了半天後才讓這裡的地勢引得他眼睛一亮。

向西的路是又寬又平，而他在所站的角度上也看清了之前「大山」的全貌，那兒哪是什麼大山，它只是一道鬼斧神工下的千米屏障，它獨立的插入這南北的大地間，宛如插入土中的刀鋒，看了這樣的地勢，小小提提不禁暗自慶幸：我在昨夜，真差點跌進了鬼門關！僥倖僥倖，我僥倖的活著。

向西的道看上去很平坦，從這兒往西約六、七里才是一座真正的大

山，它不太高，但看上去是連綿不斷。這兒原來是個天然隘口，他決定在此歇一歇，讓馬匹吃飽，然後才上路。馬匹開始吃草了，小小提提走去一棵大樹下坐了下來。

過了一個時辰，在正北部有了動靜，憑小小提提的視覺，他看到了在視線的頂端有一個紅點在移動，他還分辨不出這個紅點是什麼，但他分辨得出，這個紅點的移動方向是向著這裡。

「是什麼天體運動的跡象？是從哪裡來的火球？」他警覺的望著那個紅點，心中在疑問著。

半個時辰後，紅點變大了，在一片綠色下，這個紅點變得很醒目。

又半個時辰後，在綠色大地和金色陽光的襯托下，那個飛速的紅點讓小小提提看清了，那是一匹從沒見過的裹紅大馬，牠現在的速度猶如一個滾動中的火球。

他忽然有了一種心靈上的感覺，他翻身上馬，向著紅點迎去。

真是美麗的女人，她正騎在稀有馬種的馬背上。

她見到了小小提提，她用盡全力在呼喊！

他也見到了美麗，那「莎拉」的叫聲能驚動大地。

她激動落淚，但咬著嘴唇，柔軟的外表在細微的動作中表現出內在的剛毅。

小小提提展示出心花怒放的笑容，但眼角邊透著濕潤的光芒。

她用手指，先指向他，然後又指向自己，她再用兩個指頭做出遠去的示意！

他明白無誤的點頭，他真的明白她要跟他一起遠行，無論是天涯海角，還是刀山火海！

小小提提從坐騎上跳下來，又跳上了她的大坐騎。她側過身，風吹下的長髮飄到了他的肩膀上。

不知道是太激動，還是一種心理上的委屈，她盯著他的目光包含了許多深意，是歉意還是安慰，他的雙手正在她的玉背上輕輕的移動。

他的嘴已經貼在她的嘴上，她輕輕的咬了他的舌頭，還在輕捶他的肩，他濕吻了她的鼻尖，更舔吻了那雙地球中最美麗的眼睛，她幸福的閉上眼睛又睜開來，然後轉過身，給了大馬一鞭子！大馬快速跑動起來，兩匹東方馬一前一後在後面跟隨。

已經奔到了大山腳下的草上，美麗收緊韁繩，並呵了一聲，牠停了！

兩人跳下來，順勢倒向大地，小小提提立即壓倒在她的身上⋯⋯

三匹馬已經站在他們的身邊，牠們正眨著眼睛。「走！一邊去」美麗大聲對她的大馬喊。大馬轉身了，牠跟兩匹東方馬乖乖的走開了。

陽光照耀著這兩個異族人類正激烈運動的身體，溫暖的和風正飄沸

在這雲雨翻騰的情節裡。

三

他們以這樣的狀態，在隘口處足足待了一天，等到第二天的中午，他們才正式上路。

這是一塊地勢低的盆地，他們依然同時騎在美麗的大馬上，走著走著，他們漸漸看到了原始土著人類，看起來這兒的土著男性要比美麗的居住地多許多，約有四十來個，女性跟男性的比率大致相同，在這個地區，小小提提可第一次見到孩子，共有七個，其中只有一個是美麗族的。

美麗已跳下馬，她走去那名美麗族女孩的身旁，她們間說了幾句話，然後美麗把她抱了起來，在小女孩兒的指點下，他們穿過了一個小林子，走出來後見到了另一個美麗族的女性。

美麗跟那人交談了一陣，看上去，她在向她介紹小小提提。

那位年長一些的美麗族女性，她跟著美麗來到了小小提提的身旁，忽然，那位美麗族女性愣了一下，她在細細的打量了小小提提後便由喜而泣的把他緊緊抱住。「恩人啊！」她說。

小小提提是一臉的懵懂，在措手不及中望著美麗，他好像要從她那兒尋到答案，可美麗也是一臉的蹊蹺。

美麗去詢問她，在得到答案之後又回過來詢問小小提提說：「你到底從哪裡來？」這是她之前就在竹棚所提過的問題。

「東方！」小小提提答道。

美麗記得，之前他同樣是這樣回答，而且他還曾經給她畫過一張路線圖。

聰明的小小提提一用大腦便明白了過來，他迅速撿了一塊小石子，然後在地上畫了兩個人，然後他示意她們走近來看。

「我、哥、一天生的！」

現在美麗和美麗族女人都明白了，而小小提提抓住機會，又畫出了兩男一女三個人，接著他問：「在哪？」

美麗已經明白了小小提提所問的意思，她馬上轉而去問她。

「不是三，是六。」那女人在回答時，把那位小女孩拉過來，然後補充說：「跟她一樣三個。」

這次他跟美麗一起算是完全明白了，他的親人已有三位變成了六位，而另三個就是艾華父親和可沁的女兒。

現在，細膩的美麗在幫他詢問，他們在哪這個關鍵問題。

看來她已經真正得到了答案，因為，在她的神情中有得意，又有歡

暢！

「我知道他們在海的邊上。」美麗告訴他說。

「你是天堂安排好的女人！」小小提提不管她能不能聽懂，他欣喜若狂邊說邊把她抱起來舉在肩頭上。

「快走吧！」在高處的美麗咯咯咯笑著說。

他們匆匆告別了美麗的親人，這個可是美麗在世的唯一親人啊！

小小提提加快時間去到海邊，而美麗把他拖下來，她執意的要跟她騎同一匹馬。

現在他們才真正面臨了一座望不到頭的大山，美麗並沒有讓他倆進入山中，而是沿著大山向西進發！

美麗用了很長的時間在向小小提提解釋，手勢下，他弄明白了她的意思，她是在說：不能翻過這座大山，因為山南面的吃人猛獸特別多，他們一定會被吃掉！

「語言」美麗在他的耳邊說出兩個字，並以調皮的神情對著他又說了二十遍。喔，小小提提又弄明白了，原來她想趁此機會，來解決他們之間的語言問題，看來，這個旅途並不短。

兩天後，他們走過了這塊盆地，而在日後的行程中，雖然他們走的不是純粹的山路，但這蜿蜒曲折又崎嶇的地形使他們行走起來十分艱難，那三匹馬在此的道路上行走，基本上沒有疾風般的狂奔，牠們在每天中也只有兩三次小跑的機會。

這似乎有走不完的路途讓小小提提終是問美麗：究竟還要走多久？而美麗每次都以咯咯的笑聲來作回應，她顯得那麼的心曠神怡，幾乎成了花叢中最鮮艷常開的花朵。

三十天過去了，小小提提的感覺是：進展甚微，而又二十天後，他覺得他們的方向是越來越偏西北，有時他在想：美麗帶他去的是天堂，而不是海邊。

美麗表現出對這五十天中所發生的一切都是何等的滿意，在每時每刻貼在一起後，他們的語言交流似乎比身體的距離還要更好，如果再五十天下來，他們應該能正式交流了，這條必走的路，在她的心中猶如小小提提心中的海邊。

在溝通即將暢通時，他們才進入山區，小小提提判斷：我們進入的或許已經是山脈的末尾。

又五天過去了，他們在途中見到了人類，在又一天中，他們來到了一座高高的山崗邊。這是一座奇特的山崗，下面是光禿禿的岩石，上面是蔥鬱的植被，下面看上去地勢峻峭，上去經過一陣子繞行卻如石階而上。

站在山崗望去，風光旖旎，南面的山脈還沒有完，而北面是一座人

形的怪異山峰，東北面還印著高入雲霄的雪山影子。那北面的怪山就在對面，說這山怪，除了頂峰有人形的樣子，最主要的是：這座山一半是寸草不長，一半是茂密的樹林。

「那兒有三條向南的道，看岩石上有巖羊，也出沒雪豹和雙色斑虎，我講這些話，你完全聽懂嗎？」美麗笑嘿嘿的問。

小小提提都聽懂了，這時他有了一種更快樂的感覺，語言通了，這才可以完全的心連心。

「為了語言，你是故意在繞道行走嗎？」小小提提故意用斯可達語言問她。

「我的神，我怎麼會是故意的。」她以斯可達語言來回答他。

「美麗，你真是很有天賦。」他向她翹著拇指讚道。

「我的神，我餓了，去西山狩獵吧！」她坦言要求說。

他們用了整個白天才到了西山，這兒光禿禿的岩石下，卻有大量的野兔生存在那裡，獵這些小動物對他而言真是容易，他當夜獵到了五隻野兔，也就在這個黑夜，小小提提還擊退了一次黑虎的攻擊。

神仙般的智慧，外星帥氣的長相，現在又展現了他第二次的勇猛，美麗太愛他了。

由於有猛獸攻擊的危險，從當夜起，他們就從大山的北邊，經過一天多的時間而移到了山的南邊。

一到山南面，眼前的一幕大出小小提提的預料，這兒居然有一條寬闊的大道連接北山和南山，而這與其說是寬闊的大道，倒不如說是一塊特殊的狹小平原，而就在這個奇特無比的景象下，那兒居然還有一座木結構的大房屋，小小提提喜出望外，他可以肯定的判斷：在地球上，能在此建造木製大屋的，除了艾華父親他們，絕不會有第二波人類。

「美麗，我們趕緊去看看。」小小提提指著那個大房屋說。美麗立即大聲吆喝了一聲下，她擺著韁繩讓駿馬有了直線的方向，這三匹馬顯得格外的歡騰，因為牠們終於可以甩開大步前進了。

只一個時辰內，他們就到達了這座房屋前，他們跳下馬，先沒有進去，尤其是小小提提，他在感受著一種湧上心頭的親切感，這兒的風光是無比的秀麗，空氣中也充滿了甜潤的氣味。

「它建於十五年前。」這是小小提提對這個建築所作的判斷，鑑定建築，這對於斯可達星球人類來說是再容易不過的事情，而且有非常高的精確度。

美麗跟著小小提提走進了這個建築，這裡面有七個房間，現在每間都是空蕩蕩的，但每一間的地上都鋪著乾草，看來在主人離去後，這裡已經有其他的人類居住，而在這七間房中的四間，那兒還有空著的木床架，

美
麗
的
地
獄

有一間中還留著一張長桌。

在仔細的觀察後，小小提提判斷出：艾華父親他們在這個區域大約生活了六年左右，他們一定在此生養了兩個孩子。小小提提回想起來一天前在大山北面的情形，那兒確有兩條上山的道，他在想；艾華父親他們從東方出來，他們沿著黃色大河一直西行，或許他們到了黃色大河的源頭，然後向西南方向前進，直到來到這個區域的北山腳下，最後上了山。

「這是他們停留下來的最長時間的一個點，在此他們的孩子在長大，然後在孩子們已經長大成人後，他們才繼續這尋親之路。」小小提提對美麗說。

「我的神，我被你說糊塗了，按你在時間上的認定，他們最大的孩子才八歲，八歲的孩子已算是長大成人了？」美麗疑問道。

「是的，我的東方孩子們都在不到二百天就下地走路和說話，兩歲就能騎馬和幫助幹活，艾華父親和可沁母親都是純粹的斯可達人，或許他們的孩子會更早的長大成人。」小小提提回答說。

「孩子們不用餵奶？」美麗表現出驚訝，她又問。

「我的孩子們要，兩三天餵一次，六十天可以停止，但是我不確定，艾華父親的孩子們是否需要。」他又答道。

「看起來都是神仙，不用吃喝不用睡，跟你一樣。我的神，經你這麼一說，我怎麼覺得自己的肚子裡有什麼在動，我會不會懷孕了。」

小小提提忙俯下身，他把耳朵貼在她的肚皮上，一陣後，他抬起欣喜又熾熱的眼神對著她說：「一定是你懷孕了，我聽到了你肚子裡有生命的存在。」

「太好了，我也能生神仙了！我們美麗族人實在是難有孩子。你為什麼這麼看著我？你太壞了，那就快來吧，小心點，別壓著孩子。」柔情似水的美麗快樂的說。歡樂的喘息和蕩漾的呻吟就在他們親人的建築中發生了。

第二天，正當美麗吃完了烤肉和山菓時，從遠處向這裡來了八個原始土著人，他們判斷這些原始土著人是這個建築的居住者，於是他們一起騎上了馬，離開了此地。

他們很快從這通道似的小平原進入到了南邊的山脈，據美麗說，從這兒向東南方向走，要走一段很長的路，在走到盡頭時有一個下山的道，下了山，最後還要走過一大片平原，這樣才能到達目的中的海邊。美麗族人對時間沒有正確的概念，她約莫估計說，大約比來的時間還要多近兩倍。

根據美麗的描述，小小提提的估計是：還需要一百十天到一百二十五天的路程。

自從進入南面的大山脈之後，開始二十天的路還比較好走，無論是往上還是往下，他們都能騎在馬上。但之後的二十幾天，那崎嶇的山道便不斷的出現，在多數的情況下，他們不得跳下馬，牽著牠們向前走。到了又三十天時，他們不但沒有找到下山的出口道，他們還經歷了一場不小的考驗。

　　在這些日子裡，美麗的食物變得十分的少，在沒有獵到小動物的情況下，這裡的山菓也不能滿足她的所需，她的孕期中，睡眠的質量也比較差，這樣的環境和作息使她的身體看上去顯得日益變差。

　　按說在這個山脈中有無數可以狩獵的動物，可這裡的食物鏈是非常的緊密，如果稍有不慎而在狩獵時弄出了血腥味，那麼後果將是非常的麻煩。

　　在剛進入山脈時，小小提提就狼群的出沒中觀察到了這些現象，所以，他變得很謹慎。

　　看得出，美麗在後面的行程中一直在咬牙堅持，她原本的敏捷和坐在馬背上的颯爽英姿也漸漸的不復存在，她開始顯得很疲憊，常常靠在小小提提的懷裡在呼呼的昏睡。

　　「美麗，前面已經沒路了。」有一天，坐在美麗身後小小提提對她說。美麗睜開疲憊的眼睛，吃力的定神看了前面的環境，然後她強顏笑容的對他說：「神，快到了，可以停下。」說完她又閉上了眼。

　　小小提提下了馬，他小心翼翼的把美麗背在身上，他繼續往前走，可眼光之下，前面就是一個懸崖絕壁。小小提提站停下來，把美麗從背著的狀態換成了抱著的狀態，他等著她自然的甦醒，然後得到她的指點。

　　美麗終於又醒了，她以微弱的聲音對他說：「神，我們到了，你看左壁上的樹，這是我們一行六人搬上去的偽裝掩蓋，挪開它就是一個山洞的出入口，它有一個長長的通道，所以下山。」

　　小小提提把美麗放下，按著她所說的，去那兒把遮上偽裝的樹木給挪走！

　　挪走了偽裝，確實出現了一個不大的洞口，小小提提首先把美麗背了進去。他脫下自己的獸皮衣放在了地上，他讓美麗躺在了上面。小小提提接著把三匹馬也拉了進來，那匹有八百斤的大馬，幾乎是讓小小提提用盡全力，把他拖了進來。

　　「美麗，我們已經來到了這個安全的通道，我們停下來不走了，什麼時候養好了你的身體，什麼時候我們再出發，路途使你又餓又累，你的體質也很虛弱。」小小提提憂慮的說。

　　「我的神，你不用太擔心了。其實美麗族的男女都有一個好身體，只是我們的女人在孕子時都會像我現在一樣。」她幾乎是用氣聲在說。

她的話讓小小提提覺得蹊蹺，他不禁問：「怎麼會是這樣？你知道原因嗎？」

　　「我們美麗族的女人，只要過了生孩子的一關，我們一定要比同族的男性活得更長，我的母親告訴過我一個原因，那是由我母親的母親又母親傳下來的傳說，說是在很久很久以前，我們美麗族的男人曾經沾上過鬼。」

　　「鬼？」小小提提被逗樂了，他繼續說道：「在大宇宙中，有數不清的物種，在低級文明的階段，人們在認知上有極大的盲區，在文明之間的差距所造的靈異事件中，這種無法解釋下的差距會更明顯，世上其實確有魔鬼般的人類，但沒有真正的鬼。」

　　「真的是鬼！他們是黑色的，有公有母，他們從地下鑽出來，拖著大半身的皮囊袋。」

　　美麗所提的傳說，簡直是一道閃電，它快速掀翻了一旁的小小提提，他臉色一下子蒼白，並呆若木雞。

　　「我的神，看你這個樣子，難道你知道這種厲鬼？」

　　半晌，小小提提才從被刺激中鎮定了下來，鑑於上次他講述時，讓他的兩個兒子所產生的恐懼，加上美麗的身體狀況，所以他不想講述這種「鬼」的真相，現在他的心裡只是在這麼想：太可怕了，看來美麗族的祖上確實碰過剛起源的人類，這可是在玷汙上帝和天堂人的榮耀。

　　小小提提緊緊的抱著美麗，他在她的耳邊說：「這不是什麼鬼的傳說，那只是牽涉到了人類的起源。」

　　美麗轉動著美麗的眼睛，她不解的問：「什麼叫做：人類的起源？」

　　「美麗的寶貝，等你的身體好了，我再告訴你，現在我去狩獵，得讓你好好補補身體，你就好好的躺著睡覺！」

　　「你別走！陪著我，我覺得你一走我會死去！」

　　小小提提把她整個身體抱在了懷裡。小小提提的體溫溫暖著她，使她不久就熟睡了過去。他小心的放下她，躡手躡腳的去取來了只剩的一隻陶碗，在前面的山隙澗有滴水聲，他順著聲音去盛來了一碗水，然後他點起了篝火，把水燒熱，他細心用短刀割下一小塊獸皮，他用它沾上熱水，給美麗的腳底擦洗，他居然沒有驚動她，看來她又處在昏睡中。小小提提做了這些後，他把美麗的腦袋全枕在自己的胸口，而他自己浮想聯翩。

　　在融入這個星球後他共擁有了十五個女人，在東方的女人中，他最熱衷的是他的一嗎和二嗎，那是人類本能的代表，是一出地球母親們的偉大篇章。眼下的這位美麗的女人，她是地球人類最古老的民族代表，儘管他們之間的文明差異是何等的程度，但從相識相認中，一切產生過程竟是如此的接近於斯可達文明中的愛情！這是愛情或許會像人類的家和人類的

個體文明精神一樣一直傳下去，甚至會帶著它一直到達天堂的世界。

小小提提望著這副極美麗的容貌，心中產生出強力的擔憂，她正在被疾病糾纏著，但是，他希望用自己的生命去拯救她，因為，如有不測，他真的沒法想像自己將來又會走怎樣的道路。

那一天，美麗都在昏睡。

到了第二天，美麗終於醒了，小小提提趕緊讓她喝上熱水，可她顯得十分焦急的說：「快！我們馬上去到出口，然後下山去！」

小小提提迅速的收拾了一下，並把美麗扶上了馬背！

從這裡走是個挺陡的下坡路，約半個時辰後，他們見到了太陽光從外面照射進來。

「就是這個出口，我們可以下去了，現在我一點氣力都沒有，一切全靠你了。」美麗說，看上去，她還是這麼的虛弱。

小小提提從洞口探出身去查看，天啊！實在是太棒了，洞外有一棵古樹從地面一直延伸上來，它的身上還長著一道又一道的結實的藤枝。這兒到地面還不到二十米，只要稍為小心，從這兒下去應該是既容易又安全。

再看看下面的環境，下面的左右兩邊看上去是十分的峻險，地面到萬丈深崖只有十來公尺，可是，有左旁有一個天然的天橋，它就架在去對山的通道之間。

「美麗你太偉大了，你居然能發現和指引這條通往天堂般的道路。」小小提提高興得手舞足蹈，他拉住參天大樹的藤枝，很快下到了地面，他先這麼試了一下後，跟著他又攀了上去，第一個把繩索綁住大馬，他跟牠一起滑到了地，他連續上下了三次，他把另兩匹馬和美麗都安全的送到了地面。

現在美麗的情況已經達到了嚴峻的程度，小小提提則一刻不停的把她放到馬背上，然後飛身上馬，立刻在騎上的同時，大聲喝道：駕！

這三匹駿馬以風馳電製的速度，閃電般的衝去。

前面是白霧升騰的世界，霎那間，他們已經穿了過去。

美麗的地獄

四

這是一片岩石的平地，這兒有十幾個岩石凹坑，而坑中的底部和四周都撲撲的冒著水泡，每個坑都有一池的熱水，它們冒出水花，使整個區域都蔓延著白霧般的蒸氣，這個天然溫泉，真是一個天然的人類澡堂！

霧氣下，小小提提跳下馬，他把美麗捧下來，自己光著腳走入一個巖坑，他試了試水的溫暖，又走到另一個試了試的深度。這熱氣騰騰的溫

泉其實一點也不燙，它讓人覺得適度剛好的溫暖。

小小提提走上了巖坑，他要去取他的陶碗。這時他見到那三匹駿馬已在池邊急速舔著泉水，而他的美麗正大大的嘆了一口氣。

「美麗、美麗。」他把她的身了搖晃了兩下，可她依然是雙目緊閉毫無反應。

小小提提把美麗挪到了水裡，他讓她靠在自己胸前，然後毫無顧忌的幫她脫去了衣著，再然後，他用獸皮當浴巾，一遍又一遍的為她洗滌身子。

兩個裸體在熱泉中浸泡著，直到這一天的下午，美麗在忽然間又大大的嘆了一口氣，接著她猛咳了幾下，一口黑血從她的嘴裡吐出來，小小提提忙幫她擦乾淨，就在此時，美麗從深度的昏睡中醒了起來，那原本蒼白如紙的臉上泛起了一點紅暈。

「我的神，我感覺太餓了。」美麗說出了實話，她的表情顯得有點靦腆，對自己的男人還有一點不好意思。

「好的！你在這兒多喝點水，我馬上去給你弄吃的。」小小提提開心的站了起來，他這一絲不掛的身子全露在水面上，這讓美麗咯咯地笑了，「看你幹了些什麼，為什麼把我也脫了一個精光。」在歡笑後，她說。

小小提提紅著臉穿好了著裝，並幫她擦乾了身子，讓她也穿好了穿著，之後他還輕撫了一下她的肚子。

「生下他可真不容易，差點沒有了性命。」美麗說。

「我深有感觸，跟你在一起真是非常幸福。」小小提提深情的說完後，便跨上了坐騎。

他先在這兒的附近繞了一圈，然後向西邊的小樹林奔去。他在奔出小樹林之前停了下來，並把坐騎栓在樹旁。出了小樹林，他向著前方觀望，前面是一處大斜坡，斜坡的頂端是天際下的一片山嶽影子，往坡下看，他沒見一物，但是他從嗅覺中得知，這兒可是動物縱橫的地方，恰逢這時，從天空中傳來了呼嘯而過的尖叫聲，這聲響在靜寂的大地上能令人不寒而慄。

空中的尖叫才剛消失，遠處又有兩個黑點在向這兒飄來。突然有動物從小小提提左邊的另一個樹林中竄了出來，那是兩頭黑狼，這兩頭黑狼已經明顯有了目標，而牠們的目標就是他。

「這些狡猾的傢伙，我不知道你們是怎麼發現我的，但我知道，你們根本就贏不了我。」小小提提很有自信的這麼想，他鎮定地跨上一步，讓他自己出現在牠們的目視之下。

黑狼在快速跑動下已經來到了小小提提的近處，這種動物喜歡去追逐怯弱的對手，一旦遇上了強勁的對手，牠們便會停下來尋找攻擊點。這

兩頭黑狼就是如此，牠們在小小提提的八米外停下，牠們先呲著牙，一種威脅對手的低沉吼聲在牠們的喉嚨裡打轉。

牠們在移動分開，欲從兩個不同方向來進攻他。小小提提貓下腰，順手從腰間抽出了短刀。一頭黑狼向他撲來，就在這狼張口咬合的剎那，小小提提的短刀已經砍向牠的腦袋，牠發出了刺耳的尖叫，帶著已經裂開的腦袋向斜坡滾了下去。另一頭黑狼已經咬住了小小提提的獸衣，而他在原地開始打轉，這個旋轉速度在加快，這頭黑狼在死咬不放的情況下，牠的身體在旋轉中飛舞，在快速的轉動中，小小提提瞧準了機會，他突然一停，就在同時，他的短刀已插入了黑狼的喉嚨，並在極速之下抽出，接著又插入第二次。這頭黑狼連叫也沒來得及叫出來便一命嗚呼了。

前一頭腦袋開裂的黑狼在重傷下，已起身晃晃悠悠的向坡下跑，也就在這時，天空中那恐怖的尖聲又響了一下，緊接著，一隻巨大的蒼鷹正展開雙爪，牠一抓下去，便把受傷的黑狼擒到爪下，牠只拍動了幾下翅膀便回到了空中。

小小提提望著那個獵食者的遠去，他又瞟了一眼地上的狼屍，於是他產生了另一個想法：現在美麗大病初癒，她和孩子都急需營養，我要多狩獵回去。

小小提提劃開了黑狼的肚皮，內臟挖出來倒在了一邊，而他自己去躺在了一邊，看上去好像在享受燦爛的陽光。

只片刻的時間後，小小提提已見到空中有個黑點在向他移動，這個速度很快，就在他看清了是另一個蒼鷹時，那只蒼鷹已經向這裡俯衝了下來。

牠就在他仰躺的幾米處停下來四處張望，牠先沒去動狼屍，也沒理小小提提，牠只是快速的啄食著狼的內臟。小小提提瞄著牠的一舉一動，心裡計算著他們間的距離和角度，他在等待著最佳的下手時機。

已經吃了一陣的蒼鷹停止了啄食，牠向狼屍跳去。

小小提提猛然跳起來，他捏住的金屬針已經飛了出去，蒼鷹的利爪已經抓住了狼屍，牠的翅膀也展開了，但牠已經拍動不了牠的翅膀，因為，小小提提已手起刀落砍下了牠的腦袋。這可是小小提提在西行的途中最大的收穫，並且，他已經想好了，怎麼去處理這兩件獵物。

美麗早已經走出了岩石群，現在她正站在小樹林前，等待著小小提提的歸來。

「美麗，你怎麼出來了，走！我們回去。」他把美麗扶上馬，自己則牽馬往回走。

「我的神，你太厲害了，這『惡咬』和『大飛蟲』你也能抓到。」美麗翹著拇指讚道。

「這是狼，這是蒼鷹。」小小提提愉快的教她說。

回到岩石區，他開始處理這兩件獵物，他用了很長的時間去處理，到了深夜，他才使美麗吃到了香噴噴的烤肉。

「這是個養病的最好地方，馬的草料和飲水也充足，等幾天，我再給你去弄吃的，我不會再讓你挨餓了。」

「你不用過幾天就去打獵，這些可供我吃很久。我們美麗族人有保存食物的好辦法。」

「真的？我可沒聽你說過。」

「用燒下來的黑灰跟山石塵混在一起，把食物在上面滾動，當食物有了一層包裹後，去放在風口上吹，吹乾了，就不會變質。要吃時，再燒烤一次。」

「看來我的估計沒錯，美麗族人類一定是地球上最古老的人類，現在你先別動，我要取下狼牙，拔下蒼鷹的羽毛，還要蒼鷹的嘴和牠的爪子。我會為你做一些最棒的首飾。」

美麗聽到這個消息，不禁雙眼發亮，「首飾？你要用動物身上的東西做首飾，我可沒有聽說過，我們美麗族的首飾是美麗的海貝。」

「美麗的海貝？可我怎麼沒見過你身上有啊！」

「是的，因為我從來沒有過自己的男人。那一次，你可看到了我們美麗族姑娘的胴體，因為你沒有海貝，又要賴，所以讓你過關了，到了海邊，你要送我最漂亮的海貝，我可是你的女人。」

「幸虧我沒有海貝，不然我的女人就不是你！」小小提提樂著說。

「有一件東西比海貝上的奇光還要亮，它老在我的腦子裡不肯離去。」美麗把她滋生愛的原因告訴了他。

「美麗，我相信我做出來的首飾一定會比海貝更好看的！」

「真的嗎？如果是的，那我得獎賞你。」

「我知道你要獎賞我什麼，這可不能等待，得說獎就獎。」嬉笑中，他撲向了她，美麗調皮的用油膩的手指去捏住小小提提的鼻子，她撒嬌似的在他耳邊輕輕說道：「我說獎就獎，但你不能嫌我懷孕，我要你得給，並且，不能去碰其他的女人。」

「我答應你！」小小提提肯定的說。

接下來的三天，小小提提為美麗製作了三件首飾，第一件：他將六個磨平的鷹爪，用金屬針鑽了孔，串上藤絲，然後箍在美麗長髮飄飄的頭上；第二件：是用四個磨平的鷹爪和鷹嘴當佩件，把這些串在一起然後戴在她的脖子上當項鏈；第三件是：把狼牙串在一起，把它們當成了美麗的手鐲。

美麗接受了這三件禮物時簡直是樂壞了，她抱著這個使她無比愛戀

的男人，久久不願鬆手。

「我的神，我可以說，這是我們美麗族女人收到的最好禮物，如果我能生下女兒，我在離開時會傳給她，如果是兒子，那麼我就把這些禮物帶走，我的神，你的母親是怎麼處理禮物的？」美麗眉飛色舞的說。

「我和我哥都是父親生的，他沒有挑選我們的母親。」小小提提按事實冒出了這麼一句話。

美麗被這句事實的話逗得笑屈了身子，她對小小提提說：「我的神，你可從來不撒謊，這世上真有父親生孩子的？你們只有父親，不需要母親？來，給我講講，神仙的世界到底是什麼樣的！」

「如果你愛聽，我就講給你聽！」

美麗非常堅決肯定的點了點頭。

美麗跟隨小小提提西行之後，在他們的交流日益暢通下，他們所談話所涉及的話題很多，但這個無意中引出的話題卻一直陪伴著他們相戀下的人生。

在小小提提的精心照顧下，美麗的身體終於完全恢復了健康，可以說她更美麗和活潑了。

二十天後，他們離開了岩石區而直接上了南邊的大山。南面的大山確實又大又高，但道路並不曲折難走，那兒除了鳥語花香之外，還有非常多的動物，但主要的動物是兔子和猴子。

從岩石區到大山的峰頂他們走了五天，之後的兩天裡，他們下了山，然後按美麗的指點，他們繞開了動物最密集的區域，然後他們又上了西邊的山嶽，這兒的山不高，可路則很險，於是他們牽著馬上去，翻過後，又牽著馬下來。

下山他們就發現正在懶睡的大貓群，他們快速通過後，又見一大個象群。

美麗說，這兒距離他們想到達的海邊已經不遠了，根據她的描述，小小提提預估了一下，剩下要趕的路程不會超過四十天。

雖然，最艱難的路程已經過去，前面可是大片的平原；雖然美麗的身體恢復得非常好，並且，她每天都沉浸在快樂中；但是，她顯懷後的肚子是一天比一天大，在馬背上的顛簸，實在是不利一位孕婦，至此，小小提提又產生了另一個想法。

在一次到達樹林的休息時，小小提提跟他的東方孩子一樣，他在樹林中發現了樹膠，於是他馬上決定停留下來去完成他自己的想法。

「美麗，我要造一輛馬車，這可以減少你生孩子前的風險。」他把想法告訴了美麗。

「馬車是什麼東西？」她可真的沒聽說過。

美
麗
的
地
獄

「它不是什麼東西，嗨，它也是東西！反正造成後，你就知道了！」小小提提這麼說。

美麗陪他在樹林中散步，他則在用目光尋求他所需的材料，這個樹林中，他所需的材料都有。

第二天，小小提提就開始了製造，他從東方帶著四件鐵製工具，他就用這四件工具，在十一天的時間中造出了地球上的第五輛，根據敘述者告訴作者，這輛車的誕生日期只比一一嗎提提他們在東方江南所造的車晚了九天。

車造好了，用結實的繩索套在兩匹東方馬的身上，他們一起坐在上面試跑了一下，嗯，很棒！

「你真的神仙，我坐在馬車上，像是長了無數條腿一樣。」美麗興奮雀躍的說。

「這只是文明最基本的起點，如果我跟你說的那架飛行機能工作的話，它能在三千年內，把地球人類的文明帶入一期中，它可有上萬個功能，就是開啟兩三個，它就能使這兒的大山變成一千個金字塔。」

「什麼叫金字塔，是什麼東西？」

「美麗，我又給你問住了，哈哈，金字塔不是東西，嗨，它又是東西！」小小提提可沒有什麼神力，可他這無心之言，卻在不遠的歲月後呈現了，在不到四千年後，這一幕便出現在地球上。

「我的神，在我們還沒有竹棚前，我們就睡在馬車上！」

「好的！」

這一夜，他們確實就睡在了馬車上。

第二天，他們又出發了。

從這兒一直向東進發，他們在富饒的大平原上穿梭，並且在一路上見到了許多人類，人類喜歡結伴而行，他們少則兩三人，多則有十幾個，他們在見到馬背上的小小提提和馬車上的美麗時，無不驚得目瞪口呆，可在他們還來不及作出進一步的反應時，大馬和馬車就穿過了他們的視線。

在大平原的途中，小小提提只狩過兩次獵，除了黑幕下停下來休息，其餘的時間中他們都在趕路。這樣的趕路的十七天後，他們從一小片丘陵中穿了出來，隨後來到了一小片的岩石崗上。

「看！我的神，大海！」坐在馬車上的美麗欣喜的說。

「美麗，我看到了，我艾華父親他們是不是就在這片區域？」小小提提跳下馬，並扶美麗下了馬車！

前面就是一望無際的蔚藍大海。大海的浪一層又一層地湧向沙灘，潔白的海鷗在上空自由飛翔。

「表姐說的地方就在這片區域，下石崗從那邊走，不遠了。」美麗

指著向西的方向說。

小小提提向東和向西兩個方向深深的呼吸了一下，然後對著美麗說：「我聞到了兩邊都有人類的味道，為了避免不必要的麻煩，我們先下去，然後沿著大海，快速西行」。

他們下了岩石崗，等他們來到海邊時，夜幕就降臨了。他們生了一堆篝火，又把食物烤了一次。

「美麗，多吃一點，把你跟孩子都餵得飽飽的，這個地方沒有隱蔽處，可能要等到明天你才能再次進食，吃完我們就走，我們走得慢些，你就睡在馬車上，抱歉，我今夜不能陪你睡了。」

「好的，我的神。」溫順的美麗說。

美麗這一餐確實吃了很多，吃完後，他們就繼續上路。當美麗在馬車上睡著後，小小提提勒馬停了下來，他為美麗加蓋了一張黑狼皮，隨後再上馬繼續走。

在大海和岩石崗的中間走，到了前面的彎道口，突然，在星光下有一群黑壓壓的人類群向上坡上衝了下來，他們的手上舉著長木棍，嘴裡還大喊大叫著。

美麗從夢中驚醒，她大喊一聲：快走。

小小提提一拉韁繩，他騎的大馬已經衝到了馬車的內側，他向美麗伸出了手，美麗也伸出手去拉住了他的手，他拉住她的手，一個側俯動作，用他的另一隻手抓住了美麗的腰帶，隨即，他把美麗拽到了他的大馬背上。

「美麗，抱緊我。」小小提提一聲喊後，他一手牢牢控制著韁繩，一手攔住美麗的腰部，這時的美麗正面對面坐在一起，在快速的跑動下，她無法調整坐姿，只能緊緊的抱住他。

兩匹東方馬瘋跑起來，牠們拉著車，一路跑在大馬的前面。那批人類早已不見了，他們在急跑了一陣後，也減緩了速度，在跑過一個港彎形的地方後，他們已經跑出了岩石崗，現在他們正向著一個高坡前進。

「美麗，你快看，在前方的另一個高坡中間有一排建築，我看清楚了，共有六座房屋，我的親人一定就在那裡。」小小提提欣喜若狂的說。

美麗睜開眼，但她沒有順著小小提提的指點方向看，而是吃力地對他說：「神，我很痛，快不行了！」

美麗的地獄

五

小小提提把美麗抱回馬車上，他關切的問：「你還好？能堅持嗎？」

美麗顯得啼笑皆非的回答說：「這是一個不平靜的孩子，一路踢我，

剛才用勁太大了，讓我實在難以忍受。」

「這裡的氣候太棒了，他一定想要急著出世，美麗，我們先得找個隱蔽的地方停下來，以歡迎他的到來。」小小提提這次也坐上了馬車，他們一起去到了高坡的背後。

後坡一下去就是一條很淺的小溪，但是這條小溪是從很遠的地方流淌過來的，小溪後是平原，在山嶽的腳下有一片樹林，他們就去到了樹林中停留了下來。這兒看起來挺隱蔽，他們卸下馬車，讓馬吃著青草，這時的小小提提問美麗：「你餓了嗎？」美麗向他點了點頭。

「我去附近看看，你先休息一下。」小小提提說。

小小提提徒步走出了樹林，就在這兒到小溪之間的平原草地上，他見到了許多不知名的小動物，還有從空中飛來吃蟲子的小鳥，在這些小動物中，最讓他所熟悉的自然是那些灰色的小兔，他從地上撿起一些石塊，饒有興致地去追逐這些跳躍中的小動物。

他有時去追趕牠們；有時貓在牠們出沒的洞口；他如同孩子般的玩耍，竟然也逮獲了三隻野兔。「嗯，不錯，夠美麗吃上幾餐。」他提著獵物高興的想著，不久就回到了樹林中。

這時的美麗已經在樹林中撿了許多生火的樹枝殘葉，她見到他回來後，便立即開始生火。

小小提提笑咪咪的望著美麗，他在篝火升旺下，先處理了三隻野兔，然後還去了小溪旁洗淨了兔肉，回來後，他把兔肉放上了烤架，然後對美麗說：「多吃點，最好一餐能吃下一個，外面的貨源很充足。」

「這裡的兔子很壯，要不是孩子，一隻兔子至少可以供我吃兩天，我的神，你估算一下，我們的孩子會在什麼時候出生。」

「我不行，估算這個，可沁母親應該會預測得很正確。」

夜幕低垂下，三匹馬都俯下身去，但不久，兩匹東方馬忽然站了起來，牠正靈性的耳朵豎起，並在轉動。

警覺的小小提提向美麗使了個眼色，他站起來踩滅了火焰，此時在樹林的另一端，有鳥兒起飛所發出的聲響。

「美麗，你去馬車上待著，我去看看」小小提提把她抱上馬車並順手抽出短刀交在她的手裡。

他順著樹林的東邊方向走，因為鳥兒起飛的聲音是從那兒傳來的。他走著走著，確實聽到了人類的腳步聲，從腳步的頻率來看，進入樹林的應該有七個。腳步聲跟小小提提已越來越近了，在黑暗中，他已經能看清他們的模樣，而他們，可以肯定的說：他們還沒有見到他，甚至還沒有發現他。

小小提提想了想，眼睛一轉，一個花招便記上了心頭，他故意叫喊

了一下，並迅速衝向他們，在這黑暗中，他推倒了前面的兩個，然後退後兩步，微笑著站在那裡。

一位高大的外星帥哥突然的出現，一下子使來者們驚出了魂，他們待著發楞，轉而他們集體驚叫起來，然後開始逃跑比賽。

「我不想傷害地球人類，但是這裡是臨時的禁區。」他心裡在這麼說，接著便轉身往回走！

小小提提還沒走出百米就聽到了馬蹄聲響，他覺得有點蹊蹺，於是他邁開大步奔了起來！沒多久，他見到了馬車飛奔了過來，後面還跟著大馬。

「美麗、美麗、」他邊奔邊喊，很快他就迎面對上馬車，他一躍而起，勒住了韁繩，同時跳上了馬車。美麗伏倒在馬車上，看上去很虛弱！

「美麗、美麗，是你套上了車然後昏迷了？」小小提提將美麗翻過身來，憑藉自己的判斷在急切的問。

「我聽到了你的一聲大喊，所以急著來救你。」虛弱中的美麗帶著微笑說。

「哈哈，你太逗了，你來救我？可自由昏倒了。」

「神，這次真的不行了，我好難受！」

小小提提把她抱進懷裡，他可是一位有三十六個孩子的父親，憑他眼下所面臨到的狀況來看，他判定：美麗即將生產了！

小小提提駕著馬車飛奔出了樹林，他們奔到了小溪旁停了下來！他首先從小溪中盛了一碗水去餵美麗喝下，接著把所帶的所有獸皮墊在美麗的身下，他開始以他的經驗做好了生產前的準備，最後他對她說：「美麗，你捏緊拳頭，在我說開始後就拚命用力，如果想喊就喊出來別憋著！好，一，二，開始。」他像一個指揮官一樣下達了命令。

一股生命之水從源頭湧了出來，……孩子一頭烏亮黑髮在皓月的白光下清晰可見，在這位手法嫻熟的父親幫助下，這個小生命順利的來到了人間。

美麗沒有一聲疼痛的叫喊，只是在如釋重負的情況下，音律優美的哼了一下。

小小提提忙著為美麗洗乾淨，而那個新生命卻平靜的在一邊躺著，這是一名男嬰，他看上去可愛之極，白白的膚色，有點淺紅淺黃，敘述者說：這是地球遠古第一期中的混血第二個人種，他跟他的大哥——提提一樣，是一個人種的第一人，他倆也是影響至今的地球人種。

美麗累極了，她帶著幸福的微笑去看著孩子，但她沒堅持多久就睡去了。

忙完了，小小提提捧起了兒子的小身體，看他的可愛樣，手腳胖乎

美麗的地獄

乎的像四段蓮藕，他捧著這個小生命，優越、得意、成就感溢滿了整個表情，他對著小兒子說：「你是我第三十七位，你是二八提提，你長得不同於你的哥哥姐姐們，所以我得給你取個乳名，叫做什麼好呢？月兒通明，小溪如鏡，嗯，就叫你：小溪！」

小小提提來了一陣得意的暢開大笑，然後坐上馬車，他一手牽著馬車，一手托著被裹在胸口的孩子，他哼著連他自己都不知道曲名的調子，他們向著樹林而去。

在第二天，沉睡中的美麗被孩子的哭聲吵醒，她立刻用本能下的第一個動作，撩開遮衣，並將奶頭塞進了孩子的嘴裡，小溪這孩子還是閉著眼，可他吸吮的勁很大，在生命的開關下，他正發出吱吱的聲音。

吃完了奶，他睜開了眼睛，這可樂壞了美麗，她向小小提提驚呼道：「我的神，來看我們的孩子，他怎麼長得這麼漂亮！叫他為：漂亮！」

「美麗，這孩子真的是太漂亮了，可我給他已經起了乳名叫：小溪，你覺得哪個名字好？我聽你的。」

「應該小溪聽起來更好，更合適！」

這孩子吃了一次奶後，兩天裡就抗拒奶頭的吸引力，到了第三天才又猛吸了一次。

氣候變得很炎熱，可樹林中卻是十分涼爽。小小提提又出去抓兔了，這一次又逮到了三隻。

這三人的日子過得安穩又愜意，正如岩石溫泉的區域，可這樣的日子只持續了七天。就在第八天的中午，樹林外響起了一片嘈雜的喧鬧，小小提提趕急騎上馬，飛奔出來查看究竟。

在小溪的南面已經站著很多原始土著人，他們持著長短棍正怒目噴火似的望著小樹林。當小小提提一出現，他們便紛紛的趟過了小溪，他們向他走來，在三百米左右處停了下來。

小小提提向這一字排開的原始土著人掃了幾眼，來者有五十六人，而且全部都是男性。

「看來他們是有備而來，他們應該是早發現了我們，這可能是一場惡仗，但我不可能會膽怯！」小小提提心裡這麼想道。他確實沒有絲毫的膽怯，他可是斯可達星球人，他還是那個星球上打「天中球」的勇士，儘管他的排名只是前五百名的末尾，可相比地球上的原始土著人，他的智慧和身子依然屬於上乘。

氣勢洶洶的一方，不知為什麼還沒有發動攻擊，可小小提提孤身一人的一方，在他的背後卻發生另一個狀況。美麗抱著孩子正趕著馬車衝了出來，她舞著長鞭在空中劃了半圈後落在了小小提提的坐騎上，馬車嘎然剎車時，慣性下一個急轉，隨後它擋在了他的身前。

「美麗，你快回去。」小小提提焦急的說。

「我的神，我感覺不對才來的，我們應該生死都在一起，這個給你，我有短刀。」美麗說完，不由分說，把長鞭扔給了小小提提。

「美麗族女性真的是好樣的，怪不得她們到了哪裡都能坐定一方。」他接過長鞭，大腦中在這麼想。

恰逢此時，從高坡的頂處出現了四個騎馬的人，這個距離有一千多米，可小小提提可以辨清他們的長相。

「美麗，來了四個美麗族人，兩男兩女。」他把看到的告訴了美麗，而這時的美麗正在親吻一下孩子，然後把孩子放下，瞬間後，她的手上已經握著短刀。

小小提提明白了，攻擊為什麼遲緩，原來是他們在等待著這四個美麗族人的到來。

四個美麗族人已從高坡上衝了下來，兩分鐘便跨過了小溪。全部原始土著人鼓噪著揮起了木棍湧了上來，小小提提也一拍大馬迎了上去。

大馬第一次參加這樣的戰鬥，牠是十分的神勇，一個衝擊下就撞倒了四個攻擊對手，小小提提手中的鞭在啪啪響起，三五下後，大馬就衝到了兩個美麗族男人的近處！

小小提提眼快手明，他在距離對手三個馬位間揚鞭甩去，長鞭繞著對手的脖子上，他一用力，把第一個對手拉下了馬。

這時另一個美麗族男人趁著這個瞬間一把拉住了小小提提的長鞭，雙方開始用力拉扯，就在這擋兒，兩個美麗族女性也衝到了近處，她們用長矛刺向小小提提，小小提提閃過了一個，另一個卻只差一點就刺中他的頸脖處，此刻美麗用勁高叫著衝了上來，她已經站在馬車上，馬車衝開了人群，而美麗的短刀正劈向一個美麗族女性的手腕，與此同時，三支長棍向小小提提砸過來，他在閃身時，目光正瞧到了依然安祥中的小溪，於是他從馬上一個後翻來到了地面，在閃爍的時間下，他跳上了馬車。

「古達基、古達基！（美麗族語：停止）」那位差點刺中小小提提的美麗族女性突然拚命的大叫起來，在她的大叫下，另三個美麗族人也向小小提提他們在定神細看，只兩秒鐘，四個美麗族都在叫：「古達基」。

沒有騎手的大馬正瘋了似的踩向對手的馬，勇敢的美麗不斷以身軀擋在小小提的前面，可在美麗族人的叫聲下，原始土著人都散了開來，他們手中的長棍放到了身側，馬車還在左衝右衝，到了這時，只見四個美麗族人卻一起跪到在地。

小小提提迅速勒停了馬，他對眼前的一幕實在是驚訝和迷惑得不知所措！

「神，美麗族男人是戰死不退的，他們怎麼會是這樣？」美麗的眼

睛裡閃爍著迷惘的光，她只能問小小提提。

「我也不知道發生了什麼！」小小提提出現了跟她一樣的表情。

「大大提提、大大提提、大大提提、大大提。」美麗族人又開始這麼叫著，這是斯可達的標準音，連原始土著人也這麼叫了起來。

喔，小小提提明白了，原來，他再一次被地球人當成了自己的親哥哥！

小小提提來到了他們的身前，不好意思的把這四人一一扶起。

「大大提提神仙，你終於回來了，那艾華大神仙也回來了？」其中一個美麗族男性激動的問。

「我不是大大提提，我是大大提提的親兄弟小小提提。」小小提提坦白的說。

「聽他說過，那你是從遙遠的東方來？來認識一下，我叫大拉拉，他叫小拉拉，我們跟你和你的哥一樣，也是攣生兄弟，她們兩是我們的親戚。」名叫大拉拉的跟他們的四人一起伸手去了拉小小提提的手，然後禮貌的向美麗表示了冒犯後的歉意！

「大拉拉朋友，人類是在宇宙中站著的，以後別對我跪下。你們認識我的艾華父親和我的哥哥他們有多久了？」小小提提問。

「我們認識很久了，我們在一起也有三年多了，這一帶的一切都是他們的，可他們在臨走前贈予了我們美麗族人，艾華大神仙說：家，是早期文明中最美好的一頁，之後會貫穿文明的整個過程，但它在很長的時間中會遭受許多不幸，我們不懂，就按著他說的去做。他們有六座很大很大的房屋，我們住了五個，他們住過的一個依然空著，來！尊敬的小小提提神仙，我帶你們去，希望你們住在那裡別走了，你的親人都會回來的。」大拉拉說著，便帶著小小提提去向了那片有六座房屋的山坡。

途中，大拉拉對小小提提說：「現在的人可比我們來到時多了很多倍，東邊的土著人向西走，因為我們有最美的女人，我們族的人都病了，聽傳說，東邊有神仙，他們會變出牛羊，能驅邪降魔，所以往東邊來，看來真正遇到神仙的是我們。」

他們很快就到了，一進到艾華他們之前所居住的地方，整個七個屋子外有個院子，現在他們來到的就是這個院子中。

這個院子的地面上是全用海灘卵石所鋪成的，上面還用一種顏色的卵石鑲嵌出一幅圖案，這個圖案中的形象，就是小小提提曾經夢見過的嬴魚。

在院子的地面上，只有兩個用山石壘砌成的水池，一個水池中有六條正在游的錦鯉，另一個則全是水。

這個簡單的院子佈置，在當時的整個星球中，可謂最奢華的地方。

小小提提他們跟著美麗族的兩兄弟走進了他們親人曾經居住的每一個房間，那裡除了一張床以外，沒有其他的東西，而在這個時候，大拉拉兄弟在不斷講述有關艾華他們的生活故事。

　　小小提提從那兩兄弟講述的，有關親人們生活瑣事中所獲得的資訊並不多，不過，他還是很滿意，雖然親人們又踏上了另一個征途，可有了這些資訊，對他而言，這可是很大的安慰。

　　大拉拉在臨走前，他把一個木製的模型交給了小小提提，並告訴他說：「這是你哥親手做的，艾華大神仙讓我交給你。我不懂你們所說的時間，但是，小小提提神仙，他們已經走了很久了，怕是很難找到他們。」

　　小小提提接過木製模型，心中油然產生著五味雜成的滋味，這是那架帶他們來到這個星球的飛行機模型，做得挺精緻，但是，眼下的一切和以往的所有，都是因為這架令人討厭的飛行機所造成的，它是一架惡毒的根源，它背叛了製造它的人類，它在關鍵的時刻停止了工作，而且，在高級人類的心目中，他們已經明確的知道，這飛行機已經有了新的主人，而這個主人卻是一股無可抗拒的力量。

　　小小提提掂量著模型，要不是哥哥親手做的，恐怕他會把它扔進大海，現在，這個模型由艾華父親讓他人來轉交給自己，其含義他非常清楚，親人以這種方式在規勸他回到原來出發的地方，也在示意他停止尋親之路。

　　按艾華在出發之前與他的約定，三十年後才讓他回到原點等待，可現在只過去了近十九年，餘下的十一年要讓他去東方等待，這怎麼可能讓他甘心？

　　大拉拉他們在轉交了模型後，又跟小小提提約定：明天他們將帶他一家去山嶽中祭拜他的可沁母親。

　　可沁的墓地座落在北面丘陵的第二座山上，這兒跟他們所建的房屋是一樣的方向，但說來奇怪，這裡可比他們的住地地勢要高許多，但由於距離、地勢和角度的關係，從這兒望向大海，彷彿分成了這樣的三層景觀，墓地區在地平線上，中間是大海，上層是飄著白雲的藍天。

　　據說艾華父親用了整整一天的時間，才為他的至愛挑選到了這裡。

　　在這裡，最能映入眼簾的是那個醒目的墓碑，這個墓碑是一塊天然的巨石，它由八個人和三匹馬才把它推移到墓穴上，在墓碑上刻著四個字：宇宙至愛！

　　在逝者的名字下，還刻著五位至親的名字。

　　小小提提從墓碑的下方，第一次認識了他的三個妹妹，最大一位叫：艾沁蒂瑪；第二位叫：艾斯芳華；第三位叫：艾絢沁娃。在墓碑上，除了這些基本資訊之外，有一欄使小小提提注目不移，這一欄上只刻著斯可達

星球的七個文字：享年十七一一一定永生！

這讓小小提提注目不移的七個字，他直接感覺到的是：這突顯了艾華父親對可沁母親的愛，但他隱約還覺得，其內含的意義應該是無比的巨大，因為，他想了好一陣，也沒有猜出來。

當敘述的斯可達孩子講到這兒時，本作者興趣盎然的問他：「我由小到大，在中國的民間和許多許多文學作品、影視作品中，經常能聽到這樣一系列的話，比如英年早逝，自古紅顏多薄命，……甚至有：好人不長命，惡人活千年。然而，在我的生活中，在我萬里的行程中也確實遇見過這樣的現象，我想請問，天堂是不是在人類的死亡中，隱藏著宇宙人類的最大奧秘？或許是設定了一種對地球人類的標準？」

敘述者斯可達孩子說：「袁先生，天堂自然對大宇宙有他的標準，但這標準在大宇宙中是一致的。你的問題涉及到了人類宇宙最重要的三個問題：死亡、靈魂、文明。

我會把宇宙奧祕中的其中八十四個告訴你，但只允許你講出又其中的十二個。讓我來簡單回答你的問題：按天堂設制的定義是，人是不會死的，只是以一種循環的方式存在，天堂的原意是，出去後能再回來。但是就目前而言，人類真正的死亡率已經佔了多數，這種結果是天堂所為。原因顯而易見，這些真正死亡的人類，由於行為上的大錯致靈魂出現了不可逆轉的瑕疵，對於這些人類的處置，有的在死後，有的在身前，死亡捏滅他的殘缺的靈魂，生前先泯滅他的靈魂存在！英年早逝是一種遷移，長命百歲可能就是一種留下的反面樣板。袁先生，我這樣說，相信你能明白。」

「我確實大致能明白，但坦率的說，這其中含有一定的宗教味。」我脫口說道。

「不不不，我決不講你們眼下的宗教，在你們目前的階段，是一定需要宗教的，就像在四期文明前需要國家一樣，宗教會在二文明前自然消失，國家在四期文明時也一樣，能讓偉大的斯可達星球人類都進入天堂的主要原因是：斯可達星球在三期文明之中就消滅了國家，當然美中不足的是，這個過程全使用了暴力。以舊宇宙的情勢看，凡是國家消失的星球他們都是在暴力下完成的，這可能是舊宇宙的侷限。希望新的大宇宙有新的方式，這牽涉到人類文明的最高點：個體文明！這也致所以，凡扼殺個體文明發展者必死，這一條被列為十二個標準的第一個的原因。」

他的回答，我似乎明白了我問題中的現象。

抱歉，這個小插曲就講到這裡，讓我們回到故事之中。

小小提提從墓碑向後退了九步，他還要求抱著小溪的美麗和大拉拉他們退到了十米之遠。小小提提跪倒在地，他向墓地磕了三次，然後起身默哀了片刻。

這簡單的祭拜活動結束後，大拉拉他們便帶小小提提他們來到了又一個高處。從這裡往下看，一幅用山石疊成的鳳凰形象便呈現在他們的目光之下，這個形象栩栩如生，牠貼在平面上正要啟動飛翔，牠正是小小提提所夢見的模樣！

為了傳遞這個不幸的信息，艾華父親他們可花了幾天的時間！

這一天裡，小小提提的內心一直是心潮澎湃，回到住處後，他沒有進屋，他一直在院子裡思考。

夜深了，小小提提走出了院子，他在院子外抽出了短刀，然後在草地上畫了起來。他先在地上畫出了斯可達星球的大致版圖，然後在這個版圖旁又畫出了一個縮小版，他以自己的感覺將他眼下的落腳點，放置在斯可達星球的行政中心：首華城。

他假設：艾斯琴斯爺爺、艾絢艷奶奶、艾娃姑姑和斯斯通通，他們的飛行機是停在這個星球的西南大陸的話，那麼與艾華父親心有靈犀的艾娃姑姑，他們一致會想到的地點將在何方？

一個是類似奇想大陸的西南，一個是類似在中南部的首華城！

在第一地點該做的一定是先到達奇想大陸北部的某個渡口，而從腳下的地點出發，一定先去斯可達星球的斯可達海峽東岸。一個需要橫渡中部大洋西側，另一個需要渡過斯可達海峽，……

小小提提用目光搜索著這兩條路線，這樣的搜索進行了十幾次，最後，他判定：兩批親人最肯定會合的地點是，類似斯可達宮殿的地方，他還肯定的判斷，艾華父親他們一定趕去那三海的交匯處，類似斯可達海峽的東岸。

「真的應該為小小提提鼓掌！他判斷的是百分之百的正確。」敘述者講述至此，帶著歡笑說。

這個距離、地勢的未知、海洋的水文、天體的變化……，這全部的一切，對於他都是做不到的難題，但是對於艾華父親、艾娃姑姑、還有斯可達星球的第一天文學家艾斯琴斯爺爺來說，應該都不在話下。

眼下只存在一個課題，小小提提必須以最快的速度趕去三海交匯處，不然，親人們在艾華父親的帶領下，完全有可能，造出了渡海船而渡過海峽去。

「我太混蛋了，如果我在斯可達星球上能好好學習的話，至少我現在就可以當機立斷帶上美麗和小溪趕去那裡，就是他們走了，我們也能渡過海峽去找到他們。」小小提提在自責中追悔莫及，他甚至後悔自己不該讓一九提提和二一提提他們提前回去東方。

天亮了，美麗抱著小溪來到了院子外。

「我的神，你一整夜都在外面？又在想找他們的事，我們還是應該

聽他們的話，去東方等待吧！」美麗認真的說。

　　「就時間而言，我能找到他們的可能性只有一半，但我不甘心，至少我想去探一下前面的路，美麗，今天我依然陪伴你，明天我出去看看，估計七天回來，希望有一個好的結果，然後我回來後做出最後的決定。」小小提提說著，他站起來，挽著美麗，走回了院子。

六

　　小小提提出門便衝下坡去，然後他沿著海下的沙灘一直向西方向奔去。半個時辰後，他見到左邊的海浪一層一層向沙灘湧來。他出門時是處於地勢的高處，如今他已經在地勢低窪的海灘上，他在這兒已經能見到海灣前的突出部，而那裡的背後，是肉眼見不到的地方！

　　他勒住了馬，眼睜睜的看著這一片漲潮時的情形，也見到了西邊海岸的盡頭，那是一個斜坡，潮水已經淹沒了斜坡的低處，路斷了，或許那兒就沒有路。

　　他向回走了好一陣，然後上了高坡，他穿進了一條西行的路，又走了好一陣，他竟然來到了一個絕壁前，前面是三十多米高的懸崖，崖下依然是濤聲不絕的大海。「一條死路」他很不愉快的自言自語道。

　　他再往後退到了一個看似岔路口的地方，眼下有兩條路，於是他認定了其中的一條，接著毫不猶豫的穿了進去。在進入後不久，他又一次遭受到跟前一次一樣的失敗。

　　「看來，大拉拉所說的親人們是下了海走的，可能沒有錯！估計這一大片區域可能有許多海灣形的地勢，退潮時，他們下去走一陣，漲潮時，他們回到岸上等待，這樣的行走路線需要一段長時間的觀察和探索，可我沒有這個時間。」小小提提站在原地，經過一段時間的分析和思考，最後他得出了這樣的結論。

　　既然這樣，他再次退到岔道上，這一次他又選擇了另一條路線，穿入不久，這條路就變成了北上的道，他沒有去理會眼下的方向，他認定，北上的道上一定會出現另一條西行的路。

　　他的認定沒有錯，在兩個時辰後，西行之道果然出現了。這時已是黃昏時分，天上的陽光已變成了烏雲密佈，小小提提沿著一片丘陵的腳下在快速的飛奔。一陣陣悶雷劃破了長空，轉眼，傾盆大雨鋪天蓋地倒了下來。小小提提立即穿入了一片樹林，他跳下馬，把馬牽到了大樹下。

　　雨停了，這個區域已是月兒當頭，繁星璀璨，他重新上了馬，以普通的速度繼續西行。

　　小小提提跑著跑著，他開始見到在道的兩旁不斷有原始土著人席地

而坐，在有些人類多的地方，他們還點燃著篝火。他繼續向西前進，約半個時辰後，前方傳來了女人的尖叫聲，在片刻後，那個尖叫聲又響了起來，並一直在持續。

小小提提幾乎連想都沒想，他調整方向，直接向那個方向衝去。尖叫聲，小小提提聽清楚了，那是美麗族的語言，是在叫救命！他也看清楚了，是一個粗壯的身體正在拚命壓著一個瘦弱的小身體，在他們的邊上還站著三個粗壯的男人。

小小提提已經揮響了手中的長鞭，在鞭響和馬蹄聲的驚動下，那三個男人已揮舞起上棍迎了上來，那地下的傢伙也爬了起來。

小小提提的駿馬一下子衝過了他們的攔截，他拉緊韁繩使這個歷經戰場的駿馬來了個急轉，他瞅準剛才從地上爬起來的傢伙就是狠狠一鞭子，那傢伙一聲嚎叫又倒在了地上，小小提提從馬背上飛了下來，他站穩後一動不動，但他目光中第一次出現了憤怒的光芒，三個男人持棍圍了上來，他一個用勁的掃蕩腳在貓腰的同時飛了出去，緊接著是，長鞭來了一個秋風掃落葉，這兩個一氣呵成的攻擊，已經擊到了三個持棍男人，也就在這時，那個施暴的傢伙又爬了起來，正巧，他剛好面對著小小提提，小小提提則沒有停頓，他左手從腰間抽出了短刀，一道寒光在空中劃出了一道弧線，馬上落在了那傢伙的脖子上，只見他正用雙手捂著自己的脖子，但只堅持了三秒，就筆直的倒了下來！

受傷倒地的三個男人，爬起來就逃，而小小提提則巍巍的站在原地，用斯可達話大聲說：「為了地球女人，我開了殺戒。」

一個小身體在一旁的地上嚇得直發抖，小小提提轉過來見到她，在連模樣都沒有看清的情況下，便把她拖起來托上了馬背。小小提提吆喝著，他的坐騎在回程中風馳電掣。小身體依然在顫抖，她的黑眼中綠點正在放大！

「這個人的模樣我沒有見過，他會不會就是傳說中的神仙，應該是，他長得可真帥。」小身體上的大腦在像身體發出這樣的信息，於是，顫抖的小身體平穩了下來。

「你是神仙？」女人說大膽時就大膽，她輕輕的問。

「我回答不了。」盯著前方，目不轉睛的小小提提說。

「神仙會講美麗族話。」小身體又發出了輕微的聲音。

「會！我的女人就是美麗族的女人。」小小提提回答完便勒住了馬，因為他們已經來到了岔道口。

「下來吧。」小小提提向她伸手說。

小身體忙縮屈起來，她一手遮著上面，一手遮著下面，小小提提見此趕緊脫下他的獸衣遞給她。

「神仙，我穿好了。」

小小提提轉過身，把她從馬背上托了下來。「你的家人在哪？我幫你去找他們。」他說。

「我不知道，也許在，也許已經不在了。」她說。

「我的身著穿在妳的身上像件短袍，合適，你願意跟我走嗎？告訴過你，我的女人也是美麗族人，我們還有一個最漂亮的男孩。」小小提提和藹可親的說。

她一直盯著他看，好像要從他的臉上找到自己的決定。

「你應該餓得不行了，吃過烤肉嗎？噴香噴香的！」小小提提發出了誘惑！

一張帥翻的臉，一個親人似的表情，還有烤肉，三個加在一起，她有了不容改變的決定！

「能吃到牛羊肉嗎？」她的問話，等於在說：我跟你走。

「我不保證有，但今天我能保證有烤兔肉。」小小提提說著，重新把她托上了馬背。小小提提帶著美麗族的小姑娘，在凌晨天亮前回到了住所。

聽到馬蹄聲，美麗就從屋內走了出來，本說好是七天才回來，結果去了不到一天就回來了，這可讓她喜出往外。

小小提提邊把馬栓好，邊向美麗介紹這大半天裡所發生的事情，聽完他的講述，美麗便親切的對那個小姑娘開始詢問她的身世。

這位美麗族小姑娘叫：莫古妮（換成斯可達語的意思是：甜蜜）她還不到九歲，在她滿六歲時，就跟著母親和同類的幾位男性向東遷徙，這遷徙的原因是：在她的出生地，正在不斷快速的死人，而死亡的男性要比女性多一倍，在她出生的區域中，基本上都走了。

在艱難的東進路上，他們走走停停，一起出來的幾個男性在途中死了，而她跟母親倆走在半途中，真的遇上了五個神仙，是他們搭救了她們，而這母女兩在被治癒的地方又認識了其他十一位美麗族人，於是他們結伴向東走出，但是就在莫古妮他們走到遇見小小提提前的大片森林時，忽然撞上了十幾批西進的原始土著人，他們被打散了，她的母親不知去向，而她跟另兩個美麗族姑娘被一幫人擄獲，讓小小提提所見的一幕，正好是那一幫的首領在強暴她。

美麗聽後義憤填膺，小小提提在一旁邊生火烤兔，並一邊旁聽。

「來，來吃烤兔肉！從現在起，這裡就是你的家，我叫小小提提，可以叫我小小叔叔，她叫美麗，你先吃得飽飽，再好好的睡一覺，明天我幫你去找你的母親，也從現在起，我叫你為：甜姑娘！美麗，你覺得叫她甜姑娘，好嗎？」小小提提一臉認真的說。

「對！就叫她甜姑娘。」美麗肯定的說。

甜姑娘吃上了烤兔肉，她邊吃邊流淚，又邊流淚邊吃，到了吃完時，她突然昂起頭來對小小提提問：「我沒有爸爸，但我想要！能叫你爸爸嗎？」

「能、能！」小小提提趕緊答道。

「對，對！他就是你的父親，你會跟我的兒子一樣，以後會見到很多很多的哥哥和姐姐們。」美麗一手抱住她，開心的說。

斯可達人凡能說到的必能做到，第二天，小小提提招集了大拉拉兄弟和其他五個原始土著人，他們帶上甜姑娘，出發了。

他們一行出去了六天，在幾次打鬥下共救回了七個美麗族女性和兩個美麗族的男性，在這九個人中，還包括了甜姑娘的母親。

在不斷非人的待遇和折磨下，這些美麗族人的身心都出了問題，而甜姑娘母親的身體狀況則更為糟糕。

這個地區沒有溫泉，而小小提提沒有治療他們的方法，他能做到的就是讓所有的人去小溪中打水，然後燒熱，為他們洗淨身子，為了讓他們有充足的營養補充，大拉拉他們還斬殺了兩隻羊和一頭牛。

十五天後，八位美麗族人都恢復到很好的狀態，唯有甜姑娘的母親卻奄奄一息，這位年僅二十四歲的母親，她在彌留之際拉著甜姑娘的手叮囑道：「莫古妮，千萬跟緊神仙和美麗，他們一定會給你帶來好運。」這位年輕的母親結束了悲慘的一生，對此，悲傷中的甜姑娘是呼天搶地。

又五天後，剩下的六女兩男就要走了，他們所定的目的地正是美麗介紹的地方，這個地方就是美麗和小小提提相認的地區。

順便說一下，這七個美麗族人的後裔在地球上創造了兩個第一，他們的後裔創造了地球原居民第一個家，又是他們的後裔在進入遠古文明的第二期後，第一個創建了「國家」，在我們這一波人類正陷入大瘟疫而即將被毀滅之間，有三分之一後續人類就出自於他們的後裔，讓地球人類得以延續到遠古二期他們可是居功至偉！

在他們臨走前，大拉拉他們送了他們四隻羊和兩匹拉車的駿馬，小小提提則把他們的馬車贈送給了他們。

在他們走後，仍然心有不甘的小小提提再次往西去探路，他以自己的重新認識和判斷，走下了海灘，他潮落而行，潮起而等的方式，向西而進。這樣的西行道路是明顯存在的，但他跑了四天了，已經過了三個海灣的區域，但前面依然沒有出現一條西行的「正道」，這種地形真夠奇葩的，這可讓小小提提苦惱起來。

「這難道真的是艾華父親所說的：天意」他這麼想，又計算了一下時間，不對！這樣任性的跑下去，豈不成了跟美麗和小溪的分離？

東方啊，東方，或許，東方就是我小小提提的命根之地。

小小提提共用了九天才回來，他找來了大拉拉兄弟和美麗一起來商量，美麗是一貫主張回東方去的，她希望小溪在將來能跟哥哥姐姐們在一起，而大拉拉兄弟更是一切聽從大神仙艾華的，他們當然堅持小小提提能聽艾華的話，回東方去等待！

小小提提的不甘心終於到此打住了，接下來，他在美麗族兄弟的幫助下，花了三十三天的時間，打造出了第二輛馬車，這輛馬車比第一輛大了很多，並有車廂，他的構思是考慮了三個人的居住休息，這是遠古時代最好的一輛車，如果按現代人的話來說，這還是一輛：私人定製。

車造好了，一切準備也做好了，接下來他們告別了這兒的異族朋友們，便離開了這個曾經嚮往的海邊目的地。有了車廂的遮風避雨和休息，有時他們可以日夜兼程的前進，來時他們為了目的趕路，回去時為了早日跟孩子們團聚，他們還是得趕路。

回程的這一段，一切順利，他們估計還有三天，就能到達岩石溫泉區域。

現在，小小提提的大腦中已經在思考：到了過天然橋後該怎麼把這輛車吊到洞的出入口，又怎麼在出山洞後去行馳在那片崎嶇又狹小的山道中。現在想來想去可都不行！

就在小小提提專注思考時，甜姑娘從車廂裡探出了小腦袋，她萬分焦急的向他疾呼道：「恩人爸爸，爸爸，美麗媽媽出血了，美麗媽媽出血了。」

奔馳中的車和馬都急停了下來，小小提提立即下車去拉開車廂的門，讓他見到的是：美麗的雙腿間都有鮮血在往下淌，他可沒有見過這一幕，他不懂這是為什麼，這時，還是臉色蒼白的美麗，以虛弱的聲音對她說：「我的神，對不起，孩子掉了。」

「美麗，你覺得自己的身體怎麼樣？」他急切的問。

「我還好！只是婉惜和心痛。」美麗告訴他說。

小小提提找到水源來幫美麗洗淨血，他對美麗和兩個孩子說：「你們坐穩了，並躺下休息，我爭取兩天內到達溫泉區。」

在這段時間裡，美麗和甜姑娘都躺了下來，唯有小溪不吃不睡，他趴在車廂裡玩，時不時去摸摸母親的臉，還常常在甜姑娘面前去注視她。

岩石溫泉區到了，在此他們又待了整整五十天，在這些日子裡，小小提提擔起了一個男人的全責，狩獵、燒烤、洗涮、等等，還老在山洞下盤算怎麼把馬車吊上去。

馬車就是折散也進不了出入的山洞口。

「美麗，如果我們再走原路的話，只有放棄這輛車。」他對美麗說。

「不，放棄太可惜了，再說甜姑娘和小溪跟著我們走原來的路，會吃很多的苦。我的神，我在想：還不如去走那一片恐怖的路。我們有了車廂和快速點火的本事，應該能順利的過去。」

「好的，美麗，按你說的，走那片人類不敢走的路。」

兩人達到一致意見後，他們又討論出一個方法來化解動物的攻擊，一路上，一旦他們需要停下進食、取水和休息時，他們便會在周圍點上熊熊的火焰，然後踩滅一些火，讓火焰變成濃煙，在滾滾的濃煙下，他們確實很安全。

這個由西向東的行程全在平原中，到了二十三天後，他們來到了一條長河前，小小提提站在河邊，馬上就判斷出，這條長河就是他南下時所見的那一條，他的方向感很強，他認定現在自己正在長河的南岸，而他跟美麗的相識地方，應該就在這裡的向西方向。

他們折向西行，只一個時辰，美麗便認出了她的第二故鄉。一切都沒有絲毫的改變，他們一到達後，四個人便一起住進原先的第一竹棚。

那時，早他們近四十多天的七個美麗族人還沒有到達，又過了近二十天，他們一行七人已經全部到達。

這一次回歸故里，小小提提他們四人在此足足待了三百天。在這一長段的日子裡，美麗在大部分的時間中，她帶著七個美麗族人，到處走在這畫一般的地方，她的心願很明確，她是要把這裡的全部交給他們。

在這裡的兩百天時，美麗第三次懷了孕，可惜她又流產了，這次她沒有出現令人憂慮的狀況，休息了兩天後，一切便恢復了過來。

以前，在河邊讓無意的小小提提所見到的兩位美麗族姑娘，她們都在這段日子裡產下了嬰兒，她們的男人都是原始土著人，他們孩子的皮膚是紅色的。

在剛到達時，小溪開始下地走路了，並在不久就呀呀學語，而現在，他能說母親的美麗族語，還會父親的斯可達語，才一歲時，小小提提就把他放上了馬背，在馬術上，他是唯一能讓小小提提花這麼長時間教授的孩子。

在這段日子中，在安逸的生活和美麗的環境下，甜姑娘正在迅速成長，現在她出落得一種天生的優雅和美麗。

在這片土地上，該做的已經完成，該準備好的也全部齊全，在小小提提為馬車的底盤又增加了四塊浮木後，他們又要出發了。尋親之路暫停了，前出的東方回程依然令他們興奮不已。

小小提提在這次的出發前已經完全悟到：在他身上所發生的一切自然現象，基本上都是必然的天意！

「看來可拉叔叔他們已經到達了天堂！那誰是策略者？是 137 億 2 千

多萬年前，我突然發孩子脾氣開始？還是可依分星球有了大宇宙最棒的飛行機開始？在這個星球中，圍繞我小小提提的只有兩個字：女人！那回東方後，還有什麼會想不到的？」

小小提提在出發之前這麼想，然後他又自信的斷定：人類一定有三樣東西還有一種真正的存在，真正的靈魂；真正的死亡；還有千真萬確的被毀滅。而這些都不能讓這個偉大的先祖所想明白，其原因只有一個：因為他也是人類。

遠古第一期的東方簡訊

小小提提他們已經進入到了大東方區域。在十一天後，當他在那裡剛停下時，有一批原始土著人走上來友善的圍觀他們，他們突出的長相也被原始土著人迅速的傳了開來，在他們到達這個地方的第三天，一九提提和二一提提趕來了！

父子之間的久別重逢，當然是相互擁抱，一向不愛言語的一九提提，他不但抱著父親不願鬆手，他還激動得哭出聲來，這可是他生命中的第一次哭出聲。

「二一弟，你以最快的速度去告訴大家和全部兄弟姐妹，來的真是父親，我們的父親回來了！」一九提提以命令的口氣說。

「九哥，求你一邊去，讓我跟父親抱完了才去通知他們。」二一提提竟以強硬的口吻說。他上前抱緊了父親，眼淚是嘩嘩的流。

二一提提鬆開手後，才立刻上馬，急奔而去。

「這裡除了你跟二一，你的大姐也在。」小小提提急切的問，他的表情上出現了意外中的興奮。

「是的，大姐，一七媽姐、一八媽姐、二七弟，還有二媽母親和十三媽母親。」一九提提答後，還向父親介紹了大姐出西的原因和他們也在此碰上的情況。

「走過來，美麗。一九，這是你的第十五位母親，她叫美麗！」小小提提首先將美麗介紹給兒子認識。

「美麗母親，您好！」一九提提單膝跪地，向美麗表示敬意道。

美麗把他扶了一下，並大方的抱了他，「不用重禮，我們的年齡一樣大，你的濃眉長得很漂亮，來，讓我代你父親，向你介紹這兩位，這是二八提提，是你最小的弟弟，我們都叫他小溪，希望你也一樣這麼稱他，這是甜姑娘，是我們民族的好姑娘。」她介紹完，甜美的笑了一下。

小溪一見一九提提後，就被他吸引住了，當他的父親已經上了馬，而他的母親和甜姑娘也鑽進車廂時，他還是賴著不走。

「小溪，你是不是想跟著你九哥一起上馬？如果是，一九，他就帶上小溪。」小小提提說。

一聽父親這麼說，小溪開心的跳了起來，他示意一九提提不用幫他，這個小身板機靈的一躍就上了馬。

全部的六位元親人已經在一塊空地上，等候著父親的到來，當他們見到他時，不禁一擁而上。

小小提提下馬後，首先同時被他的兩個女人，一二嗎和十三嗎給緊緊抱住，接下來，三名子女也上來抱住他，最後，小小提提走上幾步，跟他已經身懷六甲的大女兒一一嗎提提進行了長時間的擁抱。

在這陣激動人心的場景停下後，一一嗎提提把自己的男人向父親作了介紹，這是一位高大威猛的原始土著大漢，跟故事中的「野獸」有三分像，可他有二妹夫羊一般的善良和厚道。

接下來，由大姐向父親介紹了自他遠走後在東方所發生的變故。

一嗎女人的逝世和二二提提的不幸離去，這讓小小提提很悲痛，眼下身懷六甲的大女兒和剛顯懷的一七嗎提提對他來說又是一種極大的安慰。

在這一天骨肉重逢中，東方親人們開心的認識了無比美麗的十五母親，讓她們更高興又興奮的是，他們見到了小溪這個既可愛又帥翻天的小弟弟，他們都幾乎圍著他。

不過在這些親人中還有兩位並不跟他們一樣，一個是二七提提，一個是甜姑娘，當他們的目光相撞時，一種似曾相識的感覺就出現在他們的表情上，只是有一點點遺憾，他們的語言不通，二七提提一點也不懂美麗族語，而甜姑娘的斯可達語言也只懂一點點。

小小提提在這個東方西區共住了八十天，他主要跟兒子們一起，幫三個女兒造起了新房，在這段時間中，一八嗎提提也有了男人。

在新的居所前，三個家已經屹立在這個廣袤的區域中！

小小提提將向東而去，他的三個女兒和一個女人自然不會跟去，因為她們已經有了割捨不了的家和將會出世的孩子，一三嗎母親也不願意走，長途跋涉已使她刻骨銘心，唯有二七提提非要跟著走，來時他非要來，走時他又非要走，這個原因，所有的親人們都不知道，我想我的讀者們已經知道了。

一三嗎母親也只得跟著兒子，再一次長途跋涉。

「閨女們，好好過日子，會有一天，我們所有的親人都會團聚在一起！」臨走前，小小提提對三個留下的女兒說。

這一行由四個變成了八個，他們沿著大江由西向東，按著以前大姐一一嗎提提帶領的路線到達了東方的江南。在這片廣闊的天地，居住著小小提提最多的子女們，他們共有十六個。

這些親人們居住相隔的距離都比較散，於是，小小提提一行就像走

美麗的地獄

124

訪親戚一樣，在這兒住一陣子，又在那邊住一陣子，在一百天裡，他們幾乎到訪了所有的子女家，可是，他們沒有一次全部聚在一起，一直到了一百天後，在此發生了一件令人震驚和悲哀的事件後，他們才聚集到了父親的身旁。

那是發生小小提提一行到達江南地區的第一百一十一天，那一天中，美麗第三次流產了，那一次可不同上兩次，她在遭遇到不幸後就一病不起，在這山清水秀的區域，有許多地方有旖異的風光，當然也有多處的溫泉，但是，儘管小小提提和他眾多的子女們都想盡了辦法，無論是洗溫泉，還是讓她吃最好的食物，可美麗依然不見好轉，而且還每況愈下，至發病的二十一天後，她便香消玉殞了，終年才二十歲。

小小提提、小溪和甜姑娘，他們幾乎遭受到了五雷轟頂般的打擊，這種打擊下的情景，可以說是遠古第一期文明中最糟糕的一次，為此，所有聞訊的親人都趕到了小小提提的身旁。

兩天後，小小提提才將心頭上的至愛從懷抱中放下，他和一三嗎提提為美麗的遺體塗上了樹膠，在之後的一天，小小提提牽著馬，拉著馬車，在全部子女的擁簇下上了山。大家用多道繩索牽引著馬車，小小提提在最後將永別至愛前，又一次為美麗整理一下他為她製作的三件首飾，並將他哥哥大大提提所製作的飛行機模型也放在美麗的遺體上。

小溪熱淚滾滾中最後一次親了他的母親，小小提提抱著遺體，把她送進了馬車的車廂。所有的人都一起動手，他們把這輛裝著美麗遺體的馬車，放入了山上的一個天坑中。

「可依分一號，可依分一號，我小小提提求你了，你無論如何都要把美麗帶進天堂。」他跪在天坑前，仰面對著蒼天喊道。

那一天後，小小提提、小溪和甜姑娘三位，他們在天坑前守了三十天，在第三十一天時，天上雷聲滾滾，大雨傾盆而下，天坑四周塌了下去，天坑被蓋上了。

作者聽到這時，不禁流下了眼淚，敘述者對我說：「袁先生，美麗雖然不幸早逝，但她是第一個靈魂到達宇宙樣板區的地球人，靈魂到了，更美麗的模樣當然還活著，並且，她也將獲得永生！」

又五十天後，小小提提一行七人離開了東方江南，十五天後，他們一行到達了第二站——東方的東部，那兒是一二嗎提提和一五嗎提提所居住的地區，一二嗎提提已經有了第二個孩子；一五嗎提提已經有了兩個孩子，現在又顯懷了；以小小提提的觀察，一二嗎提提和一五嗎提提是孩子們中過得最好的，在小小提提看來，這些大功得歸於羊和小綿羊，他們有天生的好性格，並有兩個女兒的個體文明的最起點的感染，什麼是個體文明的最起點？它的名字叫做：勤勞和善良！

小小提提一行待了一陣後要去最後一站了，這次又是羊帶路，他還是帶他們到了黃色大河邊，並目送他們渡過了黃色大河！

　　東方的北部，這是可依分飛行機放下這四個外星高級人類出來的地方，也是小小提提跟一嗎和二嗎相遇的地方，他的前十四個女人可都源自於這個區域。這兒有其他九個子女，還有小小提提三個女人的墓地。

　　「父親回來了，父親回來了。」小小提提的孩子們奔相走告，他們很快的來到了父親的身旁。

　　大哥一一提提見到父親後，激動得說不出一句話，孫輩則把小小提提圍在了人群的中央。小小提提先去拜祭了已躺在地下的三個女人跟兒子二二提提，然後開始跟眾多的子女們拉了兩天的家常。

　　「孩子們，我不走了，我們大家就在這裡等待著全部親人的到來。」小小提提滿懷信心的對大家說。

　　「太好了父親，我們在這裡過得太平又美好，現在看來，好事正在一件又一件的來臨，父親，最近這些天，一到天黑，北邊的天空中就有透明的光芒在閃爍，有時一夜會閃爍六七次。」一一提提面帶快樂的笑容說。

　　「是什麼顏色的先芒。」小小提提緊接著問。

　　「是白光和紅色的。」一一提提答。

　　「爺爺，我還看到紫色的。」大孫子華提提補充說。

　　「這一定是我跟你們都講過的飛行機所發出的光芒，太好了！它一定恢復正常工作了，有了它，我們可以去把親人們全部接到這裡，所有的親人！所有的親人！」小小提提激動得差點掉下眼淚，而大家更是歡騰起來。

　　小小提提在第二天挑了六個兒子和甜姑娘，他要帶他們一起去看看那架被舊宇宙被稱之為：無堅不摧，無堅可摧的神奇飛行機！

　　他們走了一天，可在原址中並沒有見到它，接下來他們在附近尋找，也沒有見到，但在第二天夜裡，一一提提所說的光芒又出現了。小小提提一見這個光芒，便向著那個方向前進。

　　這是靠東邊大山脈的前沿，當他們翻過一個山脊時已是第二天的凌晨，在他們下山到接近地面時，這一行人無一例外的全部見到了那架超大的飛行機。

　　「父親，這是什麼怪物？看上去像一個超級大青蛙，可它有一大一小兩個腦袋，看了它，我渾身發涼。」二一提提說。

　　「父親你別過去，我心裡也在發慌。」小溪大聲說。二七提提則拉住甜姑娘，表現出在危難中要保護她的樣子。

　　「孩子們，都不用怕，它不是怪物，只是你們沒有見過宇宙的場面，現在你們都別移動，我先去看看，它認識我，等我向你們招手時，你們才

騎馬過來。」小小提提吩咐他們後，便笑了笑，然後上馬，他很快向飛行機快速跑去。

　　他們望著父親騎著美麗的大馬衝去的背影，開始時是如此的平靜，但大約在大馬衝到距離飛行機還有一半時，突然這裡的整個大地掀起了巨大的疾風，平原上的草地被翻起，塵土飛上了天空，飛行機旋轉了，一股白煙竄進了雲霄。

　　七個人都被打翻在地，七匹馬翻身後在往平地滾去。飛行機瞬間無影無縱了。他們都迅速下去拉馬，並快速上馬向那個方向奔去！那兒已經是空無一物，唯有一個巨大的坑留在了那裡。

　　「父親被捲上天了！」小溪第一個大聲喊叫道！

　　「父親被捲上天了！」一九提提第二個這麼叫道。

　　他們開始異口同聲都喊了起來。他們都一致認定，他們的父親就是被捲上了天！

●

第四章：向信念中的目標前進

一

　　在黃色大河的岸邊，艾華他們跟小小提提分別了，他們在騎馬上坡時，耳邊不斷傳來小小提提那撕心裂肺的喊叫，大大提提幾次回過身去向弟弟揮手，漸漸的，他們穿入了山嶽中的小道，但小小提提聲音依然傳來，並隨著風在飄蕩，當植被把這種聲音吸納後，它又成了印在他們心坎上的銘跡。

　　這三人向西漫行，他們所走的路線相比故事之前描寫的小小提提所走的路線來得更遠，而且他們所遇到的嚴峻地勢也要比小小提來得更為艱難。

　　他們穿越很多崇山峻林，伴過怒浪不絕的黃色大河；他們走過了貧脊的黃土地；又在光禿禿的山崗邁步；七十一天下來，他們到達了一片綠洲和沙漠的交界處，他們開始向南，在凌厲的西風下，在忽然間的炎烈光線下，他們來到了地下正冒著清流的地方，這是一個綠色的平原，放眼望去，這個地域廣袤無垠。

　　「這裡極有可能是那條黃色大河的發源地。」艾華對其他兩位說。

他們跳下馬，在此暢飲起從地下冒上來的清流。這兒有大批肥沃又鮮嫩的草地，那六匹馬自個跑去，貪婪的大吃起來。

這兒暫時連動物也看不到，更見不到一個人，喔，說錯了，水中有魚，天空中還有飛翔的大鷺。

「艾華父親，您縱觀過星象，是不是該直接往南走？」大大提提問。

艾華回答說：「這裡溫差很大，我估計最好是向偏西的南面走才最合我們要去的方向。可沁，你覺得自己的身體能堅持走嗎？」他轉而問可沁。

「我的愛，您應該指的是我和孩子。地球跟斯可達星球在人類生命科學上是沒有可比性，可我是十天前顯懷的，從受孕至現在還不到八十五天。我們不能確定自己是在什麼情況下被打開了兩性的生育開關，所以任何的定論都不能作數，我只能憑自己的感覺和借鑑小小提提的情況去猜測，我猜測，還有九十天左右才可生產，所以不用在此作長期的停留。」

「可沁母親，您估計我們不用進食物和無須天天睡覺，還能持續多久？」大大提提提出了另一問題。

「這個不用擔心，這兒原始土著人的平均壽命大約是十九，我們的壽命是個未知數，我們已經活了這麼久了，說明任何環境下，至少在吃睡上依然改變不了，太陽系有空氣和氣流層，足夠我們吸納後來保持下去。」

「我可以肯定，斯可達人在此至少兩代人，不用進食和睡覺。」艾華在可沁的話後加入這兩句。

第二天，在出發之前，馬匹又暢吃了一頓，隨後，他們繼續向著西南方向前進。接下來，他們又用了八十天的時間，才停留了下來，那個停留點，就是小小提提和美麗之後也到過的地方——兩山中的走廊。

我來看看，他們三人在八十天中的情況。

約三十天，他們在西南行中，到達這個星球中海拔最高的地方，他們在這個世界的屋脊處停下來，他們觀賞著前方淡淡的雪山影子，那兒可是白茫茫的一片。那超級龐大的大山，它們的身腰間到處瀰漫著白色的雲朵，看上去，那兒大部分的山頂都聳立在高高的天際。（他們是到達大雪山的偏西，後來，小小提提帶著兒子所到達的是大雪山的偏東）

「對目前的我們來說，它們是一片無可逾越的屏障。大大提提，現在我想起了你生父波波提提的話：面障不硬闖，星宿那兒亮。南面要往西，北面向東往。這是針對宇宙戰使用的玄學道理，可現在我看，在這種地形下可以使用。」艾華笑嘻嘻的說。

「艾華父親，我父親的玄學太難弄懂了。您是斯可達星球的主政，還是按您的心中路線走！」大大提提說。

「呵呵，可現在我心中沒有路線圖啊。孩子放心吧，我知道，這二十

個字用在現在一定管用。」艾華依然輕自如的說。

　　就在這天夜裡，果然在西邊的天空上出現了比平時明顯亮堂的繁星。第二天，他們三人就向正西方向挺進。

　　整整奔跑了五天，他們來到了一片荒蕪又陰氣沉沉的地方，那是一片光禿禿的岩石崗，用肉眼看，這裡的南北兩面都一樣，這裡看不到綠色的植物，只是在岩石的縫隙中長著一些細細的枝葉。目視中的枝葉，在很長一段距離中也只能餵飽一匹馬，要使六匹馬都吃飽，恐怕要跑很長的一段路程。

　　只跑了半天，馬兒們就停下來去啃縫隙中的枝葉，牠們吃不飽又顯得十分的焦躁。

　　「那我們就上南面的岩石崗。」艾華說。

　　崗上的地面上有些稀稀拉拉的青草，看上去，牠們更加吃不飽！

　　接下來的十天，這些馬是走一陣停一陣，停下的時間比走的時間還多，在這整整的十天中，他們所走的路程還不到四百里，而這些東方的駿馬也日見消瘦。又這麼堅持了兩天，岩石崗到此中斷了，往下看，下面倒是有一個綠油油的平地而且還見到了對崗下有一條天然水渠，但是下去的路很陡，要格外小心才好！他們牽馬下去，足足耗了兩個時辰！六匹馬大吃又大喝，大大提提在之前的教訓之下，忙割下了很多草料，艾華則把他把這些草料捆了起來。

　　當他們不得不向西繼續前進時，他們騎著馬，而另三匹馬則背著自己要吃的草料。

　　他們都以為自己已經到了地勢平坦的地面上，當他們見到了山壁上的巖羊和雪豹，樹林中的大批猴子時，他們才覺得自己依然處在高高的地域中。當馬兒們食完了自己背著的草料時，他們正走到了高高地勢的盡頭。這是一個超大超長的斜坡，它是直接下面真正的平原地面，這是明顯的向下地勢，上下有千米。

　　「這樣的地理，在斯可達的萬米金峰下也有三處。」可沁感嘆說。

　　到了地面的平原，那兒動植物則更多，那兒氣候變得溫暖，那裡到處是鳥語花香；那裡到處是清流植茂。

　　大家一致覺得該向南走了，東邊是來的地方，西邊的大山脈已經呈現在眼前，只有南邊的山嶽和叢林看起來比較好走。

　　之後的三天行程後，他們又一次見到一片超級高聳的雪山影子，他們確定，這是他們以前所見到過的那片雪山，於是他們也就更確定了該向南走的道路。

　　這個迂迴整整三十天，他們接著又在十幾天內，小心慢行，然後到達了正南的一個山脈前，他們翻過了第一道山，又翻開了第二個，他們共

翻過四座山後便來到了一座不高的山前，這座矮山長得很奇怪，西北兩面是光禿的，東南兩面是蔥蔥鬱郁。

當他們上去又轉到南面時，這兒的一切是深深的吸引住了他們。除了極其秀麗的山水風光外，他們還見到了人類，可最讓他們感興趣和令他們心曠神怡的是：在這兒有一道連接南北山嶽的天然走廊，這鬼斧神工的傑作，似乎對他們三人發出了請求留下的邀請函。

從時間上來說，也差不多該留下了，如果以小小提提的女人所展現的孕期來作借鑑的話，那可沁也應該在未來的三十天內臨產了。

他們真的停了下來。他們就在這天然走廊上搭起了三個竹棚子，一個用來作馬廄，另兩個用來作為他們三人的住所，在建成的第十五天，可沁果然生產了，她生下的是一個漂亮的女兒。

艾華簡直是樂開了花，他為女兒取的名字叫：艾沁蒂瑪。前兩個字是指他跟可沁的愛，後面：蒂瑪兩字，它在斯可達語中的意思是：驚喜！

這孩子當然是一副斯可達人類的模樣：雪一樣白的皮膚；清澈的碧眼；淺棕色的頭髮。

有了孩子，艾華和大大提提馬上進入了忙碌之中，他們找來了各種木材，然後搭起了一座大屋的框架，在尋找建材的過程中，他們也開始熟悉了周邊一大片區域，當他們建成了大屋時，艾沁蒂瑪這孩子也從趴著變成了站立，為此，作為母親的可沁，她把自己的孕期和嬰兒蛻變的每一天作了記錄。在一百五十天後，大大提提所到達的範圍則更大，他在西邊的山區發現了銅礦，再翻過山，他又在動物世界的的南邊發現了鐵礦和鎢礦，最讓他驚喜的是，他在山下的長河邊撿到了一些天然金子，其中有一粒有喜雀蛋這麼大。

「艾華父親，您看，我撿到了這麼大一粒天然金子，或許附近還有金礦。」大大提提掏出它，表情上滿是喜悅的光澤。

「這一粒你收藏著，我知道你一定想，在見到斯斯通通後，把它送給她。現在我們需要的是一些鐵和銅。可依分人類對金屬礦源真有天賦的感知，令人佩服，等艾沁蒂瑪長大了，我們一起去採礦。」艾華既能透悉大大提提的內心，也可十分現實的站在眼下的角度。

這四人就在此開始了世外樂園的生活。

艾沁蒂瑪在快速成長，她除了特別愛聽父母講故事之外，餘下的時間就是喜歡黏著這個大大提提哥哥，她「提提哥哥、提提哥哥」這麼叫著，時間流逝下，她已經從跌跌撞撞的走路，到了英姿颯爽的策馬揚鞭，到了她兩歲時，她就騎上馬，跟著父親和她的提提哥哥去遠處採礦了，在那時不久，可沁又懷孕了，這一次，她又生了一個女兒，這個女兒的名字是可沁起的，她的名字叫：艾斯芳華，她長的模樣像極了母親可沁，一個無比

美麗的臉蛋，透著絲絲的高貴和優雅。

在艾斯芳華成長了三年後，這位已經亭亭玉立的斯可達姑娘，她不但跟她姐姐一樣擅長騎術，而且還有一個堅定不移的性格。

有一天，大大提提帶著這姐妹倆出去了，趁此，可沁跟身旁的艾華說：「我的愛，相信您不會放棄尋親的信念，在這風光旖麗又猶如人間樂園的環境下，您還會去訂下尋親的出發時間嗎？」

「我當然會一如既往向信念的目標前進，我和大大提提，還有我們的女兒們在外出時，也順便在探索我們以後的出發途徑。我相信我的心靈跟艾娃他們是相通的。我也認定飛行機示意我們的方向是正確的，從這個星球的天體星座來看，它有一個經緯度，跟斯可達大致相同，這樣可以判斷出：我父親和艾娃他們極可能身在西南方向的另一個大陸上，他們大陸前應該也和我們相隔了一條類似中部大洋的大海，這對於他們來說，其難度遠遠超過了想像。縱觀全域，我們首先得到達類似斯可達星球的『首華城』，然後向西走到，類似斯可達星球的斯可達海峽的東岸，我們也得造船渡海，我心中的最終的目的地是：類似斯可達星球中的斯可達宮殿。」

「我的愛，我明白了這條行進的路線，感覺中，父母親和艾娃他們確實也就這麼想，哪我們什麼時候啓程？」

「現在艾沁蒂瑪和艾斯芳華都已經長大了，她們也已經有了跟我們同樣的能力，我們都能闖遍這個星球的天下。我想早點趕過去，讓我們去迎接他們。」

「這麼說，您的心中已經訂下了出發的日子。」

「是的，我們還得做一輛馬車，帶上日用物品和一些鐵製工具，估計十五天後就可以出發了。」

艾華確已胸有成竹了，在造完了馬車的三天後，他們就真的出發了，時間正好是在他跟可沁談話後的第十五天。

在出發的前夕，他們先預估了自己可能所面臨的風險，這種風險會來自於動物世界的四種攻擊型猛獸，第一種是：長著黃色獠牙的無尾長毛虎，牠的個頭很大，全身是黑白相間的斑紋；第二種是：千斤以上的大灰熊，牠直立起來，有斯可達男性這麼高；第三種是：一種以前沒見過的物種，牠像巨蜥，後半身又像豹，而且是一種兩棲動物；第四種是：天空中的一種長翅巨鷲，牠們的長翅展開時足有十米，有時，牠們竟敢攻擊斑虎；當然有些動物也得加以防範，比如狼群和力大無窮的長臂巨猿。

眼下，這五個出色的外星人已經都騎在了馬上，他們正站在天然走廊的高處，準備好了向下衝去。

站在最前面的是艾華和艾斯芳華，身後是馬車和可沁，最後是大大提提和艾沁蒂瑪。

「大家擺好心態，放鬆一點，好！我們下去。」艾華說完，又抽了一鞭自己的馬，這一下，這些馬全部奔騰起來，牠們有力的步伐在地面上揚起一股塵土。

這一氣勢，首先驚壞了躲在暗中的的兩隻長臂巨猿，一隻發出了驚恐的叫聲在拚命奔逃，另一個則竄到大樹上驚叫個不停。

他們已經衝到了平坦的平原上，相比他們其中的三位在出自東方後的道路，這裡的路是非常的容易走，可在這個動物世界裡，他們所遭遇的麻煩也很多，他們見過太多的奇型怪獸，以上所提及到的四種猛獸幾乎全都攻擊過他們。

在他們下山的十天後，他們看到了兩隻美不勝收的小動物，牠們開始一直跑在他們左右不遠的地方，牠們是兩隻斯可達星球所沒有見到過的物種，牠們長著長長的雪白尾巴，渾身白得沒有一絲雜色，牠們雖小，但穿梭的速度可比駿馬還快！

這後來被艾華稱為長尾狐的小傢伙，凡是他們會遭遇到攻擊時，牠們都會在之前叫個不停，牠們的叫聲猶如公雞的晨鳴！

這一行五人，一共在這個動物世界闖蕩了十五天。

在有一天的清晨，天空中飛來一對五彩繽紛的長尾大鳥，「母親，您看那對飛翔的大鳥，可真美啊！」艾斯芳華望著天空，閃爍著美麗的眼睛，驚嘆的對可沁說。

「牠們叫鳳凰，在我們斯可達星球中也有，牠跟玲瓏野貓一樣，是我們星球的吉祥物。」可沁笑咪咪的對女兒說。

「大家注意了，那兩個小傢伙又出現了，小心周邊有猛獸的攻擊。」大大提提說。是啊！牠們又出現了，而且是一起靠著他們很近，大約只有十米，牠們也長著一對藍眼睛，這一次牠們在望著他們。

「我的愛，這兩隻小傢伙太可愛了，我真想一路都有牠們跟著。」可沁坦露心扉的說。

「我看，牠們離不開這片土地，我們也抓不到牠們。我們走吧。」艾華說著，自己已經率先走了。長尾狐沒再跟來，等兩天後，這五個人才感悟到，他們已經在兩天前就離開了動物世界，這兩隻小傢伙原來是在看著他們時，是在向他們道別呀！

他們之外又翻過了一座大山，在下山後，只走了一天便進入了一片丘陵，在丘陵的高處，他們見到了前面一片蔚藍色的大海。到了，心目中的第一個點到了，當時，他們沒有停頓，他們是到了山腳下的一個小樹林時才停下來的，這個小樹林就是之後小小提提和美麗所到達的地方，前面的小溪，也就是美麗產下二八提提小溪的地方。

「我的愛，我又懷孕了。」可沁把這個喜訊告訴了艾華。

美麗的地獄

「哈哈，天意！喜中天降！這裡就是我們信念中的『首華城』，大家停下來吧。」艾華高興得立刻作出了決定。

大家很快找到了高處的背後的西山坡。那裡面朝大海，而眼下正是春暖花開的季節。這實在是個好地方，可他們在坡的中段開始建房屋，到建成後的一白天中，大大提提帶著這一對姐妹，不知道跟路過的原始土著人打了多少次架，他們幾乎在建屋時，跟打架是同時展開的。

嶄新的房屋建好了，在他們全在新屋安居後的第三十一天時，可沁生產了，這次依然是女兒。這是艾華和可沁的第三個女兒，她集父母的優點於一身，但是令她的父親在驚喜的同時，也存在著一點詫異，這個詫異點就是：這個女嬰長得實在是很像艾娃。艾娃在斯可達星球中被稱為第一美女，而各方的外星人類在斯可達星球中，他們一致稱艾娃為大宇宙第一美女。

「我的愛，快為這孩子取個名字，最好是把最親的人的名字放在一起。」可沁的眼睛中都是歡樂。

「那就叫她：艾絢沁娃。」艾華脫口而出。

「艾絢沁娃，好，一槌定音，就叫艾絢沁娃。」可沁笑得更歡了。

第二年，他們在此建就了第二座房屋，在那段時間裡，大大提提跟那兩姐妹的打架的次數已經減少了很多，也從那時起，這融樂的一家開始飼養牛羊和馬，到了艾絢沁娃一歲多時，他們開始了飼養了家禽，而負責飼養的，正是這個艾絢沁娃小姑娘。

原本這些外星「異族」跟原居民是火與火藥的關係，隨著他們的資源在不斷增加，他們的慷慨行為，漸漸改善了與原居民的關係，在第三年中，已有七個純樸的原始土著男性跟著他們一起勞作，就在這一年，他們建起了第三座房屋。

也就在這一年的年末，他們遇見了六個從此途經的美麗族人，那是一男五女，在五個年青的女性中，有兩個已經懷孕了，可就是這兩個孕婦，她們正處在生命垂危之際。

「她們病了，她們的症狀，我在您和父親的故事中得不到答案，所以我不清楚她們是急癥類，還是遺傳類。」艾沁蒂瑪說。

可沁仔細看了躺下的兩個孕婦，她側身對大小兩個女兒說：「艾沁蒂瑪你快去把你的父親找回來，艾絢沁娃，你有語言上的天賜，現在開始，你要仔細傾聽他們的交流，我判斷：他們的語言跟可依分和斯可達的語言都屬於一個母音系，你從現在起就待在這裡，除了語言之外，你還要學會我和你父親的救治方法，這是一種既遺傳又傳染的疾病。」

「好的。」她們聽了母親的話後，一個留下，一個馬上走出了房間。

艾華很快便趕了回來。

「我的愛，您在『靈魂』工廠待了很久，請您看看，這種症狀，是不是『原始遺瘟』病。」可沁立刻問艾華，她眼下正緊鎖著眉頭。

艾華非常仔細的觀察了一陣子，然後長嘆一聲說道：「天啊！肯定是『原始遺瘟』病，這究竟是怎麼一回事？我觀察過東方的原始土著人，他們至少已經度過了兩萬年的人類進程，這些漂亮的人種，從他們的母音系來判斷，他們應該更古老，可能的人類行程有三萬年以上，難道，在地球中還有人類的起源在出現，這太過奇葩了。」

「我的愛，有關這病的病源，我們以後再討論，根據我的判斷：這樣的症狀下，這兩位一定活不過五天。眼下我們根本沒有研究克源的可能性，或找到一種天然藥物，依我看，只能給他們實施針療了。」可沁說，她顯得焦急萬分。

「我去取針。」艾華立刻去取來了金屬針，「可沁，腦丘部兩個點，在這，你準備好，等一下，我們一起行動！我紮頸椎上的三個點，腳底穴部又扎一針，好！我們開始。」艾華指該扎的穴位，對可沁說。他們一起同時給兩位孕婦扎了針。

他們同一天給病人紮了六次，並煮了湯讓她們喝。這兩個孕婦在第二天就開始吐黑血，那天她們吐了三次，後一天吐了一次。已經五天過去了，她們沒死，於是他們幫餘下的四人也扎了，另四個，當天就吐了一次黑血。

十五天下來，所有的人不但沒有死，而且全部恢復了健康和正常。自那時起，他們拯救了不少美麗族人，這其中也包括了美麗的那個親戚。

在這之後，大拉拉兄弟的那批美麗族人也到了，這批人沒有得病，但他們留了下來，他們跟著艾華一起又建造了另外三座房屋。

就在他們居住到第六年的年中，有一天，可沁暗中把大大提提約到了海岸邊，她顯得非常認真的對大大提提說：「大大提提，我找你談話只是為了艾沁蒂瑪，我真誠並坦率的告訴你，她向我提過兩次，說是她喜歡你，現在我以一個母親的名義請求你，考慮一下，她由小到大所對你的感情，我想問你，你能不能，把你收藏的那粒金子送給艾沁蒂瑪？」

大大提提早就察覺到艾沁蒂瑪對自己的感情，但他萬萬沒有想到，這種告白由可沁母親轉告，他更沒有想到可沁母親會以這樣的直率的口氣來問他！

大大提提有著跟他兄弟小小提提截然不同的感情思維，其實，他也喜歡那位看著長大的艾沁蒂瑪，她無瑕、活潑、又堅韌，問題在於，在歷經了 137 億 2 千多萬年後，他的心中依然藏著愛慕的斯斯通通，如果按現代人的標準，他無疑是一個傻子，一個在現實中不懂取捨的男人，可他還偏偏是一個執著得離譜的男人。

美麗的地獄

「孩子，你不用多慮，如果發生了什麼意外，我堅信，你依然會對艾沁蒂瑪好的！」可沁說完，就示意她跟他的談話到此結束了。這是一次沒有答案的談話。

三天後，可沁出人意料的躺下了，她還沒等驚愕中的艾華開口，便主動的對他說：「我的愛，還記得第一次我們在首華城的那個飛船廂裡相遇嗎？這麼長時間來，我們彼此都知道，那是一次等得，是您在等待我！我還記得是我把你抱出嬰兒觀察室……，我不知道為什麼天意要讓我們來到地球，但我卻知道，我快陪伴不了您了。」

「你在說什麼啊？」這麼穩重的艾華，卻變得不鎮定了。

「我的整個身體，在前幾天已經開始疼痛，但我們斯可達人早就消滅了疾病，怎麼會有疼痛的感覺，現在我覺得真是一種從未有過的累，您應該明白，我已經很近快要離開您和孩子們了，請千萬不用太悲傷。斯可達星球上的人類都把您和艾娃當成神仙，我跟您已經一起生活了這麼久，我可以肯定我們人類的認知沒有錯，您和艾娃一定是大神仙。我的一生沒有絲毫的遺憾，我們已經經過了很多個海枯石爛，並堅信，我們還會相見在天堂中。」

艾華在可沁的話後，已經說不出話，他只是緊握她的手，淚如泉湧。

僅僅兩天後，可沁躺在床上的身體已經不能移動，這位已經處在彌留之際的斯可達美人的外貌可還顯得青春猶在，她一直還帶著迷人的笑容，當她見到了艾沁蒂瑪向她展示了那粒天然金子後，她才閉上了雙目。

二

辦完了可沁的喪事，在這五位的心靈中，本是他們人生中所留下的美好地方，卻變成了一塊傷心地，他們都想離開此地，並想盡快的走。

前面說過，根據斯可選星球的地理位置，艾華已經認定了跟親人的會合點是在「斯可達宮殿」。這個無疑是心中的一個猜測的地方，它虛擬又談不上真實，然而這個若實若虛的地點，卻像人類心靈中的信念一樣，銘刻之下就得永往直前。

這一行五人確實在潮退後開始了他們的西行之路，九天的快速前進加上大部分時間的等待，這樣他們才走過了三個連環式的海灣形區域。這一段沒見其他人類，連動物都沒有見到。

過了海灣形地區，他們北上到了一段丘陵，在他們下了山崗後，西面是一片叢林。叢林中的原始土著人特別多，他們既像是西行停下來棲息的，又像是這裡的原居民。他們遇上了原始土著人一個又一個群體，但他們沒有發生一次摩擦，這可能是這五位所展現的氣勢，也可能是他們駿馬

行進的速度。

　　穿過了叢林是一片平原，這平原的方圓有馬行一天這麼大，這平原的三面是山，只有一面就是他們剛剛出來的叢林。

　　眼前西面的山最高，但中間有一道狹隘的峽谷，從靠近它的草地到進入峽谷的一段來看，地面上有踩踏過的明顯痕跡。

　　在峽谷前的二百米處，他們勒住了馬停止了前進。從這裡望去，進去的人少，出來的人多，而走出來的人卻三三兩兩，一批又一批，走近看，他們的大部分人還鼻青臉腫的樣子，看來，在峽谷的深處，一定有一批痛揍他們的人存在。

　　艾華再一次觀察了一下四周，然後，他就決定從峽谷走。

　　「你們在後面跟著，但保持跟我一百米的距離，我們就從這個通道過去。」艾華一臉嚴肅的說。

　　艾華率先向前了，那個人小膽大的艾絢沁娃就跟著不遠處，她一手持著韁繩，一手按在腰間的短劍上，他們間的距離並不足一百米。

　　一進峽谷他們才發現，原來這裡是一條彎曲的小道，當他們走過第二個彎道時，前面出現了近三十個人類，他們有著紅色的皮膚，講的是美麗族語言。

　　「回去！」攔截方喊道。

　　艾華向小女兒示意了一下，隨後，艾絢沁娃神情鎮定的用美麗族語言對他們說：我們必須借道從這裡過去，我們隨身攜帶著禮物，可以作為交換。

　　紅種人打量著他們，並沒有作出攻擊的架式，到了大大提提他們三人也來到時，有兩個紅種人撒腿向後奔了過去，這很明顯，他們去報信了。

　　「父親，他們不讓我們過去嗎？」艾沁蒂瑪問。

　　「大姐，那兩個人去叫人了，到時由不得他們，我們衝過去。」艾絢沁娃看上去鬥志昂揚的說，同時她還從腰間抽出了短劍。

　　「小妹，收回去！一看就知道，你並不厲害。我們得聽父親的話，不能恃強凌弱，我們比他們強得多。」艾沁蒂瑪這麼說，可她把小妹當成心頭肉，她說時，還顯得和藹可親。

　　那奔回去的兩人叫來了十幾個強壯的男性，他們一起圍著這五個人，並命令他們跟著他們走。

　　艾華示意孩子們別出手，於是，他們一行顯得很順從的下了馬，並跟著他們後面。他們走了一段彎曲的平地，這條道卻越來越寬，前面還出現了一條小河。

　　有四位衣著相同的美麗族姑娘正等候在那裡。

　　按艾華的示意，艾絢沁娃走上前去，她掏出了幾件小件銅製品交給

美
麗
的
地
獄

這四位姑娘。

「太漂亮的東西，都沒見過。」這四個美麗族姑娘正欣喜得眉開眼笑。

「姐姐們，我們可以走了嗎？」艾絢沁娃急著問。

「還个能，這得等大姐姐來作決定。」一位美麗族姑娘說，接著，她們就像預先排練過的一樣，四個人一起轉身，一起在前面帶路。

從河邊就上了山坡，跟在後面的艾絢沁娃忙著問：「他們都是紅種人，是這裡的原居民嗎？」

「不！他們都是我們的親人，是我們族的男人所生。」一個美麗族姑娘回答道。

「我可沒見到這兒的男人，我們那裡可有兩個美麗族男人。」艾絢沁娃繼續說。

「我們這裡的男人都死淨了，在一片很大很大的地方，美麗族男人已經不多了。」

對方的話使艾絢沁娃不再往下說了。

他們上了山，在山的中間有一塊挺大的平地，美麗族姑娘們讓他們在此等候，她們則走進了一個山洞裡。

「父親，這兒的男人都死了，這難道都像母親所說的「原始遺瘟』的流毒嗎？」艾沁蒂瑪問，在當下，這三個姐妹對這個話題都表示出很有興趣。

「這個病很毒，既傳染又遺傳，但是，它卻又是一種超級偉大的細菌，斯可達的科學家們把這種菌叫做：細菌靈，從現在來看，它遺害了美麗族人，將來可能還會傳染到整個地球，它甚至還會毀滅這個地球人類。」艾華說。

「父親，既然會是這樣，那您為什麼還稱它是偉大的細菌靈？」艾斯芳華問。

「因為，這種細菌的作用，能保證人類的起源安全，在我們斯可達的單性懷孕的『膏』中，這種細菌在八千多種的成份中也是不可缺少！所以，我稱它偉大，其實應該是大宇宙的第一細菌。」艾華回答說。

「父親，美麗族人，怎麼生下了不同皮色的紅種人？」艾沁蒂瑪問。

「人的膚色在各個人類星球中各有不同，現在除了我們和你們的哥哥不算之外，我們已經見到了四種，黑色皮膚的原始土著人，美麗族人的淺藍色，還有你們小哥哥生下的淺黃色，加上美麗族男人生下的紅色皮膚。這只是一種人類文明過程中的現象，到了一億年或兩億年後，他們的膚色和語言一起都會成為一種一色，這是進入高級文明的一種標誌。另外我想告訴大家，人類的進化過程不會超過一千年，之後都是演變，動物則

是永遠在進化和演變。僅僅一千年之內的進化，但染上這種病，起因只是成熟的人類跟起源中的人類發生了性關係，這種可怕和偉大的病毒，將至少流行三千年之上。」艾華又答道。

「父親，按地球目前情況來看，我跟小妹可慘了，我們一生就沒有男人，又談不上什麼愛情了。」艾斯芳華說，她的這麼天真的一說，可把大家都引得哈哈大笑起來。

「二姐，你不是很慘的，你可以跟大姐一樣跟著提提哥哥，我才是最慘的。」美如天仙的艾絢沁娃開始逗她二姐了。

「我才不要、我才不要，小妹，你是大姐的心頭肉，你去提提哥哥比我合適得多。」艾斯芳華回逗道。

「你們兩個小孩子，我可一個也不要，我只要你們的大姐。」大大提提一加入就說了這個讓她們笑疼肚子的話。接著，艾斯芳華和艾絢沁娃兩轉移了目前，她們一起衝著他們的大姐，連續喊道：「我大大提提愛死你，我大大提提愛死你。」

「父親，你看這兩個小人精，你還不快來幫我。」艾沁蒂瑪樂著說。這時的艾華滿是一副幸福無比的表情。

這時，一位美麗族的女人，她在之前四位姑娘的擁簇下，走到了他們的面前。「你們一定是傳說中的神仙，神仙哥哥，請你們大家留下吧！」那個女人開門見山說。

艾華挺直了腰板向她搖搖頭，他讓艾絢沁娃對她說：「抱歉，我們真的必須趕緊走，我要去尋找父母親和妹妹他們。」

那女人無不惋惜的低下頭，在片刻中她沒有說話，看樣子她在整理自己的感情，之後，她的那雙大眼睛中含著淚花，她以懇求的語氣對艾華說：「就留下一小段日子吧，我們這裡有七個美麗族女性，能不能讓我們都懷上孕，然後你們再走。」

艾華對此想了一下，然後以非常認真的態度讓艾絢沁娃一字一字的對她說：「美麗的人兒，請相信我，我們必須走。還請你相信我，你們男人生下的紅種人都是健康的，那也是美麗族人的血脈，他們一定不會使你們死去，選擇他們吧！」

聽了艾華的話後，那五個女性都眼睛一亮，她們在面面相覷後，回身忙向艾華施禮，「我們相信你！」那女人語氣肯定的說。

艾絢沁娃適時的從自己的脖頸上取下了一條銅鍊，她把它轉去戴在那女人的脖頸上，這一舉動讓那女人激動得流下了眼淚。

「神仙們，這個地方很大，就讓我們送你們出去吧。」這女人說。

這五個美麗族女性在前面帶路，後面跟著這一家五口，可是走了兩個時辰後，讓後面的五位完全感覺不到，會在什麼時候才能走出她們的地

美麗的地獄

盤，於是艾華恭敬的把五位美麗族女性請上了馬車。

經過四個白天的行程，這十個人才走到了她們地盤的邊緣。

四天中，艾絢沁娃教會她們用金屬針取火，在臨別前，艾華把三根金屬針送給了她們。

大家擁抱了一下，那女人還親了一艾華的臉頰，「神仙大哥，這裡永遠向你敞開，有機會來看望我們。」她真摯的說。

「只要路過，一定來看望你們。」艾華說。

走出了這個地方，令他們大出意外的是，類似這樣的經歷，他們又接連碰上了七次，而停留和行走的時間加在一起，他們一行共化了五十四天，可見，美麗族人類在這一片地區佔了多大的世界。

從如此大的一片山嶽連綿的美麗族人區域走出來後，他們下了山，在又一天的行程後，他們第二次來到了海岸的邊上。

艾華站在茫茫的大海前，昂首望向天空，他的內心在此刻驟然泛起了一股又一股難以描繪的心酸，這裡無疑已經離信念中的目標越來越近，但他判斷到：要到達第二個目的地，然後造船渡過去，那麼這段所需的日子依然還是漫長的。

「真希望小小提提能聽話，他能按時回到原來的起點，更希望天堂有了新的安排而讓飛行機重新開啟。」大大提提感嘆的對艾華說。

「我相信你的弟弟會聽話，估計他也快到了原來的起點，如果按光速五級來說，這段路也只有一分四十三秒。但我們不能再把希望寄託在飛行機的身上，向著信念中的目標前進吧！我們是戰無不勝的斯可達人類。」艾華慷慨激昂的說。

大海上傳來了那三姐妹的嬉戲笑聲，艾華歡悅的對大大提提說：「我們也有好長時間沒洗了，走！暢游去！」

艾斯芳華和艾絢沁娃同時向海下猛紮下去，也同時在往回游，她們好像在進行一次游泳的比賽，不久，艾斯芳華先一步在淺水中站了起來，這亭亭玉立的身子有一半已露出了水面，緊接著艾絢沁娃也露出了水面，她們天造的身姿，真勝過一幅精心繪製的畫圖。

「小妹，大姐在哪？難道還在大海深水的地方？」艾斯芳華問艾絢沁娃。

「可能是吧，這個速度也太慢了，一點不像大姐，不對！她會不會出什麼意外？」經艾絢沁娃這麼一說，於是兩姐妹便快速鑽進大海，向原來的方向游去。兩姐妹幫著大姐游了回來，她們一起來到了沙灘上。

「我是陸中王，海龍不敢對我無禮，他不會拖我下水的，倒是你們這兩位，水中仙啊，才得多加小心！」艾沁蒂瑪開心的對兩個妹妹說，然後就第一個向沙灘躺去。

「大姐，你顯得有點異常，我們斯可達人怎麼會變成這個模樣。」艾絢沁娃的話似乎提醒了她的大姐，這時的艾沁蒂瑪重新從沙灘上站了起來，她在沙灘上來回走了二十米。

「不好！我肚子裡好像有東西。」

「哈哈，哈哈。」大姐憨實的話逗得兩個妹妹是人仰馬翻，艾斯芳華更是逗她大姐說：「快把你的提提哥哥叫回來，一定是他搞的鬼，把什麼東西放進了你的肚子裡。」

艾沁蒂瑪幸福的笑了，她臉上漲得通紅的暈色，一副滿不好意思的樣。

兩個妹妹把手放在嘴邊當喇叭，她們不斷向大海調皮的呼叫著：「提提哥哥！提提哥哥！」艾華和大大提提聞聲游了回來，眼下，他們已經走到了她們的身旁。

「父親，大姐懷孕了。」艾斯芳華第一個把這個喜訊告訴了艾華。

艾華和大大提提同時向艾沁蒂瑪投去了詢問的目光，艾沁蒂瑪向他們確定的點了點頭，艾華樂呵呵的笑了起來，而大大提提已經展開了雙臂，他原本想去把艾沁蒂瑪抱起來，但有兩雙俏皮的目光正盯著他，於是他靦腆地又收回了雙臂。

「父親，大姐懷孕了，我們是不是該停下來等她把孩子生下，並等孩子長大後再走？」艾斯芳華問艾華道。

艾華想了想後對大家說：「我們暫時不能停下，我本打算一直走到合聚點的對岸，然後開始造船渡海，現在艾沁蒂瑪懷孕了，得稍改動一下行程表。我們可以每天減少一半的行程，到了一百五十天後，看情況再作打算。造船需要時間，我們可不能讓你們的爺爺奶奶姑姑和斯斯通通在對岸等我們，大家說：行嗎？」大夥兒都想了想，隨後一致表示了同意了艾華的想法。

這西行之路仍將繼續，在前五天中，他們白天行走，夜晚停下，五天後，他們在路上所遇見的原始土著人是越來越多，為了減少不必要的麻煩和誤會而產生摩擦，於是他們改變了行程中的時間，之前的白天走約三四個時辰，現在他們改成了在夜晚走，每當在天亮前，他們就會在樹林、山洞和其他的隱蔽的地方停留下來。

這樣的行程時間，讓他們覺得有更多的空閒時間，有一天，艾絢沁娃提議，她想讓父親和大大提提一起按斯可達的學齡期的系統教育來教導她和兩個姐姐，這當然也是她們三姐妹的願望。艾華接受了小女兒的建議，就從那天起，艾華和大大提提兩人便開始對她們三位進行了輪番的上課，在又幾天後，艾華還特別囑託了艾絢沁瑪來完成另一項任務，這個任務就是，艾華把宇宙飛行機的密碼傳授給她。

美麗的地獄

在大宇宙被毀滅的五百年中，這些被載於這兩架飛行機的八位高級文明人類，他們自然有一種跟飛行機有著三期文明以上的奧秘感應，而除此感應之外，他們依然必須去熟記整整一百系統裡的密碼，這一點，這八位都能做到，可這兩架飛行機都具有上萬個功能，一般的情況下，一百組密碼是足夠了，但如果在特殊的情況下，就是共有的五千多組密碼你記下一半也不夠，比如在一場宇宙大戰中，本設置的密碼還得更改變化，稍有不慎，你的飛行機很可能成為對手的戰友和夥伴。

藉故事到此的機會，本作者想坦率的說：我不願意講述人類文明中的三件大事，也沒有接到有關這三個大事公諸於眾的授權，鑑於當今社會對於人工智慧的熱衷，我想說上幾句。

所謂的人工智慧，一般都萌芽在人類文明的一期之前，由於人類的貪婪財富，好強爭鬥的元素，於是會把人工智慧漸漸發展成人工智慧人，這個過程只需要一千年，那麼人工智慧人的真正樣板就會出現，漸而在漫長的兩千萬年內，人工智慧人會取代發明和製造它們的人類，在人類文明的全過程中，屬於人類自毀形式的，其最大的禍害，百分之九十五以上來自於人工智慧人類。

提醒一下，人類必須發展人工智慧，但千萬小心人工智慧人的出現，一旦出現，必須立即消滅它們！

不然，人類必敗！！！

大宇宙中有四百多億個人類星球，而空白的星球則更多，空白的星球真是為了人類的偉大愚蠢和了不起的一念之差所準備的！

我曾詢問過敘述者這樣一個問題：有絕大多數的人類會自毀於人工智慧人類，那麼餘下的少數是不是那些能把握和控制好人工智慧人的人類？

「是的，這在少數中佔了多數，還有第三種原因。當這個星球的個體文明發展和成熟到了引起了上帝和天堂人關注，那麼我們必將出手。」他回答道。

又是個體文明，這四個字究竟包含著多少內容。

每個人類文明的階段不同，則表現出來的現象也不同，聰明的你們一定會悟到。

它是真正的天機，我說不了。回到故事的情節中。

在這段西行的路上，艾華共告訴了艾絢沁娃八百多個飛行機上的密碼，但她究竟記住了多少個？不知道，也無從考準；哪她又向下一代傳下去多少？一個都沒有。

不過，這兩架宇宙飛行機在離開時，幾乎同時做了一個大作動，關於這個大動作，我會在以後的章節中簡單的提到。

艾華他們本想在一百五十天後見情況而定的，然而就在他們走了九十八天時，途中又發生了插曲，於是他們也只得再一次停下了腳步。

在第九十八天的那個夜晚，正當他們停留在一片樹林時，不遠處傳來了一陣哭泣聲，這哭泣聲在短暫的時間後便變成了大聲的哭叫。

艾華讓大大提提和艾沁蒂瑪兩留下，他則帶上兩個女兒，騎上馬，向哭叫聲奔去。

兩位美麗族姑娘還伏在一具屍體上哭叫著，從她哭叫的內容中可以明確的知道，死者是她們的親哥哥。這個男性死者看來剛剛嚥氣不久，他的死狀有點恐怖，他或許在死前經歷了極度的痛苦；或許他在經歷了激烈的抽蓄；他的臉變了形，臉上長著囊腫一樣的肉粒。

艾華在兩位美麗族姑娘的允許下，對屍體進行了仔細的查看。這具屍體上出現了多處囊腫肉黏，連生殖器上都有，而下身滿是針孔大小的血點。雖然艾華和可沁拯救過很多美麗族人，有男有女，但沒有接觸屍體。不過，艾華對此依然判斷：這個年青男子的死因，還是「原始遺瘟」病。

「兩位姑娘，你們的哥哥誤吃了什麼，怎麼會長出這些噁心的東西？」聰明的艾絢沁娃故意這麼問。

「這不是吃的原因，我們叫它為：鬼病，可是我哥哥沒有沾過鬼啊。」其中一個美麗族姑娘說。

「父親，大拉拉和小拉拉他們也是這樣說的，我想這是嚇唬孩子的傳說，可現在我覺得很像是有鬼，這個地球上真的會有鬼？」艾斯芳華說。

「現在不談『鬼』的事，以後告訴你們，我們先得徵求她們的意見，馬上把屍體埋了。」艾華沉著臉說。

鬼、鬼病、沾過鬼，在前面的章節中，我已經提到過原因，在四年前，美麗也向小小提提說過這件事，並得到了他有關真相的答覆。

艾華和大大提提當然知道真相，現在唯有這三個姐妹並不完全知道。

三

他們幫助兩個美麗族姑娘埋葬了她們哥哥的屍體，然後他們就圍在一起商量下一步該怎麼辦。這個意外所遇，讓這些具有高級文明思想的五位都一致決定留下來。

根據這兩位姑娘的介紹，她們並不是從西方遷徙而來的美麗族人，她們是這大到無法形容的地區原居民，在樹林周邊的小區域中，原有許多的小部落，但在她們出生到現在的一段中都相繼死了，僅剩下的一批還未滿青春期的姑娘也漸漸不知了去向。

「這個範圍中，應該有許多人類需要拯救，我們都有免疫的身體，

加上父親和小妹都懂得救治的方法，艾華父親，我建議，我們就在這個富饒的地區，開設一個醫療站吧。」大大提提這麼說。

「好！這是一個好主意。」三姐妹說。

「那好吧，孩子們，我們就開設一個救人類的醫療站，現在我要先搭起一扎棚屋，那兒有一大批竹林。我們現在手上有五十多根金屬針，還有三個土陶大盆，這應該夠了。大家都知道，無論美麗族人，還是原始土著人，他們都需要食物，所以我們得分工去做，要去狩獵，要去飼養家禽和牛羊，從明天開始就各司其職的去做。」艾華說。

在大家分工完畢後，艾斯芳華又提起了這個「原始遺瘟」病的根源。

艾華神情疑重的說出了令人唏噓的病根。

「在大宇宙中，除了不同文明下的外星侵入，根本就沒有鬼，美麗族人口中的鬼，他們是正在人類起源中的人類。他們不但會出現在星球的大地上，還會出現在星球的海洋底下。在斯可達星球的『人類生命醫院』裡，有個陳列室，那兒就有人類起源的樣版，在我們的『靈魂工廠』有更多的有關記載和影像。」艾華說到這，停頓了一下，隨後接著說道：「現在我把一段描述的記錄唸給大家聽聽。

人類的起源，有千億種的細菌結構，它先存在於地層下，它們在超長的演變中產生了機體的細胞；在氣候和特定的地質條件的變化下，機體細胞在緩慢又不間斷的增長；大地就是這種機體的真正母體，這個母體可以孕育數不盡的原始機體；當這些機體連結成所有的部件時，生命的運動才算是真正的開始；有了整體，土地中的益生菌就會被一種病毒所催生，這種病毒就是『原始遺瘟』病毒的主體；這個主體病毒所起的第一關鍵作用是，讓整體向土層面上升，大約在太陽系時間的八年左右，人類的胎嬰就會破土而出。

人類出現在地面上的第一時間，他們整體的大部分都被一種軟組織囊袋所包裹，除了腦袋之外，他們就像破殼一半的小雞。

這個時候，人類開始呼吸，並睜開眼睛，差不多幾分鐘後，他們會無一例外的發出撕心裂肺的慘叫，並劇烈地搖晃腦袋。（科學家們懷疑，這可能是靈魂進入腦部的反應）。

人類上到地面後，大約在太陽系下五天又一個時辰；三流系下十七時又十八分鐘；光流系下一天六時一分；他們開始打滾，並開始行走（但不斷跌倒）。

人類至少在出土起源的三年內無需食物，當他們整個身上的囊袋全部脫落後，開始穩步行走和奔跑，人類的智慧，在他們能穩步奔跑的前三年就體現了，有一半的人類都在出土了約不到半個時辰就表現在表情上。

這是一個成熟的過程，囊袋能使他們三年不進食，並能在第一代中

以食土為生。約在食土的同時，他們有了真正的本能：交配。

　　人類的進化期約：太陽系，一千一百一十九年；三流系一百六十年；光流系不詳。

　　在至少起源人類還沒有完全進化成功前，那『原始遺瘟』主體病毒一直在保護著他們免受傷害。

　　從美麗族的傳說來判斷：他們上上輩或祖先所接觸的『非常可能是，人類起源初期的女性，如果是，那麼，這個傳染又遺傳的病毒會延續至少三千年，甚至是一萬年至內。」

　　「父親，這要多恐怖啊，一個人類大錯誤，要延害這麼久，這等同於是一種超級懲罰呀！」艾斯芳華感嘆道。

　　「人類就是上帝和天堂的最大傑作！從多種角度看來，它神聖不可侵犯！可人類也有七情六欲，所以，個體文明在處於地獄階段，一個明顯的體現是：潔身自好。

　　鑑於人類的進程步步艱辛，我們萬萬不能歧視人種的不同，凡得病者都得醫治，你們聽到了這些，相信你們會怎麼體現在行動上了。」

　　艾華說完，他跟艾絢沁娃一起去查看那片竹林了，餘下的人都陷入了思考中。

　　在第二天，他們這一家子就伐下了一大片長竹，在十二天裡，他們搭起了四個連在一起的竹棚子，這就是地球上的第一家醫院。

　　在這十二天中，他們治好了一對美麗族人，那女的已經懷孕，症狀很容易確定，只是那個男的手背上多了一小粒肉粒。

　　後來，路過的和特意前來的美麗族人便越來越多，在六十多天中，他們已經治癒了近兩百人，而這段時間中又有四個美麗族姑娘加入了他們的治療隊伍。

　　這兒不但有了地球上第一家醫院，這兒還有兩個飼養場。又三十天後，艾沁蒂瑪生產了，她產下了一對孿生兄弟，大的兒子，大大提提給他取的名字叫：大地提提；小的兒子由艾沁蒂瑪給他取的名字叫：大海提提。而這兩個孩子的小姨艾絢沁娃則索性給他們取了乳名叫：大小子和二小子。

　　這兩個孩子的成長速度跟小小提提的孩子們一樣的快，他們從小喜歡跟著美麗的小姨玩，到了會走路後，他們更有大部分的時間跟著小姨，到了一歲多，他們已經開始騎馬，並跟著小姨滿山遍野的跑。

　　時光荏苒，光陰似箭，快兩年過去了，現在前來看病的人已經寥寥無幾，附近已經沒有了病人，而在這個時候，有六個美麗族姑娘也會扎針和懂得了護理，在此情況下，艾華他們已經著手讓美麗族的姑娘準備去各處巡醫，而他們也在準備重新踏上尋親的征途。

美麗的地獄

也就在他們準備出發前的有一天，從北面山上走來了一大幫原始土著人，這人數之多，大大提提還是第一次見到。而這一天，住地中只有十三個美麗族人，還有兩位是，大大提提和艾沁蒂瑪。

　　以大大提提的目測，這批來勢洶洶的原始土著人約莫有七十多人，而且看來他們是挑準了時間，有備而來的。從他們向竹棚屋的一擁而上和拉扯美麗族姑娘的樣子來看，來者的目的很明顯，他們是來搶奪美麗族姑娘的。

　　大大提提和艾沁蒂瑪到達時，有兩個美麗族的男人正跟一大群在爭奪兩個姑娘的原始土著人在發生戰鬥，艾沁蒂瑪見此情景，便加鞭策馬的在人群中左突右撞，大大提提則去擋在醫療站的出入口處。打著打著，艾沁蒂瑪的長鞭在不斷揮舞，大大提提的長棍也在不斷橫掃。

　　「提提哥哥，不動殺機，打不退他們。」艾沁蒂瑪大聲喊道。

　　「不能殺人！」大大提提也大聲回道。

　　「他們已經拖走了三個姑娘，那兩個男的，打下去會被打死。」艾沁蒂瑪又喊道。

　　「不能殺人，但可以給他們留下記號。」大大提提又回道。

　　「哈哈，提提哥哥，你真聰明。」艾沁蒂瑪開心的應道，轉眼之間，她的長鞭變成了兩把短劍，憑藉她出色的武功和騎術，她一會兒在馬上，一會在馬下，而她的短劍在閃光，劍到劍過之處，無不鮮血四濺。

　　這個「留記號」的戰術很見成效，沒多長時間，一批批的原始土著人帶著傷痛，在邊叫邊逃。

　　搶走三位姑娘的多數搶掠者已經逃到了北面的山裡，正巧，他們迎面碰上了正在回途中的艾華他們。這時的大大提提和艾沁蒂瑪也飛馬趕到。

　　「父親、母親，我們手上沒有武器。」大小子和二小子焦急的叫了起來。

　　「傻小子們，拳頭手掌不是武器嗎？」艾絢沁娃說。

　　「大海，接住。」艾沁蒂瑪伸手把馬鞭扔給了二小子。

　　「大地，這個給你。」大大提提索性把自己的長棍給了大小子。

　　又一陣搶奪戰下來，原始土著人扔下了三個姑娘，敗退逃去。

　　「瑪，你看，兩個寶貝兒子長大了。」大大提提欣喜的對艾沁蒂瑪說。

　　「是啊！哈哈，沒有想到，打架還能打出好心情。」艾沁蒂瑪帶著爽朗的笑聲說。

　　「這兩小子長大了，我們是不是該有第三第四個外甥了。」艾斯芳華逗她大姐說。

　　「艾斯芳華說得對，應該有更多的孩子叫我爺爺！」艾華風趣中帶

上實話說。可這話，讓大大提提和艾沁蒂瑪紅起了臉頰。

「艾華父親，他們一定會很快的來報仇的。」歸途中，大大提提對艾華說。

「我想到了，原本我們可以馬上出發的，但我現在準備去迎接他們的到來，我的目的是：一旦再打起來，特別要注意他們有沒有人有『原始遺瘟』病的症狀，一經發現，馬上拿下，如果沒有，我們在結束戰鬥後，帶上十三個美麗族人便馬上離開。」艾華把留下等候的意圖告訴了大家。

果然在第二天，由四個竹棚屋連成一片的醫療站給包圍了，他們來了一百三十多人，他們不像昨天那樣直接進攻，而是先圍而不攻，他們在統一鼓噪，嘴裡大喊著：畢留地塔、畢留地塔。（土著語：仙女）

艾華和大大提提率先出現了，他們見幾米遠處有五個被反綁的土著小女孩站在那裡，經美麗族人的翻譯後得知，對方是要將這五個小女孩去換取這三姐妹的其中一個，而且對方明言：這是十二個部落的一致要求，他們要將三姐妹的其中一個獻給最大的首領。

大大提提上前去替五個小女孩鬆了綁，他示意她們回去，可是這五個小女孩卻在驚恐中一頭竄進了竹棚屋，這一下可好，原始土著人認為他們收下了小女孩而拒絕交易，於是，他們高舉著長棍向竹棚屋衝來。

艾絢沁娃騎在馬背上出現了，她的出現簡直讓進擊方剎住了腳步，他們群體呆望著她，稍後才如夢初醒般的又喊起了：畢留地塔、畢留地塔。

「衝我來吧！二小子吹哨，開始戰鬥。」艾絢沁娃絲毫不懼色的向外甥發出了命令。

幾支竹箭飛出後，兩個小子騎著馬駒出現了，他們身後是艾沁蒂瑪和艾斯芳華。

瞬間下，駿馬已經向人群衝去，這時的大大提提便操起長木棍向人群奔，而艾華則站在大門口一動不動。

那三姐妹和幼小的兩兄弟，他們在人群中劃出了道道的缺口，所到之處，痛苦的叫聲便響成一團，眼見逃跑的人是越來越多，而能抵擋的人是越來越少，在大批人群已經距離竹棚屋漸遠後，艾華帶上兩個美麗族男人也衝出去加入了戰團。

這個場面很激烈，但只持續了不到兩個時辰，在原始土著人沒留下一個時，戰鬥才告結束。

「太爽了！太爽了！」這第二次的實戰可把大地提提和大海提提給樂壞了，當他兩回到竹棚屋前時，他們先跳下了馬，然後他們把長棍齊齊敲打在地面上，他們還嘴裡一起唱著小姨所教的歌謠：你信我，我靠著你，斯可達的孩子是棒棒的行；你一心，我一心，斯可達的兄弟是心連著心。

聽了他們的歌謠，可輪到艾華樂壞了，他仰臉哈哈大笑起來。

美麗的地獄

「喔！對了！我見到一個最壯的大漢，他的手背上有一顆肉粒。」大大提提忽然想起後說。

「我也見到一個，那個人跟壯漢在一起。」艾絢沁娃也想起後說道。

「艾沁蒂瑪，趕緊去取多一點繩子來，我們去追上他們。」艾華說。

「爺爺，我們也去。」大小子和二小子請求道。

「好的，你們兩動作要快，我們一得手，你們趕快捆住他們。」艾華同意了孩子的請求。

這一行五人快馬加鞭，沒多久，他們就追上了一批原始土著人。這一百多人確實是不同的部落，他們追上的一批只有十五個，經大大提提和艾絢沁娃的確認，那兩個有「原始遺瘟」病毒症狀的，正好就在這十五個人中。

這五人二話沒說，就直向那兩人衝了過去，大大提提和艾絢沁娃幾乎在同時甩出了繩子套住了他們，並將他們拉倒在地，兩個小子先跳下，他們開始捆綁其中的一個，大大提提和艾絢沁娃跳下馬後，迅速的把這兩人推到各自的馬背上，這時，獨擋在前面的艾華，已經在跟一些上來救同伴的原始土著人交上了手，那兩個小子在完成了捆綁任務後，也上去幫忙他們的爺爺。

大大提提和艾絢沁娃，已經押著俘擄向回奔去，艾華見此便馬上喊著兩個小子上馬，當他們都跳上馬後，艾華飛躍起身子，瞬間已經騎上了馬背！

前面兩人，後面三人，他們一溜煙的不見了蹤影。

一回來，艾華就對他們作了檢查，他們的手背上都有肉粒，翻開他們的眼皮看，眸孔上下有些黑點，他們的舌苔上也已經結了硬皮，他們已經得了這種病已經可以完全確症。

「大地，去拿點烤肉來餵他們。」艾華說。吃了烤肉，這兩個壯漢才不再大聲不斷的叫喊。

「問他們，他們是不是姦污了美麗族的女性，是不是有孕婦。」大大提提讓美麗族姑娘當翻譯，想去問他們明白，可這兩個壯漢沒有回答正題，他們只是不斷的口出髒話。

「艾絢沁娃，先救了他們，再作處理。」艾華說。

這一天的深夜，艾華外出散步，他走著走著，不由得想起了孫兒歌謠中的詞：你一心，我一心，斯可達的兄弟是心連心。

是啊，在斯可達星球中確是那樣！

大大提提和小小提提分離了，這性格截然不同的兩兄弟，可在感情上確實是心心相印。艾華在斯可達星球中也有一個心連心的好朋友，他比艾華早一天來到了人世間，雖然他們不是親兄弟，但在友誼所積聚下的感

情上確是。

　　都一百多億年過去了，艾華直至今日還惦記著他。他叫可拉松，是衝向天堂的特殊飛行機「玲瓏飛艇」上的總指揮。「他們到達了天堂嗎？或許他們跟大宇宙的人類一樣到不了那裡，可我依然希望他們能到達天堂。」不知有多少次，艾華終是這麼重複的想。

　　「可拉松啊，可拉松，你可千萬別跟我說，你已經離開了人世，更別說，我們的永別已經發生在一百多億年前，我真的不信你們沒衝到天堂前就機毀人亡了。現在我沒有找到父親他們，可我卻跟小小提提失散了，更讓我無比痛苦的是，我還失去了至愛可沁。這一切是自然的人生之路，奈何會不會是有人在主宰我們的命運？」這些話，是眼下艾華的自言自語，也就在他的自言自語講完後，他竟然頭暈厲害，而邁出的腳步踏空了，他跌了下去，頭部重重的撞擊在石板上。

　　「我在哪？」他終於在恢復知覺中跳出了三個字。

　　「我是斯可達人，怎麼會有頭暈的感覺？這會不會跟可沁一樣，在終結生命前所得到的預告？」艾華這麼想後，他從地面上小心翼翼的站起身，試一試重新行走。

　　奇怪！他感到一種從未有過的飄逸，他再向前走時，更驚愕的感覺到，這個星球的磁場引力對他失去了作用，他試了一下躍起身子，但結果是：他輕輕鬆鬆的飛了二十米。

　　「我是誰？」他情不自禁的詢問自己。

　　沒有答案，只是他的大腦中飄進了三個名字：多麗多茜麗；瑪拉蒂瑪；波絲裡米。她們又是誰？除了有兩個字跟他大女兒的名字相同外，他絞盡腦汁也記不起她們是誰？

　　「我飛回去嗎？」他又自問了一次自己，而他馬上決定還是走回去。

　　在回途中，天空中出現了一團紫色的雲朵，他突然記起來一起似乎曾經做過的動作：這組動作是，雙臂前伸，雙掌擊拍三次，收回雙掌，把手掌放在胸部上的肩膀，掌心向內，掌背朝外。

<h2 style="text-align:center">四</h2>

　　艾華和他的孩子們，以及在此參與醫治救援工作的全部美麗族人都明白了，這種被斯可達星球稱之為「原始遺瘟」病毒的整個傳染途徑：由成熟人類的男性去侵犯尚處於進化人類的女性，這是病源最主要的因素，然後又由受感染的男性去傳染給同人類女性，這是由性傳染的，是主體傳染因素，但成為遺傳因素的是，那些正處交配期的進化中女性，已經有了性行為的話，那麼感染者不但會傳染，並會遺傳給下代。

這種被認為是最原始的病毒，但在人類的文明的全過程中是不會被消滅的，在斯可達星球已經消滅了疾病之後的一億多年裡，他們在採集這個病毒細菌後就開始做了的研究和試驗，他們發現這種細菌非常能與各種元素綜合在一起，並能起到相反的效應。斯可達星球有一億多年單性繁殖的歷史，而使男女受孕的「膏」裡有八千多個元素，這種細菌竟然能成為全部元素中不可或缺的一種。

「原始遺瘟」毒素，它是人類能成為人類的催化劑，它也是保護人類能成功進化的盾與矛，它還是完成人類進化的標誌。人類的體內一旦沒有了這種毒元素，那麼就證明瞭他們已經獲得了進化的成功。這可也證明瞭人類絕非來自於動物的進化，更不是出自於偶然的自然演變。

「父親，憑您的仁慈，您一定會治好他們的病。但是，這兩個人做過什麼，我們都已經清楚，這難道不應該給他們一定的懲罰嗎？」艾沁蒂瑪說。

「當然能！用金屬針在他們的小腹處扎進去五釐米，同時用另一根針從他們的腰椎處對稱插入五釐米，一天六次，第二天就能剝奪他們做男人的權利，這是斯可達二期文明中的記錄，我看過。」大大提提搶在艾華的回答前這麼說。

「這個懲罰太棒了，做人就應該為自己的行為擔當後果。」一旁的艾斯芳華拍手叫好說。

「胡扯。」艾華忽然沉下臉而嚴肅的說道：「他們依然處在本能主宰行為的階段，怎麼可以用另一種標準去懲罰他們？我跟你們說過，大宇宙的文明法則是不能恃強凌弱，是的！在人類還沒有進入到一期文明的成熟前，人類和動物都平行在叢林法則中。孩子們，我們不能忘記自己是斯可達人，至少三代之內不要忘記，要說懲罰，我想好了，認他們在途中接受醫療，然後讓他們痊癒後，自己走回去。

「父親，這麼說，我們要馬上啟程出發了。」艾沁蒂瑪說。

「是的！」艾華肯定的說。

「父親，那他們扔下來換小妹的五個小女孩該怎麼處理？」艾斯芳華問。

「這是地球人類贈送給我們的大禮，收下，讓她們坐上馬車，跟我們一起走！」艾華說。

這一行二十七人出發了，在前六天中，由美麗族姑娘持針，給兩個原始土著人治好了疾病，在趕他們走之前，艾華送了他們兩隻羊。

又過了兩天的行程，他們來到了一個岔路口，在此他們跟十三個美麗族人道了別。三姐妹牽上十隻羊和一頭牛交給他們，艾華則對他們說了一句分別的話：盡力去醫好所見到的任何病人！

西行路上剩下了他們十二人，這一路上走得不快，大人們在談論各種話題，七個孩子們則在相互學習對方的語言。

在三十天後的一天午時，當這一行正走在一片草地時，大大提提忽然間跳下馬來，他用急促的聲音對艾華說：「艾華父親，請您快下馬，我感覺有重大的情況。」

艾華不知道他所指的是什麼情況，但他還是按大大提提的請求下了馬，這一下，大家都跳下了馬，馬車也停了下來。這時的大大提提正在向東方向的天空張望，順著他的視線，大家也向同一個方向望去。

「提提哥哥，除了藍天白雲之外，什麼都沒有啊！」滿臉疑惑的艾沁蒂瑪說。

僅僅幾秒後，艾華有了肯定的說法，「我看到了，是可依分一號飛行機！」

又僅僅一秒，這三姐妹和兩個小兄弟也看到了。一個巨型的傢伙已經在高空中顯身。

「小小提提，小小提提，兄弟啊，快下來，快下來！」大大提提聲嘶力竭的喊叫起來。艾華無比興奮的舉起雙臂，親人們都在歡天喜地的跳動。

飛行機降到了所有人都能見到的高度，瞬間它似乎靜止在藍天上一動不動，它的機身開始閃爍起耀眼的光芒，光芒在草地上折射出陣陣紅光。

也就是二十秒左右的時間後，它突然衝進雲霄，那尾部讓人獲悉，它已經衝向了西方，這無聲無息的一幕立刻轉換成了無影無蹤的一幕。

「你這個混蛋，你這個混蛋。」大大提提在草地上拚命奔跑，窮盡聲量在叫罵。

大大提提的這一舉動使大家大吃一驚，艾沁蒂瑪和兩個兒子的第一反應是跳上馬，艾華他們三人一起奔跑起來，去追趕他。艾沁蒂瑪母子三人已經擋在大大提提的身前，可沒有能攔住他，發瘋似的大大提提一閃身躲過後，繼續向前狂奔。

艾華以他在斯可達星球中打「天中球」的速度，也在狂奔，當他在距離大大提提三十米時，艾華一躍身子飛了起來。他在高處向大大提提撲去，並把他撲倒在地上。這父子兩在地上滾了幾下才坐起身子，這時的大大提提就像一個受盡委屈的孩子一樣，他靠在艾華的肩上痛哭起來。

「孩子，我懂！我懂你。」艾華安慰他，但他心如明鏡似的知道，這就是這兩兄的人生永別。再怎麼痛苦，人生之路上還有其他的情感會留住他，人生的路還得走下去。

本來就不多言語的大大提提變得更加沉默了，在之後的十天中，他

美麗的地獄

幾乎一言不發。「艾華父親，我累了，想停下來休息兩天。」這是大大提提開口後的第一句話。

「好！」艾華馬上答應說。

這一行一停下後，大大提提就獨自去找了一個地方睡覺了。

在第二天的早晨，他緊鎖著眉頭對艾華說：「艾華父親，我在夢中見到了一隻藍色的畢方鳥，我相信這是弟弟發給我的資訊。畢方鳥在天際的最西邊，牠只有一條腿，牠很孤單，身處西邊的荒涼處。」

「孩子，別太憂傷了，你應該從兄弟分別的憂傷中走出來。」艾華說著，他用自己的臉去貼在他的臉上，這不僅僅是一種父愛的表達，他還正在對他測驗著他的全部身體情況，對此，大大提提也是心知肚明的。

「艾華父親，我覺得自己的精氣正在快速洩漏，這是不是死亡前的徵兆？」大大提提直率的問。艾華沒作回答，他掏出金屬針在大大提提身體的多個部位扎了下去。

大大提提又睡了，在他熟睡的時候，艾華把全部人都叫到了身邊，他直接了當的告訴他們說：「以我看，大大提提的生命已快走到了盡頭，作為大宇宙中的人類，終有呼吸停止的一刻，不過我希望大家盡量克制住悲痛的情緒，因為，再也不要去影響他的情緒和心理。」

睡了大半天的大大提提醒了，看上去他的精神氣十足，原本蒼白的氣色已經全然不見了，他的目光依然炯炯有神，睜眼後，他懇請艾華說：「艾華父親，我們還是快走吧，我想早點見到斯可達海峽的東海岸。」

他們又走了，三天走過了一個平原，五天越過了一片山區，在山嶽和大海之間的狹道上又走了一天，至此，他們又到了一個新的海灣形區域。這兒一邊是大山的腳下，一邊是波濤洶湧的大海，中間是一條寬闊的自然大道。

面對這個環境，艾沁蒂瑪悄悄的對艾華說：「父親，我們在此停下好嗎？我想好好照顧提提哥哥，還希望在他有生之年，再為他生養一個孩子。」

艾華立刻點頭同意，並第一個跳下了馬。

「我們趕緊把東西卸下來，我們在此要停留一段時間，你們孩子快來生火，多烤點肉，我們也吃一點。」心情不錯的艾沁蒂瑪對大家說。

卸完了東西，烤完了肉，大家圍在篝火旁，他們邊吃著噴香的烤肉，邊談著各種話題，沒多久，出去巡看地形的艾華也回來了，他也加入到了這個氣氛輕鬆歡樂的聚餐中。

可這樣溫馨的情景並沒有持續很久，在毫無變幻預兆的情況下，這裡突然驟起了旋轉的巨風，狂風使篝火四濺，使海上的大浪滔天。

「在西邊的礁石區有個巖洞，大家趕緊把東西放回車，把牲口趕入

巖洞中。」艾華說著，大家便行動起來。

　　大家很快分成了兩組，牲口先被趕入了巖洞，裝上東西的馬車也進了巖洞中。當這一切都在暴雨來臨前做完後，艾華突然想到了大大提提，他在忙碌的親人中沒有找到他，最後還是在面向大海的巖洞口見到了他。

　　「大大提提，你的氣色很差，你覺得自己的身體怎麼樣？」艾華急著關切的問。

　　大大提提搖了搖頭，他極其無力的倒在艾華的胸前。

　　「大大提提、大大提提，別閉眼睛，堅持住！」艾華在喊，在掏金屬針。

　　大大提提艱難的睜開眼，他在金屬針在穴位的作用下，輕輕的對艾華說：「我佩服生父的眼光，他把我和弟弟託付給了您。您是我們的好父親！我看到了爺爺奶奶，看到了姑姑和斯斯通通，他們正在海上經受考驗。」

　　「大大提提，別說話，保持體力，爭取挺過去。」艾華說。

　　大大提提再次吃力的搖了搖頭，他那幾近無光的眸孔在一動一動。

　　「斯斯通通，爸爸！」他最後竟用可依分語言，一個字一個字的說出了這六個字。他一頭垂下去，當艾華把他轉過臉時，只見到他微笑著，嘆了一口氣！

　　人類在斯可達星球沒有見過艾華的哭泣，可他在我們這個星球上，卻第二次哭了，並哭得很傷心！

　　大大提提勤勞淳樸憨厚善良，他無論是在斯可達星球中還是地球上，奈何會在大宇宙的其他地方，這名人類的先祖，他無疑都會是一名光輝亮麗的人類典範。

　　從斯可達星球到地球，這是無比的漫長，可此時此刻，這一切在艾華的心中，那只是頃間的一霎那！

　　家天下，封建起，工業興，智能創，宗教去，政黨亡，國家滅，個體旺……一切的一切都是浩浩蕩蕩！數不盡的關，能不能闖，地球啊──地球，你會不會成為下一個斯可達！

　　艾華抱起大大提提，他正面向著大海的驚濤駭浪。

　　「父親，……」艾絢沁娃來了，她一見這個情形就不往下問了，她趕緊去把大家叫了過來。

　　艾華依依不捨的把大大提提的遺體交給了艾沁蒂瑪，在一片悲哀的哭聲中，艾華默默的用大陶盆去盛滿了水，他生起了火，將水燒熱，他跟女兒和孫兒一起為大大提提洗淨了身體！

　　夜深下，狂風暴雨還在繼續，巖洞中，艾華已經跨上了駿馬，隨即，他衝進了磅礴的暴雨中。

美麗的地獄

駿馬衝上了寬闊的山坡，快跑在山樑上，這兒的地勢宛如斯可達星球中那玲瓏野貓的脊樑，它是坑坑窪窪，但它面向大海，只要雨過天晴，它一定能一樣沐浴在溫暖的陽光下。

　　第二天清晨，人們把大大提提的遺體抬上了馬車，他們在艾華的帶領上走上了高山上。

　　在途中，大家一路採集花卉放在馬車上，到了山上，艾沁蒂瑪帶著兩個兒子，一鏟一鏟的在山崗上挖出了一個土坑。

　　大家在坑中鋪成一層碎石，在艾沁蒂瑪和兒子兩的親吻後，艾華將大大提提的遺體抱入坑中，隨後，他們將挖上來的土，又重新蓋在上面，最後，艾華帶著大家，在墓穴上用石塊疊成了四個字：大地先祖。

　　葬禮辦完後，艾華按可依分傳統玄學中的宇宙傳遞資訊的土方，跟大家一起在山崗上找了一塊相對平坦的地方，然後，由艾華用短劍在地上畫出的圖案，大家挖了一道淺溝，在這條淺溝上填了碎石，如果走到高處往下看，一個生動的圖案形象出現了。那是一大一小的兩隻比翼鳥，小的一隻昂首挺立，大的一隻已經平躺在大地上。

　　在四天中，他們在山上該做的事情已經做完，可在一片沉默中，大家既顯得無所事事，又明顯的還深陷在失去大大提提的痛苦中，大家都沒有提及要下山去，對於大家的感受，艾華自然清楚，但這樣的日子不能持續下去，看來必須盡快離開這個傷心之地，就像上次可沁離世後一樣。

　　艾華把三個女兒叫到身邊，他以他的理由去盡力勸說她們，可她們都沒有表示，甚至都不說一句話，不過，從她們的表情來看，她們還是默認了父親要盡快離開的想法。

　　他們沒再下山走，為了避免觸景傷情，他們就順著這座山向西走。一路上還是那樣，山嶽、平原和樹林；河流、沙灘和大海。這一次，他們共連續走了有二十一天，在此期間，他們從沉默中漸漸恢復了該有的交流，也漸漸從痛苦中恢復到了正常的心理狀態。

　　在二十一天後，他們正從一座大山上走下來。這個方向是正西，而西下的遠處又是一望無際的大海。

　　現在他們的三面是大海，唯一的北面是他們剛剛下來的連綿群山。這樣的地勢，一言簡之，除了，退回大山之外，大海似乎已經擋住了他們的去路。他們沿著大海的弧線向西北上去，一個像是超級大海灣形地勢出現了，眼下好像由大海在引路，也可能由大海來中斷。

　　就是這麼一個特殊的地理環境，它對於艾華來說，可是曾經相識，在斯可達星球的斯可達海峽的東岸，不就是這樣嗎？一個中部大洋相隔著三個大陸：奇想大陸，斯可達大陸和中部大陸，假設有個光學屏地圖的話，不就也是一個超級突出部去對著兩個超級巨大的海灣嗎！

艾華騎在馬上稍側過身去向東南方向望去，還好，他見到了東南面有個著陸地，那個點應該就是他們到過的海邊礁石區，也是大大提提去世的地方，從那兒過來是二十二天，這上下高低弧線相比應該直線增加百分之二十，但騎馬在山區中行進，不能測出比較正確的距離，只能憑感覺，估計個大概，但是無論怎麼估算，艾華的心裡感覺是，他們所要到達的正確地點，應該不會超過另一個二十二天，要認準這個估算，只有一種可行的辦法，艾娃在宇宙戰的天體頻率氣流學，和波波提提玄學天象，這兩個方法是高度一致的，艾華在西行轉南時用過一次，現在等到夜晚就可以又看一次，這個方法就是失傳的，觀星座。

　　這一夜，艾華還真的細細的在觀望清澈的天空，之後，他的心情變得十分的愉快！

　　「大家想一想，這二十多天裡，我們預計會見到而沒有見到的是什麼？」艾華在途中饒有興致的問大家。

　　「是人類！」艾絢沁娃搶答道。

　　「對！那有什麼物種是我們第一次見到的？」艾華問。

　　「是大馬，在山區見到的，這麼大，渾身通紅。」大小子搶答說，他還比劃著手勢。

　　「對！這種大馬，美麗族人是怎麼傳說的？」艾華繼續問。

　　「父親，大紅馬是美麗族的祖神，牠到了，美麗族人才出現了，牠有時會被當成一種最神聖的禮物，去送給他們所最尊敬的人。」艾絢沁娃笑嘻嘻的說，她好像覺得父親問題中的含義。

　　「艾絢沁娃，你告訴過我，美麗族人有關祖先的傳說，你自己還記得嗎？」艾華點撥似的問。

　　「記得，美麗族人的祖先從天上來，中間隔著大海，還連著大地！」艾絢沁娃接著答道。

　　「天上，凡是原始人類民族都會有虛擬抽象的描繪，通常會指很遙遠的美好地方。而中間隔著大海和連著大地，這是標準的斯可達星球描述下的海峽，真正的海峽不是四面環海的島嶼跟它的對岸，而是兩個大陸間的海域，我看了昨夜的星座，認為：在我們西北遙遠的點上確是有連在一起的大陸，我們大約再走兩三天，就可以到達三海的交匯處，這裡像極了斯可達海峽，我深深的覺得，對岸就是美麗族人類的起源地，也是我們信念中的目標，類似的——斯可達宮殿！

　　我們要造船過海去，或許下去就能見到另四位親人；或許，我們將在那裡迎接他們的到來！」艾華的話激起了大家的興趣。

　　「我們可以見到宇宙最美麗的姑姑了，我們可以見到宇宙最美麗的姑姑了！」姐妹三人大聲的歡呼起來！

美麗的地獄

「想見姑奶奶的就快的跑吧！」大小子說，他一揚馬鞭，駿馬飛騰而去。

「我去追哥哥！」二小子也飛快竄了出去，接下來，五個土著姑娘駕著馬車，也奔騰起來！

五

沿著海岸走了還不到三天，艾華讓大家停了下來。

「到了！我們終於到了渡海口了。」一跳下馬，艾華便對大家說。

這裡的地形是比較獨一無二的，從表面上看，這兒相比其他南部海濱並沒有多大的區別，但細看之下，它確有四個不同於普通海濱的址貌特點，這四個特點主要概括起來有四點寬闊的特點：一，落潮下，這兒呈現的沙灘很寬闊；二，沙灘與岸堤之間還有一個十分寬闊的海卵石灘；三，岸上還有一個寬闊的廣場；四，連著廣場般的平坦沙土地就是綠草叢生的大高坡，這個高坡相比艾華他們以前建房屋的那個高坡還要寬闊一倍，這高度差不多也有一倍。

這個地方，可是艾華心目中造船渡海的最佳地方，這也是長期定居下來的好地方。

由於他們僅僅只有十一人，而且那五個原始土著姑娘還起不到大的作用，所以在第一年裡，他們所作的成績比他們願望的成績要緩慢得多。

他們依然選擇在高坡上建造房屋，一年下來，他們只建了兩座房屋和兩個竹棚，另外，他們去了各處尋找礦源，可這一帶也只有一些少量的鐵礦，由此，他們按艾華的要求，也只能將這些礦源去做成一些造船所需的鐵製工具。

到了第二年，他們終算在沙地上打下了建造船塢的地基，並造了兩輛作為運輸工具的牛車。眼下，除了艾華以外，另外十個人幾乎都出動去各處砍伐樹木，他們把所需一批又一批的木材在往回運。

艾華則一有空便在沙灘上畫來畫去的設計著他大腦中的船型圖案。在二十天後，艾華把那些設計草圖轉到平坦的廣場上，他一鏟一鏟的鏟去沙土，不久，一個初定的船型圖出來了。

這是個兩頭削尖、船體細長的雙體船型，好像船翼的兩端還有各十二個划槳，從附圖看，它好像還有長柁和風帆，除了艾華之外，其他十個人也從來沒有見過什麼船型，所以他們也看不出其他什麼名堂。

調皮的二小子去站在「船體」上，他從一艘「船」跳到另一艘「船」，然後他皺著眉頭對艾沁蒂瑪說：「母親，這麼狹窄的空間，我們擠在一起能在大海中航行嗎？太不好玩了！」

「連我都不懂，你懂什麼！這只是一個圖案而已，要擴大多少倍，造出來後是個什麼模樣，也只有你爺爺知道。」艾沁蒂瑪說。

「大姐，這個怪物就是父親故事中的船？我一點都弄不明白。小妹，你有沒有聽父親說，造這樣的怪物需要多少時間？」艾斯芳華問。

「父親說，可能需要十年到十二年，因為人手不夠。」艾絢沁娃回答說。

「提提哥哥在臨去世前說，我們的親人們已正在海上經受考驗，這麼一段時間過去了，他們應該已在對岸了，要十年到十二年才造出這個怪物，這可讓他們等得太久了。」艾沁蒂瑪感嘆的說。

「我們十一個人都用這麼長的時間，那姑姑他們可只有四個人，嗨唉！這要到什麼時候才能親人團聚呀！」艾斯芳華憂心的說。

「別多想了，相信父親和姑姑，他們太神奇了。喔，父親說，在明天，我們十一個人都出動向北邊走，趁著尋找更多的造船材料，也順便輕鬆的去玩一玩。」艾絢沁娃說。

「這一下好玩了，這一下好玩了。」聽了這個消息，大小子和二小子開心得跳起鼓掌。

第二天，在陽光明媚的時候，這十一人騎上馬出發了，他們還帶上了一輛馬車和四輛牛車。

這一行向北走了三天，這一帶可是他們最熟悉的地方。

在計劃繼續向北行之前的一個正午，他們來到了一座小山的山腰間。

這緊貼小山的右邊下去有一個三千多米的平原，在平原的東側有一片樹林，在那兒，艾華來過很多次，他熟悉那樹林中有些樹木可用，但不多。而這塊平原地，對艾絢沁娃和她的兩位外甥來說則是更為熟悉，他們可經常把這塊地當成他們的賽馬場，以前賽馬時，他們的裁判就是由那原始土著的五個大姑娘來擔當的。

「我和你們大姐在這兒，你們都下去玩玩吧。」艾華說，他很懂孩子們的想法。

他們都高高興興的下去了，唯有艾斯芳華騎在馬上沒動，「父親，我也去嗎？」她問。

「去吧，那裡的樹林不少，怕有猛獸出沒，你去可以保護他們。」艾華說。

「他們可厲害了，一兩隻老虎，他們能對付。」艾斯芳華嘴上這麼說，可行動上還是按著父親的話去做了。

已經到了平原地面的八個人正在商量怎麼個玩法，二小子說：「還是我跟哥哥賽馬吧，我不信我一次都贏不了他。」

「你們都這麼大了，還一對一玩，沒勁！這次小姨陪你們一起玩，

我禮讓你們兩百米，我們賽到樹林為止，這個距離可有三千多米，怎麼樣？」艾絢沁娃提議說。

「太好了！」大地提提和大海提提都高興的同意了。

「我也加入，你們倆讓我兩百米，小姨讓我共五百米，行嗎？」五個大姑娘中的一個舉手說道。

「這樣我等於讓了這兩小子三百米了，好！三百米就三百米，這個玩法不錯。」艾絢沁娃興趣十足的表示說。

接下來，餘下的四個大姑娘首先去了終點處的樹林前，那位大姑娘也去到了她的位置上，兩個大小兄弟也就位了，最後，艾絢沁娃向終點揮手致意，而終點的姑娘們也同時舉起了雙手，比賽正式開始了。

最前的大姑娘在憑馬的速度在跑，大小子的馬和二小子的馬也在自然放跑中，艾絢沁娃則夾了一下馬肚，也讓駿馬在自然奔跑。

一千米過去了；一千五百米過去了；……已經快到三千米了。最前的大姑娘眼看快要被追上了，她一狠勁，抽了坐騎一鞭，在被即將趕上時，她在用勁推馬脖子。

二小子在馬鞍上往下用勁壓去，他也揮起了馬鞭，他的馬一下超出了前面的馬，現在正處於領先地位，大小子的馬也已經超出了大姑娘，但他還沒有加鞭，只是緊緊咬住領先的馬。

頭兩匹馬正在並駕齊驅，眼看到距離只能五百米了。這時的大小子才策馬揚鞭，他一下子超過了二小子，此刻，艾絢沁娃的馬也到達了距離他們六七十米的位置上。

不好！大小子在左躲右閃，他的坐騎在飄著走，沒有走直線，再看二小子，他也在閃身躲避什麼，也就在此時，四個大姑娘已經翻身上馬。

艾絢沁娃把坐騎加速到最快的速度，就在她趕到時，二小子已經掉下了馬，而大小子則跳下了馬，他把手上抓到的東西交給了艾絢沁娃。

「箭！」艾絢沁娃口中吐出了這個字。

是的！是一支白揚木的箭身，它的箭頭還是鐵製的。

他們有自製的箭，可還是鐵製的箭頭，可在地球上會有誰，已經明顯的跑在了他們的前面？

艾絢沁娃一眼掃去，她立刻判斷：這樣的箭一定來自於樹林方向。

「快點上馬，別靠近樹林，看來有個惡仗要打。」她叫外甥上馬做好準備，自己向後面望去。

她的二姐已經在他們的一千米左右的位置，看她的速度，應該她也發現了這兒的異常。

「小妹，出事了？」剛趕到的艾斯芳華問。

艾絢沁娃把箭交給了艾斯芳華並對她說：「是樹林方向射來的，看

來極不一般。」

正在此時，從樹林中出現了八個男人，他們個個都在馬背上。

他們分成了前後兩排，後面的五人，他們都見過，是紅種人，他們是美麗族人和原始土著人的後代，而前排的三位，是她們都不曾見過的人種。

處在中間和左邊位置的兩位都是淺黃色人種，看上去帥氣逼人，他們可謂是地球上的美男子，在中間位置上的那一位，他還長著一對濃長的雙眉。剩下的一位好像也是白種人，可他的膚色跟斯可達的姐妹兩又有點不同，就是這位白種少年，他長得實在太漂亮了，簡直可謂帥翻了天，他所騎的馬也是一道風景線，牠就是稀有的，被美麗族人稱為祖神的大紅馬。

在他們出現後，現在他們正沉著的向這一邊靠了上來。

「喂，放冷箭的快上來！」二小子氣呼呼的對他們說。

那中間的濃眉哥向五個紅種人做了個手勢，後面的五位便立即停了下來。前面的三個繼續走近她們，直到還有二十米時，他們才停了下來。

「哥哥，我不能白摔呀，快跟我一起去教訓他們。」二小子說，而這時的大小子一言不發便向對方衝去。

對方的三個迅速變化的陣容，兩個黃種人已經擋在了大紅馬之前。

大小子和二小子拿著相同的武器，他們一手持著短棍，一手拿著短劍。

這兩兄弟已經衝到了對手的身前，他們一起同時向濃眉哥發起了攻擊。只見濃眉哥從馬上跳下來，閃了一下又彈上了馬背，在他們連連出招下，另一個黃種人手上的短棍如閃電般的飛舞起來，這短棍在飛舞中不但擋住了兩兄弟的猛烈攻擊，還使他們在幾十招後由攻勢變成了守勢，兩兄弟的人和馬都在後退，而這個黃種人的馬和人都在步步緊逼！

劣勢下，兩兄弟跳下了馬，而那個黃種人竟然也從馬上跳下來，原本的騎兵戰已經變成了步兵戰。

大小子和黃種人幾乎同時在空中翻了一個跟鬥，二小子趁此一個重棍擊向了黃種人，黃種人遭此一擊楞了一下，接下來，他在一個小範圍內走出了一個飄逸的弧圈，瞬間，他一躍而飛，連續不斷的一陣飛腿，竟然正確的踢飛了兩兄弟手中的武器。

見此一幕，五個大姑娘急了，她們紛紛向黃種人撲了過去，她們有的想拉住他，有的想去抱住他的腿，可是這一切都讓他躲過了。這黃種人在佔上風的情況下，竟向他們做了一個手勢，他在示意他們一起上來，這實在不是在真打架，像是在戲弄他們，這個手勢也太具侮辱性。

接著，兩兄弟和五姑娘便不顧一切的向他打來，就在這時，騎大紅

美麗的地獄

馬的少年閃了過來，只聽到啪啪的幾聲響，那五姑娘中的三位被打到在地。

一見白種少年使用長鞭出手了，那艾絢沁娃也不能睜眼看著，她也揮起了長鞭。艾絢沁娃的頭五鞭出去，已經暫緩了兩外甥的劣勢，但在甩出第六鞭時，那少年也用鞭向她飛來，這一下，兩鞭在力量下竟纏在了一些，艾絢沁娃的速度快，她第一個用勁打了一下，這使少年從大紅馬背上彈了起來，就在他落地的一剎那，他也使勁把艾絢沁娃拉下了馬。

少年的身子輕如飛燕，艾絢沁娃的速度飛如閃電，兩人的交量看似在龍飛鳳舞，他們是在致命的打架嗎？由於他們是地球中的兩個最美人兒，連打架都像是在舞臺上的舞蹈表演！

從眼角瞟到，那濃眉哥也跟艾斯芳華打了起來，也不知道他倆什麼時候已經打到了地面上。

艾絢沁娃一個側撲想靠近艾斯芳華，可少年的腳尖飛快飛到了她肩膀前，她想與二姐背靠著背，可中間又竟讓少年的身子搶先一步插了上來。

少年從腰後抽出了短刀，他想甩給另一個黃種同伴，可他的手腕被緊緊抓住了，這是艾絢沁娃的雙手，她就在抓住他手腕時，還用力把自己的腦袋狠撞他的下巴。

少年忍痛沒叫出來，但他一個趔趄，倒在地上。

「好小子，不要以為自己長了一張誘人的臉，而我不會把它割破。」艾絢沁娃正壓在他的身上，用短劍指著他說。

「要不是你比我母親還美麗，我可早就讓你吃虧了！」少年懟了她一句，這時的艾絢沁娃才感覺到，她的左胸和腰部都被短刀頂著。

也就在這個玩命瞬間，他們同時讓一個閃光點出現在大腦之間。

「他（她）怎麼會說斯可達的語言」。艾絢沁娃一下子跳了起來，她衝著少年問：「你是誰？」

少年也跳了起來，他鎮定的說：「你當然不知道我是誰，可我知道你是誰，我們在一個地方出生！我知道你叫艾絢沁娃。」艾絢沁娃楞了，她真的一下子反應不過來。

少年叫停了那個黃種人，艾絢沁娃也在摸不清真相時，攔住了兩兄弟和五姑娘。

眼下只有艾斯芳華和濃眉哥還在徒手交量。

少年正在向濃眉哥移動，他突然瞄準機會，一把抱住了濃眉哥的腰。

「你小子幹嘛？」濃眉哥一閃身問。

「你真夠笨的！跟你打的，不是二姑姑，就是大姑姑！」少年的話，不但驚動了濃眉哥，還驚動了他的對手──艾斯芳華。

「小妹，這幫是什麼人呀？會講斯可達話？」艾斯芳華急著問。

「二姐，我也不知道，那個美少年，還能叫出我的名字！」艾絢沁娃答道。

「你是我們的二姑姑艾斯芳華，你們聽說過小小提提這個名字嗎？」已經明白過來的濃眉哥說道。

「當然聽說過這個名字，他是我們提提哥哥的親弟弟，也是我們的小哥哥呀！」艾斯芳華回答說。

三位剛才的打架對手已經站成了一排，他們由濃眉哥作起了介紹：「我叫一九提提，這位叫二一提提，這個最小的叫二八提提，我們都叫他的乳名：小溪，我們都是小小提提的兒子，我們都是從東方來！！我們在可沁奶奶的墓碑上知道了三位姑姑的名字。」一九提提的介紹已經說明瞭一切。

「來！這兩個小子都是大姐的兒子，他是大地提提，這是大海提提。」艾絢沁娃也把兩個小兄弟，向他們的表哥們作了介紹。

「太棒了，哈哈，我還有這麼三個大英雄的哥哥。」大小子高興得手舞足蹈。

「我們快去見爺爺吧，這一定會讓他開心的！」二小子開心的說。

大家聽二小子的話，一起向小山方向走去。他們沒有騎馬，而是牽著馬在步行，他們是陌生的一群，但短時間裡，他們將成為一生的親人！

一路上，親人們在各自配對式的交談，大小子和二小子拉著二一提提，他們在讚不絕口的稱讚一九提提的蓋世武功，處在最後的是五姑娘跟五個紅種人，看來他們不太見生，因為他們正在談笑風生。

走在最前面的是艾絢沁娃和小溪，一談上，小溪就對她說：「你太美麗了，長得跟父親故事中的艾娃姑奶奶一樣。」

「我怎麼能跟姑姑相提並論，她可是宇宙的第一美女。你說你是跟我是出生在同一個地方？」艾絢沁娃問。

「是的，我知道你在六座房屋中出生，我是在父母尋親的時候出生的，我就在你住的高坡後面小溪前出生的，所以父親把我的小名叫做了小溪。」小溪告訴艾絢沁娃。

「你長得怎樣跟你的哥哥不同？」艾絢沁娃又問。

「哥哥們是父親跟東方的原始土著人所生，而我的母親是美麗族人，我母親的名字就叫：美麗！很不幸，她已經因病過世了，我父親，也被飛行機帶去了天上。」小溪在訴說時，眼睛中泛著淚光。

「對不起，過去的已經過去了，你找到了親人，馬上又能見到你們的爺爺，我們將造船渡海，以後會很美好。我們會見到所有的親人！」艾絢沁娃以激勵的口氣說。

「見到親人，我當然很高興，沒想到，父親日思夜想的親人們很快將出現在我們的眼前。我是父親剛到南部後，認識了我的母親，然後懷上我。從小我一直在他們的身旁，我羨慕他們的恩愛，你嚮往愛情嗎？」

經小溪這突如其來的一問，艾絢沁娃不禁漲紅了臉，不過她還是誠實的向小溪點了點表示她是嚮往的。

「剛才我想了想，從現在開始，我就叫你為：美娃。」富有勇氣的小溪說。

「不不，無論年齡和輩份，我都比你大，我只准你叫我：小姑姑。」艾絢沁娃馬上表示了她的反對，不僅如此，她還立刻牽著馬，向後面退去。

在後面，艾斯芳華一路跟一九提提在交談，他們一直在談武藝方面的話題。「一九，你的武功實在是一級棒，如果你不讓我，我一定不是你的對手，我想，或許大姐也打不過你，你是怎麼會變成這麼厲害的？」艾斯芳華問。

「從小跟著父親，騎術由父親教的，其他的都在實戰中磨練，這次我們三人從東方的北部出發，一直到現在的時間中，我們都記不清打了多少次架，就在七個紅種人的區域裡，我們是一路闖過來的，最多一次，我們三個人跟六十多個紅種人打，看！我們都從打架中交了幾百個朋友，那五個紅種人，說什麼都要跟隨我們。」一九提提說。

「你們的到來，真的會把父親樂壞了。不僅如此，我們現在只有十一個人，造船要十年到十二年，你們一到，真不知道會縮短多少時間哪！」艾斯芳華顏開眼笑的說。

「需要人手很容易，我們可以號召一大批紅種人來幫忙，二姑，見到了親人，我的心情真是太好了。」一九提提也是一副非常高興的樣子。

「你不要二姑，二姑的叫，看上去，你的年齡比我大，我才十八，你呢？」

「我快二十一了，二姑，你不讓我叫你二姑，那麼我怎麼稱呼你哪？」

「叫我芳華吧！以後有時間我們要多在一起，你得教我很好的武功。」

「二姑，我會的！看小姑來了，我去陪小溪，你跟小姑聊吧。」一九提提說完就牽馬走了。

「小妹，快過來，二姐正好有話對你講。這個一九提提可太厲害了。」艾斯芳華翹起大拇指說。

「是的，恐怕大姐也打不過他。」艾絢沁娃應道。

「小妹，地球可真不是我們姐妹兩待的好地方，大姐有個提提哥哥，可他早逝了。現在跑出來一個一九提提，一個絕佳的黃種美男子，他是一

個真正的男人，可他卻是一個什麼侄子，我就喜歡這樣的男人。」艾斯芳華坦露心扉的說。

「他長的怎麼樣，是什麼樣的男人都不重要，關鍵他是我們的侄子，這可是改變不了的！」艾絢沁娃明白二姐的心，她把擔心的要點說了出來。

「這個一九如果喜歡我，我就敢改變，如果父親不同意，我們也造船渡海，去一個任何人都管不了的地方！」艾斯芳華口氣很堅定。

「二姐，你也太快了吧，哈哈！」

「有的機會一走失，可永遠不會再有的。哎，小妹，你看那個小溪怎麼樣，你會不會跟我一樣面臨了難題吧。」

「二姐，你在說什麼呀！我可沒有像你一樣的難題。」

就在艾絢沁娃否認之際，小溪結束了跟他一九哥的交談，他已經來到了兩位姑姑的生前。

「小溪，你可別說話，留著上山跟你爺爺說。」艾絢沁娃立即對走近的小溪說，然後她跨上馬，一溜煙的上山去了。

一九提提他們三人上山後就跪在了艾華的身前，從前的委屈和失去父親後的艱難，全變成了淚水和一遍遍叫喊，「爺爺，爺爺！」

艾華也無比激動，這意外的親人到來，真是難以言表他的心情舒暢，他把他們攙扶起來，嘴裡不斷說道：「太好了，太好了！這是天意，這是天意啊！」

六

這十九個人在相認和相識後有說不完的話，現在五姑娘和五個紅種人餓了，於是大小子和二小子為他們生了兩堆篝火和支起了烤架，然後這十位男女開始邊吃邊聊。

這一邊廂，九位親人圍著一堆篝火，他們開始傾聽三位東方親人所敘述的尋親故事。

二一提提很生動的講述了他們這一家子從離開東方北部原居地到他們兩兄弟在世界屋脊前和父親分手的這一段；小溪則講述了他父親踏入南部地區到回到東方的故事，這當然包括了他父母的相識與相愛，從他的講述描繪中可以聽得出他本人對愛情的嚮往和崇尚；最後的一段由一九提提連著講，那是從小小提提回到東方的南部開始，直到他被飛行機捲上了天空，在說到他們美麗母親的病逝一段時，在場的親人都不禁流下了感動的淚水。

「孩子們，這一切就是人類的生活，在宇宙中，人類很看重生死。

美麗的地獄

有一次，我的腦袋撞上了石板，之後，我想得很多，可我直到今天還是依然不知道自己是誰。不過，我想起了造物主們對人類設置了三個最關鍵和最重要的法則，這些法則都有抗拒不了的標準，這三個關鍵重要的是：人的靈魂；人類的真正死亡；還有人類將在什麼情況下會被毀滅。生活應該平淡，應該順流而下，沒有逞強，沒有過分的激昂，這樣，人類會很容易過完一生而符合這三個法則。

「孩子們，今天是個好日子，在我們痛失大大提提的情況下，天意為我送來了這三個棒極了的好孩子，我本人的心情都好到了無法形容的地步。從明天起，我們繼續去採集所需的木材，我相信，我們造船渡海的速度，會快上八倍以上。」艾華喜氣洋洋的說道。

「爺爺，聽您的口氣，您已經找到了渡海口？」二一提提問。

「爺爺，我們熟悉這一片區域，對於周圍的森林也瞭若指掌，我們還發現過三個金屬礦。」一九提提說。

「太好了，那五個紅種人能留下嗎？」艾華問。

「爺爺，我們是生死之交，他們會跟我們一生的，我們跟他們打過架，也幫他們打退了原始土著人的進攻。」二一提提插話說。

「是的爺爺，二一弟說得沒錯。我也跟二姑姑說了，如果需要人手，我們可以召集很多人過來幫忙。」一九提提說。

「一九，你怎麼又叫什麼二姑姑了！父親，他比我還大，他這麼叫我，讓我覺得彆扭。」艾斯芳華搶著說。

「他這樣尊稱你，有錯嗎？」艾沁蒂瑪接著打趣的問。

「你為什麼不愛聽，我怎麼這麼愛聽他們三個叫我爺爺啊！哈哈，好！好！這就是天意，是天堂之意！」艾華顯得欣喜不已。

當第二天天還濛濛亮時，他們就全體出發了，途中，一九提提指示一個紅種人去報信了，接著，這十八人就一路向北！

在途中，每當休息時，艾斯芳華就和一九提提在一起「打架」。

他們已經走了三天了，眼下，他們又開始了第三次「打架」。

「一九，是不是因為我是女人，所以你老讓著我！你再謙讓，我也要狠狠的揍你。」艾斯芳華在出重手時問。

一九提提向後翻了三下，他對她的問話是置之不理。

艾斯芳華連續飛踢了三腿，可沒能踢到他，她轉而一路直掌進攻，可最後卻讓自己的雙手腕被牢牢的握住，她借力翻到他的側身，在掙脫的同時，狠擊了他兩巴掌，一九提提跟蹌了兩步，他迅速伏下身子，右腿向後掃去，艾斯芳華躍起了身來，並再出飛腿，一九提提一閃，一個側身飛躍，他的雙手搭在了她的腰部，艾斯芳華側身抓住了他的右臂，於是，他們借著對方的身體翻滾了幾下，接著，他倆一起倒在了地上。在地上，你

上我下，我上你下的折騰了十幾米遠。

「又是平手！」翻到上面的艾斯芳華說。

「二姑，你真的很厲害！」轉到上面的一九提提說。

「要麼我們必須分出勝負！要麼你叫我芳華，而不是討厭的二姑。」艾斯芳華身體貼地，但她還是強勢的說。

在上的一九提提一躍站直了，然後伸手去拉艾斯芳華起身，「二姑，我們永遠沒有勝負。」一九提提這麼說完，轉身就走。

艾斯芳華追上兩步要去纏住他，可她忽然見到艾華正站在不遠處，他笑著在看他們。

一九提提叫了一聲「爺爺」後就奔走了，而艾斯芳華則來到了父親的身旁。

「還打嗎？依我看，你跟你大姐加在一起，未必能贏一九。」艾華微笑著說出了自己的看法。

「父親，小小哥哥在斯可達中才排名第四百九十九，而您是前三名的高手。他能有這樣厲害的兒子，而我和姐妹卻不如他，您沒有教我們是主要的原因。」艾斯芳華這麼說。

艾華聽後樂了，他對閨女說：「都賴我，都賴我，我確實有男女有別的概念。不過你武的不如一九，可以試試文的呀。」

「我得跟他打上幾百年，贏了武的，再論文的。」強勢衝天的艾斯芳華認真的說。

「好！好！多久我都贊成！」這位還不知道自己是誰的高級人類，作為父親，他就是這麼對女兒說的。

艾斯芳華一下子紅著臉跑開了。

在這天夜裡，艾斯芳華又來找一九提提了。

「二姑，你又來找我打架？」一九提提退一步問。

「哈哈，你不會是怕了我吧！我來轉告我父親的話，他說：多久，他都贊成！」

「爺爺怎麼會這麼說，我不信！因為我父親教我們說：盡量去避免動武。」

「一九，你很笨，至少在三兄弟中，你是最笨的一個。」

「我可不是最笨的，兄弟中，小溪是最聰明的，我是第二。」

「哈哈，你還說自己不笨？好吧，你是第二聰明的！哪你可以陪我去騎馬散心嗎？」

「當然可以，除了打架不可以！」

他們開始在月光下溜達。

「我們要造一艘雙體大船渡過海去，父親和我們三姐妹都一致覺得，

還有四位親人就在大海的對岸。」

「二姑，這聽起來就令人興奮。」

「父親說，整個造船的時間可能要十年，現在你們來了，又會有紅種人作幫手，這個時間會大大縮短。我真想，我們也能造出一條大船。」

「我和二一弟，還有父親一起造過渡江的筏，但不懂造渡海船，以後會懂，二姑，為什麼你也想要造船？」

「不是我，是我們，看！前面有個大石板，我們下馬，去坐坐。」

他們坐在石板上，還是艾斯芳華先開口說：「一九，你為什麼還沒有女人，是你把女人留在了東方嗎？」

「不！兄弟中還有四個沒有女人，除了來到這裡的三個外，我的一七哥也沒有，他可是文武雙全。」

「為什麼？在地球這個鬼地方，男人找女人就像是，去找一塊有草的土地一樣容易。」

「我也不知道我們為什麼沒有女人，其實在地球上，女人更容易有男人，她們幾乎不需要去尋找。」

「地球上可有美麗族女人呀，難道你也不要她們。」

「我說不好，但是說美麗兩字，或許地球上只有三個，可她們都是我的姑姑。」一九提提的臉上呈現出一絲憂愁。

姑姑和姪兒，這兩個稱呼，在這兩個心靈中，變成了遺憾和屏障。

「一九，你說不好的感覺應該是：感覺和合適！」

一九提提翹了一對濃眉，他想了一下，然後頓開茅塞的笑了，他對艾斯芳華說：「二姑，我覺得你說得很對，我需要一種特別的感覺，才能找到合適的女人！」

「一九，我或許是地球上最大膽霸氣的女人，你也是地球上最厲害的男子漢，在地球上，有什麼事，是我們不敢去做的？」

「二姑，我不知道你有什麼事不敢去做的，可我一定是一個任何事都敢做敢當的人！」

「每個人都有不敢做的事，你一定也有。」

「二姑，你在開玩笑，我父親說我像極了我的親爺爺，是上刀山，還是下火海，就沒有我不敢的事。」

艾斯芳華以一種發自內心的熾熱眼光去看著他，這讓一九提提先是一愣，隨後他也抬高了臉，以一種特有的剛毅目光去對著她。

「你喜歡我嗎？你敢喜歡我嗎？」艾斯芳華發出了兩個提問，她的聲音很輕，但這是女人最有力的提問。

「讓我想想，讓我想想。」一九提提停頓了一下，然後鏗鏘有力的說：「放心吧，我會給你答覆的！」

一個斯可達星球人，一個可依分星球和地球人的後代，說什麼人種都沒有了意義，關鍵是：他們是男子漢和追求幸福的一對人。

也就在同一個夜晚，當人們在交談後各自散去時，小溪依然一言不發的站在艾絢沁娃的身旁。

「你快去找個地方休息吧，告訴你幾次了，別這麼近的靠近我。」艾絢沁娃對小溪說。

「美娃，我們是親人，所以我終想靠近你，真的不行嗎？」小溪細聲說。

「又叫我美娃，你太強了，請牢牢記住，我是你的小姑，我是你的小姑！世上的女人是這麼多，像你母親一樣的女人也有，你可以像你父親一樣去擁有。」艾絢沁娃表情嚴肅的說。

「我不像我的父親，但當我父親失去了我母親時，猶如走屍走肉！他擁有多少，人們都知道，可他深愛我母親，不是我說，誰也不能真正的知道！我只要一個跟我母親一樣的女人，如果有一天我掉進了大海，又讓我活著回來的話，那我還是要同一個女人，到死不變！！」小溪說得非常斬釘截鐵。

「到死不變。」艾絢沁娃在心中重複了這四個字，她由於內心的震撼而用目光去重新打量他，他實在是一個太漂亮太帥氣的姪子。在他兩四目相對的交集中，她發現了他目光中的真誠和一種怕失去的乞望。

「小溪，小姑服了你，你愛怎麼叫都由你，我只是懇求你跟我保持距離，因為我害羞，除了我父親和提提哥哥，我沒有跟任何男性靠得這麼近。」她確實以懇求的口氣和表情說。

「美娃，人生都有第一次，我同樣沒跟任何女性靠近過，除了我母親。」小溪這麼說，他的特有韌性和強勁使艾絢沁娃無可奈何，她只得扭頭跑去。

「到死不變，到死不變」這四個字依然盤繞在艾絢沁娃的腦海裡，她在難以平靜之下，索性騎上馬，向更遠處跑去。

這一行十八人又走了整整一天後來到了一大片森林，艾華說，他們要找的木材要求是：沒有杉木這麼軟，又沒有烏紅木那麼硬的。在這片森林中，這樣的木材可取之不盡。

這十八人一起動手，大半天下來，五輛牛馬車已經裝滿。現在他們決定馬上回到駐地去。

在回程的路上，艾華想聽取大家的建議，一九提提說，他聽父親說，造大船先得造船塢，他說在人手足夠的情況下，立刻開始動手；二一提提說，還要建造一些房屋，因為，估計得到消息的紅種人會越來越多的到達那裡；小溪說，造船是一項不知道工期的事，在駐地上，能進行的事都得

做，比如煉鐵和燒制各種陶製日用品，除了之外，還要造出編織機，以供大家的穿著；從大家遞增的建議下，艾華考慮了一下，隨後，他跟大家討論起具體的人事安排，最後的決定是：由艾華和艾沁蒂瑪總理駐地的全部事宜，由艾斯芳華和一九提提負責運輸材料，建房屋和搭建船塢的工程由二一提提負責，艾絢沁娃和小溪則由艾斯芳華和二一提提來選，他們兩應該歸哪一組。

在一九提提盡力要求下，小溪被要求跟隨運輸材料組，在艾斯芳華的盡力要求下，艾絢沁娃卻拒絕了她二姐的好意要求，她不願意外出跟隨他們，她的理由是：她能造出編織機，她想帶上五姑娘一起，負責解決將來全部人員的穿著問題。

小溪對此在心裡產生了不爽，在他認為，艾絢沁娃是在故意的躲避他。

這一行用了六天的時間回到了駐地，一回來，果然已經有新到的十一位紅種人在那裡等待他們了，他們十一個人是九男兩女。就在駐地休息了一天後，艾斯芳華、一九提提和小溪他們便帶上新到的六個紅種男性又出發去採集材料了。這一去就是十四天。這一次，他們依然滿載而歸。但是，從這些天裡所用去的材料來看，這樣的採集運輸可遠遠不夠供應目前工程下的所需。

「爺爺，由於我們運來的材料還遠遠不夠，我們明天就出發，繼續去採運一批。」一九提提對艾華說。

「爺爺，我父親曾說，要造出一輛有六個輪子的平板車，由於各種原因，他沒去造，我想把其他的項目暫緩下來，先造出這樣的車出來，如果有同樣五輛的話，一次可以拉回五次的貨！」小溪對艾華說。

「父親，小溪在路途上就提過，所以我們回程中沒走山路，從北向東在山下走，所有的路都能容下平板車的寬長，我們都認為小溪的建議是可行的。」艾斯芳華接著小溪的話後說。

「好，我應該採納小溪的建議，希望你們下次回來就能見到你們所需的六輪平板車。最近，紅種人又來了七個，你們可以再多帶兩個人手一起出發。」艾華笑咪咪的說。

在這各就各位的工作中，一切還算幹得順利，只是艾絢沁娃的這個方面，做得是毫無進展。

艾絢沁娃要造編織機，這種玩意兒她見過，這是在她年幼時在住處見到的一架放著不用的木制工具，它是她母親造的，據說在她二姐出世後就沒有再用過，原因是，可沁早為家人做了大批的衣著備用，而且到了南部海邊後，那裡的氣候很炎熱，備用的衣著都還用不上。

憑藉著記憶去做，肯定不行，靠自己的構思，她也試了兩次，結果

讓艾華做出成品後證明，完全不對路。去問大姐，大姐說：她小時候是跟過母親使用過，但記不起來一些細節，編織機在她出生時就有，她不懂它，唯一懂的是大大提提，而他已經不在了人世間。

艾絢沁娃雖然還在冥想苦想的構思，但平日裡，她也只得帶著五姑娘一起，正在編製原始的遮衣，在衣著上，也只能退回到一種尷尬的原始狀態。

小溪又回來了，跟上一次一樣，他第一去看望的就是艾絢沁娃，上一次，她竟然沒去理他，對此他也只得無奈的離開，這一次在回來的路上他就在祈求有一個奇蹟的出現。

這一次，艾絢沁娃依然頭也沒抬的向小溪哼了一聲，這樣的打招呼，他也不介意，通過對這個組的細心觀察，小溪禁不住內心歡喜起來，他在離開此地時，口氣含著得意的對艾絢沁娃說道：「爺爺和父親老是說，天意！我看天意真是不可違，你想要的，看來偏偏只有我懂。我不是纏住美麗小鳥的樹膠，我是小溪，是美麗的魚兒愜意游弋的地方，等我下次回來來幫助你完成心願。」

小溪走了，望著他的背影，艾絢沁娃狠狠的說：你就是樹膠，不但是，你還是一隻什麼都幫不我的小鳥，只會嘰嘰的叫。

已經造好了兩輛六輪平板車了，小溪跟著採運組又外出了，這一去又是十六天。

艾絢沁娃還在繼續努力，她把構思畫出了圖案，並又讓艾華幫她做了一架「編織機」。

「看來還真像你母親和大大提提所做的那個樣，但我記得，這是兩架的組合，中間連著一塊踩板。」艾華說。

「父親，您為什麼不早說呀！那請求你就做兩架吧！」艾絢沁娃興高采烈的說。

四天後，艾華根據艾絢沁娃畫的圖案，把兩架編織機做好了。艾絢沁娃見到成品後，立即有一種揚眉吐氣的感覺，她立刻開始了實驗。工場中，先是一片的手忙腳亂，這兒卡住了，那裡折斷了，這兒不像是編織機的工作場面，倒像是破壞性的粉碎機場面。

「氣死我了，氣死我了。」艾絢沁娃撓著腦袋，無可奈何的說。

她又去找來了父親和大姐，宣稱，如果他們回憶不出這工具的關鍵點，就別離開工場。

「哈哈，父親！小妹急了，她開始不講道理。」這把艾沁蒂瑪逗得哭笑不得。

「艾絢沁娃，小溪臨走前告訴我，他一定能做出好的編織機，這孩子話不多，可他的智慧十分了不起，或許，他真的見到過製造這種工具的

美麗的地獄

全過程，等他回來吧。」艾華說。

「父親，您真的信他？但我覺得他除了漂亮和帥氣之外，其他的創造性的事，一點也做不了！」艾絢沁娃說。

「我認為他會行的！」艾華說。

「父親，您喜歡他才認定他！」艾絢沁娃這麼說。

「小妹，你難道不喜歡小溪嗎？」艾沁蒂瑪故意逗她說。

「我們不要提他行嗎？父親，您是斯可達星球的主政，您在孩子時就能模擬造出『套套房』；您能造出辨別最黑暗的特殊鏡片；您能讓斯可達星球的四億人類有一副火眼金睛；您能將三十七座城市變成一架宇宙飛行機；……這編織機算什麼？」看來艾絢沁娃可真的急了。

「好吧，我的寶貝，讓我騰出時間來，三天後，我來跟你一起工作，一定造出編織機。」艾華終於答應出手來幫他的寶貝女兒。

艾絢沁娃美麗的笑了，她需要的就是父親的承諾。

也就在這一天，艾斯芳華他們又回來了。

小溪沒有幫著卸貨，也沒有馬上去看望艾絢沁娃，他直接來到了二一提提所在的船塢工場。

「二一哥，你放下手中的所有活，非得幫我一個大忙。」一見二一提提，小溪馬上對他這麼說。

「知道你小子來找我，準是讓我幹活，說吧，怎麼幫你？」二一提提問。

小溪並沒有去回答二一提提，他撿起了一塊石頭，在地上畫了起來，一個時辰後，圖案出來了。

「噢，我明白了，這是編織機，在東方南部時，父親和你的母親，還有大姐讓我和一九哥一起做的那種，上面還有尺寸，看來你的記憶力已經快超過父親了。」二一提提誇獎的說道。

「二一哥，你的記憶也很棒，現在你在這兒準備材料，我去把一九哥叫來，我們三兄弟一起幹。」小溪說完便走了。

這三兄弟整整連續做了半個白天和一個夜晚，一套編織機從小溪的大腦中被複製成了成品工具。

在第二的早上，這三兄弟還把這三件套的編織工具送到了艾絢沁娃的工場。

這時，艾絢沁娃還沒有到達工場，於是，小溪讓兩位哥哥先去幹自己的事，而他一個人騎上馬，去找他心中的她。小溪果然在高坡上找到了正在沉思的艾絢沁娃。

「你怎麼又找上了我，有事嗎？」艾絢沁娃問。

「美娃，我想告訴你，你想的編織機我們三兄弟已經做好了，現在

已經放在你負責的工場中，如果你不喜歡，我就開始叫你小姑，請你跟著我去看看吧。」小溪的口氣很真誠。

艾絢沁娃半信半疑的看著他那張真誠的臉，然後猶豫的上了馬去跟在他後面。

小溪一言不發的先將編織機拼攏安裝好，隨後，他開始操作起來。

他在操作的一個時辰中，這使艾絢沁娃的表情和心理都產生了巨大的變化，看來父親說的沒錯，他言語很少，但真的是很在行的！他有一身的好武藝，還有比女人還細的活兒；他無疑有著超強的記憶力，還有一種堅韌不拔的性格；到死不變⋯⋯。

艾絢沁娃沒往下想，她在看著他的認真操作後不禁脫口說道：「你來教我，還有五個大姑娘操作吧！」

「六輪平板車全造好了，我們下午就要出發了，憑你的聰明，摸索幾天就行了。」小溪帶著歉意的口氣說，然後他走出了工場。

望著小溪的背景，艾絢沁娃不由得產生了失落感，她的心中泛起了漣漪一的波動，這波動是如此的陌生，如此的強烈，她用了一個時辰的時間才使自己平復下來。

艾絢沁娃坐上了編織機，她專心的試了起來，在大半天的練習後，她依然覺得很生疏，也出現了多次的差錯。

夜深了，艾沁蒂瑪見工場的火光還亮著，於是她走了進來。

「小妹，明天再幹吧。」她勸說道。

「大姐，這看似容易的事情，其實練習成熟工還挺難，你如果沒事就陪著我一起練習練習。」艾絢沁娃說。

「我有事，我在等待父親跟二妹談完話，父親說他會來找我的。」艾沁蒂瑪說。

「二姐他們不是下午就去運木材了嗎？」艾絢沁娃急著問。

「不知道為什麼，父親沒讓他們走，他讓十七個紅種人去完成這次任務，他還說，如果順利，那以後就讓他們三個人不外出了。」

「『樹膠』他沒走，看我在想什麼呀，小溪被留下了？父親可太偉大了。」艾絢沁娃心裡興奮的想道。

到了後半夜，艾華也來到了工場，他進門便說道：「太好了，正好你們都在，剛才我跟艾斯芳華談了話，現在我是來找艾絢沁娃談話的，艾沁蒂瑪你別走，留下來聽聽也好！」

「父親，有什麼事就說吧，我可第一次見到您有這樣認真的表情。」艾沁蒂瑪笑嘻嘻的說。

「我當然要以十二分認真的態度來跟你的小妹談話。艾絢沁娃，你向來是一個情緒穩定又溫柔乖巧的女孩，前一陣子，你的情緒波動讓我很

焦急，以我的觀察，你的情緒根源不是什麼編織機，而是跟你的二姐一樣，是出在情感上，你說，我的觀察對嗎？」艾華說。

艾絢沁娃沒有回答，她紅著臉，低下了頭。

「什麼呀？父親！我兩個妹妹在情感上都出了問題？跟誰呀？」不知情的艾沁蒂瑪忙著問。

「艾斯芳華是跟一九，以前我暗示過艾斯芳華，今天我直接向她表示，我同意他們的美好關係。在一期文明後，人類的個體文明開始自由又蓬勃的發展，到了斯可達星球進入四期文明後，個體文明可以替代規定和法律的存在。任何情感的存在都有其必要的意義，輩分之類的東西，根本不在考慮的範圍，它不能成為阻礙愛情的理由。艾絢沁娃，我看小溪這孩子愛慕你，只要你願意，我現在明確的給你三個字：去愛吧。」艾華這些話，有點出乎這兩姐妹的意外，但從表情上可以看得出，她們為有這樣的父親而自豪！

原本不敢越雷池半步的艾絢沁娃，已經變成了沒有顧忌的自由天使，美麗絕倫的她跟絕頂帥氣的他，這一對地球中的絕配將會有個幸福的人生未來，這讓艾絢沁娃一想到那些遠景，她就會心花怒放！

艾斯芳華和一九提提已經沐浴在愛的海洋。

小溪已經在工場裡開始教授艾絢沁娃她們操作編織機，在工作之餘，他們也經常結伴去各處散步談心。

「小溪，你已經給我講述了七段有關你父母的愛情故事了，我想問你，你有親自看到他們的親熱嗎？」一次，艾絢沁娃問。

小溪卻沒有去回答她，他直接把她緊揉在胸前，他的嘴唇緊貼她的嘴唇，他們彼此又以自己溫柔的舌尖去柔舔著對方。她撫摸著他的頭髮，他貪婪的嗅著她的長髮……。

半年後，艾斯芳華懷孕了，過了不久，艾絢沁娃也懷孕了，在來年的春天，她們都產下了一名女嬰。

女兒也有了自己的自己的女兒，艾華高興得像是掉進了生活的蜜糖罐，這時，船塢已經全部搭起，雙體的渡海大船也有了底部，在這個階段，住在這個區域的人口，已經達到了九十三個。

艾華作出了一個決定，在喜事連連下，他要讓全部的人放個長假，他要帶他們一起去大大提提的墓地祭拜，去告慰他的在天之靈。

去的路上，他們個個笑逐顏開，一路談笑風聲，這二十六天的路程，用了三十三天才到達。

在祭典後的晚上，天空中是無比的星光燦爛。

「孩子們，快上來看，別讓樹木擋住眼光！」站在高處的艾華忽然向下面喊道。大家聞聲後都紛紛走向了高坡。

「哇！父親，怎麼星星都往下掉？」艾沁蒂瑪不明白的問。

「這叫流星雨，多好看又壯觀！」艾華答道。

這陣流星雨下降後，天空中又出現了一道奇觀：這無邊無際的天空上出現了一道鮮艷的長帶，它又漸漸變幻出一幅人類沒有見過的夜景紅霞。

「孩子們，我知道自己是誰了，我叫瑪拉蒂瑪！我是上帝唯一的孩子！」艾華說，他的宏亮聲音能蓋過地球中的一切聲響。

所有的人都目瞪口呆的望著他，只見到他還是這麼的年輕，又是如此的高大！

●

第五章：相逢在地球兩岸

一

艾娃醒了，她急忙從床上跳下來，她所想做的第一件事是：去摸索自己的記憶！

在斯可達星球所發生的一切和那五百年中所發生的大宇宙被毀滅，這些她能清晰的記起來，而且感覺中是記憶猶新，除此之外，她比艾華幸運的是：在她的記憶中還跳出來了一系列的天堂碎片，「我叫波絲裡米，艾華在天堂中叫瑪拉蒂瑪，我們彼此是對方的唯一，而艾華就是上帝多麗多茜麗唯一的親生孩子。」艾娃對這些碎片，在她的大腦反覆作了確定。

「一切中的一切沒有絲毫自然上的演繹變遷，只是早有的設定，它究竟是為了什麼？是開啟新宇宙的異類篇章，還是新宇宙嶄新法則的執行？我和艾華為什麼會出現在斯可達星球？是誰策劃了這一切？是上帝？是七位護衛者？或許也包括了我跟艾華的參與。」艾娃想到了這些問題，可很顯然在目前她無法予以答案，她知道，凡大宇宙中的人類，他們的思維要點都有偏限性，而鎖住暢思和記憶的這把鎖，它在沒必要的大部分情況下是不會被開啟的。

現在什麼都不重要了，唯一重要的是得掌握一些必要的資訊，首先應該知道這可依分一號上的動態信息。

「二號飛行機請注意，迴旋於七千七百七十九至七千七百七十八之間，設定者五分之一，加載波波提提的器官特證，『眨眼星』相同攻擊指

美麗的地獄

令，捲動扭曲時間第十四號，我是艾娃，正在等待二號主機的資訊。」艾娃一口氣呼喚著二號飛行的第 7777 號密碼。

二號飛行機的住艙裡有了耀眼的照明，四壁的艙牆上本有八十一個螢幕，如今只亮出了兩個，一個在顯示艾娃所需的時間數據（137 億 2 千 / 白 67 年，又……秒），另一個為她傳來了在一號飛行機上那四個親人的照片，接著，那幅照片變成了四個人在一片山區中行走的短視頻，又接著，二號飛行機傳來了一句話：他們正在南行的路上。

「不對！二號飛行機叛變了！這種傳遞資訊的方式實在是太古老太老古了，而飛行機的一句話中沒有數字，這可是天堂中的習慣。」艾娃的大腦在極速反應，由此她作出了一系列的獨特判斷：一號飛行機也在我們相同的星球上，這太古老的傳送方式，其中包含著三個重點的暗示，按宇宙的慣例前推斯可達星球的一萬年，或許我們到達的星球正處於原始社會階段，另外，從整體資訊看，一號和二號飛行機已經在接受逆向指令和異相指令，而指令方一定是出自於：天堂！」

艾娃俏俏思考了一下，然後說道：「打開聯動信號，要求兩架飛行機開始作好定時飛行準備，這是一號指令，我和艾華的細胞源特證，順序檢定，好！執行吧！」

艾娃果斷的在第七千七百七十七號密碼後，作出了一號特設密碼下的一號指令，按設置，飛行機應該在兩秒中作出回應。

五秒後，飛行機的回應來了。

「抱歉，飛行機早在宇宙太空戰後即被接管，奉新的指令，這裡很快將全面停止工作，並關閉總艙們！保重艾娃！」

真沒料到，這種飛行機曾為斯可達星球立下了豐功偉業，但如今它卻變得如此的討厭，「很快」是多少時間？是斯可達星球的三十時光？是可依分星球的五天一時？這是在哪？我得去看看！

艾娃衝出了艙門，又衝過了走廊，她已經衝出了整架飛行機。陽光直射在她那無比美麗的臉上，太陽的光芒和她眸孔放出的光合在了一起，一股股甜潤的空氣進入了她的嗅覺，一小片樹林印在了她的視線裡。

「太陽系下的星球。」艾娃像吟詩一般說了這一句。

她閉上眼睛，把大宇宙中太陽系的一百零八種時間計演算法放入了大腦裡，這兒的時間計算實在是太容易，它跟生活中步行一樣的容易。

「很快」，預示著，他們還有兩天又一個小時。

艾娃折返回飛行機中，她迅速來到父母的住艙，這兒的艙門大開著，不知道他們去了哪裡，艾娃再去了斯斯通通的住艙，這兒的門是緊閉著，她透過光學金屬窗向裡面望去，只見裡面的斯斯通通正在哭泣。艾娃舉起手，艙門打開了，她忙邁快步，上去跟斯斯通通緊緊的抱在了一起。

「姑姑，我醒後就打不開艙門了，我還以為自己會死在這裡。」斯斯通通透著悲傷的口氣，她跟艾娃擁抱後，又激動的哭泣了。

「斯斯通通，我們來到了一個太陽系中的星球，可能還是一個原始的人類星球，現在飛行機已經停止了工作，而且兩天後便將關閉，來，看看，有什麼可以帶出去的。」艾娃告訴斯斯通通說。

「姑姑，這兒能移動的只是一支射針槍和一盒金屬針，我記得它們都在您的住艙裡。」斯斯通通說完便跟著艾娃一起來到了她的住艙。

射針槍已經完全不工作了，看來能帶走的只是一盒金屬針，這一盒共有一百根金屬針。

「斯斯通通，我們去外面等待你的祖父祖母，這兒不能待了，我們得預防飛行機再要什麼詭計，現在不能讓更糟糕的事情發生。」艾娃說完，她拉著斯斯通通的手，兩人一起走出了可依分的二號飛行機。

走出飛行機不遠就是一片樹林，而這片樹林有一個讓艾娃和斯斯通通覺得很意外的特徵，那兒幾乎只有兩種樹木，一種是植紅杉樹，它佔了整個樹林的絕大部分，剩下的就是一些非常古老的老藤樹，這樹的樹身上繞著一道又一道的藤枝。

艾娃注視著這個環境，然後想了一下對斯斯通通說：「我醒來後，飛行機給我傳來了一幅照片和一個短視頻，說是一號飛行機的四個親人已經在南行的路上，他們的背景也是一片植紅杉樹，現在我的感覺是，這裡是太陽系星球的空氣，它的感速和對人類的舒適度跟光流下的斯可達星球基本上一致，我們眼前的樹林只有兩種樹木，這看上去很虛擬，似乎帶上暗示我們的成份。」

「姑姑，在斯可達星球，長著最多的植紅杉樹是星球的東北地區，這會不會是蒼天給我們的暗示：艾華父親他們的飛行機正是停在那一個方向。」斯斯通通這麼說。

「我也想到了，但不能確定，等你爺爺回來了，聽聽這位斯可達第一天文學家是怎麼說的。」艾娃說。

斯斯通通稱為爺爺的這一位，他叫艾斯琴斯，他是艾華的生父；被她稱為奶奶的叫艾絢艷，她是艾娃的生母，在斯可達星球上，單性繁殖在距離宇宙大爆炸前已經有了一億多的歷史，而在這段歷史中，如果要求實行兩性繁衍的話，那還得去向星球的社會工程部提出申請。在斯可達星球的最後四千萬年中，可沒有一例此方面的申請。

如果按當今地球人類的說法，艾斯琴斯跟艾絢艷只算一對情侶，因為，在斯可達星球中已經早沒有夫婦的名份存在。

按斯可達星球的慣例，在一方懷孕後，他（她）可以自行選擇讓誰來擔當孩子的父親或母親，如果沒有，那麼，星球的社會工程部就會為懷

孕方指定一位。當艾斯琴斯懷上艾華後，艾絢艷就是社會工程部為出世前的艾華指定的母親人選，而當艾絢艷懷上艾娃時，選擇艾斯琴斯來擔任艾娃父親的，那就是艾絢艷本人。

我會在本部小說的第二部分，把情節的過程告訴讀者。

艾斯琴斯和艾絢艷回來了，在親人之間歷經了只在咫尺而分別了137多億年後，他們自然在重逢時顯得無比的激動。

在親人們之間的長時間擁抱後，艾斯琴斯對艾娃說：「我們走出了這片樹林，在一條河的對岸，我們見到了原始土著人，他們是長得很黑很黑的人類，他們身體的大部分還是赤露的。我們這一去一回共用了五天的時間。」

「爺爺，您已經計算出這個星球的每天時間了。」斯斯通通問。

「這兒有個太陽，夜晚有個白色的光球，加上氣流和風向，別說是你爺爺，就是我也能分別出每一天。如果是他，我相信他分別出每天的時間，正確到分秒鐘。」艾絢艷替艾斯琴回答說。

「父親，在這個星球上去訂下天數和時間段確實很容易，如果讓您的天文知識來認定：這個星球跟斯可達星球的相同之處，會有結論嗎？還有，您認為這片樹林的存在合理嗎？」艾娃向艾斯琴斯提出了兩個問題。

「先說我對這片樹林的見解，我們正處在這個星球的西南部大陸，判斷有兩個要點：一，這個地方有過於炎熱的氣候和當空上的行星變化；二，氣流中的潮濕度，而就地理而言，能長出稀疏的植紅杉樹並不奇怪，奇怪的是，在這方圓六七十公里中基本上都是植紅杉樹，這好比斯可達星球在文明的三期時，突然發現了近太空的『眨眼星』一樣，這太虛擬了。在這幾天中，我在分別對氣流和光流，那個白色光球和斯可達螢幕上的月亮，作了比較，從時空和距離上作了分析，我強烈的認為，這個太陽系星球跟斯可達星球有百分之九十以上的相似度，現在我們還沒見過大海，如果有洋流的變化和大海當空星座的演變作佐證的話，相信，一個正確的判斷就能得到。」這是艾斯琴斯的回答。

「父親，我想告訴您，飛行機給我傳來了一幅艾華他們的照片和一點短視頻，其中的背景就是一片山間中的植紅杉樹，飛行機還加了一句話：他們正在南行的路上，對此，您怎麼看？」艾娃又認真謙虛的問道。

「太好了！我們一定在同一個星球！艾華他們一定也得到了暗示，他們已經有了方向。一個處在西南部的大陸，一個處在東北方向正在南行，他們已經開始在尋找我們。對了，這個樹林正好是東北和西南一個弓形的區域，這會不會又是一個暗示！斯可達近五期文明的天文學加上波波提提的玄學，這可以基本確定我們和艾華他們所處的星球上的地理位置，雖然現在已經沒有可能從整個科學角度在短時間內去認準，但我有一個堅

定的信念，我要找到我的親生兒子艾華，不然，餘下的生命已經失去了意義！」艾斯琴斯一說到艾華，他的情緒就激昂起來。

「父母親、斯斯通通，在斯可達的星球上，所有人都盛贊我跟艾華的神跡，就我而言，我雖然不斷在冥思苦想，但記憶的關閉使自己無可奈何。現在我的記憶中出現了無際無界的天堂和難以人類審美可描繪的上帝花園，一些碎片清晰的讓我記起，我叫波絲裡米，艾華叫瑪拉蒂瑪，我是他唯一的女人，上帝就是艾華的母親！我要尋找親人，這跟父親一樣有著信念和緊迫性。」艾娃這樣坦露心扉的話，讓三個親人震驚了，這是一個莫大的驚喜，儘管他們都在隱約中認她為神仙，但這麼一個超大神仙讓他們還是以重新認識她的眼光去打量她。

「還有我！」艾絢艷在看了自己親生女兒後回到了主題，「艾娃是我親生的，艾華雖然不是，但在斯可達星球上每個人都知道，艾華從出生後就跟我形影不離，是我跟他一起造了『套套房』；是我跟他一起做出了特殊鏡片；是我跟他一起使全斯可達人有了一雙火眼金睛；還是我跟艾華一起在『靈魂工廠』待了這麼多年；還有大大提提和小小提提這兩個孩子，自他們的生父不在後，他們跟斯斯通通一樣在我的眼皮子底下長大。艾娃，你就別在這兒多講了，現在我讓你趕緊回飛行機上去，十分鐘後，我就要見到那四位親人。」看起來，艾絢艷的情緒比前兩位更激動。

「奶奶，飛行機已經不聽姑姑的指令，它很快就會關閉艙門。」斯斯通通把這個不幸的消息告訴了艾絢艷。

艾絢艷和艾斯琴斯聽後大驚失色，他們為此有一陣說不出話來。

「不！我去看看，波波提提告訴過我，如果發生特大的意外，可以找那個靈罐談談。」艾斯琴斯說完就走，艾絢艷也不信這個事實，她緊跟在他的身後。

在他們進入飛行機後，仍在飛行機外的斯斯通通對艾娃說：「姑姑，我想找他們的心願也非常的強烈，我在斯可達星球的最後日子裡已經不再憂慮和徘徊在他們兩兄弟中，我愛的是大大提提，我要大大提提，希望他在我的一生中是唯一。現在我擔心了，萬一艾華父親和可沁母親在這個星球中生了女兒怎麼辦？那大大提提一定會成為他們女兒的男人。所以我想找到他，快點找到他，不然，我會接受不了這個殘酷的事實。」

「應該不會，斯可達的兩性源是暢通的，但兩性生育源是緊緊關閉的，除非天堂有意，不然，什麼科學都掌握在斯可達人的手裡，怕宇宙任何星球人類都開啓不了。」艾娃說。

「姑姑，我本不該這麼想，可飛行機都在這麼久前就背叛了斯可達，天堂要使他們有孩子，這一定是更為容易。」斯斯通通依然憂心忡忡的說。

「你的話有道理，如果真是那樣，天意之下也只得面對，人類的情

感是大宇宙中最複雜的東西，面對最複雜的情況下依然還堅持優美和持久的話，那麼只有四個字：寬容大方。」

「謝謝姑姑，我懂了。」斯斯通通豁然開通的笑了。

艾斯琴斯的努力已告失敗，在他和艾絢艷剛走出飛行機時，機內的照明也關閉了，看來，這個討厭的飛行機已經連信譽也不在乎了。

「父母親，我們不要再進入了，走吧！無論將來的路有多麼的艱難，我們一定能跟親人相逢在這個星球上。」艾娃堅定不移的說。

「好！我們出發，只要見到大海，我一定能分析出，我們該和親人們在什麼地理位置上相逢一起。」艾斯琴斯也滿懷信心的說。

這一行人正式出發了，但當他們剛進入樹林時，艾娃就把他們叫停了下來。

「姑姑，為什麼要停下。」斯斯通通問。

艾娃笑著沒有回答，她先在艾斯琴斯的衣袖扯了幾下，又在艾絢艷的衣袖捏了一下，當他們的衣服都出現了破洞後，另三個人便笑著明白了艾娃叫停的原因。

艾絢艷和斯斯通通面面相覷，這是她們沒有想到的問題，也是一個非得解決的問題，而對此，她們知道在大腦中根本沒有解決的方法，沒有關係，艾娃已經想定了該怎麼辦。

在繞著老藤樹的藤枝下，有很多很多纏著的藤絲，艾娃使用裝金屬針的盒子來作割具，亂成一團的藤絲讓水濕了後再壓平，可以作為「布條」，而關鍵是要把一些藤絲捻成一條細細的線，在「布條」上用金屬針帶著線穿過去也很容易，但是在每一寸的距離上都要打個結。

從講法上很容易，可製成每人兩套的原始衣著，卻整整化了她們三人五個白天的時間。

有了衣著，他們的尋親途中才不致於出現窘迫，這一次，他們才可以放心的真正出發了。他們徒步了兩天多才走出了樹林區，接著是一條由西向東流淌的長河和一片地面不平的平原。

這長河的河面並不很寬，河水暫時還比較淺，走近河面可以清澈見底。再向遠看，這河面蜿蜒曲折，它也像一條蛇形的翡翠帶，這個形象和色質在兩岸金色的陽光襯托下，很像是一條傳說中的三色腰帶。

來到這裡時，艾斯琴斯說他實在是悶熱難受，他的意思，大家都很能明白，他就是想下河去暢游一番。他脫下高級文明時所穿的衣服，那衣服一塊塊的落下像是爛透了的葉片，他蹲下身子，穿上了原始「掛件」，接著撲通一聲扎進了河裡。

見到此景，每一位女性趕緊去躲在大樹後，脫下古董換了新裝。

艾斯琴斯若入無人之境，他已經來回游了三趟，這時對岸走過了五

個原始土著人，他們見到了水中的艾斯琴斯後便停下來觀看他，相比他，這一男四女的原始土著人可更是若入無人之境，因為他們的身體上幾乎是一絲不掛。

艾絢艷警惕的把艾斯琴斯叫上了岸，他們四個高級文明人要走了，而對岸的五個原始土著人則在原地轉身，他們在目送著他們。

他們沿著河流向東走，到了夜深後，這三位女性也跳進了河體驗了一把。是該洗了，137多億年洗了頭一回，這有多麼的必要和舒服爽快！溫暖的水流，真是心曠神怡的享受，享受完了，順便又游到了河流的北岸。

沿著河流繼續走，到了第二天的凌晨，他們才跟長河分道揚鑣。河流向南流去，他們則向東方向前進。

跟翡翠長河岔開走了大半天，他們走進了另一個綠草肥沃的平原，這裡有物種眾多的動物，而最吸引他們的是，遠處正在嚼草的三匹野馬。這三匹剽悍的野馬都呈黑色的，那黑如墨汁的皮膚在陽光之下正閃著光。

斯斯通通見後來勁了，她對大家說，她要逮住牠們，要馴化牠們後，讓尋親之路大大的縮短。這個主意不錯，於是，她躡手躡腳的去企圖靠近牠們，可牠們的靈敏度極高，一旦有什麼風吹草動，牠們便會豎起雙耳，如感不安便撒腿就跑。

第一次，她離牠們只有二十米的距離，可牠們一撒腿就跑了，第二次，只見兩頭豹子向牠們攻擊，可牠們還是掙脫後跑得無影無蹤，牠們的暴發力驚人，耐力更是令人讚嘆。

「斯斯通通不可能得手！我們確實需要這種動物作為尋親途中的夥伴！」在細細的觀察後，艾娃得出了這兩個結論。

在夜晚，艾娃在平原中試著奔跑和彈跳，她雖然還保持著斯可達人那不同凡響的體力和能力，但她依然侷限於這個星球的磁場引力，她做不到任何的超凡舉動，看來還是得依靠大腦，大腦才是人類真正的優勢。

眼下，這片平原是嬌陽似火，整個區域簡直是一個超級大火爐。這幾天，原來在此食草的動物已經悄然不見了，就是前面的水塘中也不常見來飲水的動物。

在如此的酷暑之下，他們還是決定先留下來，這目的很清楚，他們就是要逮到那種天然的交通工具。幾天下來，他們已經做好了四套韁繩，也做好了一根長長的繩索，繩索的前端也做好了繩套。看來準備工作已經基本就緒，接下來只要耐心等待野馬的出現。

兩天後的一個黎明，天空中積聚著厚厚的雲層，那兒連一絲光也透不出來，大地上飄著濃濃的霧氣，好像也不讓一絲風透過，在悶熱得令人窒息的靜寂中，從一棵大槐樹下傳來了一陣陣野馬啃草的聲音。

這四位斯可達人，他們憑著自己超凡的視力，在遠處見到了大槐樹

下有三匹野馬正在吃草。艾娃接過了她母親遞給她的繩子和繩索，她向他們做了幾個手勢，然後，她半蹲下身，像一個貓科動物一樣向目標靠近。還有一百米；還有五十米了；艾娃一眼掃去，在三匹馬中，她已經選定了一匹。

還有二十米，正在此時，天空中突然閃起令人恐懼的白光，幾乎同時，一個超響的悶雷在厚雲中炸裂，天空和大地之間劃出了一道巨光閃電。受驚的野馬嘶叫著揚起了前蹄，也就在牠們落蹄開始奔跑時，艾娃一躍身子，同時把繩套甩向了她的目標。繩索已經套住了那個目標的脖子，由於艾娃還在半空中，所以她使不出最大的勁，而那匹野馬卻強勁的開始奔跑。野馬在雙重受驚下狂奔不止，而艾娃還緊拽著繩子，身體被奔跑跳動的馬拖著上下顛簸。

「艾娃鬆手，鬆手啊！」艾斯琴斯大聲喊叫著。

「姑姑鬆手，太危險了！」斯斯通通也跟著喊叫。

艾絢艷從隱蔽的草地上躍起，她一咬牙，跑在了第一的位置上。

電閃雷鳴下，狂風暴雨是鋪天蓋地。視線中，那匹奔騰的野馬已經不見了，當然也見不到了奮不顧身的艾娃。

二

豆大的雨點砸下來，直讓人難以睜開眼睛。那三位斯可達人依然在大雨中奔跑，都兩個時辰過去了，他們的體力快要在這樣的速度下消耗殆盡，但是他們依然在跑，或許斯可達人的毅力中還儲存著更大的能量。

約在三個時辰後，他們在一條河灘上發現了仰面泡在水中的艾娃。

他們用力將艾娃拖到了岸上，這時，岸上高坡的雨水還向著這裡湧來，再看看艾娃，她緊閉著雙眼，一動也不動。

「她還有生命的特徵，但是在這個星球該怎麼去救她。」艾斯琴斯心急如焚的說。

「我的艾娃啊！你說你來自天堂，這可不能折在這個原始社會的大地上。」艾絢艷痛苦的喊著，無意中，把自己的身體撲在艾娃的身上。

「姑姑，我們還剛開始尋親的路，艱難的道路上怎麼能缺少您啊！」斯斯通通哭著揍上來，她的身體也撲向了她。

艾娃重重的咳了幾下，很多泥水從她的嘴裡噴了出來，她輕輕的對她們說：「你們兩的身體加在一起太重了，能讓我透一口氣嗎？」她的臉上出現了笑容。

這一下，艾絢艷和斯斯通通都破涕而歡，她們趕緊挪開壓住艾娃的身體，這樣的壓力，無意中使艾娃迅速恢復了過來。艾娃在沒有了她們的

壓力下，自己站了起來，她見自己的身上全是泥巴，於是，她獨自走進河裡去洗涮。

「你們看，那匹野馬還在。」艾斯琴斯驚訝的對她們說。是的，那匹黑色野馬正在前面的小樹旁站著，牠那烏黑的眼珠在打轉，牠正瞧著他們四位，可脖子上還留著那個繩套。

「牠是我的坐騎，你們同樣也會有馬騎的。」艾娃邊在河水中洗邊說著信心滿滿的話。

艾娃洗完後上了岸，大雨在人們不知不覺中也停了下來。艾絢艷和斯斯通通用手幫著艾娃抹去身上的水珠，而這時的艾娃，已緊緊的盯住了那匹一動不動的野馬。艾娃示意他們全站在一邊，她則向後退了幾步，並深深的呼吸了一下，接著她在助跑後，向那匹野馬奔走。

野馬瞪眼望著艾娃朝牠奔來，牠在呆了一陣後反應過來，隨後，牠向著高坡奔去。艾娃在緊追一陣後突然躍起來，她在半空中跨了幾步，緊接著，她的身體前傾，雙臂在兩旁揮舞。她在飛翔，猶如一只天鵝在飛向水塘。

艾娃終於騎上了馬背，可這匹野馬有著頂級的強勁，牠不斷顛著身體，看來就是不願意人類的馭駕。無論牠怎麼前蹦後跳的折騰，可艾娃依然緊拽繩套不放，這樣的情景持續了好一陣子，忽然，野馬停止了蹦跳，牠快速跑了一陣，然後，牠停下又轉身，牠開始邁著很有節奏的慢步，向其他三位的方向跑了過來。

在第二天的上午，使這四個人意想不到的是，被栓在槐下的這匹野馬正跟另兩匹馬在一起吃草。

逮住另兩匹馬沒有費很大的勁，但試著去騎順牠們，這四位卻費了六天的時間。有了這三匹馬，他們就重新踏上了尋親的征途，現在是：艾娃和斯斯通通各騎一匹馬，而艾斯琴斯跟艾絢艷是同騎一匹馬。

在這個大平原，他們走了只有三天，三天後，他們進入到了一個山脈中。一路翻山越嶺，為了認準往東的方向，他們還不斷兜兜轉轉。在山脈中，時有豺狼虎豹獅的出沒，一到了夜裡，那些猛獸的吼聲也不斷在山脈中迴盪。在智慧過人的艾娃帶領下，加上他們的幸運，在這艱難的山道上，他們居然沒有一次直接遭遇過這些猛獸，不過，他們在這片山脈中，竟然用了一百零二天才走了出來。

過了山脈，前面是一條河流湍急的大河，這一行四人在河流旁停留了半天，在經過觀察後，他們沒有去渡河。這是一條又大又平靜的大河，河中有很多很多鱷魚潛伏著，牠們經常浮出水面，用牠們陰暗的綠眼睛在向獵物。

他們沒從這裡過河，沿著河流向南走，經過一天的行程後，他們到

達了這條河的淺水區域。這裡的原始土著人很多，他們趟河如若平地，於是這四人也順勢走過了這條大河。

　　在開始的十幾天，他們騎馬走得不快，沿途見到的原始土著人是越來越多，然而在之後的三十天裡，他們所見的原始土著人卻日益減少，到了他們已經完全見不到人類時，空氣中已經有一股強烈的鹽份氣味，這時，他們知道，這兒距離大海已經不離了。

　　果然，在兩個時辰的快速跑動後，他們來到了有幾百米高的岩石斷崖上。湛藍的大海一望無際，洶湧澎湃的波濤在撞擊岩石斷崖後發出了一陣一陣的巨響，向下去看，一點不見沙灘的影子，向南看，盡是同樣的岩石斷崖，最後向北看，在長長的岩石斷崖的盡頭似乎有一小片樹林。這兒除了在天空中飛翔的海鷗外，其它的生物和植物幾乎都消聲匿跡一般。

　　「糟糕！」艾斯琴斯對艾娃說：「這個星球跟斯可達星球一樣，它是以海洋為主的星球，看這兒的洋流的變幻，再看看斷崖上的紋路，這無疑是在證明，我們正處在這個星球的最西南端，而艾華他們是處於東方的植紅杉樹地域，這樣的距離，一定有一到三個大海的阻隔，看來我跟你母親幾乎沒有希望可以見到艾華！」

　　「父親，請您千萬不要悲觀！我同意您對我們身處地理位置上的初步判斷，我也注意到了洋流的變幻和斷崖上的紋路，太陽系行星原本都小於光流系行星，從洋流的變幻已近可以肯定，這個星球可比斯可達星球要小很多，而斷崖上的紋路也可以證明一點：我們腳下的大陸已經被撕裂開了，這樣的天體板塊運動，一定出現在一億年之內，而如此的天體運行，都會出現在一個星球的前端，它證明了這個星球還年輕，還證明了它確是一個小星球。父親，我們有兩點還具有一定的希望，一，我們已經到達了海邊，並已經有了方向；二，這個星球相比斯可達星球要小得多。」

　　「這兩個只是希望而已，難道讓我們四人騎著三匹馬，還渾身披著原始的遮羞衣去造船渡海。就算這個星球是一個斯可達星球的袖珍版，那它對於我們而言，依然是無邊無際的浩瀚。」艾斯琴斯實是求事的說。

　　「父親，我們走了這麼長時間才來到了海邊，這不可能白來一趟，您是最偉大的天文學家，而我們又都是面臨過巨大考驗的人類，我的真實意思是：再好好觀察，認真的思考，先能得出一個相對正確的兩個星球的比率，由於我絕對相信您用不了幾天的時間，一定能畫出這個星球的基本地理圖案。父親，我們努力吧！或許，天堂正看著我們。」艾娃帶上強烈的請求口氣，這讓艾斯琴斯平靜後默認了。

　　現在大家都沉默了，這因為，未來的困難度和極微小的可能性已經擺在了桌面上。

　　夜幕降臨了，那個白色光球已經掛在空中，它的背景中有一片淡淡

的星星在閃耀，而遠處有一顆明星在醒目的閃光，它周圍的星座相比當空的星星來得更加璀璨。大海在夜幕下依然不息的在咆嘯，巨浪在夜幕下，猶如一群又一群的鬼魅在奔跑。時間顯得格外的漫長，當天幕中的白色光球逝去後，地平線的盡頭才出現了一片金色的陽光。

「父親，我的心中已經有了兩個星球的比率結論，您應該也有了。」艾娃在陽光下對艾斯琴斯說。

「是的，我確定了兩個星球的比率，心中也有了這個星球的地貌圖案。斯斯通通你過來，我把答案告訴你，艾娃，你也把答案告訴她，看看我們的答案有多少差距。」艾斯琴斯把答案告訴了斯斯通通，然後，艾娃把她的答案也告訴了斯斯通通。

作為證人，斯斯通通在聽取了兩方的數據後，帶著笑容宣布道：「完全一致，七比一，斯可達星球是這個星球的七倍。」

「父親，您已經有了這個星球的地理地貌圖案，這對於我們是致關重要，請您畫出來，讓我們大家都能記住。」艾娃說。

這時，艾娃的坐騎發出了嘶叫聲。

「好的，我們該走了，找個土地鬆軟的地方，我來畫給大家看，順便也讓馬兒好好的吃個飽。」艾斯琴斯看上去已經把握十足。

從斷崖往回退去，一個時辰後，他們在一片平原和樹林的相間處跳下了馬。三匹駿馬在他們的周邊吃著草，艾娃三位女性站在一個三角形的角度上，在看著艾斯琴斯在地面上快速的划動。

「大致會有七個大陸，五個超級海洋，一個太陽系星球該有緯度和經度的劃分，從洋流和彗星的角度來看，那個白色光球的所處的位置正主宰著星球的基本天體演變，從白色光球的運轉來看，它的光源來自太陽的折射。在光源的程度下，這個星球的三個大陸中不會有人類的起源產生，而接近另四個大陸周邊的海島卻也利於人類的起源條件。從太陽光來看，這個星球已在遙遠的從前就有過人類的起源，而非現在的原始階段，這個星球一定經過三到四段極其漫長的空白期。我再來說說，我們跟艾華他們的所處的地理位置和我們之間的距離，我們的方位是在像斯可達星球的奇想大陸西南部，正確一點講是在，滅國大戰時期的米洲，艾華他們所處的方位是在東方的東北部，那相當於滅國大戰時期的度明國，兩者的距離是九萬一千三百斯可達裡，這個星球是斯可達星球的七分之一，但由於經緯度上的偏差，這不能按七比一來計算，從太陽的光速射線和洋流的氣流速來分析，比較精的演算法應該是六點四一比一，由此而計算，我們與艾華他們的實際距離應該是一萬一千多斯可達裡，眼下，我們無法將斯可達裡轉成這個星球的距離，但憑我們步行時的感覺來看，我們之間的距離應該是一萬四千斯可達裡左右。

我相信有了這個圖案，我們就有了方向和參考價值，看！在整個過程中，我們的會聚點將在什麼地方呢？」艾斯琴斯在畫完了圖案之後說。

大家一直在他畫圖時仔細的看著，當他說完話時，連同他在內，這四個高級文明人類都帶著歡樂的笑容，他們一致在圖案中指向了同一個點．是的！這個星球中的中部偏西一點，相當於斯可達星球的斯可達宮殿區域。

「對！就是這個區域！艾華是我的兒子，他跟艾娃又是如此的心有靈犀，他也會想到這個點！他們所走的陸路比我們更遙遠，但他們到達斯可達海峽東岸，只要渡過海峽就可以。我們要去這個大陸的北海岸，然後造般渡海，我們渡海的難度會比他們高出十二倍，甚至更多。」艾斯琴斯說出了他最後的判斷。

艾娃笑了，笑得是如此的美麗和快樂，這位宇宙第一女人，自從走出飛行機到現在，還是第一次這麼開心過。

艾娃的坐騎在大聲嘶叫，可他們誰也沒有在意，他們正沉浸在下一步的討論之中。突然，一頭巨大的動物衝向了艾斯琴斯，這還沒等任何人的反應下，另一頭動物直接把艾絢艷衝倒在地。

艾斯琴斯已經緊抓住那隻猛獸的雙爪，並倒在地上狠蹬那頭猛獸。艾絢艷第一反應下閃過了怪獸的血口大嘴，她用力翻過身，想直起身子，可是猛獸又一次把她撲到在地。

艾娃飛身撲過去，她邊用力推開那頭攻擊母親的怪獸，邊對其施以閃電般的拳頭，那怪獸抓傷了艾絢艷，牠在艾娃的打擊下，轉而向艾娃直衝。

慌亂中的斯斯通通迅速從盒中取出了很多金屬針，她用金屬針刺向壓住艾斯琴斯的那頭怪獸。怪獸的腦袋和眼睛都被金屬針刺中，牠在受傷的痛苦中嚎叫著逃走了。另一頭怪獸在艾娃的身前不斷伸出爪子來對付她，這時的斯斯通通過來幫手了，她還是用金屬針刺向那頭怪獸的各個部位，在一個瞬間的機會下，艾娃接住了她遞上的金屬針，於是，兩個高級文明的女性一起把金屬針去刺向怪獸的脖子，那頭怪獸在倒地後滾了幾下，然後，牠的嚎叫聲停止了，過了一陣子之後，牠直直的躺著，已經一動不動了。

「奶奶，這個物種是不是叫巨蜥？記得奇想大陸也有。」斯斯通通說。

「是的，不過看起來有點不同。」艾絢艷說。

「父親，您受傷了，正在流血。」艾娃說。

「沒有什麼關係，塗上泥巴，封住傷口，很快就會好的。」艾斯琴斯不以為然的說。

「看！奶奶的腳上也被抓破了。」斯斯通通說。

「我們趕緊回海邊去，用海水洗涮傷口。」艾娃說。

「不用！那兒的斷崖這麼高，也不知道怎麼下去，算了。」艾斯琴斯阻止說。

於是，艾娃和斯斯通通一起，她們用泥土幫他們兩封住了傷口。該離開這個連原始土著人都不進入的地區。他們重新上了馬，開始向北方向前進。

前面有大面積的平原，風吹下，大部分已成枯草的草叢正向一邊倒去，不知道是季節中的原因，還是天然而成，這片平原已成了濕地，而從風中的陰氣和空氣中含有的沼氣來判斷，這一片平原可能是一塊很大的沼澤地。

「我們不要冒險，還是繞過去吧。」艾娃說，她率先調轉馬頭向西走去。

走了大半天的西行路，然後再轉往向北方向。

在北行了不久，前面就能看見一大片高山的影子。

「姑姑，我們一旦上了那片山區，還是停下來休息一陣子，有四天下來沒有見到水源了，就算是有水，我們連裝水的盛器也沒有。」斯斯通通說。

「好的，採納你的建議，我們去山區停下來，把河泥砌成一個窯，燒制一些土陶盛器。」艾娃說完，然後向後望了一眼。

那騎著父母親的馬匹已經落在她們有一百多米的距離，而且看上去，那匹馬走得非常的緩慢。艾娃一揮手，示意斯斯通通停下來去等待他們。

其實，坐在駿馬前身的艾絢艷有好一陣子中就覺得很累，而艾斯琴斯也有一陣子把他的腦袋靠在她的背上，當她見到她們已經停下來在等待他們時，她用腳跟去拍了兩下馬身，馬加速了，也就在這個速度下，原本由艾斯琴斯握住的韁繩忽然間從艾絢艷的腰間滑落下來，這一下使艾絢艷立即反應過來，她忙扭過身去想抓住他，可這個動作已經晚了，只見恍惚中的艾斯琴斯從馬背上掉了下去。艾絢艷抓了一個空，她見他摔下後，也跳下了馬。

艾娃和斯斯通通一見此景，她們飛馬趕了過來，在跳下馬後，艾娃忙把艾斯琴斯抱在了懷裡。

「不好，那種巨蜥是劇毒型的，斯斯通通把金屬針給我，我要打開父親傷口的封土，把劇毒刮掉，他的傷口已經這麼腫了。你也趕緊給奶奶檢查一下，也幫她刮掉毒素。」艾娃說完，她接過斯斯通通遞上的金屬針。

「姑姑，我們斯可達人有最強的免疫力，一般的毒算不了什麼。」斯斯通通安慰艾娃說。

「病毒跟動物身上有生俱來的毒素不能相提並論，這是一種破口而入的毒，如果進入血液就麻煩了，我太大意了，直到現在才發現。」艾娃說著，便立刻動起了手。

「斯斯通通，你奶奶的情況怎麼樣？你爺爺的情況很糟糕，這個毒素已經使他的骨頭變黑，刮深點。」艾娃一邊細心的做著，一邊關心她母親的情況。」

「奶奶傷口的膿很多，我還沒有見到她的骨頭。」斯斯通通回答說。

「你要小心，別讓金屬針扎到自己，做完後迅速封上，看來我們得趕快找到水源，清洗後，再來做第二次。」艾娃說。

艾娃替艾斯琴斯刮去了毒膿，還用藤絲去刮出外面的血水，最後她取來泥巴替他封住傷口，而這時的艾斯琴斯已經處在昏迷之中。斯斯通通也同樣對艾絢艷的傷口作了處理，這時的艾絢艷看上去是清醒的，只是神情上顯得很憔悴。

艾娃把艾斯琴斯抱上了馬背，她一躍而上，坐在他的身後。

斯斯通通扶著艾絢艷走到了駿馬前，並把她托了上去。

三匹駿馬狂奔起來，但兩個時辰後才見到前面的大水塘，而大水塘的邊上有許多食草動物，牠們正在飲水。

「斯斯通通，把牠們都趕走！」艾娃這麼說完便立刻量起了大嗓門，大聲喊了起來，斯斯通通也跟著大喊大叫。

受驚的動物四處逃散，很快就不見了。

放下了艾斯琴斯和艾絢艷，她們又一次為他兩打開了傷口，在給他們用水洗潔時，艾斯琴斯先嘴角微微一動，然後他吃力的睜開了眼睛，接著，他以極其微弱的聲音說道：「艾娃別折騰了，這都是天意！謝謝上帝給了我一個艾華，還有你艾娃，請照顧好你的母親！」他說完，便嘆出了人生中最後的一口氣。

艾絢艷對這意外又快速的一幕，簡直是悲痛欲絕，她怎麼能接受這突如其來的結果。斯斯通通嚎啕大哭，這爺爺爺爺的呼聲，震撼著大地。艾娃抱著艾斯琴斯的遺體，在她淚如雨下的當兒，還輕輕的為他擦去了從耳朵裡流出來的黑血。這悲傷的一幕持續了一天，到了第二天的午時，這三位女性才帶上艾斯琴斯的遺體啓程，在之後的第二天黃昏，她們才進入到了一片山區中。

艾娃牽著馬在前，馬背上是艾斯琴斯的遺體，在進入山區只半個時辰，只聽得斯斯通通在後面喊著：「姑姑，姑姑，奶奶昏迷了。」

艾絢艷確實昏迷了，看上去，她已經不省人事，當把她放到地面時，她只是眼皮動了一下，接著，她的雙耳都流出來黑血，她在一言不發的情況下，安靜的離開了人世。

天氣好像永遠是這麼的炎熱，真的該使他們入土為安了！艾娃去尋找安葬她父母的地方，她一上山崗便看到了一個天然的石坑，這豈不是冥冥之中有哪位神仙已經預先為他們作了準備。她們把他們放入了石坑中，然後在上面蓋上了鬆軟的泥土。

現在，分依分二號飛行機上的四位高級文明人類，只剩下了兩個，可就是這兩位女性，將要去面對未來的一切未知數！

她們在親人的墓地前待了七天七夜，在臨走前，艾娃在墓前，畫出了一些非常奇妙的文字。

「姑姑，這些是什麼，看上都會飛翔？」斯斯通通問。

「這是天堂中千萬文字中的一種，你可以用斯可達的語音把它唸成：中堅利瑪！它的意思是：天下父母！」艾娃回答說。

「姑姑，我們還不知道親人們在哪裡，可我們竟然失去了兩個這麼親的親人，這是一個什麼樣的星球？它是不是就是一個地獄！」

「這真是一個美麗的地獄！你應該記得教課書上的宇宙定論：在人類文明還處於一期之前時，這一個漫長的階段就是地獄！

人類的起源到了國家的產生，這一段還算地獄的初期，一旦出現了國家到一期文明前的這一段，那才是真正的地獄。斯斯通通，以後我們就把這個星球簡稱為：地獄星球！可以簡稱為：地球！」艾娃表情嚴肅的說。

「好的，姑姑，我們永遠稱它為：地球，希望人類能早一天擺脫地獄的這一段！」斯斯通通大聲的說道。

三

艾娃與斯斯通通向著偏西北方向共計走了五十一天，這段時間她們是故意要繞過那些大型猛獸的棲息地，特別是要避免跟那種劇毒巨蜥的相遇。現在，艾娃她們在準備進入另一條道路前，憑藉艾娃的記憶，她用石頭在地上複製了艾斯琴斯曾經給她們繪製的地球地貌圖案，她們對著這幅圖案，商量起下一步的行走路線。

「姑姑，應該向偏東北方向走。」斯斯通通對艾娃說。

「我也這麼想。向偏東北方向走，直到見到大海為止，那兒一定就是這個大陸的北海岸。我估計，艾華他們會走到這兒，然後向西行走，直到他們大陸的西南海岸，看來，他們所要行走的路線要比我們多上近十二倍。這樣對我們而言，我們可有充足的時間去定居下來，安心的去造船渡海。」艾娃平靜的說，看來，在她的心中已經有了下一步的方案。

「姑姑，就憑我們兩和三匹馬去造船渡海？哈哈，這等同於讓斯可達星球去製造宇宙大爆炸！」在斯斯通通看來，要成就這樣的事情，那就

美麗的地獄

是讓人難以置信的奇蹟。

「你我都會有渡海到岸的那一天。這不是一個空白的星球，它有取之不盡用之不竭的人類資源和自然資源。斯斯通通，你要不要休息幾天？」艾娃說。

「姑姑，只要讓馬吃飽睡好就可以，我不想在此停下來，免得遭受猛獸的攻擊。」斯斯通通說。

她們開始向偏東北走，七十二天後，她們越過了這個大陸的最高山嶽，隨後又進入到另一座大山中，在這個大山的北面高處，她們終於見到了蔚藍色的大海。晚霞映紅了天際，從這兒望去，東西兩邊都是連綿不斷的山嶽，而向北，只要再走過幾座小山樑，那麼就到了大海岸邊。

「姑姑，這兒可能就是一塊寶地，我幾乎嗅聞到了有多種金屬礦蘊藏在這裡。」開闊的視野和旖麗的美景，它們使斯斯通通心曠神怡，並激發出可依分人類對金屬類的天生感覺。

「你不愧為可依分星球人類的後代，所以，只有你們的星球才能製造出無堅不摧又無堅可摧的宇宙飛行機。」艾娃讚賞斯斯通通，也讚賞了不起的可依分人類。

「別提這些飛行機了，它們都是叛徒！姑姑您看！高山流水湧下去，那兒正冒著白色的蒸氣。」

「嗯，山泉嘩嘩而下，下面還有溫泉，我們可以去瀰漫升騰的蒸氣溫泉中洗澡，好好休息幾天，順便再製作幾件衣裳。」艾娃高興的說。

夜幕下，她們泡在了溫泉中，到了黎明，斯斯通通從甜夢中醒來，她看見艾娃依然緊閉著雙眼，為了讓她好好的休息，斯斯通通輕盈的從水中站起來去穿上衣裳，之後，她去栓馬的樹叢中，她要放開牠們，讓牠們去享用這兒翠綠的肥沃草料。

在栓馬的樹邊，她發現了兩隻血淋淋的死兔，這可是第二次發現的現象，在前一天，艾娃曾經發現過一隻，對此，她們沒去理會，可現在又出現了。這分明是人為的，但又見不到人的蹤影。

斯斯通通放開馬，接著便回到了溫泉處。艾娃已經醒了，她正在等待她。

「姑姑，我又見到了死兔，前天是一隻，今天是兩隻。」斯斯通通把情況告訴了艾娃。

「我分析，這是原始土著人的行為，可能的目的有兩種，一，威脅我們，讓我們離開這兒；二，這可能是他們示愛的方式。這三天裡，我覺得我們被跟蹤和偷窺了，我們和他們間語言不通，想去阻止也做不到，在沒有見到人之前，還是不用去理會它。」艾娃顯得毫不在意的說。

這兩天，她們在專心製作衣裳，幾乎把這件事也給忘了。送死兔的

事在幾天後又發生了，時間和地點跟前一次一樣。斯斯通通在放開馬後，她覺得這兩隻死兔出現在視線中，心裡不是滋味，於是，她走過去，把死兔向遠處扔去。

「哇、哇哇。」突然有兩個原始土著人從前面密集的竹林中閃了出來，他們黑色的皮膚是一片油光，這兩個人除了私陰處掛著樹葉以外，其他的只是全部暴露在外。

斯斯通通一眼看去，簡直分不清他和他，能區別的，只是其中的一位胸口長著一塊紅色的胎記。她只看了他們一眼後便立即轉過身去，她的心中有一種莫名的感覺，使她的臉直發燙。她沒去理睬他們，只是邁開步伐往回走去。

「哇哇，哇。」這兩個原始土著人輕喊著，他們十分珍惜的從地上撿起了死兔，然後堆著苦笑，追上了斯斯通通，接著，他們把死兔放在了她的腳跟前。斯斯通通沒去理他們，她繼續往前走。可沒有多久，他們追上來攔住她，並把死兔遞給她。

「不要！」斯斯通通瞪著他們，嘴裡吐出了兩個字。可對方一直在笑著要把死兔塞給她，這一下，斯斯通通給惹惱了，她一腳踢翻了一個，又一個狠勁推倒了另一個。兩個倒地的原始土著人躺著沒有爬起來，他們直直的望著斯斯通通，他們的表情有點搞笑，如果用當代人的形容詞：「懵圈」去形容他們，應該是十分正確！

「姑姑，我討厭他們，我們趕緊做完衣裳走吧！」斯斯通通回來把經過告訴艾娃後，這樣說道。

「哈哈，好吧，我們做完衣裳就走，不過你得準備好，以後你會見到滿世界討厭的人，看習慣了，你會喜歡他們。」艾娃聽了斯斯通通的話後，神情輕鬆愉快的說。

夜深了，斯斯通通靠著山石上，手托下巴，遙望著天空，她的表情上是充滿著憂鬱和和迷茫。

「又想大大提提了？」艾娃湊上來關切的問。

斯斯通通肯定的點了點頭，並帶上憂傷的口氣說道：「是的！他老佔據著我的大腦，可我有一種不詳的預感，此生可能再也見不到他了。」

「不要悲觀，我堅信，只要我們活著，一定會跟他們團聚的！」艾娃堅定的說。

「姑姑，無論是我生母嘴裡的可依分星球，還是斯可達星球，我們的心中都有一個上帝和天堂，都說他們是萬能的。可是，讓我們這八個人來到了這個星球，這究竟是為什麼，難道他們有解決的問題需要我們來解決嗎？姑姑，您說您叫波絲裡米，來自於天堂，而艾華父親叫瑪拉蒂瑪，他更是上帝的孩子，可我想來想去始終不明白其中的奧妙。您看爺爺和奶

奶，他們只活了一百五十幾天，這難道是天堂巧設計謀把我們關進飛行機時出現了意外，他們是不是屬於多餘的人，所以就早逝了。」

「喔，孩子，你提這些問題，說明我們這一段艱難的路沒有白走，你的大腦也漸漸的進入了關鍵的思考。我能想起來的事只是記憶中的極少碎片，但我也想到了你所想到的問題。不過，配合僅有的記憶，我好像悟到了其中有讓我們來到這個星球，而天堂所要的目標。我們斯可達星球已經達到了極高的境地，我們知道了人類的起源，更知道人類與生俱來的三個天性：性、進食和情感，而這三個天性會在艱難的地獄過程中 生出兩大罪過：自私和貪婪。這些罪過會體現出恐怖的殘忍和血腥，更會讓人類一次又一次走向倒退。

人類持續最長久的是家庭，但文明永恆的是：人的靈魂，而人的靈魂也是最短暫的，（在文明的地獄階段）大部分人在活著的時候，靈魂已經被捏滅。那麼，人類的三個天性又怎麼正確延續呢？關鍵是，斯可達星球所稱的：個體文明。一個斯可達式的個體文明的靈魂，才是上帝和天堂所需要的。我們的身體，我們的靈魂，我們留下的足跡，這就是文明的星火。」艾娃的話讓斯斯通通真的是心中閃光了，她以震驚的目光望著她，其實，艾娃自己也驚了，她知道，這是她的記憶中又一個碎片。

「姑姑，我好像明白了個中的玄機，人類從兩性交合中繁行延續，又進入到單性繁殖，又……」

「是的，我覺得單性繁衍是人類科學的高級文明產物，然後會循環到天堂式的個體自主自然選擇模式。只要我們在這個星球生有孩子，通過這個佐證，餘下的一切讓人一通萬通，一明萬朋了。」

「糟糕！看來我的顧慮是對的，大大提提一定會跟艾華父親的女兒成為一對的。」

「哈哈，你的思想快車跑得真夠快啊！」艾娃被斯斯通通的話逗樂了，她抱著她說：「別憂慮忡忡了，關鍵先要見到他。我是艾娃，我在斯可達是艾娃，在地球同樣是艾娃。」艾娃這樣鏗鏘有力的話，對斯斯通通來說，可是最好的安慰。

在接下來的六天裡，她們沒有騎馬，為了熟悉這段去海邊的路，她們是牽著馬，步行了四座小山，然後在最後一座小山上停了下來。

這裡的風光很美，一座座小山嶽在面朝大海前一字排開，山嶽間隔成了一道道隘口，在幾個山嶽上還衝下來很多山泉，在艾娃到達小山下，由山泉而下形成的一條小河，在她們所站的高處一直到地面，有一片清翠的竹林。從這兒到大海的邊上還有一個一千多米寬的草地，這一切印入眼簾，實在是非常的美感。

在到達這片竹林區的當天夜裡，斯斯通通睡著了，艾娃沒有睡，她

從父母的遺物中取出了兩條為艾斯琴斯預備的藤絲褲叉，她帶著這些，向小山下面走去，當她找到那兩個曾經送上死兔的跟蹤者時，只見他們正仰躺在地上，那鼻孔和嘴巴正在配合著，把酣聲打得呼呼直響。

艾娃從地上抓起一些乾土，分三次向他們扔去，他們被這一騷擾從夢中驚醒，一抬眼，一尊女神就站在他們的眼光之下，他們迅速的從驚嚇下緩過來，接著欣喜若狂的向艾娃撲了過去。

艾娃先是左躲右閃了幾下，接著，她瞧準了他們的弱點，一下閃到了一個有胎記男性的身後隨即猛推了他一下，這一下可使他們兩重重的撞在了一起，就在他們眼冒金星時，艾娃又在他們的腳板上各踩了一腳，他們叫著倒下了，艾娃最後索性把一隻腳去踩壓在其中一個人的胸口上。

這一切都是突如其來，睡意朦朧和情節的反差，使他們的意識產生了混亂，這樣的混亂簡直讓他們變得魂飛魄散。

「發生了什麼？！」相信他們的大腦接著就會這麼想。

艾娃將兩條褲叉扔給了他們，並做了一組手勢去示意他們。在驚慌下的他們還呆在地上，結果，艾娃向他們作了示範，這一次，他們弄明白了，並按著艾娃的要求，換上了褲叉。

接下來，艾娃去撿來了兩塊山石，她用山石的尖削部去對著竹子的底部進行了猛烈敲擊，她做了一陣，然後直起身，再然後，她以溫柔的目光望著他們，並把石塊交在他們的手上。他們握著石塊，再看看艾娃用眼睛的示意，呵呵，他們竟然明白了，他們俯下身去，模仿著艾娃曾經做的動作。

艾娃向他們滿意的點點頭，她發出的有聲的笑，接著，她又故意在他們的目光下一躍而起，向山上飛去。

沒過多久，艾娃和斯斯通通騎著馬回來了，他們下了馬後便跟他們一起勞動了一陣，隨後，她們把繩子由鬆動竹子和駿馬連在一起，馬一啓動，沒走幾步，竹子便倒了下來。

他們一起勞動到了第二天的下午，這時，艾娃走了，現在只留下他們三個，幹著幹著，他們三人變成了自動的分工，兩個男性負責敲鬆竹子，斯斯通通則負責把竹子拉倒在地。

到了太陽快下山時，艾娃回來了，她示意兩個原始土著人停下手中的活兒跟她走。他們四人向山上走，走了不久，他們已經見到前面的小空地上有堆篝火，那兒的烤架也支好了，在篝火旁還有一堆鮮魚。鮮魚一上烤架不久，這兒的空氣中就瀰漫著一陣陣噴香的氣味。

艾娃再次以和善和美麗的笑容向他們示意了一下，這個示意全人類都懂，當然也包括這兩個聰明的原始土著人。

有如此美麗的宇宙物種陪著，有如此美味噴香的食物嚐著，這對於

這兩個地球原始土著人而言，無疑是仙景中的美夢，他們不掩蓋發自內心的快樂，在吃魚時，還時不時站起來，跳起了令人噴笑的舞蹈。

當他們吃完後，艾娃就向他們做了一個讓他們走的手勢，還再一次送上了一個迷人的笑容。

「姁姁，您要求的活幹完了？」他們一走，斯斯通通忙問艾娃。

「這只是開始，怎麼會完！」艾娃笑著答道。

「那您不跟他們講一下，讓他們明天繼續再來？」斯斯通通接著問。

「怎麼講？我從招他們來幹活到他們走，誰都沒有說過一個字。不用跟他們說，在語言不通的情況下，就靠人類心中的默契度了，該來的一定會來。」艾娃從容的說。

這是她們跟地球人類融入一起的第一天，她們兩覺得十分快樂。

這兩個原始土著人不但在第二天的清晨就來到了竹林區，讓她們萬萬沒想到是，他們竟然還帶上了另外十九個原始土著人，這個意外差一點讓斯斯通通開心想跳舞歌唱，按此下去，造船渡海可有了曙光。

把竹子怎麼推就不用再教了，由昨天兩人的傳授已經夠了，新來的十九個原始土著人是十二女性和七個男性，加上昨天的兩個，已經有了二十一人。現在，三匹馬只有一匹參與其中，因為人多了，用繩子讓大家一起拉也可以。

艾娃她們知道，這批原始土著人不是僅僅來幫忙幹活的，他們是為了生存的基本保障而來，他們要吃飽。她們有個人的魅力，更有的是：高級文明人類的人道善良，加上她們還有能解決這麼多人吃飽的能力。

艾娃和斯斯通通騎著馬開始去打獵了，這一天，她們到了夜色降臨前才回來，這一天，她們的收獲只是魚和兔，但數量很多，能足夠這批幹活的人吃上兩天。

也就從這一天開始，斯斯通通叫攏了那十二個原始土著女性，教她們如何用金屬針取火，如何生旺篝火和怎麼搭支烤架。這一天，他們共生起了四堆篝火，她們讓那個時期的原始土著人享受到了「天上人間」的味道。

第二天，她倆又出動了，這一次，她們竟然逮到了兩頭野豬。

在之後的八天中，這批原始土著人所推到的竹子已經足以建起一個大竹屋了，在第九天開始，艾娃讓五個原始土著人代替她們去狩獵，她和斯斯通通一起，開始投入到建竹屋的勞動中。

她們帶著大家用竹尖挖了地面的溝，將竹子插入後，用碎石和泥土混合把竹子固定住，竹屋的房頂用細竹密集的蓋上，最後全紮住竹皮，上面還蓋上乾草。在竹屋初成後，她們兩還用細枝編成了門和窗戶。到了第二十一天後，這個有三個大房和圍欄的竹屋建成了，這也開始結束了艾娃

和斯斯通通的露宿野外的生活。

　　新來的原始土著人又增加了兩倍之多，對此，艾娃在幹活的人事上作了調整。她讓斯斯通通去帶領十八個男性出外狩獵，除了狩獵之外，她主要想讓斯斯通通去探索周邊地區的礦源，而她自己則是帶著餘下的人繼續建屋，她想讓這裡的原始土著人都能住進室內，讓他們從野外的群居漸漸變成家的生活。

　　「斯斯通通，你帶上兩匹馬一起去，有機會讓他們也學一下騎馬，特別是最早的兩位，他們可真是我們的好幫手，我希望他們在未來的日子裡，堪任其它的重任。」在斯斯通通出發前，艾娃對她說。

　　「好的！姑姑，還有一件小事我得跟您說，這一大批人叫什麼名字我們都不知道，語言不通，但得尊重和區分他們，我想給他們取個名字。」斯斯通通說。

　　「你提的問題很有趣，不過也挺重要，你先給最早的兩位取個名字，取完後告訴我，便於我記住。」艾娃微笑著說。

　　「姑姑，那個有胎記的，他的活幹得好，人也聰明，甚至還有點創造力，我想為他取名叫：對對；另一個幹活粗糙，差錯不少，所以我給他取名叫：錯錯。」斯斯通通認真的說道。

　　「對對，錯錯，這名字很棒！哈哈，相比可依分人的幽默，我們斯可達人真的是望塵莫及。」艾娃被她逗得大笑起來。

　　斯斯通通的這次外出，共去了二十六天，他們除了收獲滿滿之外，還帶回了一匹馬駒和六隻羊羔，更讓艾娃高興的是，跟著這批狩獵隊回來的還有二十七個原始土著人。

　　艾娃藏在心中的計劃真正出現了曙光，在他們歸來後，艾娃親自為他們生起了一堆又一堆的篝火。

　　在竹林屋的第二個地方又建起了三座竹屋，根據新的情況發生，那些住宿還得繼續建造，艾娃這時希望斯斯通通幹完了下一次後就去帶領一個勘察礦源隊，可斯斯通通給她帶來了另一好消息，她已經在狩獵途中發現了一個鐵礦，而且還發現了一個露天的煤礦。

　　「太好了，那等你下次回來，你就去帶領一個採礦隊。」艾娃笑容滿的說。

　　斯斯通通跟艾娃短暫的交談後，她們就各自去了其他的地方。

　　斯斯通通從竹林區去到了這座小山的高處，她舉目望著茫茫的大海，在那邊的盡頭，她好像見到了另一個大陸，那是她凝聚思念的地方，她喃喃的對著那個方向說道：「大大提提你在哪兒？你會不會像我一樣想念我？我告訴你，我後悔在斯可達星球時沒有向你告白，更遺憾在愛的白紙上沒有寫下一個符號。我們在此認定，我們之間的會合點在類似的斯可達

宮殿，相信你們也會認定！姑姑說你們的行程比我們多了近十二倍，我想我們先渡過海，我們在那裡等你們，我在那裡等待你！」

突然，她的背後有人把她撲倒在地，她還沒有翻過身，但身體已經被重重的摁住，在她從凝思轉換到反應之間，有一隻有力的大手正在扯她的藤絲褲，斯斯通通用盡全力彈起身來，就在那隻大手在扯拉無果時竟然轉而伸向她的私陰處，她怒了，她用雙手肘向後擊去，並迅速轉過身來。

就在她要向對方出手時，忽然間，那個人的臉部遭到了一個重擊的一個重拳。侵犯她的是對對，而忽然間打對對的竟然是錯錯。接下來，這對形影不離的夥伴卻扭作了一團，毆打了起來。

斯斯通通想上去勸開他們，可剛才的受辱依然使她處在生氣中，然而，這兩個是她們走向未來的恩人，勸得不好，會被他們中的一位誤認為是出手相助。

這樣的毆鬥打到他們都竭疲力盡才停下了手，而就在這時，艾娃來找斯斯通通了，她見到了兩個人都鼻青臉腫的這一幕。

得知了事情的過程後，艾娃並沒有作任何的反應，在回到竹屋後，她便告訴斯斯通通說：「得把他們這對夥伴給折開了，你和錯錯帶著十二個人去採礦吧，我讓對對帶領狩獵隊。」

第三天，斯斯通通一行十三人去採礦了，而對對帶著狩獵隊，在採礦隊出發後的三天也外出了。

這一年多的時間過得真快，艾娃帶著的大部分原始土著人已經在這個海邊山區建造了三個區的竹屋，她還帶著大家砌起了三個火窯，除了日常的陶製用器之外，還打造了一些鐵製工具。而斯斯通通在有了鐵製工具後，採礦的量也在不斷增加中。

在這一年多裡，對對的狩獵隊幹得更出色，他除了保證了這兒的居民所需外，經常會逮到可供飼養的牛羊，現在這裡有兩個飼養場，也由他在管理主導。只是在這一年多裡，他使得兩位原始土著女性懷了孕，不幸的是，她們都死於生產之中，而她們所產下的女嬰都存活了下來。

對於這樣的事情發生，艾娃便先後主動上門，她把兩名沒有喝過一次奶的女嬰，相繼帶回了自己的住所。

四

艾娃帶回第一個女嬰時，興奮得手足無措，孩子餓得哇哇直哭，可她竟然對著她一直笑個不停，「哦對了，飼養場的羊奶很多，你忍著，讓我多欣賞一下。」艾娃這麼想。

艾娃擠來羊奶餵她，看著她靜下來只顧吃奶的可愛模樣。該給她取

個名字了，對！就叫她：艾希望！

　　會吃會喝，會撒會拉，讓艾娃沒有空閒時間去想其他。

　　過了一陣，她又抱回了一個，嘿嘿，這個女嬰跟她姐姐的當初是一個樣，該叫她什麼名字呢？對！叫她為：艾之希望！

　　「姑姑，我索性叫大的為大希望，小的是小希望。」斯斯通通咯咯笑著說。

　　土著人的孩子天生就愛笑，除了肚子餓之外；她們還喜歡爬，在床上爬，在地下爬；在不知不覺中，她們站了起來，那種搖搖晃晃的樣子真逗得人是心情舒暢。直到有一天，她們對著艾娃一個勁的喊著：媽媽、媽媽。

　　這是一年中，艾娃對她們成長的描繪。媽媽，這個音在她們的嘴裡出來顯得不高又不低，不短也不長，這個讀音能消去艾娃心中的煩惱，能恰到好處的溫暖艾娃的心房，對此，艾娃老把一個字掛在了嘴上：棒！

　　在這個區域中已經待了三年了，來到這裡的原始土著人也有近兩百人，在這個區域，除了艾娃和斯斯通通她們住一座獨立的竹屋外，現在距離她們東面一千多米的地方已經建成了一長排竹屋，而西面兩千多米的地方也建起了一長排竹屋。

　　這裡的竹林已經快用完了，可是原始土著人還是三三兩兩的到來，這建屋的事停不下來，必須在南面再建造一個最大的居住區，幸虧南面的第二座山上還有大片的竹林存在。

　　在一系列的情況下，艾娃對人事作了第二次調整，她把採礦隊跟狩獵隊合併在了一起，她把對對抽調回了駐地，讓他負責起搬運、煉鐵和建屋的事，鑑於對對的能力，也照顧他能常常來看望自己的女兒。

　　在此一年中，除了南面開始建造了房屋之外，他們也造出了三輛牛車和三輛馬車。在又一年後，在這既平穩又保持著氣象更新下，這裡的人口已經突破了三百個。

　　四年前，從艾娃和斯斯通通兩個開始，到了現在的三百多人，她們已經歷了很多個第一，從「伐」下第一根竹子，到現在人人居住在屋內；從第一堆篝火烤出噴香的鮮魚開始，到人人有了溫飽的食物；第一個竹屋；第一批狩到的獵物；第一塊礦石；第一個火窯；相比我曾描繪過的東方文明的開拓和艾華他們的文明花卉，這兒可以說：它才是地球文明的第一個燦爛典範。

　　約在第四年的年末，有一天，由斯斯通通統領的外勤隊伍又回來了，在一般的情況下，他們一去一回總計三十天，可這一次，他們卻去了五十六天，在這次他們外出的後期，艾娃已經開始惦記他們了，甚至在內心中還有點擔心。

她見到斯斯通通回來後，就從屋裡衝向了她，她擁抱她，並打量著她，只見她沒有半點的疲憊，相反她顯示出從內心發出的神采飛揚，她見艾娃時展現出一種滿足的幸福，她的眼光也顯得更明亮。

斯斯通通帶艾娃去看看他們的收獲，車上裝得是滿滿的，礦石、獵物、各種木材的樣本，艾娃只是瞥了一眼這些東西，她轉去見了每個外勤人員，她向他們報以美麗的笑容，當她見到錯錯時，她則從簡單的土著話跟他聊了幾句話。

錯錯是個憨厚的大好人，他平時一幹活就表情凝重嚴肅，這或許他是怕出差錯緣故，可現在，這種常態在他的表情上已經是一掃而光，眼下，他在輕鬆的微笑，臉上似乎還有一點害羞的紅暈，這樣的表情，艾娃曾經見過一次，那是第一次，當他和對對在吃到噴香的烤魚時。

艾娃是個心細如絲的人，也是一個有超大智慧的人，她咪咪一笑，心中已經有了一個美好故事的框架。

「姑姑，我得向您表示抱歉，因為我們在路上耽擱了時間。您看，在這個木板上我刻下了十幾種木材的分布點和它們大約的數量。」在回到竹屋時，斯斯通通甜笑著對艾娃說。

「沒事了，這次勞你們大家都辛苦了。我這麼久沒見你，挺想你，我想再抱抱你。」斯斯通通歡樂的展開雙臂迎向了艾娃。艾娃抱著她，在她的額頭上親了一下，然後轉到她的耳朵根處舔吻了一下。

「哈哈，姑姑，好癢啊！這就是斯可達傳說中故事，您和艾華父親在小的時候都有這個習慣。」

「是的！我們當時都不知道，可現在我想起來了，這是天堂人類對親人表示愛的習慣。」

「喔，是這樣！姑姑，我希望這幾次找來的木材樣本有您所需要的，我們應該可以造船了嗎？」

「我仔細看看，再根據你的標地去實地考察一下，如果沒有意外，我們將盡快開始造船。」

這姑侄兩談到這兒，斯斯通通便回去自己的房間了。

艾娃通過剛才對斯斯通通的舔吻動作，她對斯斯通通的身體作出了兩個肯定的判斷：一，上帝和天堂所賜予人類的本能天性，它已經在斯斯通通的身體上出現，凡在這個年齡段的人類，只要環境合適，這種天性幾近是不可抗拒的，她同時也肯定，斯斯通通性繁衍器官已經開啓，她懷孕的機率很大，天啊！艾娃是多麼興奮有這樣的事出現；二，她的另一個判斷使她覺得很傷心，因為她已經知道，斯斯通通的生命長度將在地球的一萬天之內終止。

「人類終有一死，我能做的是：竭盡所能，讓她跟大大提提再次見

面！」艾娃這樣想定了。

艾娃煮了地瓜和烤了一點肉給艾希望和艾之希望吃，通常她會在她們吃完之後，帶她們去各處散步，順便巡視一下周圍的情況。這一天，對對來看他的兩個女兒了，於是，艾娃則提前去散步巡視。

她先去了西邊的居住區，然後又去了南面的居住區，她所到之處，無論男女老少都向她欠身彎腰以示最大的尊敬。

出了南面的居住區時，夜幕已經降臨了，趁著這一天步行巡視的範圍比較大，於是她索性向南面的第二座山山坡上走去，她的本意是想看一下，山坡上的竹林區還剩多少。

她走著走著，忽聽到在樹木前面的草叢中有一陣細微的聲音，這聲音有點斷續，這樣的情況下，艾娃急走了幾步，然後躍起，飛了十幾米遠，最後像輕盈的燕子一樣去站在一棵大樹的枝枒上。

儘管草叢那兒比較黑暗，但艾娃能見到兩個黑影在草叢中蠕動，這兒的環境是悄無一人，地面上的微震都能使周邊的小草搖曳。

那是細微的本能呻吟，還夾著一種激情下喘氣聲。本能是生命的火星，奈何是好感還是愛意；本能是瞬間的風，無論是在廣闊的大地，還是在陰暗溝壑；人類就是有這麼難以逾越的地方。艾娃已經辨別出是誰了，隨後她更輕盈的飛離了這裡。

第二天一早，斯斯通通回來了，她沒有先進自己的房間，而是直接來到了艾娃這兒。這是一個非常誠實的女性，她對艾娃直接了當的說：「姑姑，在外出的過程中，我沒有忍住！錯錯可是一個不錯的男人，這種事情可真的很難忍住。姑姑，昨晚我見到您站在了樹枝上，想必您也已經知道了所發生的情況。」

「是的！我已經知道了，你是一個誠實的好孩子，至於，那種情況的發生，你不用刻意去忍，要放鬆自己。我想，你是時候有人叫你母親，或者是媽媽了。」

「我真的能通過性行為而懷上孩子嗎？」

艾娃有力的回答說：「一定是的，這也驗證了我們曾經討論過的問題：我們為什麼會來到這個星球。」

「從我們的第一代開始，從個體文明的起點開始，直到類似於：偉大的斯可達星球？」

「是啊！希望這個星球的子孫們別在個體文明的框架下去反人類，無論我們到不到這個星球，凡人類的靈魂延續還不到百分之九十，那麼，天堂必將去毀滅它。還有，我想請你讓錯錯搬來跟你一起同住吧。」

「謝謝姑姑能接受我們在一起，可、可、可是，有一天，我怎麼去面對大大提提？」斯斯通通出現了複雜的表情。

「你看，在這個地區有三百多個原始土著居民，可三十歲以上的一個都沒有，而男性的壽命則更短，二十五六歲就沒了，雖然我們帶給他們初級的飲食文明，但也不會使他們的壽命迅速的增長，我判斷，錯錯的年齡已經有二十了，首先跟他好好的相處過日子。至於，大大提提，你們是相愛的，我想，在特定的情況下，他會接受事實。在斯可達星球，你我都知道，有一生只愛一個的，但也有最高記錄，一生中有兩千三百二十二次愛情的，請問，這樣一個記錄中，在如此高度的個體文明裡，能有幾次屬於虛假的嗎？」

「姑姑，您的話亮堂了我的心坎，我不自責和憂鬱了。後天，我又要外出了，有什麼新的任務，您可以告訴我。」

「這是一個蝸行的歲月，也不用操之過急，我沒有新的任務，我只是打算讓你再外出一次，因為，一旦你懷孕了，那麼要盡量避免意外所給你們母子帶來的風險。喔，你看，當你不再外出了，誰來擔任這個外勤的統領職務？是錯錯嗎？」

「當然不是錯錯，應該是對對！」

「好吧，就讓對對來接任你！一旦你回來了，我也可以去各處考察一下，我們造船所需的木材。」這姑侄兩已經把下一步該怎麼走確定了下來。

當斯斯通通這次外出三十天回來後，她被正式確認已經懷了孕，她不用再外出了，過了幾天，由對對帶領的外勤隊出發了。

斯斯通通確實不再外出了，可艾娃並沒有外出去考察造船所需的木材，最近，凡是在這個區域生產的事情，艾娃終是一次都不缺席的去現場觀摩。

錯錯已經外出兩次了，每次回來，他都比以往要多待一些日子，到了該第三次出發時，他陪斯斯通通的日子則更長，當外勤隊已經出發三天後，他才騎馬趕了上去。

這時的斯斯通通已經明顯顯懷了，本來艾娃說：到不如不去了，索性就陪她到生產之後吧，可是，斯斯通通還是尊重錯錯的意思，讓他去追上外勤的隊伍。

這次外勤隊的外出，只去了十六天就回來了，他們所帶回的物資比以往任何時候都要少很多，但是，他們卻給斯斯通通帶回了一個無法接受的噩耗。錯錯在途中死了，他是被粗鐵重擊腦袋後而死，襲擊他的卻是他的夥伴對對。

這個事故猶如晴天霹靂，加上，斯斯通通見到了錯錯恐怖的死狀，她在泣不成聲之後，以無比憤怒的聲音大喊道：「姑姑，殺人者償命，對對也必須得死！」

「別過分憤怒而傷了腹中的胎兒。」艾娃先把斯斯通通勸了回去，然後帶著大希望和小希望去探望已經被渾身捆綁住的對對。

「神仙，我們打架了，他死卡我的脖子不放，我用粗鐵狠命的砸他，可我沒有想讓他死。」對對這麼對艾娃說。

艾娃看了他一陣，然後一言不發就走了。

兩天後，人們把錯錯的遺體去埋葬在小河邊的樹林中，又過了三天，當斯斯通通的情緒相對平靜時，艾娃便上門來跟斯斯通通商量該怎麼去處置對對。

「這裡雖然處在原始的狀態，可呈現著一派安祥和難得的美好，這兒有為物資和女人打架的，但還沒有出現過其他的罪惡。這起命案是如此的另類，你認為該怎麼處理才對？」艾娃以十分謙虛的口氣問斯斯通通。

「這種事情，我只在斯可達的歷史教科書上讀過，殺人者該償命。」斯斯通通平靜的說。

「衝動和罪惡使我們一下子失去了兩個好幫手，這太遺憾了，但我不得不告訴你，對對的野蠻行為有絕對的過失在其中，他沒有置錯錯非死不可的本意，以我看，這事就讓原始土著的部落自己去處置吧。」

「姑姑，這幾天來，我也想通了，這些只吃了幾年熟食的原始土著人，不能以我們的標準去衡量他們。人的過分自私是從極其殘酷的生存條件下形成的，自私在受到侵犯時一定會變成野獸的仇恨，這是文明的長期病魔，我對對對恨不起來，更不想讓大希望和小希望在沒有母親的情況下又失去父親。」

「斯斯通通，你更成熟了，這也讓我知道該怎麼做！」艾娃說完後，馬上讓艾希望和艾之希望去告訴部落的首領們，他們可以去對對對的作出判決了。

原始土著人的決定馬上出來了，鑑於對對是個大首領，他們不能去殺他，但他卻殺死了同樣是大首領的錯錯，於是，他們判他被逐去西面大山的南背面，那兒是各種猛獸的樂園，如果一個被綁的罪人去到那裡，這無疑是一種緩期執行下的死刑。

兩個孩子心急火燎的回來告訴艾娃，而這時的對對，已經被人押往了途中。艾娃立刻跨上了馬，她讓兩個孩子坐上了馬車跟她一同前往。艾娃她們在不到半個時辰就追上了由十二個壯漢所押送的對對。

「你們都回去，讓我來把他送走。」艾娃對這幫押送人員以命令的口氣說。這些人把對對從牛車上拖下來，然後向回程走了。艾娃下了馬，她跟兩孩子一起為對對鬆了綁。

兩個小姑娘跟父親說了很久的告別話，之後，艾娃對對對說：「這裡有少量的食物，你先吃飽了，然後我有話說。」

對對狼吞虎嚥的吃著，他的女兒還給他送上了水。

「好，現在我可以對你說了。對對，無論你是否能聽懂，你一定得照我說的去做，你會造竹屋、會採礦、會打鐵、會狩獵，還會其他的事，從現在起，你一路向西走，走得越遠越好，這兩個孩子在我這裡，你不必操心，她們成年後，我會讓她們去找你。我主要要告訴你的關鍵事是：一，不能強迫女性去做她們不願意做的事；二，不能聚集五十個人以上在你的周圍；三，不能稱王，最多做個小頭領。如果你做不到而讓我知道了，那麼我會再次綁你，並送你去那片猛獸出沒的地方。」

對對想了一陣，然後點頭答應了。

「孩子們，再跟你們的父親擁抱一下，然後上我的馬，這輛馬車就留給你的父親。」艾娃說後，見兩孩子都跟父親擁抱了，隨後，她把她們，一個一個抱上了馬。這個令人遺憾的不幸事件，就此就這麼過去了。

三十天後，斯斯通通生產了，幫助她生產的就是艾娃。斯斯通通產下的是一名女嬰，她為女兒取的名字叫：天意通通。這名女嬰是這個西南部大陸上的唯一一名黃種人。

天意通通的誕生，她可給斯斯通通和艾娃增添了無比的快樂。

真如本作者所介紹的小小提提的孩子們那樣，天意通通在生長不到半年後就下地走路和說話了，這個孩子很乖巧，整天的大部分時間中就跟著艾希望和艾之希望玩耍，從個頭上來說，她也比她們矮不了多少。

艾娃對這個家和這個區域已經完全放下了心，這時候，她有了時間去考察那些出產能造船的木材地區了。

艾娃獨自一人去了三十天，回來後，她把親眼所看到的和斯斯通通所記下的情況合在一起去加以思考。她還在自己的附近海岸邊上整整觀察和測定了幾天，現在，一個完全可行的計劃，已經在她的大腦中形成。

接下來，她在原始土著人中挑選了一百個壯碩的男性，還挑選了二十個女性，這次採料行動還準備了二十八匹馬和五輛牛車，以上的人力和物力都將由艾娃親自率領，而她讓斯斯通通準備好相同的人數，就守候在附近的海岸邊作接應。

艾娃騎馬在前，後面跟著一百多人和車輛，這陣勢看上去是浩浩蕩蕩。走了十天的路程，他們到達了目的地。

先從牛車上卸下了炊具和食物，還有砍伐所需的鐵製工具，等準備好了食物讓大家吃飽後，就讓一百個男性向一座大山的北坡上去，這兒所需的木材都長在山上的樹林中，也有少量的長在了懸崖峭壁上。

砍伐的勞動開始了，男人們主要負責砍伐艾娃所指定的樹木，並將之從山坡和懸崖上推下去，女人們則負責煮食和燒烤，她們要將食物送上山去。

在他們幹了整整十五天後，艾娃指揮他們全停下來，然後轉到山下的地面上，接著，他們把在地面上的樹木進行整理，斬去樹上的樹枝，再由馬匹把整理過的樹木拉到了大海的邊上。

一些少量的烏檀楠之類的硬木被扛上牛車，絕大部分的松杉木則被十二棵一組地的做成了大木筏，木筏還用大鐵釘和竹皮、繩索給牢牢固定住，這些筏共有四十二個。

全部幹完這些已經是二十八天了，從那時起，艾娃就在觀察著風向水文和天象，在等待了近四天時，真正的運輸行動開始了。

由八匹馬拉一個筏，在退潮時進到了海灘的前沿，這樣的連番運作在潮漲前已經完成，這時，艾娃便命令一男一女騎上馬先去向駐地的斯斯通通報信，在此的艾娃和一百多人都站在海邊觀望，等到兩天之內，所有的筏都在海上漂流時，她才同大家一起，不急不慢的往回程的方向走。

在這種的「漂運」中，艾娃可沒讓一個人上筏操航。

七天多後，採料的大隊人馬，已經回到了駐地。

「姑姑，您真神了，報信人說，一共紮了四十二個筏，現在已經回來了四十個。」斯斯通通興奮的說。

「另兩個，一定是在風向和水文的變化中丟失了，我看你們只拖上岸只有六個，還有兩天的時間，風向會變，我們回來的另二十六匹馬，加上餘下的馬全部用上，把海灘上的筏牽住，借著漲潮的海浪衝擊，一鼓足氣，一次性，把它們全部都拉上來。」艾娃說完，便跟大家一起動手，在她的指揮下，不到三個時辰，四十個筏已經全部被拉上了岸。

「姑姑，我有點納悶，海上的變化這麼大，這些筏為什麼偏偏會漂到這裡？」斯斯通通稍有不解的問。

「其實，這對於我們斯可達人來說，都不是難題，這是一個海灣區，總距離是十二天，我挑去前面突出部的十天距離發出，只要是西南十二級風之下，一定會把筏漂到我們這兒的突出部。斯可達對洋流分為一百二十級，這個演算法在地球也管用。當然，在目前的文明程度下，誤差是免不了的。」艾娃解釋說。

「那這些木材應該夠造一艘了嗎？」斯斯通通又問。

「從目測下是應該夠了，但是我們要渡的是：類似斯可達星球的中部大洋，而非斯可達海峽，所以我先得把計劃中的大船縮小四倍，造一條出來試航一下，接著再造一條縮小三倍的試航一下，最後才造一條渡海大船。明年和後年，我們得再去運木材。」艾娃把她的整個計劃構思告訴了斯斯通通。

「姑姑，有一件事情我得向您匯報一下，我們先上馬，回到屋裡，我告訴您」斯斯通通說，然後，她們分別上了馬。

「昨天來了三個原始土著姑娘，她們帶來了一個帶上鬼魅魍魎色彩的傳說，這是由大希望和小希望轉述的事情，我聽上去像是火山大爆發和大地震之類的事情，兩孩子只是說很恐怖很恐怖，具體的也沒說出什麼。由此我有一種預感，好像我們也會遇上一些麻煩。」一回到竹屋，斯斯通通就對艾娃說。

　　「那來的三位姑娘被安排住哪了嗎？」艾娃問。

　　「我沒有經手這件事，聽大希望說，她們是在南面竹屋區遇見那三個姑娘的。」斯斯通通答道。

　　「這三個好孩子，一定去哪玩了，我們等她們回來，然後一起去看望那三個新來的土著姑娘。」艾娃說。

五

　　從新來的三個原始土著姑娘那兒所獲得的資訊並不全面，但是其中的主要資訊是清晰的。大致在一年多前，方位非常可能在飛行機所在的大區域，那兒發生了超級巨大的火山爆發，或許還在周邊地區發生了一系列的地震，在這三個姑娘的描述中，從那兒前來的一路途中發生了很多群體的血腥廝殺，還有搶劫和姦殺女性，甚至還有搶擄幼女。那些大天災所造成的難民潮自然無從計算，可艾娃她們走過這由南向北的路線，那兒的富饒土地給她們留下了深刻的印象，如果一場天災能使逃難災民見到如此的罪惡場面，看來這次大災所波及到的人類一定是巨大的，或許，這是一次原始社會中最大的災民潮。

　　對於這種似真又難以確定的事情；對於這種又無法估計什麼時候能波及到這個地區的事情；艾娃能作出的唯一反應就是：提高警惕。

　　現在，四十個大筏已經全部上岸，經重新拆開後，一棵一棵的大樹木也全部堆積在海岸到山坡前的開闊地。提前製造的大型鐵鋸開始使用，按艾娃的指使，這些樹木已在半年內被鋸成了木條和木板型。

　　在後來的一百天裡，這個海岸出現了他們所建起的第一個港口，也同時建了一個小型的船塢，也就是在這個時間點上，剛回來的外勤隊伍向艾娃通告說，他們在狩獵和採礦時遭受了各一次的攻擊，由此引起了雙方的群毆，這支外勤隊可有三十多人，他們又有鐵製的工具，能攻擊這樣一支人馬，對方人數和強悍真是可想而知的。

　　在這樣迫近的形勢下，艾娃著重的思考了一下，首先，她沒有採納斯斯通通的建議去製造鐵製的武器，她只是讓十幾個年青力壯的男性在這個地區開始巡邏，而她自己則騎著駿馬，連續三天去西面方向進行了查看。

還不到十天，在一天的深夜，居住在南面的原居民被偷襲了，偷襲者們搶走了六隻羊，姦淫了四個女性，還打死了兩個奮起反抗的原住民。

　　僅僅兩天後，距離艾娃她們最近的東面居住區也遭到了偷襲，結果的情況比發生在南面的情況還要糟糕，這一下可讓艾娃下定了決心，她一定要去解決這個棘手的問題。

　　「艾希望、艾之希望、天意通通，你們坐上馬車從西面開始直到南面，凡是你們遇上任何人，都讓他們放下手上的活回到房屋去，等我到了才出來。」艾娃吩咐三個孩子說。

　　三個孩子一溜煙的出門了，在她們看來，一定是有好玩極了的事情會發生。

　　「姑姑，您真的下決心要去解決這些糟糕的事情嗎？」斯斯通通饒有興趣的問。

　　「你不是說：地球是個美麗的地獄，在地獄中，哪有不開戰的道理？」艾娃笑咪咪的說。

　　「哈哈，姑姑您真逗，正如可沁母親在真人劇中的台詞那樣：無畏者必在開戰前展示一下他的俏皮。一個大宇宙太空戰的統帥，如今又要在地球裡指揮開戰，看來一定是好玩之極。」斯斯通通大笑著說。

　　「你去準備弄點吃的給孩子們留下，做完之後，我們出去佈置一下。」艾娃說。

　　艾娃和斯斯通通騎上馬，她們首先是直奔南面的居住區。艾娃她兩到了，人們紛紛走出來，他們聚集在竹屋區前的平原中。艾娃告訴大家，這裡共有成年人一百七十七個，孩子六十七個，從現在起，所有的女人要跟孩子靠在一起，眼下只要求她們做一件事，多編繩子，她明說，這些繩子是用來綁人的。在此的所有男人在距離竹屋的十米外開始挖深溝，一直要挖到平原中，想怎麼挖都可以，要求是讓這裡的人都能認清，挖完後還必須作好偽裝。

　　另外，她還指定了十個女性，叫她們待命，做什麼？到時通知。她還選了十八個會騎馬的男性，讓他們去馬廄取馬，並去西面居住，這是為什麼，還是到時通知。

　　離開了南面居住區，她們又到了西面的居住區，艾娃讓這裡的女性和孩子們收拾一下，然後去南面居住，她給她們的任務也是去編繩子，而這裡的男人除了會騎馬的十一個人留下外，餘下的去東面居住。

　　艾娃她兩最後來到的東面居住區。艾娃只讓這裡的原居民做一件事情，準備好火把，如果發生什麼狀況，在接到通知後，要求他們的一半人拿著火把向西方向衝擊，另一半人去南面支援那裡。這個區域居住的孩子只有八人，艾娃讓兩個女性帶著孩子，立即去南面居住。

艾娃和斯斯通通回到了住所，她們一進門就見那三個孩子正在房裡耍著馬鞭。

　　「你們這在幹什麼？」斯斯通通樂著問。

　　「天意通通說要打仗了，所以我們在練習呢。」艾希望回答說。

　　「開玩笑，豆大的孩子，懂什麼叫打仗？」斯斯通通更樂著問。

　　「別鬧了，我還是把你們三個送南面去住。」艾娃說。

　　「不要！祖母，留下我們，我們的馬車跑得快，可以來回給您們傳遞消息。」天意通通說，說得確實在理。

　　「好吧，那就留下，但是你們必須很聽話。」艾娃答應了孩子後，轉而對斯斯通通說：「我今晚就要去打探一下虛實。」

　　「姑姑，您想要怎麼做。」斯斯通通問。艾娃把她想做的行動，細致的告訴了斯斯通通。

　　夜色下，艾娃跨上了馬，她徑直到達了西面的居住區，她向那十一名騎手交代了該怎麼按她的要求做，然後，她只帶著其中的一個騎手跟著她一起往西方向前進。

　　這兩人走了還沒到半個時辰，這時，艾娃便憑著自己的嗅覺，知道了周邊有很多人類的氣息，她判斷：這兒至少有二十人以上處在隱蔽處，她兩又走了幾分鐘，她又判斷，這兒也應該有二十個人以上正埋伏在此地。

　　艾娃心中在說：「埋伏是你們的特長，可我不是獵物，而是誘餌。」

　　她兩故意放慢了馬速，當走到一個白光下的明處時，艾娃從馬背上跳了下來，同時，她的臉上正呈露出燦爛的笑容。

　　這樣一位宇宙美人就在埋伏者的眼光底下，這怎麼能讓那批人抗拒和忍耐，前面的人已經從樹後地上閃跳了出來，後面的人更是壓抑不住興奮而大叫著衝了過來。

　　艾娃一鞭抽向騎手的馬，使那馬飛速回奔而去，她自己則跳上馬，使勁把韁繩向後拉，這駿馬一聲嘶叫，緊接著一昂脖子，飛起身子越過了衝在前面的幾個人。她盡力控制著讓馬跑得慢些，讓追擊者能見到她而追不上她。

　　艾娃見到追來的人群已經進入了她想見到的狀態，於是，她才快馬加鞭，先跑到了西面居住區。

　　一見艾娃到了，十一個騎手中的一個馬上向南面居住區方向跑去，另十個騎手則跟著艾娃一起來到了她的住地。

　　「姑姑，怎麼不見您後面有追兵呀？」斯斯通通焦急的問。

　　「要到這裡，追兵還需要兩個時辰，現在那些追兵可能正在觀賞我們的西面文明。」艾娃微笑著，略帶幽默的說。

「媽媽，哪我們什麼時候出發去通知東面的老鄉？」艾希望拉著艾娃問。

「你們現在就可以出發，但一定要檢查一下他們每個人有沒有帶上火把。」艾娃笑著拍了拍艾希望。

三個孩子高興得手舞足蹈，她們的馬車已飛馳在向東的路上。

艾娃估計得沒錯，等了很久後，她們才見到有一片黑影從西面向這兒衝來，可就在這時，有一陣馬蹄聲從南方向傳來，東邊的斜坡下已經出現了一片正在閃耀的火焰。

「這些人也正夠笨的。」斯斯通通輕聲的對艾娃說。

「現在他們聰明起來，已經完了！」艾娃說。

果然，當這些偷襲者到達這裡只一小會，他們就被圍住了，經過短暫的打鬥後，這批偷襲者全成了甕中捉鱉中的俘擄。經清點，這批俘擄共有四十九個。對於俘擄，暫時對他們沒有作出任何處理，只是先把他們關押了起來。

接下來的三天，這裡沒有受到偷襲，而根據艾娃佈置的要求，這整個的區域中，一切的準備工作已經全部就緒。

在第四天的清晨開始，艾娃她們上演了她要徹底解決問題的第二步。

在這一天的清晨，艾娃和斯斯通通帶著九個會騎馬的原始土著姑娘出發了。她們是清一色的裝束打扮，長長飄逸的秀髮，上面還插著鮮豔的花朵，一樣的藤絲遮衣，衣裳上是綠色的葉片，她們帶著笑容，展示著迷人的身姿，這鬆散不齊的馬隊，像是現代人的探親訪友，根據艾娃的設想，她們將去周圍一個大範圍中走一走。

這可是發生在一萬零四百多年前的事，這讓人毫無誇張的說：它堪稱是我們這波人類的第一支「真人秀」，也可以說：它是遠古文明中的第一支「時裝隊」。

在這支隊伍的百里方圓的慢遊下，它吸引了上千雙貪婪色淫的目光，讓那些剽悍的男人唾涎三尺。

在她們的身後，曾有過無數的尾隨者，也有幾次攔擊的事發生，這所有冒頭露面的人數，已經存進艾娃大腦的記錄中。

十四天後，這支異類的隊伍回來了，在她們自動解散後，艾娃和斯斯通通就帶領著十個騎手駐紮在西面的居地，她們讓另二十個騎手作為流動的支援隊，到了又三天後，西面的艾娃她們首先跟來犯者交上了手，接著，東南兩個方向也發生了小規模的打鬥。這些馬背上跟地面的打鬥有點像捉迷藏的遊戲，但有一天，這樣的遊戲卻發生了八起之多。到了這樣的時刻，艾娃正式讓三個孩子去通知待命的各方，讓所有的人作好準備，特別讓當初指定的十個女性在平原上生火烤肉，還讓二十個騎手趕去西面跟

這裡的十個騎手合在一起。

　　三個孩子通知完已經回來了，當二十個騎士跟這裡的十個騎手會合後，艾娃對他們說：「你們都隱藏起來，到了戰鬥的最後才出現，只能放入對手，但不能放走對手。」

　　艾娃吩咐完後，她只跟斯斯通通一起向西奔去。一個時辰後，她們停了下來。

　　「姑姑，要不您先回去，我一個人來誘敵深入。」斯斯通通在下馬後對艾娃說。

　　「不！按原計劃走，交上手，你先在西面居住區消失，這三個孩子都機靈又聰明，看！上馬吧，他們來了。」艾娃一躍上了馬，轉眼，斯斯通通也上了馬。

　　她們一調轉馬頭，向西面居住區奔去，這一次，她們又等了很久才見到追兵趕了上來。

　　在交手下，兩個傑出的人類揮舞鞭在拍拍作響，當又有一大批來犯者從海邊的北方向上來時，斯斯通通對他們來了一陣狠抽後，突然向南方向奔去，有一大部分人去追趕她，可她已經消失得無影無蹤。

　　現在的艾娃跟斯斯通通一樣，在狠抽一陣後，便飛馬向東急馳。艾娃沒在住處停留，她直接奔到了東面的居住區。

　　在那裡，艾娃沒見到一點火光，她見到的只是一片在夜色下失去方向的黑影，對此，艾娃開心的笑了，她知道，這三個孩子已經完成了任務，接著，她一轉馬頭向南奔去。

　　在南面的防線早一步已經放開缺口，所以，從那兒衝來的幾十個來犯者已被艾娃設定的主戰場的原居民拿下。而東西兩個方向的大部分來犯者在深夜的黑暗中卻失去了追擊的方向。

　　來犯者在黑暗中大腦裡是天仙般的美人，呼吸中全是噴香噴香的烤肉氣味。那兩個方向距離噴香氣發出的地方都不遠，是退回？還是去向香味和美人的方向摸索前進？答案應該十分容易知道。

　　這兩個方向的來犯者都進入了南面居住區前，這時，東西兩面都一下子出現了火光，這是他們所見過的第二次大火光，這或許是他們見到的火山大爆發後的第二次大火，他們在恐懼下想向回路跑，可是，北面有三十個火把在馬背上閃耀。

　　看來只有一條路，向前繼續衝，前面的噴香味更濃，隱約中還見到了兩個大美人。

　　衝啊！他們的大部分人掉進了深溝，餘下的左衝右闖，結果還是深溝。火光已經圍成了一個大圈，火光又在漸漸移動，它點亮了平原，點亮了南面居住區。

來犯者真的不少，火光下得把他們揪上來捆綁住，這種事，做到天亮才完成！戰鬥已經全部結束了，經清點，這次的戰俘是三百十二人，這個人數加上上一次的俘擄人數，一共是三百六十一個。

三百六十一這個數目，使斯斯通通睜大了驚訝的眼睛，這使不明真相的女兒禁不住問：「母親，您怎麼啦，表情怪怪的？」

「天意通通，我們竟然抓到了三百六十一個俘擄，你應該知道，我們這個大區域中，全部人數也正如是三百六十一個，可我們的總人數中還有八十三個孩子呀！地球上發生的事情，可真奇妙。」斯斯通通向女兒說出了她的驚訝原因。

這個勝仗是贏得挺漂亮，但也出現了一個新的實際問題，這個明顯的問題就是：怎麼去處置這些俘擄。

對於這個問題，原住民的態度不但是寫在了臉上，而且顯示在行動中，在第二天裡，有大多數的俘擄竟然沒有能得到食物。

艾娃和斯斯通通面對這種情況，不得不親自前去解決。

她們逐個向每個人詢問他們在去留上的態度，結果，這三百六十一個俘擄中願意留下的只有四十七人，根據艾娃的所提方案，第一步是：這些人都必須馬上在看押的情況下進行勞動，第二步，從他們的勞動中來區分，誰去誰留。

勞動，在原始的遠古時代，它是生存所必需的基本條件，人類在生存下的勞動後，其主要的效應就是會熱愛這片勞動而收獲下的土地，現在的人類誤區是：他們認為熱愛土地是由古至今的天性之一，其實根本不是，人類跟動物有個同一的共性，他們擇優而棲；在天災和不幸面前，在比較和選擇後，他們一定會向更好的地方去奔走他鄉，這在人類進化完畢之後就開始了。

耕耘、鋸木、伐竹、打鐵……這裡有幹不完的活，勞動是生存的基石，也讓艾娃她們在幾天中就分別出誰該去，誰該留。該留的只有八十一人，其餘的分東南西三個方向送走。由騎士看押下，這三批俘擄在步行了八天後，才讓他們自己解綁和放行。在整整二十天的處置後，這件事情才算畫上了句號。

也就是在這件事解決後的三天，有兩個原始土著人來到了這裡，他們親口給艾娃捎來了一個口信，說是對對希望兩個女兒能去探望他。

「姑姑，也該讓這兩個孩子去見她們的父親了。」斯斯通通對艾娃說。

「是的，我們能有今天，對對和錯錯是功不可沒。我從帶口信人的口氣中覺得，對對好像出現了什麼狀況，所以我得馬上帶上她們走。」艾娃說。

美麗的地獄

八天後，艾娃她們見到了對對。對對的蒼老模樣讓艾娃內心唏噓，他臉上深邃的皺紋猶如傷疤一樣，「對對，你是不是覺得身體上有什麼不舒服？現在你有其他孩子嗎？」艾娃關切的問。

對對堆著苦笑說：「沒有，三個孩子都死了。」

依艾娃的觀察，當時她給他所設的三條戒律，看來他都做到了。

「對對，你老遠讓人跑一趟，僅僅是讓你的女兒見你一次面？」艾娃又問。

「我覺得自己活不了太久了，其實我想跟女兒待在一起，但是這兒很清苦……。」對對說到這兒嘎然而止，他沒有往下說。

「對對，我明白你的心意，跟我們走吧，你今後不會再跟女兒分開了。」對對激動得流下了眼淚，片刻後他又幸福的笑了。

回到這一片熟悉的土地，對對好像又換了一會人生，可是，好景不長，在到達這片土地後的三十三天，他就病故了。以艾娃和斯斯通通她們的猜測，對對的享年可能還不到二十六歲。

在之後的三年，艾娃他們造出了心目中第一艘的海船。艾娃和斯斯通通親自上船出海航行，在近海五天的航行中，這種不太大的海船，也能經得住一般海洋的風浪變化。

又三年後，增大一倍的海船也造了出來，這船增加了兩個木帆，那木制的薄木片看上去猶如風扇片一樣。這船還增加了一個艙，這是用來放儲水桶的。這條船比前一條船的試航期增加了百分之五十，可它航海的結果，讓艾娃還是覺得還不能真正成為一條能橫跨大海的渡海工具，不過，這兩條船使原住民的食物中增加了海鮮類，並衍生出一個新的職業，——漁民。

最後一條真正能去橫渡大海洋的大船，共用了近十年的時間才造了出來，這艘大船幾乎在未來的九千多年中都沒有被超越。

它的船體；它的八個大艙；它的左右兩翼的各十一個大划槳；還有兩翼可以打開的設計；那救生用的，可供五人一起逃生的「漏洞筏」；還有楠烏木的錨；鐵木相間的鏈等等，所有這林林總總的一切，都可謂是遠古第一期中的壯舉。

在大船完工後，艾娃和斯斯通通著重為這裡的四百多個原住民進行了非常合理的資源分配，並對原住民進行了再次遷徙的動員。

她們知道，從人類的起源，到國家的出現前，這段時間相比到一期文明的到來時，它還是屬於美好的。一旦出現了一個什麼王之類的東西，那麼，國家就會產生。

在大宇宙的所有人類星球中，國家這個產物是必然的，但是，她們知道，就是這個產物，它會給人類帶來無窮無盡的災難。艾娃她們希望這

裡的人類能快速進入「家天下」，但是她們更希望，國家出現得越遲越好。

用了半年的時間，她們才做完了這件事，最後她們要做的只是，挑選一些船工，帶上三個大姑娘，然後北渡大海洋。她們共挑選了二十五個船，隨上船的還有他們十個女家屬。十個大桶的淡水已經運上了船，很多很多地瓜也堆滿了一個大艙，有一個艙裡還放了八隻羊。

在出發的那一天，這兒的原住民，一個不漏的都來到海邊去歡送她們，在全體船工和家屬都上船後，艾娃一行的五位女性也排成了一列，她們依依不捨的跟歡送的人們一一握手和道別。

到達時只有艾娃和斯斯通通兩位，現在有六百多人的歡送隊伍，還有這艘了不起的大船。當這五位女性踏上甲板時，下面所有的人都熱淚盈眶。

船開動了，大船帶著地球人類的幫助和祈福，即將去乘風破浪。大海啊，浩瀚得一望無際，可它有盡頭，這個盡頭就是，跟它連在一起的蒼天。

●

遠古的信息碎片

一

出海的前二十天裡，雖然夜晚還有四五丈高的海浪，但白天的天空和海面上是一片的晴朗。艾希望、艾之希望和天意通通這三個已亭亭玉立的大姑娘是第一次出海，在那段時間中，她們老是在甲板上嬉戲追趕，隨著大船繼續向著深海挺進，這三人停止了玩耍，她們跟全體船工和他們的家屬一樣在不斷的嘔吐，漸漸的，她們三個對大海和船體失去了興趣，她們開始整天躲在駕駛艙內，傾聽著艾娃和斯斯通通的交談。

又二十天開始起，狂風巨浪簡直成了家常便飯，海浪經常會升至八九丈高，大船有時會在浪尖上，有時會在浪谷下，這急劇的顛簸晃蕩到了幾十天後已成了人們該見的環境習慣，倒是有一兩天的風平浪靜才是另一種的不正常。

一百多天下來，他們根本沒有見過什麼大陸，就連小島和巖礁也沒有見過，他們所見的只是大海上的巨浪。這個航向可沒有偏離過，它是始終如一的向著偏東的北方前進著。

美麗的地獄

船工們已經斬殺了八隻羊，貨艙中的糧食也只剩了一半。

大海啊，大海！它似乎是魔鬼設計下的舞蹈場，它似乎更像是死亡邊緣的大考場。

現在，艾娃已經可以在一天的大部分時間不待在駕駛艙了，因為這三位大姑娘也會掌舵駕駛，通過這段時間的薰陶和耳濡目染，如今這三位大姑娘除了駕駛之外，也略懂了一些觀察風向和基本上的辨別星象的變化。

又過去八十天了，艾娃還是一如既往的在每天的夜晚去坐在大船的高處。

這是一個繁星璀璨的夜晚，那掛在天空中的白色光球顯得格外的大和圓，在它的四周是一片溢出的光芒，看上去，白色的光球有一個白光的背景，它也幾乎把大海塗上了一層銀色。

「看來，更大的風暴將要來臨！」艾娃心中這麼想，對此，她無不遺憾的搖了搖頭，也就在此時，當她向北方極目望去時，憑著她的火眼金睛的視力，她見到了讓她興高采烈的東西，艾娃趕緊把斯斯通通叫到身邊，也讓她來見見，這個令人歡心鼓舞的景象。

「姑姑，我看見了水準線下有個淡淡的影子，它好像是一片大陸！」斯斯通通和艾娃的目光是一致的，她們的判斷也是一致的，當然，她們都處在同一個興奮點上。

「姑姑，我們快要成功了！」斯斯通通激動得眸孔變顯了。

「是啊！可是你看，這白色光球出現了疊影，這是太陽系中的特有光流，它是預示著一場大風暴的來臨，這天象會不會如期到來，我拿捏不準，但是我們必須預先做好準備。」艾娃態度認真的說。

她們把船上的所有人召集起來，對他們作了說明。

從現在起，所有的人都得穿上救生薄板，並馬上把貨艙中的木質『漏洞筏』搬來甲板上，這種由艾娃設計的救生筏有五個漏孔，可供在緊急的情況下，鑽入五個人的身體，關上閂子，一個大木板就將五個人栓入同一個筏中，然後一起跳入大海便是。左翼和右翼各有一處可以開啟的一個栓閂口子，只要從這裡就可以直接跳下海中。

這是一個難得的平靜之夜，全體船工和家屬也都睡了一個好覺。

第二天，天空中是一片晴朗的藍色，太陽下，蔚藍的大海被太陽光塗上了一層金色。在如此清爽的氣候和如此風和日麗的大海上，現在連船工和他們的家屬們也都能見到了在水準線上的大陸。

人們開始站在甲板上對前方的航程進行了預估，憑著一路來的經驗，大家確定能在三天之內就可以靠岸。

大船依然在乘風破浪，艾娃所估計和擔心的大風暴並沒有出現，而

這時，人們穿著前後夾板式的救生衣，實在使他們熱得汗流夾背，於是他們都紛紛脫下了它。

到了夜色剛剛降落時，天空開始變臉了，滾滾的烏雲在飛速的流動，霎時下，整個洋面已經變成了朦朧的一片，轉而在天昏地暗之下，特大的捲風興起了巨浪，滔滔不絕的巨浪正向著大船蜂湧而來。大船變成了萬浪捶打的大鼓，船體在巨浪的咆嘯下咚咚直響。桅桿在嘎嘎聲中斷裂，船尾被衝掉了一塊，船底也被擊漏了三處。

艾娃當機立斷的搖響了金屬鈴聲，船工和家屬們正鑽入救生的「漏洞筏」中，艾娃和斯斯通通先打開了左翼的栓閂，她們見船工和家屬們已經作好了準備，於是，把他們推入了大海。

接著，她們又到了右翼，打開栓閂後，把餘下的船工和家屬們推入了大海中。

現在該輪到這五位女性了，按預先訂下的順序，第一鑽入漏孔的是斯斯通通，第二個是艾希望，第三個是艾之希望，第四個是天意通通，最後一個是艾娃。

「大家統一步驟，先轉正了，面向大海，姑姑，您發命令吧。」斯斯通通大聲喊道。

「一、二、三，跳！」艾娃一聲令下，五位女性一起用力向大海躍去。

她們被打入海水中，當掙眼時，海浪已經把她們托舉在高高的浪尖上，此時，大船也從浪谷下跟了上來，也就在她們的目視下，這麼大的船體像紙作的玩具一樣被海浪輕易的掀翻後，接著被捲走得無影無蹤。

大家再也聽不到彼此的講話，在她們的記憶中曾經有這樣的片段，她們嗆入了海水，又吐了出來，她們曾經見過船工和他們家屬的筏，但在黑色下也不知了去向。

不知道過了多久，這個飛浪在天的景象還在繼續，這時艾娃她們的五人中，艾希望和艾之希望的神志已經不清，她們好像已經熟睡了一樣。可是到了最後，艾娃她們三位的意識也模糊了起來，她們的最後意識是：一片岩石出現了，岩石正砸向她們的腦袋。

艾娃第一個從昏迷中醒過來，她正躺在一小片沙灘上，她的眼角上出現了一片礁石地，她動彈了一下，覺得右臂上有點刺痛，她伸手一摸，原來是有十來根金屬針刺進了她的皮膚，她將它們拔出來，然後豎起了身子，她第一眼見到了那只金屬小盒，她把針放進去，然後站起來去尋找她們。

艾娃見到的第一個是天意通通，她離她不遠，她是伏在沙灘上，艾娃將她翻過身來，不一會兒，她也醒了過來。之後，艾娃繼續向岩石走，她在靠近岩石邊的沙灘上見到了艾之希望，這時的艾之希望還在昏迷中，

美麗的地獄

她的腿部受了點輕傷，艾娃馬上用雙手按在她的胸口了，用力按了幾下後，艾之希望的身子彈了起來，嘴裡吐出了許多海水，艾娃又趕急在她的虎口穴使了針，等了一陣後，艾之希望也醒了過來。

艾娃走進了岩石地，她在十幾米的遠處發現了艾希望，只見她正泡在礁岩石的間隙水中，艾娃下去把她抱起來，可是見到她的額頭和嘴邊都有一道裂開的傷口，不好！艾娃趕緊為她施針，但是，當斯斯通通從另一邊過來時，艾希望已經沒有了生命體徵。

艾娃抱著艾希望，淚如雨下，她呼喚著她的名字，多麼希望她繼續喊她為媽媽！

這是成功到達彼岸時的悲哀，真如逝者的名字一樣，她們得到了小希望後卻又失去了大希望。

在悲哀中，她們在這兒待了大半天，在這個時候，她們也沒有見到船工們和他們的家屬。

這真是她們要到達的大陸嗎？對此，連艾娃也確定不了，但是，她們憑著自己的信念，卻確定這個大陸就是她們的目的地。現在得向北面的高坡上去，首先要確定它是個大陸，而不希望它僅僅是個小島。

艾娃背著艾希望的遺體跟大家一起走，到了深夜，她們才走到了高坡的最高處。這是一塊大陸所突出的小地方，它三面環水，只是在東北面連著真正的大陸。這一定是個風景極其優美秀麗的地方，艾娃在悲傷中決定，就把艾希望埋葬在高坡上。下半夜，她們完成了安葬艾希望的事，這剩下的四人就陪著艾希望的墓地，一直到了兩天以後。

她們一行走了，在繞行了一段椰樹林後，上了又一個北山坡，站在北坡的高處往下看，她們看到了很多奇異的飛禽，牠們有些還是五彩繽紛的，在高坡下，能見到最多的是山兔，還有山貓可這裡的蛇特別的多但這裡卻沒有大型的動物。

走了大半天，她們通過了一個天然通道正式踏入了大陸，又走了兩天，她們穿入了一片山嶽中。在這片山嶽中，她們見到了人類，但奇怪的是，她們所見到的絕大部分都是女性，而且這些女性還長得挺漂亮，到了她們走了十幾天時，她們卻在無意中見到了十幾個她們的船工，他們正在連接山洞中跟一些美麗的女性待在一起。

艾娃見到這個情況，她讓大家別去打擾他們，就當沒有見到一樣，她希望船工們能融入到這片大陸的人類中而生存下來。

從山嶽區走下來，繼續沿著海岸向北走。在這北上的路又走了一百天後，她們來到了一個海岸非常廣闊的地方，這裡有非常漫長的沙灘，陸地至山嶽之間，還有一個十分廣闊的綠草平原。

「我們該停下來了。」艾娃對大家說。

「姑姑，向東看，依然是茫茫的大海，它可不像是斯可達海峽，不過這麼長時間走下來，感覺中，這兒的附近會有一個斯可達的宮殿。」斯斯通通笑咪咪的對艾娃說。

「奶奶，我們一直處在露營中，這裡也沒有竹林，看來也造不了竹屋。」天意通通說。

「先別說造竹屋，我們得下海洗洗澡，這麼長時間下來，我的身子已經臭了。」艾之希望的話立即引起了大家的共鳴，是該洗洗身子了。

她們都下海去游泳了，並在大海中盡情的遊了很久才上岸。

「姑姑，您幫我看看，我的後背好像被什麼纏住了，怪癢癢的。」上岸時，斯斯通通對艾娃說。

「哇，是一個奇怪的寶貝，看上去像是一隻珊瑚，一隻難見到的好東西，牠好像還會動。這一下可好極了，地球給你送來了一件贈送給大大提提的禮物。」艾娃把纏在斯斯通通身上的彩色珊瑚拿下來交給了她。

「哇，太美了！白、紅、綠，真是一種奇珍異寶。」斯斯通通高興的讚嘆道。

她們都游完了，為了能找到棲息的地方，不得已，只能再次走上山嶽。

一上山，她們就見到了兩個小山洞，在山洞的前面有幾棵小樹，這兒看來既能在山洞中休息，也能在小樹間做幾個懸掛床。

在第二天的上午，艾娃和斯斯通通準備外出打獵，這一次，艾之希望和天意通通也要一起去，因為待在山洞裡實在是太無聊。

這四人就在附近開始搜索獵物，不久，斯斯通通和天意通通一起首先逮到了一隻兔子，可就在這時，艾之希望在追逐一隻兔子時不慎一腳踩空，她從懸崖邊上摔了下去，這一摔，雖然讓幾十米下的一棵歪樹擋了一下，可她還是因此受了重傷。

艾娃在尋回她時，忙給她施了針，儘管後來的五天，艾之希望得到了大家的悉心照顧，但她終因傷勢過重而在第六天永遠閉上了雙眼。

又一次的不幸發生在了大洋的彼岸，在極其的悲哀下，這三位女性就在山洞裡，為艾之希望的遺體砌成了一個墓穴，在悲傷的幾天後，她們都不忍在這個地方待下去了，於是，她們還是沿著海岸向北方向走。

只走了十天後，斯斯通通對艾娃說：「姑姑，這裡太荒無人煙，我們還是進入山區吧。」斯斯通通的建議被採納了，兩天後，她們來到了一座大山前。

「姑姑，不知道為什麼，我覺得最近我的渾身骨頭都在疼痛。」在還沒有進入大山前，斯斯通通這麼對艾娃說。

艾娃聽她這麼一說，立即大驚失色，她忙張開雙臂去抱住她，並在

她的耳邊嗅了一下，「糟糕」艾娃的內心中蹦出了這兩個字，她清楚的知道：斯斯通通的生命已經快走到了盡頭。

「停下別走了！斯斯通通，我的可依分好孩子！天意通通快過來，陪著你的母親多說說話。」艾娃說。

聽了艾娃的話，聰明的斯斯通通當然知道艾娃的話中內涵，對此她只是淡淡的一笑。

三天後，斯斯通通也離開了人世，在她閉眼的前夕，她當著艾娃的面把奇異的三色珊瑚交給了女兒天意通通，她還以微弱的聲音對她說：「我的寶貝，如果你見到大大提提舅舅，把它交給他！」

天意通通接過了囑託的珍貴禮物，當斯斯通通嚥氣時，她跟艾娃一起撲向她的身體。

<h2 style="text-align:center">二</h2>

小小提提策馬飛奔衝向閃光的地方，這架討厭的可依分一號飛行機已經停止了閃光，當他接近它時，它甚至不再隱形，小小提提憑著對它的熟悉，知道它已經從「背叛的長眠」中恢復了工作，這使他欣喜若狂，只要有它的工作，一切願望將很快的實現，一切的迷團也能迎刃而解。

小小提提在狂喜中跳下了馬，他向它直接的喊道：「我的天啊，這才是可依分星球的榮光。」

飛行機開始旋轉，大地的塵土立即飛揚起來，這彷彿要使大地顫抖。「不對勁！」小小提提瞬間在意識中覺醒，他猛然轉回身往回跑，可是晚了，風塵中，他猶如一隻螻蟻一樣被掀翻，轉眼已經被捲進飛行機中。

「你這無情的混蛋，我還沒有跟我的孩子們告別哪！」小小提提怒吼著。

飛行機已鑽入了雲層，當小小提提還處在憤怒時，飛行機已以次光速的速度飛到了東方的邊緣，這時，它突然減速，並從雲霄中向下衝來，這讓小小提提從螢幕中看到了他與美麗相愛的地方，接著又見到了小溪的出生地，最後，這架討厭的飛行機竟飛到了低空，突然停了下來！

小小提提心中一驚，他向下看，只見下面正有七個小點在移動，再瞧螢幕，他的艾華父親、哥哥、還有他的三個女兒正騎著馬。

「哎混蛋，快降下去！那是主政艾華的一家子，難道你要違抗主政？」小小提提不知道是憤怒還是喜悅，或許是喜怒交加。

飛行機根本不理會他的叫喊，也就在平原上的艾華和大大提提他們正朝它遙望時，螢幕被關閉了，隨即，飛行機一個極速升高，同時向更遠的方向飛去。

僅僅十七秒鐘的空中停留，僅僅見到親人的身影四秒鐘！

小小提提在飛行機中奔跑，他在尋找可以發洩的對象，可機上的一切都移動不了，在如此的憤怒和難似宣洩的情況下，小小提提衝動了，他衝到總艙的走廊停了下來，然後在嘴裡蹦出了這樣的一句話：「去你的天意，我願永世不活了！」說完，他勇敢又兇猛的用腦袋去撞擊比磐石還要堅硬的總艙門。

空氣中正瀰漫著一陣又一陣刺激嗅覺的氣味，這種氣味可以說比大宇宙中任何氣味都要刺激，它使得昏迷中的小小提提甦醒了過來。

他仰躺在一片綠色的斜坡上，這兒的風光美得難以想像，可這裡沒有鳥語花香，這是一幅好似虛擬中的美畫，這裡可連一個動物也看不見。

小小提提艱難的撐起身子，他極目望向下面的平原。這是一個大平原，所有的山嶽只是它周邊的陪襯，而在這批平原上，所能見到的第一個印象就是，它到處是坑坑窪窪。

他向下一步一步的走去，目光細瞧之下，那兒正呈現著一幅令人難以置信的景象。大地上有無數個同一物種在蠕動，還時而伴隨著痛苦的叫喊。

「天啊！」小小提提對著蒼天大嘆了一聲，「我難道見到了人類起源的現場真實版？」他接著又嘆道。

他摸索著記憶，從記憶中回想起斯可達星球有關人類起源的記錄。

「大地中的養份和細菌會形成人類的細胞，在經過一千萬年至一千一百萬年之間的演化，人類的胎兒便會在地層下形成，在大地的懷抱中孕育成長，整個過程的關鍵作用在於一種劇毒的催化，它在最後會吞噬掉人體上半部的皮囊，使人類向地層表面伸展，在伸展至地面後，下半身的皮囊也將潰爛，這個過程就是：脫離地面。

人類在頭部已經呈露在地面上時，眼睛就會漸漸睜開，在氣流、光流、空氣和氣候等多種因素的作用下，人體運動就會處在掙扎之下，當人類的身體掙扎到大半身已經離開地層時，最後，他們就會輕易的爬離地面，……。

有關人類的起源，斯可達星球給的定義是：大地是人類的母親。」

「大地是母親？哪父親是誰？科學畢竟只是科學。」小小提提在記憶的記錄後，又加上了自己的疑問。

眼下，小小提提讓一種好奇心，神使鬼差的牽動著，他不由自主般的來到了一個正在土中掙扎的人類旁，他望著這個時而掙扎的「小人」，還仔細看了他看自己的目光，那張臉並不是嬰兒的臉，只是這張臉還帶著稚氣，而在這種稚氣下，還透著一種不一般的小勇氣，它猶如一個孩子在玩耍時，那種非盡興不可的倔強。

小小提提可見過許多原始土著人的孩子，他判斷，土中的「小人」看上去有八到十歲之間。

　　小小提提對著「小人」微笑，有時對方也報以微笑，在這趣味盎然的時刻，小小提提居然大腦出現了宇宙大爆炸的情形，這曾經親眼目睹的情形又莫名其妙的激發出他頑皮的一面，他伸出雙手去拽「小人」，但從「小人」頭部去拽的動作失敗了，他為此，雙手還沾上了許多黏黏糊糊的東西。

　　小小提提把雙手在草地上擦乾淨，接著伸手去拽「小人」的雙肩，這一次他輕易的獲得了成功。

　　就這麼一拽一拔，「小人」就笑著從地下全身來到了地面，「這麼大了，這真是原始土著人十歲孩子的身材！」小小提提自言自語說道。

　　「小人」開始向前衝，跑了幾步就跌倒了，他是被下身的皮囊絆倒了，然而，他似乎根本不介意，站起來繼續跑，「小人」就這樣，連續在做著這個機械動作，到了他跑不動時，他就坐下來，並舔著自己的皮囊處。

　　小小提提觀察完了這個過程後，轉身去幫助土中的其他「小人」，這一天，他幫一百零三個「小人」成功的離開了大地。

　　「我注意到了，大地確實是人類的母親，這樣的人類起源跟斯可達星球所發現的幾千個各人類的起源是一致的，可『劇毒』元素，皮囊元素的作用？這種難以形容的氣味？還有『小人』舔皮囊不會中毒？看來，我小小提提也是一個偉大的人物，因為我可以斷定：灑下人類種子的只有上帝和天堂，也就是說，人類的父親是上帝和天堂。」小小提提得意的這樣想到。

　　這一天的晚上，小小提提在萬般無聊下，又思念起他的親人，然後他還是以之前的方式，在大地上畫下了傳遞資訊的記號。

　　從第二天開始，到了之後的幾十天裡，他唯一所做的是拔「小人」，在這段時間中，他在三座小山和一個平原的範圍內，他竟從土中拽上來了上萬個「小人」，接著，他向北行走，只翻過了一個山嶽時，他見到了另一種景象。

　　這裡依然有一種非常刺激嗅覺的氣味，但相比人類起源大區域，這裡的氣味沒有這麼嗆人。那是一種帶著奶香味的氣味，但夾雜著一種奇臭，從這裡開始到步行十天的範圍中，他也見到很多人類，他們身體上的皮囊已經基本脫落，有的只是在腳上還留有一些，他們的性別標誌已經顯露，他們在山中和平原上吃土，他們喜歡聚在一起。

　　「這一山之隔，歷史的距離，可能相差五百年到一千年。」小小提提在無聊中，像在判斷，又像在猜測。

　　他沒興趣在這兒待下去，他只想向北走，直到有一天，他能達到沒

有異味的地方。他又走了十幾天，空氣中的異味已經漸漸消退，他覺得自己有點累了，也很久沒有停下來了。這一停，他居然停了整整五十天。

能讓他這麼耐心的停下腳步，一定是有什麼原因吸引了他。是的！首先是，這裡的情形，連斯可達星球的整個科學記錄上都沒有。

這些依然在吃土的人類，在他們的身上已經完全沒皮囊的痕跡，他們的表情都是如此的平靜，無論他們在聚和散；無論他們是在行和停，他們間都是如此的平和，甚至是親切。小小提提發現了他們的異性交合，沒有一絲暴力，沒有一絲強行，只是短時間的目光交集後的本能行為，這個讓小小提提覺得很驚訝，可令他更為驚訝的是，他還幾次發現了那些女性的生育。

她們挺著大肚子在尋找隱蔽處，自己躺下，自己咬牙在忍受著分娩的痛，還自己折斷臍帶，自己去猛飲河水，最後回來為孩子餵奶。

小小提提由此想到了他的一嗎因生孩子而母子雙亡，他在想，這些人類的祖先們可真了不起，或許不是她們的了不起，而是人類在生存中的退化，「人類會在多方面退化，難道也包括生育？」他內心疑問著。

他從這個區域繼續走，走著走著，他覺得能見到的人類是越來越少，有一天，他見到了一頭猛獸正在追著兩個人類，這時他才發現，自己已經走出了異味嗆人的世界。

他沒再見到吃土的人類，但是見到了一些人類的骷髏，小小提提這時才又想起斯可達星球的教課書上寫的，人類進化完畢後的開始。

這是兩三千里的方圓，相差著一千兩百年的人類差距，小小提提下意識的轉過身，向著走過的路望去。這是一條沒有回頭的路，人類因為艱難和死亡而回去，可一個都沒有。

人類有上蒼的保護，脫離後，他們必有最堅韌的步伐，離開了泥土，代之青草和樹果，他們落在了食物鏈的低端，讓兇狠的猛獸去追逐，可就是這樣的低端和追逐，有一天，他們自己會造就自己成為每一個星球中的主宰。

「看來我不會無聊和寂寞了。」小小提提自嘲的自言自語。

在這一天，他在密林中找了一塊空地坐了下來，他想盤算一下，這以後的日子將怎麼過。他想著想著便睡著了。正當他酣睡之際，從他的頭頂的高坡處傳來了撕心裂肺的叫喊聲。小小提提跳起身，極速向高坡奔去。

兩隻黑色怪獸正從更高處衝下來，有五個赤身裸體的人類正向著小小提提的方向逃竄，而就在他們二十米外的樹上，另一隻黑色怪獸正在撕咬一個人，那個人應該已經斷了氣。

小小提提是迎著人類正面衝上去的，在他出現在他們的目光下時，

他們立即轉過方向跑，或許是小小提提的高大，他們把他當成了另一個危險。小小提提沒去理會這些，他突然停了下來，把自己的身體去引來怪獸。

「獅不獅、虎不虎、狼不狼，什麼怪物？」他心裡想著，內心中已經做出了主動出擊的決定。

小小提提瞟了一眼周圍的地上，緊接著躍身撲向怪獸，讓小小提提沒料到的是，這種怪獸居然能直立起來，並躲過他的直撲，於是，小小提提索性一個翻滾倒地，順勢撿起了一塊山石，怪獸張開大嘴撲上來，小小提提左手五指宛如鋼鉤一般揪住了怪獸的脖子，在同時的霎那間，他用山石以閃電的速度去猛擊怪獸的腦袋，那頭怪獸的慘叫和掙扎一起迸出，牠的腦漿和血也一起崩了出來。

小小提提一個側翻又急停，他要向第二隻怪獸攻擊，可那隻怪獸跑得飛快，一下子逃得沒影了，這時的小小提提依然不擺手，他很快跳到了一棵樹下。樹上的怪獸已經把一個人的屍體吃缺了一塊，牠見樹下有人時，兇相畢露的呲牙低吼。

小小提提瞄準牠投去了山石，並不斷撿石投擲牠，這樣的攻擊下，才使怪獸放棄了牠的食物，衝下樹後逃跑了。小小提提爬上了樹，他見那具死屍是慘不忍睹，死者幾乎已經沒有了後背……小小提提把屍體推下樹來，又拖到了低窪處，然後從地上撿了枝和葉把屍體蓋住了。

小小提提向山坡下走，在他的大腦早就不去想那五個逃跑的人類了，現在他只是在回憶，之前他睡覺時所做的那個夢。對了，他想起來了，在夢中，他見到了一對比翼鳥，一隻站著，一隻躺著，這不是在明白無誤的告訴他，他的哥哥大大提提已經離開了人世嗎？一定是的，小小提提在肯定了這個資訊後，禁不住放聲大哭。

小小提提哭了很久，一直到他聽到了上坡也傳來了哭泣的聲音時，他才停了下來。這些哭泣聲無疑是從剛才他打死怪獸的方向傳來的，他起初猶豫了一下，他不想去管了，轉而想，這些哭聲可能會再次引來猛獸，於是，他又一次上了山坡。

他見到五個人類正圍在低窪地處哭泣，那由他蓋上去的枝和葉也被拿走了，看來，死者一定是這些哭泣者的什麼親人。小小提提的出現，使這五個人向後退去，這時，他才看清，原來她們都是女性。

小小提提向她們做了各種手勢讓她們離開，但看來她們沒有明白，他又去折下兩支較粗的樹枝放在其中的兩位手上，他的意思是讓她們作為防身用，可是她們還是不明白，最後，小小提提折下了長滿葉子的細枝，去為其中的一位擋住私陰部時，這一下，她們的目光都發出欣喜的光芒。「呵呵，原來女性愛美真的是天性。」小小提提心裡想著，行為上，為她們每個人都掛上了遮羞的枝葉。

她們的戒心解除了，於是，五位女性中的一個向小小提提攤開了她的手，在她的手上有一片天然鋒利的山石片，根據她的目光所示，小小提提明白，她是要小小提提允許她去處理怪獸的屍體。

　　這個事，他幫她們辦了，可當他見到她們在吃怪獸肉時，他不忍看下去，他待了一會後，便轉身走下了坡去。

　　小小提提離開了密林中的小空地後，他就在幾天裡漫無目標的逛，一天後，他見到了一些人類，在那兒，在滿山遍野中到處都是盛開的鮮花，結著樹果的樹也很多，在平原的綠草上還有鮮嫩的小花朵，在平原上，還繞著一條清澈的河流。

　　小小提提來到了這個區域的第二天，他遇見了之前的五位女性，她們只是向他笑了笑，然後就走了。

　　他們間沒有語言可以交流，連手勢跟叫喊也有一半弄不明白，在小小提提的觀察中知道，這些人類做什麼都不主動，也不抗拒，他們的人生就是一次行雲流水。

　　小小提提太孤單了，而且還是這個星球的流浪兒，可在他的心中，他不想再這麼行屍走肉。當他第二見到這五位女性時，他便跟著她們後面，對此她們也一點沒抗拒他的跟隨。

　　小小提提這一次用綠草紮了遮羞物給她們，並抓了一個野兔讓她們吃，這一下，他們六人成了一波人。原來，她們也是流浪兒，或許，這裡的所有人類都是，她們逛來逛去，只求吃樹果和草根，到了睏的時候，則睡在那裡都行。

　　有一天，他們見一隻大豹在追逐兩個男性，當小小提提出手相救後，一個受了傷，一個則逃脫了，之後，小小提提帶他們去喝了河水，還允許他們留下一起跟五個女性進食，因為小小提提這一天還獵到了一頭獐。

　　可讓他萬萬沒想到的是，那個沒受傷的男性竟然在這一夜跟這裡的兩個女性發生了交歡的一幕，這是怎麼發生的？小小提提迷惑了，因為他們之間除了目光之外，也沒有任何交流。這兩個男性天亮就走了，可這樣的事在短期內又發生了兩次。

　　這樣的事實可讓小小提提難以接受，他拿著獵物帶她們去山上的隱蔽處住，她們在接受後，僅此當作睡覺的地方，她們還是要到處走，因為她們要吃要喝，所以要外出尋找。

　　小小提提只想跟她們行動一致，也希望她們別去做他接受不了的事！那怎麼才能做到？他當然有辦法。

　　小小提提想要獵到野兔很容易，有一天，他獵到了五隻，這一次，他可沒有讓她們急著吃，而是準備好了許多乾枝，他的身上只剩下一根金屬針了，可就是這根針能把她們栓在他們的身旁，他取火點燃了，這噴香

美麗的地獄

的兔肉放在了她們的面前。

這熟食竟然能改變她們，她們的目光變了，變得投在小小提提的臉上不想移開。她們的行為也變了，變得亦步亦逐的跟著他。

後來這五個女性都懷孕了，率先生的三個一定是小小提提所生，從模樣上就能分辨得出，這三個都是兒子，小小提提給他們取名叫：一提提、二提提和三提提，後面兩個是女兒，那可不是小小提提的，小小提提為她們取的名字叫：阿瑪和齊雅。

這五位女性後來可再也沒有為他生孩子，因為她們在生育後的一年中都相繼離開了人世。

在孩子們的成長過程中，小小提提依舊跟在東方一樣，他教孩子斯可達語言，也為孩子做了一些文明的事，比如起窯燒陶，他也像當時在東方教授一九提提和二十一提一樣，把可依分一號飛行機上的密碼告訴了孩子們，不過，他所教授的只是一個密碼。

在五年過去的一天，他把孩子叫到了他的身旁，並對他們說：「你們三個當哥哥的，要照顧好這兩個妹妹，一定要把她們撫養長大，如果我死了，你們要把我抬到山崗上。」小小提提留下了這些話的第二天就離開了地球的人世間。

三個兒子按父親的遺願，把父親的遺體抬上了山崗，兩個女兒流著眼淚，向父親的遺體灑下了鮮艷的花朵。就在五個孩子已經完成了父親的遺願時，天空突然被蓋住了，昏天暗地中，可依分一號飛行機已經出現在山崗的上空。

三個哥哥見此，慌忙的拉著兩個妹妹往山下跑，一提提在恐慌下，抬頭大叫著飛行機的一個密碼。飛行機射出了最強的白光，它將這一大片地區中，凡比這座山崗高的山嶽全夷成了平地。

這一大片地區已經成了山石的海洋，奇怪的是：山石中的大部分變成了方形和長方形，還有一點變成了塔頂形。

三

這一天是斯斯通通的過世週年日，居住在山腳下的艾娃和天意通通一大早便登上了山，她們要去祭拜斯斯通通。在祭拜完畢後，她們兩望著大海的盡頭，一種憂鬱刻在她們的表情上。

「祖母，都這麼長時間過去了，母親也走了整整一年了，故事中的艾華祖父他們到底什麼時候才能造好船然後渡過來跟我們會合？」天意通通問，在這一年中，她已經多次提出這樣的問題。這樣的問題曾得到過艾娃的回答，但眼下，她跟上一次一樣答不上來。這一天，這對相依為命的

祖孫兩沒有下山，她們一起躺在斯斯通通的墓前，遙望著天空。

　　在這一天的深夜，天空中出現了壯麗奇觀的景象，陣陣不斷的流星雨向下墜落，像是天上開了一個缺口，而流星雨像奔騰而下的山泉一樣。到了黎明之前，天空變成了另一個奇象，一縷又一縷的鮮紅帶飄在空中，把整個天空映成了紅色的一片。這時，艾娃從地上跳了起來，她興奮得熱淚盈眶，她向著蒼天說道：「謝謝！我知道你們會來的，可遺憾的是，我的父母和斯斯通通已經離開了人世。」

　　「祖母，您見到他們正渡海過來嗎？」聽到艾娃的話，天意通通也跳了起來，她興奮的問。

　　艾娃沒有回答她的問題，她只是拉著她的手往山下走。到了山下，她們沒有在原來住的地方停下，而是向著平原跑去。

　　「祖母，我們是不是去海邊等待艾華祖父他們？」迷惑不解的天意通通再次問。

　　「不是艾華他們，是去等待天堂人的到來。」艾娃終於把心中的判斷告訴了她。

　　從這裡的平原到海邊還有一天的路程，當她們快走近海邊時，突然，在她們的後面天空中閃爍著起巨大的白光，當她們轉身去看時，只見後面的所有山嶽都在嘎嘎聲中搖晃，接著，從遠處開始，一陣陣震耳欲聾的地動山搖的情景出現了。

　　天空中冒起了一片白霧，在白霧茫茫的時刻，這視線中的所有山嶽在爆裂中塌了下來，陣陣的大山石也連續不斷的滾落下來，又接著，只見到，一片又一片的山嶽被輕易的削平。這個令人震驚得瞠目結舌的一幕持續了大半個白天，那空中的白霧夾著塵埃在幾天後才消去。

　　整個大地回歸了寂靜，艾娃帶著天意通通退回去查看，她們見到了那數不盡的巨山石，而這些巨山石的形狀，正如作者之前所描寫的那樣：它們大多數呈方形和長方形的，有一點是塔頂形的。天意通通驚得說不出話，她只是以詢問的目光望著艾娃。

　　「這是謝幕的信號，正如一出劇目結束時，觀眾們所給予的掌聲。」艾娃喃喃的說。

　　到了這一天的深夜，一縷白光曬向了她們，一架宇宙飛行機就停在她們頭頂的上空。艾娃仰面對著它，微笑著說：「啓動社會工程部、宇宙工程部、生命工程部的第一億零三資訊源，我是艾娃，二號飛行機，我命令你，去你該去的地方吧。」

　　天意通通在驚詫中又覺得莫名其妙，在艾娃的話後，那架飛行機閃爍了三次，然而瞬間消失了。

　　「祖母，這就是您和母親口中的飛行機？」天意通通問。

美麗的地獄

「是的，它是可依分二號飛行機。是它帶我們來到了這個星球。都一百三十八億七千萬年過去了，上帝和天堂擬定的一個計劃正在落幕。」艾娃這些話，讓天意通通直眨著眼睛。

海邊到了，從第一天開始，天意通通一直在問：天堂人，什麼時候才能到？問了十天下來，可都是沒有答案，這讓她有點心灰意冷了，這些天裡，她所見到的就是：太陽、白色光球、繁星、大海、巨浪、還有飛翔中的海鷗。

到了第三十六天的晚上，艾娃忽然揉住了天意通通，順著艾娃的目光望去，天意通通並沒有見到什麼，也沒有見到什麼，但在片刻後，那整個天際變成了白晝，只見一個超級龐大的物體出現了，它遮住了天，蓋住了海，雖然它正在縮小，可這頂天立地的身軀還是能擋住她們的視線。

一分鐘後，一架金色的舷梯從它的底層已伸向了她們，在舷梯的另一邊，一位氣宇軒昂的男子已經站在上面。

「我明白了，祖母。那是您們故事中的『套套房』，天堂人真的到了！」天意通通興奮得蹦了起來。

那男子在距離她們三十米處停了下來，他微笑著伸出了雙手，那雙臂前伸，擊掌了三次，然後收回雙臂，把雙掌放在雙肩上，掌背向外。這是天堂的禮儀，對此，艾娃流著熱淚向他展示了跟他一樣的動作。

「我們偉大的主政艾娃，奉上帝的旨意，我來接您們回家。」那男子飛奔過來，他擁抱著艾娃說。

「真的是你，可拉松統帥，你們終於到達了天堂！」

「是的，上帝早有旨意：不落下一個斯可達人！我們現在去見我的好兄弟艾華，來，艾娃；來，斯斯通通的閨女天意通通，我們一起進入『套套房』。」那位叫可拉松的男子說。

「他怎麼知道我的名字？」就在天意通通疑問時，艾娃已經伸出手，拉她向金色的舷梯走去。

艾華向所有的人揮了揮手，那些騎在馬背上的人都跳下了馬。他正如一部電影的導演一樣開始為大家排演起一支歡迎的隊伍，站在最前的是艾華自己和他的小女兒艾絢沁娃，在第二排的是他們所有的親人，站在第三排的是原始土著人和紅種人。

在這裡的全部人都應艾華的要求試做了兩次天堂的禮儀，之後，他們在原地等待。整整等了半天，他們見到了從西方升起的「套套房。」僅僅三秒鐘，「套套房」就渡過了海峽。

金色的舷梯已經伸到了艾華他們的目光之下，可拉松也跑到了舷梯的中段，艾娃和天意通通也已經走出了這個龐然大物。

「艾絢沁娃，你和大家站在原地，向他們展示天堂的禮儀。」艾華

說著，他自己便向舷梯奔去。

可拉松已經站在那裡向艾華展示了天堂的禮儀，這讓艾華在快速的奔跑下停下來回以天堂之禮。可拉松向艾華奔了過來，這輕如飛燕的身姿讓艾華泣不成聲。他們肩對肩的撞了一下，然後緊緊的擁抱在了一起。在長時間的擁抱中，他們竟然都說不出一句話。

這斯可達星球中的一切講不完，這一百三十七億兩千多萬年的分別，也真難找到一個關鍵詞來打開話匣。最後，還是可拉松對艾華說道：「天堂中也有了『天中球』，是我開啟的。現在，您還是趕快去見艾娃吧。」

這是，艾娃已經站在了艾華的目光之下。

「我的波絲裡米。」艾華上前把她揉在了懷裡。

「我的瑪拉蒂瑪，您還是叫我艾娃吧！」艾娃哭了，千言萬語已經堵在她的胸口，真讓她一下子不知道說點啥。

「一切都完成了，希望天堂的努力會是如願以償。」艾華說。

「是啊，我也這麼想！」艾娃說。

艾娃、可拉松和天意通通已經出現在歡迎的隊伍前。艾絢沁娃那雙激情又美麗的目光早盯在艾娃的臉上，她第一個忘我的走向她，並向她展開了雙臂，艾娃迎了上去，宛如針對久別的親女兒一樣把她抱住。

「姑姑，百聞不如一見，您可真是宇宙第一美人，我叫艾絢沁娃，是我父親最小的女兒。」艾絢沁娃甜笑著向艾娃作了自我介紹。

「艾絢沁娃，你也特別特別的美麗，一位標準的斯可達第一美人。」艾娃也對懷中的艾絢沁娃大加讚賞。

艾絢沁娃只顧在崇拜者的懷裡享受溫暖，她可忘了父親的吩咐，他要她去擔任為雙方作介紹的角色。

「小妹，你可不顧姐姐們的感受，偉大的姑姑可是我們共同崇拜的偶像。」艾斯芳華說，她跟艾沁蒂瑪一起靠近了他們兩。艾娃高興壞了，她索性站在中間，讓這三姐妹一起抱住她。

一陣後，天意通通大大方方的站了出來，她向大家說道：「我叫天意通通，我是斯斯通通的女兒。」

天意通通這麼一說，她立刻吸引了一九提提、二一提提和小溪，他們一起上來問候她，並向她作了自我介紹。

「我們都是黃種人，我們都是你的哥哥和弟弟。」二一提提樂著說。

這時的艾沁蒂瑪挨過來，她指著小溪說：「他不算黃種人，他是獨一無二的人。」她的話逗得大家更樂了，她也趁這個時候，向天意通通介紹了她自己。

「大姨，我的大大提提舅舅在哪？我母親已經過世了，她有一件物品，要我交給他。」天意通通詢問著，並用目光在人群中搜索。

美麗的地獄

「我叫大地提提，大大提提是我的父親，他不幸也過世了，你有什麼物品可以交給我。」大小子走上一步說。

當天意通通掏出那件三色珊瑚時，來接過去的卻是艾沁蒂瑪，「太美了，這是什麼？」她問。

「祖母說，它叫珊瑚，有三種顏色的是特別的稀罕。我們在新的大陸的海裡游泳時，它就纏在我母親的身上。」天意通通介紹說。

「它這麼美，又這麼珍貴，我得好好的保存它。」艾沁蒂瑪說著，便把這件禮品放入了口袋。

「母親，把它給我，父親和斯斯通通姑姑都不在了，我覺得我擁有它才最合適，我的理由是：我特別喜歡她。」大小子大地提提在他母親的耳邊直白的說道，艾沁蒂瑪不但沒給，還瞪了他一眼。

「我去找爺爺告狀。」大地提提說完，他還真的去找艾華了。

「我想邀請大家一起去看看這個星球。」這時，可拉松用三種語言向大家發出了邀請。所有的人都歡天喜地的跟他上了「套套房」。

「套套房」起飛後，只用了四十二秒的時間便飛臨了這個星球的東北部上空，它並沒有降到地面，而是在高空中停了下來，在「套套房」那碩大的螢幕上，它正在播放有關東方大地上的資訊碎片。

受敘述者的委託，本作者在此簡單的描述一下在東方的第一期中的一些資訊：

可依分一號宇宙飛行機，它在地球東方的出現地點是：地球東方的東北部，地點是在今日隸屬於朝鮮的境內——白頭山天池區的山腳下；

由小小提提所生的黃種第一人，——提提已經移居那片大地的臨海區域，這位被天堂記錄稱為地球大哥的黃種第一人所居住的區域是：現在的韓國境內；從一二提提至一五提提的四兄弟，他們和他們的後裔，一直居住於中國境內東北地區，在三千年後，他們的後裔才向南方地區遷徙；一二嗎提提和她的後裔一直居於中國的山東省；最值得一提的是：一三嗎提提那一批兄弟姐妹們的後裔，他們在東方創建了一個了不起的文明——良諸文明，地點是在如今的中國浙江省；在介紹了這些資訊碎片之後，我們回到故事之中。

「套套房」用了十二分鐘的時間，沿著艾華他們的西行路線；艾娃她們的北行路線；以及小小提提最後所到的美洲大陸；去轉了一圈，然後再回到了原點。

在原點的上空，「套套房」整整在上面停留了一天，在這一天中，有兩個從天堂來的高維人，以難以形容的美食來款待大家，在這期間，碩大的螢幕上還播放著天堂美景。

艾華、艾娃跟可拉松已經談論了快一天了，看來他們有聊不完的話，

當可拉松向艾華他兩講述了，從宇宙大爆炸的五百年到地球產生的這段時間後，最後，他以最嚴肅的口氣詢問他們說：「我尊敬的艾華和艾娃，受上帝的委託，我得詢問您們三次這樣的話：您們想保持斯可達星球的容貌和思想，還是回到天堂中的瑪拉蒂瑪和波絲裡米？」他確實連續詢問了三遍。

艾華和艾娃一致回答說：「把斯可達星球的容貌保持到永恆，恢復在天堂的思想和記憶。」

可拉松微笑著帶領他們進入了「套套房」中最特殊的房間，而他自己退了出來。

當艾華和艾娃重新以天堂人的身份走出那個特殊房間時，可拉松第四次重複了之前他所重複三遍的問題，而艾華和艾娃的則堅決的回答了兩個字：不變！

「套套房」終於降落在地面上，艾娃在與地球人類的道別時只講了這麼一句話：「人類文明的序幕已經正式拉開，希望地球能成為第二個斯可達。」

艾華對孩子們和原始土著人是這樣說的，「你們大家一定是這樣認為的：我們的分別就是永別，可我以上帝和我母親的名義告訴大家，我們只是分別了，你們將以你們個體的行為，一代又一代去努力，會有一天，我們會在天堂中相聚，請你們不要讓我失望。過來，艾沁蒂瑪，把你收起的三色珊瑚和天然金子交給我。」

艾華把大地提提和天意通通叫到大家的目光下，他把三色珊瑚交在了大地提提的手上，把天然金子則交給了天意通通。

「孩子們，幸福屬於你們！」艾華向他們表示了祝福！

「套套房」已經飛到了火星上，它打開了超級巨大的入口之門，讓可依分的一號和二號飛行機進入內艙。

時空已在扭曲，大宇宙的創造者通道出現了，「套套房」一升起，一種感速飛行開始了，它帶著艾華和艾娃回到了天堂，回到了上帝花苑。

「尊敬的艾華和艾娃，您們的母親，我們的上帝已經在外面等候，她還給你們準備了一個小驚喜。」在走出「套套房」前，可拉松對艾華他們說。

艾華和艾娃他們一走出「套套房」就見到了多麗多茜麗上帝，在上帝的一旁還站著另一個女子。他們彼此行了天堂之禮。

「母親，我們的上帝啊！」艾華和艾娃同時說。

「孩子們終於回來了！」上帝帶著無比慈祥的笑容說。

「可沁！可沁姐！」艾華和艾娃一起靠近了站在上帝一旁的女子，是的！她是可沁。

美麗的地獄

上帝非常高興的把他們三人揉在了一起，並對他們說：「你們三人就在一起！艾娃你要改口叫可沁為可沁妹妹，可沁，你要叫她艾娃姐，這是我的決定。」

還在他們含著激動的淚花在相互凝視時，另五位主角也登場了，他們是：艾斯琴斯、艾絢艷、斯斯通通、大大提提和小小提提。

上帝說：斯可達人，一個也不能落下。

他們都進入了天堂。

另一些資訊碎片：

分依分二號飛行機放行四人的地點是：地球的西南大陸，這是如今的非洲的贊比西境內；

在艾華和艾娃離開地球的五年後，從東方大陸又去到原艾華造船點的有三人，他們是：一七提提和二七提提，還有跟二七提提相愛的甜姑娘。

在這之後的兩年，除了一七提提和二一提提留在那片土地之外，這兒所有的親人，都搭著艾華留下的雙體船去到了西面的對岸；這批親人的後裔，他們在兩千多年後，創建了地球中最燦爛的文明，——美索不達米亞文明；在地球中，被當今人類認為其中的三支最偉大的文明是：美索不達米亞文明，良諸文明，瑪雅文明。

美索不達米亞文明和良諸文明的消失，原因是「原始遺瘟」病毒，這種病毒幾近讓地球變成空白，由遠古第一期能轉入遠古第二期的主要是兩支北方人類後裔：東方是，一二提提他們四兄弟的後裔，西方是，小溪和艾絢沁娃的後裔；現代人類以非常肯定的方式去讚美瑪雅文明，可這支文明的消失真是天堂所為，它是一次以病毒為武器的定點針對性毀滅。

瑪雅文明雖是可謂文明，但在天堂人的眼裡，它只是一種殘酷和罪惡的樣板，凡文明偏離了大方向，那麼它就沒有留下的價值。

「原始遺瘟」病毒，它雖然沒有毀滅地球人類，但使地球人類在黑暗之中，淹淹一息掙扎了三千年，這也使艾華他們口述的故事在代代相傳後，被誤傳、被扭曲……最後在遠古第二期後變成了地球人類中的宗教，直到現在。

我向讀者們表示道歉，因為在這個第一部分的故事中，出現了許多不為人知的人名、地名和插曲，為了真正的弄明白，我敬請大家跟著我一起，進入到之後的篇章。

第二部　艾華和艾娃（一個舊宇宙中的人類星球）

●

第六章：斯可達星球

一

　　溫柔飄逸的宇宙光流正輕輕的拍打著大氣層的霧流，光流和霧流盤繞在斯可達星球的西北部那萬米高聳的山峰時，它們時而相互拍打，又時而相互漸漸的交融，這看上去宛如兩股天使群在婀娜多姿的翩翩起舞。不久，霧流緩緩散去了，讓雲霧在宇宙的光流照射下，變得無影無蹤，這時，山峰呈露出它的全貌，在金光燦爛之下，星球的大部分區域便進入到了又一個希望與快樂的早晨。

　　宇宙光流是斯可達星球人類的生命源泉，正如我們太陽系中的太陽光一樣。每當光流佔據到它全部離去時，這兒的人類把它們分成了十九個時段；而光流走了，霧流籠罩時，這兒的人類又將這個部分分成了二十個時段；兩個時段加在一起，他們把它稱之為一天。

　　在這時光的流逝下，在這個星球的文明程度進入到第三期時，（已經進入到高級文明的範疇）他們將原本五百四十天為一年的計算法，改成了一年為兩百一十天。

　　斯可達星球在它所在星球系中是最大的一顆星球，但它既不是恒星，又不隸屬任何恆星下的行星。而這個奇怪的星球系，被斯可達的人類稱之為：「晶晶藍」。

　　「晶晶藍」星球系在大宇宙中屬於一種另類的存在，它的中央部有一顆恆星叫做「天堂星」，在恆星下，只有兩顆行星，然而，在領近的星系中，基本的情況也是如此。

　　在這樣一個奇怪的星系邊緣，又存在著一個更奇葩的斯可達星球，它在獨立自轉，如果按高級人類的科學定義，斯可達星球是巍然屹立在這個星球系的制高點上。

斯可達星球的存在壽命已經有一百二十一億年了，可它卻有著九十三多億的人類空白期，到了這個漫長的空白期後，人類才出現在這個星球中。

人類在出現於大宇宙時，他們的起源狀態都是一致的：在起初的原始狀態到成熟的文明階段終要經歷殘酷現實和環境的錘鍊，產生與毀滅始終在時間跨度下反覆出現。眼下的，終不知道未來，矇矓的進程終迷茫著漫長的時段；人類文明猶如有時的人體一樣，會累會躺下，到了一定的時段，甚至會陷入其中而不知道什麼時候才能甦醒過來。

在講述這個斯可達星球故事時順便提示一下，為了便於太陽系下的地球人類能更加明白，從現在起，我把這個高級文明人類中的一切，盡量翻譯成最貼近地球人類的思維方式。

在簡單介紹斯可達星球的人類文明歷史時，也得順便說一下，在高級人類的文明中，他們也有一種近乎人類文明歷史的相同的篇章，且這種過程有百分之九十五以上相同性，於是，我們可以把這種文明的過程作為一種鑑別和參考。

在高級文明人類的認知下，他們不會把文明的宇宙以科學的術語：「維度」來作定義，他們站在他們的高度，把宇宙人類的文明分成了六個大的階段，第一個大段，他們稱它為：文明起步期（也稱懵懂期），然後是第一期文明；第二期文明；第三期文明；第四期文明和第五文明。

「起步期」的過程和標準：

人類的起源，人類進化於人類的本身，原始人類的懵懂時到智力認知發展，這是第一階段；人類認知下產生的發展，包括了農耕、工業、科學的起步（以國家為主導體制）這是第二階段；人類的平均壽命達到平均一百二十年，對整個本星系和整個銀河系的正確認知，個體文明下，人類星球中的絕大部人類已經沒有了地獄感，這是第三階段。這時，人類才算是站在了人類文明的的一期門檻上！

第一期人類文明的過程和標準：

人類的生命科學開啓真正的起飛，人類的平均壽命應該在五百年，甚至以上，這是第一階段；在星球人類中，人類的心理問題有一半能得到解決，（主要的體現是，家庭倫理、男女情感、社會責任、最主要的體現是，怎麼控制住人工智能），在人口基數加劇的情況下，有移民其本星球系其他星球的能力，這是一期文明中的第二階段；有能力參與跟外星系的人類交流，甚至是基本的戰爭能力，人類的平均壽命已經在一千五百年至二千年之間，最突出的標誌是：人工智能的發展不能成為「人類」，（注：這是關鍵的階段，從這個階段點到二期文明的初步階段，人類星球中的百分之九十六的星球人類，都被毀滅在人工智能「人」的手裡）這是一期文

明的第三階段。

第二期人類文明的過程和標準：

萬般的文明進程都首先在人類的心理中產生，人類的生命科學在各個人類的星球中會產生比較大的差異，有的能達到五千年，有的還停留在兩千年之內，但是，那時的人類會不懼死亡，他們多會以理性的把它當成一個普遍的現象。人類或在星球內，或在星球外，他們的參與戰爭數會減少，但裂度和規模會增大，在這第一階段中，人與「智能人」的交量一般上升到生死存亡的階段，可以說，人類到了這個階段是最危險的生存階段。

在極少數能度過那個階段的人類，他們星球中的國家會成倍的增加，人類悠久的宗教信仰，至此會逐漸消失。

那大部分達到這個文明程度的人類，他們一直會陷入「人智」的超漫長的戰爭中。人類得益於自己的智慧而成了星球的主宰，也受益於自己的智慧，使人工智能為他們的文明發展有時得以突飛猛進，但是，人類的智慧也使他們在受益後全數回吐，人類在早期就知道，人類最大的問題是反人類的倒退，而「人工智能人」更知道，他們要毀滅的就是製造他們的人類。

「人工智能人」要毀滅製造他們的人類，其智慧中的方法就是人類本身的最精化，相比人類本身而言，到時候，「人工智能人」可以一擋千，以一當萬絕不是危言聳聽。

人類能從起點走到第三期文明已經很少了，那再來看看三期文明的過程和標準吧：

三期文明，按大宇宙的定義，它已經是人類步入了高級文明階段的開始，而這個文明的階段，各個星球的文明體現已經大不相同了，在必須稱得上高級文明的初步條件下，人類文明開始各放異彩，有的在生命科學方面；有的在宇宙的探索方面；有的在對天堂位置的研究方面；有的甚至在對外星球的攻防軍事方面，……。在這些等等的方面中，各個人類星球都會獨豎一幟，各有所長。這大致就是三期文明中的第一個階段；從二期文明所遺留下來的問題會非常突出，最突出的是：資源和國家問題。在三期文明的三個階段中，戰爭在這其間會大幅度的減少，但規模和殘酷的裂度會超出想像，這時甚至有千年大戰的出現，當然，人類的平均壽命會成倍的增長，在大宇宙中，他們基本上能到達億分之一想去的地方，這就是三期文明的第二階段；從第三期文明開始，它的過程和標準幾乎是跟四期文明和五期文明連貫起來，只是在時段的先後中有極大的差別。

在大宇宙中，在三期文明進入到末段時，人類的文明過程，基本上可以概括成幾個主要的過程：人類在生命科學領域，幾乎全部進入人類可

美麗的地獄

以活到八千年以上，他們開始漸漸消除人類自己所創造出來社會、經濟、管理等等的東西，從金錢、法律直到國家等等。這是兩大階段的第一個階段，這第二個階段就是：探測到了天堂的所在位置，不惜一切的向它進發！

在舊的大宇宙中，究竟有沒有第五期文明的星球，天堂的回答是：沒有！

儘管有上百個人類星球自稱是，但是，當時的天堂標準是：能進入天堂的，它就是五期文明！

到此，有關舊的大宇宙的文明狀態以及文明分類已經簡單的講完了。現在回來講一講斯可達星球的簡單歷史情況。

根據斯可達星球教課書上的歷史簡要，他們的文明歷史，大致被他們是這樣介紹的：斯可達星球在存在了九十三多億的空白期後才出現了人類，在人類文明的長流中，曾經有一百三十八次的毀滅記錄，直到這個故事中的這波人類產生後，文明才延續了下去。這波人類共延續了五億三千萬年。

在教課書上，他們的文明，主要是有四個大的階段，記載中也稱他們是歷經了四個大紀元。

第一個叫「大先紀元」，這個過程從人類的起源開始，在大地上脫穎而出到兩性繁衍下一代；在後代子孫們跌跌撞撞的生存下來後，又非常艱難的度過了人類的原始社會；火和熟食延長了他們的生命和增加了他們的智慧，使他們在「家天下」的基礎上有了國家，之後他們邁入了農耕的封建社會，走進了工業化的機械階段、初級智能的電腦社會和星球級的網絡社會，（這聽起來十分熟悉的一頁）就是他們所稱的「大先紀元」。

第二個紀元叫：「大實紀元」，這個歷史過程中，他們開始探索宇宙，並能把人工智能人送上了其他的星球，他們發現了遙遠的七個星球系，還夢想著穿過時空隧道去到達那裡，他們甚至以為自己發明了一種實驗室中的維生菌，還把它撒去了幾個人類空白的星球，他們終是妄圖去製造真正的人類，可結果都是又恥辱又笑話的失敗了，到了這個紀的末期，人工智能人崛起，在接近失控的邊緣時，人智大戰，便在星球的各個角落中不斷展開，這時，他們在逆境之下，生命科學卻一點也沒有遜色，人均壽命已經有兩千多年。

第三個紀元叫：「大地紀元」，這是一個文明的節點，高峰時，這個星球的人口有六百三十六億，並有大小國家七百零二個，可是，之後，他們便經歷了五百年的人智大戰，在這慘烈教訓後，這個紀元才創立開始的。雖然，斯可達星球屬於大宇宙戰勝人工智能人的絕對少數，但是他們在倒退幅度極大的情況下，經過了漫長的恢復期，在這個期間後，他們獲取了人類起源的真憑實據。

在恢復期後，斯可達星球走到了星球的高峰期，那時，人們把一個星球看作了文明差異很大的三個世界，站在制高點上的國家和地區已經企圖在製造星球，並想在這個奇葩的星球系中搭建小宇宙。可處於文明低位的國家和地區，他們只是想在目前的情況下去創造更多的資源，並製造更新和尖端的武器去保衛資源。

到了這個故事開始前的一億三千萬前，也就在大地紀元的末期，一場戰爭從斯可達星球的東南部開始發生，由此，這場戰爭漸漸變成了全斯可達星球中所有國家都參與其中的大戰，可打著打著，誰也沒有預料到，這場大戰竟然演變成了一場滅國大戰，滅國大戰的結果是：在斯可達星球中已經再也沒有了國家。這場戰爭結束了，它也是「大地紀元」的結束，從那以後，被命名為新的紀元正式開啓，這個第四個紀元的名字叫：「大公紀元」。這個「大公紀元」從此以後就沒有再被更改過，而從「大公紀元」開始，到這個故事的開始，這已經有一億三千萬的時間，如果按我們太陽系地球的時間去折合計算的話，那麼，這個故事就發生在距今的一百三十七億又兩千多萬年前。

故事就從那時開始吧！

二

可拉在「聖水」池裡洗了個澡後便穿過了斯可達宮殿的鑽石大廳，隨後他再走進了宮殿的中央室，這時，斯可達星球中有大半的霧流已經從高聳入雲的金色山峰上散去，這也預示著這個人類星球的一半已進入到了充滿幸福和歡樂的早晨。

可拉到達了宮殿的中央室後，他輕拍了一下自己的手掌，於是，整個星球的信息源在宮殿中就開啓了，他坐下身，面對著前方說道：「早上好！新的一天來到了。」這一下，中央室便熱鬧了起來，這兒也馬上變成了屏幕的世界，牆上和地上等到處閃爍著從四面八方湧來的問候文字。

可拉是整個斯可達星球的主政，在這個高級人類的星球中，目前有四億一千多萬人口，除了這位主政之外，其他還有三位副主政，而就是這麼四位主政，他們領導著這個碩大的星球。

在人們的一陣問候後，可拉便去他的衣帽間更換了衣服，穿戴完了，他又穿上了他的科技鞋，眼下，他滑翔過了龐大的生活區，又穿過了更大的休閒區，最後到達了宮殿的最大的貴賓區域。

這裡有個大廳，裡面裝飾很簡單，所有的擺設材料也不外乎是木材、黃金、白玉和一些特殊的金屬。但這裡的一方牆上，卻有一些用外星球的特種石料鑲嵌的一些文字，文字是：主政：可拉；副主政：可之敏（社會

工程部）；副主政：艾理（生命工程部）；副主政：可欽（宇宙工程部）。

這樣一個人類星球，主政的就是這麼四位，且三位副主政跟全斯可達星球的人民一樣，沒有絲毫的特權，說到特權，主政可拉卻有一個，那就是，他可以在每天的一半時間中，關閉自己的思維動態信息源，不過，這位主政卻很少使用他的這種特權。

今天是可拉主政慣例性外出巡視工作的日子，現在，他正在捏著拇指和食指從而調整好自己的思維動態。

斯可達宮殿座落在這個星球的中西部交界處，在這個區域中，還有星球中最著名的地標：萬米金峰。這確實是斯可達星球的最高點，正確的說，這個峰頂有海拔一萬零七十四米，而斯可達宮殿就建在山峰南部的一千公里處。

斯可達宮殿建於一億三千萬年之前，建造這個氣勢磅薄的宮殿，原因是為了斯可達星球在三期文明時出了一位極其傑出的人物。這位偉人叫：艾之冰河，他曾經是一個叫「夢興」國的總統，後來他在一次的全球大戰中消滅了國家，由此，他在整個星球無國家的狀態下，成為了星球中的第一位主政。

斯可達宮殿曾歷經了上千次的推倒重建，修繕的次數則不計其數，這個建築從文期的三期到了文明的四期，這是斯可達星球中，唯一一個經歷了一億三千萬年和經歷了整個「大公紀元」的建築。

再來看看這個建築中有些什麼吧。

這兒有二十五個大型會議室，由三十六個大房間和六個「聖水」池組成的生活區；有十個可以觀賞本星球和外星球的直播廳；有八個智能運動場；有五十四個會見廳；有七百二十個各式風格的來賓客房；在宮殿的西面還有二十平方公里的廣場；北面還有一個大型紀念館。

但是，就是這樣一個宮殿，它的使用率是超級的低，全宮殿只居住著兩個人：可拉主政和他的女友。當然，在每年中，還有一些會議和幾次盛大的聚會在此舉行。

可拉要離開宮殿了，在他距離大門比較近的地方，宮殿的大門自動開啟了，這時，可拉向腳下的科技鞋，發出了一個字的指令：走！

可拉擺好了飛行的姿勢，只眨眼的功夫，他便升到了空中，科技鞋在他的腳下閃耀著，帶著他，極速的向斯可達海峽飛去。

斯可達海峽的東岸人煙稀少，可拉在一片綠油油的平原上停了下來，在那兒，他的穿梭車正在等待他，他還有一個小小的約定。

一位叫可沁的美麗姑娘，已經在可拉的穿梭車前等待著他。

「可拉主政，您好！」可沁含著甜蜜的微笑說。

「早上好！很高興能認識你。」可拉大方的向她伸出了右手。

介紹一下可沁，她今年才十六歲，在她出生的紀錄中，她可是在三十天裡出生的唯一一個孩子，她在兩次的學齡期課程中都沒有親自進入在社會工程部的課堂上，可她卻自學了學齡期的課程，斯可達星球中，把十六歲稱為青春的開始，直到三千歲。可沁是一個個性比較活潑的姑娘，長得也格外的美麗。

　　「可拉主政，我能面對面的認識您也非常的開心，昨天，當您答應我能搭上您的穿梭車時，我不知有多麼的興奮，謝謝！在這短暫的旅途中，我能不能請教您一些問題？」可沁直率的問。

　　「當然可以！」可拉輕輕拍了一下她的後背，示意她一起上車。

　　「可沁，我知道你的父親很忙，也知道你學了兩次學齡期的課程，這很好，不過，我還是要建議你，有機會要進入課堂中。」剛在車上坐定，可拉首先打開了話題。

　　「母親早已離開了我們，父親又去了宇宙工程部，這期間，我們搬了五次家。我會採納您的建議。」可沁依然微笑著說。

　　「你看起來很好學。現在你可以向我提出你想詢問我的問題。」可拉以一位長者的慈祥笑容說。就年齡而言，他們相差得十分的懸殊，一個是十六歲的姑娘，而另一個是：四萬七千一百三十三歲的壯年人。可沁側了一下身子，調整了她的坐姿，看上去，她跟他之間在交談一樣。

　　「我已經讀完了三個大紀元的歷史，這些浩浩蕩蕩文明佔去了太長時間的歷史，整個過程中都有數不盡的戰爭出現，我在想：如果沒有戰爭而導致的文明倒退，那麼我們這個美麗的斯可達星球應該早就像現在一樣。在平和幸福中沒有國家；沒有法律；沒有疾病；沒有軍隊和執法機構等等等等。課中說的，人類在一期文明前的發明都是作繭自縛，除了『家』以外。」可沁這些話可不太像是在提問問題，倒是像在講一個她的思想點，對此，可拉有點樂了，他哈哈笑了兩聲，然後對她說道：「戰爭，就表面而言，它是國家級的暴力行為，在我們斯可達的文明中過程中出現過近三百萬次之多，但戰爭並不是文明的倒退根源，有些還是大大推動了文明的進程，在個體文明沒有達到一種特別的高度時，在我們的三個大紀元中，最最棘手的矛盾不得不以戰爭去解決。國家和金錢等等一樣，它卻是人類的自我創造，在大宇宙中都有這部分存在於人類的文明之中。一期文明前的人類創造往往都是雙刃劍，人類需要生存中的秩序，需要在星球中與人相處等需求，可低級文明和中期文明的人類是擺不準國家真正的用途的。從我們現在文明的角度來看，國家跟疾病一樣是個壞東西。

　　我們早已知道了人類的起源，也認定了有上帝和天堂的存在，我們正在疑惑大宇宙的一切真實存在，是不是都是虛擬的，如果都是假的，那麼真實的東西到底是什麼？可愛的可沁，我不能保證我的認識是否完全正

美麗的地獄

232

確，不過，我可以把我自己的想法寫成一本書來送你，希望它能成為你思想中的參考，我把這本書的名字叫做：《戰爭和國家不能演變成人類的自我毀滅》。」可拉說到這兒，他把食指放在了穿梭車的信息源小盤上，然後把自己的思維動態信息源連結上去，僅僅幾分鐘後，他完成了他的書籍，並把書籍發給了可沁。

可沁聽了可拉的話後，在心裡正在品嘗著其中的內容，她的表情上顯示出一種不盡滿意，但當她收到了可拉的書籍時，表情上還是顯得十分的開心。

「謝謝可拉主政，我會去閱讀您的書籍。現在我們可以去社會工程部了。」可沁說。

「好吧，可沁，今天是你第一次去社會工程部，你想不想以最快的速度去到那裡，我的穿梭車有十檔，這兒去社會工程部有一萬兩千公里，最快的到達時間是二十四秒。」可拉這麼說，只是想讓可沁的高興度達到一個興奮點。

「太快了，我會暈嗎？還是選擇慢點，能十分鐘到達就行。」可沁說。

「那好！就選第五擋，七分鐘十一秒到達。」可拉說，可沁立刻點頭表示了同意。

接受到指令的主政穿梭車迅速騰空而起，在極速的飛射下，在他們坐在車內的短暫交談後，這一萬兩千公里的距離似乎轉眼就到達了。

三

社會工程部座落在斯可達星球的中南部海濱。在斯可達星球的中部共有一千六百多個城市，所有的城市分布都是十分的科學，這是斯可達星球上的人類主要的居住區域，整個中部被劃定了十二個居住大區域。

在中部的最南端有個最小的城市，它的名字叫做：首華城。首華城很小，但它卻是整個星球的最高行政區，這是社會工程部的所在地，它也是另兩個重要部門的所在地。

這個猶如海島般的城市，它雖看上去是四面環水，但其實，它的北面是人工開拓下的一個水面，從首華城到北對岸，共有三十多座橋樑所連接。

如果從高空中俯瞰下去，這個城市很像一個晶瑩剔透，鑲嵌在藍寶石上的玉蜘蛛，這座城市是建於兩千萬年前，它是斯可達星球的大腦和心臟。

在這座城市的主要三個重要機構是：社會工程部的十層大樓；隸屬於生命工程部的「人類生命醫院；還有的是宇宙工程部那六千米高的宇宙

塔樓。

　　高級文明的社會結構，高級文明的生命長度，通向大宇宙的科學高度，為人類幸福的管理，這一切就是從這個小城市中發揮出來的。

　　今天和往常一樣，可沁都保持著一種愉悅的心情，她為今天的自己，安排了以下的活動流程：現在是她流程中的第一站，她將穿上仿古的警察服在社會工程部的大樓前站上五個時光，這是象徵斯可達星球曾經一幕的名片，它警示著人類，千萬別忘卻人類自己的愚蠢。

　　五個時辰後，她會離開首華城，她將搭上三十六條線中的一條飛速地面車，穿過五座城市和中間的一些崇山峻嶺，從而去到一個叫普拉英的城市，普拉英城是一個演繹真人劇的中心，在那兒，她要參加一個真人劇的演出，她現在所要扮演的角色是一出有關「大先紀元」歷史中一位總統的女兒。可沁作為真人劇演員，雖然她只有一年多的經歷，但她所拿捏角色的程度，已經能獲得大部分人的好評。

　　演繹完真人劇，她已約定了十幾個跟她年紀相對接近的朋友，她們將穿上科技鞋，去東部的巴啦動物公園遊玩，順便練習一下動物的「語言」，這樣的練習是一種準備，以備有一天能陪同父親去到全球最美麗的地方，——奇想大陸。

　　以上的活動結束後，她又約定了父親在普拉城參加一個由萬人參加的音樂會，凡在信息源的評估中佔到前一百位的就是表演者，而其餘的人就是他們的觀眾，最後，她將跟父親一起在普拉英城的家中，度過一個夜晚。

　　有這麼長時間跟父親待在一起真是難得，他們可以好好的捉膝長談，也可以在各個話題中聽取父親的敦敦教誨。

　　說到可沁在普拉英城也有一個家，其實在目前的斯可達的星球中，所有的各種資源已經沒有了屬性，如果按人均分配的話，他們的每一個人都在星球中擁有五百套以上的住房，在完全沒有公與私的情況下，在一般人中，他們的一生使用率也僅僅只有一百套之多。

　　當可拉和可沁到達了社會工程部大樓時，社會部的主政艾之敏已經在大樓外迎接他們，她含笑著跟他們問喧並擁抱了一下，然後帶他們走進了社會工程部的大樓。

　　社會工程部的大樓並不高，總共只有十層。它雖然大高，但總面積也有斯可達宮殿的一半。

　　好吧，來對這個大樓的功能作些簡單的介紹。

　　這個建築的主體使用的斯可達琥珀鋼和山石料所建成的，內部主要是用出產於斯可達星球的千年銀色木、黃金、金彩鑽和宇宙鎏金等，所謂超過斯可達宮殿的是這個建築的外部，在社會工程部的外牆全是鑲嵌著一

美麗的地獄

種被稱為「五彩晶玉」的石料，這種石料並不產自於斯可達星球，它還是在「大實紀元」的末期，由斯可達星球的宇宙飛碟，從遙遠的星球系中攫取而來，這種石料距今已經有一億六千萬年之久了，可它所展現的外表程度猶如嶄新一般。

「五彩晶玉」可真是大宇宙中的奇石，如果把它打磨成平面，那它所呈現的顏色是乳白色的；如果把它制成圓形的，那它就是粉紅色的；如果把它制成三角形的，那它就是翡翠綠的；如果把它制成菱形的，它會呈現藍色；如果把三種形狀混在一起，它是金色的；再把所有的形狀都鑲嵌在外牆上，那它在這麼久的年代中卻依然能發出五彩繽紛的光芒。

再來看看社會工程部的內部功能。

這兒的一樓，它是一個學齡中的大形教育中心，這裡還有十個休息室和三個「聖水」池，這裡是專供年齡在六歲到四十歲的斯可達人上學的地方。

二層樓是由光霧研究所和氣象站所組成的，這裡只有九個人在辦公，而隸屬這個部門的支援人員卻有一百萬人之多，這裡，在斯可達人的口中，通常把他稱作為：「呼風喚雨」站。

三層樓也有一個俗名，它叫「大愛無疆」站，也有人稱他為：「幸福指數努力」站，這裡的工作人員只有兩位，但隸屬於它的志願者有近兩百萬之多。這麼多的志願人員將融入於斯可達的四億一千多萬的民眾中，雖然在斯可達人中極少有憂和難，但他們會根據科學的數據去設計，以創造更多的幸福源出來。在此說一下當時斯可達星球的幸福指數的統計數據，全球人民的幸福指數教在百分之九十八以上，只有三位的指數還不到百分之九十五，這是三位副主政，而更有一位的指數才剛剛達到百分之九十，這一位卻是斯可達星球的主政：可拉。

四層樓是社會工程部最主要的部門之一，它是供應站，這是一個全球物資的供應和物流部門，這個部門也是一個最熱鬧的地方，這裡的工作人員全是不固定的志願者，每天，這裡有二百五十個人員進出工作，他們把辦公和駕駛巨型飛碟於一身。當今，在斯可達星球的物資製造點也只有一百五十個，而所擁有的大形運輸飛碟也只有一百五十架，在整個此類的運作中基本上都是由人工智能來完成，但是，出於歷史中「人智」大戰的太沉痛的教訓，凡有人工智能參與的，他們不但會被嚴格看管，並會有志願者的直接參與。

致於這些巨形的運輸飛碟，它們可都是兩萬年前的老古董，這些飛碟有七十二個通道口，有二百二十一個小飛碟藏在其中，每架小飛碟都有十二個「彈箱」，而這些「彈箱」就是貨櫃，這種飛行器的最快速度相當於感速的五擋，也就是可拉帶可沁去到社會工程部的速度。

五層樓的功能只有一個，那是為赴外星執行任務的宇宙航天員所準備的，那兒有六百個有駕駛艙模型的房間，當宇航員出發前就在此待上三天，在他們回歸後，也得待上三天才可以回家。

　　六層樓是社會工程部的大腦部分，這兒除了陳放著自一億三千萬來的全部信息外，它最最主要的功能是：從全部的信息中，按十八項標準，評估出項項中的佼佼者，從而產生出一個最高能力者，這位最有能力和最優秀者將出任斯可達星球的新主政，（在其餘三位副主政方面的挑選標準也一樣）所以說，社會工程部的六樓，也是新主政的誕生地。這一層有六位工作人員。

　　七層樓是設計製造站，這個名稱起源於一億三千萬年前的社會工程部剛剛成立時，但現在，隨著文明的不斷發展，這兒的基本功能已經全部消失，目前這兒有七十四位工作人員，可他們全是斯可達星球中的上層科學家，他們會跟斯可達的兩千多萬科學一起，主要是對大宇宙的高級外星進行研究，有些宇宙上的重大製造決策，基本上的藍圖便起源於此。（現在的主政可拉就在這個部門工作過六百年）。

　　八層樓的名稱和功能更是早已名存實亡，它叫交通和居住管理部，在斯可達星球的現在，交通和居住已經沒有了問題，只要一個信息的傳遞，副主政可之敏便會在最短的時間內給予解決。

　　七層樓和八層樓似乎有個同一問題，它們表面上都被新文明時代給淘汰了，但是，這可是斯可達人的智慧，在斯可達星球內已經在製造與設計。交通和居住方面沒有了問題，那麼在星球外哪？什麼樣的設計和製造才更適合面對大宇宙？大宇宙的遂道中究竟有多少「交通」問題？哪些超級複雜又空白的星球，在必要的時候得去「居住」？這表面上都是宇宙工程部的事，可在高級人類中，大宇宙本來就是一個社會性的結構。

　　九層樓是另兩位副主政的所辦公和生活的地方，一位是生命工程部的副主政艾理，還有一位是宇宙工程部的副主政可欽，這兩位主政，他們有一半的時間在此生活和工作，從理論和實際上來講，他們都還是單身。

　　十層樓的布局很簡單，這個層面的四周都是走廊，走廊的外面是鮮花錦簇的樓頂花園，走廊內是社會工程部主政可之敏的生活區和她的四個辦公室，可之敏有兩個孩子，都是她單性生養，她有一位異性伴侶，她們在一起生活已經有了兩千多年。

　　十層樓中還有一個可拉主政的辦公室，它是一個所謂的「決策室」，這個顯示最高權力的地方，可自從它創建迄今，就根本是一個象徵性的擺設，在這裡除了偶爾能見到智能手出入去打掃之外，它完全是處於關閉的狀態之中。

　　介紹完了社會工程部的功能和機構後，人們會誤以為社會工程部比

美麗的地獄

其他兩個部來得更重要，其實不然，在高級文明的斯可達星球中，最最重要的部門當屬宇宙工程部，從社會工程部的七八樓的情況來看，那些社會工程部所管轄的部門才真正在轉向宇宙方面，在宇宙工程部之後，應該稱得上第二重要的是生命工程部，在此大樓辦公的只有副主政一人，但最關鍵的部門所在地自然不在此地，它的關鍵部門就在同一座城市，它就是：——人類生命醫院。

四

可拉跟著可之敏走進了她的辦公室，可之敏則以和藹可親的微笑向可拉做了一個請坐的手勢，剛一坐下來，可之敏便直接開口說道：「可拉主政，因為您沒有打開主政之間的量子信息源，所以我只得當面向您匯報一件大宇宙的事件。」

「抱歉，你請說吧。」鎮定的可拉同樣微笑著說。

「早晨第三時光又二十七分鐘時，可欽在量子信息源中給我傳來了一個信息，說大宇宙有兩次很大的異動。在 120 亭—120A—3846 區域，一個星球系全部讓編號 A349 黑洞所吞噬，我們知道在那個星球系中的兩個星球裡存在著人類的文明，以我們的文明評估，那些人類文明已經達到了第二期。另外，編號 AO 的大恆星比我們預測快了 100 倍的速度正在向巨大的『巴拉 101 號』黑洞被動的靠攏，為此，宇宙工程部已邀請了大科學家和天文學家艾斯琴斯在今天來這裡。」可之敏簡單的向可拉匯報了所發生的宇宙狀況。

可之敏所講的信息使鎮定中的可拉暗暗吃驚，他喃喃的自言自語道：「我們在四天前才發現了這個異象的開始，然而僅僅四天，一切竟發展成這樣的恐怖情形。」

「可拉主政，我在一個時光前已經將整個信息發往了整個科學家的群體，我也跟可欽見了面，今天您將在十五時光準點去宇宙工程部的宇宙塔樓，這個行程會改變嗎？」可之敏的這一問話使可拉擺了擺手勢，他是示意自己不會改變今天的行程，然後他思考了一下對可之敏說：「通知大科學家艾斯琴斯直接在十五時光準點去到宇宙工程部，我們四位主政也一起按時到達。另外，對於這個信息，科學家群有什麼反應？」

可之敏先在坐椅的扶手上拍了一下，她是在把可拉的原話傳遞給了艾斯琴斯，隨後她回答他的提問說：「在您到來之前，我共收到了他們的九十四條評論，他們一致提到了大宇宙之外的那股無與倫比的力量，也提到了『搖一搖』的理論。」

所謂的「搖一搖」，這是大科學家艾斯琴斯在一千年前，根據他的

研究後所提出的理論，其意思是：在大宇宙之外有股力量，這是主宰大宇宙的力量，當大宇宙中最高端的文明在向這股力量的源地發起探索性進發時，那麼他們就會在被動下出現奇點，以他們的力量，只要搖動一下大宇宙的一些點，由此就會出現一些星球被黑洞吞噬的怪象，搖動在比較激烈的情況之下，就是被稱為大宇宙的憾動，如果搖動到了更激烈，並在大宇宙中引起了局部影響時，（特別是一個遙遠的星球，以超出科學的想像而來到另一星球的鄰位時），那麼，這整個現象就被艾斯琴斯稱為：搖一搖。

這個「搖一搖」的理論，也道出了一個現實，就是斯可達星球的文明已經進入到第四期，可這個階段的科學家們依然對大宇宙有太多的疑題，大宇宙中沒有永恆，也許人類對大宇宙的未知是永恆的。

對於可之敏的回答，可拉沒有作出反應，他沉思了一陣後，忽然轉了一個話題對她說：「昨天，我的伴侶可松麗給我傳來了很多奇想大陸的影片，最多的是斯可達山脈的，看來他們已經完成了任務。」

可之敏對可拉一下子把話題轉到這個份上暗中吃驚，但她還是隨和他的話題說道：「是啊，一萬名志願者已經完成了轉移山脈附近動物和把災難降低為零的任務，現在他們正陸續從奇想大陸回到中部大陸。第三十天，斯可達山脈的火山群，將有十二個火山口出現同時的大爆發，這將是多麼壯觀的一幕啊！。」她說到這兒，目光中發射出興奮的光芒。

「這可不是一般的壯觀，請想一想，熊熊的火焰將衝向千米的高度，它能燃燒著光流和霧流的四處散發，那滾滾的岩漿一瀉千里，讓大地肥沃，讓植物興旺，這才是我們斯可達星球所希望見到的自然景觀！」可拉看來也挺興奮的樣子。

「喔對了，如果我沒記錯的話，明天是您和可松麗相陪千年的紀念日，那明天，當她回到斯可達中部時，我該稱她為：主政夫人了。」在此氣氛下，可之敏輕鬆的說道。

「是的，你沒有記錯！明天是我們相陪千年的日子，我打算邀請三百個客人去斯可達宮殿跳舞，不過……」可拉說到這兒，突然頓住了。

當可之敏至此再目視可拉時，她的目光出現了詫異，是的，斯可達星球中的人類，他們在目光的交集下，能讀懂對方的心思。

可拉的伴侶可松麗雖然跟他生活了近千年，也就在昨天，她還給他傳來了許多影片，但是，在她前去奇想大陸的三十天中，特別是三十天中的後期，可拉已經在他們的信息往來中接受到了一個強烈的信息，這個信息告訴他的是：可松麗要當母親的願望，而且這個願望已經變成了不容改變的決心。

可松麗想當母親，在斯可達星球中當然是百分之百的單性繁殖，但在斯可達星球早已沒有法律的情況下，還剩下五條鐵律，這鐵律之一就

美麗的地獄

是，身任主政的男女性是不能承擔對方孩子的父母，這是斯可達星球式的尊嚴。

按照這一鐵律，可拉只有兩種選擇：一，辭去主政職務，去轉任孩子的父親；二，跟伴侶分手；（而這段分手期應該需要一年以上的時間）

借故事中出現了這樣的問題，作者來介紹一下在這高級文明星球中的感情生活。

在斯可達星球中，他和她可以在一生中不受限制次數的去選擇愛人、或被愛，但是他們是沒有婚姻之約的，當他們的情感升華到一定的高度而出現伴侶的性質時，那麼是不能在同一個時間段出現另一個伴侶，就是時間交叉的伴侶生活也不行，一旦伴侶相陪的時間達到一千年，那女性的一方會被人尊稱為夫人，而男性則會被稱為貴人。當時，在斯可達星球的人類中，最多次記錄的伴侶次數是一百九十三次，最多次被稱為貴人的是十九次，被稱為夫人的是二十一次。

回到可之敏已在可拉的目光中讀到他的心思後，她便對他說：「這使我感到很遺憾，要不等可松麗回來後，我找她談談，或許她會放棄做母親的強烈願望。」

「謝謝！以我對她的了解，這一次她一定是經過深思熟慮後才作出的決定，我估計我們很快就會分手，她也很快會去人類生命醫院取得懷孕的手術。我現在只是想跟她談談，但不希望她由此會產生不愉快的情況。」可拉這麼說道。

「既然這樣，那也只得順其自然了。」可之敏表示遺憾的說道。

「可之敏，我想去每個部門看看，我將在社會工程部待上更多的時間，我會在十五時光準點到達宇宙工程部的宇宙塔樓，到時我們再見。」可拉說完便站起身來。

可之敏送可拉走出了辦公室，她向他伸出了手，握手後，她對他說：「我們回頭見！」

普士西米山脈座落在斯可達星球的北部，它的海拔有六千五百米高，靠近山脈的東側是千姿百態的山峰，在峰林上，每時每刻都冒著熱氣騰騰的山泉，它向峰林的山腳下湧去。這就是唐士河的源頭。

潺潺的流水向東流去，經巖奇峰後又向西流淌，這是斯可達中的奇觀，源頭自北向東，卻又向西，並再向南，這彎彎曲曲的路線到了向南時，它出現了千里奔騰的景象，它繞過了一片群山，一直流到森比大平源時才緩緩趨過斯可達星球的人口聚集地，——中部大陸中的中部地區，在那廣闊的平原中，有七百十四座城市座落在那裡。這唐士河水，一直向南流，一直流到首華城北面才進入大海。

唐士河，這個悠久的歷史名字可從來就沒有改變過，這裡的人類，

前後幾千萬年對它進行了不計其數的改造，它是布滿半個星球的聖水水源，也是人類在此能達到六萬六千年生命長度的部分源泉。

這個顯示人類偉大的河流，在到達首華城後已經跟大海混為一體，而人類又在此進行了另一次的雕琢，他們把這河海一體的水，在首華城中畫出了一道大水渠，這道水渠把整個首華城一分為二，一邊是社會工程部的所在地，另一邊是宇宙工程部的宇宙塔樓，這兒還有人類文明在斯可達星球的特證，——人類生命醫院。

從面積而言，人類生命醫院占據了整個首華城的三分之二，鑑於它在整個斯可達星球人類心目中的重要性，讓我先擱置有關宇宙工程部的情況，來介紹一下這個人類生命醫院。

從高空向下俯瞰，人類生命醫院就是一個有著朵朵白色花朵的大花園，用敘述者的描繪說：天上的白雲灑在了人間的綠色花園中。

進入人類生命醫院的第一個白色建築區是十二個關於人類生命的研究所，第二個區域比較特殊，這兒說是動物研究所，可它的功能卻和宇宙工程部是鏈接一起的，在高級文明所橫行的宇宙太空中，任何防禦性的、偽裝性的、真假識別性的等等東西，已經基本上不能存在了，在浩瀚到難以形容的大宇宙中，太陽系、光流系、霧流系、雲水系、三色系、黑層系、整個大宇宙中，所有能進入最高寶塔的人類都具有他們的高科技，而這個科技塔頂卻如霧裡看花，找不到真正的塔頂，由此，無論什麼高級人類，他們在大宇宙的飛行機技術和軍事上都離不開從本星球的動物中尋找外形的最佳參考和動物特有的攻擊性姿態，當然其中有各星球所領悟的玄機。

通過這兩個研究所區域，迎面就是一個沒有人管理的服務站，這個地方在現在的斯可達星球人類的眼裡是個小幽默，這裡的功能可老掉了牙，它有部分在文明的一期中就有了，比如，一進去，您就會知道自己的智商程度，也能正確的知道自己的各個器官正處在什麼狀態，而現在它真正的功能是：它是一個生育的登記處，任何有關生育所需的情況，這兒是應有盡有。

說到生育，也必說斯可達星球的人口情況。

在斯可達星球，人口最多的時候是一期文明的末期，人口大致超過了六百億，最少的是在第二期文明的中期，在「人智」大戰後，真正的人類人口是一千五百萬。而在文明的第三期初，這個星球的人口也到過二百億，在滅國大戰後，人口是四億一千多萬，可在漫長的高壽命和低生育的情況下，斯可達星球始終人口維持在四億到四億一千多萬。

走過這個服務站後就是另一個服務站了，相比前一個服務站，這個服務實在是非常熱鬧，這兒每天有二百個人聚在一起，這是個叫為：老人的服務站，聚集在這裡的當然全是老人家。

在斯可達星球，現在的人均壽命是六萬六千年。可是僅以外表和生理機能來說，真正達到老年程度的是六萬五千年後，這也就是說，人類活到了平均年齡的最後一千年才算是老人。

那麼，每天有二百個老人聚集在這裡是為了什麼？他們來的目的只有一個：申請死亡！這可是一個高科技所無法解決的問題！當人類衰老到心理的崩塌時，能解決這個問題的是，讓他們具有更多更充實的人生機會，所以，在此有二百個老人，也有一千多個志願者，後者不但會去說服他們，還會根據他們的各自情況，把他們帶入更有趣的境地。這兩個服務站所佔的面積是全人類生命醫院中最少的，走過了這裡，那才是人類生命醫院的主體，如果是懷孕和生育，那就必須來到這個主體之中。在登記懷孕後，經過排定的時間，您就應該來到了這裡了。

受孕區是由一片特殊的平房構成，欲受孕者先得在聖水中洗個澡，之後，志願者會送來一種由八千多種元素組成的「膏」，這種「膏」發明於一億一千多萬年前，它迄今還有得到升級，這不僅僅讓兩種性別能夠懷孕，而且使順利的生產、孩子的健康、孩子的生命長度、智商的高度、遺傳的深度等等的一切都能得以百分之百的保障。

當您平躺下後，志願者會將這種「膏」抹在您的肚子上，隨後，您需要平躺休息近四個時光，等這段時間後，志願者又會幫助您在抹上「膏」的部位按摩兩分鐘，最後，讓您去泡在聖水池約半個時光，這樣的過程，您的生殖功能在配方「膏」的作用下一定會取得懷孕的成功，並且胎兒在二十八天中也能百分之百的發育和成長。到了第二十九天，這一天無一例外的就是您的生產期了。

在斯可達星球中已經沒有自然生產的現象，有的只有一種方式，這個方式就是：光流手術。分娩的光流手術的全過程只需要不到一個時光，手術完成後，生育者和孩子會被安排去不同的地方居住，這樣的分離需要十六天到十九天的時間，一旦經過醫生檢定孩子可以離開了，那麼，這名孩子將由志願者帶著，去跟孩子的父母親相聚。

這時的孩子是一種怎麼樣的狀態呢？這時的孩子已經會走路，並能使用一些簡單的語言。在斯可達星球中出生的嬰兒，他們都十分安靜，他們沒有哭聲，只有偶然中有的會睜開眼，有的先睡上一整天。嬰兒一出生就會被轉入嬰兒室，嬰兒室收集了經過篩選的光流，在嬰兒沒有到來之前，這裡會被封閉六天。嬰兒室中央有一張很柔軟的小床，從光流手術室轉來的嬰兒，無一例外的會到達後便呼呼大睡。

人類生命醫院共有一萬個大型的醫務工作室，而每個嬰兒都有十二位醫生負責。當剛出生的嬰兒被轉入嬰兒室後，這十二位醫生的工作才算剛剛開始。這些醫生會從生產過程的信息數據中，把由腳趾到大腦分成五

個系統來分析檢定，這五個系統是：基因、腦丘、神經、血液、細胞。這是第一步。第二步是，在五個系統被自動化加細分類成五十五個小部分後，讓所有的數據變成修復的依據。在斯可達星球上的生命科學中，凡是出生的嬰兒都被認定為是不太完美的，用他們的醫學術語說，完美度基點是：百分之九十二。所以，在嬰兒出生後的十天中，他們會運用光流技術，給孩子作一到兩次的光流修復。用光流調節作為修復手術，這著重點是兩個，而這兩點可以合二為一的指的就是人的大腦意識，第一個點，他們叫它為「模糊」，凡指的是他們人類的五萬七千年的這一年齡段，第二個點，他們叫它為「困境」，凡指的是他們人類從五萬七千年至死亡的這一段。他們認為，凡人類在生命的長度中遇上了這麼兩個點，那麼就可能激發大腦癱瘓，甚至於是腦死亡，有了這種災難，肉體這個軀殼就會重新產生免疫性疾病。在斯可達星球中，他們早就消滅了疾病，而讓疾病重新產生，無疑是文明墜崖式的倒退。

由第一工作室共進行了三個步驟後，針對嬰兒的修復方案也自動產生了，之後，這一切會轉入第二和第三工作室，在嬰兒轉入嬰兒室的三天熟睡中，後兩個工作室會每天有兩個時光去調節適合這個嬰兒的光流，一旦完成一次至兩次的光流調節修復後，這十二個醫生的手上又多了一份數據，這個數據就是配方「膏」以後升級的依據。三天後，嬰兒會被志願者帶離嬰兒室，這時，這些小可愛的嬰兒，他們的發育速度會驚人的快，當這些嬰兒再有兩個夜晚的熟睡後，那麼他們已經不需要把睡覺當成是生命中的必然了。共五天後的嬰兒又被轉去一個比較特殊的生活和活動室，在那兒有許多志願者前來悉心照顧，也僅僅的十一天到十四天中，孩子們會由爬行開始，慢慢扶著桌椅站起來，然後搖搖晃晃的走路又哼哼唧唧的發聲，到了這十二個醫生的一半出具了孩子們的成長報告時，好了，他們就可以去跟生育他們的親人相聚了。

五

可拉主政從社會工程部出來時，距離他約定在十五時光準點去宇宙塔樓還有兩個時光的時間，於是他就徑直去了一個被斯可達星球幾乎遺棄的奇怪地方。這兒之前是一個引人注目的部門，它曾隸屬於三大部門聯合管轄並著重研究的地方，但隨著這一億多年的文明發展，這兒卻已經變成了少有人光顧的悽涼地方。現在，這個地方的正門上掛著的是：斯可達的錯誤字樣，殊不知，它的前身可有一個響當當的名字：靈魂工廠。

「靈魂工廠」在剛建時，它的面積包括了後來所建的宇宙塔樓的全部面積，它還佔了目前人類生命醫院的一部分，而眼下，它只是兩個大型

展廳而已。兩個展廳的第一展廳，它有七百一十個小展廳和七百一十個小房間，每個小展廳所展示的只是一具人類的屍體，一個小展廳附有一個小房間，而小房間只是存放著所有有關這具屍體的各種信息資料。

這七百一十個屍體樣本都來自於大宇宙中各個不同的星球，他們雖然都長相各異，但他們都處於同一個文明階段，對於他們的文明評論也大致是相同的，不夠大智慧、只限於兩性繁殖、需要食物、生命短暫、容易死亡等。

這些是斯可達星球文明在第二期時從外星中擄來的，說來很尷尬，人類在一期文明的末段就懂得了大宇宙中的潛規則：「不恃強凌弱」，可這切實的行為並不是斯可達星球人類所做的，而是他們所製造的「人工智能人」所為。

說到斯可達星球人類在製造了人工智能人後所受到的教訓是極其慘痛的。當斯可達星球的人類在第一期文明前的邊緣時，他們就已經掌握了製造智能人的技術，這些技術在日趨完善，在人類的兩大好奇因素下，（人類的真正起源；大宇宙的終極目標；）他們的智慧在預期未來的結果方面是極容易犯錯。

在對本身人類的起源一無所知下，欲望中的造人科學就逞強式的興起。

有了複製下的「人」，人類便會在兩項偏離人類文明方向的技術上狠下功夫。他們會在腦接口植入智能蕊片；或內植腦電波式的充智軟件；（在大宇宙中，凡毀滅於人工智能人的人類，他們都曾經這樣做）

表面的結果一定呈現出確實可行，並還會逐漸完善，但隨著時間的推移，幾代人工智能人下來，他們會掌握更優於人類的此方面技術，一場「人智」競賽便會開始。這樣的競賽會在人類的得意下開始，在蛻變成爾虞我詐中進行，在雙方的癲瘋後，真正的人類必將只剩下一條路：戰爭。

在人類文明達到二期的時候，能毀滅人類的便多了一種可能：人類會被他們所製造的人工智能人所消滅。人類文明的價值觀曾經有許多，天堂對人類只有一種標準，那就是人類的：個體文明。

人類都有瑕疵，也都會犯錯，這就是人類的特證，在大宇宙史中，沒有絕對的正確可言。跟這個七百一十個展廳只有一牆之隔的還有一個獨立的展廳，而這是一個只有一具屍體的大展廳。

這個大展廳中央，放著一個透明的棺材，其中有一具，看來永遠也不會腐爛的屍體。這具屍體有三米五十長，他長著一頭的黑髮，他的眼睛是棕色的，皮膚則是紅色的，他的雙臂很長，肌肉發達，看上去孔武有力。這「人」的大腦前額特別的突出，根據解剖研究後證明，他沒有心臟、沒有內臟器官、沒有排泄和生殖器官，他還彷彿沒有神經的大腦，他所有的

只是一個發達的「行動系統」。這「人」被斯可達人類稱為：「帝王人」，他在滅國大戰的初期，幫助了斯可達人類把「森林魔鬼」消滅了，還使得斯可達人類在一種遺毒的侵害下得以被拯救，在滅國大戰的決戰時刻，就是他站在正義的一方，捅破了一種絕無僅有的武器「霧流罩」。

他幫助和拯救了斯可達人類，更在他的屍體啓迪下，斯可達星球的文明從第三期順利的跨入了第四期。斯可達星球的科學又一次突飛猛進，完善了「膏」的配方，關閉一些器官功能，最成熟的單性生殖出現了，人類的壽命從八千一下子跳躍到三萬，直至現在的六萬六千年。人類真正的高級文明已在路上，搜尋天堂的所在位置；甚至於欲創建天堂；這「帝王人」啓發了斯可達星球從多方面進入了理想中的文明大世界，回頭看，他也使斯可達星球的文明在不知不覺中偏離了真正文明的方向。

人類的真正文明是什麼？造物主創建大宇宙的終極目標又是什麼？

人類在起源前，星球中的一切早已經準備完畢，就是在人類文明超級漫長的過程中，他們的所需，在冥冥之中也早已準備齊全。在高級的人類文明星球中，在大科學和人類的認知中，他們都有這樣一個普遍的認識：一切的一切都不屬於自然，人類的本身也一樣，真正存在於大宇宙的，恐怕只有一樣隱藏在人類大腦中的東西才屬於是在不自然中又最為重要的東西，這個東西當然就是：靈魂！

難道是，造物主為了獲取最優質的靈魂，（猶如他們的靈魂一樣）而創造了大宇宙？如果是，那麼大宇宙無疑就是一個靈魂的養殖場，人類的死亡會是一種永恆中的循環？如果也是，那麼人類的靈魂就是在千錘百鍊下的大考場。

在人類的認識中，所謂的靈魂就是一種反應在智慧中，看不見又摸不到的東西，它隨著人類的死亡而消失，這個認知談不上對與錯，但距離真正的認識是相差很遠。從高級文明的角度和超高科學的角度回頭看，他們堅信自己也能造出一個小宇宙，但從「靈魂工廠」裡去造出「靈魂」，這其實就是一種文明下的幻想。所以，在斯可達的人類中，他們把一個工廠改名為自己星球的錯誤，從這細微的點上，也可以見到他們的文明態度。

美麗的地獄

靈魂真正的體現不僅僅是在智慧上，它的大部分會體現在人類的行為上，以敘述者的說法是：靈魂會有時出竅在體外，甚至跟您平行而不回歸。現實中常常有這樣的事實發生，有人會忽然間背離他們一貫的善良，他們被人們認定為一錯再錯，甚至於獸性大發，人不如獸，其實這種現象就是，靈和體的平行脫離，甚至是，他已經真正的死亡了，（一種被天堂定點的永恆靈魂滅亡）。

靈魂的體現有三個特證：智慧、行動、消失。

再看看這個「靈魂工廠」曾經製造和儲存的一百億個靈魂，除了，有密密麻麻的顯示燈在一旁閃光而證明它們還「活」著之外，它們可一個特徵都沒有。

這一切就是這兒變成悽涼和無人光顧的原因。

可拉主政至少有十幾年沒到這個地方了，今天他到了這個地方，心中的感覺卻大不同從前，現在他的大腦中盡是一種使他擔憂的情況，120 亭—120A—3846 區的星球系已被 A3459 黑洞所吞噬，而 AO 大恆星正快速向巴拉 101 號黑洞靠攏，這些都是極為嚴重的大宇宙運動，在高級文明的斯可達星球中可從沒有這樣的記錄。在他來看，這就是災難，因為那個被吞噬的星球系中還有兩個文明已經達到二期的人類星球，而在這種宇宙運動的邊緣，會不會存在著更高的文明星球？

「難道大宇宙已經開始出現超巨大的變化？難道大宇宙也需要『改朝換代』？」在可拉主政的心中，突然跳出了這兩個問題，也就在同時，他的食指抖動了一下，量子信息源正在緊接通知他，他該前去宇宙塔樓開會了。

天啊，他怎麼會忘記了開會的時間，這可是他執政三千多年來的第一次，也是他活了四萬七千多年來的第一次。

●

第七章：艾華的誕生

一

屏幕中漆黑一團，但讓人能覺得它的背景在極速移動，七秒鐘後，在漆黑中有「吱吱」的十一個輕微的聲音，緊急的一秒鐘後，屏幕中出現了一閃的光亮，當亮點消失了，一切便歸於了寂靜。

以上這十幾秒的情景，就是四位主政和大科學家艾斯琴斯在宇宙塔樓開會時所面臨的問題之一，對於這個圖象所出現的個中玄機，除了負責宇宙工程部的主政可欽和艾斯琴斯之外，其餘的三位可以說都是在霧裡看花。

對此，主政可拉提議可欽說：「你還是來介紹一下，這十幾秒中的畫面是怎麼一回事。」「好吧。」可欽答應後並站了起來，他開始根據自己所了解和掌握的情況，向他們說道：「這十幾秒的圖象信息是在五個時

光又三十八分三十秒時，直接發送到宇宙工程部的量子讀數信息源上，這個量子讀數信息源雖然已經開設了五年的時間，但它至今還沒有與全斯可達中的一切信息源所鏈接，當下只有最頂尖的一百二十位宇宙工程的科學家在使用，換句話說，這個信息源對於對星球內是保密的，對星球之外的大宇宙來說，簡直是無一可以闖入的地方，而這個十幾秒的圖象就這麼輕易的出現在這個專用的信息源上，這是疑點之一。

首先能讓我們星球的科技在百分之一秒中鎖定的是：這個亮點無疑是從一架飛行機上閃爍出來的，而令人瞠目結舌的是，整個斯可達的信息源都可同一時間中證實，這架飛行機叫『巴巴112』，這是『大實紀元』後期，我們星球中的傑成國所發射向大宇宙的，這架飛行機所發射的時間是：一億三千八百九十一年又二十一天又第一時光，當時發射的目的地是被我們認為最接近天堂區域的帝王星系，根據信息記錄，那時預計的航程時間是兩千四百五十一天，可是發射後的第二十一天時，這架飛行機就蹊蹺的關閉了通訊功能，在飛行機上還有三位宇航員，這以後的幾百年中，傑成國的航天就都在搜尋這架飛行機，但始終沒有結果，直到滅國大戰開始，他們才停止了對此相關的工作。

這是發生在一億三千八百多萬年前的事，按我們現在針對當時飛行機的材料測試斷定，這種飛行機就是不去大宇宙作執行任務的飛行，而是僅僅放置起來的話，那麼它的壽命最多也只有三十萬年。

讓大家注意一下這個圖象的背景，現在我們的科技讓我們懂得了什麼才是真正的黑暗，我們把黑暗分成五個等級，看！這是最高等級的「腦神」級黑暗，在上萬次的天堂區域前的探索中讓我們知道：只有在那個區域才有這種黑暗，可以肯定的說：天堂前的黑暗是阻止高級文明人類闖入的第一道屏障。

我所說的這一些，在之前的一個時光中，我和艾斯琴斯已經作了比較詳細的討論，對於有一種莫名的力量想向我們作出明確的信息傳遞感到既錯愕又困惑。它們是在明確的告訴我們：『巴巴112』是他們在一億三千八百多萬年前所劫持的，它們是處於一個永不退化的地方，為此他們早在一億三千八百多萬年前已經設定了一盤大棋，這個信息或許是這盤大棋中的滄海一粒沙。

讓我們再來看看後面這『吱吱』聲的含義吧。

如果我們把這這十一個吱聲播放到最慢的速度，這輕微的吱聲就會清晰的讓我們分辨出，這其實有兩種不同的速度段和兩種不同的聲音段，第一第二段聲音共有十個吱聲，這太容易破解了，因為這是發射這飛行機的大本營——斯可達星球傑成國為之設置的大宇宙波段，前面的十個吱聲僅僅就是一句話：『我們正面臨著死亡』，但最後的一個吱聲是一種篡改

美麗的地獄

後的特種音律，請大家重複仔細的聽一下，聽起來好像一位老人的喘息聲，讓人覺得，正有一個孩子靠著他，準備聽老人的囑託一樣。

剛才我和艾斯琴斯試著去破譯它，可結果使我們難以置信到面面相覷，我們斯可達星球的全球信息源都作了回答：這個吱聲來自於一億八千萬年前的一個飛行機的起飛音鈴，那時的人工智能人在駕駛舵前會對地勤說：應該提前作好準備！

綜合圖象中的一切信息量，我和艾斯琴斯作了這樣的總結：

一，從技術手段和有能力直接傳給我們的量子讀數信息源來看，這個出自方最可能就是大宇宙之外的那股最強大和最神祕的力量。

二，運用這些對我們來說這麼容易破譯的方法，其用意有三，這是明示；這是僅僅針對我們的；它不希望其他高級文明人類能攔截到這個信息。

三，『我們正面臨著死亡』這句話只讓我們兩的心中，一下子定位到了幾個時間段，那是宗教消失後的五千年，滅國大戰前的五百年，直到現在，我們在宇宙工程上的發展。

四，綜合以上三個小結，它們的明示出現了：應該提前作好準備！我們兩的第一個自問是：讓我們提前準備什麼？大家都來想想，我們斯可達星球要提前準備什麼？我們兩個討論後認為，只需為一件事準備，這是一件千難萬險的事，但人類都嚮往著去做！」

可欽講完後坐下身去。這位負責宇宙工程部的主政，他的話，使與會者陷入了沉思中，現在他們的每一位的大腦中猶如千萬支穿梭機在活動，其實，他們的思想點只停留在一個地方，那是一個無際無限又無界的地方。

這個會議室座落在六千五百米高的宇宙塔樓的第七百十一層，在這樣的高度下，四周正由宇宙的光流在優雅的縈繞著，可此時此刻，在會議室的五位星球佼佼者們，他們的內心已經去到太遙遠太遙遠的地方，在那兒，他們的心凝固在了一起。

趁著他們正在沉思之際，作者來向大家介紹一下這個斯可達星球的標誌建築——宇宙塔樓。

這幢驚世的建築，它跟斯可達宮殿一樣，也是建於滅國大戰後的一億三千多萬年前，第一次建成時，它的高度只是現在的一半，它的用途也只是一個天文台的作用，之後，它修繕了上百次，也一度成為過暫時的社會工程部的總部。

到了五百年前，這個宇宙塔樓的原址被全部折除了，在整整成為四百多萬年的花園後，又一次建起了一倍高於前身的標誌性塔樓，那個高度就相同於現在的高度，但是，它依然是跟所有的建築一樣，只是固定在大地

上的。

　　最後一次折除重建是在五千年前，也就是可拉的前任執政的時候，宇宙塔樓一直保持著三個樓的主要風格，但是，現在的宇宙塔樓已經建得可以升空去大宇宙飛行了。

　　這幢建築有三個樓峰，看上去是，由無數的蝶型向上加疊而成。這座龐大建築的底層是一個超大形的蝶狀形，自三樓起，一層蝶形一層蝶形的加蓋上，直到七百十七層的高度，在這最高層上，還有兩百米高的特殊金屬柱子，它的總高度是六千五百米。

　　從底層到五十一樓的外牆是銀色的，從五十二樓起，色彩就變得五彩繽紛了，也就從五十二樓起，這幢建築中就超級巧妙的隱藏著六百六十架宇宙飛行機，所有用於宇宙的武器也達十一種，在一般的眼光下，人們發現不了這些隱藏的東西，其實它們是融入在這種建築之中的，當必要的時候，這幢建築物就會騰空而起，並會在適當的時候，它的身軀中就會裂變出六百六十架宇宙飛行機。

　　在平時，人們只能見到這個建築的三分之一，它的三分之二全在光或霧的中間，但當這個建築舉行飛行表演時，它的特殊照明才會使人們見到它的全貌。

　　在宇宙塔樓中，共有一萬兩千名的宇宙科學家在此作研究工作，除此之外，在七百十一層中有個特別的會議室（也就是現在這五位在此開會的地方），因為，在這個特別的會議室中，它有著所有人們所需要的宇宙信息。其實，在這個塔樓中，真正的關鍵部位就在這個會議室的隔壁。那兒有一個超大的，形狀特殊的房間，房間的中央有一張巨大的桌子，圍繞著桌子又有六張形狀怪異的椅子，這些桌椅潛藏著這四期文明的一切宇宙高科技，它就是面臨宇宙麻煩時的指揮中心，如果這幢建築物升空去宇宙了，這間房間在十秒之內崩出來的就是一架宇宙飛行機的主機和指揮機。

　　宇宙塔樓自建完落成後，它也只表演過三次，一次是它的落成典禮，一次是可拉出任主政的時候，再有一次就是，在檢驗其中這六百六十架飛行機在升級後的狀況。

　　作者還要加上一個最簡單的介紹是：這三次的表演都發生在兩千年前，但是，斯可達人的記憶中都留下了一個印象：這個塔樓，一旦飛行時，那是六百六十個彩蝶加一個銀虎的身影，合在一起翱翔時，它像一隻飄逸的五彩鳳凰。

　　可以預告的是，在本書的故事中，有關這幢塔樓的情節還會出現，我們到時候再來看看，現在讓我們先回到這個會議室裡。

　　已經沉思了一段時間後，可拉主政是第一個從沉思回到現實的一位，他先把自己的目光在每一位的臉上搜索了一遍，然後把他的目光停留在大

美
麗
的
地
獄

科學家和天文學家艾斯琴斯的臉上。

目視有時會喚醒人們的正常意識，當可拉的目光停留在艾斯琴斯的臉上時，另三位主政也從沉思中回神了過來，現在，他們的目光都朝著艾斯琴斯。

艾斯琴斯自然知道他們四位目光中的含義，他對此沒有站起來發言，而是坐在座位上開始了人們期待的發言。

「各位主政，我同意可欽主政在介紹情況時的分析，我只是想說，這最後的吱聲所表達的話：應該提前作好準備。這句話聽上去有點發號施令的口氣，但結合 120 亭—120A—3846 區域的星球系被 A3549 黑洞所吞噬的事情來看，這種明示或許是天堂向我們發出的福音級的警鈴。

為什麼要提前作好準備？這說明他們判斷到我們的文明高度不能以應付未來大宇宙中所發生的大事情。試想一下，在三百億年前的大宇宙毀滅的情況，按我們現在的實際情況能做些什麼？從各種大宇宙的跡象來判斷，第二次的宇宙毀滅並非不可能，從黑洞吞噬整個星球系的天體現象來分析，這完全可能是一次天堂在宇宙的實驗！然而，AO 大恆星正極速向巴拉 101 黑洞靠攏事件，可能相對前一個事件來得更嚴重，根據一切信息數據判斷，AO 大恆星無論是自身的品質和體積都超過巴拉 101 黑洞，這吞噬的概率是不到百萬分之一，但它們撞擊的可能性卻是百分之八十八，如果它們撞擊了，其結果是，它們會使得周邊的七百多個星球系被毀滅。」艾斯琴斯說到這裡停頓了一下，而就在這個短暫的間隔中，可之敏主政插上來問：「這七百多個星球系中，有沒有四期文明以上的人類存在？如果沒有，那我們能不能將那顆大恆星引出它現在高速行駛的軌道？」

「在那個宇宙區域，肯定沒有三期以上的文明存在，從理論上來說，我們確實能在大恆星在行駛中把它引開，就是憑它現在的速度，我們都能以十架飛行機，以光速去衝擊它的一個點，這樣它也到達不了巴拉 101 的近點處，遺憾的是，我們已經有一千八百多年沒有飛行機去向了那裡。」艾斯琴斯惋惜的說。

艾斯琴斯實是求事的話，使可拉主政的臉漲得通紅，其他三位主政也顯得不太自在。

「艾斯琴斯，你的學術理論『搖一搖』，它有著共論的學術高度，但具體的實際問題出現了，關鍵是有什麼應對的方法。」出自於潛意識，可拉主政這麼說。

「我們對於這些天體的現象，就目前而言只能靜觀其變，我們在這股力量面前是極其的微不足道，坦率的說，我認為以上的情況不僅僅是觸動了『搖一搖』的理論，而是這一切情況已經處於『搖一搖』的狀況之中。」艾斯琴斯直言不諱的說。

「那你以為在目前，我們應該做些什麼？」可拉在艾斯琴斯話音剛落時，接著便問。

「以我的角度，只得觀察一陣子，不過可以讓『最微粒子脈衝』恢復工作，以此來抵擋可能出現的大宇宙衝擊波。致於其他的，相信宇宙工程部主政可欽他們會有更好的辦法。」艾斯琴斯還是以坦率和客觀的態度說。

對此，可拉主政再次用目光對另三位主政掃了一遍，他見他們都點頭向他表示了他們的同意，於是，可拉主政站起來對大家說道：「我們要密切注意大宇宙，並採納艾斯琴斯的意見，讓『最微粒子脈衝』恢復工作，可之敏，請你把今天我們會議的內容發向中心信息源，我由衷的希望斯可達民眾的反饋，這樣能更好的幫助我們的決策，好！今天的會就開到這兒，散會。」

這個會議結束了，正當大家的表情還有些凝重時，艾斯琴斯向大家宣布了一個好消息。

「四位主政，我想告訴大家，我決定生養一個孩子，我要做父親！」

對於斯可達星球的人類來說，這可比任何信息都棒的好消息，在這個星球中，它曾在人類文明的一期中，人口達到了六百億多，而現在，文明的程度已達四期，但人口卻只有四億一千萬多。這麼一個碩大的高級文明星球，就這點人口，說起來，它還真是一種文明中的美中不足啊！

二

可拉回到斯可達宮殿就一頭投入到各種信息源中，他幾乎查看了所有有關大宇宙事件後，各層民眾所反饋來的信息，這些信息量在他的大腦中形成了一些可以作為決策性的構思與想法，而後，他又進行了反覆的思考，到了他覺得自己心中已經有了方案時，才停止了工作。

他從回來到現在，已經化了五個時光，眼下，他終於把自己的思維轉到了伴侶可松麗的身上。

按時間上的預定來說，可松麗應該是明天才從奇想大陸回來，但根據他對她的了解來看，可拉估計可松麗真的毅然決然的要成為母親的話，那麼她會在今天，趁著自己外巡的機會來完成這件事。從奇想大陸回來，這中間的距離有一萬一千千米，如果她是搭乘最慢的飛碟回來的話，那麼她也該在他去宇宙塔樓開會前就到達了首華城。

現在，可拉查詢任何可松麗的信息都查不到，就是她處於斯可達星球的什麼位置，也都查不到。但是，從人類生命醫院的懷孕登記處卻能查到，在七個時光前，有一位女性在那兒，以三十二個數字，簽下了懷孕登

美麗的地獄

記聲明，可拉猜想：那位女性或許就是可松麗。

　　按斯可達星球的慣例，在七個時光前，他和可松麗已經算是分手了。可拉在這個偉大的職業前曾有過三十一次的戀愛經歷，這其中還包括他的三次「貴人」。如膠似漆、轟轟烈烈、歡樂頌歌和激情無限，他都經歷過，但這樣的情形，他還是第一次經歷。

　　斯可達星球中的愛情跟大宇宙中任何有人類的星球一樣，它在萬千種無比美妙的環境中，令人心曠神怡的產生著。然而，斯可達星球上的愛情是沒有交換的代價，它不能攫取，沒有純目的，他們會在精神、思想、靈魂和肉體上愛出一個讓人稱頌的高度，而且會讓這種高度自然的衝向「盲目」的奇點。一旦高度不能再攀升了；一旦奇點在激情不再下消失了；那麼他們又會作出特別理智的分手決定，並能讓分手的結果變成一種近於完美。

　　可松麗長得挺美，那頭長髮總是在風中飄逸，那雙晶瑩的藍眼睛，時不時會去代替她的語言，她像一團火，靜謐時依然閃亮，她又像一潭聖水，終能使伴侶津津有味的浸泡其中而身心愉悅。

　　「這一千年，恍如一天」可拉想著，心中出現了這樣的感慨。

　　其實，可拉猜得沒錯，可松麗已經在九個時光前就來到了首華城，在這段時間開始時，她一直在宇宙塔樓下徘徊，看上去也像是在等待他的出現，她想在與他分手時跟他說一聲抱歉。當可拉走出宇宙塔樓後，他是徑直走向社會工程部的停車場，然後，坐上穿梭車飛馳而去的。

　　可松麗想做母親的想法竟然是來自於五十天前的一個奇異的夢，起初她並不在意這些虛幻的作用，可僅僅在之後三天的變化後，這種想法卻牢牢的纏住了她，而且在她下意識的驅趕下，結果是適得其反。對此，在深知她和可拉將面臨什麼後果的情況下，她是非常的忐忑不安。她開始去回避可拉的目光，深怕他在她的目光中提前獲悉她的心靈深處。

　　好在奇想大陸的山脈即將大爆發，這使有大量的動物需要人類的幫助，於是，可松麗毫不猶豫的去報了名。

　　在美如仙境的奇想大陸時，她除了工作之外，想做母親的想法竟然變成了一種緊迫感，對於這種從大腦到身體上的反應，她更是覺得莫名其妙的無奈，最後，她只得通知人類生命醫院，把登記和接受懷孕的過程，分成兩天去做完。也就在可拉忙著開會時，可松麗已經辦完了懷孕的登記，明天她就將接受懷孕的實施。可松麗在人類生命醫院中當過十六年的醫生，所以，她通曉從登記到生育的全過程。

　　第二天，她到達了人類生命醫院的受孕處，她先跳進了聖水池中洗了澡，然後走進一間特殊的房間中躺下，志願者為她的正面肚子上抹上了「膏」，在接受了「膏」的作用下，她覺得整個大腦已經處於興奮中，她

的肉體也有極度的快感，在這個狀態感受了三個時光多後，志願者在她的抹「膏」部位進行了十分柔和的按摩，三十分鐘後，志願者告訴她「膏」已被她的身體所吸納，隨即，房間中流入了一種透明的氣體，在牆上的顯示儀上正閃爍著密密麻麻的數字，在又二十分鐘後，這些數字消失了，代之出現了兩個文字：成功。

可松麗離開了人類生命醫院後就回到了她在斯可達海峽東岸的住處，現在，她身上的所有信息源全是關閉的，連嵌在手指中的開關源也是緊閉的，到了她回來後的五個時光時，她才將這些重新打開。

十分鐘後，可拉出現在可松麗的住處。

他們擁抱了一下，可松麗向他呈現出歉意的表情，「我已經懷孕了。」她把這個消息告訴了他。

「那孩子的父親找到了嗎？是讓社會工程部推薦，還是自己找。」可拉急切的詢問道。

「他是我這一次去奇想大陸的同事，我向他提出後，他便一口答應了。等我跟孩子相認和重逢時，他就會搬來住。」她把實情告訴了他。

「好！我預祝你們在未來的生活中產生愛情。」可拉說到這裡頓了一下，接著又問：「孩子的名字起好了嗎？」

「起好了，如果是女孩，名字叫：可拉嫻；是男孩的話，就叫他：可拉松。」可松麗說著，臉上顯示出迷人的笑容。

「謝謝你的深情還表現在孩子的名字上，我認為，我們情感上的事已經解決了，現在我想告訴你，最近發生在大宇宙的事件，之後，我得回去工作。」可拉含著微笑說。

這就是這個高級文明人類解決情感的表現，這種境界不是單單的大度，而是文明價值中的一個必然因素，這又得從個體文明這個起點開始，在文明進步和演化後，這已經成了他們生活中的一幕。

艾斯琴斯站立在大鏡前穿衣梳飾，從大鏡中他邊看著自己，他欣賞著大鏡反射出來他背後的真人劇大戲，那在他背後的牆上，正在播出描寫斯可達星球中最慘烈的一場戰爭，——滅國大戰。眼下播放的是劇中的第八百集，這集的名字叫：〈熱愛下的毀滅〉。

劇目正在高潮中，它配著激情蕩漾的音律，而艾斯琴斯吹著與劇中同旋律的口哨，心中還沉浸在欲做父親的歡樂之中。

前天，在宇宙塔樓開完會後，他就去人類生命醫院作了懷孕登記，並得到的預定是，就在今天的第二十一時光前去接受懷孕。

按這個星球的又一慣例，生產後有三十天不准工作，這對於他來說，可有點難熬，可是，相比做父親的快樂，他想自己還是能忍得住。

這一天多裡，社會工程部向他共發送了三次有關他未來孩子母親的

名單，共有七個人選，起初他沒去理會，但現在距離受孕的時間已經越來越近，於是，他就在那七個人選中隨意畫上了一個勾。真實的是，他都沒有去看這些人選的介紹資料，連被勾上的一位也沒有看，不過，他從一眼掃過後，還是記得了那位將成為他孩子母親的名字，她叫艾絢艷。

這時，牆上的屏幕自動的變成了兩條新聞。

第一條：斯可達山脈的火山群，它們的運動，驟然平靜，第二十八天大爆發，暫不確定；

第二條是，主政可拉的兩道行政命令。

「鑑於最近大宇宙的反常現象和大多數民眾的願望，現在我簽署以下的命令：宇宙工程部即刻起全面重啓『最微粒子脈衝』系統，並進入永久工作狀態；請敬全斯可達星球人民，集您們的智慧，配合宇宙工程部盡快研究和製造『萬能萬變飛行機』。主政簽名：可拉」

「有點意思，這是三千年來的第一道主政令，舞台從來就在，可主角卻遲遲上台，並還擔任了報幕員。」艾斯琴斯笑著自言自語後，便向屏幕做了一個手勢，屏幕被關掉了，而他徑直向自己的工作室走去。艾斯琴斯坐到了工作椅上，他掃視了一遍大牆的三面，然後，他打開了三面牆上的全部屏幕。

「請顯示斯可達星球。」一點微亮點出現了，轉眼在三面牆上連成了一個星球的圖案。

「數據第十庫，我的編號是：2001，我要兆兆 1，兆兆 8 和兆兆 11，把它鏈到 AO 大恆星和巴拉 101 黑洞區域，指令指向『搖一搖』程序，可以馬上開始。」

在他的指令下，屏幕起了翻天覆地的變化。一個又一個的星球系在視覺中糊奔亂撞，膨脹的團團火球在數不清的點上飛滾，然而，似有一架見不到的吸塵器在起著超凡的作用，它吸食大火球就像吸食塵埃一樣，但是，這樣的情景只持續了十一分鐘，在一到十一分鐘時，它突然停格在最後一幕上。

「它不是『搖一搖』？！這最大的能量也影響不了我們斯可達星球，難道，這一幕是虛擬的？哪這股宇宙之外的力量要我們準備什麼呢？」艾斯琴斯在不解中，陷入了苦苦的思考。

足足過了兩個時光後，艾斯琴斯似乎在命令自己說：「我應該試一下宇宙流程序。」

「不知物質 12.16；不知能量 5100.42；距離帝王星七節，光速年 120，距離腦神黑暗七節，前往並留下數據。」

艾斯琴斯指令完，順手從抽屜中取出豆大的耳機塞入了耳中。是黑暗的極速奔跑，一個通亮的工作室也讓屏幕遮去了一半的光。艾斯琴斯戴

著耳機還是聽到了吵吵的聲響，後來又出現了彷彿是琴弦斷裂的聲響，再後來，一陣又一陣的恐怖幽靈聲響起。

突然，一聲巨大的響聲爆裂出來，它使艾斯琴斯的耳機被震彈到天花板上，同時，艾斯琴斯這瘦高個子也被從椅子上彈到了四米之外，他已經毫無意識的昏了過去，奇怪的是，他的氣色依然紅潤，看上去，他正在熟睡而已。

過了兩個時光他才甦醒了過來。

「怎麼回事？斯可達可沒有疾病和疼痛，更不會昏迷。」艾斯琴斯這麼想，其實他是在迷茫中尋找答案。

這當然是一種沒有答案的尋找！

「一定是天堂世界的力量，讓我們提前作好準備，但是又阻止我們尋找原因。」艾斯琴斯想不通這一點，但是，這又有什麼辦法。他重新站起來，並搬好被掀翻的工作椅，接著，他將剛才發生的一切，發送給了主政可拉。

三

艾斯琴斯重新坐正了自己的坐姿。

現在三面牆上大宇宙的動態圖象也已經恢復，它們依然閃爍著密密麻麻、星羅棋布且又無窮無盡的星球。已知的太陽系存在著兩百七十個億有智能生命的星球；光流系有六千四百五十萬個；三色系有七十二億個；……有八千億個超級巨大的黑洞，而最最令人百思不解的是那七顆神出鬼沒的大星星，它遊曳在四級至六級的黑暗中，難道它們才是天堂前的一道無可逾越的屏障？

天堂啊！上一個舊宇宙被毀滅還不到三百億年，難道現在的新宇宙又將成為又一個舊宇宙？這是怎麼樣的循環，造物主的心意究竟何在？這到底是個什麼情況，是從前宗教中的上帝一個人？還是現在科學認知中的上帝帶著天堂人？

艾斯琴斯站在自己的科學和天文的角度，已數不清的這樣思考過，或許他永遠得不到答案，或許答案早在他千萬次的思考之中。他能成為斯可達星球中最頂級的科學人物，自然具備著了該有的大智大慧，但是，他只要碰上了大宇宙的那股力量，那麼他往往只能顯示出兩個字：無奈。

無論他到了什麼無奈的程度，有一點是他品質和與生俱來而不能改變的是：他依然繼續他的工作，並毫無退縮的向前走。

「分成維度，鏈接全部 9999 探索機，起點：斯可達地心。」艾斯琴斯又選擇了一種方法來繼續他的工作。

美麗的地獄

那原本呈現大宇宙的圖象變成了十二塊不同的動態圖象，這是斯可達星球周邊的三面區域，這兒看上去猶如一片陰森森的森林，不過，它還是有無數只螢火蟲在到處亂飛。

　　突然，艾斯琴斯不由自主的從椅子上站了起來，他的嘴上也不由自主的叫出了一個字：停！圖象被嘎然叫停了，他走到屏幕前，用手工將自己的所需亮點劃到自己的目光中。一個白光點開始被放大，大到佔據了整個牆面。

　　艾斯琴斯全神貫注盯著這個光球，他的下意識使他用手揉了揉自己的眼睛，恰逢此時，室內的信息源向他說道：「可拉主政的穿梭機已經到達。」

　　「艾斯琴斯，怎麼會發生這種事？你的身體怎麼樣。」一見艾斯琴斯，可拉便急切的詢問說。

　　「先擱置剛才所發生的事，您先來看看這個。」艾斯琴斯把可拉引到工作室，他對他說。

　　「這是我們所稱的鏡子星球。」可拉望著屏幕說。

　　「是的！是鏡子星球，也是太陽系人類俗稱的月亮，這可是光流系中的稀罕星球，在我們薩米光流系中可從來沒有，但是，一夜之間它出現了，而且就在 0.28 個光年距離。」艾斯琴斯加注似的說。

　　現在他們一起處在驚訝之中。

　　「這可是宇宙級的玩笑，光流主宰著我們斯可達世界，如今又多了一個主宰，怪不得大火山群忽然從激烈的運動下平靜了下來。」可拉語氣感嘆的說。

　　「我們斯可達可有辦法去對付它！」艾斯琴斯所指的辦法，可拉是非常的明白，但是他馬上加以否定道：「不，不！把它引開或幹掉它，我都無法做出這樣的決定，這會增加我們後果的未知程度。」

　　「可拉主政，現在表面平靜的形勢正在暗中被打破，解決鏡子星球，也許會減少我們面對的複雜程度。」

　　「可我認為，這樣做會增加我們的複雜程度。」

　　接下來，光流像是靜止了。寂靜中，可拉的腦海中盡是翻滾的大宇宙，可讓艾斯琴斯自己都覺得驚愕的是：他的大腦中出現了只是生孩子。

　　第二十八天。

　　負責生產的醫生推開了第十一光流生產室的門，他第一眼就看到了亭亭玉立的大美人可沁。

　　「你好！你就是可沁？這麼早就到了！」醫生主動熱情的首先向可沁打招呼。

　　「您也很早！今天是我第一次來人類生命醫院工作，我的準備工作

巳經做好了。」可沁一副歡天喜地的孩子樣，她說著，並同時打開了信息屏幕，她繼續說：「今天將出生的是一名男孩，他叫可拉松，信息顯示這孩子的身高是五十四釐米，體重為六千一百克。他的母親叫可松麗，這是一次女性的生產，他們母子兩的正常係數是九十九點九九級。」

「謝謝，我知道了。你說話就像是演繹真人劇中的朗誦。」醫生樂呵呵的說，順便坐下身去，他十分認真的在核查信息源上的數據。

「很抱歉，我能請教您一些問題嗎？」

醫生抬起了目光朝著可沁，「行啊。」

「我很多次閱讀了一些低中級星球的文明歷史，我總在想，那些人類總是吃呀吃的，喝呀喝，他們孩子的營養居然是從食物而來，然後我又在想，我們為什麼不去幫助他們，使他們跟我們一樣有一個統一的生命長度？」

可沁天真的問題使醫生忍俊不住。

「人類的文明是有一個極其漫長的過程，就像我們的文明在之前的三期一樣，這個階段當然離不開吃喝，在這種情況下，我們幫助不了其他需要吃喝的星球，戒去食物會大幅度增加人類的壽命，並能消滅百分之八十以上的疾病。但是，怎麼去達到？在文明的一期還達不到時，那些都是只能存在於幻想之中。再說，對於低中文明人類來說，進食物可是他們人生中最大的享受和福份，一旦因為壽命的原因而被剝奪的話，對於他們而言，這等同於讓他們在生命意義出現了地獄般的折磨。」

醫生剛答完一個問題，可沁又提了一個問題，「那我們星球的孩子，他們所需的營養是靠母體的儲備，而母體僅僅給予孕中的孩子。當孩子出生後，直到生命的結束，這一切供需又來自於星球體所有元素的吸納，這又是怎麼做到的？」

「這就是我們星球科學的偉大，特別是含有上八千多種元素的『膏』，它是激活人體主要五十四部位的結晶源，也是封閉兩性生殖源的閥門。在懷孕的過程中，其中含有的染色體、精卵液源、基因微源在一個點上作用外，其餘的未來骨骼、抗體源、養份接受源的另一點也被開啟，接著在孩子出生後的九天後，共有八千多個作用的配方，全部開始作用，它能解決未來至少六萬七千年中的一切身體和生理上的問題，也開啟了這段時間中的全部吸納作用，只要有光流在，有聖水在，斯可達人類的生命源泉就在。」

「我懂了，謝謝您！最後就是人口問題了，我們現在只有單性繁殖，如果再能開啟兩性交歡繁殖的話，那麼是不是會使得人口急劇的增長？」

「單性繁殖，又有兩性交歡繁殖，這個同時的存在，這在我們的星球中很容易做到。但是我們做不到去阻止這樣存在的後果，單性生殖使人

美麗的地獄

類的生命增加了一倍，並使疾病歸零，如果放開了，那麼我們的壽命又減去了一半，最棘手的百分三的疾病又會重現，這是我們文明所接受不了的現實，根據我們現正的研究和文明的程度，我們創造不了完美的結果，醫學界都認可的是：這一些只有天堂能做到！如果按宇宙中最高文明的科學預測，人類的文明努力，能使人類達到最長的生命長度也只是到八萬二千年。其實，人口問題，表面上是個生產增長的問題，但其中的因素有很多，關鍵元素之一是人類文明的心理。」醫生說到這兒，另五位醫生也來到了這裡，於是，他們結束了一問一答的交流。

三十分鐘後，挺著大肚子的可松麗被推進了產房。

「尊敬的可松麗，我叫艾靜理，您的手術由我來主持。」艾醫生親切的握了一下可松麗的手，此時的她已經被搬到了手術台上。

「請可沁把房間內的所有信息源打開。」艾醫生說完這一句話，轉而和藹可親的面向手術台上的可松麗說：「今天，原本是斯可達星球兩大奇觀出現的日子，不知道什麼原因，說是兩大奇觀不一定如期出現了，但是，我還是希望它們能出現，以此，讓我們來迎接一位偉大孩子的誕生。」

「謝謝。」可松麗顯得很激動。

「手術開始！」艾醫下達了命令。

一位女醫生揭開了蓋在可松麗身上的白布……。

一道柔軟的白光投射在可松麗的身體上，漸漸的漸漸的變強，幾分鐘後，從可松麗那潔白的皮膚上出現了一層金光。艾醫生在不斷飛快的向信息源輸送著數據，他不時的觀察著可松麗的表情，不時，他還向另五位醫生打出一兩個手勢，他以這種習慣的方式在指揮他們的工作。

十分鐘、二十分鐘、三十分鐘……一直到了六十分鐘時，在那白光中開始有一種刺眼的紅光出現，又漸漸的，這些紅光已經驅散了白光，並看上去已經織成了一小片非常柔順的光網，這張光網在下沉到可松麗的身體上，光網在搖曳，又在輕彈，有一種絲絲絲的輕微聲從她的肉體中向外傳，到了八十分鐘時，……

「你們兩位醫生就位！」艾醫生再次命令道。

兩位醫生迅速的去站在手術台的兩端，她們規範的伸出了雙手，做好了接住孩子的心理準備。

當時間走到了八十九分鐘時，艾醫生堅定有力的手，一下子按在了關鍵的鍵鈕上。

只聽到陣陣的吱吱聲響起，只見到可松麗的腹部的皮膚被劃出了一道線印，這道線印在慢慢裂開，且能見到鮮血在被光的控制下流淌而一點都不溢出，此時，孩子的頭部在光網的牽引下已經滑出了裂口，接著是身體和小手，最後是那可愛的小腳。孩子似乎躺在光網上被托起，轉眼被兩

位醫生穩穩的接住。

　　光網重新回到了可松麗的身上，像划動小船的木槳一樣在那道線印上流動，僅僅一分鐘後，那道線印在可松麗的腹部消失了。這時的艾醫生按慣例向大家宣布了這個孩子的出生日期：

　　「可拉松，誕生於大公紀元一億三千萬四百一十一年，第二百二十天，第五時光又三十七分鐘，尊敬的可拉松母親，祝賀您。」

　　這時，在旁特別認真在看著這個過程的可沁，欣喜又驚訝的對大家說道：「看！這可拉松孩子正在笑哪！他還笑出了聲音。

　　是啊！此時的可拉松確實是咯咯有聲的笑了。

　　在可拉松出世的第二天。艾斯琴斯在預定的第十時光準點被推進了生產室。

　　「尊敬的大科學家，我叫艾蒙，您的手術將由我來主持。」艾蒙醫生熱情洋溢的跟艾斯琴斯握了一下手。

　　「我們可是熟人，我們在宇宙工程部有五天的同事經歷，在『靈魂工廠』也碰上過。」艾斯琴斯把自己放鬆的說。

　　「您的記憶真棒！」艾蒙醫生讚了他一句，然後貼在他的耳邊對他說：「可是您竟然忘了給孩子起名字了。在您懷孕的第二天，我們就給您發去了檢定孩子性別的通知書，之後，我們還發給您五十二次催您給孩子起名的信息，可您沒有回覆過一次。」

　　「非常抱歉！我太忙了。致於孩子的名字……要不、要不、就叫他艾華！」

　　「您太逗了，我的大科學家，艾華？知道在我們這個星球有多少人叫艾華嗎？可沁，請你給艾斯琴斯查一下。」

　　一分鐘不到，可沁把查詢的結果告訴了大家：「叫艾華的，正好是整整一千萬人。」

　　「一千萬個艾華，如果您的孩子真的也叫艾華的話，他可是一千萬零一個，您不打算改變嗎？」艾蒙醫生問。

　　「不，不改變！那就一千萬零一個吧！」

　　「好吧，可沁，請你把這個名字注冊到社會工程部的信息源中。」艾蒙醫生吩咐說。

　　艾華躺在光網上被兩位醫生接住了，此時的艾華竟然「哇」的一聲哭了起來，那相比其他孩子更為宏亮的聲音讓光網顫抖了一下，與此同時，令人無比振奮和難以置信的壯觀一幕出現了。

　　奇想大陸的斯可達山脈上，火山猶如排山倒海的噴發了，火焰變成血柱一般從十一個「巨人」的口中噴向天空，陣陣層層的岩漿向下奔瀉，彷彿欲衝出屏幕向外溢流而出。

僅一分鐘後，一聲能撼動斯可達中部大地的巨聲響起，斯可達中部大海之中，突然有股超級力量將大海打出一片窟窿，它像是一個個海坑向下沉，而緊接著又一股更大的力量把海底部掀開，瞬間之下，超量的波濤湧向那裡，壓力下，海面出現了一道又一道的大水柱，其中有一條水柱宛如神龍一般，它竟然竄升到了三千多米的高空，在光流的照射下，這一幕，猶如有一支超級的銀劍，正直線的刺向空中。

「大家看這孩子，他已睜開了雙眼，正跟我們一起在觀賞這兩大奇觀！」艾蒙醫生把自己的發現分享給大家。

不錯！艾華已經睜開了他閃亮的雙眼！

沒錯，艾華正靜靜的盯著屏幕！

也許，在冥冥之中，真的有股力量在創造這種奇觀，以此來慶賀艾華在大宇宙的誕生！

四

艾華神奇般的誕生，猶如美妙的光流一樣瀰漫到了整個斯可達星球。

在人類生命醫院第一工作室的一號房間，那天除了十二位醫生各就各位之外，負責人類生命工程部的主政艾理作為觀察員也來到了此地，於是，三台大型的信息源也同時演算著有關的大數據，他們的工作顯得緊張有序。

到了二十分鐘時，第一位醫生已完成了她的數據評估工作，她漲著通紅的臉，用驚訝的目光在打量著她的同事們，很快，第二第三第四位，一直到了第十二位醫生都完成了這項工作時，他們的表情變得一致，隨即，他們的目光都不一而同的投向了艾理主政。

「主政艾理又認真仔細的複查了一下醫生們的評估，然後他笑瞇瞇的對著大家說：「都為難你們了，在斯可達達星球的出生數據的評估中，特優是最高的級別，如果有更高的話，我相信大家跟我一樣，都會評估給這個艾華孩子，真是近六億年文明後的第一位，百分之百。」他的話剛說完，全體醫生一起站了起來，同時熱烈的鼓掌！

「令人難以置信，太神奇了。」這類似的讚美話蕩漾在整個工作室的房間內，不久，整個首華城沸騰了，整個斯可達星球也沸騰起來。艾華恰到時辰的誕生，他全方位的天生特優吸引了整個星球人的關注，短短的三天，他成了斯可達星球的大明星。

能吸引全球人的關注，當然也吸引了四位主政，現在這四位主政忽然之間成了人類生命醫院的四位訪客，他們圍繞著大堆的信息數據，反反覆覆的查證著，在他們的心目中，艾華的天生成份好像證明一個跟孩子不

完全匹配的東西，這個東西就是：天人的一切生理結構。

「我都無法形容這種獨一無二的情況。」主政可拉激動的對大家說：「生在大奇觀時，只不過三天的時間，它竟一下子把斯可達的生命科學踩在了腳下，一個完全不用修復的孩子，或許他的生理結構就等同於天堂人。」

「這是斯可達星球中絕無僅有的案例，可拉主政，接下來我們該做什麼？」艾理主政問。

「還能做什麼，按順序自然下去。」可拉說。

「真希望這個孩子不僅僅神奇於現在，更希望他對我們星球的文明帶來更大的作用。」社會工程部主政可之敏說。

「我們在此已經毫無意義，不如去看看艾斯琴斯，看看奇蹟之源，我得問問他，他怎麼會生出這樣的孩子。」宇宙工程部的主政可欽說。

「這個主意不錯！如果我也遇到了昏厥事件，那麼，我也考慮生孩子。」可拉主政的話，更引得了大家的歡樂，他在執政了三千年中，可是第一次說出了一句幽默的話。

艾斯琴斯正和社會工程部所推薦的艾華母親艾絢艷在一起。

艾絢艷本來預定要在十五天後才來到這裡，然後跟他們父子一起去他們的住所，可是艾華的神奇誕生讓她的心一下子升到了空中，而且平靜不下來，於是，在艾斯琴斯的同意下，她提前來到了艾斯琴斯所休息的別墅，現在，艾絢艷的心情依然處在興奮之中，這無比榮幸的幸運感覺已經變成了一種焦急的渴望，她在渴望能早點見到艾華。

在這三天中，可以毫不誇張的說，艾斯琴斯是全球中最鎮定的人，他的平靜幾乎是全球中的唯一。自從那天發生了意外的昏迷事件後，他的性情起了明顯的變化，而這種變化全在他的不知不覺中，就他本人而言，他是渾然不知的。

四位主政已經走進了這個別墅，於是他們六人便聚集在別墅的客廳中。

「艾斯琴斯，恭喜你，生了一個神仙孩子。」可之敏主政首先說道。

「對於大宇宙的絕大部分人類來說，斯可達人就是神仙啊！」艾斯琴斯以另一種口氣，表現出他的輕描淡寫。

「確實是這個道理！」艾理主政說：「起步文明的人類也會把二期文明以上的人類當成神仙，我們也曾經把帝王人當成神仙，當我們把帝王巨人的研究結束後，我們的目光就開始轉向了無比神秘的天堂世界，我們尋找了八千萬年，但是除了黑暗，更黑暗之外，一切都是一無所獲。艾華的一切生理數據，像極了我們想像中的天堂人，也許，等他長大了，由他去揭曉謎底。」

可之敏接過了艾理的話題說道：「在『大實紀元』，我們曾經到了6414太陽系的伯羅人類星球，那裡的人類根本見不到我們，那怕我們就在他們的身邊，他們也見不到我們的宇宙飛行機，他們能懂的和能見到的只是我們的飛碟，他們還意外的俘擄過我們的『任務勇士』，殊不知，他們所能接觸和認識到的，全部都是我們的科技產品。我的意思是，只有真正的原樣，才能使我們去認識天堂，艾華非常可能就是真正事物的原樣。」

「是啊！」可欽又接住可之敏的話說道：「在高速和長途飛行後，雖然飛行機不會變形，但人工智能人都會嚴重變形，他們的身高有的不足一半，眼睛凸出，五官奇醜。有一次我們甚至還發現，在伯羅星球中有三百多個外星『人類』在那裡活動，有的鑽進了地心；有的藏在山脈；有的潛在海裡；有的關閉動力源而在空中滑動；更有的居然在森林中建起了基地；他們各懷鬼胎，但心知肚明自己已經被主控他們的星球所拋棄，他們能做的只有兩點：製造靈異事件，動盪人類的時局。」

在他們開心的聊天時，可拉主政向艾理主政使了個眼色，隨後，由艾理向艾斯琴斯說出了這些主政們的來意。

「艾斯琴斯，我們知道你在全程關注著你兒子艾華的信息，而你那神奇的兒子已經讓我們變得有點無能為力，你是他的父親，我們想來聽聽你的建議。」

「以我看，艾華不需要我們做什麼，既然不用修復了，那觀察幾天就送他去嬰兒活動室。」艾斯琴斯的話，使主政們又交換了眼色。

「好的，我們已經準備這麼做了，由你的確定，這使我們更為放心了。」可拉主政說。

「大家來看！」正在擺弄信息源的艾絢艷又驚喜的喊道，接著，她將信息源中的內容展現在牆上。

艾華正慢慢的直起身子，他低頭坐著，好像在欣賞自己的膝蓋。

「我是艾理，請最靠近一號光流室的醫生馬上進入，馬上進入。」艾理向信息源呼叫起來。十秒鐘後，兩位醫生走進了艾華所在的光流室。她們中的一位在翻看記錄，另一位在試著跟艾華講話，而艾華抬起了頭，只見他甜笑著，舔了一下嘴唇。

「艾理主政，我是可嫻醫生，艾華的腦丘波紋 0.07，胸腔波紋 6.6，他對室內光流濃度的適應指數是一百分之一百五十，根據數據指數來看，這個孩子想離開這個房間。」那位翻看記錄的醫生說。

「好！可醫生，請你們把艾華轉移到我的 101 自然護理房間，我會馬上趕到。」艾理說完，便起身馬上準備走。

「艾理請等一下，我們還得物色一個貼身護理艾華的醫生，另外，要關閉有關艾華的直播和信息源，讓他像常人一樣不受打擾。」可拉對艾

理說。

「我同意這樣做！」艾斯琴斯緊接著說。

「尊敬的主政們，我想去貼身去照顧艾華，我在人類生命醫院做過二十八年的醫生，做陪伴母親已經有一次，我是最合適去做這樣的護理。」艾絢艷不失時機的毛遂自薦，這個舉動，馬上獲得了艾斯琴斯的支持。主政們也同意了，這一下，艾絢艷高興得鼓起了掌，她即時站了起來，並催促艾理跟她一起立刻前往。

被轉移到 101 房間的艾華，他一下子熟睡了三十個時光，當斯可達的霧流剛剛散去的黎明時，他才睡醒了過來。當他醒來的第一眼看見艾絢艷時，他的這雙圓圓的大眼睛便目不轉睛的盯著她，艾絢艷實在是樂不可支，她抱起艾華，並把他放在自己的腿上。

艾華仰視著艾絢艷，一直看著她對自己說話的那張嘴。

之後兩天，艾華就在艾絢艷的腿上熟睡，再之後，他就不再睡覺了。

五天時，艾華已經在大房間裡邁開小腿走路了，儘管他時不時會跌倒，但是他顯示出討厭艾絢艷的攙扶，他搖搖晃晃的持續了兩天，然後，他的步伐開始穩健。艾絢艷每天都對艾華的身體進行各項指標進行檢測，每次檢測完畢，她的臉上都會呈現出幸福快樂的笑容。

艾華已經被允許在第八天轉去第九活動室，這一天代表志願者來接他的，正是美麗可愛的可沁。

艾華第一次見到可沁時，並沒有顯示出陌生的樣子，他走上幾步，並伸開了雙臂，可沁把他抱起來，順勢親了他一下，可這一下，竟然引起了他很大的反應。艾華用小舌頭去舔她的鼻子，舔她的眼睛，還把她的睫毛舔了後，使睫毛濕潤到黏在了一起。這溫馨的舉動使可沁漲紅了臉，也使一旁的艾絢艷哈哈大笑起來。

這一天進入第九活動室的共有兩個孩子，一個是艾華，另一個是比他早出生一天，並於一個時光前到達的可拉松。這兩個孩子共有四個志願者來照顧和陪伴，還有四個老年段的老人參與其中。一進活動室，艾華首先見到被攙扶走路的可拉松，可艾華一直看著他，卻不願下地跟他一起玩，但可拉松則不同，他一直細心的看著志願者在教他玩智能玩具，當他教會一點時，馬上拿來交給艾華。

在進入活動室的兩天中，艾華基本上都沒有下地，他一直在觀察大人們的交談，並一直在聽艾絢艷和可沁在輪流給他講故事。兩天後的可拉松已經在哼哼嘰嘰的學著發音，有時還說出了只字片語，艾華可從不發音，不過，他開始下地走路，也常常靠近可拉松，他入迷式的看他在玩著玩具。

幾天過去了，可拉松對所有的玩具已經失去了興趣，他用大部分的

時間去觀賞在屏幕的「天中球」比賽。

　而這時的艾華則喜歡拉著艾絢艷和可沁的手，去到外面的花園，他常常遙望著天空，顯示出，通常大人們才有的思考表情。

　有一天，醫院的醫生為這兩個孩子送來了他們的生辰信息卡，可拉松一拿到這個特製的小卡就往外扔，可艾華拿著小卡片，就木呆的拽在手上，他的神情變得有些異常。

　在之後的一天中，有六位專職的醫生來到了這裡，他們首先向志願者宣告了可拉松的情況，可拉松的情況很棒，他身高六十九釐米，體重八千四百二十克，身體發育綜合指數為一級，大腦綜合指數也為一級，智商比標準指數高出四十點，他可以在三十九時光後離開這裡去跟母親可松麗團聚。

　一聽要離開了，可拉松哭了起來。

　一直躲在可沁身後的艾華一見可拉松哭了，他便一轉身，接下去的一幕讓人們大吃一驚。艾華像飛出鏜的子彈一樣向門外衝去，在大家一楞之間，可沁便第一個反應過來，她跨大腳步，也衝了出去。出了門，穿過花園，可沁一直追到前面的小樹林才趕上了艾華。

　「艾華，你怎麼啦？」可沁輕摸著艾華的腦袋問。

　艾華抬起了頭，淚水掛在他的臉上。

　「你哭了，是不是跟可拉松一樣，不捨得離開我們大家？」艾華點了點頭。

　「艾華，姐姐向你保證，什麼時候離開活動室全由你自己作出決定。」艾華想了想，然後，他伸出手去拉著可沁的手。可沁把艾華帶回了活動室。

　醫生們宣布了艾華的情況，他的身高七十釐米，體重八千四百克，身體發育綜合指數是標準的一倍，大腦綜合指數是一級的三倍，智商比標準高出五百一十點，艾華可以隨時離開去跟他的父親團聚。

　艾絢艷和可沁都不知道怎麼再跟艾華說什麼。

　可艾華依舊一言不發，他拉著艾絢艷和可沁，還拉著可拉松，這整整的一天中，他們四人似乎是貼在了一些。

　又一天，兩名志願者上來攙住了可拉松的手，這時的艾華，衝上去跟可拉松擁抱了一，可拉松笑了，他在離開之前，不斷向艾華揮手。

　可拉松走了，艾華微笑著去一手攙著艾絢艷，一手攙著可沁，她們明白他的目光在說：我們也走吧！

　艾斯琴斯已經知道兒子即將到來。這幾天他的心情是一直的難以平靜，有一股超強的暖流像聖水一樣在他的全身流淌，當一臉稚氣的艾華已經出現在他的眼前時，他感到幸福，使他忘了該說什麼。父子以對視在作

交流，似曾相識又如久別重逢！

「艾華，他就是你的父親，快叫：父親！」一旁的艾絢艷提醒艾華。

艾華沒叫，卻退了兩步，他的小手，緊緊抓著可沁。

可沁蹲下身，在艾華耳邊說一些甜蜜的告別話，而艾華又一次去舔她的睫毛，之後，他輕輕的對可沁說：「三十年內，我去找你！」

「你終於說話了！」艾絢艷在一旁激動的說。

這是艾華來到人世間的第一句話，也是他來到斯可達星球的第一個誓言。

<h2 style="text-align:center">五</h2>

艾斯琴斯回家後，並沒有按慣例休息三十十天，不過，他的工作量相比平時而減少了一半。在這段時間裡，他跟艾華所相處的時間也並不長，他們只是在艾斯琴斯工作時，由艾華陪伴在他的左右。

艾華明顯的繼承了艾斯琴斯的某些性格，他們同樣文靜又寡言，好學又對新鮮事物極感興趣，通常，當艾斯琴斯在埋頭工作時，艾華則在一旁埋頭擺弄各種信息源。

五十天後，艾華在母親艾絢艷的略微指點下，已經通曉了全部信息源的功能，並基本上懂得了斯可達星球的規範文字。在這些日子裡，艾斯琴斯和艾絢艷已經把艾華的一些超能力當成了生活上的習慣，艾絢艷更是把艾華跟她一起外出遊覽時的行為奇點和語言出眾當成了一般孩子的天真和乖巧。

艾華喜歡去唐士河的源頭，他喜歡那裡清澈見底的溪流，那明鏡般的水面映照著他日漸長大的身影和那超帥氣的臉蛋，每當他來到此地，他都會蹲下身子去撥弄一番，有一次，他突然轉過身來對著艾絢艷問：「母親，您從哪裡來？」

「艾華，你真逗！我當然是從斯可達星球來啊！你又是從哪裡來的？」艾絢艷樂呵呵的說。

「不對！您來自遙遠的地方，父親也一樣，您們彼此不是來自一個地方，但您們將去同一個地方。我來自更遙遠的世界，但我只知道我躺在了父親的肚子裡，其他的就記不得了。」艾華這樣奇怪的話，終是能給母親艾絢艷帶來很大的快樂，她習慣了，絲毫不會介意。

接下來的五天，這對母子要去斯可達宮殿和萬米金峰區域遊覽，到達了斯可達宮殿外，艾華立刻表示他討厭這個地方，於是，他們就去下榻最近萬米金峰的曉英城。

第一天和第二天，艾華想登上萬米金峰的願望沒有達成，因為社會

美麗的地獄

工程部的氣象站臨時把大風和大雨呼喚到了這片區域的上空，第三天，風小了，雨也停了，被雨沐浴後的萬米金峰，它在光流的照耀下，正向著它的四處映照出層層疊疊的萬道金光。

船形的升降機把他們母子托升到了曉英峰，又從那裡轉去了主峰——萬金峰上。

下了船形升降機，艾華急切的拉著艾絢艷的手，他們快速跑到了主峰的金巖的觀察點上。這時，光流滾動形成了薄薄的雲霧，在飄浮中似乎給他們穿上了仙逸的衣裳，讓人見了像是他們正站在雲霄中。

「母親您看，就在那！那是我來的地方！」艾華用小手指向更高的天空。

出於愛心和耐心，艾絢艷順著艾華的指點在向上眺望，可是除了茫茫的一片天空外，其他的則什麼都沒有呀！

「您沒看到什麼嗎？」艾華問。

誠實的艾絢艷向他搖了搖頭。

「在這片天的上面，更上面，一個無窮無盡的上面。」艾華情緒激動的說，這可是讓艾絢艷第一見到他的如此情緒。

在艾絢艷實在無能為力看到他所說的更上面時，他們沒有了對話。

艾華依然望著天空，表情中出現了一種令人同情的惆悵，這對艾絢艷來說，很是蹊蹺，但她又無法知道個中的實情。

「上帝啊，我的母親。」艾華輕聲的自言道。

「艾華，你的母親在上面？」艾絢艷驚訝了，她禁不住脫口問道。

艾華不但沒有回答，而且轉身去了回曉英峰的飛車點。

艾絢艷在無奈中只得跟上去，這樣，他們便結束了在萬米金峰上的遊覽。

「母親，我對我在主峰上的表現向您表示歉意，之前，我的大腦有點亂。」在回程途中，艾華誠懇的對艾絢艷說。

「沒有關係，我的孩子！別把這些放在心上。」艾絢艷說了安慰又顯大度的話，這使艾華高興的笑了，他以撒嬌式的動作去靠在艾絢艷的胸前，並對她說：「母親，會有這麼一天，您的眼睛可以看到很遠很遠的地方。」

這次母子兩的出遊，本約定要去五天的，可是他們出去了還沒到四整天就回來了，回來後，艾絢艷把這段時間的細節告訴了艾斯琴斯，對此，艾斯琴斯把艾華叫到了工作室，並打開了三面牆上的大屏幕。

「艾華，你母親把你在萬米金峰上的表現全告訴了我，現在我們一起來辨認一下你的出處。」艾斯琴斯說，艾華點頭表示了同意。

「根據你母親的描述，我把你們所看到的天空方向設置好了，如果

你見到了你的出處，可以馬上叫停！」艾斯琴斯又說，艾華還是點頭同意。

「感速一級，不設限，直到停頓！」艾斯琴斯朝著屏幕，發出了命令。

已經劃過了「晶晶藍星球系」；正向光與霧的混沌區挺進；划動變速五級、六級、七級，已經接近七顆星的前沿超級大區域；……。

「已經三個時光過去了，你還沒見到你想見的地方？」艾斯琴斯問。

艾華則是搖了搖頭。

「進入光速感知搜索，依然直到停頓。」艾斯琴斯第二次對屏幕命令說。

又兩個時光過去了，這時的艾斯琴斯開始在不斷關注艾華的表情。

艾華盯著屏幕的目光可絲毫沒有移動。

又一個時光後，屏幕中就停格在斯可達人所稱的「腦神」黑暗區域。

「艾華，斯可達星球的科技所能達到的上限已經到達，孩子啊，你可知道，剛才屏幕上所出現的距離，如果讓我們星球上最好最快的飛行機前往的話，那也得需要六萬年，難道你的出處還沒到？看來你的出處是在你的思想深處。」艾斯琴斯活了兩萬年可第一次失去了耐性。

艾華聽了父親的話後，表情上出現了委屈，他忐忑不安的對父親說：「我不會撒謊，我真的來自於比七顆星更遙遠的地方！」

「可是我們的視覺已經過了七顆星的區域，可以肯定是在七顆星背後的『腦神』黑暗區域」。

「七顆星距離我來的地方，還有一倍的距離，剛才我見到屏幕上的七顆星是模擬版的。」

艾華的這句話，差點讓艾斯琴斯從椅子上跌下來。

艾斯琴斯可遇到了不知是否、模稜兩可、又啼笑皆非的問題，眼前的兒子出生到現在才七十四天，個頭也只有一米十一，他確實是他的兒子，但怎麼來看待他？是兒子？是人？是神？

他想請艾華離開他的工作室，可意識中又強力的需要他留下，像是在跟兒子玩宇宙級的迷藏，又怕失去童真無忌下的天大啟機。

「七顆星是模擬版的！」艾華的這句話在艾斯琴斯心靈中，它可是最高級最嚴謹的最高科學中連說都不敢說的課題，但在他大腦超極速的回轉下，在科學的長途中，七顆星的鬼異確實能得以證明這一點。

艾斯琴斯的心理讓艾華這一遭可變成了滾山車，他由驚轉喜的問艾華：「你這孩子，真敢說呀！有模擬版，那一定有真實版！怎麼個辨認？」

「有一副好的眼睛！」艾華脫口而出。

「艾華，這樣的眼睛，人類能得到嗎？」艾斯琴斯繼續問，看來他成了跟兒子一般大的孩子。

「我跟母親說過，有一天，她的眼睛能看到很遠很遠的地方，這樣

美麗的地獄

的眼睛也能識別七顆星的真假，父親，你也會有的！」艾華這麼一說，這就變成了他來到這個星球的第二個承諾。

「如果真能這樣，當然該謝天謝地，但什麼時候我跟你母親才能擁有這樣的眼睛？」艾斯琴斯繼續問。

「等我長大之後！」

「好吧！等你長大吧。那你告訴我，七顆星是什麼樣的？它們對你的出處會起到什麼功能和作用？」

「父親，我想不起來了。」

艾斯琴斯的心理真是過山車，它再一次跌到了谷底。

這時，艾絢艷見艾華還沒有回到她的身邊，於是她走進了艾斯琴斯的工作室。

在艾斯琴斯的目光示意下，艾絢艷把艾華帶出了他的辦公室。

「從艾華的神奇和他的講述內容來判斷，他可真有可能來自於七顆星背後的那個神秘莫測的地方，四期文明的世界裡，所有的大科學家都知道，在這個大宇宙中，有絕對多的存在物質是虛擬的，甚至還包括了大宇宙的本身，但要說是七顆星也是虛擬的，我可真的不敢這麼想！艾華說，有一副好的眼睛就可以辨別七顆星的真假，如果確實是，那麼又存在著兩個先決條件：一，是要等艾華長大；二，是要能見到兩個不同版本的七顆星世界。」艾斯琴斯在艾華走後，他這麼想。

這是一個高科技下，令人最感興趣的課題，艾斯琴斯覺得應該告訴可拉主政和其他三位主政。

他寫了一份自己見解的報告，分別發給了四位主政。

對此，可拉主政在不到五分鐘就回覆了他。

「別過於介意孩子的行為，艾華可能更早熟，更容易像一般的孩子一樣炫耀自己，這樣可以被大人重視。」這就是可拉主政的回覆。

「真希望艾華早點長大，我不時都在惦記著他。」這是可之敏主政的回覆。

「七顆星是虛擬的，我的大腦中曾閃過幾次，但不敢相信，回憶一切曾經有過的探索和研究，這樣大膽的說法並不是沒有可能，謝謝您的信息，隨時期待更多的信息。」這是可欽主政的回覆。

「在很古老很古老的科學和宗教中有兩個名詞：投胎和輪迴，可惜在漫長的文明中已經被遺忘和沒有得到證實。實話說，希望艾華是從天堂來，這樣，我們的文明必將更上一層！」這是艾理主政的回覆。

四個主政都回覆了，雖然，這體現了他們對艾華的重視程度，但在艾斯琴斯的內心中，他似乎覺得他們與所有的斯可達的民眾一樣，內心中缺少了一種憂患、風險、危機和災難之類的意識預感。

目前的斯可達的文明，可讓宇宙人類的絕大部分所羨慕，任意的工作，盡情的享受和娛樂，暢開著譜寫愛情的篇章，資源多到享用不盡……但傳說中的五期文明呢？可人類的寶塔之上，會不會真有一個天堂世界。

　　「應該早點作好準備！」才多久前的明示啊？看來已經即將被遺忘，現在大宇宙的異象是接二連三，只恢復了最微粒子脈衝算什麼？『萬應穿梭飛行機』只是剛剛進行製造，近四千個宇宙探索點也沒有恢復前往，……軍事上可能比一億三千萬年還落後……。」這一夜，艾斯琴斯想了很多。

　　「應該早點作好準備的含義中有未雨綢繆，也有後續的準備完畢，踏上征途的意思，對！這是不是一種另類的明示：準備好了，準許進入天堂？！」艾斯琴斯最後這麼想道。

　　於是，艾斯琴斯決定要見一次可拉主政，要面對面的找他談談。

　　他的請求被可拉主政接受了，並請他去到斯可達宮殿。

　　「尊敬的主政，我是一個斯可達的科學家，自然不會因為自己孩子的一些話去點燃早消失的宗教火苗。眼下，我從以往林林種種的科學研究和艾華的點明中，確實認為七顆星有真假兩種版本，我們認識那個墨黑的區域已經有六千七百萬年之久了，也經歷了共十一次它們的失蹤，我們的目標一直不僅僅在七顆星區域，而是在『腦神』黑暗區域的背後。

　　我們早已知道了我們去往那個方向的排列：『晶晶蘭星球系』，光與流混沌區域，從一到五級黑暗區域，七顆星區域，『腦神』黑暗區域，那之後呢？昨天我所想到的最後一點是，讓我們早點作好準備的一方，會不會含有另外一種明示：準備好了，準予前往！」艾斯琴斯說。

　　「哈哈，有其父必有其子，你也真敢想啊！艾斯琴斯，當我昨天收到你的信息內容後，我也思考了很久，那股宇宙外的力量正通過艾華把他們讓我們提前準備的真正意圖給挑明了。可這是我的單面猜測而已，眼下，我的思想變得空落落的，因為斯可達的現在，讓我這個主政一點底氣都沒有。衝去天堂？飛行需要五六萬年，現在就是連打開思想中的閥門都難，我真正只在切合實際的想，只希望睿智過人和有非凡能力的孩子早點長大。」

　　可拉主政真誠坦率的話，讓艾斯琴斯暗中吃驚，難道斯可達星球真的只存下外表的亮麗光線嗎？

　　艾斯琴斯的內心有點沮喪，他決定把他想跟可拉主政所要談的內容先咽進肚子裡，可能現在不是最佳時機，通過一次談話想讓主政狠下心去讓整個星球騰飛起來已經不可能，他眼下也只得先回到艾華孩子的身上。

　　「艾華說，有一副好的眼睛就能辨別七顆星的真假。我想試試艾華目視能力，他能不能分辨得出黑暗的區別，由此，我需要宇宙工程部的現

美麗的地獄

實版信息源，把近兩億年探索鏈接一起的那一種。」艾斯琴斯提出了他的請求。

「這個可以轉入你的工作室，你回去後，我會通知可欽為你特辦，應該幾分鐘就可以完成。」可拉主政這樣說，這讓艾斯琴斯準備好的一次長談，就這麼到此結束了。

兩個時光後，這位大科學家和天文學家就在家中的工作室對兒子進行了目視的檢驗。

這一次艾絢艷也在場，這樣的家中場面讓她覺得很不是滋味，她心裡在想，你們這些斯可達的大人，要去測試一個只七十五天大的孩子，這是一個天地反差。不過，除了她對艾華的寵愛之外，她對這個孩子也有堅定的信心，艾華是最棒的，他的到來就是斯可達星球的好運和光榮！

「艾華，請聽清楚，父親要求你做到兩點，一，在黑暗區域中，凡出現了黑暗程度有變化時，你就拍一下手掌，二，這跟上次一樣，到了你來的地方時，你就叫停。」艾斯琴斯說，他像裁判在跟新加入的運動員定規則。

「父親，我聽明白了。」艾華細聲的表示說。

屏幕一打開就是黑暗，從晶晶蘭星球系的前面一段已經省略了。

在整整四個時光中，艾華共拍了五次手，每一次，艾斯琴斯都把整個屏幕叫停了，因為，在他和艾絢艷的肉眼中，這片屏幕上只有兩個字：黑暗。所以，艾斯琴斯不得停下來，核對一下宇宙工程部信息裁定。裁定的結果是，艾華拍手時，正好都是黑暗的結口點，也就是說，他的目視等同於宇宙工程部的信息裁定，百分之百的正確！

這四個時光後約兩分鐘（也就是上次停格區域的後面），艾華忽然說：「快到了！」又二十分鐘後，艾斯琴斯想聽到的一個字，終於從艾華的嘴裡吐了出來。

「停！」艾華喊了一聲。

艾斯琴斯和艾絢艷同時站了起來，他兩還一起睜大了眼睛。

這一切沒有變！黑暗、黑暗、依舊是黑暗。

艾斯琴斯跟上一次一樣，又失去了耐性，他側身對著艾華，以揶揄的口氣說：「你認為你是來自於黑暗中嗎？」

艾華搖了搖腦袋，他並沒回答父親的話，他只是走近屏幕，用手扶摸著那片黑暗。

「你不是從那裡來？為什麼叫停？」艾斯琴斯嚴肅的問。

「因為我見到了七顆星中的四顆星，它們正在高速的向回家的路上飛翔。」艾華說。

艾華的話，使快要洩氣的父親更加來勁了，他立刻呼叫宇宙工程部

中心，他要求給出從黑暗區域開始，到達艾華叫停的這段距離。

宇宙工程部的信息答案三秒鐘就出現了，艾斯琴斯一見這一排數據，不禁一屁股跌回了椅上。

父親的表現，使艾華一頭霧水，現在，他以詢問的目光去對著父親。

「艾華啊艾華，這個黑暗的長距離，我根本想像不到斯可達能衝向天堂。」艾斯琴斯在絕望之中，連他說話的聲音都大打了折扣。

艾華這孩子把目光轉向了天花板，過了好一陣，這個僅七十五天的孩子，竟然這樣對著天花板說：在沒有時間的氣流下，生命的長度和物質的長度都是永恆的！前提是，只要沒有更強大的力量去摧毀它！

這兩位做人父母的愣住了，憑藉他們如此高文明的人類知識結構和底蘊，可還是在琢磨艾華的話。但是，他們感覺自己的全身都在激動和興奮的微笑！

艾斯琴斯站在後面在掉淚，他看到了艾絢艷已經緊緊的抱住了艾華。

六

從那天起的二十天裡，艾華拒絕了去父親的工作室，他活動的範圍只是從房間到客廳。在這整整的二十天中，這個孩子只是盯著屏幕，那對火眼金睛像是被牢牢的吸在了這團團的漆黑畫面上。他看著、沉思著、發待著，令他的母親艾絢艷疑惑著、不解著、擔心著，她試著無數次要跟他溝通說話，可艾華聽而不聞，全把她當成了客廳中的光流。她當然很無奈，除了陪孩子一起看著黑暗外，竟放棄了其他的選擇。

這樣的二十天實在是非常的漫長，對艾絢艷而言，簡直是等同於一次耐性的極限考驗。

不過這漫長的二十天卻使艾絢艷多了兩層難以抹去的感覺，一層是，她被這孩子的毅力所深深的吸引；另一層是，在超長注視黑暗的情況下，讓她也感到黑暗和黑暗之間的不同。如果說是相同的話，那是事實，如果說是它們不一樣的話，那便是人類的真實感覺。

她對這二十天的感覺思來想去，最後她體會到了斯可達星球的第一任主政，——艾之冰河的名言：感覺是意識的先驅，所見的事實，有時並不正確。

謝天謝地！這樣的日子終於結束了，當她跟艾華一起走出房間和客廳時，她才真正的覺得：原來，有一種幸福是來自於很不容易，它是要付出代價的。

「父親，我想住在外面有兩萬米大草坪的地方。」艾華走出自己區域後就直接向父親提出了他的第一個要求。

美麗的地獄

「孩子，你要一個這麼大的草坪？」艾斯琴斯沒有想到艾華的第一次要求是針對物質上的。

「是的，我想有個大草坪，可以好好玩玩。」艾華終於跟其他的孩子一樣，說到了他們年齡段最喜歡的一個字。

「好吧，看來我們得搬家了。」答應了兒子的要求後，艾斯琴斯便立刻向社會工程部發去了申請，還不到一個時光，回覆來了，這還是可之敏主政親自回覆的，回覆上只有這麼幾個字：隨時可以入住，下面還附上了新的住址。

新的住所在斯可達星球比較偏遠的東部，那兒距離宇宙工程部屬下的宇宙飛行基地比較近。

五天後，這一家三口就搬了過去。

新的住地該有的都有，只是按艾斯琴斯的要求，在此重新安置了一個工作室，這也使他本人和三位志願者花去了半天的時間。

這是一個較大的別墅形建築，前面的花園草坪足足有三萬平米。對此，很久沒笑的艾華，終於綻開了童真的笑容，也讓艾絢艷很是歡喜。

搬來的前十天，艾華拉著母親的手，在大草坪上不知轉悠了多少個圈，而在大部分的時間裡，艾華又仰躺在大草坪上，他朝著光流的天空，在這段時間中，艾絢艷跟艾華一起作著相同的行為，這相對面對黑暗而言，這樣的生活，實在是無比的愜意。

這對於「玩」可一點沒有顯示出來，倒是對前一陣，艾絢艷的艱難陪伴，作出了補償。

十來天後，艾華把大腦中所想的，列成了一個長長的清單，他讓母親把這份清單去交給他的父親。

艾斯琴斯用了二十分鐘的時間去細看這份清單，並對之的用途在做猜測。

「這麼多的材料，簡直能裝滿一架運輸飛碟，還要八架智能手，這可不像斯可達孩子所想玩的東西。我猜想，艾華還是想證明他自己的真實性，他可能想造一個七顆星上的什麼建築模型。」艾斯琴斯對艾絢艷說。

「我看不像！就是站在童心思維的角度也不像。艾華有神一般的聰明，他不會不想到，只要他動一下口，或者畫一個圖出來，那麼一個時光內，所有的一切都可以模擬出來，他為什麼要自己動手？」艾絢艷對於伴侶的猜測持不同的意見。

「其中當然有我們猜不到的東西。」艾斯琴斯說。

「能滿足艾華嗎？」艾絢艷問。

「當然能！你忘了上次艾華在我的工作室所講的話嗎？『在沒有時間的氣流下，生命的長度和物質的長度是永恆的，前提是，只要沒有更強

大的力量去摧毀它』！知道我跟四位主政是怎麼評價這些話的內涵價值嗎？如果這些話，斯可達的人類早知道的話，我們的文明早可已進入第五期了，這等同於在時間上能節省一億年，就是現在知道了也不遲，這是一個文明的導向，如果大宇宙的最高文明都奔向天堂的話，我們斯可達星球的人類，無疑將成為最成功的那一批。當然，這些話的內涵需要一個真正領悟的人去領導執行，不過請想一想，在這種價值下，資源算什麼？我們斯可達星球的資源早已是取之不盡。」艾斯琴斯的這些話，讓艾絢艷笑得合不攏嘴。

「太好了，這孩子對娛樂沒有興趣，這全當成他的娛樂吧。出於好奇，我也童心大發，真想快點陪他好好的玩一玩。」艾絢艷勁頭十足的說。

從第二天開始，清單上的材料便一批又一批的由運輸飛碟陸續的送到了這裡，等到一切都送達時，艾絢艷已經再也忍不住她的好奇心，她直接問艾華說：「孩子啊，現在你可以告訴我了，你究竟想做什麼呢？」

「母親，您得先答應我一件事。」

「說吧，什麼事。」

「在沒有完成前，這裡做什麼，你都不能去告訴父親。」

「好！我答應你，現在你可以告訴我了，你想做什麼了？」

「我要造『套套房』」。

「『套套房』？哪是一種什麼樣的建築？」

「『套套房』就是，一個房子套住一個房子的房子。」

艾絢艷眨著迷惑的眼睛，忽然她想起了艾斯琴斯的猜測，於是她裝作已知的神態對艾華說：「我知道了，你想建一種跟七顆星上一樣的建築。」

「哈哈，母親你猜錯了。」艾華開心的笑了，他以一種親人間熾熱的目光望著母親。

「你難道想要造出跟天堂一樣的房子？」這是艾絢艷無意識下的脫口而出。

「母親，我不確定您所說的天堂是什麼？只知道真實的七顆星除了氣流之外全是空的，但是它們的將來會是滿滿的，我只想建造好『套套房』來做自己的工作室，但並不想讓它飛翔到天上，對了！請問母親，您見過海市蜃樓嗎？」艾華的表情顯得很認真，也含有複雜的成份。

我們星球中的每個人都知道海市蜃樓，但親眼目睹的人很少。」艾絢艷也認真的回答說。

「那是我們的家，我們的住所都在地下，需要時，就會升到地面上。」

「海市蜃樓就是你們的家？在你的記憶碎片中真是這樣？」

「母親，我愛您，信任您，才告訴您，您會認為我是撒謊嗎？」

「當然不會！那麼『套套房』是你們孩子的自作玩具嗎？」

「不是的！真正的『套套房』會變、會飛、會極速膨脹、最大的跟斯可達星球一樣，它能讓時間顯示出虛假的原形，能戰勝一切其它的飛行機。」

「我明白了！哪我們什麼時候可以開始製造你所說的『套套房』？」

「裝備好智能手，連上動力源就可以開始了。」

智能手連上中心信息源後，它們已經在三分鐘後就自動成形，光流動力在一分鐘後也輸入完畢，現在，他們就可以進入工作了。

材料到齊的第三天，艾斯琴斯透過窗戶在眺望他們母子兩，只見他們跳來跳去猶如兩隻快樂的小鹿，他們的後面還跟著八架智能手，還見到他們在指揮智能手在搬運材料，這樣的工作狀態看來是輕鬆和愉快的，也真的像是在玩。

在前面的日子裡，當艾絢艷回到他的身邊時，艾斯琴斯總是去詢問她有關「工程」的事，有時還不依不饒的追問，可艾絢艷總是想盡辦法去塘塞他。

二十天下來，艾斯琴斯一眼望去，那裡除了出現了十幾座泥土堆外，另外的一切好像並沒有什麼變化，又過了幾天，艾斯琴斯無意中發現，他工作室的窗戶前已經豎起了一排高高的木欄，這裡的視線被擋住了，對此，艾斯琴斯哈哈大笑起來，他明白，原來這母子兩所玩的東西還需要對他保密。

在一天的夜裡，艾斯琴斯在和艾絢艷親熱時突然故意的問她：「都三十幾天過去了，你跟艾華所玩的東西好像沒見有什麼名堂，你們難道在玩又建又折的遊戲？」

「你太聰明了，是在建什麼，我還沒有真正的弄明白，但是，我們確實在又建又折。」艾絢艷以戲劇般的口氣在說話，這可使艾斯琴斯難以往深的問題上詢問下去。

又過了一天，艾華從信息源上獲悉，這一屆的適齡讀書課程又將開啟，在名單上也有可沁的名字，她是全部讀書課程班中年齡最大的一位，對此，艾華跟著艾絢艷一起走進了艾斯琴斯的工作室。

「父親，我要了解斯可達星球的一切。」艾華一開口就這麼對艾斯琴斯說。

「你是斯可達人，當然應該了解斯可達星球的一切。」艾斯琴斯說，其實他還沒有真正明白他兒子的意圖。

「艾華說話有時會繞個大圈，我習慣了他的方式，其實他想要去讀書。我已經告訴他了，參加適齡期的課程，他還需要等六年的時間。」最懂艾華的莫過於艾絢艷，她在一旁說。

「艾華，你真的不能參加適齡的課程，最多也只能在家自學，不過，這不影響你的工程嗎？」艾斯琴斯趁機笑瞇瞇的問。

「這不影響我們造房子。」艾華終於說話「漏風」了。

「斯可達有住不完的房子，你們還要造一幢，可這麼久了也沒有完成，這是一幢什麼樣特殊的建築？」

「父親，在一百七十天之內，一定能完成，它是很特殊，它需要一段時間的關閉後，才能繼續建造。」

艾華就在家裡開始適齡班的學習，初時艾絢艷則認為這孩子正全心投入他的「套套房」工程，讀書只是為了可沁而在蹭心靈上的安慰，可事實卻是，艾華不但學了，還每天用足了四個時光的時間，只是在學期的第一輪的一百二十天裡，在每天的直播鏡頭下，艾華總是「分心」的關注著課堂上的可沁，有一次，艾絢艷禁不住問艾華：「孩子，你想念可沁嗎？」

艾華誠實的點點頭。

「我知道，可沁可一直在關心你，她給你經常發來問候，可你為什麼不回覆？」

「母親，我害羞！」

艾絢艷不再往下問，她怕艾華那不同常人的腦袋會在不利的詢問下，起著行為上的怪異，她特別不希望艾華又一次去面朝漆黑一片的屏幕。

在學齡期的第一輪考試中，全球的一百零二名學生中，考第一名的是可沁，她的總成績是八千九百分，距離一萬分的滿分還差一千一百分，而這一次，艾斯琴斯同樣給了一份考卷給艾華，可是艾華在宇宙科學、社會科學、生命科學上的考試成績都太不如人意，特別是在歷史學的專課上，艾華的答題簡直讓艾斯琴斯看後是無奈得啼笑皆非，看來，艾華的思想和理念與這裡的孩子真是格格的不入，艾斯琴斯給艾華的考試作了評估，他的成績分數還不到七百分，艾華如果真的參加了考試，他無疑是斯可達孩子中的最後一名。

看來，當初艾華說的沒錯，他需要了解斯可達星球的全部。並且，他需要時間去更換他的大腦思維。

時間的每一段在每個人的感覺中都是不一樣的，自從艾華出生後，時間對於艾斯琴斯來說都是在不經意中「溜」過去的，而這又一百多天又是這麼一轉眼又過去了，艾華的生日即將來臨，為此，艾斯琴斯特意跟艾絢艷商量，看看怎麼來為艾華的生日進行慶賀。

「這孩子除了出門旅行外，對其它的並沒多大的興趣，怎麼為他慶賀生日，我可有點為難。」艾絢艷坦誠的說。

「只有兩天的時間了，得作出安排和決定，要不約一些朋友一起去奇想大陸玩個八天十天吧。可這要經過艾華的同意，八天十天的時間，會

耽誤他造房子的進度。」艾斯琴斯猶豫不定的說。

艾絢艷知道，艾斯琴斯一定早忘了艾華的話，艾華說過：一百七十天之內一定完成！到了他生日的那一天，就是艾華承諾的第一百七十天。

艾絢艷的心中在得意，現在已經過了艾華讓她保密的時間了，因為在兩天前，艾華就宣布了「套套房」已經全部完成，好吧，憑艾斯琴斯對自己的愛，就向他揭曉這個成功的消息吧！

「前天智能手已經回原了，連所有的場地也已經清掃完畢。」艾絢艷以這樣的方式來宣布，他們建造的完畢。

「這麼說，你們已經完成了一切，那我得去看看兒子的作品。」

「別急！我去把艾華帶來，讓他領你去。」

艾華領著父親繞過了一排木欄，然後來了他們所造的房子前。

「有這麼大？」艾斯琴斯有點出乎他意料的說。

這時的艾華突然的退了幾步，他向他的父母親展示了一個他們從來也沒有見過的禮儀。

只見艾華的小雙臂向前方伸直，他擊拍了三掌，然後退回手掌放在兩肩之上，掌背向外。

他們從來沒見的禮儀卻使他們倍感溫暖，當他們想開口說話時，艾華卻搶先一步說道：「謝謝父母親的養育，這是我的未來工作室，我將造出一個很棒的禮物來送給父母和全部斯可達人。」

艾華的這個行為，讓父母雙親很感動，之後，艾絢艷開始向艾斯琴斯作起了介紹：

「艾華說，這叫『套套房』，它是一種能戰勝所有飛行機的超級飛行機，它原本會飛行、會變形、會膨脹，我們的建造是真實版的百萬分之一。這裡有方形和長方形的兩種，方形的有九個『套套房』，共二十七個房間；後面長方形的是十一個『套套房』，共有三十三個房間，這兒的總體有一百二十扇門，外加外面的出入口十二個，裡面所有內部的結構移動，都有光流所調節，這是一個理論上最簡單的迷宮，但實際上，如果沒有艾華和我的引領，怕很少有人在進去後能出來。」艾絢艷說到最後一句話時，故意用挑戰的眼神去望著艾斯琴斯。

「親愛的，你找我？我可以自信的告訴你，我可是天文學家，我能弄明白大宇宙中錯綜複雜的軌道，進入人造的迷宮，完全可以蒙上眼睛，好，我就讓你們母子瞧瞧我的厲害，兩個時光內，我會跑遍方形『套套房』的全部房間，並閉上眼睛走出來。」

「父親，兒子祝賀你有一種沒有時間氣流下的永恆氣慨。」艾華以孩子的笑容，超大人的口氣說。

艾斯琴斯毫不猶豫，他一頭鑽進了距離他很近的那個出入口。

一個時光過去了，又一個時光過去了，艾華和艾絢艷笑了，因為，他們已經知道，偉大的科學家和天文學家已經不可能在沒有他們的幫助下，走出「套套房」。

又半個時光後，艾絢艷收到了艾斯琴斯認輸服輸的信息。

這一下，艾絢艷高興的像個孩子一樣蹦跳了起來。

艾華閉上眼睛，計算了一下父親所在的這一萬平米的哪個位置，然後，他進入了，二十分鐘的時間，他把父親帶了出來。

被兒子帶出「套套房」的艾斯琴斯是一臉的慚愧，他對這母子兩說道：「我知道我在中間區域的房間裡被困住了，最後只在六扇門之間來回，退出來找不到門，找到了門又打不開，這個簡單的『套套房』成了死迷宮。哈哈，不過我也有收獲啊，我在裡面想好了，過兩天就是艾華的生日，我就邀請貴賓們上這兒玩，以示慶祝。」

「這個主意很棒！」艾絢艷立刻表示了讚同。

兩天後，四位主政、六十四位各部的頂級科學家，以及一百位客人被邀請到了這個偏遠的東部。

所有到來的賓客，第一個經歷就是進入「套套房」。他們無論是單個進入，還是集體湧入，其結果跟艾斯琴斯一樣，這個結果使大多數的人們並不服氣，他們有的兩次進入，有的多次進入，有的在其中展開討論，有的在其中陷入了深思，但是，結果沒有改變，這可是忙壞了帶他們走出來的艾絢艷和艾華。

這一百六十八位賓客都玩得很盡興，只是這樣的結果使大家太不滿意了。

接著，絕大多數的來賓就在草坪上舉行了自發的研討會，而四位主政加上艾斯琴斯的一家三口則在客廳中聚在了一起。

說是研討，可馬上變成了各自的沉思。但他們思考的方向倒是一致，他們都在艾華所使用的材料上尋找突破口。

過了很久，人們開始各抒己見，可屬較合理的觀點是宇宙工程部的主政可欽說出來的，他好像大腦中有一只巨足踩到了一個細微的關鍵點上，他幾乎像是喊出了自己的心聲一樣說出了一個名詞：「氫絲金屬片」。

可欽的這一喊，可讓其他三位主政和艾斯琴斯幾乎同時說：「光流作用下產生了『氫絲金屬片』的特殊作用。」

所謂的氫絲金屬片是斯可達星球人類創造出來用於飛行機上的特殊材料，它受光流的感應支配，它本身有十分均勻的溫度散發，但一旦這種均勻的溫度受不到光流的均勻流速時，它就會產生更高一點的溫度，當兩片氫絲金屬片出現了極微的溫差時，其中的一片必然會受到感應的刺激，這樣的刺激會使兩片氫絲金屬片產生一股向一個方向的衝擊力，顯然，這

美麗的地獄

種衝擊力把一扇門帶上是必然的，而人在流動時，這樣關上的門是永遠也打不開。而另一種情況是，當光流回到了自然平和的流動時，氫絲金屬片才會回到原來的狀態，那麼門就會自然開啓。

　　而人的活動中，光流是不可能達到自然平和流動的，換句話說，關上的門就不可能被人打開。（進去後，要恰到好處的等待一點時間）

　　理論上，都已經明白了，但是，艾華和艾絢艷帶他們出來，這難道不屬人的活動範圍嗎？

　　「我的兒子，到父親這邊。」艾斯琴斯對艾華說，當艾華走近他時，他所表現的父愛達到了令人感動的程度，他將艾華揉在懷裡，這個可是艾絢艷做過無數次的動作，這位大科學家可是第一次做，他揉著艾華對他說：「凡人的活動是走不出『套套房』的，可不包括你，是嗎？」

　　艾華向父親深情又肯定的點了點頭。

　　「就算是，那你的母親為什麼也能進出自如呢？」艾斯琴斯又問。

　　「我一個人能帶你們都出來，這是因為我的身體，母親要帶你們出來，她要倒著走，而且要對裡面的布局了如手掌！」艾華回答說。

　　這一下可把四位主政和他的父親聽糊塗了。

　　「這是什麼作用？這好像不是科學問題。」可之敏馬上這麼說。

　　「可之敏主政說得對，我當時也這麼認為的，它不是科學問題，好像是一種，我們稱為的玄機，當時我們試了非常多的次數，但都能成功，請原諒，艾華只有一歲，他的表達能力有限，我根據跟他一起建造的經驗，我認為進去的人也會有人走出來，原因是需要運氣，運氣可也不是科學問題。」這時在一旁的艾絢艷發言了。

　　「說得太好了！一種人類普遍認可的成份，但在科學上難以解釋的東西。」這是主政可欽的話，他使主政們都點頭同意。

　　「艾華這孩子可了不起，玩都能玩出這樣的東西。」可拉主政稱贊道。

　　「他造『套套房』是用來在一定的時候作工作室的，他說，他將製造出一個禮物，送給我們和斯可達的每一個人。」艾斯琴斯替艾華解釋說。

　　「禮物，什麼樣的禮物，可以贈送給全體斯可達人？這讓人太期待了。」可之敏表情興奮的說。

　　「我可最期待的是，艾華早點長大成人。」主政可欽也興奮的說。

　　這時的艾華，忽然主動的開口說：「『套套房』比海市蜃樓還大，它會吞噬掉一切它想吞噬的東西。」

　　這可是一個信息量很大的事情，對此，主欽主政接著問艾華說：「孩子，你覺得，我們人類能不能避免你所說的吞噬？」

　　艾華有力的搖了搖，然後轉向他的父親說：「我想跟母親一起去草

坪！」

「去吧，今天是你的生日，全由你自己作主。」艾斯琴斯放開了揉住他的手，隨後，艾華和艾絢艷一起走出了客廳。

等艾絢艷和艾華一離開，主政可拉就站起來對大家問到：「如果像艾華這孩子所說的：『套套房』能吞噬掉一切它想吞噬的東西，這不成了理論上的絕對現象嗎，你們覺得它真的能吞噬掉斯可達星球嗎？」

「應該能！就像黑洞能吞噬掉星球系一樣！」可欽主政說。

「既然，七顆星可以被稱為有虛擬版的，那麼發生在前一段時間中的宇宙異象也可能是一種假象。」可拉主政的這句話，可讓在坐的人都不再言語，因為他們覺得可拉主政的話中有弦外之音，而他的本意，又讓人捉摸不透。

就在這氣氛有點不太帶勁時，作為主人的艾斯琴斯站起來，堆著笑的請大家去大草坪。

敘述者說：在天堂中有這樣一個名詞，它叫作：意識悖區！

在人與人之間、星球與星球之間，大宇宙與七顆星之間，它們都存在著，意識悖區。

可這個名詞只存在於大宇宙中，所以，在大宇宙就沒有絕對的物質存在。

但是，在存在中，也有另類的存在，就像是大宇宙和天堂之間，它們就是一種只存在於絕對的關係中。

這是一個非常高深的東西，就大宇宙和天堂這兩個太大的主題而言，這實在會使人類產生不懂和誤解，所以往小的課題來說的話，那麼人類就一眼既明！

往大說，意識悖區是明顯的存在，可以理解為：意識中的差距，往小的講，就是人與人之間思想差距，之前的故事中，可拉主政的忽然話中有音，其實，他在對艾華出現的問題上跟其他人的思想開始出現了差距，因為，在他的執政下，斯可達已經明顯的出現了無法應對的局面，而他恰恰又是非常敏感和在乎自己政績的一位領導人。

美麗的地獄

七

僅憑艾華對黑幕上那七顆星的描述，再看看那片黑暗所佔的面積，如果只有七顆星懸掛在那片空域中的話，根據大數據的運算推斷，那七顆星中的每一顆星至少要比碩大的斯可達星球大上兩千倍，而最大的那一顆星可比斯可達星球大上一萬兩千倍。根據艾華對艾絢艷所說的，七顆星目前是空無一物的，它們正在向天堂飛去，他又說七顆星將來會是滿滿的，

要是以想像的極限去推斷的話，就是它裝上類似「套套房」的物質，這如果它對大宇宙產生後果的話，這後果是……。

而現在，對於七顆星的詳情，連文明達到四期的斯可達星球也知之極少，但是，斯可達星球的高科技，早在一億三千萬年前就知道，在浩瀚的宇宙之外，還有一個大到無際無限又無界的地方，那個地方，可就在七顆星的背後。

如果，七顆星真的是一群宇宙的破壞源的話，當它真的在內藏滿滿的情況下，再吐出內藏中的一切，這對宇宙來說，會造成什麼樣的後果？

從目前的科學角度來看，這種可能性並不大，因為，在大宇宙中還有八千萬個超級大的黑洞，一旦有一根神線去牽著它們，那大宇宙上的所有人類星球就宛如排齊的骨牌一樣，只要一拉動，在短期內，整個宇宙就會轟然倒塌。這樣的可能性存在嗎？這在三期文明的科技模擬證明下就有了，——這樣的可能性是完全存在的！

要毀滅大宇宙，它不需要七顆星的作用，因為，整個黑暗區域都是一個最強大的氣流層，從整個探索綜合的信息來看，在黑暗區域壓根就沒有時間，用艾華深入心肺的話來說，這可真是一片沒有時間的氣流。

在艾華生日後不久，宇宙工程部率先又發現，在那片黑暗區域中，那七顆星在消失了五百三十一年後，其中的三顆星在分秒之間又出現了，經艾華的辨認後，這三顆星是真實的。

宇宙工程部的所有綜合信息源開始連續忙開了，整整的兩天下來，有一個重要的關鍵點被確認了，黑暗區域在移動，它不是在向後退縮，而是在向宇宙伸展，它是一個可以進退的門檻！

「前提是，只要沒有更強大的力量要去摧毀它。」這是艾華所說的後一段話，有沒有更強大的力量存在？這是勿容置疑的！那麼這強大的力量在宇宙已知的體現，也可以確定為是七顆星，當斯可達星球和大宇宙所有高級文明的人類星球一樣，要去衝向天堂的話，七顆星會不會來毀滅斯可達星球？

又要開研討會了，這是可拉主政的執政特色，這一次的陣形很大，被邀參加的科學家足足有三百個，當然，艾斯琴斯也在其中，開會的地點在斯可達宮殿。

在這次會議前，艾斯琴斯一家已經搬回了原本的住所，原因是，這兩個「套套房」已成了斯可達人絡繹而來的新景點，對此，艾華和艾絢艷用了半天的時間對這兒作了一些修改，然後，他們跟艾斯琴一起搬離了這兒。

在這次會議前，這一家三口還面臨另一事需要他們來解決的，根據這個星球的慣例，現在艾華已經滿周歲了，作為陪伴母親的艾絢艷便面臨

著一個去留的問題。

　　關於這個問題，他們三個人在一起作了實質性的交流，艾華則對此明白無誤的表示，他堅決要求艾絢艷留下，作為母親，她不該有理由離開他，而艾絢艷更直言，她不能沒有艾華，她願意終身來做他的母親，在此情況下，艾絢艷的去留問題應該已經不存在了，只是，艾絢艷對艾斯琴斯提出了許多批評，雖然他們間有了感情和肌膚之親，但是，艾斯琴斯在情感上的表達讓艾絢艷很不滿意，加上他對工作的過於執著，總之，艾絢艷最後給了艾斯琴斯這樣的話：「我並沒愛上你，留下的原因只有一個，那就是，我是艾華的母親」。

　　艾絢艷願意留下來，這在艾斯琴斯的內心中是萬分的喜悅，可這位大科學家就是這樣，他在女人的面前笨拙到連他自己都不信的程度。

　　就在解決這問題的當天，艾斯琴斯也跟艾華作了一次他們之間比較長時間的談話，他最後對艾華提出了他的要求：「無論你認為你的出處在哪，無論你有多麼神奇，但是，你要記住一個事實，你是我親生的兒子。你是斯可達人，從今往後，你要融入斯可達，全心全意為了斯可達。」

　　艾華還是以點頭的方式回答了父親的要求。

　　艾斯琴斯去斯可達宮殿開會後，這對母子就開始了商量。現在進行中的適齡課程還有兩年多才結束，如果繼續跟隨下去，這個意義也不大，因為到了合適的年齡還是要等待一段較長的時間。那麼像斯可達同齡人一樣的玩，艾華也沒有一點興趣。按艾華的想法，他想成為一位志願者，從而去到每個斯可達所需要的地方，可是，在斯可達星球，這裡也不接受十五歲以下的兒童成為志願者，不過，有一點可以通融的地方，如果有一名志願者，他（她）想去一些不太關鍵的部門，那麼他可以帶上一名子女一起前往。

　　「母親，你去做志願者，我跟著你。」艾華笑嘻嘻的對艾絢艷說。

　　「這倒是可以滿足你的好主意，但是，你扔下了『套套房』不回去了嗎？我們全斯可達人可全在期待你的禮物呢。」艾絢艷打趣的問。

　　「我們當然要回『套套房』，可是時間沒到，讓光流變化到一定的程度，是需要時間的，我把『套套房』中的兩間工作室，已經緊緊關上了！」艾華像說悄悄話式的告訴了艾絢艷。

　　「你這孩子，真拿你沒話可說！那麼，你認為我們去哪裡比較好哪？」艾絢艷也笑嘻嘻的問。

　　「帶孩子去做志願者，也只有兩個地方可去，宇宙工程部的生產基地和『斯可達的錯誤』」艾華說，看來他心中早準備好了。

　　商量定了，艾絢艷作為志願者，她立刻向社會工程部提交了申請。

　　社會工程部當天就予以了批准，第二天，這對母子就來到了他們的

美麗的地獄

第一站：「斯可達的錯誤」。

一到這裡，艾華便拉著母親艾絢艷徑直奔向第二個展廳。

前面介紹過，這個展廳中只陳列著一具巨人的屍體，他正躺在那個透明的棺材裡。

艾華開始繞著這具被稱為「帝王人」的屍體走，他在細細的觀賞，並越來越靠近它。

而此時的艾絢艷只是跟著艾華，她可沒去瞥一眼那具巨人的屍體。這裡，她曾經來過幾次，可這裡的一切從來都沒有引起她的點滴興趣。

「帝王人很高大。」艾絢艷很明顯在尋找她與艾華之間的話題。

「這上面寫的帝王星是虛擬的，這也不是什麼帝王人。」艾華輕聲的自言道。

「你在滴咕什麼？說來聽聽。」艾絢艷說，她似乎在到來之前，已經對艾華的表現有所預料。

艾華沒有回答艾絢艷，他還是邊注視著那具屍體，一邊在思考。

「我們應該去那間大房，把所有的資料整理一下，可以按自己的想法，作一些更系統的排列。」艾絢艷在提醒艾華，志願者該做什麼。

艾華還沒有走去大房間就猶豫了起來。

「艾華，你是想離開嗎？還是先去宇宙工程部的生產基地，沒關係，這兩個地方，都可以不受時間的限制。」艾絢艷很了解艾華，也很細膩。

「母親，很抱歉！看來第一天的工作就要終止了，原因是：我想睡覺。」艾華直率的對母親說。

一聽艾華的話，艾絢艷馬上回憶了一下，這一年多中，艾華睡眠的時間加起來還不到七天，雖然斯可達人無須每天睡覺，但艾華所休息的時間也太少了，作為一個唯一不需要修復的孩子，睡眠應該對他還是比較重要的。

「沒關係艾華，我們馬上回去，我們可以明天再來。」艾絢艷認真的說。

艾華回到住所便睡了七個時光的時間，他醒來後便把屏幕調到了斯可達星球認為那個帝王星的地方，然後，他獨自看了一陣。

「母親，我想肯定的告訴你，帝王星確實是一個虛擬的星球！」一陣後，艾華對艾絢艷說。

「一個虛擬的星球，不可能吧！我們知道帝王人已經有兩億年了，在一億兩千九百多萬年前，我們星球發生了一場極其複雜的超級大戰，歷史上稱為滅國大戰，星球上有一二三個文明主體國家全部參與了，更恐懼的是，當時還發生了滅絕人寰的病毒，是帝王人拯救了我們的星球，後來，我們追蹤發現了他在那個星球，我們趕去後，他已經死了，於是我們把他

的屍體運了回來。」艾絢艷說了這一過程，以對艾華的認識持不同的看法。

「母親，我知道我們斯可達人敬仰這個巨人，也知道我們歷史上到現在把這個巨人叫做帝王人，而他的死亡地叫帝王星，我看屏幕上的三種光源的變化，可以認定，那個星球是虛擬的，但它不是一種光的投射和折射，這三種光源不存在於宇宙，可這三種光源是『套套房』的內部變速光源，還有一個秘密我想告訴母親，但你可得把這個秘密一直保密在心坎之中嗎？」

「艾華，我向你保證，我能守住這個秘密。」艾絢艷肯定的說。

「我才一歲多，記憶的閘門還沒有徹底的關閉，隨著長大了，我的之前記憶可能會一下子消失。我想告訴你的是：斯可達所稱的帝王人，真實的應該叫做：高維人，他們是孔武過人、智慧超眾，他們是我們在宇宙執行任務的人種，其他的，我實在記不起來了，但在『斯可達的錯誤』的那具巨人屍體，他不是真人，而是模擬高維人的人工智能人。」

艾華所說的內容，使艾絢艷想說什麼而沒有了內容，在斯可達星球的兩千年生命中，自然從學習到資訊的感染和薰陶也是根深蒂固的，但是，此時此刻的艾絢艷卻非常相信艾華所說的內容，她可能暫時解釋不了這是為什麼，可她知道她有一種怪怪的感覺，這是一個感覺套著一個感覺，而且強烈的佔居著她的心房。一億兩千多萬年前已經在斯可達星球中立下了不可磨滅的豐功偉績，而這位立功者只是一個人工智能人，這是誰的布局和策劃？

艾絢艷熱愛生活，一切也只是為了生活的幸福，以前，所有的宇宙大事，她可都不是多麼關心，所有掌握的知識也僅供生活所用，如今有了艾華後，她覺得自己發生了巨變，也知道在熱愛艾華的同時，也愛上了思索。

「艾華，我想問……」艾絢艷確實還想問艾華，可是艾華又睡著了。

這一睡可好，他又創下了一個斯可達人的睡覺紀錄：七十二個時光！

這一覺醒來後，艾華在日後的三年，再也沒有提到過：宇宙這兩個字。

作為志願者，艾絢艷和艾華一直形影不離的來往於「斯可達的錯誤」和宇宙工程部的生產基地，在艾華的嘴裡，「斯可達的錯誤」變回了靈魂工廠，宇宙工程部的生產基地，變成了基地兩字。

這對母子在整理完展廳的資料後，已經不再進入，他們在之後的三年中，只出沒在這個區域的一角，那兒存放著十億個「靈魂」，母子兩從光、用霧、使聖水……，反正以力所能及的角色，對這些「靈魂」作了，試驗、分離、觀察、檢測，雖然沒有任何更新的結果，但是他們在此足足化去了，每天六個時光的三年。

在另一處的宇宙工程部的生產基地，他們母子兩同樣也待了三年，

雖然他們在此每天只化去了兩個時光，可是，這對母子幾乎熟悉了這兩千萬年中，所有經歷過的生產順序。

如此的三年下來，這對母子的感情自然更加深厚，他們的認識高度和理念也變得趨於一致。

而在這三年中，整個斯可達星球又怎樣了？

艾華和艾絢艷所造的「套套房」，因為太過土氣而沒再有人前往，可在斯可達星球的東南西北都出現了立體的「套套房」，製造它們，只是供斯可達人用來娛樂。

雖然主政們曾因為艾華兒時的回憶和語言，從內心中似有一種方向感的認知，在斯可達星球科學頂層的人群，他們的內心也有宇宙可能會被毀滅的意識。但是，他們的思維升級之門並沒有被開啟，相反，默守陳規的慣性已經帶著他們在行走。

有萬種功能的飛行機創造的要求，變成了製造「萬應穿梭飛行機」，這種飛行機已經落伍了，這幾乎人人知道，而且憑它的速度，再飛去七顆星也不恰時宜，可是在叫停一年後，它又被推了出來，原因是：在這次全球的設計大賽中，主政可拉和可欽，還有艾斯琴斯獲得了前三名，而「萬應穿梭飛行機」，這三位也參與了設計，而最主要的原因是：除了這種飛行機外，眼下已經沒有更好的選擇。

原有飛往七顆星前沿的需要六百七十年，現在根據數據測定是八十一年；原測定飛到七顆星的背後是六萬年，現在數據測定是三萬零七十二年；這是進步嗎？

在目前的斯可達星球，除了艾絢艷母子以外，當然，其他所有人都認為是進步！

這一次的「萬應穿梭飛行機」，還真的飛去了七顆星方向，而共有的六架，也只飛去了三架。

這個嶄新的飛行機，僅僅飛行了一百零一天時，它的投光折射就反映出「帝王星」「失蹤」了。到飛行了兩百天時，這種飛行機以同樣的技術告訴了斯可達星球，在整個黑暗區中，已經沒有了七顆星的蹤影。

這短短兩百天，卻反饋了這麼兩個信息，第一個，讓斯可達的科學家們有幾十個解釋，但唯獨不敢說，帝王星是虛擬的，第二個，可讓主政們尷尬了，這目的地雖然還在，可是目標卻失蹤了，這時的決策怎麼做，是繼續飛行？還是撤回？

或許，聰明的讀者們都猜到，第一步是什麼，——開會吧。

來回的會議，停不下來的討論，找不到正確的研究，時間當然還是一天一天的過。

在這種窘迫下，倒是有三個人想起了艾華，他們是主政可之敏和可

欽，還有艾華的父親艾斯琴斯。

「父親，我給不了建議，我得先做好一個斯可達人，這是我對您的承諾。」艾華對父親的詢問，作出了這樣的表示。

「孩子，你們母子兩已經做了三年志願者了，現在也沒事可做。你幫了父親，這就是為斯可達星球出力啊！」艾斯琴斯口氣中的懇求味，讓一旁的艾絢艷差點笑出了聲。

「這也是為斯可達星球出力？好吧，我試試。父親，我不了解『萬應穿梭飛行機』，能讓我看一下圖紙嗎？」

「你馬上能看到！」艾斯琴斯轉愁為喜的說，他即刻打開了屏幕，飛行機的全貌已經展現在艾華的眼前。

「父親，為什麼要飛到黑暗區域前沿需要八十一年？」

艾華的這個問題讓艾斯琴斯哭笑不得。

「你這孩子，這是什麼問題呀？這飛行機的速度，飛向那裡的距離，就是所需的時間，你的大腦怎麼啦。」

「這麼大一架飛機，怎麼只有一個動力轉換系統？」

「孩子，我的寶貝，看來你還有很多問題要問，可我只要你一個建議，甚至你可以說你的想法，繼續飛，還是撤回？」

「共六架，為什麼只去三架？另三架有其它用途嗎？」

艾斯琴斯洩氣似的不說話了，他看樣子要生氣了。

艾華還是仔細的看著這種飛行機的全貌，足足過了十分鐘，他才轉身對艾斯琴斯說：「繼續飛行！馬上打開動力轉換系統！」

「艾華，飛行機還在本星球系中，打開動力轉換系統作什麼，這樣會消耗飛行機的飛行壽命。」

「父親，黑暗區域在前移，這是打開動力轉換系統的好機會，我說不好為什麼，只是可惜飛行機的動力轉換系統只有一個。好在還有一個，不然還是撤回好！」

艾斯琴斯面對眼下的艾華，也不知道說什麼好，他思考了一下，然後將剛才他們父子的談話過程，一並傳給了宇宙工程部的主政可欽。

第三天，主政可欽以私人的名義向艾華傳來了兩個字：謝謝！

第五天，社會工程部的主政可之敏向艾華個人傳來了一份通知書，通知書的內容是：新的一期適齡班開學。

適齡班，這次全球也只有五十一人。在艾華在名單上的最幼年齡一欄中，見到的只有兩個名字，一個是他本人，另一是可拉松。

艾華一見可拉松的名字，不覺就興奮不已，那六十九釐米的小身子重現在他的腦海裡，還有他要接近自己，他慷慨的將玩具推給自己，在自己的冷落下，他顯示出來的委屈，在知道彼此的分開時，他抑不住的大哭。

「母親，您在我的開學時就別陪我去了，我想一個人早點去學堂。」艾華激動的對艾絢艷說。

「我們一直是一起進出的，為什麼這一次你要我例外？」艾絢艷微笑著問。

「母親，您還記得可拉松嗎？就是我在嬰兒活動室的唯一夥伴，這次學齡讀書，他也在，我太高興了，我估計他會提前到達，我也提前去見他。」艾華向母親艾絢艷說明了原因。

「我當然記得那個帥小子，他是可松麗的兒子。好吧，那你就一個人去上學吧。」

真沒有出乎艾華的所料，在開學的第一天，可拉松確是一個人提前來了。這四年多的分別，原本一個是六十九釐米，一個是七十釐米，而今他們同為一百八十二釐米，從呀呀學語搖擺走路，到現在各自的帥氣逼人，這可是非常大的差異。但是，當他們在社會工程部的大門前碰上時，他們只在原地呆了兩秒鐘，緊接著，他們便撲向對方，緊緊的擁抱在了一起，當彼此鬆開擁抱對方的雙臂時，他們卻沒有對話，先是可拉松大笑著捶了艾華一拳，然而是艾華還了他一拳，隨後，他們一來一往，直到淚水奪眶而出。

第一天的上學，這對天生的朋友和兄弟，就這麼搭著對方的肩膀，一起走進了教室。

就在這三年的學習讀書中，他們分座前後桌椅，下課後，他們時常還會在外面繞個圈子才回去，有時在夜晚間還互通信息。

時間過得真快，三年的課程已經學完了，在斯可達的星球中，可拉松的總成績是第一名，而艾華是第二，但是他們的身高同為二米零一。

在讀書學習結束後，經由可拉松的介紹，艾華跟他一起參加了一個「天中球」的訓練班，這樣，每隔六天，他們也可以有半天的時間在一起。

另外，在讀書學習的三年裡，艾華對社會工程部的外牆產生了濃厚的興趣，原由是，有一次，艾華正準備去搭飛船車回家而走過玻璃橋時，在不遠處，可拉松向他大喊了一聲，當他回過頭望向可拉松時，正好一束強烈的光流打在了五彩晶玉牆上，而這種特殊的石料在強光下，反射出一道紫光也剛好射向了艾華的眼睛，當時，艾華感到有點灼疼，之後，他對這外牆上的五彩晶玉石就產生了興趣。

在學習讀書時，他對這種石料觀察了三年，到了艾華離開了學堂後，他也常常去那裡觀看這些石料的變化。

在他離開學堂的兩年後，有一天，他忽然向母親艾絢艷詢問道：「母親，社會工程部外牆上的石料我喜歡，這種石料能搞到嗎？我只需那外牆上面磚的二分之一。」

「這不多，可我不知道我們星球還有沒有存貨。」艾絢艷沒有把握的說。

「母親，我查過，任何信息源上都沒有這種石料的庫存信息，您還有其他的辦法嗎？」

「看來只有可之敏主政會知道一些情況，我們明天去找她。」

「太好了，明天正好是首華城光流多變的一天，您也可以陪我去作最後的確定！」

第二天，他們就來到了首華城的社會工程部的外面。

這真是光流多變的一天，僅僅二十分鐘後，艾華就確定了，他真的需要這種石料。

「那我們就去社會工程部的十樓找可之敏主政，只要有庫存，相信，她會給的。」艾絢艷信心滿滿的說。

「艾絢艷！」不遠處傳來一個動聽的喊聲。

艾絢艷轉身一望，然後，她快步向著喊她的人奔去。

「可沁，我們有七年多沒見了，只是在屏幕上的真人劇中見到你，你現在在哪？」艾絢艷激動的說。

「是的，都七年沒見了，我在宇宙工程部，他也來了！」可沁剛握上艾絢艷的手，只見，艾華正向她們走來。

那舐吻她的往事也出現在她的腦海裡。

「看這舐人的小子，都成了大小夥了。」艾絢艷高興的對可沁說。

「你好，艾華，還記得姐姐嗎？」可沁先開口對艾華說。

艾華點點頭，隨後便直言的問：「還記得我開口的第一句話嗎？」

可沁也點點頭，並回答說：「你說：三十年內，我找你！」

「這是我開口的第一句話，也是我的第一個誓言。」艾華靠近她的耳邊說。

「我相信你的誓言，我等你！」羞澀全在可沁的臉上，勇氣使她把內心確定的情感，直接告訴了艾華。

第八章：她的名字就叫艾娃

一

在第一批三架「萬應穿梭飛行機」飛走的四百四十天後，另三架才飛上了天。

在光霧系區域的這種飛行機，在提前打開動力轉換系統後，它們的飛行速度比原先提高了百分之一。這種飛行機採用的是智能無人駕駛，這個科技程度是在二期文明中的水平，可是，縱觀宇宙的智能發展的情況來看，這確實是一種人工智能頂級期的技術，因為，在四期文明中，各個高級文明都向著自己的強項在自行發展。比如在斯可達星球，它的強項就是：人類生命科學。

以上一章已經講到過，斯可達星球已經知道了虛擬的帝王星消失了，也獲悉了七顆星的失蹤。

現在再來讓我們看看，艾華又在做什麼。

我們都知道艾華「喜歡」做一些單調又枯燥的事情，他可以整整二十天望著漆黑一團的屏幕；可以用上一百九十六天的時間去建造「套套房」；還可以安下心，在斯可達人最不喜歡的「靈魂工廠」待上整整的三年時間。

艾華能令人難解的做出一些普通人所做不到的事，而他對於母親艾絢艷來說，倒是一種莫大的幸福，她把單調當成了充實大腦的作用，把枯燥當成了精神上的豐富多彩。

在那天，當他們母子兩找到了可之敏主政後，這位主政費了一點時間，幫他們找到了那種五彩晶玉的石料，這種石料還剩下一百塊 30X30 方形的面磚，艾華要的只是半塊，而第三天，社會工程部卻給他送來的三整塊。

之前的情節中已經講過，艾華所造的「套套房」，其最大的目的是用來做自己的工作室，後來因為這裡變成了一個景點，所以他們搬離了。

現在，艾華得到了他所需要的東西，於是，他一個人就搬回了這個原址，而他的母親艾絢艷則是早來晚歸，晚上，她還是回到伴侶艾斯琴斯的身邊。

「套套房」中，被艾華關閉的房間是兩個，連著的走廊通道是六條，經過六年多的關閉，這裡變成了無比漆黑的地方。

艾華要的就是這樣的環境。在進入的前二十天，他和艾絢艷去各地

尋了一些特別原始的東西，他差不多有百分之九十五的所需由自己製作，從社會工程部要來的只是一張超長的桌子。

這在艾絢艷的眼裡，這些超原始的東西，有絕大部分，她連它們的名字都叫不出，對此，她是一頭霧水，在這二十天中，能讓她明白的只是兩件事情，一，她看到了那三塊五彩晶玉石料被磨成了粉末；二，她看見四十六個裝著化學和金屬元素的瓶子堆在地上，什麼火呀、水呀、冰呀、氣呀、全堆在長桌上。

接下來十天，艾華開始帶著艾絢艷一起，折下了光流源和「氫絲金屬片」，把照明換成了六億多年前的電光，他們還把走廊上的門，封死了一半。

這些讓艾絢艷迷惘到了忍不住的程度，她禁不住的問艾華：「我們究竟要做什麼？這三十天是『文明墮落』期，讓智能手幹三個時光就能幹完了。」

「哈哈，這就算是我們在玩『文明墮落』的遊戲吧。」艾華以玩笑在回避正題。

三十天後，運輸飛碟送來了十大箱小瓶子和一箱各種粉末，從之後的一天開始，由艾絢艷做助手，艾華開始做一種被艾絢艷稱為「倒騰」的工作，也從這一天起，艾華讓母親跟他一樣穿上銀裝，還讓她保持來去準點。

這個工作一幹就是一百八十天，到了這個時候，艾華告訴艾絢艷，這道工作幹完了，也在這時，艾絢艷對堆放在地上的小瓶子數了一下，那兒共有一千三百二十三個瓶子，她在猜想：艾華的傻勁足夠他把最偉大的受孕「膏」，用最原始的方法重新再做一遍。

「母親，接下來很重要，一切會在五天中完成。這是對一個出生十天大的孩子的一個測試。」艾華這麼對母親說。

「你這孩子在說胡話了，還是先休息一下吧。」艾絢艷嘴上這麼說，轉而，她憑自己對艾華的了解，心中在想，艾華所指的十天大的孩子，指的應該是他來的地方。

「別太在意了，我們對成功和失敗，應該抱著不在意的心態。」艾絢艷接著又這樣對艾華說。

「母親，我們會成功的！」艾華表情輕鬆的笑著，口氣卻是十分的肯定。

接下來，艾華和艾絢艷一起清理了這張超長桌，然後把地上的小瓶子分成一百瓶一批放上了桌面。

艾華對此進行了思考和核對，他打開了信息源，將大腦中的成分編成了數據，就這樣，這全部一千三百二十三個瓶子被分成十三批而被搬上

美麗的地獄

搬下，最後全變成了數據進入了信息源。

這個過程用去了三個時光，可這個過程在艾絢艷的感覺中，它由原始跳到了二期文明。

艾華坐下身子思考了一陣，他的嚴肅表情稍有鬆弛，接著，他向信息源，發去了一百八十個數字。僅僅三秒鐘後，信息源向他傳來了三聲鈴響，艾華向它瞥了一眼，隨後，他站起來，開始在這一千三百二十三個瓶子中尋找，最後從中挑選了二十一個瓶子。

這二十一個瓶子又被放上了桌面，跟著，艾華從另一間房裡取來了兩個更大的容器，他將二十一瓶中的溶液倒進了一個容器，再一分為二。十分鐘後，較大的容器中開始冒上來一股股氣體，氣體在這間大房間中產生出五彩繽紛的光芒，它將整個工作室彷彿變成了一個彩色的轉盤，這種情形持續了十分鐘，隨之光彩不見了，一切恢復了原樣。

艾華的神情完全舒展了開來，他笑得很歡。

艾絢艷跟著笑了，她知道艾華的厲害，她感覺他已經走向了成功的舞台。

事已至此，艾華向社會工程部的供應站發送信息，他向那裡要了兩架智能手和五副宇宙宇航員頭盔上超薄片的眼鏡。

第二天，社會工程部供應站將艾華所需的東西送了過來。

智能手把所有瓶子整齊的放在牆角，把這間工作室清潔了一遍，還把沒用的東西全部搬了出去。

超長桌上只留下了兩個較大的容器和五副宇航員的眼鏡。

艾華小心翼翼的從容器中取出一點溶液，然後滴在眼鏡片上，讓溶液均勻的兩分鐘後，他站起來對艾絢艷說：「母親，請戴上這樣的眼鏡，在房間裡感覺一下。」

「感覺這種原始的發電照明像是流動中的光流。」艾絢艷把感覺告訴了艾華。

「我們走出房間看看。」艾華說著，拉著艾絢艷走出工作室。

「這兒封閉的時間夠長，不戴眼鏡，可能伸手難見五指，母親，您再感覺一下。」艾華要求說。

「這兒是非常的黑暗，但能分辨出：進口處和這兒有兩種不同的黑暗。」艾絢艷第二次把感覺告訴了艾華。

「好！現在我們可以去父親的工作室了。」

母子兩來到了艾斯琴斯的工作室。

艾華打開了屏幕，並直接讓鏡頭調到黑暗區域。

「母親，把您的感覺隨時告訴我。」艾華要求說。

一個時光過去了，艾絢艷開始激動的喊道：「黑暗是動態的，我看

到了許多影子點，它們正在飛翔，它們有點像我們的『套套房』，整體上它們好像織成了一個網。」

艾華把一組鏡頭放到了最大。

「母親，今天我們的運氣不錯，也許是大批『套套房』出來巡遊，現在您又看到什麼嗎？」艾華問。

「嗯，我明白了，『套套房』之間在一定的距離中有一座橋樑似的光，粗看是一片大陸，像是帝王星的背景，看來帝王星確實是假的。」艾絢艷已處於興奮狀態。

「母親，堅持住，運氣好的話，可以見到七顆星。」艾華說。

接下去整整四個時光中，這母子間沒吭一聲。

「停！」突然，艾絢艷叫停了。

艾華挨近屏幕一看，他哈哈大笑起來。

「母親，您太興奮和緊張了，這是我們的探索收錄走到了盡頭，您在屏幕停下的五十分之一秒中，也從下意識中喊出了停！我把鏡頭退回兩秒，然後停下來讓你看，因為，我已經看到了七顆星。」艾華笑著說。

「啊！那片空曠地區並不黑暗和混沌，而是清澈又明亮，我看到了大小不同的七個淡圓點，這就是你們說的七顆星嗎？」艾絢艷萬分欣喜的說，然後摘下了眼鏡。

「我得錄下來傳給父親，一旦等他看時又看不到七顆星時，他會責備我的。」

「艾華，原來神仙的眼睛也能用原始的方法製造出來！」艾絢艷帶著敬慕的眼光看著艾華，她真為他而驕傲。

艾華則帶著一臉的平靜對艾絢艷說：「這還不算成功，我們得坐上飛碟和再上萬米金峰去驗證一下，最後我就能確訂下一步。」

「艾華，你還有下一步！」

艾華肯定的點了點頭。

這母子兩真的去了萬米金峰和坐上了飛碟，驗證的結果跟艾華所要的效果確實是一致的。

當艾斯琴斯戴上了這副眼鏡去看完那一片在屏幕中的黑暗後，他的情緒反應幾乎到達了興奮的頂點，他的雙手捏成了拳頭猛然砸向了工作台。他上前緊緊的抱住兒子艾華，要是有足夠力氣的話，他真想把他舉起來，一直舉到頭頂之上。

「太好了！實在是太偉大了，我的兒子！你竟然做出了全斯可達夢寐以求的創舉。快、快、快，給全斯可達人民每人做一副。太好了！能見到蒼天深處的眼鏡，能洞察天體心臟的眼睛，如果我們能探索到天堂的話，無疑我們也能看到他們的內部。」

美麗的地獄

艾華平靜的站在原地，對於父親的激動只是輕輕的搖了搖頭。

「艾華，你這是什麼意思，難道做了這五副眼鏡後，沒有原料了？」

「能做很多很多，但沒有必要再做成這樣的眼鏡。」

「有必要，有必要，完全有必要！」

「父親，您沒有理解我的意思，我做能分辨黑暗的眼鏡，不是一個功能的全部，如果要識別宇宙和天堂的天體演變，想運用現在的『元素技術』，加上從前的『元割技術』和『納米技術』去植入人體中，這樣，真正靈魂形的眼睛才能建成，致於這三種技術，在宇宙工程部和人類生命工程部都有現存的，再說所需的原材料我都準備好了，它們足夠做出十億雙火眼金睛的晶點，這樣才算是對斯可達星球人類的貢獻，這也是我贈予父母和斯可達星球的禮物。」

「元割技術、納米技術、元素技術，看來你在『斯可達的錯誤』中的三年沒有白待。但是，大腦結口的一切手術都是無益的和難以真正成功的定律，你應該懂吧。」

「是的，我懂！在腦丘部的中樞神經處有足夠的位置可以容納這麼一個小小的微點晶源。」

「兒子啊，你可真是一個大神仙，你太厲害了！還有你說，這不僅僅是一個功能的全部，難道還能衍生出更特別的效果嗎？」

「父親，我想是的！無論人類文明達到什麼程度，但高級文明人類都知道，人類本身就是虛擬的，我們只是借助於真正的靈魂而得以生存，所以，人類活著需要一種精神意義的支撐，這是一個助推作用，可以稱作為：適合性感覺震盪。

適合性感覺震盪！！

「適合性感覺震盪？我不是很明白，但第六感覺告訴我，這很重要！」

「好的和激情的行為，必然有刺激和助推的成分，這個外力成分就是：適合性感覺震盪，人類情感的最好狀態，物質最佳的匹配和使用，一切都在這個範疇！如果我解釋得不好，那就讓結果去驗證。」

「我能明白！我相信你，我的兒子！」

不久，可拉主政獲得了這個喜訊。

第二天，三位主政和全球人民都知道了這個喜訊。

僅僅第三天，可拉主政就在斯可達宮殿向全球人民發表了振奮人心的講話。

「相信全球人民都已經知道了，了不起的艾華發明了一種神奇的眼鏡，它能讓我們更深度明白宇宙外最奧妙和最令人嚮往的世界，未來，它還能成為我們大家最明亮的眼睛，讓我們知道真正的天堂。

斯可達的文明，斯可達的智慧，斯可達的科學技術，現在加入完全匹配的斯可達天眼，至此，我們可以滿懷信心的向全球人民壯嚴的宣告：

斯可達星球將昂首澗步的走向人類文明的第五期。

明天，我們將開啟宇宙塔樓的飛行表演以示慶賀！

明天，聖水中將和著美酒，灑向整個中部！

讓斯可達星球更加文明，讓斯可達星球更加偉大，斯可達星球永恆！

我代表主政們向全球人民致敬，並謝謝大家！」

斯可達星球歡騰起來，人們都覺得，他們的幸福又達到了一次高潮。

這一天，艾斯琴斯戴著那副眼鏡又足足對宇宙的圖象搜索了十個時光，他有幾十次停頓下來，皺著眉頭深入思考。博大精深的知識寶庫就蘊藏在他的大腦裡，加上浩浩蕩蕩的文明長河一直在他的記憶中流淌，可這一切都在兒子的原始小玩意中變得站立不穩，甚至被顛覆。號稱要進入第五期的文明世界，這難道是一種高度科學文明要跟神的雕蟲小技作比拼？幾億年的文明積累還不如他們的小小伎倆。

可人類始終沒有思考過：神的文明又積累了多久？

艾斯琴斯反覆思考，對著宇宙的圖象又反覆核對，根深蒂固的認知不可能輕易抹去，但直觀上的事實又豈能否定掉。看來科學家的視覺跟鏡片上的視覺出來了很大的差距，而且也不知道這種差距會變得擴大還是縮小。

在一個共同線上，出現了兩個極不相同的點，雖說只是兩個點，但它卻可能顯示著兩個不同方向的，這當然是非常的重要。

「要麼這種鏡片比實際展示的更偉大，要麼它會出現令人意想不到的糟糕。我還得找艾華再聊聊。」艾斯琴斯這樣想定後，便把艾華母子又叫到了他的工作室。

「艾華，我暫時實在打消不了內心的糾結，我想我們父子還是有必要討論一下。那五級黑暗區後的『腦神』區域，在最後一段變成了清澈明亮的白晝，帝王星只是『套套房』間的一座模擬橋，七顆星若影若現，這一切已經顛覆了我們科學的一億兩千多萬年的認知。難道我們的射光系統，在七顆星面前只是可以任意利用的玩具，我們和天堂之間存在著意識悖區，意識悖區有一半的成分可以解釋為緣分，但是這天地之緣怎麼成了一種視覺欺騙，這種天理反差可說服不了科學。你做的小鏡片跟我們的射光系統相比，你能作出評價嗎？」

艾絢艷的目光投向了艾華，好像在鼓勵他，在任何人面前講真話的勇氣。

「父親，斯可達星球人類相對低級別的人類，他們間的認知差距和視覺差距是巨大的，其實視覺的差距並不能證明什麼，人類再文明和厲害，

美麗的地獄

他們真正的視覺是一樣的，只是各自所運用的科技使距離產生了差距。無論什麼人類，他們的視覺只停留在一台望遠鏡的水平上。宇宙是千變萬化的存在，各種線條層出不窮，相信，『腦神』黑暗區的背後更是。人類把全視角只限於三百六十度，什麼拋物線、無邊線、暈聚線、綿團線、等等，人類不飛行到那裡，幾乎不能了解，我記不清宇宙的光類有許多種，但斯可達的事實告訴我，我們的射光系統只要有三種光的乾擾，那它回傳的圖象必是錯誤的。能說有一股力量在欺騙我們，可我們的文明技術，等同於在說：來吧，我接受欺騙。」

「親愛的，我來替艾華證明，在他小孩的時候，什麼帝王星、帝王人、他都在我面前否認過。」一旁的艾絢艷忍不住說。

否認帝王星，帝王人自然就存疑了，這讓一億兩千多萬年中的科學家和他們的科學認定是情何以堪啊！

「母親，已經說了我讓她不要說的事，那麼我補充說：帝王巨人是高維人，但在『斯可達的錯誤』中的高維人，他只是一種模擬高維人的人工智能人。父親，為什麼把『靈魂工廠』改成了『斯可達的錯誤』，這在我看來，那兒還有價值，但我欽佩斯可達人類在出錯後的勇氣，保持這種勇氣，這對於我們的未來，也是重要的！」

雖然，他們母子並沒有完全說服大科學家艾斯琴斯，但對他的觸動是巨大的，他在沉思後，已經表現出來對這一對親人持非常信任的態度，接下來，他將這八年中所發生的一切跟他的伴侶和兒子作了大範圍的討論。

「父親，我一直感覺到了您的憂慮，您太擔心大毀滅的到來。」已經被父親完全信任的艾華，也坦露心扉的說道。

「艾華，難道你不擔心嗎？將所有的信息匯總一起，幾乎可以肯定，大宇宙一定會被毀滅。」

「我跟父親的心靈是一致的，但我不過於擔心，無論這個結果來得早還是遲，我們都不要處於被動和無奈中就可以。」

艾斯琴斯以一種自豪的目光望著艾華，一陣後，他對艾華說：「看來你真的長大了，我希望你更成熟！」

二

艾華和艾絢艷就在全斯可達歡慶日的第二天，又去了「套套房的工作室，那天，艾華又製作了二十副那樣的神奇眼鏡，隨後，他兩還製作了兩塊三十釐米的方形鏡面，這種鏡面可以放置在飛行機的射光系統上，他們想試驗一下，看看射光系統有了它後，能不能在那片廣袤的黑暗區域

第二部　艾華和艾娃（一個舊宇宙中的人類星球）

中，在光擾之下去糾正之前的錯誤。

在之後的十天裡，這母子兩先去了人類生命醫院，因為只有在那兒有「元素技術」的離心射光合成工作台，這些象徵著最高級生命科學的產品共有四百二十台，按艾華的想法，他只需要其中的兩百台就夠了。

有了「元素技術」的離心射光合成工作台，接下來，得去宇宙工程部的宇宙塔樓，那兒的庫存中有「元割技術」系統和「納米技術」的系統。

最後，把這些全集中搬去人類生命醫院，在之後的五天中，由人類生命研究所的三十位科學家和艾華一些，把這三種技術融於一起，並拼裝制成了一個技術指揮中心。

一切的設備已經就緒，由社會工程部和人類工程部共同參予準備的三千間光流修復室也準備完畢了。

當艾華母子進入人類生命醫院的第一天時，由三大部門簽署的執行命已經交給了艾華，當一切的準備工作在共三十天完成後，可是，主政可拉還沒有簽署他的名字。

這個小插曲，可讓當時的其他三位主政暗中吃驚，由此，這個工程也只能暫停下來。

時間在一天一天的過去，三位主政和艾斯琴斯的心情，可比艾華還焦急，這可怎麼辦？

三位主政在不斷跟主政可拉溝通，艾斯琴斯更是直接去斯可達宮殿找了主政可拉。

最後，還是可拉松拉著他的母親可松麗去了斯可達宮殿後，可拉主政才算是鬆了口，不過，他暫時還是沒有簽署，他建議讓這些人，一起去斯可達宮殿開　討論會，這樣，他才考慮簽下他的大名。

原來，猶豫中的可拉主政還是對三十天的準備結果不放心，（表面上是如此的），他要跟艾理主政和可拉松來對設施部分再作重新的檢查；要可之敏主政可欽主政加上艾華負責對所有的設備再進行一次檢查；這些工作按可拉主政的意思做完後，這一下，可拉主政總算簽署了！

時間上共耗去了半年，所幸的是，這個工程能得以進行。

第一次的手術共有五十個志願者參與，其中包括了艾華的父母和他的好朋友可拉松。這五十名參與者，也就是第一批獲得火眼金睛的斯可達人。

整個手術所需的時間是八分四十秒。助理員在手術中只需要一個，（只要讓來者躺上手術台就是），而在技術指揮中心也只需要兩個人，手術後，只要閉上眼睛，休息一個時光就可以，效果跟預期的一樣好！

也就在第一批志願者被施行了這種效果極佳的光流腦部手術的七天後，這個手術便向全體斯可達人開放了，這時，人類生命醫院前的人流如

美麗的地獄

潮水一般湧來，整個星球上四億一千萬民眾從開始到結束還不到兩百天，他們就每個人都做了這樣的手術。

人類的視力有了如此程度的提高，這對於人類的心理產生了更美妙更具信心的歡樂。也就從這個手術高峰的後期開始，另一個令斯可達人難以置信的一幕出現了：每天前來申請懷孕的人數正在急劇增加，原本在斯可達星球中，一年只有兩位數的申請懷孕記錄還算是不錯了，在漫長的年月中，還有過五年，每年只有一個孩子出生的記錄，而現在，每天申請的懷孕的人數已達三位數。所以，當這種手術結束後，那三千間光流修復室，可全改成了孩子出生的光流室。

「艾華，這就是你所說的：『適合性感覺震盪』的效果？！太棒了！人類的靈魂真是無比的偉大，它真的是活著的精神意義，人類開心就是最大的意義，而激發意義的第一位就是快樂。」艾斯琴斯跟全球的人類一樣的興奮，人們是有了火眼金睛後的快樂，可他多了一個點，這就是，他有這樣的兒子，而無比的自豪。

當全球人類都沉浸在歡樂時，艾華卻變得十分的清閒，有一天，他把前一陣的工作做了總結後，便關上工作室的門徑直來到了父親的工作室。

艾華打開了父親工作室的全部信息源，他本想用兩個時光去關心一下父親和多數科學家所關注的宇宙區域，這只是他想以此來打發這兩個時光，因為，母親艾絢艷要過兩個時光才到達這裡。

可是，這一看使艾華在四十天的時間中，都去關注了那個宇宙區域。

AO 恆星又出現了，它幾乎貼在了 101 黑洞上，在它們僅有的一點間隙中，只見一陣陣的火焰團迸出來並四處飛濺，大恆星的姿態猶如猛牛做好準備去迎接另一頭猛獸的攻擊。而黑洞旋轉著龐大的身軀，其間像是在劇烈的呼吸，那呼吸的口張得巨大，企圖欲將對手一口吞下去。之後五個時光的畫面變得一下子溫柔起來，AO 大恆星開始漸漸鬆弛開來，原本的圓形變成了橢圓形，一天後，它又變成直起的錐形，它在拍打黑洞，像大人在哄孩子睡覺。三天後，黑洞更顯優雅的姿態，它變成了蛋形的身體貼住了大恆星，這是強迫性的投懷送抱，以致於使錐形的大恆星被擠出了一個凹進的曲坑，在二十三天的糾纏後，錐形的大恆星上下兩端出現了一個又一個火輪，它的身體開始蜷縮，當它蜷縮到只有原本的一半時，餘下的身體就爆裂了，一股股巨大的火光印在那片區域上，火光又衝向黑洞。黑洞也爆裂了，屏幕上便成了一片翻滾的火海。

這是一個宇宙中的同歸於盡，它讓艾華看了後，心中真不是滋味。

「說它是假的，不像！說它是真的，又下不了定論。」艾華心中這麼想。

他開始把他所看到的進行的反覆的數據核對，（不使用信息源中的宇宙公式）從另一個角度再作合對，（距離產生的扭曲線），眼下有一點，艾華肯定了，從斯可達星球的數據中所產生的一百多個星球範圍是錯誤的，所謂的 AO 大恆星和 101 黑洞的整個區域加在一起，也只是兩個星球系這麼大。

　　一個四期文明的人類星球會出如此的大錯誤，這可能嗎？

　　「母親，我們還沒有完全解決光擾的問題，時擾又出現了（宇宙時間扭曲），我們所存在的問題可真不少。」艾華對身邊的母親艾絢艷說。

　　「是啊！我活了兩千多年，第一個感覺就是：這裡的變化實在是太小，這是我們主政的執政理念問題嗎？」艾絢艷問。

　　「不能這樣說，我的感覺是：這是進入高級文明的正常狀態，只是宇宙進入了不正常的時期。看來，父親的憂心忡忡，也真有他的道理。」

　　「你也覺得宇宙進入了不正常時期，萬一它被毀了，這可怎麼辦？」

　　「如果是整個宇宙被毀的話，那一定是宇宙之外的力量所為，實在的說，人類根本阻擋不了這樣的事，我的想法一貫是這樣的，我們人類也不能太被動和無奈。」

　　「艾華，管事的是主政們，你已經做出了這麼大的貢獻了，接下來，就不要再去多操心了。最近，我們都變得這麼清靜，倒不如去作個長時間的旅行。」

　　「母親，你這個主意很棒，我也想去旅行了。」

　　「告訴我，你想去哪裡？」

　　「當然是奇想大陸呀！」

　　「太好了！我們想到一起了，那就去奇想大陸！」

　　奇想大陸是斯可達星球中最大一個大陸，其實它的從前跟大海對岸的北部一樣，有著四個大陸，奇想大陸只是現在的斯可達人對其的一種總稱而已。

　　奇想大陸是斯可達星球的人類發源地，它在最旺盛的第二期文明中，人口就達到了三百二十一億，那是光獨立的國家就有一百八十三個。這個大陸的東南部是一處終年冰封的大地，大陸北部的漫長海岸線，幾乎就是斯可達星球的直徑，奇想大陸的西部，現在已經有百分之二十的土地變成了沙漠，在整個南部中有十一個超大的山脈，而斯可達山脈則是超大山脈中的超級山脈。

　　從整體的地理來看，奇想大陸還是以植被茂旺的丘陵為主。

　　從歷史上來看，這裡雖然是人類的發源地，而在人類的文明進程中，它也是這個星球戰爭的殺戮場和天災人禍的大舞台。

　　二期文明中的「人智」大戰，它使這裡四個大陸全淪為了人工智能

美麗的地獄

人的奴隸，那種「智能滅絕」，簡直就是慘無人寰。到了一億三千萬前的那場「滅國大戰」時，這個大陸中的所有國家相繼率先消亡，到了大戰結束後，整個大陸只剩下了僅僅八十萬人口，且這八十萬人，最後還是全部移民去了斯可達的中部大陸，原本有四百多個姓氏的民族，也隨著中部的一個姓氏，這個姓氏就是——可！

這個大陸從整個歷史來講，它是極其不幸的地方，但是它的自然風光卻美麗得遠超人們的想像。如果想觀賞山水的話，這裡有人形的奇山；有像各種動物的獸形山；有樹形的怪山；有花形的仙女山；在這個大陸，各種奇妙的河流是星羅棋佈，最奇妙的是：在這個大陸中有座大山，它有兩個主峰，峰頂長年插在雲霄中，從它們的峰部有幾條瀑布向下衝來，在光流的照耀下，這些泉水像是從天而降的天泉，這令所有前往觀賞的人們都嘆為觀止。

奇想大陸有數不勝數的美景，當然，最能吸引遊客的還是這個大陸千姿百態的動物世界。

艾絢艷和艾華搭乘著飛船，他們在奇想大陸的 1186 航機場上停了下來，像這樣的航機場在奇想大陸一共有一萬個，只是 1186 航機場是距離斯可達山脈最近的一個，只要一下飛船，首先能見到的就是巍峨的斯可達山脈。

這個以火山結構為主的山脈，它可是艾華出世來到人間的第一個視覺場面，如今他就真實的站在山脈的前面。這時的艾華用凝視的目光對著它，腦海中回憶著它噴發時，那雄偉壯觀的畫面。挺長的時間後，他才收起了目光，他和艾絢艷一起走去了住所。

放下了簡單的行李，再試用一下專供來奇想大陸旅遊的裝備，這裝備中有特製的科技鞋，有防身用的射針槍，有人與動物的音質交流器，還有一粒安裝在肩上的信息指南鈕扣。

從住所出來，走過一條石徑小道，前面是一條碧波蕩漾的湖泊，它的背後還有一座光禿禿的岩石山。

繞過湖泊，過了岩石山，前面是一大片樹林，茂密的樹林中有各種鳥兒正在歌唱，嘰哩呀的聲波在四周盤旋，這各種鳥兒的混唱，像各種的無名琴弦一起拉開，雖然躁雜，但在迴盪後，卻美妙得能扣到人們的心弦。

艾華和艾絢艷走在一條自然的林蔭道上，這是能連著山脈的上坡路。和煦的光流繞著林間的間隙，照在他們的臉上，和風吹來，有一股沁香的味道鑽入他們的呼吸，茂密中，一根一根的樹木好像列著橫豎交叉的隊伍，又似在迎接他兩。

忽然，有一股奇怪的陰風由上而下向他們撲來，風中的寒意使他們驟然停了下來。

信息指南向這對母子發出了警告，說有一隻巴士底黑虎已經靠近他們，在突發事件的緊張下，艾絢艷不慎一個趔趄撞在了樹上，也就在同時，只見一隻碩大的黑虎已經出現在距離他們二十多米遠的上坡上，它正咬牙低吼著，接著，牠騰身向他們撲來。

　　「啓動！」艾絢艷一聲喊，她立刻升到了樹上，可是艾華在上升中，被黑虎撲到在地上。

　　艾華著地一個翻身，右手抓到了黑虎的前爪，他使勁向側一推，他和黑虎間一左一右，向不同的方向滾出了約五米遠，黑虎以超敏捷動作在半空中一轉，並掉過身體繼續向艾華撲來，但這一次艾華的動作也非常迅速，他的左手已經握住了射針槍。

　　「左右兩腿射四針。」射針槍按艾華的指令，已經飛出了四根金屬針，那被擊中的黑虎頓時痛得翻了兩下，然後，牠向右側逃竄而去。

　　「請定位山脈區，有一隻黑虎受了傷。」艾華向信息指南說。

　　「謝謝艾華，我們的急救機已經到達，現在已經在給牠處理傷口，射針也已經取出。抱歉讓您們受驚了。」信息指南對艾華說。

　　「啓動。」艾華又升空了，他到了樹上後，對艾絢艷說：「母親，我們別下去了，現在開始飛行模式，這樣我們可以更盡興的觀賞。」

　　「好的，艾華。那我們就飛翔吧！」艾絢艷好像忘了剛才的一幕，她跟著艾華開始飛了起來。

　　他們飛著，一直飛到了前面的山峰頂上才停了下來。從這兒向南望去，山腳下有一潭水泊，上面還冒著蒸氣，像是一處大溫泉，在這個溫泉後是一塊幾千千米的草原，更後面就是層層疊疊的一片山岳，山岳後是一片高聳壯觀的大山區，那個大山區也就是斯可達山脈的火山區域了。

　　這時，有一陣嘶叫聲叫從東方向這裡傳來，接著，有兩隻擁有巨大翅膀的大鳥正向這邊飛來。

　　「艾華，這是你們書本上有的『奇異鳥』，牠長得比鳳凰還漂亮，可惜，牠只長有一條腿。」艾絢艷向艾華介紹說。

　　「母親，我記得有關這種大鳥的記錄，牠的最大特點是：喜歡多管閒事，以人類的標準來說，牠是特別的調皮。」艾華說。

　　在此，作者提醒一下讀者們，如果將奇異鳥縮小十二倍的話，牠的形象，就是，中國奇書《山海經》中的「畢方」鶴。

　　「母親，那座人形山，就是白點峰吧，它的高度，應該能使我們更心滿意足的看到如畫的奇想大陸。」艾華心致盎然的說。

　　「走！上白點峰！」艾絢艷可說走就走，這次艾華跟在了她的身後。

　　在飛行的半途上，剛才的兩隻奇異大鳥跟了上來，有一隻飛在前面，像是擋道，另一隻或左或右的飛翔，像是在「騷擾」。

美麗的地獄

「哈哈，母親，牠們在搗亂哪！」

「是的，討厭又可愛，真的非常的調皮！」

「我們進入快速飛行吧，讓這兩個調皮鬼來追逐我們。」

「好吧，我們不去白點峰了，繞開火山區向西飛行！」

這母子兩調向西行，速度在漸漸加快。一對奇異大鳥拍動著大翅膀，也飛得更快。

這種大鳥似有天生的堅韌性格，牠們正在跟斯可達的科技玩具展開賽跑。

已經兩個時光了，也應該飛了近千千米了，動物的體力不支了，而科技還沒有進入最來勁的高潮。

看來，這對美麗可愛的大鳥將永遠爭不回所失去的面子，牠們開始向下面的草地滑翔而落。

這對母子也童心大發，他們咯咯的歡笑著，在大鳥的上空盤旋了兩圈。

現在他們飛到了這一片草原的孤山上，他們先向南面看，見到有一群獅子正懶洋洋的躺著，有的在舔自己的爪子，有的在相互舔潔同伴的毛發。有牠們近處有一條長河，長河向著東邊流淌。

這兒的東北西三個方向都是草原，在這三個方向都是連成一片的大草原。

大草原上，到處都是食草動物，看上去有十幾個種類之多。

「斯可達星球可真美！」艾華感嘆道。

「是啊！一個曾經血肉橫流的地方，它變成了一個美麗的動物世界。艾華，再向西，那兒我比較熟悉，它比這兒還美！」艾絢艷說完，又帶著艾華向西飛翔了一段。

母子兩來到了地面，他們在更美麗的地方散步！

光流開始散去，天就要黑了。

他們飛翔著回到了1168航機場邊上，然後從小道上往住所走去。

在小道兩旁的樹林中，突然傳來了一陣動物的急叫聲，艾絢艷說，這可能是一個小貓的叫聲，於是他們追著叫聲的方向去查詢。

有幾只野狗正在一棵樹下轉，急叫聲正是從那棵樹上發出的。

「艾華，動物音質交流器在你的包裡，把它拿出來，播放猛獅獵殺的吼叫。」艾絢艷輕聲對艾華說。

艾華按母親的話做了，呵！效果特別好，「獅吼」下，那幾隻野狗是奪命而逃。

「咪咪，下來吧，已經沒有危險了。」艾絢艷朝著樹上說。

「我知道，在書本上見到過這樣漂亮可愛的小傢伙，牠叫玲瓏野

貓。」艾華開心的說。

「看來牠不願下來，艾華，天已經黑了，我們回去吧。」艾絢艷說。

母子兩回到了住處，他們放下背包，打開信息屏，開始欣賞今天所遊覽過的地方。

「喵喵喵。」門外傳來了貓咪的聲音。

「難道是這隻小傢伙跟隨而來了。」艾絢艷說。

艾華馬上打開了門，來的可真是那隻玲瓏野貓。

小貓立即竄了進來，牠在房中到處嗅來嗅去，之後，牠在艾絢艷的腳上蹭了又蹭，牠還翻過了身子，把潔白的肚子朝著艾絢艷。

「艾華，外面的收件箱內應該有小動物吃的東西，你去拿來給牠吃吧。」艾絢艷說著，順手將貓咪捧到了她的腿上。

艾華取來了小動物的食物，玲瓏野貓從艾絢艷的腿上跳下來，狼吞虎嚥似的吃了起來。

吃完，牠為自己舔潔爪子，然後站在門口，又喵喵的叫了起來。

艾華一打了門，這貓咪就走了。

第二天的早晨，當艾華打開房門時，只見那只玲瓏野貓正睡在隔壁的窗台上，牠舒展著全身，看上去好睡正酣。

三

艾華輕輕的抱起了美麗的玲瓏野貓，他把牠放在了椅子上讓牠繼續睡，在他們出發前，還在椅子鄰近的地上放上了牠愛吃的食物，他們還在臨走之前打開了窗戶，以能使牠在睡醒後，去回到自然中。

今天他們將前往火山東邊的大草原，它相比昨天的草原還大上幾倍，那兒可是奇想大陸中上百個大草原中最大的一個。

在大草原中有三條很大的河流，在偏東的大河旁，有大群的象群在水邊戲嬉，河水被牠們拋向了半空；在河流的另一段，那兒有大批的鱷魚潛藏水中，牠們時不時冒上腦袋，眨著眼睛在觀察獵物；距離這裡幾十千米的地方，又有多群的河馬擁擠在河道上，牠們時不時張開大嘴，向著同伴們噴吐著口水；花豹潛伏著，在漸漸向獵物靠近，五彩斑鹿群正四處奔騰，以擺脫獵食者的追殺；有兩隻雄獅在大快朵頤，牠們已全然不顧四周的任何動靜；牛羊們在吃草，有的公然在光流下交媾；公鹿們由大發脾氣變成了忘我的打惡架；有一群大黑牛正在衝擊野狗的包圍……。

艾華母子兩就在這個環境中，時而盤旋空中，時而入地閑庭信步，看來這裡的動物是見多識廣，牠們很懂得跟戰勝不了的人類來和平相處。

他們無意中走進了一片樹林，這裡有很多的玲瓏野貓出沒，牠們盤

美麗的地獄

居於洞穴，以鳥類和爬行小昆蟲為生，這裡的玲瓏野貓只長著一個模樣，綠色的皮毛和棕色的眼睛。

見到樹林中的牠們，這勾起了這對母子對住所那隻分外美麗的小傢伙的惦記，不知道牠有沒有走？走後，又能不能再回來？

當他兩回到住所前，在距離還有十幾米的草坪時，他們見到了那隻美麗的玲瓏野貓就趴在了那兒，艾華忙走上去，將牠抱了起來。

「母親，牠真的聰明又乖巧。」

「問一下信息指南，牠有多大了？」

信息指南傳來了訊息，說這隻玲瓏野貓有 101 天大。

回到住所把牠放下，牠就在他們母子間蹭來蹭去。

「這麼親熱的樣子，得收養牠。」艾絢艷笑著說。

「母親，這個主意不錯，乾脆就決定收養牠吧。」

「那你就給牠起個名字。」

艾華想了想，然後對母親說：「牠是母的，叫牠艾娃可以嗎？」。

「玲瓏艾娃，嗯，聽上去好聽又顯得美妙，看來我們的旅行的日程要縮短了。」

「母親，我看玲瓏艾娃不會跑掉，我們可以再玩五天，順便給牠訂製一個舒適的臥室箱。」

五天了，玲瓏艾娃沒有跑掉，牠顯得更親近他們。

把玲瓏艾娃從奇想大陸帶回來的一百天中，艾華去了宇宙工程部的第五生產基地，這個基地的位置是在斯可達星球的西部。

由於有了玲瓏艾娃，艾絢艷便沒有跟艾華去宇宙工程部的第五生產基地，而這一百天後，艾華的八歲生日到來了。

艾華拒絕了父母要為他慶賀生日的主意，因為，他已經約定了可拉松在這一天，要去參加「天中球」的比賽。這是一次低齡組的比賽，這場比賽下來，艾華和可拉松的這一隊，也成功晉了級。

也就在艾華生日後的十天，艾華一回到家就對母親艾絢艷說：「母親，我要暫時結束自己的工作，我覺得自己已經是一個真正的斯可達人了，所以，我明天要去辦一件真正重要的事，它應該屬於我人生中的一件大事。」

「什麼大事這麼重要，能告訴我嗎？」艾絢艷的表情顯示，她很想預先知道艾華所指的大事。

「我的心中一直藏著這件事，這是一團撲不滅的火，那烈火由她的優雅和美麗所點燃，又在這一段生命過程中不斷熊熊的燃燒，現在我要去找她，要去愛，要跟她融為一體，我選擇去找她的日期就定在明天。」

「這是一件大好事！不用猜，你愛的對象一定是可沁。艾華，斯可達人將愛情變成現實的年齡，最小的也有九歲，可你現在才八歲，這一下

可又刷新了記錄。」艾絢艷猜得很準，並為艾華顯得格外的高興。

「刷新就刷新吧，但千萬別因為我的年幼而被拒絕了。」艾華真誠的說出了內心的話。

第二天，艾華結束了在宇宙工程部的工作，他知道，可沁也已經從宇宙工程部又回到了社會工程部工作，於是，他按所計劃的時間趕到了首華城。

他在社會工程部不遠的玻璃橋上來回踱步，很顯然，他正在等待著他的心上人出現。

時間顯得如此的緩慢，每秒每分都讓人覺得焦躁。

一個時光過去了，艾華想見的那個身影終於從社會工程部的樓裡走了出來，這時的艾華急步拐過了高速飛車站的雕像口，他衝去第六號開往普拉英城的車廂，並在車廂中等待。

幾分鐘後，可沁果然如艾華所料，她也走進了高速飛車的第六號車廂。

「艾華！」可沁驚訝的喊了一聲，轉而她說：「這麼巧，難道你也去往普拉英城？」

「我是特意在此等你的。」艾華坦率又不含糊的說。

「你說過，三十年內，我找你！你是來真正完成你的誓言嗎？」可沁不禁問。

「是的，得提前找你，這跟八年前是同一事，希望你能答應。」艾華的話表面上沒有說透，但對可沁而言，這可是再明白無誤的表白。

她曾經答應過：等待他！但這個時間和地點實在是出乎她的意料，她又一次打量了他，這八歲的身材已經高過她，他的表情是如此的真誠和懇切，這可讓她一下子不知道說什麼才好。

「開吧！」可沁凝固在座位上，卻說了這麼兩個字，於是，高速飛車真的啟動了。

艾華靠近她，使她感受到了他身體的溫度，可沁的臉變得通紅，她在內心的燃燒下，雙臂展開了。

擁抱下，他們的嘴唇貼在了一起，轉而，雙方的舌頭在彼此的口腔中旋轉，在熱烈親吻後，可沁開始享受和重溫八年前的經歷，艾華正在舔她的耳墜。

這樣的場景持續了一陣後，他們才感到，這高速的飛車門是透明的。

「到了普拉英城後，我們去哪？是我的住所嗎？」可沁問。

「是的！」艾華肯定的答。

「看來你收集了我一切的信息，是預謀很久，有備而來？」

「是，我已經準備了很久！」

美麗的地獄

聽到艾華說到這兒，可沁的幸福感已經激盪到最高點，她面朝艾華，好像又對著信息操作盤，一語雙關的說道：「好，加快速度，趕緊前往！」

飛車開到了極速，五分鐘就到達了普拉英城。

可沁家的門被砰的一聲關上了，這一聲彷彿是運動場上比賽的發令槍響，這是本能的衝擊加上青春期下的渴望，這些力量在同時迸發，它猶如火山噴發一樣，可能這股儲存的力量還更為持久和強大。

臥室在搖晃中，好像大風浪中海面上的一葉帆船。

艾華用洪荒之力在搖擺，企圖把山和河的位置換一換。

可沁縱情的呻吟，聽上去要山岳去填滿河床。

美妙、激烈、心滿意足。

可沁躍起她的身子來到了地面，她開始翩翩起舞，大幅度的旋轉讓整個大臥室都有一種跟著飄動的感覺，看來這整個的光流世界都屬於她。

艾華全神貫注於這一幕，他日益關閉的記憶中，像有一根針正刺破了一個記憶的小洞，讓他有似曾見過這一幕的感覺。

那是在哪？是在其他的星球嗎？還是在傳說中的天堂。

這是無法確定的一幕在哪發生，但可確定的是，這是人類最美好的一幕。

艾華也來到了地面，他又去舐吻她，這可是最誘人的撩撥，是一種心靈和嬌體的融化。

第一次對第一次，化作了一次又一次。

「現在已經三十個時光過去了，怎麼還不回來，難道他今天不回來了嗎？」艾絢艷在等待中這麼想。

艾斯琴斯來到了客廳，他撸了撸正趴在窗台上的玲瓏艾娃，然後去坐在艾絢艷的身旁，他帶上安慰的口氣對她說：「這麼晚還等艾華？他沒有說不回來，所以他一定是會回來的。」

「這孩子不在時，我的心像被掏空了，腦子裡盡是他幼小時候的故事情節。」艾絢艷把真實的心情告訴了艾斯琴斯。

「艾華長大了，憑他這個另類的性格，你有沒有想過，哪天他去跟可沁生活在一起了，你可該怎麼辦？」艾斯琴斯問到了點子上。

艾絢艷搖搖頭回答說：「我沒有想過，如果真是這樣，難道我要離開嗎？」

艾斯琴斯真摯的說：「不不不，我請你千萬別有離開的念頭，既是艾華走了，我們也別分開，我們的相伴雖然是因為艾華，但我們也已經彼此相愛，請給我機會，讓我成為你的『貴人』。」

「是的，我也想過要成為你的『夫人』，那可是九百九十二年後的事，你這個大科學家會嫌棄我嗎？」

「你在我們最需要你的時候留下來了，你全心全意照顧了艾華，他的奇蹟也有你的心血和功勞，我是不會放棄你的！」

艾斯琴斯的話使艾絢艷用深情的目光去停留在他的身上，他是一個有二米二四身高的消瘦個子，他有深邃的湛藍眼睛，他是一個精緻又高雅的男人。

說來，艾絢艷在斯可達星球實屬普通一族，但是她在與艾華的長期相處中，一種普通人難以擁有的奇特氣質已經出現在她的渾身上下，有時，高雅超眾的氣質，比美麗更會打動異性。

艾絢艷去輕吻了一下艾斯琴斯。

艾斯琴斯緊緊抱住艾絢艷，他讓一種濃重的本能氣息在客廳中瀰漫，漸而，激情的愛在一種美妙的喘氣聲中進行，它真可以讓人類在各種環境下噴發。

玲瓏艾娃不明白人類的行為，她閃爍著迷惑的目光從窗台上跳下來，然後去躲在了桌子的底下。

兩個時光過去了，艾絢艷對艾斯琴斯稱讚說：這是你讓我最快樂的一次，在生活中，你也變得很棒！

玲瓏艾娃又一次跳上了窗台，一陣後，牠喵喵喵的叫了幾下。

「親愛的，我們的艾華可能回來了。」艾絢艷高興的說，她去打開門，並走到了花園中。

只過了幾分鐘，艾絢艷就跟滿臉紅光的艾華一起走進了客廳。

艾華和可沁走入了人生的新一頁。

一般來說，斯可達人陷入第一次愛情時，他們會有五年的如膠似漆期，而艾華和可沁他們在熱戀的三十天後就開始另一種類型的工作。首先是可沁申請到了需要兩年的時間來排演和演出的真人劇，在獲社會工程部批准後，她正式邀請了艾華和可拉松在業餘的時間中出演這真人劇的角色，這個真人劇，是講述「人智」大戰最後的決戰故事。

當時的可拉松還在人類生命工程部的研究所工作，而艾華則去了宇宙工程部當志願者。

這出真人劇由可沁一人擔任編導演，被邀請的艾華出任當時聯盟國的主席，而可拉松則是出任劇中人工智能人最瘋狂的大智者。

真人劇經過半年的時間就排演成了。所謂的真人劇，就是全部劇中人物都是現場演出的，而劇中的場景、道具、甚至是服裝都有高科技所模擬出來的。

這次的真人劇，預計有一億一千萬的屏幕觀眾，還有三十萬現場的觀眾。

說到這麼龐大的現場觀眾，他們要看一個在四百千米場景的真人劇，

美麗的地獄

這可是另一種的人類高科技。

讓三十萬人，進入一種叫「飄浮桿」空中追隨車，跟著劇情移動，這實在是一種令人興奮又刺激觀感的開心事。

這個真人劇有五個時光的故事情節，擔任導演的可要有種軍中將軍的能力。

這個真人劇原本準備一共要演出二十五場，但最後由於這第一場下來，斯可達人給的評分只有 89 分，（滿分是 1000 分），於是，這個真人劇的演出被縮減到了一共五場。

「我看你和可拉松很是投入，演得也不錯。」儘管評分很差，但可沁還是依然誇讚艾華和可拉松。

「我和可拉松都覺得玩得還算開心。」艾華笑著說。

「我知道你們只喜歡玩『天中球』，可我連它的規則還不懂。」可沁顯得歉意的說。

「沒有關係，我可以向你作介紹，現在我希望你快點弄明白，這樣你就可以來成為我們的啦啦隊。」可拉松說。

「好的，我一定會成為你們的啦啦隊的。」可沁樂著向他們作了保證。

來簡單介紹一下「天中球」。

天中球，它在斯可達星球中有著悠久的歷史，從它的發明起源到流行至今，已經有近兩億年的時間。

現在整個天中球的球場場地是：它的場地長度是二十千米，寬度是一千米。在這個長方形的運動中，運動員共有四十六人，分成每隊二十三人，整個賽程分上下兩場，總時間是四個時光，但中間不設休息時間。

在開賽時，有一個集中點，當時間一到，從場外就會向集中點射來十二個球，在集中點的所有球員都要去搶這十二個球，搶到球後，要把球投入第一環中設的籃框中，第一環的籃框共有二十一個，分成七個區懸掛，籃框的高度有八米。第一環場地只有一千米。到了第二環中，籃框還是在八米，但數量由二十一個變成了十四個，這兒的場地距離增加到了兩千米。到了第三環時，球數由十二個變成了八個，籃框由十四個變成了七個，而這時籃框不是固定的，而是在八米到十二米之間上下移動的。這些就是上半場的內容。這個賽程從三個方面給予的積分：個人體能和速度；個人和團體的配合和技巧；得球率和投籃的命中率；

這種比賽的場地上並沒有裁判員，每個運動員只靠身上的識別器來調整自己。

下半場連著上半場便開始的，這是最激烈的活動開始，運動員不限於只用手，在余下的十七千米中，運動員只能向前跑，而不能向後退一米，

不然識別器一響，您得自己離開賽場。下半場，場外射來的只有六個紅球，除了搶球外，凡持球人無論在什麼情況下，只要您倒地時，沒有把球傳給同伴，那麼識別器又會響起，這是運動員離開的第二條規則。在下半場中，只要有運動員退出比賽的，光這一點，他一方的上半場積分可能全部被歸零。

在下半場的十七千米長度中，只有六個籃框，凡在投籃之後的球，就可以向最後的兩千米衝去。

終點上有一個五米的網框，持球者在接近時，可不能手投腳射的把球射入網中，而是要傳給同隊球員的不持球者來完成，這最後的一傳一射入網，並且兩個球員的位置必須第一第二，這才叫「天中球」。

「哈哈，聽起來也不怎麼好玩，你說的就是現在地球上的籃球加橄欖球再加足球。」當時，作者是這麼對敘述者的說的。

「哪有這麼容易！別說上場比賽，你就是把這樣的場景在大腦中拼出一個移動的畫面，正確度也達不百分之九十。其中還有玄機，人類都知道有：運氣兩個字，你在這兩個字出現前，能預知嗎？如果不行，那就去拼出天中球的場景。」敘述者說。

哈哈，作者還真的去試了！

四

在艾華和可沁相愛的第二年，他們決定生活在一起。正逢這個時候，斯可達星球發生了兩件事，原本按計劃，這個星球要再製造一百七十七架「萬應穿梭飛行機」，可這些飛行機已經提前了一年造了出來，另外，原來分成兩批飛往七顆星的六架飛行機，幾乎在同一天，它們都墜毀在兩個不同的區域。

這六架飛行機的後三架才剛剛飛過光和霧的星系區域，它們究竟為什麼會墜毀？這個原因，使斯可達的科學界出現了各種不同的版本。

艾絢艷和可沁跟斯可達星球的民眾一樣，是非常的驚訝！艾華在連續幾天的思考和研究後，則是閉口不說話。

「艾華，你知道什麼，想起什麼，請告訴我？」艾斯琴斯已經是第三次用這種口氣來尋問自己的兒子。

「父親，我的記憶已經被完全關閉了，但我跟可欽主政的觀點比較接近，我也認為，由於七顆星最近的運動比較激烈，它們使得那個墜機區域出現了輕度的時光扭曲。」在父親第三次的詢問後，艾華是這麼說的。

「但墜毀的飛行機，在之前出現過一個非常反常的現象，它們連一個字的信息也沒有傳回給大本營。之前，我們的射光系統出現了問題，現

美麗的地獄

在，我們的信息傳遞系統，難道也出現了問題。」艾斯琴斯還是有多個不明白的問題想，歸根結底，他是不相信這個星球的現有科技，會落到這麼差的地步。

原因沒有得到合理的解釋，但新的　百七十七架萬應穿梭飛行機還是飛上了天空，而且，它們將飛去同一個方向。

目前，屏幕上的七顆星已經完全清晰的展現在人們的眼前，連超級的「腦神」區域，也不像以前那麼的黑暗，在七顆星周圍的「套套房」已全部消失，它們似乎已經移到了七顆星內部，當然，它們還在飛翔，七顆星內除了多了「套套房的影子外，它們中還多了一片山岳的影子。

在屏幕中去看七顆星，那種太過無聊的感覺直讓普通的斯可達人覺得乏味，曾經轟動一時的事情，在人們不想再看的情況下，自然就會漸漸的淡忘。

從這個事件後，艾華變得非常的「正常」，他每天都會帶著可沁去看望他的父母親，除了很短時間的工作外，他用了最多的時間，帶著可沁就在他們附近的十二個城市周圍轉悠。

轉完了這個區域，艾華又對科學家所居住的區域感起了興趣，這個區域的主要部分有二十五座城市。

這前面的十二個城市和科學家區域的二十五個城市，它們有一個最大的特點就是，這一共三十七個城市是水資源是無比的充沛，那可是聖水源主要地方，它們也是這幾千萬年中，斯可達人類生活的最佳區域。

在實地的遊覽後，艾華收集了那裡的所有信息資料，他把前面的十二個城市，在圖紙上劃成了一萬二千個小區，把二十五個城市劃成了三萬個小區。

真讓可沁非常費解的是，艾華竟用了十天，把這兩個區域，畫出了兩個十分奇怪的圖案。

光從這兩個圖案來看，可沁可一點也琢磨不透艾華的心思，而艾華卻對他自己畫的圖案，陷入了長達幾天的思考。

「母親，我認為，除了您之外，我是最了解艾華的，但在某些方面，我可對他難以理解。」可沁在向艾絢艷介紹完艾華後，不禁帶上感嘆的口氣說。

艾絢艷對可沁說道：「在艾華的身上有許多意外的行為，這需要耐性的觀察和你們間較長時間的磨合，看來，艾華又在醞釀一件大事，這一次可能比『套套房』和火眼金睛還要大。」

「要做這等的大事？可我怎麼一點都看不出來。」可沁真話直說。

「你看他，本來逗一下玲瓏艾娃後便跟我們一起聊天了，可最近，他看著牠，竟發呆似的在思考。」艾絢艷所說的這一點，使可沁也想起了

艾華最近是有這樣的情況，她更不解的問：「確實！難道他要做的事，會跟玲瓏艾娃有關？」

「保不齊，還真的有關！」艾絢艷說，她笑得瞇細了眼睛。她可是最懂艾華的人，艾華的行為和風格，她可稱得上瞭如指掌。

一天後，在可沁的詢問下，艾華說出了自己的打算。那讓我們來聽聽他本人對自己想法的介紹吧。

「親愛的，目前，全部科學家和主政們都相信：大宇宙將被毀滅，但在行動上，他們並不以為然。我覺得宇宙確實在一次超前縝密的計劃下受到了毀滅的危險，這種毀滅的力量可以說是難以抗拒，但斯可達星球事實上的意識和力量在力不從心下，又無所作為。

宇宙級的毀滅絕不會按人類的想像而變化，我沒有能力講清長篇累牘的科技術語，我也不存在什麼有力的依據，縱觀大宇宙在這五百年中的變遷，所有真假的出現，它都在警示一切高級的文明人類『你們所想像的毀滅會成為事實』，可人類呢？他們還是死抱著規律兩字不放，歷史和現代，以規律來借鑑，或許有點滴可取，但宇宙就是宇宙，如果有規律來論斷，那就不是宇宙！規律是宇宙天體運動中給人類科學的發展限制力，人類的發展和避險消災的能力只有一個：這就是人類的創造力！

斯可達星球的『人智』決戰和滅國大戰；宇宙最邊緣的七顆星的表現；天堂在冥冥之中對宇宙的作用；無論是看到和看不到的，無論是動態的，還是靜態的，所有的一切，能在宇宙規律中尋覓到嗎？

一旦人類陷入規律中時，方向必然會錯誤，而在這個時機，主宰一方一定會加快速去實行完成他們的計劃。

我愛你！我愛父母！我愛斯可達！既然那股力量是難以抗拒的，那我們就未雨綢繆做好衝向天堂的準備。

好吧，現在我來說一下這兩幅圖案。

這是十二個城市的區域，那裡的一寸土，一幢房，一潭水都銘記在我的心中，我暫時把這個地方稱之為：『保衛者一號』；這是第二個圖案，這二十五個城市的一切同樣烙印在我的腦海中，我把這二十五個城市地方稱之為：『斯可達俱樂部』。我要把這兩個區域製造成兩個超級巨大的宇宙飛行機，使全球民眾飛往天堂！

我再來說這『保衛者一號』：

它的功能主要有三項，帶領『斯可達俱樂部』衝往天堂；保護自己和『斯可達俱樂』；抵禦來犯之敵，或攻擊阻擋我們前進的力量。

受『套套房』和我家玲瓏艾娃的啓發，現在我的大腦中已經基本確定了全部的設計藍圖，所有龐大到它的外形結構和所有所需的安裝系統，小到它每一個最敏感的移動反應，我都想好了，大致在我大腦的構思已經

美麗的地獄

完成了百分之九十三，餘下的，我得視將來所得到的宇宙信息來逐漸修改。

『保衛者一號』的整體設計是一個完全的玲瓏艾娃形，貓腦袋和貓背後主要是按放光流探測系統和射光照明系統，貓的下腹全部安裝五種二十五個動力系統，貓的四腿和爪子要按裝五十六個武器系統，貓尾要安裝十二個動力轉換系統。它將有一個指揮中心，夠兩千萬人居住的住宅群，有七個聖水製造工廠，防禦的主力件是：『霧流罩』。在這個整體下，還得製造二十個『套套房』形攻擊機，以備不時之需時作出最後的反應。

一個超級貓形宇宙飛行機，在平時的正常航行外，要求靈活到會極速蹦高、翻滾、旋轉、它的動力能量一定要有相當於一個最小的黑洞。

所有的系統數量為兩千三百三十個。

把『保衛者一號』最簡單的介紹後，我大致來告訴你有關『斯可達俱樂部』。

這一部分，當然主要只有一個功能：載人飛往天堂！

相對『保衛者一號』的建造，『斯可達俱樂部』要容易得多，但是，我們在製造過程中卻不能有絲毫的差錯，當然希望製造『保衛者一號』也是一樣。這是非常講究用料和材質的部分，除了三大套反擊武器系統和六大套防禦系統外，大部分就是：斯可達人類所需的一切生活設施，在這個面積中，共有六千一百萬個生活設施，三個斯可達工程部的縮小版，二十一個聖水製造工廠，共一億兩千萬個特殊居住單位，那裡所需三十個動力轉換系統，總體上，我的設計希望，它能容納斯可達星球四億一千多萬民眾的一半人口。

這『斯可達俱樂部』的關鍵中的關鍵是：怎麼能使這麼多人，穿越過七顆星和它背後的『腦神』黑暗區域。

我現在所苦惱的是，迄今為止，我們還沒有找到一個能縮短去天堂距離的特殊動力。

雖然，斯可達星球的內外，它的發達程度和文明高度都不相匹配，但它的高級基礎部分卻非常的出色。能送這兩個部分去往天堂，我不擔心，我擔心的是，按現有的程度，就是順利到達了，那麼到達的人類中，不是死亡，就是老人。

就我個人而言，我一定能在十二年中完成這個全部設計，我也相信，現在我所說的一切，也一定能在兩百四十年內變成現實。但我最大的希望是：在這兩百四十年內出現意外的奇蹟，讓關鍵的問題得以解決，還有一個更大的希望是，在設計完成後，能出現一個最偉大的執行者跟我一起來完成這個任務。」

可沁一直在專心聽艾華的介紹，他要將這三十七個城市制成兩架宇

宙超級飛行機，這樣敢想的魄力已經震撼了她的整個大腦，這可是出於艾華之口，不然，她除了大聲譏笑外，就是不信。但是，他是言而必行的人，他的神跡早存在於斯可達人的心中，「保衛者一號」和「斯可達俱樂部」能飛出宇宙世界，能衝進天堂的話，這樣的壯舉可怎麼來作個形容？

艾華無疑是神奇的，但是，在他的最後話語中卻希望在整個過程中出現奇蹟，可見他也有擔心和暫時的無奈，更可見要做到這個壯舉的難度。

可沁的大腦出現了幻想，她覺得在一種精神的振奮下，她的思緒在飄浮。

「親愛的艾華，我聽了都覺得難，可你堅定的口氣告訴我，你一定還會去做！這是超級偉大的事，能成為你的女人可真驕傲。我希望你的關鍵點都能出現並有奇蹟出現。我有一個小疑問和一個大擔憂想說。」可沁說。

「親愛的，請你說吧，我告訴你，也十分希望你能提出意見。」艾華說。

「為什麼非得找這三十七個城市來製造宇宙飛行機？在奇想大陸的西部有大批的沙漠地帶，我們可以在那裡製造所需的宇宙飛行機。你先回答這個問題，然後，我告訴你，我的一個大擔憂。」可沁說。

「好的！選擇這三十七個城市，主要是那片區域的土地上含有最濃的聖水物質，我只需要地面下一米的地質，它足夠我們造出供全球人口兩萬年的聖水，你知道『膏』的元素，有一半得靠聖水的作用。如果按你說去奇想大陸製造宇宙飛行機的話，好處是能讓全球人類都上飛行機，但是，我們將掏空中部的地層物質，這行不通，我們有一千多個城市在中部，以我看，沒有這三十七個城市，等於讓其他的幾十個城市還處於空置中。」艾華解釋的回答道。

「我這一下完全明白了。好吧，我來說出我的最大擔憂。在目前的斯可達星球，我在知道和信任你的情況下，完全不擔心其他任何問題，只是幾乎可以肯定的說，在行政方面，要製造這種超級飛行機，一定是通過不了，你一定還記得上一次，你已經讓那神奇的眼鏡證明了一切的情況下，可拉主政卻在你為民眾按上火眼金睛的工程中遲遲不簽字。所以，我的最大擔憂是：行政上，讓你去製造的機會都沒有。」可沁的話，可讓艾華有好一陣子無言相對。

在過了近半個時光之後，艾華才對可沁說：「我知道！文明的過程，從來就不是直線向前的，我準備好了，等待機會。」

艾華讓可沁更加愛戴了，她除了他身上的非凡外，更感受到，他一步一步的更加成熟。

「親愛的艾華，有你就有了內心的力量，舔吻我吧。」可沁貼著艾華說，她想就這樣去鼓舞他的一生。

一年多過去了，宇宙的那個方向又出現了意外。

被事實證明是假的帝王星又出現了，而且在短短的七天中出現了七個，這一次，斯可達星球可再也不上當了，因為普通人都能見到，它們全是一種用光折射出來的現象。

在幾天後，這些光球點變大了，在屏幕上，人們就能識別到，原來它們都是七顆星所折射出來的七個光點。

這七個光點距離七顆星是特別的遙遠，這也可以證明，七顆星能折射出的光點距離，是它們本身光源的能力。

七顆星從本書開始講的三個影點，變成了現在的明顯出現，它們的排列的形狀也出現了根本的變化，眼下，七顆星呈三角形，中間的那一顆像個箭頭，其餘的六顆分列成了兩邊，而七個光點卻是一字直形的，它們好像都指向了斯可達星球系方向。

這些可不屬於過分意外的，它們只是把斯可達的科學家目光重新吸引了過去而已。

但真正意外的一幕在又幾天後便出現了。

前面所說的六架萬應穿梭飛行機，它們在剛飛離光與霧的星球系後就似被摧毀墜落了，可現在，它們居然又出現了，本預計八十一年的飛行距離，但眼下，它們已經處在七個光點前沿的光圈前，而一年多前製造出來的一百七十七架此類的飛行機，也有四十九架飛向了那個方向，這一批倒是處於正常的位置上。

這些意外的情況令斯可家感到興奮，因為他們覺得，越是奇怪和離譜的情況，越能使他們的科學態度得以發揮。

十天後，那六架最早飛去的飛行機，已經在那個七個光點前沿竟變成了一致的飛行狀態，他們原本有兩百天的時間差，不知道是什麼原因，使它們處在同一時間的位置上，接下來，它們一起飛進了七個光圈的第一個光圈中。

只進入還不到一個時光，屏幕上就出現了一股股強烈的白光，這六架飛行機被白光攪成了六支扭曲的棍子，最後，它們都一斷為二，並燃燒成四分五裂。

斯可達星球的大本營已同步收到了這六架飛行機所發出的危險信號，這個信號，在信息源快速分析下的結論是：飛行機在完全被毀滅的情況下，信號才從它們的通訊系統中發出來。

這可不是什麼蹊蹺事，這是明顯的一種警告：真正掌控局面的絕不是斯可達星球的一方。

這可以在前一次假的演示下，第二次的輕易狙殺表演。

真讓我這個曾經的傾聽者和讀者們厭煩了，因為我們都能猜到的是，斯可達上層和精英們又要開始一陣陣的研討會了。

這時的艾華已經著手設計他大腦中的「保衛者一號」和「斯可達俱樂部」了，他對這個事故只是從頭至尾看了很多次，但是最後，他還是著重自己的設計。

艾斯琴斯對這次事故的第一個判斷是：七個光點區域，是一個真正的「暈光」區！（注：暈光區是三期文明的斯可達星球的一個科學名字，它凡指的是：時光扭曲區域。其實，舊宇宙中有絕大部分的區域都可以變成這種區域。在新的宇宙中，也有一半的區域如此，它包括我們生活中的地球）。

艾斯琴斯又被請去了斯可達宮殿，他和四位主政，以及六十位科學精英一起，將討論這個令他們束手無策的事件。

首先發言的是，負責宇宙工程部的主政可欽。

「我認為這是一次徹頭徹尾的阻殺事件，其警告的意味是非常的明顯，那兒已經成了大面積的『暈光區』，能使時光扭曲的成份當然就是，一億多年來，我們想收集而沒有得到的玄光。

這是一股什麼力量？它讓我想到，他們如此重複的阻殺，並不是在警告我們斯可達，在大宇宙中，一定有不少跟我們一樣的文明星球，或高於我們文明程度的人類也就會，只有那股力量才知道，這些高端文明將會做什麼，或許他們已在衝向天堂的路途中。所以，那股力量就把我們的飛行機來祭旗，目的是，警告衝向那個方向的人類，其中當然也包括我們，這是我第一個看法；第二個看法是：阻殺我們飛行機的白光，一定就是能讓時光扭曲的玄光。」

可欽主政的發言後，跟著有一大批科學精英在同意他的第二個看法。

主政可拉環顧了一下人群，接著他對大家說：「我們的認識是一致的，問題是，我們還有四十九架同類飛行機正向那個方向飛行，我們應該作出決定，該不該讓它們繼續飛行？」如果人們還記得，這位主政的話，可跟上一次事故後所反應的是一樣的。

人們的內心都知道，決定是由主政來作出的，作為科學家，他們只需要提供充分的依據。

在一陣靜默之後，有一位科學家，慢慢的站了起來，他環顧四周，做足了姿態，隨後開始了長篇的科學術語，他以談古論今的闡述方式，講了很久。不過還好，人們最終還是聽明白了，他的意思實際上只有幾個字：撤回飛行機。

「我反對！」艾斯琴斯馬上反應說。

「我也反對撤回，一個科學的探索，怎麼能在困難下就中止？」可欽主政也表示說。

「這可是一種沒完沒了的無謂的犧牲！」這位長篇大論的科學家說。

接下來出現了兩種相反意見的爭議。

這是可拉主政最不想看到的場面，他只想一團和氣下有一個供他決定的依據。

「艾斯琴斯，快發信息給艾華，聽聽他有什麼建議？」主政可拉輕聲跟艾斯琴斯說。

這簡直如同一次玩笑，在上一次一樣的情況下，也是可拉主政這樣請求艾斯琴斯的，在兩點相同的情況下，那艾華的答覆，會不會出現第三點的相同？

艾華的信息很快就傳來了，大致上，在同樣一件事上，卻出現了三個點的相同。

艾華的信息是：暈光區的超距前沿是天賜良機！打開動力轉換系統，就是咬牙也要撐到最後。建議，另一百二十八架反應穿梭飛行機，也趕快飛向那個方向，出發飛行！

「艾華的目的很清楚，他要收集玄光！」可之敏笑咪咪的說。

「我知道！我也有這個念頭，但沒有這小子的膽識。」艾斯琴斯小聲告訴可之敏主政說。

都知道，這樣的決定讓可拉主政來拍板，這實在是為難他了。

在這一天，他只是作出這樣的決定：明天在宇宙塔樓召開一個六人會議，除了四位主政外，還邀請艾斯琴斯和艾華父子兩人。

五

開會的時間還沒有到，四位主政和艾斯琴斯已經坐在了會議室中。

這次的會議在宇宙塔樓指揮中心舉行，這突顯了這個會議的重要和主政們對此的重視態度。可是，當艾華走進了會議室，可拉主政宣布會議開始時，他們的第一個議題卻是有關人事方面的。由主政可拉站起身來，對大家宣布說：有關萬應穿梭飛行機的所有行動，將由主政可欽和艾華來負責。

「尊敬的可拉主政，艾華只是一個未滿十歲的孩子，我不認為他能堪此重任。」艾斯琴斯跟著就提出了他的意見。

「艾華，你自己認為你能行嗎？」可之敏主政微笑著直接問艾華。

「父親，我真的認為這是一次天賜良機，能跟著可欽主政，也是我學習的機會，放心讓兒子一試吧。」艾華本人卻懇厚的對艾斯琴斯說。

艾斯琴斯皺著眉頭，在他的心中，艾華當然是厲害的，可是，他知道，兒子對於責任兩字的分量和擔當卻知之不足。現在正處在如此的景地，他想再直接去反對，也不太合適。

可拉對艾華的表示，是顯得非常的高興和滿意，這個會議將開得十分的輕鬆，這才是他想看到的。

不過，人的心願僅僅是行為中想的最好的方面，冥冥之中，並不會按心願的劇本來演繹。

指揮中心的一排照明，正突然一暗一閃又一亮起來，這是在宇宙出現特殊情況下的警報。

四十九架萬應穿梭飛行機，它們在飛行的外太空中劃出了四十九條拋物線，它們被拋進了七個光點前的光圈中，「這是什麼情況？」主政可拉驚慌的問，可在坐的誰也沒有吭一聲。

這是什麼速度？這種跳躍的速度和跳躍的場地變化，它只存在於夢景之中。

在坐的人們，他們的心是一致的繃緊，也一致感到，一場殺戮飛行機的場景就快來到。

四十九架飛行機已被掀翻了，它們在肚子向上的仰面「飛行」。

看上去淡定的人們，好像都在冒汗，唯有艾華的身體在向屏幕傾斜，他的目光恨不得去鑽進屏幕中。

「可欽主政，快命令其餘的一百二十八架飛行機都趕快起飛！」艾華喊著說。

主政們面面相覷，艾斯琴斯更摸不到頭腦。

「為什麼？艾華，告訴我們，這究竟是為什麼？」艾理主政禁不住問，其實，在坐的，可都想這麼問。

「對不起主政們，我太興奮了！」艾華這時才察覺到，他的態度和狀態和他們是如此的不一致。

「沒關係艾華，不過，我們真的想知道，這是為什麼？」可之敏說。

「玄光會影響和扭曲時間，但它的更真實的讓我們知道了，它還能直接主宰量光區的速度。四十九架飛行機只飛行了一年又四十一天，但二十分鐘下，被拋到了飛行三十二年的距離，除去七個光點的前移，剛才那個拋物線也有三倍於光速。」艾華對於屏幕上的為什麼和他為什麼會如此興奮，其實只解釋了一半，在坐的只有可欽完全明白了，其它四位也只是明白了一半。

「艾華，我們是不是應該作出反應了？」可欽主政問。

「是的，可欽主政！」艾華說。

「開啓動力系統！發回轉換系統數據！」可欽在指揮中心的宇宙信

息源上，發出了命令。

　　十分鐘後，艾華和可欽都高興的漲紅了臉，他們同聲向大家宣布說，四十九架飛行機的動力系統中已經載滿了玄光。

　　這一下，所有的人們馬上便轉憂為喜，他們鼓起了手掌。

　　他們的表情和狀態已經告訴了可欽主政一切，一分鐘後，他下達了將四十九架飛行機回撤和讓一百二十八架飛行機立刻起飛的命令。

　　「怎麼？它們又在仰飛了？」之前的一幕又出現了，警覺的可拉，擔心的問。

　　「討厭的虛擬光圈，浩瀚無邊和近在咫尺可以忽略不計，這是嘲諷我們斯可達星球。」可欽悻悻的說。

　　「我們載著玄光，可仰面飛行，這個奇葩狀態，如果飛向天堂，恐怕一千萬年也到達不了。」艾斯琴斯跟著說。

　　「這是一個玩笑，這是一個無法抗拒的玩笑。」艾理搖著頭說。

　　「可欽主政，請你看看這個！」艾華讓可欽看信息源上的另一個場面，可欽看後，他把艾華所提示的場面，放在了同一個大屏幕上。

　　在斯可達星球的萬應穿梭飛行機仰飛的同時，真正七顆星的中央一顆開始了明顯的旋轉。

　　一個時光後，四十九架飛行機突然翻過身來，它們進入了正常飛行的姿態，而僅僅二十秒後，七個投射出來的光點，它們也突然間一閃，接著像被關閉的照明一樣，全熄滅消失了。

　　「可欽主政，回撤的飛行機應該減到最慢的飛行速度！」艾華說。

　　「我明白你的想法，這四十九架最普通的飛行機，如今已經成了我們文明的第一部分瑰寶，我們得節省著用。不過，最慢的速度，加上一點玄光，回到斯可達，可得需要四十年。」可欽輕鬆自如的說，人們在獲得珍寶之後，就是這樣的態度。

　　「沒有關係，五十年也行！我們可等這種光已經有一億三千萬年了。」艾華同樣輕鬆自如的說。

　　「我們這個會議，是不是該圓滿的結束了？」艾理的這句話，引起大家放心後的暢笑。

　　「玄光就是宇宙中的瘋子，宇宙工程部一旦收獲玄光，也得像玄光一樣，有一股瘋子的精神。」在離開指揮中心時，可之敏愉快的對可欽說。

　　在走出宇宙塔樓後，艾斯琴斯把一件喜訊告訴了艾華。

　　「艾華，今天的四個時光前，你母親懷孕了。」

　　「這事發生了這麼快！前天我和可沁去看她，可她都沒有提起！」

　　「就是你們走後不久，先是玲瓏艾娃從窗戶跳進了我的工作室，牠跟我一起看著屏幕，過了一陣子，你母親也走了進來，這時的玲瓏艾娃跳

到了你母親的身上，之後竟爬到了她的肩膀上，等她坐下來，玲瓏艾娃又去舔她的脖子和眼睛，這一來可好，也不知這個貓咪觸及到了她什麼神經，她轉而就對我說：『我要做母親，我要做母親，你可不能阻止我！』她的口氣是那麼的堅定，我對此也只能這樣問她：『你是不是因為艾華跟可沁在一起生活後，感覺寂寞和無聊？』她回答我說：『我估計艾華又要做一件大事，我想生個孩子出來，以後能去幫助他。』艾斯琴斯把經過告訴了艾華。

「那陪伴的人選找了嗎？，我想，她找的肯定是您。」

「找？她會嗎，她只是對我說：我做了艾華的母親，你也必須做我孩子的父親，就這麼決定了！」

艾華聽後哈哈大笑起來，然後問父親說：「查一下，孩子是男還是女，她有沒有給孩子取了名字？」

「不用查，她是指定性受孕，是女孩子。名字已經由她自己起好了，你猜猜，你母親給你未來的妹妹取的是什麼名字？」

「我是斯可達人，不是神仙，我怎麼猜得到，母親給妹妹取的是什麼名字！」

「她的名字就叫艾娃！」

「哈哈，哈哈，母親的幽默可算是斯可達第一了，有個玲瓏艾娃，現在又給我添了一個艾娃妹妹。您說過，我出生時，斯可達星球中已經有了一千萬個艾華，在生話中，我所知道的艾娃也不少，讓我來查一下，有多少個艾娃。

信息源的答案來了，艾華看了一眼，但他沒有說話。

「多少個艾娃？不會出現了一個不可能的巧合。」艾斯琴斯趕緊問。艾華把信息遞給父親看，「天啊！宇宙中還有這種事？又一個第一千萬零一個。」艾斯琴斯驚呼道。

「大宇宙中，一切皆有可能！」艾華說。

艾華回到住所，把母親懷孕的事告訴了可沁，這個過程，也使可沁歡樂不止，在這天，他們兩立下了誓言：一定要做一輩子的「貴人」和「夫人」，可沁更想出來一個主意，一旦到了他們第一次的「貴人」和「夫人」時，她要艾華率先懷孕，要生一個女兒，等他生完後，可沁自己就去生一個兒子，「你想一下，給女兒取什麼名字？」可沁說。艾華幾乎沒有考慮，然後脫口說：「艾蒂瑪」，大家都知道了，在 137 億 2 千多萬年後，他們的大女兒就叫：艾沁蒂瑪。

「那你想給我們的兒子取什麼名字？」艾華問。

「他的名字叫做：斯可達。」可沁也脫口的說道。

他們把這個情況告訴了父母，也告訴了好朋友可拉松。

美麗的地獄

「這樣的誓言很金貴，得慶祝一下，大後天又是我們天中球的比賽，你把你的親人請來助威，我也把我的母親請來。」可拉松對艾華說。

那天，艾斯琴斯和艾絢艷，可沁的父親和可拉松的母親都前來觀看了這場天中球的比賽。

這場天中球打得非常的精采，艾華和可拉松的這支球隊在斯可達星球的排名是第五百八十二名，而對手球隊的排名是第一百零二名。經上半場的激烈拼搶和全力以赴，艾華他們隊的積分只差對手四十分，下半場，這支斯可達最年輕的球隊有了超常的發揮，光可拉松的投籃入球就達三次，而艾華也有一次。在最後衝刺中，艾華得到了球，他繞過對手三名球員的攔截，並把球傳給了可拉松，可拉松可是全隊速度最快的球員，他勇猛的向最後的三百米衝去，這時，艾華也接住了另一同伴的球，他也持球衝擊最後衝刺。

可拉松和艾華處於一和三的位置，這一二三的位置也幾乎相隔二十五米，而空手的第四名是對方球員，按規則來看，對方贏天中球的概率更大。

這時，空中的移動看台正滑到了整個衝刺區的上面，只聽到艾絢艷使出洪荒之力，拚命喊道：交叉天中球！

艾華聽到了母親的聲音，估計可拉松也聽到了，他們之間的距離是五十米，艾華沒有猶豫，他飛起一腳，把球踢向可拉松，而可拉松只遲疑了一秒鐘，他也把球踢向了艾華。

可拉松向飛來的球側撲上去，他接住了；

對方第四名位置上的球員，也接住了同伴的球，第二名向後傳球的技術難度很大；

艾華第一次沒有接到可拉松的球，他再急衝過去，球拿到了，可是對方已經有兩名球員在追他；

「天中球！」可拉松大叫著，把球打入網中。

「兄弟，別停下，接住！」艾華在對方出球前，又飛起一腳，球開始在空中飛行。

可拉松翻滾出一個跟鬥，他將球接到了手中，這次，他毫不瞬間的猶豫，把球踢進了網中。

八個移動看台已經全部移動到了最後衝刺的上空，人們的歡呼聲，響徹了賽場的上空。

「天中球，天中球，雙倍天中球！」人們這樣呼喊著，而可拉松和艾華已經處於擁抱之中。

「艾華，看看我們的成績卡。」可拉松說。

這場比賽，他們的球隊贏了對方兩百七十分，可拉松的個人排名，從第七百七十一名，進入到了第四百十一名，而艾華也從第七百八十九

名，進入到了四百三十三名。

在之後的二十天，艾華所設計的：「保衛者一號」和「斯可達俱樂部」，在近兩年的努力下，基本的輪廓也完成了，看來，他想用十二年的時間去全部完成這項工作，應該是有了把握。

艾華設計這兩個超級龐大的工程，可從開始到現在都沒有告知過父親，這一次，艾華考慮了一下，最後，他還是決定發一份設計的輪廓給父親艾斯琴斯。

「看來，你母親真的太了解你了，你可真的在著手乾另一件大事。我用了三天的時間看了，我內心很振奮，對你的遠見也很讚賞！」艾斯琴斯在艾華來看望他，當著面對艾華這麼說。

「文明進步的最大要素是，要有超前的敢想魄力，更要具有敢做能做的能力和勇氣。」艾華這樣對父親說。

艾斯琴斯像是在琢磨艾華的話，又像是在思考其他的什麼問題。

「兒子啊！我看，在當今的斯可達星球中，是不會有人來拍板決定讓你去完成這樣的大事，你什麼時候可以完成這個工程大事的設計？」艾斯琴斯問。

「一個最完整和最完善的設計，將在十年內完成。」艾華回答說。

「我的艾華啊！我得提醒你，你還沒有遭受過人類中的挫折，但我還是希望你有一顆寬宏的心靈。聽父親的話，先低調謙遜的將這個設計和設想的輪廓發到中心信息源去，我的主要意思是，在全體人民的心中留下一個印象，最好是能取得他們輿論上的支持！」這是一個父親最真情實意的話。

「父親，我聽您的話，也接受您的建議，會按您所說的去做。」艾華肯定的說。

「那好吧！艾華，再過四個時光，艾娃就要來到人世，現在，我們趁此四個時光，好好談談。」艾斯琴斯說。

「我知道了父親，我約了可沁，她會在三個時光後來到這裡，我們一起來看直播！」艾華高興的說。

艾娃以熟睡的姿勢來到了斯可達星球，她是異常的安靜。她在不到七個時光內就被十二醫生判定為：又一個不需要作任何光流修復的孩子，她的一切生命指數基本跟艾華一樣，智商甚至還超過艾華十個基點。

艾娃在進入嬰兒護理室的二十時光後，她又被轉去艾理主政的 101 護理區。

艾娃的情況，再一次**轟**動了整個斯可達星球，人們最大的驚奇是：這兩個神奇的孩子竟然是出自於同一個家庭。

在四億多雙目光的關注下，艾娃可一直在熟睡，從進入人世開始，

她還沒有睜開過眼睛，到了六天過去時，艾娃的嗜睡使艾絢艷焦急起來，她愁雲滿臉的對艾華說：「她怎麼啦？恍如只是身體在世了，靈魂依然不知道在遙遠的哪裡！」

「母親，不用擔心，艾娃妹妹的一切指標都很棒，她幾乎是在睡夢中成長。」艾華安慰母親艾絢艷說。

到了十天過去了，艾娃還是熟睡著，這讓艾絢艷急得哭泣起來。

一直到了第十三天的第九時光零一分鐘時，艾娃竟然舒展了四肢，接著她翻過身子，從床上爬了下來，她又轉過來，睜大了滾圓的大眼睛，屏幕上的鏡頭，給了她兩分鐘的特寫，哇噻！這是一張多麼美麗的臉，說是瓜子臉又顯豐滿，額頭稍突卻恰到好處，鼻梁挺起，鼻尖略翹看上去不大不小，嘴型在臉部的比率上是如此的合理，那嘴唇更是既不厚，也不薄，當然更美的，還有那大眼睛。

她笑了，說是迷人吧，可更是讓所有的人感到親切！

艾娃究竟是一種什麼樣的美？鶴立雞群？無與倫比？不同凡響？這是大宇宙難見到的一種美！

艾絢艷又哭了，她是在開心下的哭，一種忍不住的激動所掉的眼淚。

「我在哪裡見過她！」艾華望著屏幕上的艾娃，心中在想。

艾娃從地上把自己撐立起來，她搖晃了一下，隨即她去拉住了兩名志願者的手，特寫下，她的目光示意顯得十分的正確，人們都明白她的目光在說：我們走吧。

她在活動室裡待了三天就被確定她可以去跟親人團聚了，第四天，她來到了艾絢艷的身邊。

一見女兒，艾絢艷又是熱淚盈框，她張開雙臂向艾娃伸去，而艾娃走上兩步，一頭投在她的懷裡。

「閨女啊！你早認識我。」一臉幸福的艾絢艷這樣問。

艾娃甜蜜的一笑，沒有說話。她開始仰視著母親，用目光在撫摸著這張似曾相識的臉。

「我是這樣的平凡又相貌平平，怎麼會生下一等一的仙女？」艾絢艷對大家感慨的說。

艾娃在艾絢艷的臉上看了好一陣，然後，她轉過身去，接著，她徑直走向了艾華並提前向艾華做了個請求抱抱的手勢。

「艾娃妹妹，你認識我？」艾華微笑著問，隨即把艾娃抱了起來！

艾娃向艾華點了點頭，還調皮的用小手去捏他的鼻子。

「看來，艾娃真有可能認識艾華。」一旁的可沁說。

艾娃又笑了，在傾世一笑後，去艾華的耳根邊舔吻起來。

「哈哈，這兄妹兩一定是來自同一個地方。」艾絢艷指著這對兄妹，

對大家說。

這時，人們只聽到艾娃對艾華說：哥哥！

艾華的設計輪廓出現在信息中心源後，斯可達星球的民眾有八九成對這個龐大工程進行了討論，在經過一段時間之後，這種討論在局部地區變成了爭論。

在文明的四期前，爭議和爭論是出現在人類中最為普遍和正常的事，然後，在當下的斯可達星球，人類已經把爭論歸納到不正常的範疇，文明的高度就是個體文明的高度，這種高度之下，所有的不同，它們很快就會得到自動調節下的統一。

可這一次竟成了另類，爭論在繼續，而且擴大到了星球的上層。

由可拉主政主持，又有七百個各類精英參加的討論開始了，說是討論會，確切的應該是一次聽證會。

這個會議，足足開了十四個時光，會上，艾華幾乎一刻不停的回答了與會者的各種提問，以信息源上的顯示證明，艾華所回答的問題共有一萬一千零九個。開會的最後結果是：有百分之七十二的與會者支持這個工程，持反對意見的有百分之二十八。

會議上，沒有人作出什麼結論，更沒有主政作出什麼決定。

十二天後，由四位主政共同簽署的一道行政令公開下達了，其內容如下：

擱置所有有關「保衛者一號」和「斯可達俱樂部」的議題和未來的工程可能的程序。執行擴大人類生命醫院的計劃，先斯可達星球，後大宇宙的總策略不變！

「親愛的，擱置多久沒說，會不會是永久性的？」可沁擔憂的對艾華說。

「應該是無限期的擱置，沒關係，我繼續做下去，就當是一種愛好！」艾華非常平靜的說。

沒多久，可拉松給艾華發了一條信息，信息上寫道：兄弟，別太在意了，該進的天中球是無法阻擋的。

一年後的某一天，僅僅一歲多的艾娃對艾華和可沁說：哥哥，我看到了你設計的輪廓，我很喜歡，請求你把新的設計不斷發給我。三十七個城市分成「保衛者一號」和「斯可達俱樂部」，應該按聖水線的地質，將它們全部托起！

「聖水線？那總共有八十七個城市啊！艾娃妹妹，你可比你的哥哥還敢想。」可沁笑著說。

「哥哥、姐姐，我要參加，長大了，我們一起來造！」艾娃說。聽上去，像是一句小姑娘不經意中的隨口話。

當時，我問敘述者：「這八十七座城市的總面積有多大？」

「這個總面積，剛好相當於地球中的一個波蘭國。」敘述者斯可達說。

六

對於斯可達星球上的人類來說，之後的五十年是太平得令人感到時間已經停止了一樣。雖然在所有的日子裡，他們依然快樂和幸福，但是，有一種莫名與奇怪的感覺，使他們心理不舒服，這種不舒服的感覺，其實就是一種乏味感。

在起初的四十年里，四十九架萬應穿梭飛行機，它們都滿載著瑰寶級的玄光，完整的回到了斯可達星球。最後飛去那個區域的一百二十八架萬應穿梭飛行機，在飛行了九年後，它們其中有九十三架相繼在之後的飛行中墜毀，而原因至今不明，原本由可欽和艾華負責的這項飛行任務，最後也在可拉的直接干涉下，不得不下達回撤的命令，那余下的三十五架飛行機也飛回到了本星球，它們所收集到的玄光，只是容量的三分之一。

在斯可達星球，自從有能力進入外星系以來，他們對大宇宙所探索的方向有五十一個，所涉及到的人類星球有四千多個，但是現在他們所探索的點只剩下兩個。

生氣勃勃，勇於向前的文明氣勢已經即將消失，號稱五期文明的斯可達星球，已經在四期文明中停滯不前。

斯可達星球這金光燦爛的文明，已經裹攜在沒有疾病、沒有犯罪、沒有戰爭等等偉大的文明頁面上，它像一個患者一樣正在走向手術台，在那個超級大變遷的年代，一股最神聖的力量，幾乎已經高舉起手中的手術刀。

現在還有誰記得，這樣神聖的明示：應該作好準備？

做事穩重的可拉松，自從他進入到人類生命研究所到現在，已經有四十多年了，最近，他穩穩當當的考取了人類生命工程部的四級科學家的稱號，由於他的工作成就和艾理主政對他的信任，於是，由萬應穿梭飛行機採集來的玄光，這總數的十分之一的量，由他來支配作科研之用，（人類生命工程部也只被分到玄光總量的十分一，其餘的都儲存在宇宙工程部）這個意外的發生，可樂壞了他。

可拉松從年幼開始，他就有一個使命般的崇高理想：他要斯可達的人類獲取永生，而他的第一步的主題課研就是：靈魂。

也許這個理想太過偉大；也許這個偉大的理想又太過接近夢幻，；結果一切的發生都讓他承受著失敗的慘況。這久而久之的失敗經歷卻也磨

練了他的意志，更增加了他心理素質上的受能力。

作者介紹過，「斯可達的錯誤」這個地方，是斯可達星球中，人們所最沒興趣的地方，；作者也介紹過，在這個乏味到令人窒息的地方，艾華母子曾經在那兒待了三年。可是，可拉松在那裡所用去的時間卻比艾華還長得多。

有了玄光，可拉松就有了新的方向中所需的資源，而這種資源，艾華和艾娃已經向宇宙工程部申請了多次，可也沒有獲得一點。

又一次卯足勁的可拉松，有了玄光後便一頭栽進了「靈魂工廠」，他面對的是十億個靈魂，他的第一個實驗就是，讓這些靈魂去感受玄光。

這簡直就是一次劊子手進行屠殺似的實驗，玄光下，靈魂們紛紛在百分之一秒中「出竅」了。

可拉松這強大的心理素質開始顫抖起來，在實驗幾次後，他不得不去請教艾華和艾娃。

艾華推說自己的想法一點也不成熟，倒是美麗的大智者艾娃對他說：「在生命這一環，玄光只是起到黑洞的作用。」

在人類中，他們認為：肉體必將死亡，而靈魂是永恆的。

而有一種力量中的人們知道，靈魂也會真正的死亡！

黑洞在宇宙中有多種功能，其最主要的作用是：毀滅垃圾靈魂。

什麼樣的靈魂屬於垃圾？這有七個分類，第一類當然就是：人類文明的倒行逆施類。

靈魂的優劣，全在於人類的行為表現之中。

這是造物主們終極目標中的一個環節。

「艾華，我們合作吧，看在我們友誼的份上」，無奈下的可拉松對艾華說。

「可拉松，我們確實親如兄弟，真是這個原因，之前我沒有把我的認識告訴你，我怕打擊你難能可貴的勇氣和精神。斯可達星球所製造的靈魂，充其量它只能算是靈敏度最高級的中樞細胞，所以，你的實驗不會得到你所需要的結果。但是，你的實驗還是有用的。」艾華真誠的說。

「憑我對你的了解，我明白了，我的實驗目的在現在的文明情況下是一種近似的夢幻，如果人類能行，天堂不會讓宇宙存在的，你說我的實驗還有用，這是不是指在增加人類的壽命上？」可拉松問。

艾華肯定的向他點了點頭。

說了可拉松這一點情況後，再說一些可沁的情況。

可沁在跟艾華相愛前開始到現在，她共在社會工程部工作了三十九年，她在一次職業的考核中獲得了四等最優的稱號，這個級別相當於科學家的四級，在獲得這個榮譽後，讓主政可之敏意外的是，可沁不久就去了

人類生命工程部的第五研究所，這個研究所主要是研究地層礦物質對人類的身體影響，它也是升級「膏」的一個主要部分。

而在這五十年中，當然還得說一下艾華和艾娃。

在四位主政簽署了行政令後，斯可達星球上有關艾華設計輪廓所引起的爭論也結束了，從那之後，艾華也走下了神壇。在後來的八年多，艾華完成了他全部的正式設計，這個設計除了艾娃和可沁看過後，其他就沒有人再知道了。

從那個時候開始，艾華的生活非常的規律，在可沁上班的時候，他就去父母和艾娃的住處，在可沁回來之後，他就一直陪伴著她。

有著跟艾華一樣神奇的艾娃，她自出生之後，可沒有一次在創造中展示過自己非凡的一面，除了在舒齡學習中奪了全球冠軍之外，只是她的美麗成了斯可達星球的一道風景線。相比艾華，艾娃則是從小就融入了斯可達，她是一個真正像斯可達人的女性。

艾娃在工作一頁上的記錄為零，生活中，她除了母親之外，接觸最多的當然就是哥哥艾華。

在前面的十五年中，只要有空，艾娃都會在母親的陪同下，在中部大陸的聖水地區轉悠，她曾經在最幼小的年齡中，隨口向艾華說，她要加入艾華的工程，並說長大後要跟艾華一起去創造那個奇蹟。

在艾娃到了舒齡期，她顯示出跟艾華哥哥有一種與生俱來的默契，當艾華早已將自己的設計擱置後，艾娃卻在私底下開始了她自己的設計。在四十二年的設計後，相信她已經完成了自己的作品，但是，她所設計的內容，就連艾華，她也對他保持了秘密。

艾華和艾娃兩的思想意識和行為意識，在極其巧妙的組合著，從表裡不一中，能感受到他們一種高超藝術性的默契。艾華在沉澱了四十三年後，突然去宇宙工程部參加了考試，並取得了五級科學家的稱號，接著，他又去可拉松所在的研究所，又一次參加了工作。

半年後，艾娃也參加了這個十二天的考試，她取得了跟艾華一樣的成績！可是，艾娃在考試前，就沒有一天的工作經歷。

這兄妹兩又一次掀起了斯可達民眾對他們的關注熱潮，在短短的時間後，斯可達開始流行這樣一句話，原本人們在稱讚您時會說：您可真厲害！如今，人們在稱讚您時會說：您可真艾華，或者說：您可真艾娃。艾華和艾娃的名字，將取代厲害兩字！

在社會上再次掀起這股熱潮時，這當然也引起了四位主政的關注，可拉主政開始不再提起這兩個名字，而另外三位主政對此不得不私下進行了一次會議。

斯可達星球雖然早已經沒有了法律，但主政位置的變更是有鐵律規

定的，只要有成就和智慧超越現任的，那麼現任就必須成為前任，而這所指的成就和智慧，其主要的來源，正是人們在各項科學考試中所取得的成績。

雖然艾華和艾娃現在所展示的成績還沒有達到出任主政的全部要求，但是三位主政是心知肚明的，這兩個大智者，要達到所需的成績，那將會是如此的容易。

所以，一個嚴肅的問題出現了，對這兩位年輕人該怎麼對待？

三位主政心知肚明的事，主政可拉的內心當然也是再明白不過的，差不多在三位主政私下開會時，他也把艾斯琴斯叫到了斯可達宮殿。

「艾華是非常的神奇，可是他只有六十歲，這個年齡按斯可達星球的標準，還處在青春期的前期，還有那五十歲的艾娃……我們第一任主政艾之冰河，他是在一百四十七歲時才出任主政的。」可拉以這種方式對艾斯琴斯說。

艾斯琴斯非常明白可拉這次找他來的原因，更明白他所表達的話中想讓自己去做什麼。

艾斯琴斯也想勸說兒子和女兒停下腳步，別去走進一步的道路，一貫以來，他只想這對兒女兩能融入斯可達社會，成為真正的斯可達人，當然，他也想他們去為斯可達去不斷創造奇蹟。但是，自從艾華的設計被擱置後，一個很大的矛盾出現了，像這對兒女那樣沒有點滴行政權力的孩子，還能創造什麼樣的奇蹟才可以使奇蹟的本身成為斯可達文明前進的動力呢？

這是一個讓艾斯琴斯覺得挺棘手的問題，不過在他的本意中，還是不希望他的孩子們成為主政，至少現在還沒有這個必要。

「尊敬的可拉主政，我明白我該做什麼，我答應您，我會去做的」，最後，艾斯琴斯是這樣對可拉說的。

在接下來的幾天中，另三位主政為了緩解一下艾華會走下一步的時間，他們代表三個主要部門，陸續向艾華提出了去他們部工作的邀請，但是，艾華是一概婉拒了，他只是對他們說：所有的事情，他在五十天後才能作出決定。

兩天後，艾娃接受了可之敏主政的邀請，她將去出任五十五天後的舒齡學習課程主教的職位。

又幾天後，艾絢艷相邀了艾華和可沁，跟她和艾娃一起去出門旅行，她們還將把玲瓏艾娃也一起帶上，他們所要去旅行的地點是：萬米金峰和聖水線一帶。

在旅途中，這一家子充滿了幸福的歡歌笑語，連玲瓏艾娃好像也特別的開心，牠在人類的面前是不斷的喝著聖水。

在萬米金峰，他們原本只考慮玩五天，可他們在聖水線區域，他們一共玩了四十二天，到了他們決定回去的時候，艾華和艾娃同時收到了可拉松所發來的信息，「你們快來吧。」

「艾華、艾華，我闖大禍了，你們看，我一共殺死了六億多個靈魂。」一見到艾華和艾娃，可拉松就急著說。

艾華和艾娃一見這一片狼籍的場地，他們忍不住哈哈大笑起來。

「有智慧的大腦，這不等同於靈魂，兄弟啊！你可別再浪費玄光了。」艾華大笑後說。

「可拉松，不用擔心自己會被逐出斯可達星球，這種中樞細胞，我們再可以製造。」艾娃歡笑後，安慰他說。

「但我的大腦會空虛，無所事事的日子怎麼過？」可拉松還是一臉的憂愁。

「我得向你學習，學習你的精神，在主教舒齡學生後，我將開始工作。」艾華表示說。

「出了這種事，是不是該向主政解釋一下？」可拉松問艾華。

「記住，人類的靈魂是人類複製、模擬、創造不出來的；人類的生命永恆，在宇宙中也是不可能的！天堂中有它的光和水，它的環境才能使生命永恆！可拉松，實驗中的損耗是正常的，跟主政們說不說，你自己決定。」艾華說。

「可拉松，別發愁沒有事可做，我們之後可有做不完的事。」艾娃說，她的話使可拉松臉上的愁雲消失了。

從「靈魂工廠」出來，這兄妹兩走上了玻璃橋。

「哥哥，舒齡學習共有三年的時間，我想在一年後，讓可拉松來接替我，另外，我想請您來擔任副主教。」艾娃對艾華說。

「讓可拉松接替兩年當然可以，我也同意做你的副主教。你準備第一系列講什麼課？通常都會是歷史課。」艾華說。

「哥哥，我想讓您猜猜，我想講什麼，您用信息的方式發給我，我把想的課發給您，看看會不會一致。」艾娃微笑著說。

兄妹兩停住了腳步，他們開始發信息給對方。

他們的信息源上都出現了信息，並完全一致的是四個字：滅國大戰！

第九章：滅國大戰

「在距今一億兩千七百萬年前的斯可達星球上，歷史的演義，使同一個星球的文明拉開了巨大的差異。」艾娃亭亭玉立的站在講台後，她面向著台下兩百多位學生，開始講述了她的第一課：滅國大戰。

這一期的適齡學習班，除了台下的兩百多個學生外，在信息源的線上還有七百多位，除此之外，艾娃那卓越的風姿和那不同凡響的一顰一笑，還吸引了斯可達星球的民眾。

要講述這部波瀾壯闊的歷史故事，首先得讓我們打開當時的斯可達星球的洲際版圖。

整個斯可達星球的版圖，從全局整體上可以分成南北兩大部分。南部有四個大陸，北部也同樣有四個大陸，這南北的中間相隔著三大海洋，由東而起的叫做：其流大洋；中間的叫：中部大洋；西面叫：布拉斯依和大洋。南部四個大陸中還有，連接布拉斯依大洋的一個大海，在南部的中與東面還有兩大海峽。

北部四大陸幾乎對稱的存在著，一個大海和兩個海峽。

從南部的西面說起，最西端的大陸叫：米洲，它是全斯可達八個大陸中最小的一個大陸，它的大陸總面積為三千兩百平方千米，這個大陸當時有二十二個國家，三十一個民族，人口為二十億。相隔海峽的另一面是叫做：大南洲，這個大陸曾經有一百零一個國家和一百二十億人口，但當時，這個大南洲只有十四個大國，人口為二十三億，它的大陸總面積為八千七百萬平方千米。在一大片群山崇嶺的另一面就是叫做：南興洲的大陸，這個大陸是斯可達人類的發源地，著名的斯可達山脈就在這個大陸的境內，這個大陸中有三個大國家和三個聯盟國，先把這個大陸的三大國名稱和三大聯盟國的名稱告訴大家，三個大國叫：海峽大國、意亞大國和薩拉斯國。三個聯盟國叫：價值聯盟十四國、古跡聯盟九國和斯得凡斯聯盟五國。這個大陸有五十八個民族，人口是十七億，這個大陸的總面積為七千九百七十萬平方千米。跟南興洲相隔一個海峽的是南部另一個大陸，它叫：大幫洲，這個大陸有三十八個國家，十一個民族，人口是十八億，大陸總面積為五千一百六十三萬平萬千米。

關於南部的基本情況外，也提一下，當時這四個大陸中的文明狀況：

站在文明前沿的是這四個大陸中的南興洲，這個大陸，它不但是斯可達的人類的起源點，它還是「人智」大戰的源頭，它現在的文明層級約是處於二期文明的中期，在一千萬年前，這個大陸也同樣處於這個文明程度上，但「人智」大戰，曾使這個大陸的文明，倒退了整整一個文明時期，不過，相比南部的其他三個大陸，它的恢復還算順利的。（現在國家的散和聯的現象，其實是人工智能人所遺留下來的現象）

大南洲和米洲這兩個文明的程度比較接近，它們大致的文明層級處於二期文明的末期。

而大幫洲的文明層級是全斯可達最差的，它是「人智」大戰的重災地，也是星球中最不幸的重災區，在內戰、宗族戰、病毒、殖民戰、直到「人智」大戰，它幾乎都處於最不幸的狀況，它的文明層級也幾乎處於一期文明的門檻內外，可就是這個大陸，它卻是斯可達全球最美麗的地方。

接著來講一下，這個故事開頭的形勢。

在米洲，瀕臨布拉斯依和大洋的十七國已經通過談判實行了聯合，這種從南興洲學習來的模式雖然極利於這十七國的發展，但是，他們的美滿聯合都將米洲的唯一大國：米成國給牢牢的困在了大陸的內陸中，本來一個內陸大國要去爭取海洋上的利益，它只要跟這十七國中的一兩個小國打好交道和搞好關係就行了，可現在，統一的十七國聯盟已使原先態勢變得讓米成國處於尷尬的境地，並在難以溝通的情況下，又使雙邊的態勢變得複雜起來。漸漸的沒多久，兩邊的關係向著緊張的方向發展。

再看看大幫洲，這可是一個「人智」大戰的重災區，人工智能人曾經使這塊大陸倒退到了起步文明時期的工業時代，這個大陸的大多數國家，他們的文明程度跟其他的斯可達文明區域都形成了很大的反差，然而在最近，聯合才三年的「黃力聯盟九國」和聯合了五年的「宗主二十國」，他們又為了領土而開始在邊境地區發生了激烈的摩擦。而地理位置得天獨厚的士拉國和崇尚國也在領土問題上擺出了不惜一戰的架勢。

在大南洲的十四國，業已停戰了一百二十年的局部戰爭，如今又在局部地區重燃戰火，由古迄今，這個大陸一直被認為是一個火藥庫，這裡的民族信仰就是物質和資源，還崇尚武力。

有關南部四個大陸的大致情況先說到這裡。讓我們再來了解北部的四個大陸。

由西向東的第一個大陸叫：大西洲。

大西洲是北部大陸中最大的一個大陸，它的總面積為七千兩百六十平方千米，它有四十八個國家，五十五個民族，人口為十八億。這個大陸最值得一提的是：它擁有全球的第一超級大國：巴士拉國。偉大的巴士拉

國崛起於八百年之前，它稱霸全球達六百十一年，這個國家在宇宙探測、人類生命工程和軍事上對全球都有傑出的貢獻，當時，這個國家的人均壽命是三千七百二十年。

大西洲的東岸是：南是泰拉依大洋，北則是雙層大洋，相隔雙層大洋的另一端，也就是另一個大陸：斯可達洲。

斯可達洲，它在全球中屬於第二小的大陸，它的總面積為四千零五百萬平方千米，這個大陸有十七個國家，五個民族，人口為十三億。這個大陸擁有最著名的景觀是：萬米金峰。

在當時的年代，讓全球人都注目的是這個大陸中的兩個文明小國，它們叫傑成國和拜興國。

傑成國和拜興國是鄰國，它們的國土面積都不大，人口也不多，可是，這兩個國家在任何方面都先進於當時的斯可達全球。

在航天方面，這兩個國家的飛行機速度都達到光速一級，按現在說是光速七級，在宇宙探測方面，他們所到達的宇宙星系點已近一千個，在那個時候，他們已經開始在探索量光區域，願望中想把玄光收集回來。在表面上，他們的人均壽命是三千七百五十年，但實際上，他們已經創造出第一代的光流修復手術，並在故事的開頭時期，通過了臨床的試驗。

還有最重要的是：他們的政治體制和社會結構都不同於全球的其他國家。

這兩個國家的民眾，絕大多數安居樂業，在鬆散的法律下人人平等，兩個國家的警察加在一起也只有二十個，除了兩萬名軍事科學家和技術人員之外，在和平時期，他們只有九名將軍作為準軍事人員，可這九名將軍在平時卻沒有一名士兵去跟隨他們。

更加難能可貴的是：傑成國的政治體制。這兒沒有立憲制、選舉制和由下而上的評分制，任何官員都從智慧和能力的佼佼者以最高成績而自動產生，這種政治制度也就是當今斯可達星球體制的雛型。

這個大陸曾經是人工智能人的中心，但它也是人類第一個打敗人工智能人的地方。

斯可達洲是西臨雙層大洋，東臨斯可達海峽，而斯可達海峽的另一邊就是另一個大陸：澎西洲。

澎西洲共有十七個國家，十一個民族，人口是十九億，它的總面積為六千四百一十平方千米。

這個大陸跟另一大陸是陸地相連，而它們北部有一個共同的大海：威海大洋。威海大洋的大部分是長年冰封的。

陸地連接的另一個大陸叫：雨東洲。

雨東洲有三十二個國家，十七個民族，人口是四十一億，它的總面

積為八千七百六十五萬平方千米。

這個大陸有兩個值得一提的國家：度明國和漢越大國。

度明國是雨東洲中最小的國家，但它卻是和斯可達洲的傑成國和拜興國一樣，被全球認定為是文明最發達的第三個國家，把當時斯可達星球稱之文明已經進入到了第三期，真實的評估是：就是這三個國家達到了三期文明的標準。

要提的第二個國家就是漢越大國。

漢越大國就在最近的一百年中快速崛起，在一切風調雨順和全體民眾的共同努力下，到了故事的開始時期，他已經以嶄新的面貌展現在世人的面前。

但是，漢越大國的快速崛起和令人羨慕的成績，它誘發了第一超級大國——巴士拉國的擔憂，巴士拉國深感自己的霸權地位岌岌可危，彷彿自己的國家利益受到侵蝕和威脅。對此，巴士拉國開始聯合南興洲的大國「海峽國」和價值聯盟十四國，它還聯合了澎西洲中四個大國，他們一起在政治經濟和軍事上圍堵漢越大國。這樣的態勢，到了這個故事的開始，已經有十年的時間了。

那時的斯可達星球，已經是危機四伏了！

還有五天，斯可達星球中六十國的首腦會議就將召開了，這次會議就在漢越大國的首都宗典城舉行，與會的議題不少，其中也包括了米成國和那建立不久的十七國聯盟。

為此，在最近的八天裡，米成國在總統古力巴赫的主持下，已經召開了七次的內閣會議，這兩天，內閣會議在規模上不斷擴大，先是三個反對黨加入其中，最後，軍方也也參與了進來。

要解決跟這個叫做「奇想聯盟」之間的關係，光從外交上的談判，政治上的妥協和經濟上的讓步已經都不行，看來除了軍事選項外，也找不到更好的辦法。

在斯可達星球，「人智」大戰已經過去三百萬年了，可人工智能人的思維在當時的人類思維中依然揮之不去，特別是人工智能人在解決較大的問題上，他們只要有優勢，一定會選擇讓戰爭去解決問題，這樣的思維邏輯，根深蒂固的影響了人類，這也使人類在選擇戰爭時，變得十分的輕狂。

米成國已經確定了要以戰爭來取得他們的海洋利益，為了讓他們的軍方有充足的時間去準備發動戰爭，於是，他們把對奇想聯盟的戰爭攻擊時間，制定在了六十國峰會結束後的第二天。

這個十七國的聯盟，他們的聯合主要原因有兩個，一，這十七國中的十三國在歷史上都飽受過米成國的殖民踐踏；二，他們的聯盟，完全得

到了南興洲的海峽大國和價值聯盟十四國的鼎力支持；當然，就目前的情況而言，一旦米成國對他們發動了戰爭，南興洲這一邊會不會參與，這還是未知之數。

就米成國而言，它的背後也有兩張王牌，一，在雨東洲，漢越大國正在研製一種叫：萬應裂變的戰略武器，其主要的二千種原料中有近一半需要從米成國進口，而在當時的斯可達的科技環境下，如果要從空中運輸，那等同於在全球人的眼皮底下經過，但以海運和海底運輸的話，情況則會完全不同；二，在米成國的斯因夫山脈有十七個天坑，從一百年前，這些天坑都由斯可達洲的傑成國所租用，為此，傑成國還每年支付一噸黃金作為租金，也由此，這兩國有著十分友好的傳統關係。

米成國相信，一旦戰事開啓，如果南興洲的勢力要插手的話，那麼，漢越大國和傑成國不會熟視無睹和坐視不管的。

也就在六十國首腦會議開始的當天，在全球的屏幕上，出現人們意想不到的事情。

在大幫洲，士拉國、立之國、崇尚國正式宣布加入黃力聯盟九國，僅僅兩個時光後，宗主聯盟二十國的聯席會議主席就對黃力聯盟十二國作了宣戰的演說。也就在第二天，戰爭便在雙方的邊境開始點燃，一天的戰爭下來，雙方的戰爭就在毫無理智下急劇升級。

大地上到處是激光彈的閃耀，爆炸聲震耳欲聾。小型的核彈也出動了，它呼嘯著，劃越長空，紫紅色的光芒在地面上滾動，氣化的塵埃成了一片迷茫的海洋；脈衝捋平了無數的大廈，還夷平了一個又一個山丘。

幾千架見不到影子的飛行機在穿梭中搏殺，碎片在多處灑下了陣陣的金屬雨點，人類生命在人類自己的瘋狂中遭到吞噬。

有形和無影的戰艦在噴出團團火焰，……這一期文明中的浩劫直讓生靈塗炭，在短短的三天裡，這個大陸的死亡人數已經過了千萬。

就在這個大陸開戰的當天，它們海峽對岸的海峽大國和價值聯盟十四國已經向他們交戰的兩方發出了必須停戰的最後通牒。但是，打紅眼的雙方哪顧得上這種最嚴厲的警告，他們都狠不得在一個時光內去把對方吞噬掉。

在第三天的夜霧下，空中下起了「流星雨」，那是整個大幫洲的衛星都被擊落的場景。

清晨，由海峽大國和價值聯盟十四國所組成的聯軍出動了。

這支聯軍也就出動了六架巨型的攻擊飛碟，它們在五十秒鐘後，就越過了他們中間的其流海峽。

一到大幫洲的六架攻擊飛碟就在空中急停下來，一場短暫的二期文明對一期文明的清場戰役開始了。

無論是空中的，還是海上的；無論是有形的，還是無影的；一切參與戰爭的武器載具都被釘了在攻擊飛碟的屏幕上，超強的激光和強大的納米網同時開火……，空中出現了接連不斷的煙花陣，海上出現了切瓜似的快速比賽，任何海上戰艦都被切成了兩段。

一個時光內，六架攻擊飛碟是過足了癮，然後，他降落下來。

三百個戰士衝下了攻擊飛碟，他們只化了三個時光，就將雙方的四百多個戰爭狂徒捉拿歸案。

六架攻擊飛碟飛走了，一分鐘後，在這個大陸中出現了另一個景象。

八個旋轉體從地面向雲霄升起，八股旋風在重複著打轉，它們好像在高空打了八個洞一樣。

這是什麼？它們在做什麼？

這是雨東洲小國——度明國的發明，它的科學名字叫：超動力轉換系統，它的功能是：驅逐光流和霧流中的有害物體和氣體。

戰爭雖然在強壓下停止了，可那些陳舊的各種武器所遺留下的禍害是難以估量的，只有將其逐出大氣層，這樣，人類才不致於毀在自己的手上。

這個作業結束後，天空上又出現了五十架虎形飛行機，它們在這個大陸上來回穿行，一直過了兩個時光後才飛走。

五個時光後，大幇洲變成了漆黑一團，並且，在這裡已經被徹底消音了，這是傑成國和拜興國的聯合發明，它意在讓這裡的人類迅速的沉靜下來，並迅速的從心靈上擺脫戰爭的惡夢。

一期文明的戰爭，二期文明的壓制，三期文明的打掃戰場，這真令人唏噓！

有國家就有戰爭，人類有時也需要用戰爭來解決他們的難題！

這場戰爭根本無益，唯一的一點是，它在無意中阻止了另一場戰爭的開打。

那六架攻擊飛碟所表現出來的力量，把米成國的戰爭計劃給震懾住了，他們取消了在六十國首腦會議結束後開戰的決定。

這個滅國大戰的故事，或許從這兒才開始拉開帷幕。

二

漆黑一團在四天後已經完全消失了，這個短暫的戰爭不但使生靈塗炭，也造成了近三億人無家可歸，四天的一片漆黑和無聲無息的死寂，使這個大陸已經沒有發動戰爭的任何條件。當新鮮的光流沁人心脾時，光明又重新回到了這個大陸。

星球上的譴責聲是此起彼伏，那六十國的首腦會議也改變了議題，他們把援助大幫洲的主題貫徹在整個會議上。

北部四個大陸的一半國家已經啓動了援助大幫洲的行動，各種物資正排山倒海似的源源不斷運往大幫洲。

也就在曙光初露的情況下，南興洲的海峽大國和價值聯盟十四國的聯軍卻第二次跨過了其流海峽，這一次，他們可出動了十萬大軍，他們是以斡旋和維和的名義佔領了整個大幫洲。當十萬聯軍達到大幫洲的當天，黃力聯盟十二國和宗主聯盟二十國便被宣告解散，於是，大幫洲又退回到三十八國的狀態。

對此，原黃力聯盟十二國表示了順從，甚至在渲染將他們的國土納入海峽大國和價值聯盟十四國的版圖。

一場浩劫後需要百廢待興，這浴火重生的一頁才剛剛揭開，可是，現在的形勢又一下子變得微妙起來。

沒過多久，原宗主聯盟二十國正式告知天下，他們不但反對強國的壓迫，而且視強加於他們頭上的解除聯盟令為非法。

這一下，國際社會又在輿論上沸騰起來，在雨東洲另一個大國，一一德合里共和國的牽動下，全斯可達星球中有七十多個國家表示了他們對原宗主聯盟二十國的聲援和支持，接著，反對恃強凌弱的聲浪是一浪高過一浪。

聲援很快變成了強力呼籲維和部隊撤出大幫洲，這種強大的輿論使海峽大國和價值聯盟十四國處於尷尬的局面，看來，有多支暗中的力量，即將浮上水面。

就在國際形勢進一步複雜之下，又一件駭人聽聞的事發生了。

宗主聯盟二十國的前總部：瑪亞那城，在有一天的黎明時分，突然發生了驚天動地的核爆炸，接著，一團蘑菇雲把天空掀了開來，滾滾的氣浪把城市由底翻起來。

大地顫抖似的搖晃著，幾十萬條生命被撕爛在塵埃中，這全然是一個人間地獄的景象。

這一事件就是斯可達星球中的：瑪亞那之謎。

之所以稱它為「謎」，是因為涉及這個謎的所有國家人物都離奇的死亡了。

在「人智」大戰後，所有陳舊的髒武器已被禁止使用了，可在大幫洲的文明落後之下，人類還是在暗中，嚴密的保存著它們。可想的是：文明一至三期之中，個體文明的高度，依然還是如此的低下。

這個震撼的事件，使大幫洲的所有敵對方變成了盟友，他們一致對外，把矛頭直指海峽對岸的海峽大國和價值聯盟十四國。只無奈的是，如

美麗的地獄

今的大幫洲已經退回到了起步文明中，他們對於那強大的敵人，也只是無能為力。

在大南洲，已經有多個國家跟海峽大國和價值聯盟十四國斷絕了關係，在馬亞那事件發生一天後，就連一向跟南興洲關係極佳的第　超級大國：巴士拉國也出面要求海峽大國和價值聯盟十四國的聯軍，從大幫洲撤軍。

就在當時，前一陣以「超動力轉換系統」為大幫洲清潔太空的度明國又出手了，它站出來就顯示出自己的強悍和超級先進的底氣，它給了海峽大國和價值聯盟十四國這樣的最後通牒：限三天之內撤軍，若不從，就開戰。

海峽大國和價值聯盟十四國終於屈服了這個小國的最後通牒，他們果然在三天內撤離了這個苦難深重的大陸。

這個大陸，它歷經了多少次的重災，這本有一百二十億人口的大陸，到這時人口已經不到二十三億，就整個南部四個大陸來看，眼下還有近七十八億人口，而往後的滅國大戰後，整個南部大陸中只剩下一百萬人，而大幫洲卻有幸的剩下了八十三萬。

二十年過去了，南興洲的海峽大國開始出現了變化，在撤回維和部隊的三年後，它跟兩個領國結成了聯盟，這個海峽聯盟三國結盟後不久，一個新的領袖產生了，這位領袖的名字叫：希斯群。

希斯群已經有兩千一百十七歲了，他看上去是一副風流倜儻玉樹臨風的樣，他精神飽滿思維嚴謹，辦事也果斷有魄力。

他一上任就對整個聯盟進行了一系列的改革，在國際事務上，盡量避免去干涉他國，他在一系列的外事訪問中，去的最多地方是：大幫洲，他敢於認錯道歉，他代表聯盟的個性行為，使這個聯盟的外交大為拓展。在內政上，他銳意進取，他毫無掩飾的告訴人們，他要把北部大陸的三個小國樹立成聯盟學習的榜樣！

這些在文明中的實際發展，雖然可以說是正確的，但它卻跟價值聯盟十四國的關係是漸行漸遠，他們已經變成了不再是共同進退的盟友了。

也就在斯可達變化莫測，又分分合合的歷史階段，在斯可達洲的傑成國中，一顆最耀眼的明星正在冉冉升起，一位偉大的巨人已以最優異的成績，榮升到了這個小國的舞台中心，他就是新任的傑成國總統：艾之冰河。

上任的總統艾之冰河剛剛度過一百二十歲的生日，他長得高大威猛氣宇不凡；他五官端正帥氣逼人；他有炯炯有神又叱咤風雲的眼神；有高瞻遠矚又細如盤絲的思想；他的大腦和胸懷能裝下整個全球。

他在上任後所做的第一件事是：把原本國家二十一個部門縮減為三

個，這三個部門就是現在斯可達星球的雛形，——宇宙工程部；社會工程部；人類生命工程部。

在社會經濟上，他已經畫出了一個真實執行的藍圖，將傑成國全面推向資源共享；在國防軍事上，他將原本兩萬名的軍事科學和技術人員劃歸了宇宙工程部，另外又建立了一支有兩萬名戰士的國防軍。當時，傑成國的飛行機最高速度是光速四級（現光速六級），它在武器方面，有名的是：戰略氣象武器；有萬應裂變的地層波武器；微粒子脈衝綜合武器（遙感攻擊波）；十二架戰術攻擊飛碟；它還有三千架潛伏在星球系邊緣的宇宙殲擊機；它跟拜興國共同探索的外星已達幾百個。

這個國家有一種全民擁有的武器，——微型裂變射針槍。這個被稱為「槍」的微型武器，它可是在「人智」大戰中，起到關鍵作用的武器。

在滅國大戰前，這個小國在表面的人均壽命是三千七百歲，在暗中，他們已經率先發明了光流修復技術，現在的受孕「膏」配方也是這個小國率先的發明，而當時，這國的民眾，已經可以在三天中不吃不喝和不睡，他們也基本上不受疾病的困擾，……。

這標誌著三期文明的一切，可惜只在斯可達星球中三個國家出現，而且，這三個國家都是星球中的小國家。

在經過五年時間的改革後，艾之冰河總統總算是有了出訪的時間，他出訪的第一站，當然就是鄰國——拜興國。

這次的國事訪問被安排得十分緊湊，兩天中能使兩位總統面對面坐下來會談的也只有幾個時光，而在這幾個時光裡面，兩國總統還有意要進行一對一的對話。

在一對一的交談中，拜興國的總統梅龐首先問艾之冰河說：「艾總統先生，您認為世界的下一步會如何演變？」

艾之冰河微微一笑，然後他不緊不慢的答覆道：「世界上進行了一輪的分分合合，接下來還會有新一輪的分分合合，縱觀世界上八個大陸，表面上，南部的四個大陸在聯盟、國家、社會和民族中的矛盾是最尖銳的，如果國家的政府沒有了定力，那麼像之前發生在大幫洲的事情就會不斷發生。不過我認為，在斯可達的複雜世界裡，最大的矛盾，也可能在一段時間中始終是一個最大的爆發點：守成的第一超級大國巴士拉和已經崛起的漢越大國。因為大幫洲的短暫戰爭和瑪亞那事件的發生，把這個最大的矛盾給掩蓋了，如果這個大矛盾一旦激化爆發了，請想一想，這會產生什麼樣的惡果？斯可達星球有過太慘痛的教訓，六百多億人口，四百多個國家，一場『人智』大戰，便使人類的文明退到了如此的地步。」

「艾總統先生，我也有此擔憂，人類解決最棘手的問題時是需要戰爭來作為解決問題的手段，可有了戰爭，又使人類的文明大步倒退向後。依

您之見，如果這個世界再發生不可調和的矛盾時，我們兩國該怎麼辦？」梅龐總統又問。

「尊敬的梅總統先生，我們是血肉相連的近鄰，由古至今，我們兩國都沒有交戰的記錄，這在斯可達的星球中可不多見，我們要保持永遠的合作關係，在宇宙方面、在人類生命方面、在各方面還要加深合作。」艾之冰河說到這裡停頓了一下，隨後他接著說道：「看看眼下這個世界，其實在八個大陸中都不缺乏資源，但國家間的發展卻如此的不平衡，歸根結底是：斯可達在僥倖贏得『人智』大戰的勝利後，我們的個體文明價值觀在極度的衰弱，個體文明的價值觀並沒有在個人的犯罪上增加，它卻表現在國家層面的犯罪中，發動戰爭，比歷史上任何時期都來得容易，這登峰造極的行為宛如人工智能人一樣。全球的第一強國和第二強國，他們很難被制衡。另外，上一次度明國在關鍵時刻出手，這個一向與人為善的中立國，它的出手，無疑是一種過早暴露自己戰略意圖的行為，我擔心，它的暴露，既不有利於它自己，也到時讓我們兩個國家會在實際上增加很大的壓力。」

對於艾之冰河以一種藝術性的方式來回答自己的問題，梅龐是能明確聽明白的，他對他的話想了想，接著他對艾之冰河說：「我對近年您對貴國的改革表示欽佩，對您剛才的話也完全讚同。縱觀世界形勢，自大幫洲戰爭以來的二十五年裡，飽受創傷的大幫洲人正在向各個大陸移民，看來那裡在目前開始，會漸漸成為人們遺忘的角落。在米洲，只是米成國和奇想聯盟十七國之間的矛盾，這種矛盾，在目前還處於可控階段；在被稱為火藥桶的大南洲，雖然除了草原之國和立崇國之外，其餘十二國的摩擦時有出現，但戰爭的跡象倒是沒有；關鍵是在南興洲，現在整個大陸變成了四大聯盟，其中有兩大聯盟，或明或暗都在幫助巴士拉國圍堵漢越大國。我認為，如果沒有北部大陸的慫恿，南部大陸並不會再出現更大的問題。更大的問題，將出現在我們北部的四個大陸。」

艾之冰河也讚同梅龐的基本時事分析，他也表示了他的補充見解。

「梅總統先生，我不但認為第一強國巴士拉國和新崛起的漢越大國是當今全球的最大矛盾點，而且我判定他們的矛盾和力量對比是全球最危險的導火索，巴士拉國的強大和稱霸已經在全世界有很長的時間了，而這種過於強悍的霸權跟世界上獨一無二的地位正受到漢越大國明中暗裡的極大挑戰。在泰拉依大洋上，巴士拉國始終保持著四個宇宙艦群的存在，它又有六十架超級飛碟在全天候作出戰爭的態勢，除了這些近於恐怖的戰略威懾外，海峽聯盟三國和價值聯盟十四國又是它的鐵桿同盟，一旦開戰，兩大聯盟的高速飛碟就可封鎖住漢越大國在其流大洋的南部。致於漢越大國，它更不是等閒之輩，他們的詭異多變的兵法和縱深遼闊的疆土。還有，

他們還有東面德合里共和國這個天然屏障，如果戰場擺在他們的家門口，他們並不一定處於戰術上的下風，最讓我擔心的是：它的北部鄰國屆時會做出什麼表現。漢越大國能聯合上度明國，它會變劣勢而成優勢？但是，種種跡象表明，度明國是個中立國家，讓這樣一個桀驁不馴的民族去屈從他人一定是不可能的，可讓漢越大國去放下身段跟某國聯盟，這同樣也是不可能的。由此，我的最擔心的事情可就會出現，在戰時，漢越大國將如何跟度明國『相處』。世界正處在危機四伏的時期，南部四個大陸的亂象只會牽動他們自己和我們的情緒，如果我們北部出現亂象，那一定會牽動整個世界，甚至會引發整個的世界大戰。我們得居安思危，以更強大的發展態勢來保護好自己和整個斯可達洲。」

聽了艾之冰河這鏗鏘有力的話，梅龐接著他的話說：「我們兩國是站在世界文明的最高處，您們有光流的修復技術，我們有關閉生命一些器官的技術，您們有強大的宇宙與國防的力量，我們有探索宇宙的最棒飛行機，……總之，我們的深度合作，就是文明的福音……」他說到這兒，藝術性的把話停頓了，艾之冰河明白，梅龐是故意留下空間，讓他插上他最愛聽的話。

艾之冰河歡快的一笑，他直率而言的說：「我們兩國都有合二為一的意願，在一千年的友好條約下，都願望把腳步跨得更大。」

「艾總統先生，這個腳步跨到何種地步？是聯盟，還是兩國一統？」梅龐在激動的詢問時，已經站起了身來。

艾之冰河也站起身，他握著梅龐的手，也激動的說：「當您的特使暗示我您的誠意時，我就決定趕快來到貴國。一個真正的統一聯盟國家才適合當今的世界。」

「太好了！您真是一位了不起的人物，我拜讀過您的大作（一統斯可達），當初我認為您是一位理想主義者，但之後的慢慢思考，使我想通了非常棘手的難題。現在我可以告訴您，我們已經跟另一個鄰國：夢之國展開了長期的討論和談判，情況已經到了最完美的境地。」梅龐把另一個真相告訴了艾之冰河。

「那您在十一天前出訪夢之國，也是為了統一之事？」艾之冰河興奮的問。

「是的！所有的政治體制和未來的社會結構都談妥了，只是我在等待著您，因為我們決定套用您們的體制和發展路線，所有的方案文件和備忘錄，我會發給您」梅龐說。

「梅總統先生，我都不知道用什麼詞彙來稱讚您，在此我只能說：謝謝您！我這次到訪，隨行的有宇宙工程部的部長，在統一的進一步討論中，他可以全權代表我和我們的政府，希望我們早日統一！」

美麗的地獄

「我也這麼希望！」

他們再一次緊緊的握手！

一個在文明中最難解決的問題，但他們在一次密談中已經基本談成，這是因為，文明的發展，都取決於人類靈魂中的一個高度：個體文明！

「艾總統先生，您應該知道，我們的情報交換中有一項是有關『霧流罩』武器的事。」梅龐提起了這件事。

「我知道，這是漢越大國正在研發的超時代武器，鑑於他們的反間探索的技術很先進，進一步的消息可一點沒有。」艾之冰河說。

「根據最新情報，他們在昨天進行了四次實驗，全部成功了。」梅龐說。

「『霧流罩』成功了，它還是我們所知道的武器概念嗎？」艾之冰河問。

「比概念中的更進一步！能封閉一切距離範圍，目前，全球沒有武器能穿透它。」梅龐回答說。

「又多了一個棘手的問題，度明國在擁有了萬應動力轉換系統的基礎上，他們應該能更快研發出對付這種武器的東西。」艾之冰河說。

「不能！情報就來自於度明國，他們比全球任何國家都擔心這種武器！」

梅龐的話，讓他們陷入短暫的沉思中。

三

「在和平的環境下，以文明的高度去統一另外的國度，一種權力的形式去取代多種權力的存在，一旦權力被壓縮在一個奇點上而不能膨脹時，那麼權力所引發的罪惡也會被抹殺在百分之一的可控範圍中。」

這個理論是六十年前，在艾之冰河的論著（一統斯可達）中有關「文統」篇裡的一個論述，然而，在斯可達星球這個當下時期，權力在各個民族的追逐下，它依然是一個至高無上的東西。國家的權力機器，它更是不可逾越的制高點，權力就是利益，它在世界中搭建了千姿百態的舞台，虎嘯被當成了歌劇，狼行被當成了舞蹈，倒退被頌歌成文明進步，把戰爭的屠殺，吹噓成拯救人類的正義。

艾之冰河的早期論點被人們認定為是不恰實際的理想主義。然而，拜興國總統梅龐對艾之冰河所提出的三國統一的大事也絕不是即興的提議，非常顯然，梅龐是認真的，並代表著拜興國的政府，而且，拜興國和夢之國有關統一的事宜已經進行到了一切就緒的階段。

聯盟形式和合為一體的統一，它其實有著天然之別，統一的難度是

成倍高，但無疑的是一件面對萬年巨變下的最佳生存的延續，如果能做到「文統」，那麼它一定是高度文明下的最好選擇。危機！往往是新穎文明下的絕佳良機！

艾之冰河回到國內的幾天中，他召集了三個部門的部長和其他一些官員，他們一起討論了三國統一的大事，另一方面，他們把討論的結果向七千多萬傑成國公民作了公開透明的傳達，不久以後，傑成國的人民已經全部反饋了他們的聲音，幾近百分之九十八的支持率，使政府的主要領導們是興奮不已。又幾天後，政府的決定出爐了，由社會工程部的部長秦思基率領一個五人代表團，前往夢之國的首都去參加三國統一的談判。

這三國怎麼個統一法？這步驟的進行和統一後的國策等等。

拜興國和夢之國已經有了一個比較完善的方案文件，看得出來，這些方案文件的確立是已經經過一段長時間的談判和協商的，從整個方案文件來看，其中也彰顯了拜興國和夢之國的滿滿誠意，它正如梅龐總統所說的那樣，這兩個鄰國只是在等待著傑成國的參與加入。

傑成國感受到了他們的誠意，也對他們方案文件中所顯示的全部細節感到特別的滿意。

統一的誠意有了，統一後的行政權力，那兩國的謙讓，也讓棘手的問題得到了化解，最後只是資源合理的調配了。

在長期的和平發展後的積累下，這三個國家都在斯可達星球中屬於最富裕的。就傑成國而言，這個國家的資源積累已經足夠整個大陸國家的所需。

他們對統一後的目標是，全民的資源共享；在三國的一千八百三十萬的人口中，普及生命修復技術，讓這一片人群達到全球壽命的最高；消滅疾病，平均個人資源。

這三個國家只有兩個民族，但他們的文化和語言是相同的，從十幾個方面的細節來看，傑成國都是優質於其他的兩個國家。

談判到了第五天時，在拜興國和夢之國代表的請求下，秦思基部長還向他們詳盡細緻的介紹了傑成國政制的運作，特別是他們嶄新的政府領導層的替換制。

新鮮的事物總會使真誠的人們為之入迷，在經過七天的談判後，這三個國家間的首腦也進行了五次的討論。

自從跟拜興國總統進行了一對一的談話後，艾之冰河可一直在作著大範圍的思考。他先從自我的人生歷程開始，一直想到了斯可達的全球。

這三百萬年的歷史變遷，一切都超過了人類的預料，但在歷史的千回萬遷中，一旦所湧現出難題有二十件所解決不了時，那麼它肯定會進入人類大變遷的時代。眼下的斯可達星球所湧現的難題可不止二十

美麗的地獄

件，現在，整個斯可達星球有兩百多個國家，七個聯盟國，人口總數為一百六十九億，如果按星球的總體面積與人類的生存面積相比，那麼人類的生存和文明環境條件是十分優異的，但是，事實卻與環境和文明的程度相悖離，在這樣的形勢下，這星球人類將會遭遇什麼的變遷呢？這是千萬年的變遷？還是億年的一遇？會不會是一次奇葩的翻天覆地？

　　艾之冰河出生在斯可達洲的萬米金峰下，傳說他的母親在懷他的後期因為不慎而從山坡上掉了下來，而這一失足竟使她跌入了坡下的一個草叢坑裡，在九死一生中，她在劇痛中生下了艾之冰河，生下孩子後，她便昏厥了過去。

　　一個時光後，草叢坑中一隻小蟲觸動了她身上的信息源，於是，這奄奄一息的母子才被搭救。

　　當救護人員把這一對母子抬出草叢坑時，霧流中突然閃來一道金光，光芒把一個峰頂劈去了三十米。滾滾的岩石從山上衝下來，最後竟在這個草叢坑上堆成了一個岩石小塔。

　　艾之冰河在十歲時失去了父親，父親是死在了一個光與霧系的星球中。

　　一直跟隨母親的他，從小就愛學習和思考，他熱愛母親和家鄉，但鄙視人類終身所追求的權力和財富，他幼年的思想中是一片斯可達式的童話：沒有權力、沒有戰爭、沒有貨幣、沒有犯罪、沒有疾病、甚至於沒有天災。

　　艾之冰河有幸生長在傑成國，他非常清楚的知道，傑成國的偉大也只是佔了斯可達星球的萬分之一的土地，可是他心繫的是另外的萬分之九千九百九十九，這樣，他還是覺得，人生依然有這麼多的不盡人意。

　　現在，他成了他幼年時所鄙視的人物，在這種現實中的大玩笑下，他覺得自己賞到了如意下的開心。

　　改革是他的第一個甜點，或許，三國的統一是他更大的甜點。

　　艾之冰河把南部四個大陸的形勢，在大腦中又過了一遍，然後還是著重思考有關北部四個大陸的問題。

　　在斯可達洲，最優質的三國即將「文統」了，這使全球多了一股最難以估量的力量，致於斯可達洲其餘的十一國，他們根本還不具備「文統」所需的文明程度和物質條件。在大西洲，如果他們按「文統」的條件去作為標準的話，那麼能符合的只是第一超級大國：巴士拉國，但是令人詫異的是，巴士拉國體制依然停留在一期文明的初級階段中，這個以個體資源為上的國家，在許多方面都能達到三期文明的程度，唯有這個體制的落後，料想在關鍵的時刻，一定會拖累他們決策的大方向。關於澎西洲，那兒的全部十七國，在文明中都穩定在二期的中期，從各國的領導層來看，

他們的絕大多數都平庸不堪，在歷史的關鍵點上，這樣的現實存在，也難以有出色的作為。

最後，艾之冰河的思想焦點就落在了雨東洲，正如作者所提到的那樣，那個大陸最值得提及的，自然是最小的國家度明國和最大的國家漢越大國。

度明國，它在科學的各個領域和生活文明的程度上，都無疑是一個首屈一指的國家，從人類的民族屬性來看，它曾經是漢越大國一個主要民族的支流民族，但是，這是一個全球共認的最聰明智慧的民族，這個民族強悍又獨立專行，它跟世人和諧，卻與漢越大國不卑不亢。這是一個非常透明的國度，它正如一顆耀眼的鑽石，鑲嵌在東方的一點上。

漢越大國，這是一個有著極強又燦爛文化的大國，但它與度明國在幾個關鍵點上卻恰恰相反，它隱密又穩重，它在歷史上能凝固一體，也能呈散沙般的存在。在這一百年中，它的飛速發展令全球刮目相看，可使全球人們跌破眼鏡的是：它發展而來的資源卻造成了這個國家有多種不同文明的存在。

它的關鍵糟糕的一面是，有一個太過古老的政治體制，它的令人驚奇點是，它在崛起發展中，還有一些超文明時代的強項，比如「霧流罩」武器系統，這是人類心目中，三期文明末段的東西，但據說，他們已經研發成功了。

艾之冰河非常擔心的是，雨東洲這兩個國家，以任何形式的統一，就是沒有統一的可能性，那麼，在斯可達星球的舞台上，他認定了，最後的三個主角是：巴士拉國、漢越大國和傑成國統一後的三國。

從艾之冰河的思想和感覺而論，他把最大的對手還是指定在了一個國家，這個國家就是：漢越大國。

艾之冰河的思想在各種題目上跳動，他最後這麼想道：

「『文統』，它是文明中的積極因素，但是一種新型的文明形式往往會在危機四伏中產生出一種相反的因素，這種相反的因素會不會產生一種超級大戰的導火索？如果是，那這種積極的因素就變成了一個大殺戮的罪過。誰都不希望有戰爭，人類真的是這樣嗎？

會不會有這樣的戰爭：一場超級的戰爭，演變成一場永遠消滅戰爭的戰爭？！

能發動戰爭的是國家權力這個機器，那麼消滅了戰爭的源頭，就等同於消滅了國家和權力這組機器！」

傑成國、拜興國和夢之國已經開始對實地進行考察，他們的談判也已經接近了尾聲。

現在的「文統」目標是一國一制一體，而非其他的形式，在統一後

的初期，還是以聯合政府的形式出現，但約定在五年後，如今傑成國的政治體制將成為統一國的唯一體制。

「文統」的一切已經準備就緒，那就在選定的日子裡宣告新的國家正式成立。

從談判到現在已經過了半年的時間，這一天的成立大會就在新的首都舉行。（傑成國的首都）

這一天，原夢之國派出了一個五百人的代表團，跟隨而來的民眾有七萬多人；原拜興國的代表團的人數則更多，幾乎原政府的官員都傾巢而出，他們跟隨而來的民眾有三十萬，（有一半已經決定搬到新的首都來居住）。

新首都是熱鬧非凡，在城市的各街道的建築上都飄揚著標志新國家的圖案，在近百萬人的聚會上，艾之冰河總統意氣奮發的登上了講台，他發表的主旨演講的題目叫（我們嶄新的國家和未來）。

接著，原拜興國總統梅龐和夢之國的原總統也發表了熱情洋溢的長篇演講，最後由秦思基宣布了新國家的新制人選。

統一後的新國號叫：夢興成；

國旗沿用原夢之國的國旗；（圖案是白鴿和萬米金峰，象徵著和平和高度文明）

國歌沿用原拜興國的國歌；（這國歌的歌名叫：讓文明深入人心）

首都設在原傑成國的新城市：斯可達城；

夢興成國總統：艾之冰河；

人類生命工程部部長：梅龐；

宇宙工程部部長：柯力；

社會工程部部長：秦思基；

夢興成國成立一個監察監督委員會，由原夢之國總統希力思擔任委員長；由原拜興國總統梅龐出任副委員長；這個委員會的三位委員是：秦思基，可巴勒（原拜興國議會議長），布羅丁（原夢之國議會議長）。

原傑成國的宇宙國防軍和原拜興國的宇宙軍，被統一改為國防軍，原夢之國的國防軍被改為邊防軍；

夢興成國的監察監督委員會管理原三國的一切資源，社會工程部只接受指令，對資源進行調配。

三國的原法律將由監察監督委員會進行修定，戰爭法將成為一部獨立的法律。

夢興成國總統、三個部的部長，以及監督察監督委員會的正副委員長和委員，自一年後開始，他們不得兼任其他公職；這些國家的領導者，也從一年後開始，他們將在法訂下，由全優者出任。

……。

夢興成國的誕生，沒一分鐘的時間就傳遍了全球，這個「文統」產物如星球被撞擊了一下，它的震波也在斯可達星球中傳了開來。

在米洲，除了米成國之外，其他的所有國家和聯盟都予以了譴責，他們痛罵夢興成國破壞了全球的格局和力量平衡。

在大南洲，這兒倒沒有咒罵的輿論，但是一片的嘲諷，他們嘲諷的對象是原拜興國的總統梅龐和原夢之國的總統希力思女士，他們說這兩位是人類的傻子，以他們的理由是，人類的最高願望就是達到權力的頂峰。

在南興洲，咒罵和反對聲最兇的就是價值聯盟十四國，但在暗中，他們也開始在聯盟的國家內進行了所謂的「文統」談判。當時在斯可達星球的聯盟存在，說白了就是：這是互相間的軍事依賴和在一定的時機下去擴張而已。

價值聯盟十四國之間的「文統」談判只進行了二十天，但是，他們越談越使他們之間的裂痕呈現出來，在二十天內嘗試結束後，他們的聯盟已經成了在輿論中的相互攻擊。

在大幫洲，這裡的三十八國卻出乎意料的對「文統」大加讚賞，有一半的國家明言，如果夢興成國願意接受，他們將迅速的加入其中。

在北部的雨東洲，各國的反映是參差不齊，度明國是第一個向夢興成表示祝賀的國家，而漢越大國的輿論與大南洲的嘲諷輿論相像，而他們的總統在接受採訪時卻說了這樣的話：我們不予評論他國的事務，國家的安全最好是處於力量的平衡下，任何嶄新的國家事務都應該把安全放在首位。」

在澎西洲，普拉英國、可明國和申士國既向夢興成國表示了祝賀，他們的輿論也是一片的拍手稱好，可其餘的十四國卻恰恰相反，他們不但表示了反對，甚至還發出了強硬的威脅。

在大西洲，可能是地緣上的關係，他們只是報導了這個最新的新聞事務，除了巴士拉國和一些國家向夢興成國表示祝賀外，其餘的也沒有什麼特別的反應。

回到斯可達洲。自夢興成國誕生的一年內，這個大陸中的有十一國也跟夢興成國展開了「文統」的談判，到了最後，僅剩的三國，也向夢興成國提出了願意統一的意向。

在一次由夢興成國最上層的十一人的會議上，社會工程部的部長對與會者介紹了「文統」後，這樣對大家說：「這樣的談判真的很難，從資源的要價程度來看，我們最多也只能接受五國的加入。」

對此，監察監督委員會的委員長希力思女士笑瞇瞇的說：「一棵大樹下可能會有大黑虎經過，於是十七隻猴子都在向上爬，樹的頂端有全部

美麗的地獄

的果實，是想摘果實，還是要擺脫危險呢？」

這寓言般的話，讓艾之冰河和梅龐都哈哈大笑起來。

「謝謝委員長，我懂得這個標準了，我也更懂得去深入談判了。」秦思基輕鬆又高興的說。

斯可達世界的大變局，已經走到了一個關鍵的節點上。

四

不到一年，南興洲的價值聯盟十四國已經正式分裂，這個瓦解後的聯盟在目前的形勢下是十分的危急，國與國的邊境前少則集結了一個軍團，多則有六個軍團，這些國家沒有三期文明的文統條件，卻擺出了一期文明前的武統架式。為了各自的利益，昨天他們都是朋友，而現在他們即將成為敵人。

這種形勢也嚴重的影響了周邊的聯盟關係，僅僅三十天後，斯德凡聯盟也分裂了，這個聯盟的五個國只分裂了幾天後，其中的里幫國和巴林國便大打出手。另一個古跡聯盟九國也有分裂的跡象，不過還好，這些國家在其流大洋彼岸漢越大國的斡旋下，暫時還沒有開啟戰端。

在南興洲出現二期文明的交火形勢下，大南洲的摩擦也向戰爭的方向升級。在這個大陸出現的是一期文明下的戰事，其瘋狂和殘酷的程度是遠遠超過了南興洲的二期文明下的戰役。

在澎西洲的可之國和央土國，他們幾乎將所有的軍事力量向斯可達海峽和唐士河附近前移，由情報顯示，這兩國已經有萬架飛行機進入了緊急狀態，眼下，夢興成國跟十一國的文統談判也已經到了攤牌的尾聲，看來，海峽對岸氣勢洶洶的架勢，正是衝著文統的結果而來。

在這個當兒，夢興成國的戰爭法已經出爐，而他們的民眾又強烈要求，在目前的形勢下，這個戰爭法立即可以實行！監察監督委員會一致通過實施戰爭法，不久，總統艾之冰河也簽署批准了。

有了行施戰爭法所賦予的權力，艾之冰河跟宇宙工程部部長柯力便共同發布了宇宙國防軍的一道重要的命令：將在大宇宙執行保衛任務的三千架飛行機中的兩千架，回撤到近處的「眨眼星」一帶，它們將對整個斯可達星球進行三十九時光的全天候監控，也全天候保衛夢興成國。接下來，艾之冰河還親自在信息源中宣讀了一份聲明，聲明闡明了國家主權的尊嚴，這也包含著對使用武力威脅他國的警告。

自從新的國家誕生之後，艾之冰河在總統府的工作一直是非常的繁忙，他每天工作的時間都幾乎超過二十個時光，而跟他母親在一起的時間通常還不到五個時光。

這兩天，他一直跟三位部長待在一起，他們除了討論分析各種形勢以外，還對新文統談判作出了一個明智的決定。

在新的一天來臨時，艾之冰河在照常閱讀了三個時光的時事簡報和文件後，他約定了一位好朋友來總統府見面，見完了好朋友後，他將去監察監督委員會參加一個會議，還要去十一國進行巡視。

艾之冰河的好朋友叫：巴赫孟斯，他十分準時的來到了總統府，艾之冰河就在隱密的小會議室中會見了他。

「總統，我的好朋友，我們已經有七年沒見了。」巴赫孟斯握著艾之冰河的手說。

艾之冰河一坐下來便直奔主題對他說道：「你也有七年賦閒在家了，我的好朋友。目前的世界形勢，我相信你一定很了解了，憑我對你的了解和信任，我想交給你一項極其重要的任務，這個攸關斯可達世界未來的任務，我是考慮了很長的時間。最近，我已經辦好了全部所需的法律文件，都在這。」艾之冰河將一張小芯卡交給了巴赫孟斯。

「艾總統，是什麼任務，請您吩咐吧。」接過小芯卡的巴赫孟斯說。

「我把這項任務的代號叫做：『關鍵時刻』，這種任務你從來就沒有接觸過，可我知道你的大智慧和淵博的知識，知道你的各種突出的能力和堅韌剛毅的性格，所以，我確信你能出色的完成這項任務。『關鍵時刻』任務是這樣的：這是一次長時間的潛伏任務，首先在任務的第一階段，你要組建一支非常秘密的部隊，我跟梅部長溝通好了，原拜興國潛伏在目標國的情報人員都歸你領導，原傑成國的一些高級諜報人員也歸你管，你執行任務的目的地是：德合里共和國和漢越大國，我判斷，真正的關鍵時刻極可能是漢越大國。我知道你會這兩個國家的官方語言。

在執行任務的過程中，所有的細節都有你自己去做出決定。

這個任務的行動只對我一個人負責，一切都由我的指令為唯一的命令。在整個任務的過程中，國家都會在人員和資源上無限的幫助你，關鍵時刻的最終行動是什麼，到時候我會明確的指示你。」

「艾總統，我什麼時候可以出發去執行任務？」

「你必須帶上你的妻子和孩子，有二十天的準備時間夠不夠？」

「如果只帶家眷的話，五天時間就夠了。」

「好！你接下來先去見梅部長，剛才我說的有關人員上的事，他會詳盡告訴你，之後，你再去找秦部長，他已經為你準備了兩筆巨款。一筆是三百五十億彩幣（巴士拉國貨幣，世界通用貨幣）；一筆是一百八十億吉祥幣（漢越大國貨幣）。」

「真是兩筆巨款，聽起來不像是執行任務的經費，倒像是一次政府的巨額撥款。」巴赫孟斯的實話，使雙方在嚴肅的氣氛下變得輕鬆起來。

美麗的地獄

「在那兩個國家，有錢會使任務變得相對順利。由古至今的五億多年裡，他們的民族依然保持著熱愛金錢的傳統，儘管他們高喊著愛國，但在金錢面前，我可以肯定，他們會有百分之九十的人會出賣他們的國家。另外，在出發之前，你得去可部長那兒領取一些量子信號豆，你到達後，我會安排送一批微型射針槍和量光裝置給你。切記，擴充和隱蔽是前期最重要的事情，就是有國家級的情報，你也不能暴露自己。」

「艾總統，我記住了！必要時，我會組織起一個反夢興國和您艾總統的龐大勢力，請您到時不用介意。」

「哈哈，我知道你有最高明的多種辦法，這些只是你大智慧下的雕蟲小計，放開去做吧，讓我為你的閃光點來拍手鼓掌。」

這對好朋友已經站了起來，看得出來，他們還有許多話要說，可是，他們在國家利益面前卻只能去面對分離，上次已經七年沒見了，可這一次都不知道什麼時候才能重聚。一肚子的話都憋住了，最後只是一對男子漢之間的大擁抱。

艾之冰河結束了這次會見後便去了監察監督委員會，在這次會議前，斯可達的世界中，又增加了兩個內容。在內容中，還有這些戰爭的信息。

米成國向夢興成通報了這樣的信息：不久前，奇想聯盟十七國已經接連擊落了米成國飛往漢越大國的原料隱形運輸機，由此，他們雙邊在邊境的駐軍發生了武裝衝突，米成國已經準備與奇想聯盟十七國全面斷絕雙邊的關係，而奇想聯盟十七國，已經在米成國的三個方向集結了十個軍團，如果這是一個近二期文明的戰爭話，這幾十萬軍隊的攻擊，這殺戮的後果是非常恐怖的。而就在此時，一向跟米成國關係良好的棉英國也突然發難，他們關閉了跟米成國的邊境，並關閉了曾供米成國的出海口。米成國的通報目的，是要請求夢興成國的解救性幫助。

戰爭信息二是：南興洲的里幫國和巴林國已經全面進入了戰爭，里幫團的三個軍隊正以銳不可擋的勢頭攻進了巴林國，而巴林國使出了人工智能人的戰術，他們只以少部去迎敵，卻以六個軍團的大部隊去攻擊里幫國。

這雙方的軍隊都在殺戮中高歌猛進，三天下來，雙方軍隊的戰損只是各方的上千人，但是，平民被轟炸受損的人數已經過了五百萬。

就在這令人唏噓的情況下，曾是他們的同一個聯盟的薩拉斯國卻趁此機會同時向這兩個交戰發起了武裝佔領，而此時，原價值聯盟中最強大的布依利茲國也「出手」了，它出動了僅有的兩架攻擊飛碟，可它們只是停留在交戰區域的上空，並沒有對任何方進行攻擊，它們的意圖，讓全世界都處於迷惑之中。

戰爭信息三是：斯可達海峽的對岸原兩國的軍事力量又增加了一國，

而可之國的磁光脈衝系統已從唐士河的河床，推進到了斯可達海峽的海底，現在，這種武器已經停止了繼續前進，它們如果要發起攻擊夢興成國，那還需要一天的時間，但是，如果它們要攻擊斯可達洲最近的普士拉山脈的話，所需的只要三個時光。（這種大殺傷武器，雖然在斯可達不屬於大面的摧毀性武器，但它也足以讓夢興成國的一半土地地動山搖）。

這些是目前國際上最棘手的形勢！

再來看看夢興成國所面臨問題的另一個內容。

夢興成國已經誕生兩年了，現在這裡民眾的文明水準已經全部達到了原傑成國的水平。他們的貨幣，在國內已經接近了消失。

可是，之後加入文統談判的十一國，他們的資源條件卻相差甚遠。

在夢興成國強大的資源援助下，按談判的議定，這十一國開始試行政治經濟和社會結構方面的改革。在試行的一年多中，他們漸漸解散和改革了一些原本的權力框架，但是，僅此一項，這十一國都受到了巨大的阻力，那些鬆散的權力框架是明亡實存，守舊和富裕的勢力依然在暗中操控著民粹，甚至，有的情況比以前還要糟糕。

國際上的嚴峻形勢已經擺在眼前，文統的談判和進展時間也不能一直往下拖延。文統的步伐必須加快，如果還是像這兩年一樣，那麼，勉強和繼續下去已經沒有了意義！

這十一國把進度的緩慢歸於援助資源的不夠，他們開了加快文統步伐的條件，把原有的援助資源提高三倍。

這國際和夢興成國所面臨的挑戰是一大堆，要去解決這些問題，也必須去解決這些問題。

就形勢而言，生亂的絕大部分區域和國家都在南部大陸，在亂局中，其實都是在考驗夢興成國的決策能力。

米成國一定要幫，但是要盡量使用武力去幫。在米成國遭遇區域性困難時，最應該出手去幫的是漢越大國，他們已經受到了關鍵原料的巨大損失，在最近，他們確實在向奇想聯盟十七國叫囂著一些插手開戰的威脅，但實際上，他們卻在一天前撤走了兩個飛艇母艦打擊群和一百艘穿梭潛艇，這些中部大洋的有生力量，已經到達了泰拉依大洋，這是什麼企圖，是預防巴士拉國？是把米洲的問題扔給夢興成國？看來兩個都是他們的意圖。

得讓米成國保持短期的定力，盡量再克制一下自己，但是，夢興成國的兩架攻擊飛碟已經全天候做好了出手的準備。

就斯可達洲而言，在漫長的歷史上，這兩個大陸的交往和交集都是非常少的，對於一期文明的戰爭和殺戮，總會出現複雜的局面，這一點，夢興成國的決策還是依一貫來的處置態度：靜觀其變。但是，這次在靜觀

美麗的地獄

其變的決定後，增加了一個先決條件：如果擁有二期文明的南興洲八國也加入亂局時，那麼，夢興成國也會參與其中。

這時時局最棘手的問題，倒是可之國停留在斯可達海峽海底的磁光脈衝系統。

在夢興成國誕生的當時，海峽對岸的幾個反文統國家確實有許多過激的反應，但之後就漸漸沉寂下來，可是，他們一步一步的前進，把他們的威脅推動到了實處，從軍事角度來說，他們的持久力竟變成了出其不意，他們真實的威脅膽量，正在挑戰夢興成國的國家定力。

對於這個問題，如果不太去考慮對對岸的傷害程度的話，那麼是一個比較容易解決的問題，然而，只要不考慮和把事情處理得不完善的話，那麼，一場二期文明跟三期文明的世界大戰，就會在星球中展開。

對於處理那些反文統國家的問題，最後還是艾之冰河表示了他的處理意見：「如果我們運用量光集束武器去他們的源頭進行攔截磁光脈衝系統的話，那麼對岸將由一百萬以上的民眾被死亡，可之國也會在一段時間中一蹶不振，我們也可以出動我們的三期文明攻擊飛碟，那也不是最好的辦法。現在最好的辦法是使用氣象地震武器，而他們武器停留的點還距離我們國家有一天的音速距離，我請大家從，膽量和戰略定力的角度來考慮這件事，現在很明顯，他們最有可能攻擊的地點是普士拉山脈。普士拉山脈的大區域並不屬於我們斯可達大陸的任何國家，它也是一個無人類的區域，如果，對岸要真正的攻擊它，那除了加重威脅的意味外，並沒有真正的意義。

我只是說出我的看法，另外，我認為另一個問題已經到了不得不著手去解決的地步了。在這個會議結束後，我們再一次去那十一國巡視，如果那兒還是沒有文統所需的進展，那麼我們只有實施文統談判的最後條約，『如果在試行中不適合文明進程的國家，可以退出文統事宜，拜興成國也可以取消申請國加入文統。』如果真是這樣的結果，那麼，我們對岸的反文統國家，也會解除對我們的威脅。」艾之冰河的講話一完，委員長希力思女士便馬上接著說：「我完全同意總統的見地，我們其實在文統談判後不久就作出取消他們加入文統的決定，但是，我們還是想給予這些國家機會，把一部分資源贈予他們也符合我們的戰略意圖，現在看來，他們的行為與我們的希望實在是相差甚遠。」

「實施資源共享，並不等同於讓每個人都成為富翁，更不是讓舊政權的政要們成為富可敵國的怪獸。」副委員長，生命工程部部長梅龐說。

這個會議取得了完全一致的意見！

會議結束後，艾之冰河在秦思基的陪同下，馬不停蹄的去了十一個國家。

整個巡視的過程，讓他們兩和密切關注他們的其他領導都有了一個最後的判斷。

這次的巡視，使艾之冰河在霧流重重的第三十二個時光才回到了住處，在跟母親親切交談了半個時光後，他又去了自己的總統辦公室。

這一天，他沒有休息，他一直工作到了光流到來的天亮。

又到了閱讀簡要時事新聞和文件的時候，三個時光後，他將去宇宙工程部作戰中心，參加一個由他主持的軍事聯席會議。

閱讀下的一個時光過去了，艾之冰河的秘書孟小國走進了總統辦公室。孟小國先將一份文件交給了艾之冰河，在後者簽字後，隨後，他又將另一份文件交給了他。

「我看，他們的磁光脈衝也只夠夷平普士拉山脈的幾座大山。」艾之冰河邊簽上名字，邊微笑著對秘書說。

「上次，您的聲明使他們停止了推進，那麼這一次，如果他們真的夷平了普士拉山脈的幾座大山，您又會作出什麼反應？」孟小國問，但問出口後，他才覺得自己這樣詢問總統顯得很唐突，於是他歉意的笑了笑。

艾之冰河也笑而不答，他只是告訴秘書，他將提前去到宇宙工程部。

孟小國知道他已經有幾天沒有休息了，所以力勸他趕緊放下閱讀的文件，先休息一下。在秘書的堅持下，艾之冰河總算靠在椅子上閉上了眼睛。

孟小國滿意的向艾之冰河望了一眼，他迅速把總統辦公室收拾了一下，然後就去了隔壁的休息廳。

可是還沒有到兩個時光，只見艾之冰河從辦公室裡走了出來，他一見孟小國，立即對他說：我們馬上去宇宙工程部。

一架總統專用穿梭車和四架武裝穿梭飛行器只十幾秒鐘後就飛到了總統府廣場，一看這架式，孟小國心中明白，一定是有什麼意外事件發生了。

兩分鐘後，他們就到達了宇宙工程部的作戰中心。

今天來這兒開軍事聯席會議的人，只缺席了一位，而沒有被邀請的社會工程部部長秦思基也到了。

當艾之冰河進入會議室時，柯力部長指著屏幕，向他匯報起來：

「一個時光前，米成國緊急通知了我方。就在五個時光前，他們的北部正面，奇想聯盟十七國的其中四國軍團，已經越過了邊界，那四個軍團的閃電戰，截止一個時光多前已經推進到米成國的兩百千米處，雖然米成國的軍隊在頑強抵抗，但這四個軍團的攻勢是十分的兇猛，在正面，米成國的兩個精銳師已被全殲，平民的死亡已難以計數。三個多時光前，米成國的西部，奇想聯盟的其餘十三國也向他們發起了全面進攻，目前那兒

的九個軍團也已經突破了米成國的三道防線，更讓米成國始料不及的是，原價值聯盟十四國中的布依利茲國和可伸國出動了三架攻擊飛碟，它們在米洲的外圍，竟在一個時光中，擊落了米成國的五百四十一架戰鬥機。

我們同步知道了奇想聯盟的攻擊，當時的判斷是：米成國能成功狙擊這四個軍團的閃電戰，可戰爭形勢的發展，越來越不利於米成國。我們在另一方面也密切注意著漢越大國的反應，但是，就目前的形勢看，他們是不會插手的。我判斷，漢越大國在等待時機，他想在米成國最最危難之間才出手，目的是全面控制傑成國」。

聽了柯力部長的匯報，艾之冰河顯得異常的鎮定，暫時，他對匯報內容沒說一個字，而是轉身問秦思基說：「秦部長，你帶來了什麼重要的信息？」

「米成國總統古力巴赫直接向委員長提出了請求，請我們夢興成國在行動上去解救他們迫在眉睫的危機。還有：大幫洲的實英國、巴達國和唐士國向全斯可達世界發出了緊急通知，希望各國協助，撤出在這三國的僑民，應該是在那裡發生了一件暫時不為人知的大事。」秦思基回答說。

艾之冰河略作思考，然後對柯力部長說：「打開地心磁性偵控網！一號二號攻擊飛碟已經待命了，現在，命令二號攻擊飛碟飛越中部大洋，去停在布依利茲國的上空，兩個時光一到，他們還不撤回他們的攻擊飛碟，那麼，命令一號攻擊飛碟出發，全殲他們三架飛碟。」

「是！總司令，命令馬上發出！」柯力部長說。

就在這時，屏幕上有關米洲的戰況，一下子自動變成了另一個場景，只聽到播音員在說：

普士拉山脈的閣爾大山被磁光脈衝系統所夷平。

「秦部長，你立刻回社會工程部去做四件事，一，馬上發表對澎西洲三國的緊急聲明，讓他們立即停止敵對的行動，否則就承擔後果；二，明確的告訴靠近普士拉山脈的陵林國和明利河國，我們暫時不會向澎西洲的三國開戰，理由是：我們希望斯可達大陸和澎西大陸都有一個和平的局面；三，直接向布依利茲國和可伸國發出最後通牒，必須在兩個時光內撤回米洲上空的攻擊飛碟；四，向大幫洲發出緊急撤僑通知的三國，詢問他們要求撤僑的理由，告訴他們，真相才能更利於解決問題。」艾之冰河一口氣說。

「好，那我先走了。」秦思基說，他迅速離開了這裡。

「柯部長，把這三種武器提高戰時狀態待命，119 武器（二級海嘯）；118 武器（二級地震）；和 121 武器（暴雨、冰雹）」艾之冰河又命令道。

「是！總司令，命令馬上發出。」柯力說。

「七位國防軍首長來了六位，……軍事聯席會議現在開始吧！」艾

之冰河宣布道。

五

　　向布依利茲國和可伸國發出去的通牒已近三個時光了，可對方依然沒有任何反應，他們明擺著是持置之不理的態度。

　　那三架攻擊飛碟已經在米洲的上空停留，它們雖然沒有對米成國地面實施轟炸，但是，它們依舊擊毀米成國任何升空的戰鬥機，事至目前，這三架攻擊飛碟已經擊毀了米成國的八百零七架戰鬥機。

　　在地面上，米成國在北部的正面，他們已經頂住了對方的進攻勢頭，雙方正陷入惡戰，可米成國西部的戰況卻大為不妙，對方的九個軍團已經快速推進了五百千米，現在距離米成國的首都還不到二百千米。

　　艾之冰河主持的軍事聯席會議還在進行，在會議期間，他已兩次看了時間表，當發出最後通牒的三個時光又十分鐘時，他終於下達了攻擊的命令。

　　「一號攻擊飛碟出發！氣象119立即啟動出戰，目標：布拉斯依大洋東第六區域，等級11。」

　　柯力部長把總統的命令升至到了指令級的頂端。

　　大屏幕上，一號攻擊飛碟騰空而起，它的尾部帶著四條長長的火龍，在近四級準光速的飛行下，天空被劃出了一道閃電。只一分的時間，一號攻擊飛碟已掠過了大半個布拉斯依大洋，這時，在米洲上空的三架攻擊飛碟也作出了反應，它們急升至九萬米的高空，並用強激光向一號攻擊飛碟射來。

　　一號攻擊飛碟突然垂直下降，它幾近在貼著海面的情況下，向對方同樣噴射出了另一種強激光。兩種文明不同級的強激光在高空中碰出了一個交點，一道光在向噴出的原點退去，另一點壓制著這個退縮點，整個閃光線在五十分之一秒後出現了結果，那三架攻擊飛碟中的兩架已經變成了兩團大火，瞬間後，火團噴散成光點，向地面掉落。

　　剩下的一架已向一號攻擊飛碟同步射來了二十四枚氫源飛彈，一號攻擊飛碟從海面再升的同時，渾身散發出了一層暈光霧，二十四枚飛彈掉進了大海，一號攻擊飛碟進入到了追擊那架攻擊飛碟的狀態，二十秒後，那架逃竄的攻擊飛碟被回撤的二號攻擊飛碟攔住了，一號和二號攻擊飛碟同時以飛彈開火，在一下四十八彈的攻擊下，布依利茲國的國寶便成了一片碎片。

　　氣象119則打出了另一番景象。

　　偏東的布拉斯依大洋的海底出現了類似十二級的地震，巨大的海嘯翻

美麗的地獄

起了幾百米高的海浪，滾滾翻捲的巨浪潮向南一個方向奔騰，在橫一千千米的海岸上，勢不可擋的海浪衝向了岸堤，三個時光下，奇想聯盟中的北方四國，有二十分之一的國土成了澤國。

夢興成國的干涉，使米成國的軍事態勢出現了逆轉，米成國在之前不敢升空的各種戰架機至此是傾巢而出，他們在這時也作了軍事上的調整，把軍事上的大部分力量轉到了西部。在之後的十天中，米成國從逆境轉為了主動。

艾之冰河親眼目睹了一號攻擊飛碟和氣象119的戰況，幾分鐘後，他也得知了澎西洲三國在回撤磁光脈衝系統，在柯力部長的提議下，他們將氣象118和121調回了待命等級。

軍事聯席會議結束了，監察監督委員會向總統發來了通知，跟十一國的文統會議將提前兩個時光舉行，而十一國的主要領導已經到達了斯可達城。

這本是一次預期例行的文統審計會議，現在十一國的主要領導都提前到了，這讓艾之冰河感覺到，這次會議的不尋常，或許，這次會議就是他們之間的最後一次會議。

在會議還沒有開始前，雙方都在不同的休息室裡討論他們自己的話題，當會議正式開始後，五十六位與會者就圍坐在一張碩大的圓桌上。

會議一開始，首先是主持會議的委員長希力思作了發言。她的發言著重強調了文統的性質和文統的進程，還提到了文統一系列必須遵守的夢興成國法律。接著她後面發言的是普力士，這位普力士先生是原銀柔國的總統，他也是文統試行期的第十一、第十二和第三區域的邊防軍統帥。普力士一上來就脫離了這次會議的主題，他主要談了這些問題：一，質疑當下夢興成國的一些國策，對於夢興成國在普士拉山脈事件的反應，作了措詞尖銳的批評；二，不滿之前夢興成國所採取的軍事行動，他把此次軍事行動稱為富有私人英雄色彩的愚蠢行為，他還斷定，這樣的行動遲早都會遭致布依利茲國背後巴士拉國和漢越大國的暗算。

在普力士的發言後，另有八國的領導人也圍繞著這些問題作了發言。

對此，柯力部長禁不住直接向普力士問道：「普力士先生，你應該知道這滿滿的批評聲已經跑題了？現在就說這些吧，我請問您，作為三個區域的軍事統帥，你為什麼會缺席今天的軍事聯席會議？而在缺席這個重要會議的情況下又反過來質疑我們的軍事決策，這是何用意？」

「……」普力士一下子漲紅了臉。

柯力部長接著問：「您曾是銀柔國的總統和軍事統帥，如果有您下屬的軍事統帥無故缺席軍事會議而轉身來質疑您的決策，那您該如何處理？」

「你是威脅我？」普力士吐字顯得氣急敗壞。

這時，希力思向秦思基使了一個眼色。

秦思基對大家說：「敬大家回到會議的主題上，大家眼前的桌面上都有一個屏幕，現在請大家一起注目。在屏幕上有文統試行十一國的資源狀況報告，也有我們援助資源的每一項去向，最後，還有兩項重要的決議，決議之一是：夢興成國政府簽署的有關對一些文統試行國資源增加的否決；決議之二是：夢興成國政府對申請加入文統的九國予以勸退和另兩國正式加入的決定。現在我請大家仔細閱讀這些報告和決議的內容。謝謝大家。」

與會者都在看眼下的屏幕。一個時光後，普力士對希力思說：「委員長，很抱歉！我們九個國家確實在政制上達不到夢興成國的要求，按文統的條例，我們有五天答覆和申訴時間，不過我想，沒必要拖延這麼長的時間，我請求委員長准予休會，讓我們九國討論一下，以便盡快予以您們答覆。」

希力思和梅龐交換了一下眼色，然後對普力士說了兩個字：同意！

不到兩個時光，九國的給出了書面的答覆，他們退出文統，但請求夢興成國撥放最後一筆資源款項。

夢興成國政府在之後研究討論了他們的請求，最終，他們以一倍的資源款項撥給了這九個國家。

這個會議的結果已經出來了，出局的九國得到了一大筆資源，在未來的五年中，他們恢復了原來的國家狀態。夢興成國又多了兩個國家的加入，於是，在歷史上，斯可達洲就出現了一個國家，分散在中部和北部兩地的情況。

在這次會議散會後，這些夢興成國的領導層在閒聊時，柯力部長忽然笑著問大家說：「我們人類的現階段都認定了個體文明是人類的真正價值觀，我們也知道，個體文明是以人類本性中的善良開始的，但是由於人類所走過的每一段文明史都不同，所以，連我們對個體文明的真正含義是什麼都在認識上是千人不同，百人不一，我想問，以個體為主的個體文明究竟是什麼？」

對於這個問題，這些領導層的智慧群也只是笑而不答，倒是委員長希力思說出了讓艾之冰河一生都銘記在心的話。

「我祖父對我說：人類最難說通的事，也許它就是上帝對人類的標準。個體文明到底是什麼，我們得反過來思考，無論是個體還是國家，『說夢話，走回頭路；說奇葩活，走超常路』！！！這些都是文明的反面，而倒過來的就是：個體文明！！！」

（同學們，你們能明白嗎？當時，講課中的艾娃問大家。）

（哈哈，親愛的讀者們，您們能明白嗎？）

美麗的地獄

回到故事中。

正當艾之冰河思考著希士思的話時，秦思基湊到他的耳邊對他說：「艾總統，大幫洲的實英國、巴興國和唐士國的大使請求您的緊急接見。」

「好！通知他們到總統府去，我跟梅部長一起會很快趕去。」艾之冰河說。

三位大使已經在總統府的會客廳等候。

雙方握手寒暄後，實英國的大使向艾之冰河和梅龐介紹了一段實情，這也是他們請求緊急接見的來意。

「尊敬的總統先生，就在六天前，在我們三國的交界處的如佳山脈下，發現了七百二十三具屍體，這些都是工人和基建工程師，他們是我們三國的大型公路連接的施工人員。屍體就在他們的集體駐地發現的。這些人的死狀都十分恐怖，臉已變型，七孔流血，脖子呈膿爛狀，他們渾身呈現黑色，屍體有的在膝蓋部斷裂。

這是一種超級細菌所感染的疾病，一旦傳染上了，用不了五個時光，感染者便成了超級的病毒傳染源。現在去現場斷案的警察都被感染了，連前往處理屍體的人員也一樣，僅僅六天，我們實英國被感染的人數已超過了八萬，死亡近一半。」

「我們也同樣被感染了八萬多，死亡也是同樣的一半。」巴興國大使說。

「我們是四萬七千多人被感染，死亡人數已經過半。」唐士國大使說。

「太可怕了！這病毒傳染太快，而且我們沒有一點辦法去治癒它。」實英國大使補充說。

「找到病源了嗎？」艾之冰河神色凝重的問，三位大使一起搖了頭。

「我們在黑虎和玲瓏野貓的身上也發現了這種病毒，但奇怪的是，對於牠們，這些病毒卻無濟於事，我們試過抽取牠們的血樣來治患者，但失敗了。」唐士國大使說。

艾之冰河跟梅龐面面相覷，前者問後者道：「梅部長，您怎麼看？」

「找病源是重要的，但這事又是如此的刻不容緩。」梅龐看起來還處在震驚中。

「尊敬的總統先生和梅部長，您們是斯可達全球中生命科學最發達的國家，請幫助我們和拯救我們吧。」實英國大使含著熱淚懇求道。

「三位大使先生，請放心，我們雖隔萬里，但是，我們保證，一定會竭盡全力去幫助你們的！」艾之冰河堅定的承諾說。

三位大使走後，艾之冰河憂心忡忡的對梅龐說：「這個事件太嚴重了，根據染者的死狀來看，它很像記載中的大 C8976 病毒，如果真是此病毒的

話，那麼，整個斯可達全球將陷入一場真正的超大危機中。」

「從染者死狀可以這麼認為，從兩種貓科動物的身體病理反應來看，幾乎可以認定，這就是大 C8976 病毒。但我不明白的是：這個病毒已經過去兩百萬年了，難道『森林地獄』的外星人還有餘孽留在我們的星球？或者是，他們又秘密的來到了我們的星球？記載中不是說，有一個神秘的力量已經把他們全殲了！」梅龐疑惑多多的說。

「大 C8976、『森林地獄』外星人、澎湃『人智』大戰，一一他們奪取了我們八十億條生命，……，對！我們有手術可以治癒它。」艾之冰河像對著梅龐說，又像是對著自己說。

「是有這種手術可以去治癒。在中樞神經中加一絲神經線，劃開後背脊椎，換掉一段脊椎骨，最後，換掉全部血液。這種手術一天只能完成一例手術，相比藥物，它難扼止住傳染的勢速。艾總統，您想怎麼做？」梅龐說。

艾之冰河又思考了一分鐘，然後對梅龐說：「救人！從救人中贏取時間，時間會產生機會，就目前而言，我們先只能派遣一支龐大的醫療隊，帶上手術所需的設備和醫務人員。梅部長，我們分頭行動，你去組織準備設備和人員，我來作總籌工作，我調動一號攻擊飛碟和十到十二架可以搭在攻擊飛碟的運輸機，我們集合在一號基地，我會讓秦思基組織力量去幫你，致於確認病理和尋查病源的事，也由我負責去做。」有了艾之冰河堅定的指示，梅龐立刻去執行辦理了。

梅龐一走，艾之冰河便回到了總統辦公室，此時，一組吸引他的全球新聞出現了。

巴士拉國的醫療隊已經趕到大幫洲，根據醫療專家的確認，病毒為：大 C8976；

大幫洲的所有三十八個國家都淪陷於病毒，據目前的初步統計，感染人數為：二千二百十萬，死亡人數約為：九百七十二萬；

原價值聯盟十四國的共同聲明：他們集體宣布與夢興成國斷絕外交關係；並禁止夢興成國的飛行器和船隻通過他們的領空和領海。

這些新聞突現了兩點，這次疫情的嚴重性；那南興洲的十四國，等同於向夢興成國宣戰了。

共二千九百台手術設備已經進入了運輸機，夢興成國五千七百六十三名醫務人員也處於待命狀態，一號攻擊飛碟和十一架運輸機也在一號基地待命。

在醫療隊已經準備完畢後，梅龐和秦思基又一同來到了總統辦公室。

「大幫洲的傳染勢頭正以幾何式的上升，三十天後，染疫人數將突破一億四千萬，七十二天後，大幫洲的十八億人口將全部染上病毒。」秦思基在總統辦公室把病毒最後恐怖的結果說了出來。

「根據全球的訊息和種種跡象表明，這次跟上一次一樣，它完全可能是：『森林地獄』外星人對我們的蓄謀已久的病毒攻擊。」梅龐說。

「現在準備去大幫洲的工作已經完成，梅部長，讓所有的醫務人員登機吧。三個時光後，就去大幫洲。」艾之冰河說。

梅龐向醫療隊發去了登機命令後，他正在信息源上跟委員長希力思交談。秦思基在信息源上正跟宇宙工程部的柯力部長在交談一些有關大西洲的問題。

艾之冰河此時正在撥弄他的特別信息機，他交流的對象是，負責米成國地心探測中心的雪兒。

「雪兒，我是艾之冰河！」

「艾總統，幾天來沒有異常。」

「我的思想告訴我，我們犯了一個錯誤，我們忽略了在斯可達山脈火山群地心的探測，請以最快的速度連接那個區域，從現在起，每天跟我保持聯絡。」

「是！艾總統。」

三個時光到了，全部的五千七百六十三名醫務人員已經登上了運輸機，十一架運輸機也搭上了一號攻擊飛碟。

一號攻擊飛碟升空了，二十八分鐘就到達了實英國的國際機場。

第一架運輸機正開始啟動，突然，有三道極刺眼的光芒以超閃電的速度，由太空上劈了過來，在極速中，光芒已全部砸在了一號攻擊機和十一架運輸機上，隨著強烈的巨響和連續震耳欲聾的暴裂聲，實英國的國際機場即時成了一片各種碎粒橫飛的霧天火海……。

在總統辦公室的三位，見到這個場景都驚得目瞪口呆，他們怎麼也沒有料到，這三期文明的家當，竟然在眾目睽睽之下被瞬間毀滅。

「是銳光武器，這是哪來的武器。」這是這三位心中的共同疑問。

能達到這種程度的銳光武器，從理論上來講只可能是出自於第一超級大國，不過，這只是在理論上的猜測。

三分鐘後，這個銳光武器的四個源點拼圖出來了，這個源頭竟然是出自於只有二期文明程度的布依利茲國，「這怎麼可能！」秦思基大聲說。

又過了三分鐘，巴士拉國的總統戰略顧問直接向艾之冰河作了澄清，他向他保證說：「艾總統，我以國家的名義向您保證，這種卑劣的事絕不是本國所為，我們確有銳光武器，但遠遠沒到這個程度。不過，我可以告訴你，我們確實有一些處理銳光的技術轉讓給了多個國家。」

「轉讓銳光技術的事，發生在什麼時候？」艾之冰河問道。

「那是七百年前，可是剝離和分理光流、霧流和太空雲光流，至少需要三萬年啊！這是不可思議的事，為了跟貴國的良好關係，我告訴您這

些。」對方說。

「謝謝您，相信真相一定會大白於天下的。」

跟那個戰略顧問通完話後，艾之冰河默默的考慮了二十分鐘。

「是斯諾文瘋了？（布依利茲國總統）還是巴城巴巴瘋了？（原價值聯盟十四國的軍事統帥）」艾之冰河問兩位說。

「不像！瘋子也得有瘋子的瘋狂能力！」秦思基說。

「嗯，我好像明白了。」艾之冰河對他兩說。

「艾總統，您明白什麼了？」梅龐問。

「只剩下一種可能，『森林地獄』外星人和人工智能人的聯合！」艾之冰河的回答可把兩個部長給驚翻了，這兩種人可早已經不存在了。

「社會工程部和人類生命工程部開始緊密聯手，把醫院的一半騰出來向全球染者開放，請求各國協助把病人送過來。」艾之冰河對兩位部長說。

在兩位部長離開後，艾之冰河以發信息的方式向宇宙工程部部長髮出了他的命令。

「將回撤的宇宙飛行機中的兩百架，提升到一級戰備；二號、三號、四號、五號攻擊飛碟也提升到一級戰備；宇宙國防軍的第一師和第九師進入戰爭狀態；完畢！」

「是！艾總統。」

六

布依利茲國以銳光武器去毀滅夢興成國的救援醫療隊，這不但是一種戰爭行為，它更無疑是一種踐踏人類道德底線的齷齪伎倆，這樣的行為，當然激起了斯可達世界的公憤。

現在，夢興成國已經在斯可達星球外的星球系內，向原價值聯盟的所有飛行器和衛星發起了全面的攻擊。一方是世界上最高文明的先進國家；另一方是世界上二流的聯盟國，這樣的太空戰本可以在一天之內得以結束，可是，強力的銳光干憂和銳光波奇襲，使這場太空戰變得膠著起來。

這樣的拖延之勢，使重災的大幫洲得不到及時的救援，更使危在旦夕的斯可達星球處在一片膠著和混亂之中。

在十五天後，大幫洲在得不到援助下，已經陷入失控和崩潰的邊緣，航空和地面交通已經完全停滯，醫院、住宅、甚至是城市的街道和鄉鎮的小路上，到處變成了慘不忍睹的糟糕墳場。這時的染疫人數已經無法計算，最粗略估算的死亡人數也過了四億。

壞消息一個時光比一個時光嚴重，大南洲的交戰各方幾天內也發現

美麗的地獄

了同樣的病毒；南興洲正在病毒第一波的大流行中；北部的大西洲、澎西洲和雨東洲也出現了這種病毒的個案，整個世界，只有斯可達洲尚處於無疫區域。

在第十六天的凌晨，艾之冰河的特別信息機發出了呼叫，信息是從米成國的地心中傳來的。

「艾總統，我們找到了源頭，正是在斯可達山脈的火山地心中，附上視訊！雪兒。」

艾之冰河立刻把視訊切入到大屏幕中。

在斯可達山脈岩層底下，出現了縱橫交叉的密道網，還有五個高科技大工廠，視訊統計的人數有五千一百十三人，「森林地獄」外星人一百四十人，其餘的是人工智能人，他們正忙碌著，從五個大工廠來看，他們是在培植病毒和製造銳光。

在視訊的最後十秒中，一張放大的照片出現了，識別指示為：價值聯盟十四國最高軍事統帥，一一巴城巴巴。接下來是巴城巴巴從外面走入一個洞穴的影片。

「是巴城巴巴！他真是『森林地獄人』。」艾之冰河咬著牙，心中說道。

「孟小國，我們馬上前往宇宙工程部。」艾之冰河對他的秘書說。

在宇宙工程部的作戰中心，決策層的所有人物已經到達，他們先看了兩遍那個視訊，然後，他們進行了一番認真的討論，鑑於目前日趨嚴重的事態和刻不容緩的緊迫感，全體與會者決定這樣行動：

在星系中，全部一千八百架宇宙飛行機同時出擊，擊落所有原價值聯盟的飛行器，還要擊落那些識別不的飛行器。

星球內的二百架宇宙飛行機飛行到四個大洋的上空，以預防第三方不知名力量的突然襲擊。

二號、三號、四號和五號攻擊飛碟，馬上飛往布拉斯依大洋和中部大洋南部上空，對整個大南部進行火力壓制。宇宙國防軍九師直達斯可達山脈，包圍住那片地區，宇宙國防軍一師直達布依利茲國首都，控制住他們的所有政府和軍事中心。

四十五顆小型蜘蛛裂變彈待命，如果九師的攻擊受阻，那麼就炸毀岩層下的地心區。

行動的時間定在一個時光後，由艾之冰河和希力思組成戰時總指揮。

二百架宇宙飛行機在三分鐘後出現在指定的空中位置，四架攻擊飛碟也同時到達了指定的大洋上空。

九師在一個時光二十分到達了斯可達山脈區域，一師在二個時光後，進入到了海峽大國的邊境區待命。

「總攻擊開始！」委員長希力思代表指揮部發出了命令！

一千八百架宇宙飛行機在同一時間開火了，太空上猶如出現了一次盛大的煙花會，夢興成國在自損三十九架宇宙飛行機的情況下，將原價值聯盟的太空二期文明打回到了一期文明中，在這場大戰役中，第一超級大國巴士拉國也暗中出手了，他們正確的擊落了兩架隱蔽性極好的銳光連接飛行機。

在斯可達的星球內，四架攻擊飛碟以摧枯拉朽的攻擊態勢，掃除了在這個聯盟中的所有軍事目標。這時的宇宙國防軍一師正從海峽大國的邊境衝進了布依利茲國，這個先進的陸軍在沒有受到強力抵抗的情況下，進入到了目標的首都，並很快衝入了總統府和他們的軍事指揮總部。

一進入這兩個地點，眼前的一幕讓每一個一師的士兵都感到毛骨悚然，在總統府的上上下下堆滿了幾千具黑色的屍體，他們爛了脖子，斷了關節，七孔出血，眼睛凸出，全然是人間煉獄的情景。在這幾千具屍體中，竟然還有布依利茲國的總統：斯諾文。

士兵們在總統府的地下室找到四個奄奄一息的活人，據他們說，巴城巴巴早在二十五天前就佔領了總統府，他們三天前才離開了這裡。

另一部分進入軍事總部的士兵，他們所見到的也是這樣的恐怖慘況。

這一切的慘況也同時在宇宙工程部作戰中心的人們眼裡。

宇宙國防軍九師是率先接到指揮中的攻擊命令，但是，他們在靠近山脈的一片洞穴前，受到了一片強光的阻擊，在衝鋒中，有二十一個士兵倒在了強光下，在這種情況下，九師的官兵後撤了十千米，接著，四十五顆蜘蛛彈向那片洞穴射去，在陣陣的爆炸下，這片山區有許多處陷塌了下去。

「為了減少士兵的傷亡，讓攻擊飛碟發射萬種裂變彈吧。」柯力部長提議說。

「這是大形的火山區，會造成嚴重後果。」希力思委員長提醒說。

「對！保持鎮定，再等等！」艾之冰河總統說。

十分鐘過去後，緊盯屏幕的柯力部長對大家說：「看！有異動情況」。

岩層下的地心秘道變得一片漆黑，感覺裡面的黑影在快速亂竄，有一團一團的黑霧在翻滾。

一分鐘後，濃濃的煙霧從許多洞穴口冒了上來，周圍變得更加混沌不清。

突然，一道火光從一個洞口噴了出來，霎那間，火光中出現了一個巨人，他有三米以上的身高，有比猿還粗壯的雙臂，他雙手拎著兩個物件，並把物件拋向了深淵，他來回做了三次這樣的動作，然後騰空而起，消失在一片霧流之中。

美麗的地獄

「九師長，發起進攻！」艾之冰河總統直接對著信息機發出命令。

「艾總統，我們在山前發現六具『森林地獄』外星人的屍體，估計是剛才那位巨人拋下來的，屍體中有巴城巴巴。報告完畢，我們去繼續戰鬥了。」這是第九師師長在二十分鐘後的直接報告。

看著穿上科技鞋的勇敢士兵正湧入洞穴，現在又聽到九師長的這個報告，看得出，在指揮中心的人們都鬆了一口氣。

第二天，巴士拉國新聞中有這樣一個報導：六天前，有一架不明飛行物，它以光速的一倍飛進了斯可達星球，因為之後的太空戰，所以篩選的科技技術使這件奇事到現在才完全理清。這架不明飛行物由來的星球很清晰，從飛行物出來的巨人也很清晰，這位巨人跟斯可達山脈出現的巨人是同一位。

這個報導把這個巨人被作為：「帝王人」，而把他出發的星球被稱作為：「帝王星」。

這是一個振奮人心的好消息，它大大的驅趕著人們心中陰霾。

夢興成國和南興洲中最強力量間的戰爭已經結束了，在烏雲被撥開後，全斯可達世界就展開了對大幫洲的救援行動，可令人遺憾的是：在眼下的大幫洲，死者是滿目皆是，而活人似乎是萬里挑一。

大幫洲很快就完了，居住在這片美麗大地上的人類，都因為病毒和不能及時被救援的原因而全部被毀滅。根據後來的多次統計，這個大陸的直接死亡人數是十七億一千一百三十萬，失蹤的人數有五千多萬，而倖存的人數是八十三萬，這八十三萬包括僑民、駐外人員，當然其中的絕大部分是去夢興成國而得救的人民。

度明國的超動力轉換系統和夢興成國的氣象武器又發揮作用了。經過五天的太空清潔，大幫洲又一次換了新的光流和霧流，經過五天大暴雨的清洗，大幫洲有了格外乾淨的大地。但是，這個大陸的三十八個國家消失了，這裡十八多億人口再也不會出現了。多少個大災它扛過了，可是現在，它已經在悲哀中落入歷史的幄幕。

病毒的第一第二波剛走，它的第三波在南部的其餘三個大陸更慘烈的興起。

在南興洲和大南洲，它們在大幫洲被毀滅後不久，便出現了與大幫洲疫情中後期一樣的情況，這兩個大陸的疫情傳播也失控了，但在這兩個大陸，他們的戰爭依然處在膠著的狀態，曾經不斷出現這樣的一幕：進攻方的人數在一批批的倒下，防守方也在病毒前躺了下去，最後雙方竟然在硝煙瀰漫中一起死亡。

僅僅一百天後，在病毒和戰爭的雙重打擊下，南興洲的十七億人口竟只剩下了二十萬，而這二十萬都倖存於人口非常稀少的斯可達山脈地

區。

一年後，大南洲也在病毒和戰爭下被全部毀滅，原來二十三億人口的大陸，只倖存下來區區十一萬，而這十一萬又是全部生活在北部大陸的僑民。

在大南部三個大陸不到兩年的時間就被全部毀滅的情況下，米洲的情況要好得多，在這個大陸上，情況最慘的是棉英國和曲光國，他們在第三波疫情下已經死了總人口的四分之一，但好在這兩個國家都地域遼闊，人口分布比較稀少，所以，他們暫時沒有被毀滅的跡象。

在米洲，人口相對密度高的地方是米成國和奇想聯盟十七國。自從這雙邊的戰爭在夢興成國所壓制後，奇想聯盟十七國在漸漸處於劣勢後而撤離了戰場，現在這個大聯盟正處在紛爭不斷的解體中。

米成國在米洲已經成了控制疫情最好的國家，因為，在這個國家內，有五支夢興成國的醫療隊。

致於大北部的四個大陸，這裡的疫情正在日益嚴峻起來。在大西洲的各國，整個情況一點也不容樂觀，雖然他們每天有十幾萬的人去夢興成國接受治療，但疫情依然在四處蔓延。

在雨東洲和澎西洲，除了德里合共和國因染疫而死亡超過一百萬外，其餘國家的染疫死亡數都四位數以下，在全球中，斯可達洲的染疫和死亡數則是最少，各國的情況差不多，染疫和死亡數都在個位數。

在三年後的有一天，有一架運載患者的德里合共和國的飛機，正飛越在向西的威海大洋上空，它的飛行目的地是夢興成國。

當這架飛機已經飛入普拉英國的領空時，突然有架不明飛行物出現在它的上空。不明飛行物跟隨它飛行了三十幾秒後就不見了蹤影，在兩個時光後，當飛機已在央士國上空時，那架不明飛行物便再次出現了。

這一次，這架不明飛行物變得極具挑釁性，它出現的同一秒就去搭在飛機的機翼上，這個舉動使正常飛行的飛機急降了兩千米，接著，不明飛行物竟做出了一個更危險的動作，它去貼在飛機的前段，而且達到一分鐘之久。

這一幕讓夢興成國的六號攻擊飛碟發現了，後者一個極速衝刺就飛臨到它們的一側，那架不明飛行物此時變成了一只晶瑩剔透的物體，它向六號攻擊飛碟射出了一道白光，這道白光使攻擊飛碟在高空中轉了十幾個圈，而不明飛行物像愛捉弄對方的孩子一樣，竟能毫無貫性的在空中停住。

六號攻擊飛碟轉完圈後向不明飛行物撲去，可能由於太近，攻擊飛碟沒有射出任何武器。

兩架飛行機開始並行似的飛行，但在即將進入唐士河區域時，那架

不明飛行物卻極速的一頭扎進了河中。

其實，這架不明飛行在遭遇了六號攻擊飛碟後，它們兩的蹤影和數據已經在斯可達洲和澎西洲的高科技數控監視下消失了，當這架不明飛行物扎進了唐士河後，夢興國宇宙工程部的作戰中心才從磁光信息模擬中復原了前面的一段。於是，六號攻擊飛碟接到的指示是：守候這個區域，不易攻擊。

天漸漸變黑了，濃濃的霧流已經籠罩著整個澎西洲。

唐士河在深夜時，從河床下泛起了陣陣的光芒，本來清澈的河流已經變得混濁不堪。

唐士河，它是斯可達星球中最長的一條河，它由北向南流經十幾個國家，它的支流是縱橫繁多，向西，竟能流到鄰里的斯可達洲。

混濁不堪的河流在五個時光後才變回了清澈，這河床下發生了什麼，在高端科技下的斯可達世界則是一無所知。

事情到了兩天後，夢興成國才破解了從不明飛行物上所發出的白光，它就是全斯可達星球夢寐以求的寶貝，——玄光。

玄光在大宇宙中最大的地方，它就在「帝王星」背後，那無比遙遠的深處。

在三天後的凌晨，斯可達城依然還處於濃濃的霧流下，在這個時分，在城中的街道上是空無一人。

在總統府對街拐彎處的牆角上，有個男人剛剛從他躺著的地方爬起身來，他搖晃著身體，看上去站立不穩，這人的臉色是十分的蒼白。

這男人對自己周圍的環境張望了一下，他走了十幾步，可又退了回來。

這是在哪？他不知道，要去哪？他也不清楚，他顯得猶豫又徘徊，看來他的內心中根本就沒有方向。

一個時光後，他終於見到了兩個穿制服的軍人朝他走來，他想好了用什麼話去詢問他們，可對方卻先一步對他開了口。

他聽不懂他們的話，可他們太沒有風度了，在不能交流的情況下，竟一左一右挾著他，並把他推進一輛車裡。

他們把他帶到了一個地方，還算不錯，這裡有人會說德里合共和國的語言。

在他人的詢問下，這個男人開始講述了他的來歷。

「我叫皮爾蓋，我來自於德里和共和國的南方，我是大 C8976 病毒的患者，我要去夢興成國接受治療。上了飛機後，我的腦袋像炸裂似的疼痛，不久，我像昏迷一樣睡著了。當我第一次醒來時，我發現我在浴缸裡泡著，有一位慈祥的巨人就坐在我的身旁，當我第二次醒來時，卻躺在一

條陌生的街上，請問這是在哪裡？」

「你如願以償了，皮爾蓋先生，這裡是夢興成國的首都斯可達城，我們發現你時，你是在總統府附近，現在的地方是醫院。」會德里合共和國語言的人告訴他說。

「總統府？怪不得對面的黃色牆我好像見過，原來是在屏幕上見過！謝謝你們。」皮爾蓋真誠的表示說。

醫生來了，他們對皮爾蓋的身體進行了快速的檢查，醫生所得出的結論是，皮爾蓋確實得過大 C8976，但現在已經痊癒，不過，他經過長途飛行後，身體虛弱，需要在休息中恢復健康。

「我病好了？看來，夢興成國真是奇蹟之地。」皮爾蓋高興的說，不久，他便呼呼的大睡起來。

新的資訊已經到來，從德里合共和國飛往夢興成國的一架飛行機中，確實莫名其妙的失蹤一名患者，他的名字就叫：皮爾蓋。

皮爾蓋整整睡了十個時光，當他第三次醒來後，他發現自己正躺在一間大房間的床上，在床的兩邊坐著六個人，這些人給皮爾蓋的感覺是，他們肯定不是普通人。

柯力部長通過翻譯對皮爾蓋微笑著說：「皮爾蓋先生，現在我想請您詳細介紹一下您這次旅途上的經歷。

「我上飛機後就睡著了，醒來後，我泡在了浴缸裡，一位慈祥的巨人讓我喝浴缸裡的水，我喝了，那水一點沒味，我在喝水中還看到了一條紅鯉魚在浴缸裡游曳，再後來，那個慈祥的巨人對我用流利的德里合共和國的話說：『罪孽已除，唐水救人，我要溝通。』接著，我又睡著了，再次醒來後，就是在你們的大街上。」

柯力部長要求皮爾蓋再重複敘述一次，皮爾蓋照辦了，兩次的敘述是一字不差。

在一邊的艾之冰河和秦思基交換了眼色，然後他們一起站起來向皮爾蓋表示了熱忱的握手致意。

「應該基本確定，皮爾蓋所說的慈祥巨人，他大概率是跟斯可達山脈出現的巨人是同一人。信息非常清晰，只是還不明白這位巨人所說的：我要溝通是什麼意思。現在的關鍵是，以最快的速度去弄清楚，唐土河在玄光作用後的水是否能真正的治病救人，如果是！那麼這就是我們星球的福音，我們得盡快通報全世界。」出了醫院後，艾之冰河對秦思基他們說。

<h2 style="text-align:center">七</h2>

整個唐士河的河水已被證實可以治癒大 C8976 病毒，而且效果比夢

美麗的地獄

興成國的手術還要好。在夢興成國向全世界通報了這一消息後，唐士河就成了全球最熱門的地方。

可怕的病毒在經過了兩年多的殘酷肆虐後，到處終算是劃上了句號。在那之後的三十天裡，全斯可達各國作了兩次的人口普查，由於戰爭和病毒，使全球人口由一百六十九億，驟降到了三十九億二千萬。

大南部自然是這次重災區，現在這裡只剩下了三億八千萬人口，而這些人口的百分之九十九點三存在於米洲大陸。

在整個大災難中，只有十三個國家保存得比較好，其中保存最好的就是：漢越大國。

在這場超級的星球劫難中，漢越大國不但保存好了自己，而且他們在恐怖的逆境中，順勢而上。在這場大災難僅僅過去五年後，它就一躍而成了全世界的第一強國。

最近，躊躇滿志的漢越大國總統哈維力，連續幾天主持召開了內閣會議，會議中，他們探討了關於全世界的新議題和新的國家對外政策，其最核心的議題當屬解決巴士拉國問題、度明國問題和夢興成國問題，致於其他的國際問題，他們都把它歸納進到了這三個國家的議題中。

有一天，漢越大國的國安部長把他認為的一位好朋友又一次請到了家中。

這位朋友是財務和經濟投資業的佼佼者，也是一位著名的反夢興成國和總統艾之冰河的領袖，至此，想必聰明的讀者已經猜到他是誰了，是的！他就是艾之冰河最信任的好朋友，——巴赫孟斯。

在他們見面入座後，雙方都沒有寒喧，那位國安部長則直接以他職業上的套路向巴赫孟斯說起了一些內閣會議上的敏感內容，並居然向他展示了一些新國策的文件，巴赫孟斯對此只瞟了一眼，憑他的記憶，他可以一眼記得所見內容的輪廓，但是，他知道這是假的，這不是這位國安部長找他來的目的。

「我國的肅貪反腐行動已經結束，下一個階段是要處理國際上嚴峻複雜的事務。米洲礦產資源供應是個難題，不過，我們在大西洲還是成功的布了局，尤其在澎西洲已經布好了局。我看，在不遠的將來你可以回到你的祖國去大顯身手。巴赫孟斯先生，我可是你走上舞台的最大推手，一個投資高手成為一國總統，真是不容易啊！」

這是有標題沒內容的話，但對方的動機是明確的，巴赫孟斯當然明白這位部長叫他來的目的，部長的話，只是在他的目的上加上了肯定兩字。

「那當然，我和您部長的友情又不是一天兩天的事，我的性格為人，您可比我還更清楚。這一次，貴國將贊助我們多少活動經費？」這是巴赫

孟斯的講話藝術，他知道，要從這位部長口裡套出一點足絲馬跡不太可能，不過，可以從其他方面下點功夫。

「五千萬吉祥幣，你對這筆錢感興趣？」部長反問道。

「貴國政府的吝嗇我已經領教過了！我詢問這事，只是想以此來評估我離我想的舞台有多遠，現在我明白了。」巴赫孟斯的話，使他自己跟部長一起哈哈哈的暢笑起來。

「五千萬吉祥幣，對你而言確實太少，但它還是等於我這個部長的十年收入，你富可敵國，可真令人羨慕啊！」部長把話正引向他目的的方向。

「羨慕？說笑了！您要弄錢，這可太容易了，只是您的品質高尚，對錢不屑一顧罷了。」巴赫孟斯自動入套的說。

「弄錢？這是要有很大的膽量，我的膽量可不如女人！」部長把「女人」兩字的聲音加得很重，他並以一種詭異的目光盯在巴赫孟斯的臉上。

「您謙虛了，謙虛了！我欣賞您的品質，我們應該都懂對方。」巴赫孟斯的一句雙關之語，確實讓雙方都能懂。

這樣的賄賂，他們已經進行過三次了，這一次，只是對方需要巴赫孟斯把賄賂轉向部長的女人，聰明又穩重的巴赫孟斯怎麼會忘記，在他努力組成的一萬多名反夢興成國的組織中，還安插著漢越大國的幾百名特工，當然，這不影響他們之間可能出現的利益交換。

第二天，巴赫孟斯使部長夫人和部長情人的帳戶上各增加了一億吉祥幣。

這一次讓巴赫孟斯有點小意外和小驚喜的是：這位國安部長的情人給他送來了兩個十分重要的情報。

漢越大國已經向巴士拉國的兩個鄰國，偷運去了十件最強級別的萬種裂變武器，這次偷運，因為有「霧流罩」的配合而做得天衣無縫。

漢越大國已經在澎西洲取得了九個戰略基地，其最終的目標應該就是：夢興成國。

幾天後，巴赫孟斯收到了艾之冰河的回覆，後者肯定了，這兩個情報都是正確的。

這兩個情報被認定為正確後，夢興成國以很快的速度將他們的軍事作了針對性的調整。

接下來，要不要將另一個情報去透露給巴士拉國？這可是一個十分講究又敏感的問題，說與不說，在當今的世界形勢下，都會產生兩種很大的後果。

至此，斯可達這個人類星球，可又一次進入到了一個關鍵節點，未來將會是怎樣一個走勢，可以說，沒有一個人能預計到，但是，在這個世

美麗的地獄

界上的所有主政們的心中卻有一個非常接近的感覺，他們基本上一致的感覺到：全球又將發生翻天覆地的大事。

又三十天後，由漢越大國軍事委員會副主席率領的一個代表團開始訪問米成國，他們在訪問米成國的當天，這位軍事委員會的副主席就直接向米成國總統古力巴赫提出：希望米成國能打開他們的海上通道，並盡快恢復對漢越大國的礦石資源的供應，漢越大國承諾，如果由此產生米成國與奇想聯盟再次發生戰爭，那麼，漢越大國會出兵干涉，為此，他們還願意援助米成國五十億的吉祥幣。

「謝謝主席先生，之前的四大礦區早在戰爭中被破壞得面目全非，雖然在我國和石棉國的交界區域還有足夠的儲存量，但是，就目前來看，這又將是一次戰爭的源點，米成國已經傷害不起了，米洲也已經傷害不起了。請主席先生和貴國政府予以見諒！」古力巴赫以真實的情況，婉拒了漢越大國的要求。

僅僅三天後，古力巴赫總統被自己的衛兵所槍殺。

巴士拉國的高科技探測，已經使他們獲悉和證實他的兩個鄰國有了萬種裂變的最強級別的大殺傷武器，雖然，他們對這種武器的來源沒有作公布，但是，他們對兩個鄰國的態度是格外的強硬，在這種強烈的壓力下，鄰國沁明國承認並承諾在巴士拉國的監督下去消毀這種大殺傷武器，可是另一鄰國度優國則百般抵賴，死不承認。

一貫霸道的巴士拉國哪容得下擺在家門口的威脅，十天內，六顆銳光彈便砸向蘊藏萬種裂變武器的區域。

讓這個世界上誰都沒想到的是，一向神隱的漢越大國在第一時間作出了反應，它除了在輿論上給予暴風似的譴責之外，他們的六艘戰略母艦已經向泰拉依大洋齊頭挺進，這時的巴士拉國也不甘示弱，他們的戰略攻擊飛碟就出現在泰拉依大洋的中線上空。

也就在這個緊張的形勢下，在米洲的奇想聯盟十七國卻在分裂前宣布與漢越大國結盟，這讓形勢更變得複雜和詭異。

在斯可達人類世界的焦躁已經成了一股讓後人感嘆的地步下，那時卻出現了一陣交叉穿梭的外交，各國在調定和勸說的名義下正開始暗中的紛紛站隊，在形勢變得更為錯綜複雜之下，漢越大國和巴士拉國一觸即發的態勢倒在表面上緩和了下來。

在過去了整整五十天後的一天，一艘裝載著萬種裂變礦石原料的運輸大船，從石棉國的港口駛了出來，當這艘運輸船航行在布拉依斯大洋中部一帶時，一支奇怪的艦隊出現了，他們以很快的速度劫持了這條運輸船，並向著中部大洋駛去。

第二天，三架巴士拉國的戰略攻擊飛碟出現了，它們在遠距離中向

那支奇怪的艦隊發出了逼迫性的指令，命令他們必須駛向最西邊的泰拉依大洋的巴士拉國。

相對巴士拉國的戰略攻擊飛碟，這個奇怪艦隊簡直就是雞蛋與巨石，但是，這個艦隊好像根本就不懂國際通用的訊息指令，它依舊向中部大洋行駛，並加快了速度。

不到一個時光後，四艘巴士拉國的潛艇在接到命令後，也出現在這個海域，看它們要押送這支奇怪的艦隊按他們指示的方向行駛。

這一支奇怪的艦隊依然置之不理眼下的態勢，也就在他們之間將會糾纏之間，在遠程的東面空域，出現了大批的小型攻擊機，這批小型攻擊機共有三百架，它們一出現，便向巴士拉的海空力量發起了猛烈的攻擊。

從雙方的力量對比看，巴士拉國是佔有明顯優勢的，但這不宣而戰的突然襲擊也使巴士拉國的一方猝不及防。

在一個時光的激戰中，巴士拉國的四艘潛艇被全殲，三架戰略攻擊飛碟中兩架受到一定程度的損傷，而另一方的三百架小型攻擊機有二百零九架被擊毀。

在雙方互有損耗的情況下，又有兩架不明國籍的攻擊飛碟出現了，它們跟這些小型攻擊機一樣，向巴士拉國的戰略攻擊飛碟開火。

在巴士拉國大本營的命令下，巴土拉國的戰略攻擊飛碟撤出了戰鬥，它們正極速向西方向飛去。

那兩架不明國籍的攻擊飛碟也迅速跟一些小型攻擊機排成了一個空中列隊，它們一齊將那艘運輸船和那個奇怪的艦隊打得粉碎。

在夢興成國的宇宙工程部指揮中心，此時，在此的警鈴大作，這在提示人們，在這次布拉斯依大洋的戰鬥一方已經使用了人工智能人。

在「人智」大戰後，斯可達星球有個鐵律：絕對不能將人工智能人運用在軍事戰爭中，更不能出現在軍事的一線。

「艾總統，這是一次明顯的釣魚行動！這也完全破壞了原本規則和原本的格局。」柯力部長說。

「還不願亮明國籍，把一期文明前的伎倆來侮辱巴士拉國。」委員長希力思說。

「我們的國家定力也該有個出氣小孔，大家都知道這是誰幹的，好吧，我們也到了見識一下他們的國家定力了，我建議，攻擊這批武裝力量，請大家表決一下。」艾之冰河總統說。

在此的全部決策人物都一致同意對這支不明的力量，實施攻擊！

這支力量中的三架戰略飛碟帶著九十一個小型攻擊機正轉成了另一種飛行陣形，它們似乎還想把這場戲給演下去，因為它們表現出正要向南部大陸方向飛行。

美麗的地獄

在中部大洋的中線，另一支力量突然展開了偷襲，它們足有五百道紫光連番射向那支不明的力量，這無疑是夢興成國獨有的暈光武器，這一下，那九十一架小型攻擊機在幾分鐘之內就像飛雪一樣掉向大海，而三架戰略攻擊飛碟也受到重創後，極速改變了方向，它們向漢越大國撤去。

這個襲擊在不到半個時光後，夢興成國就公開承認是他們埋伏在中部大洋的戰略飛艇所為，沒想到，三個時光後，漢越大國不再演戲了，他們向巴士拉國和夢興成國同時宣戰了。

一場戰爭和病毒的大災才剛剛逝去不到一年，另一場滅國大戰已經拉開了帷幕。

在三個超強國宣戰後，宣布中立的國家只有三個，剩下的國家紛紛亮明了站隊的鮮明立場，一場波瀾壯闊的大戰接著在星系的太空中、在廣闊的陸地和海洋上全面展開。

夢興成國率先和巴士拉國一起，攻擊了漢越大國跟他的同盟國在星系太空上的目標，在質量上處於劣勢的漢越大國一方，則採用集中優勢和靈活的戰術與對手廝殺。在十五天中，浩瀚的太空有幾千上萬架的各式宇宙攻擊機在劃裂著天際，攻擊的火光和被擊落的飛行碎片，簡直讓天際成了一個絢麗多彩的異類萬花筒。

從地面上，每天都有宇宙飛行機向天空衝去，天空成了英雄們稱能趕去的龐大比武場。

大海已經沒有風平浪靜的地方，各國飽和式的攻擊，已經讓大海成了數不盡的「浪潮浪山」。

最慘一幕，首先出現在巴士拉國整個金融區域，這是一個十二城連成一片的大區域，漢越大國以「霧流罩武器作掩護向這一地區投下了四顆超強級別的萬種裂變彈，據粗略估計，這個地區一下子死傷人口有近三千萬。就在如此巨大的人禍中，巴士拉國同時在全國各大城市中出現了大規模的恐怖襲擊，這讓這個曾不可一世的第一強國真正嘗到了被滲透後的超限戰。

只五天後，巴士拉國作出了更強更慘無人寰的報復，它的最強銳光武器，全數砸在了漢越大國的十九個大小城市，這個結果是：漢越大國有過兩億人口失去了生命，這人間煉獄的情形，真是難以形容。

在大戰開始後不久，漢越大國在澎西洲的九個秘密基地，同時被夢興成國摧毀，在地面和海上，夢興成國以 118，119 和 121 三種氣象武器去攔截澎西洲六國的攻擊。

在地面上，所有的澎西洲國家都加入了大戰，那兒有六國正在向夢興成國的兩國地區進攻，另六個國家則在混戰，還有兩國跨過了大陸，正在跟同盟一起向漢越大國進攻。

這超級大戰打了五十天後，斯可達星球的文明本有希望很快進入高級文明的，可是，就在這個嚮往中的前夜，一場如此大又如此慘烈的大戰，已經將文明在人類中的步伐大大向後倒去。

人類怎麼了？為什麼會這樣沒有理智和嗜殺成性？這是高級文明前的洗禮，還是在冥冥之中，有什麼力量讓人類的大腦變成了漿糊一團。

這劃時代的大戰又打了十五天，到了這個時間點上，這個星球的人類已經覺得，他們的戰爭資源已經不多了，也在這個時間節點上，全球的態勢，在表面上也已經漸漸明朗。

現在我稍作梳理來簡單講一下，在這個時間點上，斯可達的全球形勢和一些主要的軍事格局。

巴士拉國在整體的戰場所遭受難以承受的損失，除了他們的海軍尚存百分之四十的實力外，他的太空軍和空軍的損失已經達到百分之九十五左右，在太空中，他更是接近了退出戰場的態勢，空軍除了不斷戰損後，他還在國內的恐怖襲擊泛濫下，出現了只有一架受創的戰略攻擊飛碟的尷尬。另外，這個強國到目前可只剩下金錢了，而掌握這些的富豪們卻攜帶著金錢，紛紛逃往了南部已經基本無人居住的城市。

巴士拉告急並不有利於夢興成國的整體形勢，於是，夢興成國在斟勻後，將二號和六號攻擊飛碟開往了大西洲。有了這一支援，巴士拉國鼓起了最後的勇氣，他們在地面上向七個向他們包圍攻擊的國家發起了猛烈的反攻。在他們的國內，全部的警民也一起，向各種恐怖襲擊的力量，發起了全面的反擊。

從表面上看，漢越大國的情況也不樂觀，在人員上，他們的軍隊已經戰損了近六十萬，他們平民死亡的總數更達到了兩億三千萬。可是，這個強國不但有超強的製造能力，他們更有極其龐大的人口資源。在那時，全球的總人數已經少於二十億，可近一半人口，就居住在漢越大國。

再看夢興成國，自開戰以來，他們的國防軍和邊防軍的損失只有三萬，可平民卻死了上百萬，這些戰損主要出現在他們的飛地國土（後加入文統的兩個國家），但是他們損失最多的是宇宙飛行機，在回撤的兩千架宇宙飛行機已經損失了一半，處在星系位置的宇宙飛行也損失了一半，他們能發動氣象武器的資源也只剩下了五分之一，海上的力量也銳減了百分六十。

從整體來看，他們還是全球力量第一，從目前的態勢來看，只要巴士拉國能在短時間內，能平定攻擊他們的七國和穩住他們的國內形勢，那麼在恢復了強大的科技製造能力後，要全盤消滅漢越大國，應該不屬於夢想。對此，有的科技專家和軍事專家甚至於估計，在可預見的情況下，打敗漢越大國只需七至八天的時間。

就目前戰場的兩大國家勢力來看，漢越大國有三十八國站在他的一邊而加入戰爭，站在夢興成國和巴士拉國一邊的是二十三國，餘下的是為目的而戰的國家。

還有一個異常現象引起了主要各方的關注，本宣布的中立的三個國家已經有兩國參加了大戰，而強中之強小國——度明國到了現在還是處在中立的位置上！

五天下來，巴士拉國打敗了另外七國，他們國內的恐怖襲擊也減少了一半。現在，夢興成國的二號六號攻擊飛碟已經停留泰拉依大洋的東部，而他們其餘的九架攻擊飛碟中的六架已經分別在泰拉大洋的西洋和中部大洋的南部上空，而巴士拉國的四個飛艇母艦群也越過了泰拉依大洋的中線，這個半徑範圍的布局預示著，他們將對漢越大國發起最大的攻擊。

這時，漢越大國使出了他詭計多端的強項，他們在劣勢明顯之下，早在前一陣的戰役中，暗渡陳倉的將整整一個軍團送到了米洲，他們就在軍團上岸的一個時光內，把僅有的三架戰略攻擊飛碟中的兩架也派到了那裡，並在登陸的後的短時間內，帶著奇想聯盟十七國向米成國展開了排山倒海的攻勢。

在這燃眉的危機下，夢興成國新造的七號和八號攻擊飛碟出動了，他們的國防軍一師和九師的戰士也趕到了米洲戰場，這一場在南部最後的一個大陸中戰爭，從早到晚，直殺得天昏地暗！

就在同時的漢越大國的東南兩個大洋中，有三種光類武器和數不盡的飛彈向他們傾瀉而至，但攻擊出現的一分鐘後，漢越大國劃時代的武器——「霧流罩」便第一次公開出現了，在它出現後，所有的武器都成了無謂的廢物，這可怎麼辦？夢興成國和巴士拉國在緊急商議後決定，他們共同派遣一支三十萬的聯軍，通過反漢越大國的德里合共和國，向漢越大國的東部發起地面攻擊。

漢越大國趁此機會，急從正北和西部回撤五十萬大軍，可是這五十萬大軍卻沒有趕去東面準備禦敵，而是轉到了東北部與另一支二十萬大軍會合，僅僅一天後，這支七十萬的大軍便跨過了邊界，衝入了度明國的境內。

度明國以最快的速度行動起來，可是他們在對方詭異的預謀下，基本上已經動彈不得了。

他們最著名的巨無霸戰略攻擊機和空中厲害的武器被他們的國防部鎖住了，所有的戰艦也一樣，這是因為，度明國的國防部長和太空軍司令，原來都是漢越大國早在八十年前就安插進來的臥底，而現在，整個度明國的國土也被漢越大國的「霧流罩」給牢牢的控制住了。

「絕不投降！」這個聲音，它在度明國的全境響起，這個強悍的民

族，他們拿起了武器，勇敢的去面對當今最先進的陸軍。

五天下來，這個中立國的境內是血流成了河，他們以超常的代價來接受這個沒有人性的教訓。

超動力轉換系統在清潔光流和霧中，這裡面包含人類血肉的元素？可在人類的長期思想中，國家的利益高於一切。

不到十天，度明國的僅有兩架巨無霸攻擊飛碟被啓動了。在無可比擬的超強火力之下，夢巴的三十萬聯軍只能撤向後方，又一天後，一架巨無霸帶上了漢越大國的一個軍又起飛了，它在飛至泰拉依大洋西岸外的兩千千米處遭到了夢興成國的四架攻擊飛碟的攔截。

一架巨無霸有四倍攻擊飛碟這麼大，其速度超過後者的零點八倍之多，它的先進武器有七個系統。

在空戰中，四架攻擊飛碟已成劣勢，最後另兩架也趕來了，連在泰拉依大洋東部也趕來了一架，這七打一的戰鬥在膠著中還是顯不出夢興國的優勢，六分鐘後，七架攻擊飛碟已經是傷痕累累，六分三十秒後，其中的五架已經被擊落，而另外兩架也已經打完彈藥，眼看這七架攻擊飛碟快要全軍覆沒了，這時，巴士拉國才在對方的減速下找到了機會，他第二次發射了超強的銳光武器。

巨無霸終於在空中大爆炸了，光是它的碎片，就在那裡的海域上下了一場特殊的黑色陣雨。

正當夢興成國和巴士拉國稍稍鬆了一口氣時，另一架巨無霸又帶上一個軍出發了，其方向依然是泰拉依大洋的東邊，這無疑還是衝著巴士拉國的，根據它的飛行速度測算，飛到巴士拉國只需要十七分鐘零九秒，如果它想中途就攻擊的話，那未這是一個未知數，而它的光攻擊是無法攔截的。

在巨無霸飛到上次同一個位置時，巴士拉國的第一次銳光武器已經砸來，可惜，巨無霸的速度和躲閃功能超過了巴士拉國的科技程度，第一的銳光射擊失敗了，而巴士拉國所梳理的銳光也只有兩次作為武器使用了。

時間正在無情的過去，一場說不清後果的大事既將發生。

巨無霸已經飛行八分鐘了，在之後的一分鐘後，它的光束武器和飛彈已經開始向巴士拉國發起了攻擊。

巴士拉國向漢越大國緊急發出了警告、威脅、甚至是最後通牒，可對方卻置之不理。

就在最後的兩分鐘，巴士拉國索性孤注一擲，他們將全部的銳光武器，一次性砸向了漢越大國的首都。

漢越大國的首都被變為了廢墟，可這八百萬人口的城市，死傷是近

二十萬，這不是銳光武器的毀滅程度不夠，而是這個城市的居民早已經開始撤離了。

巨無霸已經到達了巴士拉國首都，它不但在各種攻擊下沒有絲毫被撼動，反而，它將所有向他的攻擊點一一鏟除。

一個軍的官兵衝下了巨無霸，不久他們活捉了對方政府的所有首腦官員，在生死的脅迫下，巴士拉國宣布了投降。

形勢是越來越嚴峻，也越發明朗，從表面上來看，漢越大國已經勝券在握，他們將在這個脆弱的世界中成為新的霸主。

在夢興成國的上層中，他們對嚴峻的形勢早有三種不同的判斷，而現在出現的形勢是他們三個判斷中最糟糕的一種，對此他們早有了準備。

被漢越大國稱為的「雷霆斬首」取得了輝煌的成功，他們已經計劃好了，下一個目標就是夢興成國，這是滅國大戰的第二幕，它也是決定整個星球命運的雙雄決戰！

「雷霆斬首」不但要在夢興成國裡複製，它還要加上在度明國中所使用的最有利武器——是的！「霧流罩」已經成功的困住了斯可達城的一片地區；一個軍在巨無霸的運載下，也到達了斯可達城；這一萬兩千名官兵也衝進了對方的總統府。

總統府和三個部的總部是空的，就在這些官兵已經湧入這些機構時，夢興成國的量光作用開始了。天地之間沒有一絲光，人類的一切行為只能靠兩個字：感覺！

而這時的太空和外太空中，夢興成國基本上已經有了原度明國在天際中的大部分參數，這一主要是，原傑成國和度明國在友好情況下的交流，主要之二是，英雄般的巴赫孟斯在半年前就得到了這些情報。

沒有原度明國的天空力量的作用，停留下來的巨無霸已經成了巨大的擺設。另外，在「霧流罩」牢牢的鎖住了敵方，也鎖住了自己。

在斯可達城中有七百萬人口，還有一萬多名國防軍，那時的軍民沒有使用其他的武器，他們只是清一色的持著微型的射針槍，一支射針槍配備著一百根金屬針，而這種既不起眼，又極令人忽視的武器，它卻有敵我識別的功能。

在一片黑暗中；在沒有巨無霸的支援下；這一萬二千名侵略者的結局，我想已經不用再描繪了吧！

三天後，漢越大國忙收回他們偉大的「霧流罩」武器，他們想的只是早一點來驗收他們的成功。

但是，他們實在太失望了，他們和全球人類一起見到的是：巨無霸靜靜的躺在地面上，他們的官兵絕大部分成了俘擄。

這個意外結果，讓漢越大國以哈力維為首的統治集團氣得乾瞪眼，

而本來跟隨他們的三十八個國有十國退出了戰爭，還有兩個國家索性掉轉了槍口。

夢興成國的三個宇宙國防軍師已經向投降的巴士拉國趕去，它的邊防軍也正對敵方展開了大反攻。

幾天後，巴赫孟斯接到了總統艾之冰河的指令，四個字：快速行動！

經過滅國大戰初期的太空戰，在斯可達的世界裡，所有的信息通訊都處於飄浮狀態之中，在二期文明前的數據定位早因為落後而被淘汰了，現在他們把真正的定位叫做參數交叉，而人類文明發展到眼下這個地步，反定位的科技也在日新月異的發展，目前，一般的普通人也有七八個影子一樣的假相移動，人們把這種反定位叫做：想像影子。

科技在道高一尺魔高一丈中攀升變化，道和魔也在發生轉化。

巴士拉國的第一次銳光攻擊後，漢越大國的主要決策機構就如失蹤一樣消失了，巴赫孟斯目標有三個，他也就是靠著這三個愛財的目標在分析這個國家上層的去向。可是，巴士拉國的最後一次銳光攻擊，使另外兩個目標也失蹤了，可以說，這一炸，使巴赫孟斯失去了兩個重要的方向，這也使那兩個大人物失去了一條大財路。

現在也只有國安部長能找到，但是，他有一段時間在家裡，情況仿如失業一樣，可根據巴赫孟斯的情報，這個國安部長依然是一切如故。

儘管艾之冰河已指令讓他快速行動，但他還是時時告誡自己，越到關鍵的時刻越要鎮定！

時間一天一天的過去了，漢越大國在掙扎中使全球的大戰達到了白熱化的程度，巴赫孟斯在處於暫時無奈的情況下，只得急令所有的骨幹外出尋找，從蛛絲馬跡上加以分析，而他自己也加多了外出，並命令骨幹們把自己管轄之下的戰士盡可能的靠攏一起。

巴赫孟斯已經在考慮去找一下國安部長或他的情人，因為時間的緊迫已經動搖了他的耐性。

使他大喜所往的是，國安部長竟然秘密的找上們來了。

「老兄，我是來求你幫忙的。」國安部長一開口就這麼說，從先生改口成老兄，巴赫孟斯在內心中有了一定的判斷。

「部長先生，在不利的形勢下發生什麼大事了嗎？」巴赫孟斯問。

「你知道我的職業，它不能信人，但我只信你，我想向你借十億五彩幣，是五彩幣。」國安部長在幣種上加重了口氣。

「這可是三十億吉祥幣，您幹什麼，想成為銀行的股東嗎？」巴赫孟斯笑著問。

「不要開玩笑了，我是認真的！我可能被解職法辦，必須走！」國安部長急著說。

美麗的地獄

「這麼嚴重！您怎麼知道自己被解職？您想去哪裡？您一走，我的事業怎麼辦？」巴赫孟斯一下子提了三個問題。

「我替你想好了，如果你堅持要繼續你的反政府事業，你可以去找我現在的副手巴巴力，他將接替我現在的位置，我將被解職是他告訴我的，問題出在我情人的身上。我考慮去大南部，去混在巴士拉國的老板中。」這位國安部長說了一連串的真話。

巴赫孟赫思考了一陣，然後對他說：「我們已經做了五年的好朋友，在關鍵的時刻我當然不會坐事不理，再說，我什麼都不是，就是有錢。現在，我只想找到巴巴力，去哪找？」

「你保證馬上給我錢，我把巴巴力現在的位置告訴你。」國安部長說。

「我向您保證，我就在您離開這裡前把錢轉給您！」巴赫孟斯說。

「好！他在可利山城，如果你要去找他，要快！現在還有十一個時光，之後，那個地區將被全面封鎖！」

「是用『霧流罩』封鎖嗎？看來巴巴力還真的會出任國安部長」。

「我現在用不著說假話，更不會欺騙你，早點兌現你的承諾吧，我真的急著走！」

「謝謝您，我的好朋友，您臨行還為我的事業作出了安排，錢轉去誰的帳戶？」

「你有我們三個人的帳戶，轉入一半我的帳戶，另一半一分為二，轉給她倆。」

巴赫孟斯當著他的面，馬上做完這件給錢的事。

「我給您們大家增加了兩億彩幣，出於友誼，我還要送給您一件小禮物。」巴赫孟斯給他看了轉去他們帳戶的金額，順手掏出了微型射針槍交給了他。

「太感謝你了，實在的說，我不完全讚同你的事業，但是我知道，男人認真的事業是不會放棄的，我走了！你自己多保重！希望等戰爭結束後，我們再相會！」這位即將卸任的部長激動的說。

他一走，巴赫孟斯立即行動起來，他讓一個最靠近可利山城的骨幹去求證了一下這個偏僻又不起眼的山區小城是不是他的目標所在地，隨後，他立刻通知了一些骨幹帶六百名戰士趕往那裡，接著他去告別妻兒，帶上幾支射針槍，也出發前去那裡。

在他到達後，他見到了他所需要的全部人馬也到齊後，他便把自己的所在位置發給了艾之冰河總統。

僅僅十分鐘後，多種遠程火力猛烈的向著可利山城的周邊打來，這猛烈又令對方猝手不及的打擊，使漢越大國的政府在倉促中提前使用了

「霧流罩」來防護自己。

可利山城周圍的大批軍團正處在即將到達的位置，經這麼一打擊，這些軍人已經成了三期文明中的活靶子。雖然，可利山城有足夠的物資儲備，但保護政府的部隊人數卻只有五千人。

第二天，巴赫孟斯已經查到了政府辦公的主要位置，他帶領著六百多名武士，以國安部特種兵前來投奔巴巴力的名義接近了政府辦公所在的山洞外，最後趁著衛兵放鬆警惕的機會，一舉衝入山洞，活捉了漢越大國的全部政府要員。

接下來並不順利，以哈力維總統為首的漢越大國政府拒絕投降，而山洞外，守護的五千軍人也將這唯一的出入口堆得水池不通。

夢興成國幾乎將它所有先進武器都試了一遍，但是都沒能砸開「霧流罩」，可在可利山城的政府辦公區內，這裡的所有官員還是不肯投降。

夢興成國終於發起了對漢越大國總攻，兩天中，他們和一些盟國一起已經全面攻擊了漢越大國所有軍事設置，這些聯軍部隊的前沿部隊也打到了距離可利山城三百千米之處。

「哈力維總統，你們這些不識事物的幕僚們，你們已經失去了得勝的滴點機會，快投降和快宣布你們決定停止戰爭吧，這每一天幾十萬和上百萬的人員損失，這犧牲是多麼無謂！」巴赫孟斯依然在勸說眼前這幫頑固的傢伙。

又一天後，巴赫孟斯還是在耐性的勸說他們。

也就在這一天，一架不明飛行物穿入了可利山城內，它在城內開始噴出超強的白光，接著帶上一路尾噴的白光在「霧流罩」內外穿插了三次，然後它升高後就不見了！

「它是高濃度玄光！」柯力部長見到屏幕中的這一幕，第一個興奮的喊出了聲。

在這架不明飛行物消失後不久，整個可利山城由原本的白天變成了黑暗的深夜，大團大團的霧流向著四周散了開來。

「這一定是『霧流罩』失去了作用，命令部隊和全部同盟軍，當天色變回白天時，發起最猛烈的進攻，全部飛行機向可利山城進行一輪轟炸。」艾之冰河以他的正確判斷，向軍隊發出了鏗鏘的命令。

一輪的轟炸開始了，這一次，任何武器都沒有受到防護的障礙。

那幫戰爭的瘋子洩氣了，他們頑固的氣焰消失了，在大勢已去的事實下，他們簽署了投降書，並向他們在五個大陸的軍隊，發出了停戰的命令。

他們以計謀和「雷霆斬首」的行動，差點取得了全面的勝利，可他們一定也沒有想到，他們自己在「平和斬首」下，宣告了自己的失敗。

十五天後，這場大戰才漸漸的平息下午。

在米洲，當戰爭結束後一年，這個星球人類才知道，這個大陸生存下來真正的米洲人只有七十一萬多人，在一百多年後，這些米洲人都移民去了當時的斯可達洲。在一千萬年後，米洲這塊大陸已經演變成了一片沙漠，而整個大南部的四個大陸，也變成了現在的奇想大陸！

這個被稱為滅國大戰的戰爭，其實在戰後還有二十七個國家，但是在之後的僅僅兩百年，所有的人類已經厭倦了國家，他們對權力產生了極度的反感。當時的人口在大戰後依然不升反降，最低時的記錄，全球的人口只剩下了三億二千一百二十萬又一千二百四十一人。

據第一任主政艾之冰河的回憶錄所述，那個「帝王人」在後來確實找他來「溝通」了，但他只跟艾之冰河說了這樣的話：「你當屬斯可達最了不起的人物，但你難以進入天堂！」

「帝王人」在沒有艾之冰河的回話下就消失了。現在他還存放在「斯可達的錯誤」的展廳中。

艾之冰河主政共執政了五千五百三十三年，他在卸任的三年後逝世了，享年五千六百五十三年。

●

第十章：使命開始了

一

「親愛的同學們：

有關歷史中重要的一頁：滅國大戰，我講述到此已經全部結束了，現在我推薦幾本書籍給大家，《以戰爭去消滅戰爭的玄機》作者是這場戰爭中起著關鍵作用的巴赫孟斯先生；《艾之冰河為什麼很難進入天堂》作者是第二十一位主政可斯特凡；《論斯可達文明的蝸行原因》作者是你們的艾華老師；好！現在就讓你們的艾華老師來給大家講幾句話。」艾娃帶著迷人的微笑從講台中移到了一邊。在熱烈的掌聲中，艾華走上了講台。

同學們，大家好！

你們都是斯可達的孩子，也都是斯可達星球的未來，在這期的教學課上，我和艾娃一反歷史上的課程和教本，把滅國大戰這段歷史放到了全部課程的第一節，這是為什麼？這是因為我們希望你們記住居安思危的重

要。在歷史上的各個關鍵時期，人類可以在短短的百年裡創造令人振奮的業績，但他們也可以在久久的和平環境下，將文明停滯不前。我們現在的文明程度相比當時的傑成國和度明國是整整高出了一期，可經過這一億兩千多萬年後，我們的文明在某些領域還是處於尷尬的境地。

一個真正的大一統，一個不以人類意志為轉移的大一統，它消滅了國家，消滅了戰爭，也消滅了疾病，……他們那時代的人們業已完成了他們的使命，哪我們的使命是什麼？我認為我們的使命是，有能力去承受大宇宙的任何挑戰，去往我們思想中最美好的境地。」艾華說到這裡，他以和藹可親的目光巡視了全場的孩子，然後向孩子們提出了一個問題，「有誰知道，在這兩天，發生了兩件比較重要的事，這是什麼事？」

經過一分鐘的沉寂後，一位後排的小女生站起來回答說：「在兩千零七十年前，我們的『任務勇士』可肯宇航員在『美麗的地獄』中失蹤了，可在前天，我們收到了他的求救信號；另一件事是發生在昨天，有一個不明的人類星球，他們通過虛擬的月光波，也就是上維光纖，向我們發來了到訪的請求信號。」

「請坐下，艾可麗妮同學，你回答得很正確！是的！作為斯可達星球的『任務勇士』，可肯一定是一位出色的宇航員。可他在到達那個星球的二十年後，就跟我們大本營斷絕了聯繫。我想提醒大家記住，我們所稱的『美麗的地獄』，這是泛指那些還不到一期文明的星球，像這樣的人類星球，它在大宇宙中可是數不勝數。

我們可肯宇航員所到的星球是處在太陽系中，大家知道：我們斯可達星球在早早的歷史上就不允許人工智能人出現在第一任務線上，所以可肯宇航員出現於那個人類星球，一定會被那裡的人類當成了神仙，憑藉他的壽命長度；憑藉我們所造的宇宙飛行機；也可能憑著他的長相；總而言之，我想說的是，他一定在那個星球中受到了最高層次的待遇，在此情況下，斷絕了這麼一段時間的聯繫後，又傳來了一個求救的信號，同學們，如果你們站在主政角度，或現在的角度，你們想做出什麼樣的處理？」

對於艾華的這一問題，台下同學的氣氛便變得活躍起來，在短短的一陣後，同學們異口同聲的回答說：「置之不理！

「您還在引導他們的判斷力！」艾娃小聲的對艾華說，接下來，這兄妹兩和同學們一起歡笑起來。

「謝謝同學們！你們的回答使我們很欣慰，我的話講完了，第二節課將由我來主講，再次謝謝同學們。」艾華移到了一邊，這時的艾娃向同學們宣布散課了。

在散課後，由四位主政發起的討論會就在這社會工程部的九樓舉行，參加會議的還有一百位斯可達的精英，其中就包括著艾華、可沁、艾娃和

美麗的地獄

可拉松。這個會議所要討論的是：關於那個請求到訪的信號。

在可拉主政講了開場白後，面對涉及到月光波區域，所有的人們臉上都不免出現了慚愧的神情。從艾斯琴斯發現了莫名其妙的月亮懸掛在星系的天際後，　　直等到它的忽然消失，作為高級文明的斯可達星球，他們只是派出過一次的遠程飛行，飛行機在月亮周邊繞了一圈，之後直到它消失後，斯可達星球就一直把它遺忘而直到今天，艾娃曾形容說：整件事就像是一個傲慢的長者不去理會一個鄰家孩子一樣。致於從那裡發來的信息也好，有人利用上維光纖發信息也罷，這都是這個高級文明星球感覺到猝手不及。

在如此的狀況下，當然還存在著斯可達星球的安全問題。

說是請求到訪，如果在不允許的情況下，對方要強行闖入的話，這又該怎麼辦呢？

宇宙工程部主政可欽是第一個發言，他的語氣顯示出明顯的底氣不足。數一下自己的家底吧，一百七十一架萬應穿梭飛行機和一部分儲存的玄光，還有嶄新的三百架蜘蛛型戰略飛行機，可這些飛行機只是外形的變化，其實它也只是萬應穿梭飛行機的升級版，如果談得上真正能抵禦外星壓力的，恐怕也只有宇宙塔樓了。

在這種尷尬，甚至是荒唐的窘境中，怎麼能去討論對宇宙力量的反介入，這聽上去就覺得不恰實際，最多也只能討論一下對方可能帶來的危害性而已。

經過與會者的陸續發言和各抒己見，他們的意見正漸漸的朝著一致的方向，人們普遍認為，那個發信號方全然沒有想傷害斯可達一方的任何痕跡，他們認為應該準許他們到訪，有人甚至說，真實的外星人到訪，這能為斯可達人帶來真正有趣的體驗。

在這種情況下，主政可拉和社會工程部主政可之敏發了言，他們闡述了歷史上的沉痛教訓，特別是森林地獄外星人給斯可達星球所帶來的極大傷害。在這略帶風向的發言，使會議場上變成了兩種不同調的認識，就在這個節點上，出人意料的是，艾娃從座位上站起來，這一下，全場的目光都齊齊的投向了她，這次不是僅僅由於她宇宙第一的美貌，而是人們都知道，在公開的場合，她可從來不說一句話的，或許，在七天一節的講課後，她是有所改變了嗎？

「尊敬的主政們、尊敬的長輩和前輩們，恕我才疏學淺又斗膽發言，我想說的是：一，那個使用上維光纖向我們發信號的一方，憑著他們的正確性就可以斷定，他們的文明類別已經處於三期文明以上，在我們星球中的所有大科學家都懂得，大宇宙的高級文明中有個潛規則，絕不恃強凌弱！二，我們在大宇宙中沒有朋友，說自己是高級文明的近五期也只是孤

芳自賞，我認為，拒絕他們到訪，甚至用攻擊機去迎接他們，這都將面臨一次失去交流的最佳良機；三，從上維光纖出月亮波時，他們的信號中有一個『疑斷』點，這說明他們正遇到了難處。」

這是艾娃表明立場的發言，她說完後，坐下身去。這時，可欽主政禁不住問艾娃說：「小艾娃，你能不能告訴我和大家，你所指的『疑斷』是什麼意思？為什麼可以證明他們遇到了難處？」

被問的艾娃重新站了起來，她先望了一眼艾華，然後面向大家說道：「『疑斷』這個詞是出自於大先紀元的後期，那時我們是用擴大電磁波的方式跟外星球進行交流的，疑斷是指電磁波常常出現的錯誤，三期文明的上維光纖的正確切入，一期文明中的轉換月亮波的科學技術，這可不是什麼科學技術問題，而是一種為難時的暗示。一對老朋友之間當然會說：我有難處，您可以幫助我嗎？一對初次見面的路人，其中一方有難時，是不是會使用婉轉暗示的方式來求得對方的幫助。」

對於艾娃的回答，可欽主政和在坐的人們都發出了欽佩的笑聲。

「謝謝你，艾娃。」可欽說。

「艾娃，請你坐下！」這時，主政可拉嚴肅的說：「我們確實處在極高級的文明狀態。依我意見還是先派遣蜘蛛型攻擊飛行機前去近距離查看一下。」

一聽主政可拉的話，艾華霍的一下站了起來，他對主政可拉說：「尊敬的主政，我建議：能不能先回個信號給他們，請他們現身，然後跟他們談談。」

「艾華，別幼稚和理想主義了，誰都明白，他們是不會現形的，斯可達的文明已經發展到了這個地步，沒有外星的干涉，我們會更好，歷史的教訓已經早就告訴了我們這一點。」主政可拉的話讓艾華、艾娃、可沁和可拉松都大吃一驚，可拉松則站了起來，可是，鄰座的艾華用力的拉了一下他，於是他又重新坐下身去。

三架蜘蛛型攻擊飛行機已經飛出了斯可達的星球，經過十五天的飛行，它們依然跟大本營一樣，根本沒有見到那個區域有任何細微的影子，出於無奈，它們又被撤了回來，這一去一回共浪費了三十天。

又三十天後，那個方向又向斯可達發來了第二個信息，信息跟上次相比，只是相差了兩個字的不同，「請求到訪」變成了「要來到訪」。

可欽主政見過太多大宇宙的信息，在信息中出現一個動詞是什麼意思，他是清楚的，原本簡單的事變成了複雜，甚至變成了棘手，它往往是從一個動詞開始的。

可欽為難了，在他的認知中，去找任何人的結果只是引出一場會議，而開會是不能解決大宇宙問題的。

美麗的地獄

最後，可欽還是決定去找艾華和艾娃，並決定在私底下找他們。

「艾華、艾娃，我覺得他們暫時不會硬闖我們星球，但他們在哪？我們又不知道，這事又像前幾次一樣懸在一邊，但感覺告訴我，這一次跟往常真的不同，我擔心我們真的會造成彌天大錯！你們兩兄妹有沒有好的建議？」可欽的口氣很懇切的說。

艾娃看著艾華，艾華向她點了點頭。

「可欽主政，讓三架蜘蛛型攻擊飛行機去加滿玄光，然後再前往一次試試。另外，抱歉的請求您，請別告訴可拉主政我們談話的內容。」艾娃說。

「我一定不會告訴他，你的建議我可以決定，這是我的職責範圍，就按你說的做。」可欽當即表示道。

加滿玄光的蜘蛛型攻擊飛行機又飛向了那個區域，這次一切都很順利，七天後，在玄光的作用下，那發信號的一方已經全部被顯了形。

這支宇宙的小力量，原來只是由二十一架宇宙飛行機組成，這些宇宙飛行機按高級文明的規格，它們是屬於中形和大形的飛行機。飛行機中的十架是動物的外貌的造型，另十一架則也造得十分的別緻，除此之外，在這二十一架宇宙上還有二十三位長相與斯可達人大致相同的人類。

「天啊！哥哥，如果他們有惡意的話，我相信就我們現在的實力，可能會萬劫不復！」見到這二十一宇宙飛行機後，艾娃驚訝的對艾華說，艾華只是點頭同意艾娃的看法。

有另外一批人在會議上也正在看著屏幕，可拉主政對大家說：「儘管我們出動了兩次才找到了他們，可這證明我們直接去往那裡是對的，我們震懾了他們，才使他們原形畢露。看，他們只有二十一架宇宙飛行機，人也只有二十三個，他們像是路客，更像是宇宙遊客，對此該怎麼去處理他們，我想聽聽大家的意見。」

另三位主政和艾斯琴斯沒有表示自己的看法，而另十幾位科學家卻各說各的，總結下來，他們共提了七條不同的處理方法。

可拉主政想了一陣，他還是讓可欽說出自己的看法。可欽表示在這件事上不能輕敵和樹敵，第一次直面外星人和他們的宇宙飛行機，應該謹慎為上。

「還是溝通一下，讓他們說明來意！」可之敏主政講出了這個建議。

「看來也只能先詢問一下他們的來意了。」在會議的氣氛變得沉悶時，可拉主政以這種口氣，算是做出了決定。

斯可達星球向對方發了信號：請說明來意。

會議在沒有得到回覆的一個時光後便散了。

四個時光後，對方回覆到了，內容是：我們已經無力遠飛，要求進

入您們的星球！

「胡鬧。」可拉松見到自己方的應對情況後，憤怒的說。

而一個時光後，從斯可達宮殿送向宇宙工程部的回覆信號是：不允許進入斯可達星球，請迅速原路離開！

「糟糕！」艾娃馬上禁不住吐出了這兩個字，接著，她便迅速的在信息源上發表了自己的意見。

又四個時光，對方傳來了四個字：不能從命！

可拉主政見對方的囂張回應，他就在斯可達宮殿便向宇宙工程部下達了攻擊對方的命令。

蜘蛛型攻擊飛行機在它們原來的位置上整整飛行五天後，才飛行到了它們之間的有較射程，現在，這些斯可達的攻擊飛行機已經出現在對方側翼的最佳位置。

屏幕上，讓全體斯可達人都能看到這攻擊的場面。

蜘蛛型攻擊飛行機的火力網已經一起齊發，四種光射和七種飛行武器有一半擊中了目標，連著十五分鐘的打擊下，那二十一架宇宙飛行機既沒有明顯的躲避，更沒有絲毫的回擊，他們像二十一隻笨重的大象一樣，為了取得水源而自顧自的向前走去。

二十分鐘後，蜘蛛型攻擊飛行機又開始了第二波攻擊，由於他們之間的距離是越來越近，在宇宙流逆流減少的情況下，這第二波的攻擊變成了彈無虛發。

「怎麼回事情？對方毫毛無損。」可拉松以迷惑的目光對著艾華，並問他說。

「我怎麼知道，但看上去，它們是無堅可摧。」艾華說。

「可惜了，我們沒有製造玄光武器的能力，不然的話，我們得測試一下那些神奇的宇宙飛行機到底是用什麼材料建造成的」艾娃說。

「擋不住了，擋不住了，別打他們了！他們的怒火被激發後，那我們的星球會不會遭受毀滅性的打擊？」可沁擔心的說。

「可沁姐，不用擔心，看它們的飛行速度，太慢了，我估計它們的飛行只有五倍的音速，哥哥、可拉松，你們估計是多少？」艾娃問。

艾華和可拉松點頭同意艾娃的估計。是啊！音速五倍，這在宇宙的空間中，也只屬於動物在星球中奔跑。

但是這二十一架宇宙飛行機在宇宙的永往直前精神和它們無堅可摧的身姿，還是讓這四位擔心起來。

當蜘蛛型攻擊飛行機更靠近那二十一架宇宙飛行機時，那二十一宇宙飛行機變得更加快速起來。

「不好！哥哥，對方在吸納我們排出的少量玄光，必須盡快告訴可

美麗的地獄

欽主政。」艾娃對艾華說，從表情上看，艾娃真的急了。

就在這時，在宇宙工程部的命令下，一批蜘蛛型攻擊飛行機也起飛了，這次上去的是三十架，是正在戰鬥中的十倍，而且它們都加了玄光。

「艾娃，我們的建議變成一種間接的誤導，現在發信息的作用會更進一步造成誤會，我們四人馬上去宇宙工程部。」艾華說。

「對，別耽誤時間，我們馬上走！」可拉松說。

於是，這四位便穿上科技鞋，去趕往宇宙工程部。

這四人去到了宇宙工程部，可他們沒有達到讓這三十架蜘蛛型攻擊飛行機回撤的目的，原因是，可欽在向可拉主政通報這個情況後，可拉主政再次重申了他的決定。

這一下，這四人中的三人已經無奈到一言不發了，可唯一壓不住怒火的可拉松卻發了一條最最衝撞主政的信息給可拉，信息中說：您不配是一位偉大的主政！

原來的三架蜘蛛型攻擊飛行機只得回飛了，因為它們已經用完了武器和武器光源，但在這二十一架宇宙飛行機周邊的各種斯可達飛行機都湧向它們，並也向它們開火。

按這二十一架飛行機的飛行速度，它們要到達斯可達星球至少需要兩年的時間，而參數顯示，它們不予回擊的原因是：它們武器光源已經剩下很少，或許，它們在必要的時候才會使出最後一擊。

但是，當三十架蜘蛛型攻擊飛行機去攻擊它們時，它們卻在加速飛行，並於第二十八天時已經快飛到了「眨眼星」。

斯可達星球已經嚴陣以待，一百七一架反應穿梭飛行機已經布防在斯可達星球與「眨眼星」之間，二百七十架蜘蛛型攻擊機也在星球四周巡邏，甚至除了宇宙指揮中心之外，整個宇宙塔樓也做好了升空迎戰的準備。

第二十九天，這二十一架宇宙飛行機停止了繼續前進，它們全部一起扎進了「眨眼星」。

又一波更大的攻擊波湧向「眨眼星」，在這個小星球中，到處都出現了一排又一排的深坑，這二十一宇宙飛行機，任憑你怎麼攻擊它們，起初它們只是一動不動伏著。當十天後，被炸出的塵埃在漸漸散去後，突然間，這二十一架宇宙飛行機瞬時騰起，它們勁升到超高空有利的位置時形成了一個口袋形，隨即它們自上而下將向斯可達方的飛行機群壓了上去。

這二十一架宇宙飛行機開始向攻擊它們飛行機噴射白色的強光，這些強白光在光流的作用下，顯示出一種風暴，它將進入「眨眼星」的所有攻擊機，像一只一只小蝴蝶一樣，一一吹到了「眨眼星」之外。

它們似乎在向斯可達星球宣示，「眨眼星」已經被他們佔領。

被趕出去的和新趕到的一起，又向它們發起了攻擊，這一次，這些攻擊飛行機就像一大群無知的小孩一樣，它們被發怒的大叔們，以撞擊似的趕出了小星球的門外。

三十架蜘蛛型攻擊飛行機和三十架萬應穿梭飛行機已被撞得粉碎。

這一幕已經讓可欽束手無策，也讓可拉主政驚得冒出了冷汗。就連教學剛剛散課的艾娃和艾華也看得目瞪口呆。

「停止吧停止吧！優劣的勝負已經十分的分明」艾華輕聲的對艾娃說。

「哥哥，它們真是無堅可摧，而且還是無堅不摧，我想會會它們。」這是艾娃對艾華說的話。

在外星人已經佔領了「眨眼星」的情況下，斯可達星球的民眾開始議論紛紛。看來太平盛世也是不能永恆的存在，太長久的和平環境已經暴露出保守的瑕疵，斯可達是在進步還是在倒退？或許站在原地中不知不覺的在極速往後退去。

本不嚴重的事情卻在發展中震撼了全斯可達人類，在沉痛的事實面前，讓斯可達人類重新清醒，他們知道自己必須重上正軌，必須再奮鬥向前。

「眨眼星」已經被外星佔領了，可事實證明，這二十一架宇宙飛行機，雖然是比想像的還厲害，可是它們卻沒有攻擊性，他們似乎要在那裡安居下來，並執意要成為斯可達星球的鄰居。

艾娃在這個事件發生後一直很鬱悶，現在正是適齡教學的放假期，於是她跟父母商量一下，隨後，他們一起搬離了居住五十多年的地方，去了西部的萊斯城。

艾娃搬家後便變得沉默，在那段時間中，她把所有追求者當成了透明的光流，她孤單只影，終日陪著自己的母親。

艾華好像也一樣，除了可沁和可拉松之外，他也不去跟其他人交流。

十五天後，新的學期即將來臨，艾華和可沁，還有可拉松一起決定去看望艾絢艷和艾娃。已經十幾天了，他們之間不但沒有見面，連信息都沒有傳遞。

艾絢艷見到艾華他們，她真是感到如若久別後的歡天喜地。可艾娃卻表現得格外的不同，她上前攬住他，並舔吻了他的鼻子，然後語氣中帶上憂慮的對他說：「艾華哥哥，看在我們大家都熱愛您的份上，開始一個真正的使命吧！最近，我覺得我的生命中即將沒有了動力。」

「艾華，艾娃說得對！我的好朋友，好兄弟，別猶豫了，帶著我們一起，為了斯可達而乾吧。」可拉松握住艾華的手說。

「艾華，在宇宙世界裡，我相信你能成功，現在的艾娃也已經有能

力去幫到你了！」艾絢艷說出了由衷的鼓勵話。

「親愛的，你還等什麼？發出男人的強音，一幹到底！」可沁也堅定支持的說。

「好吧！親人們，我答應大家！」艾華有力的說道。

二

回到住所後，一路上都在凝思的可沁，一進門就突然問艾華說：「我們是不是斯可達中最幸福的一對？」

「當然是！」艾華口氣肯定的回答說。

「我天天工作好像在打發時間，工作之餘還去緊張的排演和演出。可是，我覺得我自己的激情在衰退，渾身沒勁，有時候也覺得心裡是空落落的，這真如艾娃所說的那樣：生活沒有了動力！」可沁坦露心扉的牢騷話使艾華感到意外，但他耐心的將心上人扶上椅子，然後對她說：「有思想有肉體的人類，他們總想著有股強大的動力去作精神上的依靠，當一天結束時，只要感到了精神上的力量時，渾身就會輕鬆自在，精神動力是人類生活所依托的源泉。但是現在，斯可達星球上的人類開始抑悶，因為他們正受到宇宙的考驗。如果停留在『眨眼星』是一股壞勢力的話，那我們的幸福還會持續多久？人類的文明，它需要安全感，危機正是在測試我們的安全感是否可靠。親愛的，我理解你！現在，在我們的星球中，應該有大部分人正跟你一樣。」

「親愛的，艾娃希望你去開始你的使命，她所說的使命是不是指你將去成為斯可達的主政？」可沁饒有興趣的問。

「她的使命所指的是：帶領斯可達人民向最高和最輝煌的文明前進，這當然首先得成為斯可達的主政。」艾華坦承和不掩飾的回答道。

「上一次，你們兄妹已經有所動作，但後來，當艾娃在接受邀請任主教後，你們爭取積分的事就停了下來。我在想，你們可能已經放棄了。現在你真的想成為主政嗎？」可沁繼續問道。

「我確實想這樣！在斯可達的星球中，除了第一任主政艾之冰河外，其他主政上任的年齡都在兩千歲以上，歷史上的主政交接都順了意識規則，可這一次我卻肯定不了。然而，就目前的大宇宙的形勢和斯可達的決策方向而言，再等上一千九百多年的時間，這等於眼睜睜的看著斯可達星球被葬入墳墓，上次我們是退讓了，可這一次，我們可堅決的一做到底。」艾華真是一個氣壯山河的男人。

「親愛的，你可真棒！」可沁顯示的愁容舒展了開來，接著她把話題一轉，對艾華懇求的說道：「我想跟你來談一下有關艾娃的事。」

艾華點頭表示同意。

　　「艾娃的美麗是宇宙無雙，你有沒有感覺到她對你的愛意？」可沁直接問。

　　「我當然知道，從第一次見到她時，我就知道了。」艾華直接說。

　　「對於艾娃來說，這是很殘酷的感情事實，據我知道，向她表白的人有上百個，她只是報以一笑而走開了。在斯可達可沒有情感上的限制，只是意識規則中，不接受同時的擁有，但沒有交叉存在上的要求。我談這些，只是不想苦了艾娃，更不想她在心智受損下發揮她的大智慧，我可以肯定，艾娃將為斯可達星球做出無可替代的成就。」可沁畢竟是女人，她知道女人為了情感會付出什麼，而她將以超凡的大度，讓執行使命的人兒一帆風順。

　　「親愛的可沁，我們現在的意識規則是文明頂端社會的產物，是彰顯個體文明的高度，我不記得我的出處太多事，但我相信，人類口中的天堂，那兒是沒有人類的意識和行為障礙的。這樣的事，一是順其自然；二是在未來讓艾娃去解決。」艾華以一種特別的笑容，平靜的對可沁說。

　　接下來，可沁又把話題轉到了「眨眼星」上面的事。

　　「還有，我們把『眨眼星』那二十三個外星人涼在了一邊，這讓我始終覺得非常的彆扭，你有這種感覺嗎？」可沁問。

　　「我也這樣想，在這件事情上，我們的決策層是一錯再錯。我認為，他們一定是無害的！我判斷他們來自於非常遙遠的地方，有時我忽然會想到那個有十二個太陽的星系。」艾華臉上浮現出憂慮。

　　「十二個太陽的星系，我看過那些記錄。那是在傑成國的鼎盛時期，從磁波信息中說，有一個遙遠的地方，那裡有十二個太陽，在那個星系中還有四個人類星球，可是讀著讀著，它們猶如神話一樣。」可沁變得輕鬆愉快的說。

美
麗
的
地
獄

　　「這可不是神話！我看到他們飛行機所噴出的白光，我才有此判斷。當時的斯可達把這種白光誤認為是玄光。我可以肯定他們不是親身來大宇宙探索的，也不是什麼路客和遊客之類的，看看他們已經沒有了武器，這一點讓我想到他們或許已經參與了一場宇宙大戰，現在他們可能在逃遁、追擊或是誤入了大宇宙的陷阱，他們的飛行速度奇慢，這不是他們本身的技術問題，而可能是他們的某些飛行系統都出了問題，然而他們的動力轉換系統也很棒，當然最厲害的是，他們擁有一個無堅可摧外殼，這種材質和技術真不知是怎麼打造出來的。眼下，他們是表現出沒有進攻性，但十年二十年後呢？我們可難以抵擋得住他們的攻擊。」艾華實是求事的說道。

　　「親愛的，在這件事發生時，我曾想去找可拉主政，但是我細想後

就改變了主意，因為我認為他與我初次見到他時，有著令人詫異的不同，也許他的執政期太長了，他似乎沒有了銳意進取的精神面貌！」可沁說。

「這不是執政期長短的問題！當一個事物出現無法解釋的異常時，它的內涵中一定蘊藏著天意！這是一次多好的學習機會啊，我相信對於我們的文明都會得到幫助。現在的主政只在想：怎麼把『套套房』發明成永生屋，他們只想保持的業績和好名聲。」

「說到永生，我想問你，在大宇宙中能做到嗎？」這又是一個可沁感興趣的問題。

「肯定不能！只有天堂能做到，他們應該有特殊的水和光。另外，大宇宙有時間，既然把時間當真的，那麼在時間的無限運動下，人類最多跟著時間去循環，一旦被毀滅時，其實時間也就停止了！不過，永生中也有人類的誤區，我們星球有平均六萬六千年的生命長度，這對於大宇宙絕大部分人類來說，這就是永生啊！」離開談論「眨眼星」上的外星人，艾華也變得輕鬆愉快起來。

「親愛的，再說使命的事，那你們將怎麼去做？」看來可沁的問題真不少。

「開始展示自己，忘卻之前的成績，重新去取得主政所需要的最高評分。」艾華明人明言。

「到時，我和可拉松也去努力爭取嗎？」可沁又問。

「我們都去爭取！」

沒過幾天，艾華去了社會工程部的總部大樓，他被可之敏主政安排在六樓的社會信息站工作，從那以後，艾華幾乎在工作之餘都在辦公室中查閱有關主政所誕生的資料，從艾之冰河主政開始，在歷史上一共誕生過一萬一千三百十七位主政，執政期最長的是艾之冰河，最短的是二百十四年。根據執政總積分來看，他對於自己是充滿了信心，另外他還需要符合一個附加條件，這個附加條件指的是，它必須有全斯可達人中百分之八十二以上的讚同和認可。

幾天後，艾娃建議艾華，從現在起，他得每天化五至六個時光去走入斯可達的民眾中。

艾華是個謙虛穩重的人，當他收到了艾娃的建議後便以實際行動去採納了這個建議。

在社會工程部信息站工作接觸的人不多，但是他畢竟艾華，是給全斯可達民眾帶來火眼金睛的超級明星，他要跟廣大民眾廣泛接觸的願望，從最初的幾十人一直以幾何似的增長，見面在任何形式下出現，在天中球的比賽場；在真人劇的觀摩現場；在各種的座談會上；在大型的私人聚會場；最多的還是在各城市的大街上。

就在艾華忙於全面接觸社會時，由可沁預約的會面，在艾娃的住所開始了。

一坐下，可沁便對艾娃說：「我想私下與你談談的想法已經很久了，現在我還想保密我們談話的內容，這也包括艾華，艾娃妹妹，你同意嗎？」

艾娃點頭表示同意，看上去她的臉漲得很紅，她好像知道了她們之間談話的內容。

「你也深愛著艾華是嗎？」可沁直奔主題問。

「是的，我愛艾華哥哥。」艾娃坦白的說。

「雖然，艾華終將成為我的貴人，可我不忍心看著你這樣的感情狀態，今天我想跟你探討一下，看看能不能找到一個好的解決方法。」可沁態度溫的說。

艾娃沒有馬上說話，她只是掛著微笑，注視著可沁。對此，她們談話前的氣氛變得奇妙起來，最後還是可沁想了想，她把那天與艾華的交談告訴了艾娃。

艾娃聽後站了起來，在她神明的目光下，可沁也站了起來，此刻，艾娃熱情主動的上前擁抱著可沁，並以細柔的輕聲對她說：「謝謝可沁姐，你有一個個體文明中的偉大胸懷，我也一樣，我對以任何方式去愛一個心上人並不太過講究，但是我們也得顧全艾華哥哥的感受，按他所說的，順其自然吧！等到兩千年之後，等到我們完成了使命時，我們再來解決這個問題。」

艾娃想擱置這個問題，當然，眼下再談這個問題就是不合時宜，接著，可沁還想知道更多有關他們兄妹間在取得主政事情上的默契行動。

艾娃思考了一下然後說道：「斯可達人都把哥哥和我當成了神仙，是呀！我跟哥哥一樣都知道我們並不來自於斯可達星球，哥哥只記得他在孩兒時的考試和『套套房』的事，可我記得的比哥哥多，我們來自於最光明的地方，或許就是人類嘴上的天堂世界。我覺得哥哥是我親人中的某一位，但從哥哥的反應來看，他只是覺得我們似曾相似而已。自從我見到了那二十一架宇宙飛行機後，在我的夢裡出現過兩次這樣的情形：斯可達星球在劇烈的搖晃，隨後變成了一團團滾動中的塵埃，大宇宙爆炸了，天昏霧暗下，所有的人都變成了粉末。」

「這麼可怕和恐怖？」可沁急著問，在她的記憶中，她不曾有過如此的惡夢。

「大宇宙如果真的有特大的災難，按目前的情況來看，就連應付的能力都沒有！我們必須飛速發展、快速進步，這一切一定需要一個頂尖的偉大領袖去帶領。」艾娃已經完全表明她的認識和態度。

「這確實是最重要一環，但大宇宙會被毀滅，我可連想都不敢。」

美麗的地獄

可沁說。

「我和哥哥都一樣，我們從來就沒有懷疑過，大宇宙將要被毀滅，所以，我們在未來的十年內，必須拿下主政的位置。」艾娃無比堅定的說。

「所以，妹妹，斯可達星球的重擔會落在你們兄妹的肩上，我可不希望感情的事會影響你的發揮。」

「可沁姐，我可能比你想像的堅強得多，放心吧！」

可沁準備離開了，在臨別前，她附在艾娃的耳邊對她說：「跟神仙在一起的日子很棒，但有時得擔驚受怕。」

這實話，使艾娃哈哈大笑起來。

在之後，艾娃去宇宙工程部工作了，兩年後，（僅僅兩年的時間），她在宇宙工程部參加了一場十五天的最高難度的考試，考試的結果要在二十天後才公布。於是，艾娃考完後，便跟母親艾絢艷一起去了奇想大陸旅遊了。

這一次旅遊，她們又帶回了另一隻玲瓏野貓，她們為這隻小貓取的名字叫：玲瓏之愛。

她們在出外旅遊的第十九天後回到了家裡，在第二天，宇宙工程部考試的結果出來了，在榜首就是艾娃，她獲得了第一名，並獲得了唯一一個宇宙五級科學家的稱號。

「有艾華這個兒子，有艾娃這個女兒，我感覺自己好像活在天堂中。」艾絢艷激動得哭了，她掛著眼淚笑著對艾斯琴斯說。

三

被高級文明人類稱之為：意識規則的主政交替制，它究竟是怎麼出來和形成的，為此，本作者曾詳細詢問過敘述者。前面，我在滅國大戰的章節中曾提到過，那是始於當時的傑成國的政治體制，從十八個方面評估出最優秀者來出任總統之位，這個政治制度在今後的一億兩千多萬年的不斷完善和法律制度消失後，它在人類的心目中就成了一種意識中的規則，而在四期文明後期的斯可達星球，這種意識規則是沒人不遵守的。

現在再來簡單談一下這個意識規則的一些過程細節。

在最早的十八個方面的考核評估，它早把那複雜的過程內容融入到實際的科學和行為中，到了現在，它具體的已經從這個星球的三個部門中來體現，更簡單的說，您只要能考取宇宙工程部和人類生命工程部中其中一個五級科學家的殊榮，那麼，您就基本上擁有取得主政位置的入門條件，除非，在五天內您自己聲明不去問津主政位置，（比如當時的大科學家艾斯琴斯）。在當今的斯可達，擁有五級科學家稱號的共有六名，除了

四位主政和艾斯琴斯之外，現在又多了一個艾娃。

　　但是，這個殊榮並不代表著您一定就能成為主政，這還要看您在眼下跟第一主政之間的評分距離，（第一到第四主政也有他們的政績評分）。

　　根據以上所說的條件，艾娃還必須在人類生命工程部取得一個四級科學家的稱號，或者在社會工程部被評估為三級特優的稱號，如果艾娃能按此做到的話，那麼她將成為第一主政。

　　艾娃和艾絢艷自從奇想大陸回來後，她就閉門不出，她整天就欣賞著兩隻玲瓏野貓的嬉鬧翻滾。五天很快就過去了，艾娃可沒有發表任何聲明，就是在艾斯琴斯的兩次勸說時，她也沉默以對，而且一言不發。

　　問題來了，艾娃可不是這一次取得五級科學家的殊榮，她還在之前，同樣在宇宙工程部取得過四級科學家的稱號，那麼，前一次算不算？如果在同一個科學領域算的話，艾娃的總比分就超越了第一主政兩百分了，再打開信息源看一下民眾的認可度，這時，可拉主政便應該按意識規則來跟艾娃作交接過渡了，這個交接過渡期是五十天。

　　在這種情況下，斯可達的民眾民意當然開始沸騰起來，在一場全民的討論熱潮下，除了心急如焚的可拉主政之外，另三位主政則無言相對，他們面對這前無古人的事情，暫時已經沒有了怎麼去處理的好方法。

　　艾娃有後續動作？她會不會在社會工程部和人類生命工程部中再去拿到她所需要的評分？

　　這三位主政可是斯可達星球中最優秀的頂級人物，在他們清晰的大腦中還惦記著另一個人物，當然，這個人物便是艾娃的哥哥：艾華！

　　艾娃的挑戰，使第一主政可拉是始料不及，在斯可達的實際認知中，艾娃五十六歲的年齡還是處在青春期，如今她還沒有伴侶，這等於在人們的心目中，她跟十歲的小姑娘差距不大。這樣的認知在可拉的心目中是尤為根深蒂固，他把這些發生的事實，認定為是一個超級的胡鬧，甚至是一出滑稽的真人劇表演。

　　可拉主政的過渡思考造成了他一下子的偏差舉動，在八天後，他居然簽署發布了一道主政令，主政令的內容是這樣的：

　　「鑑於斯可達面臨著一件史無前例的主政交替狀況，在沒有新的程序規則前，暫停主政的交替程序。」

　　對於這樣一個主政令，另三位主政是萬分的驚訝，他們簡直已經無話可說，這一億兩千多年中的唯一一次的考驗就這樣塞到了他們的眼前。

　　「保持鎮定，二十一天後，三年一次的人類生命工程部的考試將會怎麼樣，我們試目以待吧。」可欽主政在發往可之敏主政的信息中是這樣勸說她的。

　　「報考的名單中有艾華。」艾理主政在第二天，把最新的信息通報

了其他三位主政。

可拉主政此時已經感覺到，他發的主政令是多麼的不妥，可它卻又是覆水難收，現在他很被動，他覺得自己的智慧已經到了用盡的地步。

可之敏主政知道，要取得人類工程部的尖級好成績是如何的艱巨，可是，他是乂華，是一個讓全斯可達擁有火眼金睛的艾華。

艾理主政得知艾華參加考試的消息後是充滿著期待，他興趣已經達到了沸點，自從艾華進入「斯可達的錯誤」開始到現在，他已經進出這個部門多次，他真的期待，艾華在這個部門得到的能充分體現在他自己的評分考試上。

可欽主政有一個堅定的信念，他絕對相信，下一任的第一主政一定會在這對神奇的兄妹中產生，自從發生了「眨眼星」事件以來，他就盼望著這一天的到來。

在這二十天中，主政可拉召集了其他三位主政在斯可達宮殿開了一個會，他的心意很明確，他想在主政的年齡上設一個上限，依據是艾之冰河出任總統的年齡是：一百二十歲。

「尊敬的可拉主政，這可是恢復憲政的倒退行為，就我個人來說，我不能簽字。」可之敏主政第一個表態說。

「我也不能簽字，就我個人而言，我已經做好了退出主政職位的心理準備。」可欽主政也表示說。

「現在還不僅僅是艾娃，如果艾華在人類生命工程也考取了五級科學家該怎麼辦？」可拉主政問大家說。

「不用想辦法，最好的辦法就是：泰然面對！」艾理主政說。

「既然大家都持這樣的態度，那設置年齡的事就罷了，但是我依然保留我的意見。」可拉主政悻悻不悅的說。

十八天後，考試開始了，在考試十五天的過程後，考試的結果在之後的十五天後出爐了。

這是一個前所未有的結果，艾華考了一個，斯可達星球沒有出現過的結果，——滿分！

接下來，艾華之前的在宇宙工程部的成績可以忽略不計，他也不需要社會工程部的評級，因為按他的眼下成績，他的總分已經超越了可拉主政兩百零一分，比艾娃還要多出一分。

在此，本作者很想有讀者朋友以當下地球人類的目光去作出這樣的詢問：這不就是一次長時間的考試嗎？它能證明治理國家和星球的能力嗎？

我也曾有這樣的疑問，現在我以敘述者的觀點來回答您們。

這樣的考試能顯示天賦和知識方位掌握的能力，這種能力會在未來

體現在各種方方面面的處理方式上。不然，在文明的進程中，不是皇帝，就是殘害人類的獨裁者。知識就是文明的鏡子，無論文明處於什麼階段，所有的歷史過程，您都能看到這一點。

在結果出來的第二天，艾華向四位主政發出了邀請，他的目的很明確，他是想讓主政們一起到達社會工程部的信息站作認證，看看斯可達民眾的認定度上的反應。

可之敏主政的反應是非常的快，她將社會工程部的評估和艾華的邀請一並發給了第一主政可拉。

可拉主政的反應則更快，他幾乎在一分鐘後就直接跟可之敏通了話。

「這是關乎到星球命運的大事！我請你把評估的事壓一壓，把艾華的邀請向後拖延。」可拉在通話中急著對可之敏說。

可之敏明白可拉還沒有細看她發給他的評估資料，但她還是把社會工程部的評估在通話中再一次向他作了通報。

「謝謝你告訴我所有的事實，這也在我的預料之中，我只是想請你把事情拖延一下，以便於我有時間找艾斯琴斯好好談一次。」可拉主政再次懇請道。

「十分抱歉我不能這樣做，艾華就在六樓的信息站工作，而且我更不想運用權力去犯罪，我熱愛斯可達，不想因此而被逐出斯可達星球。尊敬的可拉主政，我以跟您同事兩千年的名義，勸您還是面對現實吧。」可之敏的話，總算是點醒了可拉已快急昏的頭腦。

艾華將成為斯可達星球中新一任的主政，這已經沒有逆轉的可能，在這使命開啟之間，他跟艾娃取得了第一步的成功。

艾華、艾娃、艾絢艷、可沁和可拉松這五人為了這一成功而團團的抱在了一起，艾絢艷更是激動得淚如雨下。

在已經完全沒有懸念的情況下，現任可拉主政把候任主任艾華約請到了斯可達宮殿。在那兒，他們一起邁步在後花園的大草坪上，在交談了近兩個時光後，兩位主政又走進了紀念艾之冰河主政的建築中，他們一起在艾之冰河的金像前瞻仰了良久。

在他們離開後，他們又回到了斯可達宮殿的會議室。他們開始了工作上的交談，在互述自己的執政理念後，他們開始進入到了主政的交替程序之中，根據慣例，這種交替程序需要五十天的時間，但可拉倒不希望拖至這麼久，他知道，憑著艾華的智慧和大滿分的成績，他應該對斯可達的一切事物已經有了充分的認識，可拉主政想把這個交替程序縮短到三十天，出於他自身的名譽考慮，他也想在三十天時，以辭職的名義離開主政的位置。對於這些，艾華都表示了同意，則是在可拉卸任要離開斯可達宮殿這一問題上，艾華表示了他的看法和請求。

「可拉主政，您居住在斯可達宮殿已經很久了，我想您已經習慣了這個象徵著斯可達星球的地方，而我不願意住在此地，現在我住的地方距離首華城很近，我想把我的辦公室設在社會工程部的十樓。另外我會勸說我的父親搬來此地陪您，你們可以聊聊人生，談談斯可達的前景，這樣也便於我前來聽取您們的指教。」

「艾華，你可真是一個謙遜大度的年輕人，有你父親的陪同我當然非常樂意居住在這裡。只是你的辦公室設在社會工程部的十樓讓我不太理解，那裡是緊急情況下的最高行政地點，你去那裡辦公，難道形勢有這麼危急嗎？這讓民眾又會怎麼想？」

「在您的領導下，舉目望去是一片鶯歌燕舞，可您也知道在斯可達有很大一部分人卻不這樣認為，這當然也包括我在內。坦承的說，我對您一些決策中的失誤如拖延很是不滿。恕我直言，三十七城的工程被擱置，『眨眼星』事件也被涼在一邊達四年之久，這對斯可達星球來說都是十分危險的！」

艾華一提到這兩件事，這便引起了後面那針鋒相對的對話。

「斯可達的和平繁榮是鐵錚的事實，我們的安全由我們的文明高度作出了絕對的保障。你認為斯可達星球已處於極大的威脅之中，這堅實的理由是什麼？只靠感覺而沒有科學的依據，這可是嘩眾取寵和危言聳聽。關於否決三十七城工程的事，我很遺憾，但耗費這麼大的資源去準備逃亡，這合適嗎？至於『眨眼星』事件，我們有被外星人殘害的沉痛教訓，如果再出現一次，誰來承擔這個責任？保護好斯可達民眾，這不是我們做公僕的天職嗎？！」

「三十七城的工程確實龐大，並會耗費很大的資源，但就目前的斯可達文明而言，它是值得和匹配的。工程的主要目的最終是用來逃亡，可它像宇宙其他的飛行機一樣也有自己的目標，我們的目標是：在適當的時候去飛往理想中的地方。再說『眨眼星』事件，之前我雖然也參加了討論會，但沒有直接跟您溝通過，現在我可以告訴您，我和艾娃的認識是一致的，我們認為這二十一架宇宙飛行機的到來，其意義可不下七顆星方向給我們的明示，或許我們雙方都在一種神秘力量的棋盤中，可我們會因此而得到文明的幫助是大概率的事。再說事實，他們確實沒有攻擊性，如果有，請問主政，我們能抵擋得了嗎？」

「似乎難以抵擋，但是我們堅定的拒絕態度，卻擋住了他們的魯莽企圖。」

「事情一定不是這樣的！看看『眨眼星』上的環境是多麼的惡劣，在飛沙走石下，水源卻深藏在三百千米的地層下。再看看這二十三位人類，他們依然是血肉之軀，如果，時間積累下的壓力使他們覺得絕望時，

第二部 艾華和艾娃（一個舊宇宙中的人類星球）

他們會不會做出違背本意的事呢？」

「雖然我不認為『眨眼星』事件是我個人的決定，但我勇於承擔全部責任。」

「我欽佩您，可拉主政！您的勇氣使我獲得了解決這件事所需要的安慰。好吧，我們停止爭執，讓我來向您說一件另外的事情。我在信息站工作快三年了，我們總體的大功率光波裝置也運行工作了十一年，但是，我們收到的宇宙信號卻只有十萬多個，相比整個宇宙中有四百多億個人類星球，這實際的水平還停留在幾千萬年前，可拉主政，依您看，這是不是我們的行政上有瑕疵？」

「是的，這是我執政期的錯誤，把宇宙的普遍信息仍放在社會工程部處理，這些應該歸納到宇宙工程部，應該在宇宙工程部放置一個更大的信息站。」在交談氣氛漸漸回暖時，可拉主政也勇於認錯的說道。

「可拉主政，謝謝你的指教，我本打算在宇宙工程部設立一個與社會工程部共享的信息點，由您這麼一說，我知道該怎麼去做了。」

「艾華，趁現在的機會，我想認真詢問你一個問題，難道你真的認為，大宇宙將被毀滅嗎？」

「我不否定我一直以來都是這樣認定的，從科學和現實的角度來說，我說不出什麼鐵定的證據。我在深入思考時老會這麼想，如果一場大毀滅在極致的程度上開始時，那大宇宙的所有最高文明人類都會有所察覺，他們會做什麼？答案都是肯定的。看看我們所處的宇宙位置，如果沒有七顆星，那麼那無際無邊又無限的天堂就是人類的大盲區，可七顆星偏偏就給宇宙人類指引出七個方向，而我們星球正處在關鍵部位，我想，除了宇宙會被毀滅之外，可能還有其他意想不到的大挑戰。或許，有一個奇點就會形成在我們星系的周邊！」

「毀滅的奇點會形成在我們星系的周邊？我真希望你的話是危言聳聽到了極致，而不是可能中的現象，哈哈，我之前一直以為你的父親是斯可達中最有趣的人，看來你更勝於你父親，好吧，現在我看著你，可比自己執政還來勁，這是我心服口服的真實感覺。年輕的艾華，好好幹！希望斯可達會更好更偉大！」

「謝謝您，可拉主政，還有一事我想請教您。」

「請說吧，你將跟你父親一樣，不用太客氣了。不過我猜，你應該是關於艾娃的事。」

「您猜對了！是關於艾娃任職的事。」

「根據艾娃的成績，三個部門的主政，她可以任意挑選一個，有兩個方法使她跟你同時上任，一，你發一個候任主政提示令來否定我的前一個主政令；二，由我發個主政令去確認艾娃的主政位置。好吧，還是由我

美麗的地獄

來發一道最後一次主政令吧。那麼，艾娃屬意哪個部？」

「宇宙工程部！」

離開了斯可達宮殿，艾華直接去了父母和艾娃他們的住所。

艾華首先向艾娃交代了出任宇宙工程部的主政事宜後，接下來，他就跟父親開始了長談。

前面已經提過，作為艾華的父親，艾斯琴斯比普通人更了解兒子的神奇，但他可從來不希望兒子去擔任什麼重任，更沒有想到兒子將會去領導整個星球，但是，事情就是這麼快速發展的，這個發展還不僅僅牽涉到了艾華，還有艾娃也身在其中，而這斯可達星球的第一和第二主政可都落在了他的家中，這說來真有一點做夢的感覺。

「斯可達怎麼了？得需要兩個神仙孩子去領導嗎？未來會是什麼樣，是真的會進入第五期人類文明嗎？第五期人類文明又是怎樣的？是人神合一的時代嗎？」在跟兒子艾華交談到最後時，艾斯琴斯的大腦中滾動著一連串的問題。

艾華要去跟艾娃談話了，臨去前，他再次提醒父親快點做好準備，以搬去斯可達宮殿住，可艾斯琴斯像是在夢中被艾華叫醒一樣，他只是哼哈的應了一下。

四

艾華和艾娃在另一個客廳中各自坐在一張大椅子上。

「哥哥，您們的交替程序需要多少天，還是五十天嗎？」艾娃問。

「三十天，可拉主政希望以辭職的方式離開他的主政崗位，可欽主政也一樣，所以你得準備在明天去與他交接，到時我們一起上任。除了上任的事，今天我主要想聽聽你對執掌宇宙工程部的一些打算。」艾華說。

「目前的宇宙工程部是斯可達星球中進步最緩慢的部門，可以說是文明進步最薄弱的一環。關於這個部門的發展遠景，我已經考慮了很久，在最近的形勢之下，我更作了無數次的反覆思考，要讓宇宙工程部跟得上文明的步伐和應付大宇宙的信息變化，我認為首先得讓這個部門進入發展的快車道，高速的發展得分幾個步驟去進行。

斯可達星球對於大宇宙防禦反應系統，實際的反應有效範圍只有五天的極速航程之內，我們要把它擴展到至少二百天以上。在攻防的武器系統方面，我們的處境是尷尬的，但是我查閱過整個歷史上所留下的所有資料，看來，我們在三期文明中，祖輩們給我們留下了非常可貴的寶藏，其中的七十二項武器系統至今還很有價值，我還從封存的兩億四千六百多萬份武器設計中精選了二百件，這二百七十二項武器，我們只要化上一年就

能製造出它們的升級版。這一些加在一些，我們至少能應付類似『眨眼星』上那種文明級別的挑戰。

這麼多年，我詳細看了哥哥以前設計的三十七座城市的工程圖紙和方案，它至少在一千萬年內依然屬於先進的。在母親的陪同下，我對整個中部的聖水區域進行過上千次的勘察，如果最後結合去往天堂的話，三十七城還不夠，我設計了八十七城的整個聖水區域範圍，所以我想把這個工程擴展至三個工程時段。十二城的護衛部分；二十五的防衛居住部分；五十城收尾部分；整個工程預估需要二百二十年左右，但是，大宇宙的形勢會不會給予我們這個充餘的時間呢？這實在不好說，所以我們只能在時間上也預設三段。

我預設三個時間段是：第一個時間段為四十年；第二段為一百三十年；第三段為五十年；在第一個時間段中，除了『保衛者一號』的托升和基建、動力系統和武器系統外，我想再製造兩個宇宙塔樓，在『天堂星』和『岩石星』上，讓這兩個宇宙塔樓去駐守。在星球的太空上得建兩個霧流儲存中心。我細細的查過和算過，不包括第三段的計劃在內，一二時間段中所要化去資源是我們整個資源的百分之十七，所以我們還有大量的發展空間。」艾娃說到這裡停住了，因為那隻玲瓏之愛小貓跳上了她的腿，牠親暱的蹭了她幾下，隨後把牠那對圓圓的眼睛盯著艾華。

艾娃以上的部分打算說得十分流暢，她沒有什麼激昂的情緒，聽起來只是閒話家常。

「艾娃，我相信在大家的努力下，你能使宇宙工程部步入快速發展的軌道，你應該對所有發展的計劃已經胸有成竹了，現在請你告訴我一些具體的數據，以便我能完全處在配合你的位置上。你說全部的工時預設是二百二十年，我想你一定是預出了一定的時間去應對不測和挑戰，對於這些不測和挑戰的節點，你又是怎麼想的？」艾華以十分懇切的口氣問道。

「我想，在大宇宙的世紀上總會出現不測事態，我預估這個時間節點應該是出現在未來的二十年至五百年間，大概率是有較多的高級文明群體會來到我們的星系附近，甚至是星系之內。我還是來說一下一些工程中的數據吧。需要最新的智能手一百二十萬套，等至第二期的二十五城時，得增加到五百四十套；要製造的攻防武器系統是二百七十二種，共計二萬七十二套；十二城佔居的武器系統比率是百分之七十五，二十五城的武器比率是百分之十五，而五十城的比率是百分之五；這共三期的工程中，我們需要四千二百架宇宙攻擊機和宇宙殲擊機，在『保衛者一號』完成前後，我們得需要六個宇宙儲存資源站，四個光流中心，兩個霧流中心，三萬個聖水加工處理中心，九十萬個氫氣動力系統，三百萬個發動機。為了減輕載重保持聖水土層優質，我們得重建一億兩千套輕型住宅單位，一億套兩

用的『套套房』。這些只是三期工程中的大致數據。這不包括在二百年間在星球內的發展。

有關星球內外在二百年內的一切發展布局和重大項目前後程序，我都有詳細的文字和設計資料，我整理一下，在三天內發給您。」

接著艾娃的話，艾華對她說道：「一個好的大計劃總需要幾個好的方案來配套，這樣可以遊刃有餘，又可以完善和完美它。現在斯可達有一百七十萬出色的科學家，工程師和技術人員有一億，我們教過的學生們也該成為中堅力量，看來我們還得向全斯可達民眾作　總動員，因為我們現在參加工作的人還不到總人口的百分之三，得至少在原有的基礎上增加五倍。」

「是！哥哥。如果這個總動員取得成功的話，我們就有可能在二百年內把斯可達星球打造成一個了不起的超高文明的星球，就是大宇宙真的遇上了難以預測的大災難，我們也能在有備無患中沉著應對。」艾娃說到這兒，眼睛中正噴發出奪目的光採。

「我跟可拉主政的交接工作，每天估計也只有三個時光，所以我會用許多時間去細細讀你發來的計劃和設計，我會提出自己的意見，然後發給你，這樣幾次的補充後，這個計劃會更趨完善，另外我想請你親自去完成一件事情。」艾華說。

「哥哥，我猜，您是想讓我去跟『眨眼星』上那二十三位外星人展開談判。」艾娃笑著說。

「我們真是親人，你連我想什麼都猜到了。是的，我想早點去解決這個問題，不要讓他們成為我們沒必要的心頭之患。」艾華說。

「我現在傳一個信息給您，請您看一下。」艾娃說，她馬上傳了一個信息給艾華。

艾華看後，高興的對艾娃說：「看來你也想早點去解決這個問題。上維光纖波的數據證明我們跟他們是同屬一個母音系，這樣看，他們確實是來自於十二個太陽系的星球，艾娃你已經完全作好了談判的心理準備。不過我們還得等到三十天後。」

「哥哥，可能不用等待三十天這麼久，您看您的專輯信息，上面有四位主政給我們發出開會的邀請。」艾娃提醒說。

「喔，我才看到，我們明天去吧！但是，這個會議怎麼會讓你覺得，不用等待三十天呢？」艾華不解的問。

「這又是我猜的！嘿嘿。」艾娃神秘的笑了笑。

這時，玲瓏之愛迅速從艾娃的腿上跳下來，牠跟玲瓏艾娃一起向門外跑去。

艾華和艾娃相對一笑，他們知道，他們的母親艾絢艷正從外出回家

來了。

　　第二天，四位主政已經等候在社會工程部的十樓，這個緊急時刻的最高指揮中心，在今天就是他們和兩位候任主政的會議室，不一會兒，艾華和艾娃也到了。

　　「我昨天對艾華說：『看著你，可比我自己執政還來勁』。艾華和艾娃，我跟三位主政溝通過了，決定在這三十天的交替中讓你們盡快的走上斯可達的中心舞台。因為這是兩個主政的交替，所以你們可能想做一些預備上的準備工作，如果有，提出來，我們盡力而為出來幫助，這樣也可以讓我們見識一下你們執政的風格。不用顧忌，過渡的交替期，六個主政的配合是合適的。」可拉主政輕鬆微笑著說。

　　艾華和艾娃對視了一下，然後對大家說：「我跟艾娃還真有一件事想做，但眼下就得各位主政賦於我們一個權力。」

　　「看來，你們這兩個神奇的年輕人，也有讓我們人類猜準的時候，看！這是可拉主政的一道主政令：從今天開始，你們倆就可以執行主政的職責，這是我們三個的主政令，這三十天，斯可達星球有六位主政在執政，艾華，請你說吧你跟艾娃想做一件什麼事？」可之敏主政微笑著說。

　　「尊敬的前輩們，謝謝！我們想盡快跟『眨眼星』上的二十三位外星人展開談判！」艾華說。

　　對於這個問題，可之敏主政跟艾理主政交換了一下眼色，而可拉主政跟可欽主政交換了一下眼色。

　　前兩位主政舉手表示了同意，後兩位主政站起了身子。

　　「可之敏主政，請你將剛才你說的兩個主政令發往全球吧！」主政可拉說。

　　大度是品質上的重要元素；大度在打開心結後能起到改變自己的作用，高級文明中的大度，體現著個體文明的提升高度，它讓艾華和艾娃在不得不行使使命時感覺到非常的激動！

　　「謝謝主政！」艾華和艾娃異口同聲說，他兩走上去，給主政們一個大大的擁抱。

　　「艾娃，你準備好了嗎，想什麼時候跟他們談判？」可欽主政微笑著問艾娃。

　　「我準備好了！最好現在就開始。」艾娃答道。

　　「太好了，我們都在，可以一起看看年輕人的才華！見識一下大宇宙的實際交往！我說得沒錯，看著他們，比自己的執政還來勁。」可拉主政拍案叫好，主政們都覺得非常來勁。

　　可之敏主政打開了中心關鍵信息源，可欽主政則讓信息起源連上了上維光纖波。

美麗的地獄

「艾娃，可以開始了！」可欽通知艾娃說。

這個最高的緊急指揮地方，不知道經過了多久的停止使用期，眼下，從設備中噴射出的紅光將這個大面積的房間照得通紅。

艾娃操作了幾秒鐘，屏幕上出現了發出去轉換成文字的顯示：

「尊敬的宇宙來客，我叫艾娃，我代表斯可達星球方，請求與您們溝通。」

四個時光後，斯可達星球這一方收到了第一個回覆，「我們來自於十二個太陽系，我們的星球叫：可依分，我叫波波提提。我們希望進入你們的星球。」

一分鐘後，艾娃向對方發去了第二個信息。

「抱歉，從十二個太陽系至『眨眼星』這有一兆光年的距離跨度，您們飛至此地，顛覆了我的認知，請問，您們是人類，還是人工智能人？」

不到一個時光，對方發來了第二個信息，內容是：「更抱歉的是我們，這是一個訊號波距離，但由於我們誤入了時間扭曲區域，所以我們來到了您們的附近，請準許我們進入你們的星球。」

時間扭曲區域？這類似於天堂世界的活動狀態區域，六位主政開始進行了一陣短暫的商議，隨後，艾娃向對方發去了第三個信息。

「獲準進入斯可達星球，但是有幾個先決條件。」

半個時光後，他們發來了第三個信息：「請告知條件內容，我們會盡量的滿足您們」。

艾娃一秒不停，馬上採用語言轉換波段信號的方式向對方發去了第四個信息。

「一，飛行過程不得隱身，二，以『眨眼星』七十五度向我們直線飛行，三，入宇宙本維線轉二十度，四，向本星球靠攏的七度線時作盤旋等待。」

斯可達星球這一方，在足足等待了又三個時光後，才收到了他們第四個回覆信息。

「我們承諾接受您們的先決條件，可是我們沒有確切的把握去完成這樣的飛行姿態，由於我們經過時間扭曲區域時，也遇上了其中的震盪區，所以，我們以最普通的飛行姿勢，也要八十一天才能到達貴星球，如果您們可以出迎配合的話，我們才能完全遵循您們的指令！」

「震盪區？！」艾娃、艾華和可欽同時喊出了三個字。

艾娃起身走到了大窗前，她向外眺望著，大腦中搭起了一條無形的長線：「十二個太陽系、浩瀚無垠的大宇宙、迷霧滾滾的時間扭曲區域、刺耳又迷亂的震盪區、飛沙走石的「眨眼星」……。

「可依分星球是個什麼樣的神奇地方，它們怎麼可能穿過大宇宙最

不可思議的地方？」艾娃想了二十分鐘，然後回到坐位，她以自己的知識和認知，跟艾華一起向主政們介紹了一些有關斯可達星球不被認知的東西。接著，他們又商議了十分鐘，隨後向對方發去了第五個信息。

「貴方現在飛行的速度是超音速的五倍，請收到信息後立即起飛，二十二天第一時光，我們的飛行機會出迎配合您們。」

只五分鐘，可依分方發來了第五個回覆：「艾娃你好！我是波波提提，認識你，我們都很高興。在這五年中，我們都學會了斯可達的語言，我們向斯可達星球表示我們的敬意。我們會馬上執行貴方的指令！」

大家歡樂的笑了，艾娃則綻開了更加美麗的笑容。

還不到一分鐘，屏幕上就出現了很大的動靜，三架貌似主機的宇宙飛行機升到了半空中，它們向趴在大地上的另十八架宇宙飛行機噴灑著白色的強光，這些強光猶如哺乳嬰兒的母汁，使這十八架宇宙飛行機也升到空中，它們彼此層層疊疊加在一起，開始了一種奇怪的滑翔式飛行。

這二十一架宇宙已經飛進七十二度直維線，它們開始分散開來，並像二十一隻兔子一樣跳躍了一陣，不久，這種飛行機似乎沒有了白色的強光，它們從七十二度直維線上下墜了一陣，好不容易穩住後，才向斯可達達星球左翼方向飄了起來。

「哈哈，真逗！經過大宇宙最危險區的巨大考驗的英雄，還要像蒼蠅一樣爬行在我們的外太空中。」艾娃樂著對艾華說。

十九天後，斯可達方那灌滿玄光的二十一架蜘蛛進攻飛行機離開了星球，六個時光後，宇宙塔樓也拔地而起，一天後，宇宙塔樓已經飛到了蜘蛛攻擊飛行機的前面，由它率領的攻擊飛行機群向著七十二度直維線的另一端前進。

又兩天時，這曾發生摩擦的雙方又見了面，它們像重歸於好的朋友，在減速的盤旋下，二十一架蜘蛛攻擊飛行機去搭在宇宙飛行機的背上，看上去就像大猩猩背著小彌一樣。

在短暫的動力輸送後，這二十一架宇宙飛行機就輕鬆的分成兩批，它們陪飛在宇宙塔樓的兩旁。

在之前的二十二天中，由於玄光的銳減，六位主政集體決定，他們向七顆星的方向派出了五十架蜘蛛攻擊飛行機和五十架萬應裂變飛行機，為了縮短它們的飛行距離，斯可達幾乎把剩下的玄光都注入到飛行機中。

也在這二十二天的第八天，艾華向斯可達全球發表了一次演講，他動員大家都去參加工作。

在同一天，艾娃把八十七城工程計劃中的二十七城的工程計劃公開信息源上，在這第二天，社會工程部向二十七城的民眾發出了通知，從一百天後開始，讓住在那裡的民眾逐漸搬離這個區域。

美麗的地獄

還有兩天，斯可達星球就將迎來新年的第一天，為此，六位主政一致希望慶祝一下，在這一天，全球將有五檔主要的節目。

第一個節目是：宇宙塔樓將帶著宇宙客人回到斯可達星球；第二個節目是：真人劇（美麗的地獄）；第三個節目是：天中球的年度冠亞軍決賽；第四個節目是：歡迎可依分外星人的大會；第五個節目是：全球的新年聯歡會。

這一天，在無比激動人心的三台節目後，第四台，歡迎可依分外星人的大會開始了。

在主席台上就坐的除了三十一位新舊主政之外，還有全程負責接待的可拉松和二十三位剛到不久的可依分人，歡迎會開始，首先由艾娃向斯可達民眾介紹了這些宇宙客人中的主要人物。

「我所介紹的第一位是：可依分星球大大利利國的總統亦亦通通先生。」在艾娃介紹後，這位叫亦亦通通的總統站起來，他向台下的民眾鞠了一躬，接著，艾娃又帶著迷人的笑容向大家介紹了第二位，「第二位是總統夫人：芹芹之之。」在人們的掌聲下，總統夫人站起來，也向台下的民眾鞠了一躬，「我所介紹的第三位是：可依分星球大大利利國的玄學家和大科學家，波波提提先生。」這位叫波波提提向人們鞠躬後，還向大家敬了一個禮。

「現在，我們敬請總統先生給大家說幾句。」艾娃說完，她做出恭敬又禮貌的手勢，並把這位總統先生，引領到了主席台上的講台位置。

總統先生說道：「我們已經飛行了六萬兆時，我相信這個飛行數據是不正確的，但是，我們又堅信，我們已經飛到了你們的星球，這是無比正確的選擇！一路上我們歷經千難萬險，才能來到這裡。這一切都算是值得的，謝謝斯可達星球，謝謝大家！」

就衝著這位總統使用的斯可達語言，全場響起了雷鳴般的掌聲，在如此熱烈的掌聲下，這位總統的鞠躬姿勢也持續了很長的時間。

五

可依分外星人達到斯可達星球的第二天，可拉松便帶著他們去了人類生命醫院，從他們大腦和各種器官數據的顯示，他們的平均生命長度是一萬一千四百年，但是，非常遺憾！就目前他們所剩餘的生命長度，最長的總統夫人也僅僅還有四百五十年，排第二位的是玄學家波波提提，他僅僅剩餘生命長度是三百零二年，排第三位才是總統亦亦通通先生，至於其他的二十位，他們的壽命都還不到三年，有一位甚至只有一百天。

這批可依分外星人，他們對斯可達星球由生命科學所得出的結論，

半信半疑，他們還自稱自己的文明程度也已經達到了第四期。可是，經過幾十天下來，他們對斯可達星球卻是大加讚賞，他們更把斯可達星球在社會結構、生活狀態和生命科學比作天堂一般。不過，他們也對斯可達星球的兩個方面持批評的態度，特別是，他們不掩飾他們對斯可達星球的宇宙航天科技的不屑！

那麼可依分星球又是怎麼一個文明狀態呢？他們是怎麼來到遙遠的斯可達星球的？根據他們的自述，讓我們來了解一下吧。

擁有十二個太陽的太陽系，它無疑是另一類的奇葩。它座落在整個大宇宙中最最密集的區域，那個區域不但是過於的浩瀚，而且還是非常的複雜。那十二個太陽既帶著一部分星球在大宇宙中旋轉，令人錯愕的是。其中還有五個太陽還會「流浪似的走位」，它們大部分時間在宇宙中按部就班的運動，也有時會出現與其它太陽的交叉運動。

以可依分星球的探索技術發現，在整個十二個太陽系中，共有三億多個星球，其中有近五百個星球居住著不同的人類。

雖然說，在這個超級浩瀚的太陽系中有十二個太陽，但是，可依分星球卻在絕大部分中處於純黑暗和朦朧的陰霾之下，他們從兩種不同的黑暗中來分隔一天，到了剛好整整三百天時，有個「流浪」太陽會經過他們的星球，這段時間只有十二天，但就在這十二天裡，可依分的整個星球中便只有了白天而沒有夜晚。可依分人把這十二天稱為一年，他們也俗稱它為小年。而這種循環經過二十四次時，他們便會遇到另一個「流浪」太陽的到來，這一次，他們將遇上整整六十個全白天，他們把這一次叫做大年。

斯可達星球以生命科學檢測他們的壽命為一萬一千四百年，而他們對斯可達星球的人類壽命，卻認定與他們只相差一萬兩千年，他們好像有一種「宇宙恆定論」，說是科學也可以，但是，所有斯可達的精英們都把這種難懂的東西稱之為：玄學！

據他們介紹，可依分人類星球曾有五百二十一次被毀滅，而斯可達星球卻只有七十八次。相比而論，這兩個星球壽命差不多，可它們的環境是大大的不同。相比斯可達星球，可依分星球的生存條件是極其的惡劣，他們除了黑暗和缺水之外，在這十二個太陽系中，還有一百零三個被他們稱為「土匪人的星球」，所以，可依分人類在五百二十一次被毀滅中，其中就包括了七次「土匪人的星球」所為。

「土匪人星球」上的人類，他們很類似斯可達概念中的「森林地獄人」，這些人類多數性情暴躁，行為怪異又殘忍，他們視搶劫為生活的樂趣，能強行劫擄外星人類則是他們人生的最大目標。讓人難以以道德的層面去解釋的是：這一百零三個星球都是非常古老的星球，且科技文明程度也一直停留在文明的第二期，為什麼他們得以生存而不被毀滅，以可依分

之前的宗教理論來說，天堂把那裡作為宇宙惡人的集中地，時間一到便全部毀滅。

說來也奇怪，可依分人類曾在宇宙戰中，打死他們很多人，通過解剖後所見，他們跟其他人類是相同的，只是他們的肉體細胞有些異常，曾研究後認為，這些古怪的肉體細胞，其成份似乎是古老的工業原料。

面對這盤古迄今的威脅，可依分星球的文明發展也極具針對性，就可依分星球的主要發展指向關鍵只有兩項，為了戰勝那些「土匪人星球」和消滅他們，可依分宇宙武器系統是主要的，另一個，他們在此的基礎上，還在宇宙的各處尋找合適他們的美麗星球，此兩項主要的發展方向，可以歸納為一個，那就是盡力在發展宇宙空間事業。

可依分星球內，目前則僅存著兩個國家，一個就是現在前來斯可達星球的大大利利國，另一個叫辰辰力力國，這政治體制和兩個國家的生死與共，它在整個宇宙也屬另類，據說他們每三個大年輪流執政，執行只管宇宙的事，內政則有另一個在野國管理。

可依分星球在最高的國家數據時，也只有九十七個，他們在一期文明時，就把國家叫做：家國，意思是，家的重要性必須超過國，而超長時期受外星的威脅和侵擾，這反而使這個星球的所有民族是無比的團結和友好。

講了這些，我們應該回到故事情節的主題上。為什麼他們要離開星球家園而又來到這超遙遠的斯可達星球呢？

在亦亦通通上任不久，他們探明到有一大批宇宙土匪外星人正向他們的可依分星球撲來，這些侵略者共來了二百架大型飛行機，他們是從四個方向殺將過來。

這批侵略者預計會在大年的六十天到達可依分星球，可依分人類喜歡這六十天，因為他們喜歡久違的陽光普照，而這些侵略者也喜歡這個節時，因為他們喜歡把自己的罪惡暴露在光天化日之下。

雖然，整個可依分星球早已作好了戰爭的準備，以他們現在的文明實力要打贏這種規模的宇宙戰，可以說是十拿九穩。但是，他們極不願意把戰場設在自己星球的前沿，因為無論輸贏，其破壞所造成的後果都是災難性的。

當侵略者已經到達可依分三小年的距離時，早埋伏在那片宇宙太空的一千三百架可依分攻擊機就迎上去予以痛擊，在三天內消滅了這批侵略飛行機後，可依分的攻擊機並沒有回來，它們按著既定的計劃，向著宇宙土匪區域進發。在距離它們四十天的地方，它們又跟那個區域的兩支宇宙力量發生了激戰，當它們殲滅這兩支力量後，更對一個土匪星球實施了毀滅性的攻擊。

也就在這一千三百架攻擊機取得完勝時，可依分的第二批飛行機也到達了這片戰區，而這次到達的飛行機數量有五千架，這一下，那片戰區簡直就成了飛行機橫行下的無邊海洋。

　　在暫無敵手的情況下，這一幕看上去似是在換防，其實不然，這只是它們在執行一個戰略計劃。

　　這個戰略計劃早在六百前時就擬定了，計劃就是要等來犯者到達時才開始全盤實施。

　　這個戰略計劃共分三個步驟：一，趁著宇宙土匪的來犯，在三個小年的距離處先幹掉他們，然後乘勝追擊至四十個光年處，把危害最大的一個宇宙土匪星球打趴。二，當遇見第二飛行機群埋伏現身後，第一批的一千三百飛行機回撤；二，五千架飛行機現身後，就從那個區域開始，一直向他們測定的一個美麗的星球飛行，治途要對一百零三個宇宙土匪星球實施最沉重的打擊，一旦發現他們其中有準備不足的星球，甚至可以去毀滅他們；三，一路跟隨埋伏的三百架類似飛到斯可達星球的巨型宇宙飛行機則盡量潛伏跟隨，在沒有意外的情況下，這三百架宇宙飛行機，一直要等五千架飛行機到達鄰近美麗星球前而回撤時，才執行它們的關鍵任務，它們的任務是：從美麗星球到可依分星球之間進行保衛巡邏。這個戰略機會包括打擊敵人和全星球人類大移民。整個戰略計劃預計的時間是：一百個大年（一萬兩千年，但為了成功，也可以不惜用去多少年），為了成功而不被洩密，於是，可依分星球早在實施這個計劃訂下時，就將星球內的一切都作了各種「混亂」性的偽裝，這也包括了總統，其實，亦亦通通總統早在四百八十年前已經卸任了。

　　在整個戰略計劃中，這三百架宇宙飛行機所承擔的角色是非常重要的！

　　這三百架宇宙飛行機，它們不但有無堅可摧的外殼，還搭載著十二種武器；它們擁有上萬種功能，其中一個就是：只要有種白色的強光在，那麼在艙內的人員就不會產生影響生命的疾病。

　　這全部可依分人都知道，除了路途非常遙遠之外，各種超出人類認知的意外也可能層出不窮。不過，這對於他們可全然不成問題，因為，可依分人類祖祖輩輩都狠下了決心，無論化多少代價，他們也會前仆後繼，他們一定要移民去那個美麗的星球。

　　計劃中的第一步已經順利完成，第一批的攻擊機也開始向回撤去。

　　第二批攻擊機兵分七路向前高速挺進，在之後飛行的一個小年中，他們遭遇到了宇宙土匪的不斷阻擊，但可依分的攻擊機都能全殲對手，接下來的兩年中，它們高歌猛進，他們歷經了十幾次摧枯拉朽的襲擊，幾乎打敗了所有的敵人，他們還摧毀了三個宇宙土匪星球上的全部有生力量和

震懾了一批宇宙土匪的宇宙太空力量，眼看可依分星球將來的幾百年在安全上已經有了保障，於是，這七路攻擊機變成一路，他們浩浩蕩蕩開始向美麗星球的方向繼續前進。

又十二年後，這五千架攻擊機開始搜索到一個地區的周邊，這兒距離美麗的星球已經不遠，按既定的計劃，在他們搜索完畢後就要撤回，然後帶著全可依分的人類開始一場波瀾壯闊的宇宙大遷移。

五千架攻擊機正向回程飛去，現在只剩下這三百架堅不可摧的宇宙飛行機了。它們的最後任務是，繼續飛行，直到到達美麗星球才停下來。在那個空白的星球裡實行警戒，隨後，將其中的二百九十架宇宙飛行機去這整個宇宙通道上巡邏。

前面已經有十二年的平靜飛行，接下來的十年飛行，他們就會到達嚮往已久的目的地。

又經過兩個小年的飛行後，他們已經飛到了最後的兩個人類星球的附近，這時的玄學家波波提提告誡大家，從現在起可分秒都不能放鬆自己的警惕。這兒雖然只有兩個人類星球了，可是以他們之前的所有高科技探索，這兩個星球竟然是他們的盲點。

在這種情況下，亦亦通通對全部宇宙飛行機發出了這樣的命令：凡發現空中的任何飛行物，無論遠近，一律消滅。

在這個命令發出後沒幾天，在宇宙飛行機的屏幕上果然出現了密密麻麻的小黑點，這些密如網狀的黑點只出現了一秒後，全部宇宙飛行機便群起向它們開火。

一陣連著一陣能將黑夜變成白晝的攻擊武器，漸漸的撕裂著那張大網，三百架宇宙飛行機邊打邊靠近它們，在一定的距離間，宇宙飛行機還用白色的強光去照射它們，在白色強光的照射下，那一大群一大群的空中飛行物呈現出惡形怪狀的猙獰面目，它們紛紛摔向大宇宙的無底深淵。

幹掉這大群的攔擊者還不到二十秒，主機指揮系統便發出了更強的警報，他們的左右兩邊又出現了大批飛行機。

「波波提提，主機上怎麼沒有了這兩個星球的位置？」亦亦通通把他的發現變成提問來詢問玄學家。

「我注意到了！我判斷，我們可能遇上了虛擬區域。」波波提提說，他也是在提醒這位宇宙飛行機的統帥。

「糟糕！指揮系統也會出錯？或許會真假參半。」亦亦通通已經知道了情況的危急，他迅速對著量子衝擊通訊系統大聲喊道：「全體勇士立刻向右十五度強行衝擊，注意彼此要盡量靠近！」

當三百架宇宙飛行機一起空中急停，又瞬間向右十五度擺正位置時，可已經來不及了，那些屏幕上顯示的不明飛行機已經出現在他們肉眼所見

的前方位置。

這虛擬區的第一個真實情況出現了，對方前面出現的飛行機有多少？這實在是無法計算，屏幕顯示是六千架，肉眼是看不到有一個盡頭。

對方已經向可依分一方打來了排山倒海的攻擊武器，可依分一方的宇宙飛行機幾乎都在翻滾，這造成了這三百架宇宙飛行機是擠成一片的混亂，這麼近的距離，使雙方的一切進攻性武器都難以發揮作用，這簡直就是一場罕見的宇宙太空肉搏戰役。

這一戰，打出了可依分一方的英雄本色，這些無堅可摧的宇宙飛行機變成了無堅不摧的利器。

在敵我雙方二十比一的情況下，憑著自己材質和速度，在大半天的衝擊下，這三百架宇宙飛行機已經殺出了一條宇宙狹窄的通道，它們正脫離著這罐裝式的戰場，向著那無邊無際的大宇宙極速衝去。

衝著衝著，計時器上的時間在開始倒走，屏幕上的那兩個人類星球和美麗的星球已經早就消失了。再緊急聯繫大本營，可三百架宇宙飛行機卻無一能開啓通訊系統。

就在距離美麗星球的最後十年內，這個擁有四期文明的宇宙飛行機卻處於了迷不知所措的境地，曾經在他們的探索版圖上，有著再清晰不過的指引，可是，大宇宙的真實和虛幻卻早已矇住了他們的雙眼和心靈。

大宇宙已經沒有了方向，這三百架劃時代的巨型宇宙飛行機也成了三百隻失去方向的小昆蟲，它們能做的唯一是，把這三百隻小昆蟲變成高中低三層來繼續飛行。

現在的宇宙太空開始像極了星球內的太空，俯視下去，下面出現了一片草綠色，這彷彿是星球中的大草原。這些原本黑漆漆的宇宙飛行機在特殊的光下變成了淡棕色，一群黃蜂正在大平原上拚命飛奔。

感覺上，這一片區域是無窮無盡的牢籠，因為計時器從倒走已經顯示它們已經飛行了三千年。

「我們陷入了夢幻般的時間境地，危險往往就出現在我們的意識模糊之際。」波波提提不斷在提醒大家，他可真不愧為玄學家，他的判斷和提醒接下來就成了千真萬確的事實。

這些宇宙飛行機關閉了自己的動力系統，讓轉換來的宇宙光源來替代工作，這在不明的區域，等同於是向著一個方向，讓自然去取代自己絕大部分的方向目標。

看來，他們又飄進了另一宇宙的區域，這裡是濃厚的雲層在夾著他們前行，宇宙飛行機上的人們都犯睏了，他們是在強打起精神，時不時的揉揉自己的眼睛。

雲層在極速散去，這時的前面出來了四個形同章魚又頂天立地的大

美
麗
的
地
獄

物種，這一下可把這些可依分人給嚇得不輕。

這四個大「章魚」已張開了它們的巨鬚，它們噴出的黑霧使宇宙飛行機在旋轉中進入它們的軀體，然後它們扭動起來，似在吞噬後的嚼動，可在一陣沉悶的撞擊聲後，它們又把宇宙飛行機給吐了出來。

這是天生以飛行機為主食的大章魚嗎？可是它們卻無法消化這批傳奇的宇宙飛行機。

宇宙飛行機上的各種識別系統突然亮了一下，這是它恢復工作的信號，接著，這全部宇宙飛行機對著大章魚的一個部位開火，這使得四條大章魚粉碎開來，它們變成了許多條翻滾的黑霧。

這個似夢又真實的一幕才剛剛結束，緊接著，所有的宇宙飛行機都拉響了警報聲，這是宇宙飛行機最高級別的危機警號，這時，無論是屏幕還是肉眼都能見到的是，有無數的飛行物正出現在他們一方，而且速度特別的快。

在此情況之下，亦亦通通只得命令二百五十架宇宙飛行機斷後抵擋，另五十架宇宙飛行機按指揮儀上顯示的方向迅速脫離。

連續十七天下來，前面的五十架宇宙飛行機發現斷後的二百五十架宇宙飛行機已經絕大部分失蹤了，其中的十幾架也在不久跟前面失去了聯絡，這個斷聯一發生後，奇怪蹊蹺的事就接踵而至。主機中的六人開始聽不到彼此的話音，連嘴型也變得木訥，五十架宇宙飛行機都在以仰著的姿態在飛行，計時器上的一年，感覺就在頭腦一陣昏暈後便快速逝去。

屏幕上是一片星光燦爛的景色，望艙外，那兒可盡是一片混沌不清的塵埃在翻騰。

一陣陣巨光照射過來，彷彿在打掃這個塵埃世界，光明和黑暗、靜止與飛動都可以在瞬間演變。

一陣超級的氣流來襲，它們將宇宙飛行機像球一樣被拋來拋去，而在這個拋耍的過程中，它卻讓可依分人覺得是那麼的舒服。

波波提提第一個從半昏迷中醒來，他去看看計時器上的時間，「這可能嗎？」他在迷惑地問自己。

從出來到現在已經過去了五萬兩千年，這使波波提提捶了幾下自己的腦袋，之後，他確定自己既沒傻又沒有變得精神錯亂，於是，他更非常確定的是：他們已經穿過了宇宙的時間扭曲區域。

六

「我們被拋扔到了大宇宙另一個新的區域，之後我們盲目飛行了一千年，這是時間記錄儀上的顯示，對此，我們並不確定這個時間的正確性。」

波波提提連續著昨天的故事，繼續說道。

今天，這個連續的故事敘述已經轉移至斯可達宮殿，聽眾除了可拉松以外，還有興趣十足的可拉和艾斯琴斯。

「我們前方出現了七個碩大無比的光束球，根據我們可依分星球的科學和玄學記載，那裡背景中的黑暗區域，就是上帝居住的天堂。既然已經讓時間扭曲的力量拋扔到了它的附近；既然已經誤打誤撞來到了夢寐以求的地方；那麼當然要勢在必得去衝進天堂。

開始我們是靠近光束球的邊緣飛行，可是戴上避震頭盔的我們，依然感到震耳欲聾的聲音，而且越靠近這些虛擬的光束球，身體就覺得越發的不舒服。我們的飛行姿勢在奇怪的變化，飄浮的姿勢又有超光速的速度，但是，我們卻越不過這種光束球。在糟糕的一年後，我們飛行機的上萬個功能相繼失靈，我們開始原地打轉，最後在無奈之下，我們選擇了從光束球的間隔中穿梭前進。這樣的飛行使我莫名其妙的向後翻起了跟斗，這樣短短反常的飛行姿態，卻使我們翻出了二十四年的距離。

經過這兩次的飛行努力後，我們所有的智能儀器都被破壞了，飛行也處於殘疾的狀態，在天堂之路明顯不通的情況下，我們只得以兔子跳躍的姿勢向西飛行，可在之後的一年多飛行中，我們的飛行機一直處在像重捶下的大鼓一樣，咚咚咚的直響，但就在這一年多中，我們發現我們的飛行機恢復了正常，並在測向定位中發現了另一個美麗的星球。

那是在一個浩瀚的大區域中唯一一個太陽系，這個美麗的星球，也是整個大區域唯一一個人類星球。根據光學、玄學和數據的梳理，我們得知，這是一個最適合人類居住和生存的地方。

先遣的飛行機已經進入了那個美麗的星球，可它猶如一葉小舟進到了大海裡，它在很長的一段時間中遙無音訊。

我們另四十九架飛行機則蟄伏在其他荒蕪的小行星中在等待信息。這個小行星跟『眨眼星』一樣，大部分是沙漠，剩下就是岩石和泥土，有泥土我們就能生存，那上面沒有水源，這沒有關係，大氣層中有取之不盡的特別水資源。

其實，我們這麼一些人完全可以在小行星上生存下來，甚至還可以繁衍後代，我們本來就是以土為食的人類，什麼樣的土質在我們的手上都會成為美味佳餚，只要飛行機在，三千年內，我們一定能重新走進二期文明的行列。但是，我們又實在心有不甘，我們趟過了這宇宙的一片，不能選擇一個比可依分還差的地方住下來，這也太違背常理！

我們決定先離開飛行機去做些準備，然後就直接進入那個美麗的星球。

我們走下飛行機，首先清點人數，那時我們尚存二百二十一人，女

美麗的地獄

性的人數多於男性，於是，我們的男性去檢查飛機設備和那種功能的運作情況，女性則採取泥土，用來制成營養注射液。準備工作做完後，我們統一回到艙內。也就在此時，在美麗星球的附近正冉冉升起一個龐然的物體，它在那個空域聳立不動時，主體上發出了一道白色的光芒，這白色光芒可不同於我們的白色強光，這種光，我們見過，就在七個光束球的周邊。

白色的光芒在我們跟它的距離之間架起了一條直線。

這是一個大致於可變幻成兩種外形的超巨大的飛行機，它初見時是方型的，之後展開成長方型，可它層疊一起的樣子，像是雲中的海市蜃樓。

它向我們飛來，只短暫的飛行後，它便在我們的三萬千米中。我們使用各種武器去攻擊它，而它竟然搶佔我們的上空，像靶心一樣任憑我們對它的攻擊。這樣的攻擊早已超過了宇宙中所有飛行機的承受範圍，可是那架海市蜃樓則巍然不動。於是，我們主機帶領所有飛行機分成三排開始對它進行了猛烈的撞擊，在經過了十二次撞擊後，終於將它撞開了兩個大洞，接著我們魚貫而入，想對它的內部發起致命的攻擊。

兩個破洞像門一樣被關上了，在它的內部，讓我們真正的覺得自己的渺小，從內到外、從上到下共有十一層，它對於我們自投羅網式的進入開始作出了反應。整個龐然大物飛速的旋轉起來，我們被夾在中間像攪拌式的急轉，從頭暈，一直被轉到暈死了過去。

我們接近沒有了意識，沒有了知覺，最後只在想：死吧死吧，就死在天堂的機艙內吧。

過了多久，我們不知道，最後又是計時器告訴了我們，——我們又度過了荒謬的四千一百年。

我跟總統和他的夫人醒來後，立即走出了飛行機的機艙，我們這才發現自己已經停留在一個漂亮的大草原上。

外面有些宇航員正等待著我們，據他們報告，除了我們這二十三人外，其餘的一百九十八人都失蹤了，可是他們的飛行機卻還停在草原上。

根據信息的顯示，那些失蹤的人比我們早到了七天，他們離開飛行機的時間是五天之前。

遇到這種情況，當然我們首先要做的是尋找這些和我們共患難的同胞，我們四處尋找，在一百千米中都沒有找到他們，接著我們出動了飛行機去找，結果我們在一分鐘後，就在一個貌似宮殿的地方找到了一點痕跡。

在木結構的宮殿前有些身穿鎧甲的士兵，我們的宇航員制服了他們，然後去到宮殿內進行偵察。

事情是這樣的，我們一百九十八個宇航由於出於好奇而離開了飛行機群，他們在四處遊走時，被這個星球的幾千軍隊士兵所擄獲，八十八個

男性除了兩個被他們煮吃了，其餘的都被關入另一處的大牢中，而一百十個女性中的十一個已經被此地的大王所凌辱，其餘的也被關在大牢中。

我們的原意只想救出我們的同胞，但這禽獸一般低劣行為使我們決定去毀滅這個王朝，要消滅他們，真是易如反掌。

第二天，我們出動了五架飛行機，兩架飛行機在三分鐘內悉數掌握了這個區域的全部軍事情況，有一架降落在宮殿前的地面上，它以行車碾壓的方式向宮殿衝去，當宮殿的圍牆和前排建築被壓塌時，另一架飛行機上下去了六名宇航員，他們以單兵激光殺死了一千多名抵抗的士兵，然後救出了我們十一名女同胞，完事後，我們還以飛行機的尾噴火焰，將這個宮殿燒成了火海。

那架衝向監獄的飛行機，在到達監獄時，所有大驚失色的幾百個守衛已經下跪投降，而附近的擠滿看熱鬧的民眾也向我們的飛行機跪拜磕頭。

這營救和消滅王朝的事就這麼容易和順利，但在之後的五年中，這個本還是相對安寧的星球卻變得烽火四起。

帝王將相位置的誘惑；被奉如神仙的飄浮人生，這一切使我們的大部人都加入其中，建國立國和滅國遊戲使這個美麗的星球變成了一片苦海。

我們渴望天堂般的居住環境，為此我們可以不惜一切去開天闢地，但是，我們受不了高級文明和初期文明的錯亂交集，更受不了同胞的自相殘殺和文明倒退的煎熬。奸詐、欺騙、鬥爭、脅迫、殺戮，這一切使我決心離開。

我們共二十三人，帶著二十一架飛行機，逃離了那個美麗的地獄。

我們又經過了近三百年的飛行，最後我們發現了貴星球。」

科學家和玄學家波波提提已將他們這段充滿大宇宙信息量的過程，以簡單的述事方式講到了這裡，這時，帶著慚愧表情的可拉從座椅上站了起來，他臉色通紅的向在坐的亦亦通通走上幾步，他一字一句的抱歉道：「尊敬的亦亦通通先生，對不起！由於我的保守思想和行為，使您們在歷經千艱萬險後還雪上加霜。您們被涼在『眨眼星』上，也使您們遭受了極大的身體傷害，對不起！」

亦亦通通也站起身來，他像一位耄耋老人一樣顫抖著向可拉伸出手去，他顯得非常的激動，但他還是目光炯炯的對可拉說道：「歷經了宇宙的滄桑，才知道達到目的的可貴，您們接納了我們，這友誼能蓋過任何苦難，生命的長短，這在完成使命的興奮中已經不值一提，可拉兄長，我只希望在坐的人們都能成為好朋友。」

「好！好！讓我們都成為好朋友！」可拉激動的說。

美麗的地獄

「看來，趟過大宇宙的人類，也有一個宇宙的胸懷。」艾斯琴斯感慨的說。

現在，在坐的五位不同星球的人們，他們一起伸出了手，他們的雙手正疊加在了一起。

「波波提提先生，我們已經把您的敘述發給了艾華和艾娃，他們請我向您們轉達最良好的問候，目前他兩都很忙，但他們會抽出時間來會見您們。」可拉松說。

「我們期待著！」波波提提翹起大拇指說。

艾華和艾娃一起在社會工程部的十樓收閱了這個遠征的故事內容，讀完這個故事的內容，他們對其中的三個要點產生了很大的興趣。興趣的第一點是可依分的宇宙飛行機；第二點是可依可人在時間扭曲區域被拋扔到了七個光束球附近；第三點是，那四十九架宇宙飛行機在「套套房」旋轉下，最後竟然出現在那四千一百年外的一個美麗的星球中。

對於可依分星球的宇宙飛行機能做到無堅可摧和無堅不摧，艾華和艾娃都十分的讚嘆，特別是它們能撞開「套套房」，對此他們很想抽出時間去弄個明白。而對於他們兩次被拋扔的現象，艾華和艾娃的認知是非常一致的，他們一致認為，這是大宇宙中一些毀滅級的衝擊波和一種不明力量所造成的，其中也有乾坤顛覆和不明力量的原因。而在第二次的拋扔中，則是「套套房」的作用，這很明顯的是，真正的天堂力量已經在明火執杖的活動，它將這些宇宙飛行機悉數拋至美麗的星球，這也是讓可依分人最終能到達斯可達星球而設的一次鋪墊，這更明顯的是，天意頤指可依分人來幫助斯可達。

致於那斷後抵抗的二百五十架這樣的宇宙飛行機，大概率也可能被那股力量所「擄走」了。

如此的獨特的天體運動，這也讓艾華和艾娃的感覺中更增添了一份緊迫感，這個急迫感就是：即將在大宇宙舞台上演的大戲是越來越近了。

五天後，艾華和艾娃一同前去斯可達宮殿，他們在那兒會見了這二十三位遠方客人。

在熱情洋溢的交談中，艾娃闡明了她對目前大宇宙形勢的認知，對此，可依分人竟然也有與她共同的想法，現在請我們來聽聽，那位玄學家波波提提所講的一段話。

「一期文明之前，這是人類的懵懂期；一期文明，科學為主，神學和玄學是點綴；二期文明，科學站在了宗教之上，神學變成了另一科學，而玄學則漸漸浮上到了人類的正視平面；三期文明，神與玄開始帶動科學，人類的文明到達悠關的關鍵時刻；四期文明，科學開始進入停止和退化極端的兩極下，倒退和突飛猛進將影響著宇宙；五期文明是人神連接的大時

代，是自行毀滅，還是進入天堂？

我認為：可依分星球是二期末端的文明，四期初的宇宙科學；

宇宙土匪星球是起步文明的文明狀態，二期文明末端的宇宙科學；

斯可達星球是四期的文明狀態，三期中的宇宙科學；

這三種不平衡的文明狀態是目前大宇宙指標性的狀況，把縱觀宇宙事件加在一起，以玄學的角度來判斷的話，一場宇宙級的毀滅已經悄然開始，在出征前我告訴過亦亦通通總統，宇宙土匪星球會被毀滅，我們可依分星球也一樣，或許這不是一次一個星球系的消失，而可能是全宇宙的一起消失。

到了斯可達星球，當我見到兩位主政時，我就有一種莫名的敬畏感，昨天您們的令尊又向我介紹了一些有關異象和您們身上的神奇，這使我徹底明白了，斯可達星球已經進入到了一個非常奇點，是什麼事來賦予您們這個天大的使命？勿容置疑，那一定是造物主們，換句話說，一定有一個翻天覆地的大事要發生！」

聽了波波提提的這席話，艾華和艾娃微笑著交換了一下眼色，隨後艾華說道：

「是！我們正為您說的大事在作準備，這等我們有了充足的時間時才慢慢交談。尊敬的可依分的朋友們，我想再次向您們表示歡迎，我聽說，您們大家都已經搬進了斯可達宮殿，這非常好！我希望您們能把那些了不起的宇宙飛行機也移到這裡的附近，這樣能使您們的健康得到徹底的保障。」

「主政先生，斯可達星球已經是我們的家！致於那些飛行機權當是我們饋贈您們的禮物，對於我們來說，它們已經完成了使命，可對於斯可球星球，它們可能是另一使命的開端。我們每個人都知道自己剩下的生命長度，我們無憾於生命。收下我們的禮物，讓我們無愧於安心居住於斯可達星球。」亦亦通通無比真誠的表示說。

艾華和艾娃的眼睛更加明亮了，對於可依分外星人的真誠和慷慨，他們跟在坐的斯可達人一起，連連向他們表示了感謝！

美麗的地獄

第十一章：挑戰

一

　　難得有五個時光的時間，艾華和艾娃決定去看看那二十一架了不起的宇宙飛行機。

　　能使可依分人類走出十二個太陽系；能使可依分人在如此艱難的遠徵中接受任何考驗而勝利到達斯可達星球的宇宙飛行機；它們究竟有什麼不同尋常的地方？這一切除了它有上萬個功能之外，最為關鍵厲害的還是它的外殼材質。

　　可依可人類能製造出這樣的宇宙飛行機，從技術上來講，他們早就具備了必要的條件，並且，他們也確實在一萬一千年前就製造了出來，可是在不斷提升的實踐中發現，以前所有使用過的外殼材料都達不到他們實際的最高要求，現在他們所使用的外殼材料，實際上自可依分星球形成時就有了，它們一直躺在火山腳下達五十億年之久，這是一種宇宙中非常稀有的岩礦石，可在可依分星球中卻蘊藏量十分可觀，而可依分人類就把它稱之為：可依分石。可依分在他們星球的語系中，意思就是：火山。

　　這種火山岩石堅硬無比，它的密度比大宇宙的任何岩石密度都要高，但奇怪的是，它卻不十分的脆。這種岩石產自於大大利利國的火山腳下，歷經火山噴發岩漿的長期覆蓋，它不溶於任何高溫，它自身冰涼且色質油黑，可就是這種天然的優質材料，卻讓可依分人著實發愁了上萬年，怎樣才能改變它而為人類所用？而它且任憑高科技的千錘百鍊，還是不能改變成理想中的面貌。

　　面對這種最理想的天然材料，可依分人在可求不可用的情況下，已經放棄了。但是，這個結果還在實際中被推翻了，在一次宇宙探索中，竟然出現了一次難以名狀的巧合，接著又出現了另一次巧合，兩次巧合改變使可依分的一個關鍵技術，最終改變了那個被放棄的結果。

　　在十二個太陽系的西方，那兒有這樣一個奇怪的星球系，星系中共有六十四顆沒有人類的小星球，其中有一顆座落在正中的位置上，這顆被可依分人編稱為：「小冰37」的小星球，它幾乎被包裹在另外六十三顆星球之中。這個小星球沒有光，猶如一個實心的球體一樣。一次，可依分的宇宙探索對它進行了著陸探測，並在那裡取回了大量的地質樣本，在這些樣本中也有一種奇特的石頭，它跟可依分石有比較相同的硬度，但它還

有自身溫度，這個自身溫度，可在一個零下一百九十七度的星球中實屬異常。

可依分的科學家也對這種石頭進行了類似可以分石的多種試驗，但結果還不如可依分石。

這種岩石之後被放進了科學博物館，它比可依分石更快的被遺忘在人類的大腦中。

在可依分大大利利國，波波提提開設了一家名為：腦洞大開的玄學學院，有一位學員，在一次忽然之間，他突發了奇思妙想，他將這種外星石塊制成了粗糙的小刀片，然後他用這種刀片去對著可依分石進行玩耍式的划動，面對這兩種石料的摩擦，當時的可依分石是紋絲不動，連劃痕都沒有，可是到了第二天，讓這位學員目瞪口呆的是，可依分石竟裂成了十二塊。在之後的幾次實驗後，情況都一樣，然而更神奇的是，把可依分碎石湊拼一起時，沒有很久，它們竟然能重新合成，並回到原來一體的狀態。

切割，焊接式的巧合，還能回到一體，大宇宙啊！大宇宙，你真有人類難以想像的奇妙！

把可依分石再改造成飛行機的外殼材質，從科技的主體上要作出改變，這第二個巧合改變了可依分高科技的一些複雜的思維。

在大宇宙中有數不盡的無法解釋，這個外殼材質的出現，如果按科學的定義來解釋，也使人難以信服，這倒是應了斯可達孩子的一個童謠：天堂造物，宇宙皆為物。天地萬物，物物相連。一切臨到末了，皆是一物降一物。

可依分宇宙飛行機除了有個關鍵的外殼以外，其他一切也設計合理，只是按他們的生活和飲食習慣，他們的住艙空間顯得特別大，佔了總機的百分之四十，當然，他們生活的艙室，也能轉換成指揮和駕駛的艙。

在整個內部，有一個金屬櫃子貼在牆上，這櫃子沒有蓋，裡面存放著一個透明的容器，其中還存放著類似「斯可達的錯誤」中那些腦細胞的物質，對此，可拉松好奇的詢問一旁作陪的波波提提。

對於可拉松的詢問，波波提提神秘的笑了笑，他撓了一下腦袋，又思考了一下，然後才回答道：「您帶我去您們的靈魂工廠時，我指著那麼容器也同樣問您一樣的問題，您的回答是，那是您們製造出來的靈魂。現在我也只能回答您說：這是我們製造的靈魂。人類能造出靈魂？這當然是不可能的，但可依分玄學所指的靈魂是：靜時為物，動是為靈，錯時為害，對時為寶！大宇宙不該有對與錯，因為對與錯的標準不在大宇宙。」

波波提提的回答直讓可拉松不知道怎麼再往下說，這次輪到他撓了幾下自己的腦袋，還看了兩眼正在微笑的艾華和艾娃，過了小一陣，可拉

松才對波波提提說道:「坦率的說,我只是大約明白了您的意思,您認為,在我們這裡的那些『靈魂』只是物,而非真實,但在您們飛行機上的腦細胞,因為它們都處在運動中才可能算是靈魂,難道這一靜一動中會出現不同的作用?」

可拉松的話使波波提提笑了起來,這也使艾華和艾娃的興趣得以增加。

「如果只以真假來定義我們雙方此方面的創造,結論當然都可以說是假的。我的意思不是說靈魂的本身,而是講人類大腦的狀態。在我們可依分星球,沒有人會認為人類的大腦只停留在正常的普通狀態,我們都知道,人類的大腦會時不時出現各種不同的狀態,其中包括人為和環境影響下的特殊反應,這個反應時間通常很短暫,但它所激發的創造力卻是非常可貴的,我們把這種狀態叫做:腦洞大開!

我在我們的星球中開設了一家以玄學的思想實踐為主導的學院,目的就是要激發人們的腦洞大開,這個學院被可依分星球認定為是一項發明,在四百八十年中,在我們的學員中,幾乎平均每年都有發明,在老人組的學員裡,他們每個人都顯得明顯的年輕且還生機勃勃,就連飛行機上的上萬個功能中,也有一半是他們的設計和創造。」

「波波提提先生,關於靈魂的議題,相信各類高級文明的人類都有心中的定義,我們不用討論,我只是很有興趣想聽聽,您們是怎麼教授您們的學員的。」曾任適齡學生主教的艾娃問。

「好!那我就簡單的來說說。」原本面朝可拉松的波波提提,他稍移動了一下,他現在正面的對著艾華和艾娃。

「我們挑選的學員首先是他們的年齡,他們的年齡介入五千歲至一萬歲,我們把他們分成兩個年齡組,中年和老年。

我們這個大腦激發課程共有一期三十節課程,每隔一天上一課程,共六十天,在每一天還分成上下兩節課,每一課類似斯可達的兩個時光。上一節課是哲學,下一節課是玄學。

哲學課對於這兩組年齡的學員來說是比較簡單的,但每節都有七個名人論述,我們要求他們對每個論述都有自己的答案和簡單評論。

玄學課是講師講課,學員則需要認真和記憶,每課也有七個題目需要學員的答案。

這些課程結合孩子似的遊戲,答案正確者,可以挑選自己的坐位和調動他人的坐位,一天中最佳的學員還可以獲得一份物質獎勵。

我再來講一下我們根據玄學在軍事上的戰術陣式來給學員安排的課堂位置。每堂課共有講師兩位,一位獨坐最後,一位在講台上;學員是:第一排兩個,第二排四個,第三排八個,第四排十六個,第五排三十二個,

師生共計六十四位。

除了課間答案能使坐位不斷更換外，在每天課程結束後，講師都會出兩道課給學員作為課餘作業，這些都是無解的題和沒有唯一答案的題。

在六十位學員經過一天的思考後所給出的答案，則由師生共同來評估答案的邏輯性接近程度，這時的『得勝者』不但可以選擇自己的坐位和調動全班的坐位，他還可以得到一種積分，在可依分星球有二十一種積分是為未來的一些主政職務所考慮的，我們這個積分也包括在內。

授課是為了人們的大腦在緊張和鬆馳的交替中，並漸漸的讓大腦在課內課外保持一致，通常在二十天到二十四天時，他們的特殊思維就會被激活，再用不了幾天，他們的思想狀態就會被我們稱之為：腦洞大開的狀態。

我們的課程使可依分世界獲得了非常多的文明收獲，我舉一個例子，就是我們飛行機的現在外殼，也是一位學員在腦洞大開下的一個巧合行為。

我清楚的記得，當時我們提了這樣一個問題給學員們：如果大宇宙真正是一體的話，那又何謂是它的天。

帶著這個問題，有位叫丁丁咚咚的學員竟然用『小冰37』去製成了粗糙的刀片，還用它去劃向可依分石。在第二天上課時，他高舉著刀片和碎石對大家說：這就是宇宙的天！

學員們跟他一起拼湊起可依分石，在事實下，大家給了他熱烈的掌聲！

是啊！我們衝出了十二個太陽系；戰勝了宇宙土匪；兩次被拋扔到極端的遠方；我們還到達了心意中的斯可達，這一路走來，還真是像走過了宇宙的一片天！」

波波提提說到這裡停了下來，原本他還想再往下說，可是他忽然見到艾華和艾華都一下變得臉色蒼白，於是他對他們做了一個禮貌的手勢，然後對他們說：「待在飛行機內時間太長了，我們去外面吧。」

跟著波波提提的艾華和艾娃並沒有不舒服，則是他講述的內容刺激到了他們某一個並不太敏感的神經。

走出飛行機的艾華和艾娃相對而望，艾華想說什麼，可艾娃擺手阻止了，她示意他以互傳的信息來說出自己想說的話。

「我的第一課。」這兄妹兩給對方傳去了一樣的文字。

可拉松在外面的草地上一直在追問波波提提，當他見到艾華和艾娃走近他們時，他便對艾華說：「這位波波提提先生可越說越玄了，他可真不愧為是一位玄學大師啊！」

「我可不會胡謅，這些在理論上說不透澈的玄學，在文明的事實下

確是如此。」波波提提說。

「可我怎麼覺得，玄學與科學有著很多的悖理之處，我來問問艾華和艾娃，如果他們認為您講的有一半在理的話，那我就拜您為師去學習玄學。」可拉松笑著說。

「大宇宙本身就是天堂世界的玄地。拜師吧，可拉松。」艾華樂著說。

可拉松對艾華的話明顯有點意外，然後，他又以詢問的目光投向了艾娃。

艾娃展現出無比美麗的笑容，她以十分柔和的聲音對可拉松說：「請你閉上眼睛想想，大宇宙的人類何不在不斷的變化，變來變去始終就在大宇宙六十四個框框內，其實大宇宙有這麼多的變幻，或許造物主們給予宇宙變幻的變化更多，但也只是讓六十四種色彩放進了一個浩瀚的大框裡，無窮無盡的變化下，最終還是六十四種顏色。人類永恆的主題是人生，宇宙的主題是為什麼不能永恆。我認為，這兩個主題是同一個，什麼才是真正的永恆。有永恆嗎？在哪？答案十分清楚：一定有！什麼地方有真正的終極目標，什麼地方就是永恆的地方。可拉松，靜靜思考三十天，好好拜師學習，到時也跟我算上一卦。」

「艾華，你看你的妹妹，拜師是我的君子一言，我還真的下定決心要學好玄學，到時，讓我來算一下，你們兩兄妹究竟來自何方。」可拉松開懷大笑起來。

波波提提喜不勝收，他拍著可拉松的肩膀對他說道：「拜師就免了，世上沒有比跟斯可達人交成好朋友來得更令人歡心鼓舞的，不過，我趁現在，得請求您幫我們可依分人做兩件事。」

「波波提提先生，只要您教我玄學，就是二十件事情，我也可以為可依分的朋友去辦。」可拉松表示道。

「謝謝！我想讓您親自為我們可依分人作一下斯可達的光流修復手術，另一件事是幫一些希望在斯可達留下後代的可依分人懷孕。」波波提提提出了他的請求。

「明天就幫您們二十三位做光流修復手術，幾天後，所有想生孩子的朋友都可以懷上孕，這一些都由我來主持。」可拉松爽快的說道。

可拉松按他的承諾，親自主持了二十三位外星朋友的光流修復手術，他們其中的三位男性宇航員和三位女性宇航員不久也做了單性懷孕。關於生孩子，波波提提也考慮過，只是，他又想，反正還有三百多年的生命期，他希望為斯可達星球多做一些事情，等時機成熟了，他再生孩子。

有一件事提一下，亦亦通通與他的夫人也想在這個星球留下自己的孩子，但是，他們執意要以兩性交歡的方式來達到目的，儘管人類生命醫院的主政艾理十分坦白的告訴他們，他們這樣生孩子的機率是十分的微

小，而且還有影響他們生命長度的風險，可是，他們還是堅持自己的理念，看上去絲毫都不會動搖。

二

在之後的十年中，大宇宙運動已經進入到了快車道。

七顆星整齊的向著天堂世界方向迅速退去，它們距離投影出來的七個光束圈是越來越遠，似乎兩者之間在脫離著關係。原本到處飛翔的「套套房」也消去了蹤影，整個七顆星內部的景觀也消失得不影無蹤。

呈弧形的七個光束圈像是不再情願的掛在大宇宙的前沿，或者說是在天堂的邊緣上，它們在快速的運動後，使它們的間隔距離是越發的寬廣和遙遠。中央的那個光束圈在原地旋轉，而它左三個光束圈和右三個光束圈正向著大宇宙前進。又幾年後，這些光束圈正在快速膨脹，它們的發光比從前要明亮無了數倍。

想像中，它們猶如戰場上的七位勇士，一副睜大眼睛，沉下臉色，欲將所有前靠的入侵者都拒之於天堂世界的大門外。

在這十幾年間，七個光束圈的周邊確實出現了許多美妙的景象，彷彿來了一群群螢火蟲物質在叮咬光圈的邊緣線，那兒不時有它們蠕動的跡象；也時有瞬間閃爍後的更亮點；螢火蟲的活動十分活躍，並有傳染的態勢，在又幾年中，螢火蟲的亮點幾乎布滿了光束圈的間距區域。

等到螢火蟲們在天幕般的光束圈上叮咬和爬行到過癮的程度時，它們忽然一批一批的熄滅了亮點，並集體消失起來。

以上的一切已經讓斯可達星球的飛行機窺測到了，這些去收集玄光的飛行機給大本營傳來各種訊息。非常明顯，那些「螢火蟲」都是大宇宙的高級文明人類去衝擊天堂的，也非常明顯，它們都以失敗收場。

除了失敗者外，另外還有六批宇宙飛行機已經退卻，而它從三個不同的太空位置，正向著斯可達星球的方向飛來。根據它們的所在位置和飛行速度來測定，最慢的一批要化八百年才能飛到斯可達星球，而最快的一批，它們將在十五年之間飛臨斯可達星球所在的星球系。

自從斯可達的宇宙工程部讓大功率光束裝置全天候工作後，情況是一直令人撓心，而且在這二十年的時間裡更是每況愈下，向宇宙發出的各種信號每天以十萬計，可回饋的信息，在一年中也寥寥無幾，這個高科技玩意好像得了什麼疾病，它每天收到的只是宇宙的嚦嚦聲，有時聽上去像竹子的爆裂聲；有時像病痛中的呻吟，但這些怪聲都找不到來源。

無論大宇宙在掀起什麼樣的變化；無論身處大宇宙的高級文明人類又在怎樣的瘋狂行動；這些全在艾華和艾娃的預料之中，他們關注和關切

美麗的地獄

著大宇宙，並竭盡全力將斯可達星球打造成有史以來最先進和最強大的星球世界。

在二十年的時間裡，中部的八十七城超巨大的工程正在如荼如火的進行著。

共八十七城的地面層部分已經澆制完成，作為飛行地底層，它們使用的是特殊氫絲金屬。現在作為保護功能的十二城「保衛者一號」，它已經全面離開了地層，城市間拼合也完成了，所需的各種系統也進入安裝階段；第二工程部分「斯可達俱樂部」的二十五城也做完了地層和拼合部分；這個「斯可達俱樂部」和「保衛者一號」一樣，整個飛行總體上面已經有了土壤、河流、植物和草原。現階段，二十五城上除了在安裝四個不同的超動力系統外，還同時在做百分之七十的建築和百分之三十的舊宅科技裝備改造和加固。而最後五十城部分也在進行脫離地層的起動，接下來當然也會進行城市間的拼合工程。

目前斯可達有五萬多家無人工廠還在全天生產工程所需的材料，斯可達的百分之九十的運輸也在圍繞著這個巨型工程進行。

大東部的九個宇宙大基地一直處在繁忙的製造中，在完成了製造了二百七十二個武器系統、共近三十多萬個武器單件、四千七百架各種功能的宇宙飛行機後，到了十年前，那裡開始製造兩座跟宇宙塔樓相同的宇宙飛行體，雖然它們的總面積只有現宇宙塔樓的一半，但武器則安裝了更多，「抽屜」式的攻擊機相比宇宙塔樓要增加了百分之十，現在這兩個塔樓已經完工。

應艾娃的請求，艾華已經在二十年前就下達了主政令，將所有封存的武器資料重新開始，到了現在，由第一任主政艾之冰河下令封存的「霧流罩」武器資料也被重新開啓了，這在艾娃看起來，這可是當時漢越大國給斯可達人類最大的貢獻。不過，在已經跨越了一億二千多萬年的今天，這還要去運用這些「古董」，聽起來也實在令人啼笑皆非，甚至是唏噓不已！

屬於宇宙工程部監管下的所有武器系統已經在整個超大工程中陸續安裝，其中百分之五十要安裝在「保衛者一號」上面，那四千七百架各式宇宙飛行機，除了一部工程所需之外，其餘的經過試飛後已經全部飛去了太空中，它們在太空和外太空中建立起了戰術防禦網。那兩架宇宙塔樓式的飛行機，一架去「天堂星」駐紮，以此充當宇宙海關的角色；另一架以「岩石星」為基地，對包括「眨眼星」在內的外太空進行巡邏。

自從出任主政以來，艾華整天嘔心瀝血的工作，除了每天繁忙的政務外，他總要以每天七個時光的時間去外出巡視。

在宇宙工程部的生產基地；在八十七城的工地現場；在東西部的城

市住宅中；在人類生命醫和各研究所裡；在社會工程部屬下的各個站點；凡在轟轟烈烈的一線場合都能見到艾華的身影。

可之敏主政的工作量相比從前也增加了幾倍，協調各大部門，對幾百個站點的統籌，資源和全部智能手的調配，還有天文數字的運輸。

艾娃的天賦和才華更是在這場斯可達更強大的大革命中表現得淋漓盡致，她一邊統籌著超大工程中的大小進程，一邊還帶著一些她的學生一起，在為「霧流罩」的轉型和升級而加快步伐，她還要密切關注大宇宙的全部動態。在她和學生們的努力下，「霧流罩」又有了「霧流牆」，還有了「霧流推力」和「霧流引力」，它們的升級是，可以走出星球，甚至可以在外太空形成，並能發揮四個強大的作用。

可沁在艾華百忙之中的情況下，也在盡力以工作充實自己，她一半的時間在社會工程部中充當可之敏主政的助手，另一半時間在主持和製作文娛節目。

可拉松跟波波提提這對好朋友，他們除了在玄學上的教與學外，兩人一直埋頭在「靈魂工廠」，最近，他們再次把假靈魂在梳理後去安放在飛行機和超大工程的各處。

當可拉松在極其的忙碌下，他接待可依分外星人的一職便由艾斯琴斯來頂替。目前，原本喜歡在寂靜的環境下作研究的艾斯琴斯，他在兒子出任主政之位後已性情大變，他除了喜歡跟可拉和可依分人聊天外，他還喜歡帶著可依分人到處去旅遊。

可就在艾斯琴斯擔起接待任務還到一百天，那可依分外星人中又有十位逝世了，這十位跟前四位一樣，他們都被安葬在奇想大陸的斯可達山脈之下。

再說一下亦亦通通和他的夫人芹芹之之，他們在人類生命醫院進行了光流修復手術後的第六年，讓他們驚喜的是，芹芹之之確實懷孕了，但是，這個女嬰在出生後的第二天就夭折在光流室中，這讓斯可達科學家都感到無比的震驚，在之後的進一步研究發現，他們和其他可依分人一樣，在他們的身體中已經蘊含著一種無法消去的有害元素，所以他們可萬萬不能再靠兩性交歡去生孩子了。但是，他們還是沒有聽取斯可達方的意見，一年前，芹芹之之再次懷孕，可是，還不到五十天，那孩子便胎死腹中。本被預測有五十一年生命期的亦亦通通也在這次事故的五十天後與世長逝了。

說不上這位外星總統的正確享年是多少，對於他的離開，斯可達星球的新老主政們都去參加了他的追悼會。

就在去年，艾絢艷家的玲瓏艾娃也死了，牠的離去使玲瓏之愛連續在躁動中叫了三天，到最後，玲瓏之愛不見了，牠的失蹤讓人覺得很蹊蹺，

因為，斯可達如此的高科技，居然沒能找到牠的下落。

兩隻玲瓏野貓都沒有了，這讓艾絢艷覺得既傷心又寂寞，在此情況下，艾斯琴斯從斯可達宮殿搬了回來。

沒有了亦亦通通和艾斯琴斯的陪伴，可拉也覺得生活得不太如意，幾天後，他主動聯繫了之前的伴侶可松麗，他想跟她重溫愛情的舊夢，可松麗答應了，於是，可拉也搬出了斯可達宮殿。

在接下來的三十年中，斯可達星球在艾華和艾娃的領導下，已經開始呈現鼎盛時期的景象。

「保衛者一號」已經全部峻工。

這個十二城面積的宇宙飛行機正開始在星球的內外試飛，這遮天蓋雲的大傢伙，真不辜負全球人類的期望，它在不到一年時間，就被宣布，它已經成功了，它的一切功能也全部達到了設計的要求。根據宇宙工程部的指令，它飛去了奇想大陸的西部作停留。

從設計到峻工，「保衛者一號」歷經了五十一年的時間，完成了這第一個壯舉，接下來當然是「斯可達俱樂部」了。

相比「保衛者一號」，「斯可達俱樂部」的工程要來得更加龐大和講究，後者的武器系統跟前者一樣齊全，只是在數量上要少很多，以領航和保衛為主要作用的「保衛者一號」，其設計居住的人只有五十萬，而「斯可達俱樂部」則設計居住的人口是八千萬，雖然更為龐大的五十城設計居住的人口三億四千萬，但是關鍵的關鍵還是「斯可達俱樂部」，這因為是，有幾項未知部分都來自於斯可達的初創，特別是動力源方面，動力轉換方面，更大問題的考驗是，在不同的宇宙流和玄光區下，所有的設施設備和系統運作還能不能像「保衛者一號」那樣完美。

「斯可達俱樂部」武器系統、動力系統和動力轉換系統已經安裝的差不多了，下面所要做的是，住宅加固和安裝設備，還有一項是「保衛者一號」上所沒有的，那就是要在上面製造百分之七十的「套套房」，這樣的布局，自然還需要一個大型的連宅工程，並且還要加駐三個霧流梳理系統。

在和平環境和斯可達眾志成城的努力下，「斯可達俱樂部」在之後的二十四年後也全部峻工了，從興建之日算起，這個工程共耗時八十一年。

「斯可達俱樂部」已經試飛了三次，在目前比較完美的情況下，它將根據艾華和艾娃和其他兩位主政的指令，在幾天後跟「保衛者一號」一起，進行合攏飛行！

斯可達到處洋溢著節日的氣氛，他們不再有說不出的憂鬱感覺，有的只是飽滿和興奮的幸福感。

這個外型酷似玲瓏野貓的「斯可達俱樂部」，它第四次從中部拔地垂直升起，除了它過於龐大而掀起的大風外，一切都顯得無聲的靜寂，它一陣飄逸似的姿態已經遮住了首華城的上空，這麼一個龐然大物，它的輕鬆一轉身就飛臨到了中部大洋，從中部大洋開始快速飛行，半個多時光就飛臨到了布拉斯依大洋邊上，又半個多時光下來，它已經到達了原斯可達星球的米洲大陸。

合攏飛行即將開始。

「保衛者一號」已經升至「斯可達星球」的上空，相比後者，前者只是一隻玲瓏小貓咪，而後者才是英姿不凡的貓媽媽。

小貓咪在貓媽媽上方轉了一下來調整的姿勢只需七秒鐘，小貓跟貓媽媽合為了一體，接下來，牠們向更高空跳了五下（來自於可依分星球的宇航技術），這時，牠們已經消失在現場的人群眼裡。

屏幕上的鏡頭由遠而近，宇宙工程部在講解各種系統在它們身體上所處的位置和全部的功能的要點，不久，這合攏的三十七城已經飛到了太空，它們正極速奔向外太空方向。

經過三十天的飛行，它們分前後分開的姿態回到了星球內，它們一起停留在奇想大陸廣褒的沙漠區。（原米成國和奇想聯盟十四國境內）

這沒過幾天，去收集玄光的第二批飛行機也回到了斯可達星球。

由八十年前探測到，有六批外星宇宙飛行機，結果，他們陸續改變了飛行的方向，或許，他們已經調整完畢，因為這六批飛行群又一次折向光束圈的方向飛去。

這一情況發生不久，宇宙工程部駐紮在「天堂星」上的塔樓飛行機率先向大本營傳來了一個令人意想不到的信息，信息證明，那第二批收集玄光的斯可達飛行機早在三年多前就被一批外星宇宙飛行機所跟蹤。

要跟蹤一個高級文明的飛行機群達三年多而不被發現，這要具備何等的隱形技術和通訊技術？

在這一件事發生的十分鐘後，艾華跟艾理主政一起來到了宇宙工程部的指揮中心。

這三位見面後，他們先沒有討論這個事件，他們所談的是，目前的整個大局。

向光束圈第二次飛去的六批飛行群先可放在第三個位置，現在的情況已經可以為這八十年探測的結果作一個總結，並拿出方案去應對。

在八十年的探測中曾先後發現過四十八批外星飛行群，而這四十八批大小飛行群共有一百九十架宇宙飛行機，從飛行方向和飛行時間來看，他們都威脅不到斯可達星球，但是，大宇宙是個大運動的總體，這在艾華和艾娃的心中是非常明白的，如果時間扭曲出現了；如果誤入了時空隧道；

美麗的地獄

再如果有能力借助宇宙的震盪區；所以，艾娃早就在太空和外太空中布下了戰術防禦網，這個總體大局一直讓艾華和艾娃在每七天交流一次，現在大體上，這個大局沒有變化。

大局沒變，局部出現的意想不到的事就容易應付多了。其實，這對兄妹仕接到這個信息後的十分鐘時就想好了應對的方法，艾娃告訴艾華，她想增加三百架蜘蛛攻擊飛行機去外太空巡邏，讓二號塔樓飛行去一光年之外巡邏，把所有保衛斯可達的飛行前移外太空。

「這個想法跟我想的一樣。」艾華說。

「艾華主政，我們的研討會已經開始消失，聽取科學精英的意見已在信息上完成，我很喜歡這樣的狀態，我同意艾娃所說的辦法。」艾理笑著表示道。

一年多後，前出的塔樓向大本營發來信息，跟蹤的外星飛行機已經出現，他們共有三十九架宇宙飛行機。

艾娃變換著八種宇宙道訊的方式向對方連續發了二十次信號，可是對方沒有一次回覆，接著，艾娃又等待了七天的時間後，又向他們發了兩次信號，結果還是沒有回音。

艾娃命令二號塔樓飛行機帶著一百架蜘蛛攻擊飛行機和萬應穿梭飛行機，向那三十九架外星宇宙飛行機方向靠攏。

五十天時，雙方已經處在比較接近的位置，那三十九架宇宙飛行機也出現在斯可達大本營的屏幕上。

這是蝶形外表的飛行機，可是在這漂亮的外表下又多了一個怪異的現象，因為每架宇宙飛行機下還長著十二個爪子。

又三十天後，兩個星球已經到達了各自的射程！

「開火？」已方飛行機傳來了信號。

「盡量努力以和為貴！」艾娃發去了指示信號。

斯可達方仗著機多勢眾，對它們進行包圍，看來對手是解圍高手，這三十九架宇宙飛行機一下分成上下十三層，他們繼續按原來的方向飛行前進。

這個包圍可不能分成十三層，不然，優勢方會因分散而失去優勢。

但是，這樣的遭遇也太像兒戲了，這一天下來，真讓優勢方疲於奔命。

不過，這三十九架飛行機停止了他們的兒戲，他們集體飛進了一顆空白的行星中。

一進入行星，他們又急降至地面，然後，他們用爪子部對著地面在悄悄拍打，這一幕看起來在羞辱對手，其挑釁味十足，但是這個小動作可逃不過艾娃的眼睛，更迷惑不了艾娃的智慧。

身在宇宙工程部指揮中心的艾娃對社會工程部十樓的艾華說：「哈哈，哥哥，我們遇上了宇宙級的大無賴，他們裝瘋賣傻，既鑽進了他人的後花園，又在兜售他們的看家寶貝，傻子太聰明了，還是太聰明的傻子，我都不知道怎麼評論他們。」

　　「他們是頂級聰明人，他們沒有最厲害的探測系統，怎麼會論定我們不會攻擊他們。」艾華說，能聽得出，那一邊的艾華也樂了。

　　「他們還在用瓜子拍地面，我知道他們還在收取我們的信息，哈哈！宇宙朋友，我保證不直接攻擊你們，但是，我要捉拿你們。」艾娃這話好像是在對艾華說，也好像在告訴對方。

　　艾娃將通訊的保密級別調升到最高，然後向包圍那個行星的所有飛行機發出了兩個字的指令：回撤！

　　最後，她在指揮中心的指揮儀上操作了幾下。

　　從這一天開始，濃濃的霧流已從大氣層中快速聚攏，它們正向前沿的外太空飄去。

三

　　斯可達星球的所有宇宙飛行機都回撤了，那波外星人也陸續的走出了機艙。從清晰的屏幕上看，這可是一波宇宙中的巨人，他們都有四米的身高，他們的總人數共有一百零二人。這波人長得既高大又粗壯，他們的膚色是咖啡色的，一張咖啡色的臉，看上去有點醜陋，他們走路的樣子十分滑稽，走幾步會跛一下，他們的膝蓋中好像安裝著一種特殊的彈簧，時不時會彈跳幾下。

　　這群被艾娃稱之為「最聰明的傻子」，他們在之前可從沒回覆過斯可達的一個信號，可他們在那個行星待了二十天之後，卻向斯可達方的宇宙工程部發來了明文。

　　「斯可達星球的最高主政艾華先生和艾娃小姐：

　　我們咖啡巨人是從不接受威脅和恫嚇。大宇宙是全宇宙人類的世界，我們待在這裡直到達到目的才會離開。」

　　這樣的明文可在宇宙人類之間的通訊中是絕無僅有的，這也顯示他們在收尋信息的能力是最最高端的。他們應該對斯可達星球上的信息已經基本掌握。

　　如果說可依分外星人在宇宙飛行上是一極的話，那麼無疑，這些咖啡外星人在宇宙通訊上是另一極。

　　這些外星人的所有表現，這讓斯可達方對他們有了更正確的判斷：這是一波衝擊七個光束圈的倖存者，他們憑著自己特強的科學技術得知了

斯可達方在那個區域來去自如的能力，於是，他們一路長距離的跟蹤而來，他們應該也知道光束圈的背後可以去向天堂，但又無奈於光束圈的阻擋力量，他們的目的已經十分清楚，這是要把自己的通訊技術跟斯可達方的動力轉換技術來作交換。

在威懾之下不軟弱，在脅迫之下不離去。在一個宇宙交易前，一方已經做足了姿態。

宇宙咖啡人有足夠的戰術耐心，艾娃就需要你的耐心給她所帶來的時間。

艾娃靜靜的坐下身來，她向那些外星人又發出了信號。

「尊敬的宇宙咖啡巨人：

我是艾娃，請貴方關閉武器系統，隨我方的飛行機一起進入斯可達星球。我們樂於跟貴方交朋友，各取所需。」

回覆是：「先告知進入光束球的技術，我方再作考慮。」

艾娃及時再發信號給了他們：「放棄計謀，通力合作。」

咖啡巨人經一番商議之後，給予了斯可達方這樣的回覆：「宇宙法則，力量決定勝負！」

冷靜的艾娃禁不住大笑起來，她心中這麼想：「這些巨人非常聰明又可愛，他們已經知道我要捉拿他們，卻用話來激怒我方，以此將計就計，達到來斯可達星球的目的。力量決定勝負，宇宙有這樣的法則？看來我才疏學淺。不過，我得寬宏大量，去滿足你們邀請我們武裝押送的請求。」

艾娃用食指摁在指揮儀上的一兒點，她發出了早已準備好的命令。

隱藏在霧流下的塔樓宇宙飛行機，突然高速旋轉起來，一陣陣巨大的狂風掀起了霧流的風暴。

塔樓宇宙飛行機那高聳的身柱，頃刻打開了七百二十扇門，那七百二十架攻擊飛行機像是火龍般從中噴射出來。

咖啡巨人也反應極快，他們三十九架宇宙飛行機已經升到了行星的上空。

霧流武器鋪天蓋地的將它們擋住了，並把它們悉數壓向地面，那七百二十架攻擊飛行機也降到了行星的地面，它們像七百二十輛戰車，向被壓縮的三十九架宇宙飛行機奔去。

咖啡巨人方沒有發射一項武器，它們打開飛行機的艙門，彷彿是在迎接受降者們的到來。

斯可達的宇航戰士把這一百零二個咖啡巨人帶入了塔樓宇宙飛行機，然後在它們的宇宙飛行機上放置了一個小小的暈光盒。

三天後，當霧流武器散去，這兩個星球的宇宙飛行機便向斯可達星球方向飛去。

在暈光作用下，咖啡巨人的三十九架宇宙飛行機於八十七天後便到達了斯可達星球，它們比它們的主人早到了九天的時間，在進入到斯可達星球後，它們都被指定，停留在東部的九號基地。

這些宇宙飛行機上的一切都關閉著，包括由外向內的探測。這種宇宙飛行機一共有五個武器系統，但這些系統都沒有使用過的跡象，這種宇宙飛行機的速度大約跟斯可達星球的飛行速度相仿，整個飛行機比可依分的宇宙飛行機要小一些，它除了一個主航機舵外，另有四個大住艙，另外，它其中還有一個小廚房。可從他們在飛行機上的體息來分析，他們的壽命可不短，他們應該也有四萬年以上的生命長度。

當然，使艾華和艾娃他們最感興趣的自然是這種宇宙飛行機的通訊功能。

從外表看，這十二個製作精致的爪子真是不同一般，那是十二個紅色的類金屬物體，它有布滿的針孔形狀，它們連接到機艙內有一個足有十米大的圓盤，這些只是眼下所能見到的一切，更多的信息，也只能等到它們主人的到來才能知道。

這一百零二個咖啡巨人在九天後就要到達斯可達星球了，為了表示斯可達方的誠意，可之敏主政提議，對於這批外星人，不但不能把他們當成俘擄來看待，而且還要把他們當成客人來對待，為此，要在斯可達宮殿開一個晚宴來招待他們。

說來，這個美好的建議帶來了一個有趣的小問題，在斯可達可沒有一名專業的廚師，斯可達人已經不需要食物，吃喝只是一種興趣而已。結果，這個任務還是由兩位可依分外星人承擔了下來，因為他們能將泥土做成美味佳餚。

能將泥土作為食材嗎？看來不能！於是，斯可達人根據史上的記載，去找來了許多古時代的食料。這個能製造出三十七城宇宙飛行機的星球，到了這個時候，也只能充當接待和服務人員了。

這一百零二個咖啡巨人已經到達了斯可達星球，他們在進入斯可達宮殿時顯得有些趾高氣揚，可當他們嗅到了飄來的食物香氣時，他們個個都顯得非常的喜悅。

這次在斯可達宮殿接待他們的四位主人是：可拉、艾斯琴斯、波波提提和可拉松。在賓主入席後，主方禮貌的向這批外星人表達了友好和歡迎，可這批巨人們則予以置之不理，看他們的表情，個個都在急切的等待著菜餚上桌。

在他們大飽口福時，志願服務員給他們送上了很多聖水，他們則向聖水中滲合一些粉末，然後，這個金璧輝煌的宴會上便立即酒香四溢。

這批外星客人不想在大吃大喝時進行交談，當他們吃喝完畢時才說：

他們只想派代表當面與艾華和艾娃交流。

艾華他們並不介意他們的傲慢，在第二天，艾華艾娃和可之敏三位主政便把這一百零二位咖啡巨人請到了宇宙工程部的大會議室。

「真沒想到，艾娃小姐是如此的美麗。」一個咖啡巨人說。

在咖啡巨人的一陣讚美後，艾娃對他們說：「謝謝！關於您們的經歷，我們有所猜測，但請您們把真相告訴我們。」

「感謝貴方昨天的款待。」一個咖啡巨人站起來說，他見到艾娃正在仰視他，於是他不好意思的坐下來說道：「我們來自於祖光星球，那是一個非常古老的星球，我們這波人類很先進，到了我們的兩千萬年前，我們那兒已經沒有了戰爭，並消滅了疾病，我們人類的多數性格喜歡玩耍式的格鬥和走出星球系外的刺激，我們在座的都是有三千年宇航經驗的將軍，因為有此身份，才能參加這次的宇宙大旅行。我們知道時隱時現的七個光束圈和它們背後七個大星星的關係，我們的第一個目標是在七個大星星上插上我們的星球旗，當然，我們最終的目標是衝進最後面那個區域，我們認為，那裡就是人類的天堂！但是，這七個光束圈假東西，它們居然有這麼厲害和排外，當我們貼進第一個光束圈時，在那便損失了一百零八架宇宙飛行機。之後，我們試著從它們的間隙通道走，可情況更慘，那裡簡直是一個屠斬場。當我們已經知道自己已經無法通過那裡時，便向另一方向撤去，但是在途中，我們見到了你們的飛行機群卻進出自如，於是我們就跟蹤了上來。

「朋友們，這樣大膽的跟蹤就不怕遭到攻擊？我們的動力轉換系統確實不錯，可貴方能憑什麼來取得我們的技術？」艾娃面帶迷人的笑容，口氣坦直的問道。

「我來說，一路上我們已經探明了您們個體文明的高貴程度，在不持強凌弱的法則下更不會主動發起攻擊。我們有底氣用我們的技術與貴方進行交換，在跟蹤您們五天後，我們還收到兩個迄今都不知道出處的明文，一個是：去斯可達星球；另一個是：交換。讓我們查不到信息出處的恐怕就是天堂，所以我們把明文當成了上帝的旨意。」又一個咖啡巨人說。

三位主政交換了眼色，隨後，艾華問他們說：「請問，貴方的文明探測水平到了什麼程度？」

「方圓七百光年內的一切動態物體和星球中的任何信息。」一個咖啡巨人肯定的答道。

「您們能展示和證明您們的技術嗎？」可之敏主政問。

一位咖啡巨人從右肩小口袋裡取出一個袖珍小扁盒，然後，他對艾娃說：「它已經連上了我們飛行機的信息源，請您打開您們的信息源，十五秒內，您們跟我們一起，可以看到七百光年內一切想知道的信息。」

艾娃拍了一下椅子扶手，會議室的屏幕打開了。

這個咖啡巨人手握小扁盒，像講解員一樣望著屏幕說道：「我們的三十九架宇宙飛行機正停在貴方東部的第九基地上。」屏幕在一片光流下跳躍，瞬間到達了光流世界的邊緣，「看這片區域，滿是光流的世界，這裡沒有任何聲音，看上既靜默又悄無聲息，現在，我把那裡放大一千萬倍，加上我們探測的光學技術。」屏幕上開始有了嘶嘶的聲音，兩秒後，肉眼能見到一群淡淡的影子，其中一個影子被鎖定了，放大再放大，有一架三個怪獸腦袋的宇宙飛行機出現在屏幕上。

「這是一批由光學加密的宇宙飛行機，共五十七架，從我們這個點開始，它們在八十一度的方向，距離十點八七光年，直飛距離需要三百九十八天。在自然環境下，您們的火眼金睛很了不起，但是光學和物理瑕想光的加密，他們的探測系統不行。

我們為貴方已經探明了未來十年至二十的大宇宙信息，共會進入斯可達警戒區域的宇宙飛行機共有一百七十批，致於整個七百光年的動態，您們可以在未來的日子裡去加以分析。」

「我們測到的是四十八批，他們的探測系統證明有一百七十批，這第一批的五十七架會在兩年之內飛到我們斯可達星球，這是一個什麼樣的極限挑戰啊？！」可之敏小聲對身旁的艾華說。

艾娃以詢問的目光向艾華和可之敏投來，兩位主政向艾娃投回了肯定的示意。

「我方同意與貴方進行交易！請您們提出交換的要求！」艾娃說。

「我們用三套探測系統與貴方交換五十架蜘蛛攻擊飛行機，當然還有一些通過光束圈的要令技術。」一個咖啡巨人把他們的交換價碼提了出來。

「好，成交！除了五十架蜘蛛飛行機外，我們發現了您們的動力源中有大量的玄光，這說明，貴方的動力轉換系統不適在這片大宇宙中工作，我想順便幫您們換掉全部的動力轉換系統。」艾華十分認真的說。

「太好了！」絕大部分的咖啡巨人歡樂的喊道，他們個個顯得喜氣洋洋。

「尊敬的朋友們！我得真實的告誡大家，能進入虛擬的光束圈並不等於能登上七顆星，我們與您們的共識是：七顆星的最後面是天堂世界，但我們更保證不了能到達那裡，另外，我還得提醒朋友們，有一種奇怪的東西需要大家對它有一定的認識，您們知道『套套房』嗎？」。艾娃非常誠懇的對咖啡巨人們說。

咖啡巨人們面面相覷，他們開始在議論艾娃的誠懇告誡，致於「套套房」，看來他們是一無所知。

美麗的地獄

這時，艾華對自來於祖光星球的咖啡巨人們說：「朋友們，既然您們有衝向天堂的勇氣，那麼我想，您們已經有了一種大無畏的精神，趁著交易所需的一些時間，大家可以去看看我們模擬的『套套房』，我們衷心預祝您們成功！」

咖啡巨人又興奮起來，他們可真有一種人類所需的樂觀精神和大無畏的決心。

卸下祖光星球宇宙飛行機上的探測系統和幫他們按上斯可達星球的動力轉換系統，這點工程，在後來的四天就完成了，在這期間，由可拉松帶著他們去參觀了在「斯可達俱樂部」上的「套套房」，並帶他們去了萬米金峰和唐士河源進行了參觀。在這些可愛的外星人離開的那一天，艾娃和可拉松去了東部的九號基地歡送他們，當這些咖啡巨人重新登上他們的宇宙飛行機前，他們無不都對艾娃和可拉松信心滿滿的說了三個字：天堂見！

五十架蜘蛛攻擊飛行機在前，咖啡巨人的三十九架飛行機在後，它們浩浩蕩蕩的向著太空飛去。

四

面對即將到來的挑戰，斯可達的主政們決定成立一個緊急應對小組，組長由艾華任命的可拉松來擔任，組員的大多數成員是艾娃和艾華以前的學生，前宇宙工程部主政可欽，大科學家艾斯琴斯和可依分的玄學家波波提提則擔任這個緊急應對小組的顧問。

咖啡巨人的探測系統所探到未來十年至二十年可能飛來的宇宙飛行機群確實有一百七十批之多，對於這麼多機群，緊急應對小組把它們分成了三個層次類，首先按他們的飛行距離給他們編號整理，根據所獲的信息再給他們進行安全評估，評估分四個等級，一，無害通過；二，可能滯留；三，警惕防衛；四，危險機群。這個小組還將可能性作了一些應對預案，並建立了信息、飛行表現、跟斯可達交流情況等幾方面系統數據庫。

咖啡巨人探測系統的信息量足夠巨大，但是就這一百七十批的宇宙飛行機的數量，卻只能按表面的五千三百架來暫時評估，因為在這些宇宙飛行機中，也有超級大的宇宙飛行機，它們雖然比不上「保衛者一號」和「斯可達俱樂部」，但有六架宇宙飛行機也有三到四個城市這樣的規模。

艾華和艾娃正以最大的關注度在對此工作，他們幾乎對每個細小的信息也採取謹慎的態度，經過緊急應對小組的努力，二十天下來，這個小組已經完成了全部評估所需的準備工作，在艾華和艾娃親臨之下，經過四次反覆的分析，評估結果在五分鐘後出來了。

這一百七十批宇宙飛行機群，無疑是大宇宙中具有代表性的最高文明群體，在評估的結果中：屬於無害通過的有六十二批，屬於可能滯留的有九十四批，屬於警惕防衛的有十一批，屬於危險機群的有三批，而全部六架超級大的宇宙飛行機，都是處於危險機群的評估中。

緊急應對小組開始向這一百七十批宇宙飛行群發去了詢問信號，三天內，艾娃的戰略報告書也呈到了艾華跟其他兩位主政的手中，在這份報告書中，除了有星球內外和太空與外太空的嶄新布防外，還附有星球內的文明進程的時間節奏。

緊急應對小組發出的詢問信號，漸漸的得到了一百四十九批飛行機群的信號回覆，在進一步的交流後證實，斯可達方的單方面評估基本屬於正確，只是其中兩批飛行機群本是處於警惕防衛級的，經過幾次溝通之後被降為了可能滯留級。

根據信息中的情況，首先得對九十六批可能滯留級的宇宙飛行機群作出一些停留上的策略安排，就整個星球系的浩瀚程度，雖然可以說，再來十倍的數量也不會造成擁擠，但是，對此可不能有半點的掉以輕心，這可都是高級文明的產物，一旦只有一點滴事故，其後果是不堪設想的。

艾娃和可拉松各自寫了一份策略性的意向報告，他們之間討論了一次，然後，艾華也加入了進來，在三方面討論後，又交給了三位顧問，結果在這六人一致的認同之下，對於可能滯留的方案算是定了下來。

對於警惕防衛級的策略意向，則有艾娃一人在反覆的思考後，做出了獨立的報告，這個報告讓整個緊急應對小組進行了討論，最後加上三位顧問的簽署同意和艾華的簽署同意。

關於最後一個危險機群，四位主政經過討論後一致讓艾娃全權處理，並且讓她獨立使用最高的指揮權。

星球內外，一切正在緊鑼密鼓的進行著，這樣的時間在人們的心目中是走得飛快，轉眼間，一年多過去了，這時，曾出現在咖啡巨人探測系統中的三頭怪獸宇宙飛行機群，已經在斯可達星球七十二點三度的星球系邊緣出現，經過又三十三天的飛行，他們遇到了可依分星球唯一一架出來幫斯可達星球巡邏的可依分宇宙飛行機。

這五十七架宇宙飛行機顯得十分的循規蹈距，按照之前溝通好的飛行路線，他們在可依分的宇宙飛行機的引領下，經過二十八天的飛行後，來到了「天堂星」上。

這波外星人來自於三色流星系，他們長著中等的個子，皮膚雪白。他們模擬出一個小腦袋背在雙肩上，據說除了他們宇宙飛行機外，這個小腦袋在意外的情況下，可以發揮武器、通信、收集水源、療毒等七個作用。

斯可達星球方在得知他們也想去往天堂的目的後，也著重查看了他

們的動力轉換系統，他們由三色流作為原動源，再可以收集轉換光流、暈光和玄光，看來他們的先進科技也是一等一的棒！

這個自稱來自於不理達星球的外星人類，他們在「天堂星」停留了四個時光後便起飛離開了。這第一批宇宙飛行群，算是一個標準的：無害通過。

從二十天之後到八十天之間，被編為第七批、第十二批、第一百二十三批、第一百三十八批、第一百四十五批、第一百四十八批、第一百五十七批和第一百六十一批，共十批宇宙飛行機群已經調整了飛行方向，他們從四個方向，向七個光束圈飛去。

而第二批到第五批的四批宇宙飛行機群，在來年的頭一天，便直接飛入了斯可達星球所在的星球系，這是斯可達星球近九十度的方向，也是最近斯可達星球的宇宙外太空軌道。

這四批宇宙飛行機群，實際上就是十六架宇宙飛行機，從他們飛行機外形一樣來看和他們的同時到來，斯可達方判斷他們是同一波人。從之前的信號交流記錄上去判斷，他們的信號收取和回覆應該都是由智能手在操作。現在，他們也是由可依分星球的宇宙飛行機帶領著，去往了另一個小行星——「岩石星」上。

這可是一波值得講述的人類。

他們為什麼要來到這個星球系？從他們的表情和肢體語言來看，他們應該是不知道自己在哪，更不知道目的地在哪。那麼他們為什麼會出現在遙遠的宇宙一方？根據他們的飛行數據顯示，他們可飛行了三百年哪！

他們表現出豐富的肢體語言，但嘴裡只說著一個字，斯可達方斷定，這個字的意思就是：玩。

用三百年的飛行時間就為了「玩」，這樣的豪氣和任性真令人不可思議。

斯可達方跟這波外星的溝通實在是非常的不易，這波外星人可足足有二百十一人之多，如果沒能把一些基本上的事情弄清楚，可很難確認他們屬於四類宇宙飛機群中的哪一類。

那波外星人也覺得，由於雙方的溝通使事情複雜化了，於是，他們把斯可達方的有關人員，請上了他們的宇宙飛行機。

從宇宙飛行機的角度來看，他們所乘的宇宙飛行機可真夠豪華舒適的，整個飛行機內，排列著一間間小房間，那兒有講究的床墊，有透明的窗戶，整個機艙內還有三個活動室，從總體來看，這確實符合他們口中的「玩」字。在整個系統中確實有智能語言和智能通訊系統，這讓雙方的溝通變得容易起來。但是，怎麼去放行一批不知道目的地的外星人，這成了一個小難題，這事看來得讓大本營去做出決定。

在進一步的檢查中，斯可達方發現了這宇宙飛行機中都安裝一個自殺式的爆炸裝置，這裡雖然只有一個武器系統，但殺傷力卻絕對是一等一的，還有，在每一架的宇宙飛行機上還各有一口棺材，而棺材的精致程度，堪稱是帝王級的。

這簡單變成複雜後，又從複雜變成了蹊蹺，於是，大本營命令把這批外星玩家帶去斯可達星球。

當這批外星人在四十九天到達了斯可達星球時，斯可達方早已經弄明白了他們的來歷。

他們來自於十七光年外的「啊星球」，那是一個美麗的星球，這個星球面積只有斯可達的五分之一，那是一個三色流星系邊緣的星球。

等到這二百十一個外星人和他們的十六架宇宙飛行機到達後，一切蹊蹺的迷底很快就被揭開了。

這二百十一個外星人屬於啊星球的原居民，這波人長得很整齊，男男女女都是一米六十的小個兒，但是，他們卻長有一個大腦袋，看上去像是在一根木棍上安裝著一個大西瓜，表面看，他們行走起來有點吃力，其實他們運動起來是非常的靈活。

在人類生命醫院的檢測下證明，他們的平均壽命是六千五百年歲，令人驚訝的是，這樣的生命長度竟然是純天然的，這是斯可達星球聞所未聞的事，這種記錄也將是斯可達方一項嶄新的宇宙記錄。

根據他們宇宙飛行機上的智能系統的介紹，這些原居民是另一個外星人的世代奴隸，他們天亮時為外星人乾活，天黑時回森林中睡覺，他們的睡榻很特別，像個大水盆，下面還裝著一層水，說是在這種環境下睡覺可以迅速減乏，還能延年益壽。他們對任何人都沒有敵意，更沒有仇恨，這也包括躺在棺材中的外星人種。

這些後來被斯可達人當成親人的「可愛的大西瓜」，其實在他們的天賦中有兩個十分優異的特點：一，記憶力超強；二，對新生事物有令人稱奇的接受能力。

可是他們從來就沒有讀書學習的機會，他們雖然沒有文化，但他們是宇宙中少有的，沒有自私和貪婪的人類，他們長著一個小身體，卻又藏著一個大胸懷。

這波外星人把三百年的宇宙航行說成是玩，這是他們的真心表露，要真正的弄明白，答案可能就在這十六口棺材中。

打開這十六口棺材，只見其中躺著十六位稚氣未脫的超美麗少女。

這些少女被搬上了人類生命醫院的光流檢測台，僅僅一秒後，所有龐大的數據開始在屏幕上跳躍起來，對啊！她們根本就沒有死，只是被一種高超的生命科學技術給冷凍著，這些生命不但冷凍了，連她們的生命年

齡段也被凍結在冷凍時的原點。

　　經過斯可達星球的光流按摩，這十六個超美麗少女便悄悄的溜回到了人生之中。

　　這十六位超美麗少女被大頭人稱為：公主，而這十六位公主揭開了這次出行大宇宙的原因。

　　這十六位公主都是由啊星球的一位外星皇帝所生，在三百多年前，她們的二叔和三叔對她們的父親實施了一次計劃縝密的暗殺，在暗殺成功後，她們的二叔稱了帝，可不久，三叔在愧疚之下又聯合了她們的五個兄長，他們跟二叔之間展開了殘酷血腥的戰爭，雖然三叔和兄長們有著強大的軍隊和先進的武器，可是稱為皇帝的二叔從原星球中搬來了救兵，這二期文明級別豈能抵擋三期文明的打擊，就在近於慘敗前，兄長們把十六個天姿國色的妹妹送進了十六架宇宙飛行機，在臨行前，他們挑選了二百十一個奴隸來陪伴她們，還給她們注射了特殊的冷凍液。十六位公主都知道自己會在一百天後「死去」，可這二百十一個奴隸卻沒有人能知情，他們一直陪伴著公主們玩遊戲，直到她們「死去」。是他們把公主們放入了棺材，到了之後的三百年，他們面對一切都惘然不知所措。

　　斯可達的民眾們歡騰了，他們把大頭人稱為是宇宙最可愛的人，把十六位公主稱為是小號的艾娃，他們強烈要求主政們把這些外星人留在斯可達星球。

　　四位主政本有留下他們之意，現在民意又這麼洶湧，在此情況下，艾娃樂呵呵的出現在這批外星人的面前。

　　艾娃的出現真讓這十六個公主喜出望外，她們擁著她，似曾相識一樣叫她為姐姐，那些大頭人更是開心得手舞足蹈。

　　不久，斯可達星球為這波外星人開辦了一個特別的課堂，他們的主教真是美麗的可沁。現在他們終於處在同一個文明高度的起點上，公平的接受著另一種高級文明的文化，以及這種文明對他們的薰陶。

　　致於啊星球的宇宙飛行機，它們並沒有什麼特別之處，唯一讓波波提提和可拉松所感興趣的倒是有一項。在十六口棺材的夾層中，那兒也藏著兩層類似可依分和斯可達星球都有的「靈魂體」，這些東西就像人類用數字去計算天文、地理、時間和萬物一樣，在高級文明的星球中，這些「靈魂」體也成了他們的相似點？對此，波波提提肯定的說，這一定不會，憑他對玄學的知識，他竟然對可拉松說出了他自己內心的感覺：「我們做這些，好像是天意下的一種無謂的舉動，我覺得，這是上帝在冥冥之中讓我們自立一個印記，以此讓天堂來辨認我們。」

　　「您的想法和感覺真的膽大包天啊！」可拉松卻不以為然的對他說。

　　在這個時間段的艾華和艾娃，他們的興趣點也在起著很大的變化，

在對待大宇宙的基本認知上，也超出了常人的思維邏輯。

星球是圓的，從七顆星的角度看大宇宙，那整個大宇宙也是一個圓形的大世界，既然是圓的，直線的距離一定比圓周線來得更短，但是，所有的的遠徵事實證明，事務的實際卻恰恰相反。

可依分外星人的八百四十萬年的飛行距離，雖然有大部的時間扭曲和震盪的成分，但是，如果按嚴謹的科學高度和咖啡巨人的探測來看，那個區域根本沒有什麼十二太陽系，也沒有什麼宇宙土匪星球系，那兒只是有一個著名的大黑洞而已。而從可依分外星人到達過的美麗的星球繞飛的一百七十一個光年後，那就存在著十二個太陽系，可這只是不到一萬年的飛行距離。

再看一下咖啡巨人的飛行路線，從他們出來，先到達了第一光束圈，從第一至第二光束圈的間隙區域，再從那兒向斯可達星球方向，這如果按表面的直線相加的話，怎麼都是四千光年的距離，他們怎麼可能只化了三千年的飛行時間？

縱觀這一億年中斯可達的整個飛行記錄來看，這樣的曲線短過直線的相悖情況竟然佔了絕大多數。

再看看斯可達星球所經歷的四個大紀元，自然人類最古老看大宇宙到現在看宇宙是大為不同的，這確實深含著人類意識的不同和大宇宙的變遷，可人類的傳說也只是有一個起點，而無法有令人信服的終點。或許一個完美的想像終點，就是一個讓人類無法琢磨和靠近的禁點，在天堂讓大宇宙處於最大的變化下，這個禁點會漸漸暴露，而暴露下的禁點已讓艾華和艾娃給抓到了。

他們對大宇宙的終極節點已經產生了自己的想法。

在後面的外星宇宙飛行機群還沒有進入到斯可達星球所處的星球系前的五十天中，艾華和艾娃抽出時間來，開始對這個高深的題目展開了討論。

艾華首先把他的想法告訴了艾娃。

「在宇宙誕生的之前大部時間，它是真實的，但在近二億年中的所有的宇宙運動證實的是：它已經被壓縮了。星球無疑都是圓的，身處圓形中，圓周的全部位置正向外伸展，但在三萬光年的範圍內，令人難以到擁有六十萬兆億星球的宇宙全方位，我的思想讓我產生了這樣的一個比喻，我把宇宙比作一個無限大的彈簧，一圈圈細數不盡，當它展現時，它的中間有個大空間，而彈簧中的各部位基本上也只能看到近它們的這一段，這一段就是我指的三萬個光年範圍。

美麗的地獄

現在，有一種最強大的力量將這個無限大彈簧給壓縮了，那麼圈與圈的距離一定就是圓周線比直線還短。如果它被壓縮到了極點，這就使圈與圈之間沒有了距離，遙遠的圓周比之前的直線還短，這樣的情況，一切都在劇變，唯有彈簧的中間空間不變和彈簧的外面空間不變，彈簧中間空間是有限的，而彈簧外面的空間的空間是無限的，這像不像我們目前的大宇宙跟無邊無限又無界的天堂之間的關係。

　　壓縮到一定程度的彈簧最容易全盤毀滅性崩裂，可有這個中間空間，可以再造一個無限大的彈簧，而再大的毀滅性崩裂，外面的空間在準備好的情況下，會絲毫無損。

　　我的全部意思是，彈簧在崩裂而斷前，由於壓縮的動力，它必有一個要點，能檢到這個要點，我們就把這個要點當成一次大毀滅中的奇點，奇點必有產生的時間，我想，這就是我們被毀滅的時間點。」

　　聽到艾華這麼說，艾娃不但神色不變，她還樂著笑了起來，她對艾華說：「哈哈，哥哥，我懂您的意思。這些天裡，我想起了一句話：既然毀滅又何必重建？但是我記不得是誰說的。哥哥我們快接近了天堂的終極目標，只是記不起那至高無上的答案，這是一個巨大的遺憾！」

　　「艾娃，就在昨天，我竟然記起了一件事情，宇宙人類都說上帝是無所不能的，也有人類說，在永恆中，沒有天堂所做不成的事，可是我記得的是：上帝和天堂還有一件事情，他們確實做不到。可什麼事，我又實在想不起來。」艾華的表情顯示，他比艾娃還要遺憾！

　　「哥哥，現在的大挑戰即將來臨，我們不用多想了，該記得的，一定會想起來的！您說的奇點，我理解為是一個最後的臨界點，這個彈簧效應可以做個實驗，我來做。有所有的飛行相悖的數據作為依據，上帝和天堂有個特點，他們不會行事有絲毫的冒險，冒險是人類的生存行為，也是一種弱智的勇敢。有了依據和特點，我可以有把握的去做實驗。在結果沒出來之前，我們只需要做到您知我知就行了。」艾娃說。

　　「好的，你知我知！」艾華愉快的拍拍艾娃的肩膀說。

　　艾娃走了，而艾華又坐下身，去繼續他自己的工作。

五

　　三十天後，有個月亮的身影出現在遠方的外太空，以斯可達星球的科學記錄來看，它就是艾斯琴斯所現的那一個。現在這個月亮所在的位置正是斯可達星球前往宇宙的主要軌道。這個月亮曾莫名其妙的出現過，也在人類不知不覺中消失，現在它的再次出現，依然沒有引起特別的關注。

　　就在人們並不關心之下，這個月亮僅僅在三天後就出現了劇烈的晃動，接著它時明時暗，在短暫的幾個時光後便開裂成了一股股煙霧，最後它又一次消失在人類的視覺中。

　　艾娃非常明白，這就是大宇宙被壓縮後的必然現象，那個月亮的消失點，便是大宇宙這片區域的未來臨界點，至於真正的時間點，艾娃相信，她自己一定能在大事發生就預知到。

　　今天，艾娃在下午的工作告一段落之後，臨時出外巡視，地點是奇想大陸的西部沙漠，她的巡視目的是需再次登上「保衛者一號」和「斯可達俱樂部」。

　　在這兩個超級龐然大物上，已經有一千名科學家和一千名宇航員在此工作和居住，現在，這裡又多了二百二十七個新的特殊人員，是的，他們就是來自於啊星球的二百十一個大頭人和他們的十六位公主。

　　這些啊星球來的外星人，他們已經完成了學業的一半，在放假的半年中，他們爭取到了來此實踐和參加工作的機會。這兩百二十七人全在「保衛者一號」上，從這天百人的表現來看，他們在熟悉、操縱、應變都顯示出他們那種與生俱來的超強能力。那十六個公主不但美貌如仙，而且還膽大心細，如今，她們已經個個可以在各式飛行機上獨當一面了。

　　艾娃的親自到來可樂壞了啊星球的外星人，艾娃所站的位置被十六個公主給包圍了，而在外層，那二百十一個大頭人更顯得不亦樂乎。

　　「大家好！在斯可達星球生活得怎樣？

　　有沒有信心在『保衛者一號』上幹出好的成就？」艾娃愉快的問大家說。

　　啊星球人齊聲說：「太棒了！」

　　「我們姐妹都比智能手強一倍，大頭人最好的成績比智能手強四倍多。姐姐，這不是我們自己說的，而是由信息數據評估出來的。」公主甲說。

　　「是的，姐姐，現在我們的姐妹都能操作兩款以上的攻擊機。」公主已說。

　　「聽說斯可達星球會有麻煩，來了很多很多的宇宙飛行機群，姐姐，如果需要『保衛者一號』出戰，可千萬不要落下我們啊星球人，我們一定

為保衛斯可達星球而去戰鬥。」公主丙說。

　　「姐姐？」這個親暱的稱呼可樂壞了艾娃，她暢笑後對大家說：「關於『保衛者一號』會不會去外太空參戰，就目前形勢而言還不需要，但你們大家可要有思想準備，並要把本領練得更強。斯可達的民眾說，你們像我，那我就來做你們的大姐！」

　　「您不是我們的大姐，您是主政姐姐，我們的大姐是我們的可沁老師。」公主丁說。

　　這調皮一說，立即引得大家的歡笑。

　　要不是身上的公務太多，艾娃真的想在此待上幾天。

　　在這些外星人的帶領下，艾娃去了「保衛者一號」上的很多地方，到了夜色降臨時，她才依依不捨的向她們道別，還跟她們每個人來了一個大擁抱。

　　艾娃回到宇宙工程部便直接去了指揮中心。

　　已被測定的一百七十批宇宙飛行機群，其中有十批已經改變了方向，一批是無害通過，四批已經在斯可達星球愉快的生活，除此之外還有一百五十五批宇宙飛行機群尚未到來。但是根據預測，最快的將在五十天到七十天到達。

　　眼下的問題是：這些已經編好時間順序的宇宙飛行機群，由於在各飛行機群在速度上出現了各種變化的誤差，所以，原本的秩序也有一點混亂。原來斯可達星球在星球系的警戒線已經壓力很大，隨著變化中那難以預測的尺度，相信，事情會一步的陷入更大的挑戰之中。

　　再看一下這七百光年的探測深度，凡在兩百光年外到七百光年間，那一段幾乎沒有宇宙飛行機的任何活動，這是什麼意外？還是玄幻莫測的開始？對此自然是一無所知。可是，大宇宙還是顯得格外的平靜，到處都是繁星閃爍，如同燦爛的煙花，這可不知道是真實的存在，還是模擬下的擺設。

　　讓我們還是來關注一下，最靠近這個星球系的七十一批宇宙飛行機群的情況吧。

　　這大批宇宙飛行機群都一直跟斯可達方保持著信號聯繫，他們大多數的目的是驚人的一致，想穿過七個光束圈，然後去往七顆星。從信號的信息分析來看，他們絕大部分對七顆星的了解都十分的欠缺，有一些對光束圈的存在意義也知之甚少，他們認為，要到達七顆星就必須通過光束圈，如果一旦過不去，那麼就硬闖過去。

　　而斯可達方在他們到來之前，就毫無保留的向他們介紹了有關光束圈的真實情況，並向他們傳授通過光束圈的經驗和技術要令，從反饋的信息來看，這七十一批宇宙飛行機群都具備了穿過光束圈的條件，只有前十

批的宇宙飛行機群要求來斯可達星球作補充和休整式的滯留。

　　由各種信息依據作為一種風險的評估，這十批宇宙飛行機群完全符合斯可達方給予滯留的條件，於是艾娃命令，將這十批宇宙飛行機群到時引領至「天堂星」進行簡單的檢查，然後從外太空星球系邊緣的小區域軌道飛來斯可達星球。

　　另外的六十一批宇宙飛行機群，可以在星球系邊的行星中稍作停留，凡需要資源補充的，必須提前七十八天向斯可達方申請，無論他們停留在周邊哪個行星，限期他們五十天內必須離開。

　　從全部的大局看，這七十一批宇宙飛行機群將有六十六批會接近以上所指的小區域，也有半數會通過那裡，而此時在那個區域，斯可達方的外太空力量中，有攻擊和殲擊二千六百架，一架塔樓宇宙飛行機也處在小區域的邊上，從小區域到「天堂星」和「岩石星」一帶的外太空軌道上，已經流淌著濃濃的霧流，一旦需要，這些霧流也會在十天裡形成難以攻破的霧流防禦武器。

　　接下來三十天到七十天之間，這請求滯留的十批宇宙飛行機群已經陸續的達到了斯可達方所在的星球系，他們都經過了六個時光的檢查，並都在飛往斯可達星球的途中。

　　也就在這個期間，艾娃的一位學生來到了指揮中心，這個學生是緊急應對小組的骨幹，他也是負責監視外星宇宙飛行機群的主管，這一次，他越過了向可拉松而直接來找艾娃，想必有緊急重大的事情。

　　艾娃見到他非常急迫的樣子，便請他坐下來。這位學生剛坐下，就請艾娃把屏幕上的圖案切換到第八十七編號的宇宙飛行機群所在的區域，然後他把前來找艾娃老師的原因告訴了艾娃。

　　「艾娃老師，處於現在編號 87 的一批宇宙飛行機群，共有四架宇宙飛行機，可是它們每一架的體積足有兩個首華城這麼大，在剛編程時，它們可不在這一百七十批的序列中，但在一百七十天時，它們突然出現在第一百十三到第一百十四的位置上，按他們的飛行速度來推算，他們應該在這七百光年之內，飛行的時間應該在六十至六十年又四十七天之間，從他們的出現起計算，他們應該需要六年又十三天才能到達小區域，但是，他們飛行了五十八天就已經超越了前面二十八批宇宙飛行機群，所以，我們把他們編到八十七號。

　　這批宇宙飛行機群也曾有八十天的正常飛行，它們是沒有回覆我們信號的機群之一。

　　在四十天前，我的一個同事無意間發現了它們在變換飛行軌道。」這位學生向艾娃指出了它們變軌的地點，然後接著說道：「那裡的宇宙軌道是非常的錯綜複雜，有半數還是逆行和偏執形的。由此我從同事的手上

美麗的地獄

接過了這個案例。三天後，它們似乎在且行且遠的表面下連連翻起了筋斗，好像姿態在墜落，又過了一天，他們在迷霧中消失了，而且整整消失了十天，當時我已經作了他們可能意外墮毀的報告，也就在第十一天，它們突然又出現了，並又開始翻起了筋斗，這種怪異的飛行姿勢，這對一架如此龐大的宇宙飛行機有多麼的不易啊，可是它們不但冒險的做到了，而且使它們的目前位置已經出現在第五十。我分析覺得，它們不像有目標的飛行，倒像是在投入一場宇宙太空戰役，因為在那段時間和那片區域中，有五批宇宙飛行機群失蹤了，我設想是被它們殲滅的，請老師看看，這四架宇宙飛行機相當於六至八座飛行的城市！

　　自那以後，我們不斷採取幾種方式向他們發去了至少五十個信號，可是他們依舊沒有回覆。他們繼續翻滾著，直到我來找您前的一個時光才恢復了正常的飛行。但是，根據我們最新的測定，它們距離我們外太空的小區域也只有七十三天的時距。另外，我最主要的疑點是：它們怎麼會跟我們一樣這麼熟悉和了解那兒錯綜複雜的宇宙軌道？在您的教學中，我記得在我們漫長的歷史中，曾經遭受過三次外星人的入侵和踐踏，這批外星人會不會就是其中之一的後裔？」

　　「很有這種可能性，至少可以肯定的一點是，他們不是大宇宙善良一族。」艾娃一直細心的傾聽著她學生的敘述，對於個中的玄與險她已經記在心中，接著她吩咐學生說：「艾理希，請加倍對這批飛行機群進行監視，你接著以緊急應對小組的名義，向六十一批宇宙飛行機群發出緊急警告信號，要加重口氣說明情況。另外，這一批宇宙飛行機群就別與其它宇宙飛行機群編在一起了，直接稱它們為：筋斗群，並連線一份到中心指揮處！」

　　「好的！艾娃老師，我先去辦。」叫艾希理的學生走了。

　　現在只剩下艾娃一個人，她緊盯著屏幕，那可能發生的一幕又一幕情景，彷彿在她的眼前出現。

　　連線一到，艾娃向筋斗群發出了一個信號：不準靠近我們的星球系，請迅速離開，越快越好！

　　經過檢測後的所有十批外星飛行機群，它們已經全部飛到了斯可達星球。

　　所有形狀各異的宇宙飛行機群，它們全整齊的排列在東部的七號基地上。這十批宇宙飛行機群共有二百三十一架，它們排列的樣子好像是一次宇宙飛行機的展覽會。雖然這些宇宙飛行機的外形和材質是極為的不同，但顏色卻大同小異，個中只是有三十二架的外表和顏色顯得非常的漂亮和醒目。這三十二架宇宙飛行機的顏色是粉紅色的，它們的外形像極了飛翔在奇想大陸上空的鳳凰，它們最大的特點是，飛行機上的百分之九十

的面積都是武器，而武器系統的種類有十一種。

此次到達斯可達星球的十批外星人，他們的總人數共有八百七十九人，看上去有七種膚色，他們中有紅色種的；有白色種的；有黑色種的；有黃色種的；有蘭色種的；有綠色種的；還有一種紫色種的。

他們的形態各異，長相更是不同，其中的紫色人種是最為奇特，他們的頭部、身體部、下肢部和兩條胳膊是特別的均稱，看上去像是在極規則下的模具，他們顯得本分、安靜和不愛說話。這是一波清一色的男性，他們是一律的身高，連面相也非常相同。

蘭種人種也長得很有特色，高高的身材，寬闊的上身，還有一個小小的腦袋。

除了這兩種外星人，其他的人種長得則跟斯可達人差不多。

而最引人矚目的應該是那四十位白種姑娘，她們看上去跟斯可達的姑娘沒有什麼兩樣，她們美麗，顯得英姿颯爽，她們個個都含著俏皮的笑容。據她們自我介紹說，她們都是星球挑選出來的美人兒，她們的身上都含有斯可達的血液，她們還自稱自己只有十八十九的年齡，不過，近六百年的蹉跎飛行歲月，確實在她們的臉上沒有留下多少痕跡。

這批姑娘豪爽的承認，她們的目的地就是斯可達星球。

這是怎麼一回事？根據姑娘們所在的星球記載，約在一億六千萬年前，正當他們的星球處在初級文明時，二期文明的斯可達星球的幾名宇航員和幾名人工智能人誤入了他們的星球，由於當時的斯可達方的宇宙航行正處在二期文明，所以在特殊的情況下，這些宇航員便一直滯留在他們的星球，他們在那裡與當地星球的女性繁衍了一批後代，到了兩千年後，又有一批宇航員到達了那裡，結果的情況與前一次一樣。

這兩次的宇宙航行錯誤，它卻讓那個星球的人類產生了傳奇般的印象，也給他們造就了一個特殊的民族。

當這些姑娘到達了斯可達星球時，她們便向接待人員直言不諱的說：她們的目的地到了，可是她們的目的還尚未達到，她們真正的目的是，在斯可達星球找到愛情，找到類似古時候那些宇航員那樣的如意郎君。

這些姑娘所在的星球名字叫：米米里達星球，那裡跟斯可達星球一樣，早就沒有了國家。

這些姑娘的名字都特別的長，這好像在她們名字最後都有一個感嘆字，比如：噢、喔、啊、呀、呢、吶、嗯、吧等等。

這十批宇宙飛行機群除了米米里達星球外，其餘的九批在補充了所需的物資；或檢修了他們的一些飛行系統後，便在二天後相間離開了斯可達星球。

斯可達星球在已經有了可依分外星人、啊星球外星人之後，現在又

多了四十位米米里達外星人。

這四十位姑娘被安排在夢之城居住，於是，她們便經常在夢之城跟首華城之間的這一帶活動。

出於對這批外星姑娘的好奇，也因為這些姑娘想尋找愛情的心思在信息源的流傳，最近有許許多多斯可達的小夥子也在這一帶活動。

真的沒有過了多久，這四十位美麗動人的外星姑娘確實在斯可達星球上找到了她們的另一半，並且，她們很快便跟自己的心上人生活在了一起。這曲星球戀究竟是怎麼一回事？作者等一下才說，現在讓我們還是先回到宇宙工程部和大宇宙小區域外去看看。

自從艾娃的學生艾理希著重監視筋斗群和向小區域外的六十一批宇宙飛行機群發出警告後，在之後的二十天，這六十一批飛行機群中的五十五批已經相繼改變了方向，他們都向七個光束圈飛去，而剩下的六批宇宙飛行機群，它們不但沒有避離風險，反而向回程極速飛行了六天，眼下，它們已經在一顆小行星中停留。

就在當下的形勢之下，咖啡巨人的探測系統再立奇功，它將有關這六批宇宙飛行機群的全部巨細的信息一並展現在大本營中。

宇宙工程部的指揮中心，它根據這套系統的完整信息已經自動破譯了他們的語言之音關鍵點跟他們行動的關鍵點，一切的信息加上破譯的關鍵點，這已經湊成了一個最合邏輯的故事過程。

這六批宇宙飛行機群來自於同一個星球，這個叫「傑阿米」的星球，他們這次去衝向七顆星可是共出動了十一批宇宙飛行機群，這六批是他們的先遣部分，也是他們戰鬥力的主要部分，它們後續的五批宇宙飛行機群，主要擔任的角色是存放著一些宇航所需的物資和乘載著大批的星球要員，可這後續的五批宇宙飛行機群，在斯可達方編排的第八十八至第九十二的位置區域時，卻被半途彎道超車的筋斗群給劫持了三批，而另外兩批負責保衛的飛行機群也在跟筋力群的交戰中不幸被全殲。這種罕見的宇宙惡性事件雖然過去了一段時間，但是在前不久，傑阿米星球方還是測到了他們後續五批飛行群失蹤的原因，也測到了造成這個惡性事件的罪魁禍首，於是，這擁有主要戰鬥部的六批宇宙飛行機群便跟定了筋斗群的位置，他們立誓要消滅筋斗群，奪回自己被劫的人員與資源。

有了這些比較可靠又完整的信息後，艾娃的第一個內心反應是，她想讓「保號者一號」和「斯可達俱樂部」進行脫離飛行，可是艾娃畢竟是艾娃，她天生的穩重使她在作出重大決定前先對這兩個超級龐然大物的信息查詢了一遍。結果是，她發現了一個小小的意外。

還有三天，十六位公主和二百十一個可愛的大頭人將開始第二次的學期，而此時的「保衛者一號」上，他們的主教老師可沁也在，她正在觀

看那十六位公主妹妹的飛行表演。

　　艾娃沒動聲色，她只是發了一個信息給可拉松，要求他以另一種方式，向「保衛者一號」上的主要人員在三天後去東部的九號基地。三天後，當可沁跟二百二十個啊星球全部回到首華城後，她才下達命令，讓「保衛者一號」去到東部的九號基地待命。接下來，艾娃命令所有星球系邊緣區的斯可達戰鬥力量向小區域方向靠攏。

　　共計三十七天後，傑阿米星球的所有飛行機群在一個小行星上同時升空，這共計一百八十一架宇宙飛行機列成了四組奇特的陣容，它們開始向筋斗群迎去。六天後，斯可達方截獲了由傑阿米方發給筋斗群的最後一個信號，內容是：地獄強盜們，高級文明中沒有你們的份，滾回地獄去！

　　又五天後，大宇宙的太空中爆裂出陣陣令人目眩的火花，傑阿成的宇宙飛行機在霎那間一架變成了兩架，這一百八十一架頓時成了三百六十二架，它們向第一架飛來的筋斗群飛行機進行了超猛力的攻擊。

　　只幾分鐘，筋斗群的第一個宇宙飛行機被包圍了，在兇猛的各式火力打擊下，那個超級龐大的飛行機在不斷搖晃，它的邊沿是巨光閃爍，一塊一塊無名物件在迅速掉落，大部分墜下太空，還有一部分飛翔起來，正極速奔向傑阿米一方。

　　不斷有閃亮的點被熄滅；不斷有一批的火花墜入外太空，在雙方的生死搏殺中已經分不清敵我。

　　傑阿米方的視死如歸的勇敢使戰鬥整整持續了七個時光，這個殘酷又精采的外太空戰鬥場面已經吸引了斯可達星球的全部民眾。

　　四位主政和緊急應對小組的所有人已經整整一天沒有休息了，他們還在目不轉睛的對著屏幕。

　　已經打了兩天了，在這麼激烈的太空戰中，那個超級龐大的飛行機在遭受如此強大的攻擊下卻依然還在還擊，正確的講，它的靈活程度超出了人們的想像，它的邊沿在不斷一層又一層的脫落，彷彿一個巨人在惡鬥時還不忘脫掉衣服，它正在瘦身，但依然不失它的超級龐大。

　　戰鬥到了第四天，傑阿米星球作為攻擊方，它們已經呈露出漸成弱勢，就在這時，筋斗群的第二架宇宙飛行機也到達了那個戰鬥區域，這一下，凡親眼目睹的人們無不為勇敢的傑阿米方捏出冷汗時，沒想到那第二架筋斗群的宇宙飛行機卻扭頭向小區域的方向飛去，它可根本不去理採正在激戰中的戰友。

　　這個意外中的姿態，它已經完全暴露了筋斗群的戰略意圖，這時，艾華對艾娃說：「向它們發最後通牒，限期一天，如果再往前進，就向他們宣戰！」

　　看來筋斗群已經收到了最後通牒，他們第一次回覆了信號。

「斯可達星球，我們是老朋友了，不要以為長時間的斷聯會讓我們遺忘彼此。投降吧！以斯可達美好的一切來迎接我們。」

這個無恥和囂張透頂的信號，它惹來了斯可達星球在那片區域那二千四百架宇宙攻擊飛行機的強大攻擊。

在這突然的攻擊下，筋斗群這第二個宇宙飛行機在第一時間裡就脫去了兩層邊沿的殲擊機，在如此猛烈的攻擊下，這整個超級龐然大物開始迅速下沉，可它在下沉到一定的地步時，突然間爆裂開來，這個有兩個首華城大的飛行物猶如被捅的超級馬蜂窩一樣，它已經變成了一萬多架各式的宇宙戰鬥機。看來，優劣的雙方態勢正在轉換之中。

隨著戰鬥的更趨激烈，下方位置的敵方在火力的優勢之下，已經爬升至與斯可達方的平行正面，接下來是一次宇宙外太空的大火拼，雙方的戰鬥態勢都是殺敵一千自毀一千。按此下去，筋斗群就漸漸佔有優勢。在不斷損耗自身力量的情況下，小區域也會失去緩衝的作用，只要時間繼續拖下去，那麼，最後的生死決戰就很可能在斯可達星球的周邊地區進行，甚至有可能是在斯可達的星球之內。

就在戰鬥進行到第五天時，一個更不利的戰爭情況出現了，已經堅持這麼久的傑阿米方在危急中急於奮力一搏，他們突然群起向筋斗群攻擊，由於自己方太過集中，他們遭致量光武器的超強攻擊，結果，他們又一次遭受到很大的損失，現在，他們的戰鬥力已經不具有威脅到筋斗群的一翼。

這個與斯可達一方素昧平生的星球方，他們只得跟著斯可達方並肩作戰，他們正對著斯可達一方且戰且退。

這時的斯可達方的戰損已經達到了百分之近二十，而傑阿米方則達到了百分之七十五的戰損，在這樣的情況下，唯有一個安慰是，一架塔樓宇宙飛行機和一架可依分的宇宙飛行機也趕到了戰場。

又兩天後，已經處在劣勢的斯可達和傑阿米一方已經退進了小區域了，他們根據大本營的命令正向小區域中三個宇宙軌道飛行，斯可達塔樓飛行機和可依分一架宇宙飛行機斷後，它們已經改變了戰鬥策略，正遊擊式的攻擊對方。

筋斗群的第一宇宙飛行機已經沒有了正面對手，它在飛入小區域後正在加速前進，筋斗群的第二宇宙攻擊機已經合攏，它似乎在與同伴比賽速度，它的位置已經跟第一架平行，筋斗群的第三和第四架宇宙飛行機也進入到了小區域中。

縱觀勢態，筋斗群已經佔據了絕對的優勢，雖然，在小區域的左翼還有一千兩百架攻擊飛行和一個塔樓式飛行機，在敵方前沿且戰且退的有一千七百架攻擊飛行架和一個塔樓式飛行機，還有一架可依分宇宙飛行

機。但是，這四架筋斗群一旦爆開，那他可有近五萬架攻擊飛行機，在艾娃看來，如果筋斗群能一直處於五萬架飛行機狀態的話，那麼他們被全殲的可能性也就最大，但是，現在確實沒有辦法讓它們爆開，也沒有辦法引誘他們爆開。

　　從目前的態勢看，筋斗群正處在小區域進入三個宇宙軌道前，最慢的一個，需要一百零三天進入星球周邊太空，最快的只需要五十九天的時間。

　　它們雖然在戰爭中，但速度都比霧流武器的形成快三倍，根據這共計九天的大戰，艾娃的心中已經對雙方的優劣了如指掌，現在她已經有了一個絕佳的計劃。

　　「尊敬的主政們，情況這樣下去會更不妙，我們可依分人熱愛斯可達。我們是有著宇宙大戰經驗的，相信我們，像這樣的外太空戰，我們二十一飛行機，一天能靠撞，也能擊毀他們五百架飛行機。」波波提提終於忍不住了，他舉起右手請纓道。

　　「我也去，我也會操作可依分飛行機，還有十六個公主和二百一十一個大頭人都會，我們都會打得很棒！」可拉松也請纓道。

　　「這種偉大的飛行機，只有可依分人才操作的最棒，但是，現在可依分人只有八個，加上他們六個後代，這十四人中只有十人能參加這樣激烈的太空戰。」艾理主政說。

　　「大家稍安勿躁，這樣的外太空戰不會缺少可依分親人的參與，為了不過多影響我們的文明進度，請再給我一點時間，因為我得抽點時間弄清楚關於米米里達星球的實力。我向大家保證，一定在適當的地點全殲筋斗群！無論他們有多大的能耐。」鎮定中的艾娃，她依然含著美麗的笑容，並輕聲的對大家說。

　　就在艾娃的話音剛落，從外面突然響起了一聲巨大的悶雷，而就在他們驚愕之間，只見窗外的上空，前後出現了四十道耀眼的閃電。

<h2 style="text-align:center">六</h2>

　　「這是什麼情況？」驚訝中的可之敏主政走到窗前，她問大家，也像是在問窗外的光流世界。

　　可拉松微笑著告訴大家說：「現在是第九時光正，那個雷聲是米米里達的領軍吶姑娘所發的，這是向另三十九個準備出戰的姑娘發出的集結號，那四十道閃電是加上吶姑娘在內的四十個姑娘的一致響應，一個時光內，她們將在樓下的那個廣場集合。」

　　「你是怎麼知道的？」可之敏轉身問可拉松。

「因為吶姑娘是我的戀人。」可拉松回答說。

可拉松真誠的回答使大家十分意外，他隱藏著這個好消息真顯示出他學習了玄學後的變化。這時的波波提提在渾然不知下，正以一種詼諧又驚喜的目望看著這位好朋友，他以幽默的口吻對他說：「玄隱喧嘩，你學的第三課可以得滿分了。」

波波提提的話使在座的哄然大笑。

細膩的艾娃這時發現了她的興趣點，她接著問可拉松說：「可拉松，這悶雷和閃電，她們是怎麼發射的？」

「悶雷和閃電是從她們腰間的微型盒裡發射出來的！這盒子很像我們的微型射針槍。」可拉松回答說。

「我們的搜查和檢測沒有發現它？這一定是一種先進的裂變裝置，看來鳳凰宇宙飛行機上的十一個武器系統比我估計的還要厲害，真希望它們是出類拔萃的武器。」艾娃說，她的表情顯得有點興奮。

「可拉松，請你講一下，她們集合的目的。」可之敏主政要求道。

可拉松面向大家，口氣平和的介紹起來。

在小區域的嚴峻形勢下，昨天，在夢之城的一幢大別墅中，全部四十個米米里達的姑娘們加上可拉松和幾位斯可達小夥子，他們針對這一形勢展開了熱烈的討論。一個時光的討論，讓每個姑娘都覺得事態的嚴重程度，雖然不能說斯可達星球在這空前的挑戰面前已經遭受了失敗，但可以說斯可達星球在邪惡強敵的攻擊下已經失去了優勢。

她們認為，一種難以想像的後果正在逼近，現在她們似乎已經面臨到了這樣的問題：是離開斯可達回米米里達？還是留下來跟戀人一起來捍衛斯可達，捍衛她們所獲得的愛情？

馬上，為了斯可達而戰，為了愛情而戰成了她們一致的共識和吶喊。

雖然姑娘們對她們的武器威力充滿了信心，她們的祖上也創造過宇宙太空戰的奇蹟。但是，這些美麗姑娘對這樣的戰爭是一無所知！其實她們對自己武器的真正實力也是知道的不是那麼透徹。不過說來說去，她們所表示的戰鬥意志好像比她們的武器還強！更令人無從評論的是，她們自信自己的天生麗質本身也是一種強大的武器，它可以讓戰場上的禽獸上當，也可以真正征服戀人的心。

在討論到最後，領軍的吶姑娘便對大家說：「我們不要多說廢話了，出戰是考驗我們的愛，也是考驗戀人對我們的愛，明天第九時光我在聖水河畔給大家發悶雷信號，你們能帶上戀人的，就給個閃電作回應，不能的話，回個悶雷就是，第十時光準點在宇宙工程部的廣場集會，然後我們去七號基地，登上飛行機。」

這就是這四十位姑娘集合的目的，看來，在大宇宙中，愛情也是一

種不可忽視的力量。

　　事情到了這個地步，艾娃深藏於胸的作戰計劃已經完全形成了，趁著眼下在一起的機會，她把自己的全盤計劃，告訴了在座的大家。

　　在座的所有人都一致同意艾娃的這個大智慧超過大風險的計劃。只是事到如今，艾華卻產生了一絲顧慮，他想讓可拉松緊跟隨波波提提。

　　大家知道艾華的用意何在，也理解他的想法是要讓可拉松處在相對最安全的地方。

　　這個小事雖然影響不了全局，可是艾娃當著所有人的面，還是對艾華進行了勸說，她是這樣說的：「哥哥，這是三個星球的聯合作戰，在眼下敵我雙方的力量對比已經放在桌面的情況下，我們要嚴謹到不出一絲的差錯，不然，決戰將出現在斯可達周邊，甚至是我們的星球之內，我在萬不得已之外不會讓『保衛者一號』和『斯可達俱樂部』參加戰鬥的，那是我們的文明家底。由可拉松與米米里達姑娘們在一起，我很放心，他有能力按計劃作戰，最關鍵他有能力穩定住姑娘們在戰鬥中不因為慌亂而出差錯。」

　　艾華在這樣的勸說下，他默認了可拉松所處的位置。

　　大家散了，可之敏和艾理先走了，波波提提在下樓前跟可拉松來了一個大擁抱，他對可拉松說：「好朋友，第一次參加戰爭的隊伍，這又是一場宇宙太空戰，這一下你跟我學的東西真的該派用場了，其實玄數只一字，你知道是什麼字嗎？」

　　「知道，波波提提先生，天雷轟頂只一遭：靜！」可拉松回答說。

　　「對！預祝合作成功！」波波提提說完便走了，這時，艾華走近了可拉松。

　　「我的可拉松，我有很長時間沒打天中球了，等你回來！記住！一定得回來！」

　　艾華說。

　　「我記住了，艾華，我們一起打一場最精採的天中球。」可拉松說著，他跟艾華緊緊的擁抱了一下。

　　艾華走後，艾娃來到了可拉松面前，她對他說：「我們走，別讓姑娘們等急了，我們一起去七號基地。」

　　這時，四十位米米里達姑娘已在宇宙工程部外的廣場中整整齊齊的排好了隊，她們是一身的緊束深色服裝，在這一列英姿颯爽的隊伍後，有一列站得彎曲的隊伍，他們就是這批姑娘的戀人們。

　　艾娃笑著掃了一眼這七十九位戰士，再細看一下，這三十九個男性戰士原來都曾是她的學生，這是怎麼一回事？

　　說來的過程很簡單，有幾位學生在夢之城參加一個學術會議，會後，

美麗的地獄

他們在街上邂逅幾位米米里達的姑娘，雙方從一方詢問斯可達的遊覽景點開始，結果成了一起的喝水聊天，有了這第一次，姑娘們傳開了，學生群也同樣傳開了，然後喝水聊天變成了各自約會，最後變成了兩個星球之間的美妙愛情。

「真是美好的篇章，我祝大家能成為貴人和夫人。現在我們一起去七號基地，我想看看米米里達的武器性能，然後我會告訴大家，你們的參戰位置和具體的作戰方案。」艾娃笑著對大家說。

米米里達的鳳凰宇宙飛行機有兩個大機艙，主艙比較寬暢，這裡有點特點，所有的系統都做得很精緻並充滿童趣，就連武器系統部位也製成了動漫中的動物模樣，這整體就像是一個小女孩的童話世界。經了解，這些姑娘們都沒有實際操作過所有的武器系統，大多數人甚至沒有碰過這些高科技的玩意，對於這一點可不必擔心，因為她們的戀人們都是斯可達星球的精英。據姑娘說，她們的祖上在一次宇宙外太空的戰役中，以己方三架宇宙飛行機的劣勢，竟然打敗了擁有二百多架宇宙飛行機的對手，對於這個敘述，艾娃是不依為然，她還是想看到真實可見的情況。

在來到七號基地前，艾娃就想好了怎麼去測試米米里達武器的方法。

艾娃向吶姑娘詳細介紹了有關斯可達霧流武器的情況，她想讓米米里達的武器系統首先自己來識別用什麼武器來戰勝霧流武器。

吶姑娘想了想，然後只對自己的武器系統說了一句話，一分鐘不到，吶姑娘對艾娃說：「有兩種武器可以打散和擊穿您所說的武器。」

「有兩種武器？還能擊穿？」艾娃興奮的問，可是吶姑娘紅著臉沉默著，因為她不知道怎麼來回答艾娃的問題。

「可拉松你過來幫助吶姑娘，你們不用操之過急，有足夠的時間讓你們交流後作好準備。」艾娃輕鬆的提起右手，接著她呼叫起來：「中部大洋 1A338 區，高十二萬千米霧流落幕，單四百千米層；1A101 區，高十二萬千米霧流落幕，雙四百千米層，四十八分鐘速成霧流牆。」艾娃放下手，然後對可拉松和吶姑娘說：「可拉松我現在把距離、角度方位告訴你們，我相信這些武器系統會自動測出攻擊的時間點，好吧，我開始報給你們！一，七十二度，一萬三千千米距離；二，三度，三千千米距離。」

「艾娃，我們記住了，親愛的，不用緊張，就是舉杯喝水一樣容易的事，來，我們開始吧！」可拉松說。

「親愛的，我不緊張！你重複一下就行。」笑咪咪的吶姑娘說。

二十一秒，吶姑娘的操作已經完成。

艾娃朝他倆微微一笑，隨後說：「打開屏幕，等待結果。」

時間在靜默的等待中一分鐘一分鐘的過去著，當時鐘走到第三十七分鐘時，忽然，整個宇宙飛行機亮起了目眩的紅光，瞬時間，轟隆的巨響

把飛行機彈了一下，只見刺眼的光芒推著一個類似戰鬥部錐形物直接刺向天穹，受此一驚，吶姑娘的臉色蒼白，可拉松趕緊用雙臂去圍住她的肩膀。七分鐘後，斯可達星球西北方的第一道單面霧流牆已被擊穿，十二分鐘沒到，斯可達星球西南方的第二道雙面霧流牆也被擊穿。

　　艾娃以最快的速度詢問宇宙工程部一些攻擊數據，在對方的答覆後，她連連說道：「太不可思議了，太不可思議了！如果這種武器再有進步的話，它簡直能打穿可依分的宇宙飛行機。」

　　這是一個怎麼樣的超大威力的武器啊！

　　它竟然以光作動力，又以光作導向，又以光作雙重攻擊點中的一點，戰鬥部到達目標裂變成一百二十個子母彈，它們幾乎跟光同時穿過了目標，現在霧流牆已經化成了一片烏黑的雲煙。

　　試驗的結果已經完全證明了這種武器的毀滅性威力，它在一般移動目標前的威力已經毋庸置疑，那麼在外太空息萬變和高速移動的目標前又會怎樣表現？這個問題暫時無法解答。

　　但是，這對於一個具有大智慧的決策者而言，任何有利的一個因素都是智慧的靈點，戰爭到了最關鍵的時刻時，它往往就是一場智慧的比拼。

　　艾娃在七號基地待了六個時光的時間，她幾乎登上了每一架鳳凰宇宙飛行機，她除了了解它們一切的武器系統外，還了解了許多細小的節點，在六個時光中，艾娃還不斷對可拉松面授機宜。一個作戰方案的最難之處在於時間的差異上，從小區域到大本營之間有兩個時光的通訊時差，在場面浩大的激戰中，這種時差既能坐失良機，又會承擔與敵方分享的信息風險。但是，世事萬物都有雙面性質，在艾娃的指揮智慧中，她把這個時差也考慮其中，並且作了利用它的想法。

　　得再次審視一下雙方的戰爭實力，斯可達和傑阿米在小區域中的總實力是：一千九百架宇宙飛行機，一架可依分宇宙飛行機，一架塔樓式宇宙飛行機。出了小區域的左右兩翼的實力是，一千二百架宇宙飛行機，一個塔樓式宇宙飛行機，現在還能加上二十架可依分宇宙飛行機和三十二架鳳凰宇宙飛行機。

　　在小區域結束戰鬥的可能性已經為零，出了小區域至「天堂星」和「岩石星」這一片可以作為第二道防線，不過，就時間而言，以上所有的力量一起防守，怕也只能爭取一些時間而已。接下來就是以「眨眼星」為主點的一道外太空和太空之間的太空線線了……。

　　敵方的力量則要強大的多，散開後，他們有近五萬架各式飛行機，不散開的話，他們的集中攻擊，防守方又難以抵擋，他們還有量光武器，最最棘手的問題是，他們是有備而來，而且對周邊的宇宙軌道瞭如指掌。

美麗的地獄

艾娃把已經告訴主政們和一些主要人物的計劃，在這個關鍵時候，作了關鍵的修改，然後，她就在七號基地時，在自己的內心中作出了堅定不移的決定。

艾娃在離開七號基地前，她把可拉松他們出發的時間告訴了他，說是明天社會工程部的運輸飛碟會給他們送來一百六十套野營帳篷，當他們收到後便可以立即出發，致於其他的細節，她會給他發送信息的。

艾娃回到了宇宙工程部的指揮中心，她非常認真的從抽屜中取出了三塊信息牌，然後用古老的語音方式，向這三個信息牌講了不同的內容，做完了這些，她叫來了她的學生艾理希。

「好學生，我交給你一個任務，你把這兩塊信息牌分別去交給可拉松和波波提提先生，我的穿梭車就在樓下，你可以開著去。」

艾娃的學生一走，她在指揮中心的大廳裡踱了一圈，然後，她坐下身來，先給正在艱苦奮戰的傑阿米方，發去了一個明文信號，其內容是：「為了避免更大的損失，請貴方向我方塔樓靠攏。」

接著，她給兩個塔樓式宇宙飛行機發去了一個暗語信號：「拜興國、央士國，中間隔著十二哩的唐士河。」這個信號譯成明文是：「進入遊擊狀態，比預期提前十二天，準備決戰。」

發了兩個信號，她又向斯可達的宇宙霧流站發出了命令：太空113118區，聚集霧流！

做完了這些事，艾娃從信息源中抽出了關於五十城工程的總匯，她開始聚精會神的閱讀起來。

一個時光後，艾華和可沁走了進來。

「妹妹，我們已經跟波波提提先生道了別，也去看望了母親，聽她說，你已經二十天沒有休息了，所以，我讓艾華陪著來看看你。」可沁溫柔又心疼艾娃說。

「謝謝可沁姐！哥哥，您來得正好，這是全部的作戰方案，我作了關鍵的改動。」艾娃把第三塊信息牌交給了艾華。

「艾娃辛苦了，你要休息一下，關鍵的大戰即將開始，你這個統帥可需要保持旺盛的精力。這些筋斗群來的太不是時候了，或許他們還有後續部隊。我們多麼希望有一個太平的宇宙環境，讓我們有時間去完成五十城的工程，這樣，我們斯可達的人民，可以驕傲的姿態走進天堂，而不是逃亡。」艾華對艾娃說。

「無論有多大的挑戰，我們都得面對和戰勝它，當然，我也想如哥哥說的那樣，希望有個太平的宇宙環境。哥哥，這兩年的形勢真的影響到了我們五十城的工程，我正在閱讀此方面的總匯哪。」艾娃說。

「親愛的，就別讓妹妹再操心五十城工程了，我和啊星球的學生們

都可以來分擔。」可沁說。

「是啊！艾娃，你就著重指揮這場宇宙大戰吧。其他的事，由我們來做。要聽話！」艾華接著說。

艾娃甜甜的笑了，對著他兩，她笑得樣子真像一個小女孩。

●

第十二章：宇宙大爆炸

一

第二天，十七架可依分宇宙飛行機趁著剛散去的霧流騰空飛去，這十七架宇宙飛行機只有一位可依分人，他就是可依分宇宙飛行機的統帥波波提提，其餘十六位宇航戰士是來自啊星球的大頭人，這些飛行機的武器裝備全是斯可達星球的。這批宇宙飛行機群衝出斯可達星球後，便直奔外太空的小區域。相隔一個時光，另三架可依分宇宙飛行機也離開了斯可達星球，它們的目的地是，──「眨眼星」。

米米里達星球的鳳凰宇宙飛行機分兩批出行，第一批的五架是以智能程序設置的鳳凰宇宙飛行機，它們也是前去小區域一線的戰場，而另外二十七架則載著四十對情侶，他們是去往「眨眼星」。

這兩個星球的力量飛走後，從緊急應對小組抽調的十名精英便也來到了宇宙工程部的指揮中心，這其中的七人負責行動的程序操控，另三位負責訊息聯絡。

從第二天開始，從宇宙工程部的指揮中心所發出的指令多了兩倍，可大意只基本上是：撤退、航向等等這些。這無疑是雙方的戰鬥間給敵方的信息造成混亂，它也著重彰顯了斯可達大本營有了新的作戰變動，其中還透著在劣勢下的焦躁不安。

三千架斯可達方的宇宙飛行機在努力靠攏，現場領軍的塔樓宇宙飛行機的主導地位也暴露出來。它們在筋斗群一架宇宙飛行機的追迫下，不但且戰且退，而且還偏離了航向，由於它們的飛行速度優於敵方，在經過三天的飛行後，目前，它們所處的位置正好是敵方兩個尖頭的中間前方。從屏幕上來看，只要敵方加快飛行的速度，那麼一天後，斯可達方一方會處於被兩翼的夾擊中。

上門的鮮肉豈有不吃的道理？在優勢下的追擊可是戰場上最爽的好

事，而就在敵方得意之際，斯可達方的所有戰鬥力量做出了讓他們意想不到的離譜舉動，這麼多的宇宙飛行機竟然一起向西高速飛行，這個逃竄的飛行姿態，莫非是要撤離戰場？對此，敵方的宇宙飛行機可不願放棄這樣的機會，它們把速度加到最快，開始了窮追不捨。

　　二天後，本來可能形成的夾擊之勢在飛行中被分化了，在小區域的偏西方向，敵我雙方呈現出了一個三角點，而離開了射程已經達到兩倍。可在如此的情況下，敵我雙方並沒有忘記攻擊，結果，一個生死的外太空大戰，竟然變成了一場實彈的演習。又過了三天，筋斗群在他們指揮部的指責下如夢初醒，至此他們才知道自己上當了，這樣也暴露了敵方的中心指揮部是在後面兩架宇宙飛行機之中。

　　敵方的第一和第二宇宙飛行機向原路退回，這一來一去的十天飛行賽跑使追逃雙方的態勢正相反過來，斯可達方再次發揮速度上的優勢，以遊擊騷擾的方式，加緊給敵方瘦身。

　　從第十一天到第十二天，斯可達大本營給己方連發了五道虛假的命令，命令己方：務必執行撤退的命令！

　　新的「命令」到達後，新的態勢也在形成，筋斗群的第三和第四宇宙飛行機已由南向小區域最熱鬧的區域逼近，經過飛行和戰鬥，敵方的第一和第二宇宙飛行機也走出了偏西的軌道，斯可達方追來的力量已經跟敵方形成了三角之勢，根據雙方的速度、距離和方向等方面來預測，如果這種勢態能持續下去的話，那麼，出不了十天，一場生死決戰將在小區域的偏北打響。

　　現在的雙方已經互不相讓，因為這一讓就會使己方出現被動，在抗衡五天時，斯可達大本營的指令再次出現，內容是：「全部出擊，務必乾掉一架敵方的宇宙飛行機！」

　　斯可達方漸漸鬆開了氣勢磅薄的陣容，它們向東側移動了一天，然後以勢不可擋架式向敵方的第一宇宙飛行機壓去！

　　還有三天的距離⋯⋯，還有一天的距離⋯⋯，還有二十時光的距離⋯⋯，還有四萬千米的距離，開火！

　　開火只持續了十秒鐘，斯可達方的三千架宇宙飛行機突然急轉，在「決戰」的第一刻，它們全部向東邊的宇宙軌道湧去！

　　現在的斯可達方已經全部離開了敵方的射程，敵己已經不敢快速追上去了。

　　從小區域到斯可達星球有兩條最近的路線，一條是正南的直線（靠近岩石星），另一條是東邊的曲線（靠近天堂星），而就是這條東邊的曲線，它要比南邊的直線更快的到達斯可達星球，這是一條真正的宇宙捷徑。

斯可達大本營的指令已經被敵方認定為相反的，因為斯可達的戰鬥力量所顯示的行動證明了他們的認定，可他們不知道，艾娃早給他們準備了十二個不同的訊息變化，供他們選的只有兩種，一，是上當；二，把斯可達指揮系統當成虛有的擺設。在當時這個時候，敵方的最高指揮部確實認定了斯可達的最高指揮官是一位了不起的聰明人，但是，他們也同時確認，這樣的指揮官是打不贏如此龐大的太空戰，他們的理由是：斯可達方太不了解他們；而且斯可達方明顯的沒有絲毫打太空戰的經驗。

敵方既然有此判斷和自信，那麼針對這三千架斯可達的太空主力，追還是不追？

七天後，斯可達方的力量，在這個宇宙捷徑的叉道口已經兵分兩路，一路向東三度方向，進入的宇宙飛行機只有五百架和兩個塔樓式宇宙飛行機，從這兒進入斯可達星球是五十一天，中間沒有可停留的行星；另一路是向西五十三度，進入的宇宙飛行機是二千五架宇宙飛行機，從那裡到達斯可達星球是四十四天，途中只有一顆荒蕪的小行星，從小行星到達斯可達星球是十三天。

筋斗群方的第一和第二宇宙飛行機在進入這個宇宙軌道前滯呆了兩天，或許它們正在等待命令，到了兩天後，它們的第一第二飛行機才高速的飛了進來，當斯可達方的主力在分兵的那一天，敵我雙方的距離是處於三天左右，而這時，筋斗群的第三第四飛行機也正式湧進了這個宇宙軌道。

到了這三天後，筋斗群的第一第二宇宙飛行機選擇了斯可達方五百架宇宙飛行機進入的東三度路線繼續前進。

筋斗群的第三第四宇宙飛行機在進入這個宇宙軌道的第四天卻遭到了霧流牆的糾纏，在衝擊和阻擋一幕正在滑稽上演時，五隻粉紅色的鳳凰已經飛近了它們，隨後，一陣陣震盪宇宙的巨聲響起，筋斗群身上也隨之掉下一層又層皮殼，整整打了敵方近兩個時光，這米米里達的宇宙飛行機才掉過身去，迅速的離開了。這次伏擊，鳳凰宇宙飛行機在自損一架的情況下，它們一共殲毀了敵方兩個宇宙飛行機上的九百十七架各式的戰鬥機。

這兩個時光的教訓式打擊，確實讓筋斗群敢打敢拼的作風有所收斂，也就在這時，他們測到了在斯可達星球內正躺著兩個比他們還大得多的超級龐然大物。出了這個新態勢，他們緊急命令他們的第一和第二宇宙飛行機迅速回飛，他們準備一起向另一條岔路走。

又一天後，筋斗群又迎面碰上了十七架由波波提提所率領的可依分宇宙飛行機。

在如此的宇宙太空戰中，這區區的十七架宇宙飛行機可真不起眼，

但是它們是無堅可摧的宇宙英雄，現在他們既沒有戰術上的顧忌，更沒有射程下的恐懼，看看英雄漢波波提提，再看看那些平時笑嘻嘻的啊星球大頭人，他們也是視死如歸的英雄，是宇宙中最頂天立地的男子漢。

他們正迎著暴風驟雨般的武器打擊而永往直前，開始，他們並沒有向敵方發射武器，只是勇敢的去靠近敵方，他們的意圖是非常的清晰，要尋找到敵方的最高指揮部，然後給予致命的一擊。

筋斗群也絕非無能之輩，它們在猛烈攻擊對手的情況下還是加速前進。

這是一個典型的以少抗多，以弱抗強的戰鬥，這個重點在於斯可達方的頑強意志和不屈不撓的戰鬥精神。這樣的戰鬥竟然整整打了一天，在可依分宇宙飛行機緊糾不放的情況下，筋斗群的第四架宇宙飛行機被迫爆散開來，這時，在波波提提帶領下，這十七架宇宙飛行機才一起開火，他們整整擊毀了三百架對手的戰鬥機。現在他們已經完成了預期的任務，既贏得了時間，又完全驗證了敵方的指揮部就在他們第三架宇宙飛行機上的事實，在業已完成任務撤退時，他們還撞毀了敵方二十八架飛行機，現在，他正向這個宇宙軌道的叉路回飛。

這四架宇宙筋斗群有著大小上千個指揮部，但真正的最高指揮部確實就在他們的第三宇宙飛行機上，掌握了這重要的一點後，加上咖啡巨人探測系統的幫助，這幫宇宙強盜的面目和底細也變得越來越清晰。

確實是他們搶劫了傑阿米的三批宇宙飛行機群，那三百三十個擄來的人質和物資就在他們的第三宇宙飛行機上，人質中還包括了一百五十一名女性。

咖啡巨人探測系統還獲得了一些這樣的情報：這些筋斗群的宇宙飛行機上總計有過十萬多人，現在還剩下八萬，在一百七十多天的搶劫和太空戰中，他們幾乎沒有休整，看來這些強盜還十分疲憊。

太空大戰的態勢漸漸對斯可達有利起來，但在艾娃的心中，真正的關鍵才剛剛開始，這個真正關鍵其實就是一個宇宙大陷阱，她希望的是，親眼看著這幫強盜掉進陷阱中。

回飛的十七架可依分宇宙飛行機上的武器已經不多了，但是他們依然在四天的飛行後，堵在了這個宇宙軌道的岔路口，沒有多久，他們對著從岔路飛出來的敵方第一宇宙飛行機進行了頃其所有的快速打擊，然後就一溜煙似的向「眨眼星」方向飛去。

由可拉松和吶姑娘所帶領的二十七架鳳凰宇宙飛行機，從斯可達星球出來後，他們經過十三天的飛行，而後就到達了「眨眼星」上，一個時光後，另三架可依分宇宙飛行機也到達了那裡。

到達了「眨眼星」後，這四十對情侶就將所帶的野營帳篷給搭建了

起來，他們在這個荒蕪的小行星中彷彿旅遊客人一樣愉快的生活著。

　　從三架可依分宇宙飛行機上下來的共有十二位啊星球人，他們是九位大頭人和三位公主。他們下機後，整天就是「玩」，他們運用從飛行機上釋放出來的斯可達真人劇中的高科技，整天處於虛擬出來的人物和布景之中，他們還常常運用可依分人的技術，製作一些以土為料的美味佳餚。

　　當波波提提率領的十七架可依分宇宙飛行機已經進入他們的後方軌道時，他們三個星球的全部人員便收到了艾娃的直接命令。

　　二十七架鳳凰宇宙飛行機按宇宙工程部預先指定的地點隱蔽了起來，這四十對情侶已經在宇宙飛行機上嚴陣以待。

　　三位公主和九個大頭人也進了宇宙飛行機，從那時起，真人劇中的高科技開始模擬出一百零二個姑娘和一片花叢，這些「姑娘」就在花叢中玩耍。

　　「眨眼星」上的一切準備已經就緒。

　　從宇宙捷徑出來的五百架宇宙飛行機和兩個塔樓式宇宙飛行機正向西五十三度方向靠攏，從另一個軌道飛行的二千五百架宇宙飛行機沒有偏向「眨眼星」，它們是向東三十度快速飛行。

　　再來看筋斗群的情況。

　　他們的第一和第二宇宙飛行機在宇宙捷徑的叉路上，又謹慎的滯留了兩天，當他們與其他的兩架在間距兩天的時間距時，他們才拐進了通往「眨眼星」的軌道，這兒到達「眨眼星」需要三十一天，直線走向斯可達星球還是需要五十一天，但非常明顯，跟他們的十八天時距中有斯可達的二千五百架宇宙飛行機相比，風險則為更小。

　　約在筋斗群已經全部飛入這個軌道的七天後，他們的最高指揮部召開了一次全部最高長官出席的會議。

　　筋斗群的統帥叫阿力群，自從成功的搶劫到了傑阿米星球的三批宇宙飛行機後，他的心情在很長的一段時間中都好像登上了皇位一樣的興奮中，他們已經吃了二十二個傑阿米星球人，並天天輪番蹂躪著那一百五十一個外星女性的肉體。在他的大腦裡，始終幻想著攻入斯可達星球後那更妙不可言的時光。他們確實是「森林地獄」人類，曾經侵犯和踏踐斯可達星球的，也正是他們的祖上。

　　在這樣一個統帥所主持的軍事會議上，大部分的將領都不敢發言，現在唯有他的參謀總長在帶頭髮言，這位參謀總長說：「明罷著，雙方在幾次交戰中已經知道了對手的實力，我們非常不解，為什麼斯可達星球的實力是如此的不濟，那些打不爛的宇宙飛行機跟剩下的四隻鳳凰雖然是宇宙的好東西，但根據我們的探測，他們還不是斯可達星球自己生產的，這可使我們可以大大的慶幸，既然是另外星球的東西，那麼在短期內，他們

難以獲得重新的裝備和補充。眼下，最讓人擔心的是，在他們東西兩方都有一個超級龐大的物體，現在還不知道這些物體是什麼，希望它們不是什麼可以飛向太空的飛行機。」

另一個副總參謀長也發言了，他說道：「偉大的統帥大人，我認為那兩個超級龐大的物體只是一種星球上的象徵擺設，我的理由是，我們還沒有聽過，更沒有見過在宇宙中有如此大的飛行機，這是我的理由之一，其二，我們探測知道他們有這麼龐大的物體已經有這麼多天了，我不相信他們有如此非凡的定力，在自己的星球已經危在旦夕下而紋絲不動。我們有百分之百的戰場取勝的把握，可千萬別讓人類的詭計使我們失去了良機。」

「副參謀長說的跟我想的一樣，我們不要討論什麼憂慮的問題，也不要談退路之類的事。雖然我們第二批的皇帝老兒們要十五年後才能到達，但是，宇宙太空是瞬息萬變的，所以要盡量快速，這樣我們可以在享盡快樂的時候作好準備，以防皇帝老兒們的提前到達。」統帥阿力群說。

「偉大的統帥，您的高見讓我們眼明心亮，趕遲不如趕早。」總參謀長說。

「那個荒蕪星星上有沒有新的情況？」統帥阿力群問。

「還是那群美麗的小姑娘在哪裡，估計到明天，才能有真實的圖象可見。」副參謀長回答說。

「好！命令先遣機群加速前進，我們也加快速度！」統帥阿力群命令道。

第二天的第二十九時光，這個統帥正面對著最高指揮部的圖象，讓他見到的是，那一百零二個美麗的姑娘正在花叢中跟九個男孩在玩耍，這讓他露出了淫穢的笑顏，他禁不住對著屏幕說：「姑娘們，你們可千萬不要在三十天內離開啊！在到達斯可達前，你們可是難得的開胃菜。」接著，他轉過身去，大聲命令道：「命令全體宇宙飛行機，以最快的速度向那個小行星飛行，先遣機群定位好坐標，千萬別炸到那群旅遊者，其他地方都給我炸一遍。

二十五天過去了……，二十八天也過去了……，可還沒有等到筋斗群實施轟炸，那十七架可分依宇宙飛行機又一次出現了！

是的，它們已經沒有了武器；是的，它們就是這麼明火執杖的前來搗亂；是的，它們只是穿插和撞擊；這又怎樣，強盜能奈我？

這樣的極限騷擾足足堅持了三天，最後，十七架可依分宇宙飛行機在濃濃的黑幕中飛進了「眨眼星」。

筋斗群的第一和第二宇宙飛行機跟著飛進了「眨眼星」。

十七架可依分宇宙飛行機在無盡的大沙漠中分散開來，他們成了筋

斗群的十七個靶心。

連續三天的各式攻擊！可依分宇宙飛行機在不時跳躍，有幾次，他們還被掀翻和拋去，但是，他們依然堅挺！

筋斗群的第三和第四宇宙飛行機也飛進了「眨眼星」，這時的敵方統帥阿力群已經氣急敗壞，他命令不惜一切，也要把可依分的宇宙飛行機推出這個荒蕪的小行星。

還想動手嗎？晚了。

筋斗群最高指揮部的屏幕已經被莫名其妙的打開了，讓他們明白無誤看到的是：斯可達星球的四位主政正面對著他們。

「阿力群長官，給你唯一一次機會，把宇宙飛行機上的所有武器系統折卸下來，留下物資和人質，馬上離開我們的星球系！」艾華以嚴厲的口吻說道。

阿力群愣了一下，他馬上就猙獰的大笑起來，接著，他兩眼發直的盯著艾娃，然後狠狠的說：「嚇唬誰？這是宇宙的生死大戰，你們三個可以滾出斯可達，你這個宇宙美人留下，其餘的一切都給我留下！」

「哼！留下？你覺得你還能動彈嗎？」艾娃不屑的這麼說。

「我命令，全體起飛，全體起飛！」阿力群狂叫起來。

筋斗群真的動了，但升空不到百米就被壓了下來，斯可達的霧流武器，簡直就像把他們全部鎖在了牢籠裡。

這時的艾華輕輕的說：「對不起了，傑阿米的朋友們。」

艾娃當然領悟艾華的意思，當即她就給可拉松下達了命令。

「眨眼星」在不斷的劇烈晃動，天空像被點燃一般，那裡的一切已近乎於窒息。

三天後，在大宇宙又多了一個不宜人類靠近的小行星。

<h1 style="text-align:center">二</h1>

「眨眼星」原是一片黃土大漠，現在已經成了一片赤沙紅土。

僅有的十一位傑阿米的宇航戰士，他們因為在搜查筋力群的廢墟中感染了無名病毒而在二十時光後全部死亡。四位大頭人和波波提提順利找到了筋斗群的信息檔案匣子，可不幸的是，他們的身體受到了米米里達星球武器所產生的污染而全部病倒了，雖然他們在回斯可達星球後得醫痊癒，但是，經檢定，他們的生命都將在六年之內得以結束。

這樣的意外事件使四個大頭人是非常的沮喪，可波波提提則表現得非常的坦然自如。當他面臨到了這個難以挽回的事實時，他第一個反應是：讓可拉松為他做了受孕的事，二十八天後，他產下了一對孿生男嬰，大的

他給取的名字叫大大提提，小的他給取的名字叫小小提提。

受了波波提提的行為影響，原第一夫人芹芹之也去做了同樣的事，後來，她生下了一名女兒，為了緬懷自己的最愛，她把女兒的姓，去跟隨愛人的姓，所以，她的女兒就叫：斯斯通通。

有了兩個兒子的波波提提在之後共活了五年又一百九十九天，在他的大限即將來臨之際，當主政們全來他病榻前看望他時，他便當著大家的面，非常誠懇的對艾華說：「尊敬的艾華主政，我要離開人間了，本來我想把兩個兒子托付給可拉松的，但是看起來他跟外星吶姑娘好上了會有其他的變數，所以我想把孩子托付給您，您和可沁就是他們的父母，艾斯琴斯先生和艾絢艷就是他們的爺爺奶奶，還有，尊敬的艾娃主政就是他們的姑姑，您看這樣行嗎？」

「波波提提先生，您跟可依分人都是我們斯可達星球的恩人，我們早就是一家人了。放心吧，我會做個好父親，像您一樣去對待兩個孩子，我向您做出承諾。」艾華非常真誠的說道。

波波提提感動的流下了熱淚，他握著艾華和艾娃的手說：「我沒有遺憾了，希望孩子兩能永遠跟著您們」。

波波提提離世了，他被葬在亦亦通通的身旁。

從那時起，大大提提和小小提提兩兄弟便搬去跟爺爺奶奶同住。

就在他們來的那一天的霧流時分，外面突然下起了傾盆大雨，風雨下的疾風還響著刺耳的聲音，在第二天，在艾娃家的大花園中就出現了這樣的景象，花園的中央出現了一個四米長的水坑，水坑邊的各個方向好像由人工修理過一樣，如果穿上科技鞋在空中去俯看的話，這個景象很像是一個象型的文字，這是沒人能懂的文字，除了艾華和艾娃。

自從消滅了筋斗群後，原本測到已經進入斯可達星球系附近的外星飛行機群都紛紛改變了方向，它們無聲無息的飛走了。

在之後的一年裡，有近兩百三十批宇宙飛行機群也朝著第三光束圈方向飛去，僅僅只有十二批是從斯可達星球系邊緣擦過去的。

一批又一批宇宙飛行機在光束圈範圍內被毀滅，唯有一批宇宙飛行機群竟然已經安全的進入到了光束圈內，這一批宇宙飛行機群就是咖啡巨人的三十九架宇宙飛行機。

七顆星的第四顆星已經停止了向天堂世界的移動，其他六顆星也正在作著彼此拉開距離的運動，它們之間的距離是越來越寬闊，到了目前，它們之間的距離至少相隔有一千個光年。

七顆星除了有無窮無盡的超常運動外，最令宇宙高級文明的高科技覺得恐懼的是：七顆星已經變得越來越小。在這個景觀下，大宇宙開始有更多的人類相信：大宇宙確實有可能被毀滅！

在七顆星的快速演變下，七個光束圈也同時在急劇變化中，相對昏暗的以前，它們第二次變得亮了幾萬倍，它們已經不再神秘，恰恰相反，它們好像故意在讓更多的人類去認識它們。

那場漂亮的宇宙太空大戰結束後，斯可達星球又回到了和平祥和的氣氛下，這使艾華也有了時間去陪伴家人，在那個時候，他也跟可拉松一起去打了一場精采的天中球。

而這時的艾娃，她在空閒的時間裡，成功的做成了她思想中的「測天毀滅儀」，那是用一千零八十根金屬絲環連結的彈簧式儀器，絲環上都是黏著的金屬細微粒子，她還平均的在上面按上了六十四個金屬點，之後她將這些放入有桌子般大小的器具中，她還在器具中充上玄光，還用光流和霧流按玄光的六十四分之一加入其中，最後把器具密封起來。

玄光在有限的空間中流淌，在時光的流逝下，金屬絲環漸漸出現了自然繃緊的現象，最底層的金屬絲環在引力的作用下開始黏在一起，它們是特殊的彈簧，但更像思想中的大宇宙一樣，再大的空間和物理條件都好像會被捆綁，並且，壓縮中的奇點，似有規則的出現多個奇點……，三十天下來，金屬絲環上黏著的粒子開始掉了下來，接下來，一切正像秋風驟起時，不斷有樹葉掉下一樣，到了四十五天時，金屬細微粒子也紛紛離開了金屬絲環，它們在這個不透氣的器具中佔滿了所有的空間。

到了六十那一天，整個器具中的金屬絲環彈簧出現了二十四個斷裂口，在幾個時光後，當艾娃走進她的實驗室，她所見到的是：器具內是一片模糊，打開一看金屬絲環被炸成了一片顆粒，這些顆粒裝滿了器具五分之一的空間。

這是一種幾近沒有損失的毀滅，可能損失的就是人類，面對這一場景，艾娃是這麼想的。

接下來，艾娃用了三天的時間去將聯在實驗中的信息加以分析和計算，結果，她把艾華和可沁請來，並這樣對他兩說：「哥哥、可沁姐。我認為，毀滅宇宙只是要毀滅宇宙中的所有人類，我更認為，新的宇宙一定會出現，因為天堂需要新的人類。」

「妹妹，你的二十四個奇點，有沒有出現毀滅的時間點。」可沁抓住最關心的點，詢問了艾娃。

「信息源的自動計算十二分鐘就出現了，我用了三天去計算和複查，現在我認為，信息的自動計算很靠譜，可能是未來的一年半開始，到五百零一年半，這是宇宙被毀滅的過程。」艾娃鎮定的回答說。

「艾娃，你把所有的數據傳給我。」艾華皺著眉頭說。

「哥哥，在您重新核實後，我們得開個主政擴大會了。」艾娃依然微笑著對艾華說。

美麗的地獄

456

「我明白，艾娃。是到時候了，該讓『保衛者一號』和『斯可達俱樂部』奔往天堂了！」艾華說。

「保衛者一號」和斯可達俱樂部」已被決定在二十五天後飛向天堂，同時，這兩個人類所製造的超級宇宙飛行機也有了一個總體的名字，它被新命名叫：玲瓏飛艇。

玲瓏飛艇共能載人達八千零五十萬人口，要上去的人們分兩種形式，一，自動報名；二，由社會工程部擬定一個名單；在短短的兩天裡，從這兩個形式報上來的人數已經基本滿額。除了這八千零五十萬人口外，所有的外星居民將都上去，這些外星居民包括四十個米米里達的姑娘；啊星球的十六位公主和剩下的二百零七個大頭人；現在剩下的可依分外星居民還有十五位，其中有第一批可依分人的二代和三代是十一人，他們也不能例外的去玲瓏飛艇，剩下堅持留守的是四位，他們是芹芹之之和斯斯通通，還有兩個當然就是大大提提和小小提提兩兄弟。

這是六十年至一百年的美妙旅行？還是一場超大規模的生離死別？對此，所有上玲瓏飛艇的斯可達人都一致認為，他們一定是屬於前一種，所以，在上玲瓏飛艇的名單上，大多數的民眾都是以整個家庭為單位的。

這次的宇宙遠行，顯示得最高興和最幸福的當然是四十位米米里達的姑娘，在去往天堂的途中，還能跟自己熱愛的戀人在一起，這說來可比美夢還美。

那啊星球的十六位公主的情況也不錯，原本她們是可以在斯可達星球找到另一半的，可惜，這些公主們都有過份靦腆和矜持的一面，她們羞於主動的告白，又不知如何面對求愛的場面，每當有年青人向她們告白時，她們也會在一陣心跳後趕緊逃開，不過還好，她們的心中目標這次也都上去，這樣，她們在充分展示自己在駕駛飛行機才能時，也有機會跟心上人在一起。

致於這些可愛的大頭人，他們到達了沒有欺凌、壓迫和犯罪的斯可達星球，這已經就算是夢想成真了，可讓他們更想不到的是，這麼大的一個好夢又將出現，在滿滿的幸福之下，這些重情重義的男子漢只是非常捨不得離開他們的老師可沁。

為了美妙的旅行中繼續那場轟轟烈烈的愛情；憧憬美好的愛情，欲讓天堂之途來奠定；在斯可達星球已經美夢成真，如今又要延伸到天堂。

不過，在這八千零五十萬人中，內心中最五味雜陳的該數可拉松了。

他可以攜帶愛人奔向天堂，現在他是主政們一致命名下的玲瓏飛艇的總帥，而且他的母親可松麗也將一同前往，說來他已經是一位非去不可的人物。但是，他將跟艾華、艾娃和可沁離別，天堂再好！上帝再令人仰慕，在那兒，難道還有艾華他們三位嗎？

就是這三位大忙人，他們一起在兩天的大部分時間中跟可拉松在一起，除了艾華陪可拉松打了最後一次天中球之外，他們四個在大部分的時間中都在促膝談論未來的點點滴滴。

在這麼上去的人流中，最後一個決定走進入玲瓏飛艇的當屬前主政可拉。

這位前主政是如此熱愛這個星球，可奈何這個星球乃至整個宇宙又變化得如此的快速，他深深的知道，如果沒有艾華和艾娃這兩兄妹的領導，恐怕現在斯可達星球的主宰就是「森林地獄」人，但是，一切的一切又是如此出人意外的不盡人意，戰勝了宇宙的大挑戰，卻接著要進行宇宙級的大遷徙。

可拉有時可真不敢回首往事，最近，他只要大科學家艾斯琴斯和可之敏主政有空，他都會去跟他們一起交談。

到了還有十天的時間，他才向可之敏主政和可拉松統帥要了一個上玲瓏飛艇的名額。

分開的「保衛者一號」跟「斯可達俱樂部」再次在西南部的大沙漠中合攏，八千多萬人已經開始向這個超級龐大的玲瓏飛艇走去，揮手一別的日子已經非常接近了。

艾娃下達了出發的命令！

「保衛者一號」又一次跟「斯可達俱樂部」脫開了，這是它們最後一次呈現在大多數斯可達民眾面前的飛行表演。

「保衛者一號」首先飛到了首華城的上空，它將這個行政小城周圍的一片區域遮成了猶如黑夜一樣，沒多久，「斯可達俱樂部」也來了，這時的「保衛者一號」，它以一個小貓上樹的飛行姿勢，蹭蹭的朝著一根無影的天柱跳了上去，而「斯可達俱樂部」更像一隻溫馨的貓媽媽那樣，它讓它跳在母體，頑皮似的合為一體。

玲瓏飛艇的尾部噴出了多條火龍，它們映照斯可達的大地，此時的斯可達星球地面，禮炮聲響成一片。

站在社會工程部十樓外大平台的艾華，他那緊盯玲瓏飛艇的眼睛中掉下了一滴一滴的淚珠。

此時，距離艾華不遠的地方，可之敏主政也流下了傷心的熱淚。可拉，這個跟她有著兩千三百年同事友誼的人走了，無論是優異還是遺憾，這份友誼都是何等的彌足珍貴，那個影容笑貌，那個高大魁悟的模樣，看來已漸漸遙遠。再見，別是永別，僅僅的揮手一別，千萬別成為是不再相見。

但願宇宙的風暴輪回只是人類的猜測；但願八千多萬同胞能勸動上帝，使我們全體斯可達人在天堂見！

美麗的地獄

艾娃沒有普通人那種沉重的心情，她送走玲瓏飛艇後，感覺反而是輕鬆的，八千多萬人走了，她更想到的是，還剩下的三億四千多萬人。

五年之內，五十城的工程一定能完成，但這悠關三億四千多萬斯可達人命運的五年，上帝和天堂會不會給？

斯可達星球真正需要的是二百年，當所有斯可達人都進入天堂了，艾娃才會真正的放下心來。

「五年？二百年？只有兩個時間點，上帝會給我這點時間嗎？」艾娃自問，但她覺得自己沒把握答得上來。

一天，艾華和可沁按慣例來到了艾娃的家，他們是看望父母和那可依分的兄弟兩的。這一次大大提提和小小提提都不在，父母說他們去了斯可達宮殿。

孩子們不在，大人們也沒有在意，他們就坐在客廳中閒聊了起來。

「艾華，關於我們花園出現的怪異現象，我問過艾娃了，可是她不予回答，也許你們兩真的不知道，或許你們不便說，我想讓社會工程部派智能手把這坑坑窪窪給填平。」艾斯琴斯說。

「這點事何必去麻煩社會工程部，保持現狀吧。我也不清楚這些異象代表什麼，感覺中，好像有人在催促我們全家人趕快離開斯可達。」艾娃說道。

「既然說到走，你們三位有何打算？」艾斯琴斯問他們。

「我可根本沒有想到過走，也不能走！」艾華堅定的說。

「孩子們，既然宇宙是這樣一個趨勢，依我看，等五十城工程完工後，我們帶著大大提提和小小提提一起走。」艾絢艷說。

「我看艾華和艾娃是不會走的，他們不走，我也寧死不走。」艾斯琴斯又說。

「你這是什麼話，作為父親，你應該考慮到他們的人生還長著呢，如果他們不走，這怎麼讓剩下的三億四千多人走？我在想，天堂好，這只是人類的臆想，家裡好是真實的，但是就目前的形勢，也不得不走，如果天堂沒有想像的好，那麼我們全家人再回來！」艾絢艷這個太瀟灑的話，立即引起了大家的歡笑。

「全家人再回來？你以為是去奇想大陸嗎？依我看，或許天堂還真沒有斯可達的家裡好，還是大家一起留下吧。」艾斯琴斯依然堅持自己的觀點。

「父母親，還有幾天的時間，大大提提和小小提提就要上學了，最近這兩孩子好嗎？」聽著去留的對話將持續下去，艾華忽然轉了一個話題。

「這兩都是好孩子，大大提提性格內向安靜，小小提提性格外向又

調皮，我看在你們父親的教導下，這兩個孩子都聰明絕頂，學習應該沒有問題。」艾絢艷幾句話，就對那兄弟作出了她的評價。

正在這時，艾華收到了可之敏主政的緊急信息。

「可之敏主政，我是艾華，您請說吧！」

「一分鐘前，芹芹之之摁動了斯可達宮殿的警報，因為斯可達宮殿的信息源沒有任何顯示，所以我已經派人去了。我查了，現在斯可達宮中只有四位斯可達人，奇怪的是，他們的信息源都被切斷了！」信息源的另一邊，可之敏主政說。

「有這種事？我們得趕緊去看看。」大家都聽到了可之敏的話，這時艾絢艷第一站起身來說，接著，這在場的五位都趕緊穿上了科技鞋。

三

自從玲瓏飛飛艇走了之後，現在留在斯可達宮殿的只剩下了四位可依分人了。

斯斯通通和大大提提兩兄弟正圍著芹芹之之的身旁，他們正津津有味的聽著她講述有關十二個太陽系和可依分星球的故事。述者深入淺出的故事，彷彿讓她自己陷入了回憶往事的長河中，聽者全神灌注的順著故事的細流，入迷在潺潺的溪流澗。

環境中的一切被忽視了，時間在此已經被遺忘。

芹芹之之講著講著，她好像被自己所講的故事給催眠了，漸漸的只感覺到大廳的落地窗戶被遮掩。沒有了外面的光線，室內顯得比較暗淡。也不知道什麼時候，她竟然進入了夢鄉。

斯斯通通和小小提提所處的位置正對著芹芹之之，他兩入迷於故事的情節，在入迷到入睡之間，他們只留下這些記憶：芹芹之之講著講著，到了後面已經沒有了聲音，而他們則覺得自己的大腦中也在嗡嗡作響，他們想說話卻張不開嘴，想睜大眼睛卻又睏得不行。

那麼大大提提又怎麼樣了？這還不知道，因為他不見了，失蹤了！

第一個醒來的芹芹之之在不見大大提提後，先通過搜索器查看了一下，在被告知全宮殿都沒有大大提提時，她便摁動了警報。

當艾華他們五位趕到斯可達宮殿時，從社會工程部來的二十志願者已經對宮內宮外又尋找了一遍，但是，人們依然沒能找到大大提提。

艾華他們聽三位可依分人的情況介紹後都在沉默中思考起來。

艾娃詢問芹芹之之說：「您昏睡過去後，還記得什麼異常？比如，夢中的內容。」

「我記得一些，是調皮的小小提提對我說：我父親對我說，去吧，

美麗的地獄

460

去吧，去美麗的地獄吧。」芹芹之之回艾娃的話說。

「我也記得剛才夢中的事，是波波叔叔親口對我說的，內容跟母親所說的完全一樣。」這時的斯斯通通也插在她母親的話後說。

關於夢景，斯可達人類有他們特別的見解，在人類生命工程部迄今還有一個研究所在專門研究這個課題，可是對於這母女兩在同一時間做同一個夢，在場的所有人不能作出任何解釋。當然，在目前的情況下，去追尋夢景是毫無意義的，關鍵是要迅速的去找到失蹤的大大提提。

要迅速找到這位失蹤的外星孩子，看來最有效的方法是：由社會工程部向全球發一個尋人通告。

在通告尚未發出時，宇宙工程部收到了一個奇怪的信號，停靠在七號基地的可依分宇宙飛行機的一號主機，它的動力系統有被啟動的跡象，有誰能夠啟動這架一號主機呢？這是一個啟動未遂的奇怪跡象。

宇宙工程部作出了反應，它加碼封鎖了一號主機。經搜尋顯示，大大提提就在這架宇宙飛行機上。

可依分的一號主機，它經歷過大宇宙長途遠征的考驗，它也是波波提提親駕飛往小區域和「眨眼星」的主力戰機，在斯可達人的心目中，它就是波波提提的戰馬，它跟波波提提一樣，都是斯可達星球的超級大功臣。

一個六歲多的孩子，居然從西部的斯可達宮殿，在短時間裡去到了東部的七號基地，這蹊蹺事無疑是一種靈異事件，這可以給人們一個無限想像的空間。

宇宙工程部已經向七號基地派出了五名志願者。

一號主機的艙門打開了，只見大大提提正安穩的坐在主駕的椅子上，他目不轉睛的看著一個放在他眼前的兩個魚缸。

這不知從何而來的魚缸，它是一種用特別材料制成的透明器皿，魚缸圓圓的樣子，像個大玻璃球。在每個魚缸中，分別有四條金色的鯉魚在悠閒的游曳，時而還游上水面吐著氣泡。

志願者們將大大提提和兩個魚缸，一並送到了艾娃的家中。

大大提提一進門就衝向艾絢艷，他知錯的把腦袋鑽進了艾絢艷的懷抱。

「大大提提，說說吧是什麼情況。」艾斯琴斯急著問。

「好孩子，回家就好！沒事的。」艾絢艷則摸著他的腦袋，安慰他說。

志願者們向艾華和艾娃介紹了他們在一號主機所看到的情況，然後，他們就走了。

「爺爺，我不太清楚是什麼情況。」大大提提膽怯的對艾斯琴斯說，他的雙手緊拽著艾絢艷。

正在此時，門外響起了幾聲貓咪清脆的叫聲，對此，大家都覺得十分的驚訝，在一分鐘後，貓咪的叫聲又傳了進來。

「好事都來了。」艾絢艷興奮的站了起來，她跟艾娃一起去門外查看。

在濃濃的霧流下，外面是一片寂靜。

「我明明聽到了玲瓏之愛的叫聲，怎麼不見牠的影子。」艾絢艷迷惑的說。

「母親，大家都聽到了，我們再找找。」艾娃說。可找了幾遍，根本沒有貓影。

當這對母女回到屋內時，大大提提正在講述他不太明白的經歷。

「芹芹之之姑姑正在講故事，我覺得大廳的光線是越來越暗淡，於是我向窗外望去，我見到落地窗已經被遮住了，只一會兒，我就睡著了。在夢裡，父親對我說，該離開了，去美麗的地獄吧。我醒來後，就看見魚缸裡的錦魚，一直到五個叔叔到來。」

大大提提說完，艾華問他說：「你的位置正對著落地窗，你見到的遮擋物是什麼，它會動嗎？」

「它會動，感覺是一個人的小腿部。」大大提提提回答說。

「大廳落地窗我熟悉，它有六米高，八米寬，什麼人能有這麼大的小腿部？」艾斯琴斯提出了疑問。

「爺爺，我從不撒謊。」大大提提委屈的說。

「一定是光的放大折射，大大提提，我相信你。」艾娃說，接著，艾絢艷把大大提提帶離了客廳。

孩子一走，四個大人圍著魚缸欣賞了起來。

這麼美麗的黃金鯉魚，如果它們不是在游曳的話，那一定是一幅最漂亮的圖畫，經過仔細觀賞後，人們發現了這樣的情況，在其中的一個魚缸中，那裡有三大一小四條鯉魚；而另一個魚缸中是兩大兩小四條鯉魚。大鯉魚的眼睛是湛藍色的，而小鯉魚的眼睛是棕藍相間的。

艾娃輕拍了一下艾華，她向他傳遞了一個心領神會的眼色。

就在這一天，當艾華和可沁回到自己的住所時，他們見到花園中出現了跟艾娃家花園一樣的異象。

一進屋內，聰明的可沁便對艾華說：「親愛的，從剛才的異象來看，我同意艾娃妹之前的說法，有人在催促我們離開斯可達。今天，發生在斯可達宮殿的靈異事件，足以證明，催促我們離開的神秘方幾近要攤牌了，這已經顯示出他們特別焦急的願望。剛才我們看了那些鯉魚，相信大家都觀察到了這個景象，五條大的，有著湛藍的眼睛，而三條小的卻是棕藍相間的眼睛，我猜，大的明示是我們斯可達人，或許我們加上父母，還有艾

美麗的地獄

娃妹妹，小的明示是三個可依分孩子。雖然我對不包括芹芹之之是一點也不明白，但強烈的感覺使我堅定了自己的猜測。如果，我們堅持不走，那股神秘的力量會不會對我們採取強行的措施？」

「他們應該會那麼做！但是我們不能走，在萬一的情況下，我們也必須最後一個離開斯可達！」艾華堅定的回答說。

「親愛的，看來你跟艾娃妹妹真不是普通人，那股神秘的力量，或許就是天堂，甚至是上帝本人。」可沁說。

「無論是誰，將來的事實會揭曉的，我們只要做好我們應該做的事情。」艾華說。

這一屆的適齡學課開始了，大大提提和小小提提都參加了這期的學習。

不愛吭聲的大大提提被安排在學堂中的第一排，調皮又愛表現的小小提提則坐在最後一排。

平日上課時，大大提提老低下頭去，他終是避免老師的目光，也老想避免課堂上的問答。而小小提提可一點也不怯場，他有時還搶答老師的提問。

聰明大膽的小小提提一直引起課堂內外同學的注目，大大提提則在三年的學期中，有絕大部分的時間，是被遺忘在課堂的一個角落上。

學堂的終期考試即將開始，大大提提是足不出戶，閉門讀書，可小小提提老約一幫同學一起，他們幾乎玩遍了五十城工程的每一個地方。

終期考試的成績出爐了，大大提提獲得了全球適齡學生的第三名，而小小提提的名次是第七百四十二名，在這個學期的課堂內外學生的總人數是：七百四十三名。

本份與調皮的兄弟倆，他們在那個星球中有了一個比較，對此，小小提提並不以為然，他覺得，哥哥的第三名跟自己的第七百四十二名沒有根本的區別，他認為有區別的只是第一名跟其他名次的人。

「如果能再考一次的話，我一定能取得第一名，只要我不貪玩。」這是小小提提對艾娃所說的話。

「這就叫作機會，相同的機會，不會在人生中反覆出現。」艾娃這樣對小小提提說。

「姑姑，這只是人生中的一個小過程，我會讓你見到的是，最終的結果，我一定會比哥哥更棒！」小小提提理直氣壯的說。

「最終的結果？在宇宙人類中，最終的結果都一樣。但上帝注重的是過程，那可是可恨可悲又可歌可泣的千百次的重新再開始，所有的品行都會添加在靈魂中使人們彌足珍貴的升華，在且行且珍惜的大道上去步步前行。小小提提，我希望你的人生中有一個閃光點能超過你的哥哥。」艾

娃這些話確實對小小提提起到了一定的作用，小小提提馬上拖著奶奶艾絢艷陪他去了第七基地當志願者，而這時的大大提提也拖著爺爺艾斯琴斯去了宇宙工程部當了志願者，那時的斯斯通通在母親的陪同下也去了社會工程部當志願者。在之後的三十天，斯可達的主政們明文廢除了十歲前不能當獨立志願的潛在規定，這三個可依分的孩子開始了他們的獨立工作。

在不到兩年時，斯斯通通率先在社會工程部取得了二級特優的稱號，她被派往七號基地當主管，沒有多久，大大提提被評為一級工程師，他被留在了宇宙工程部，小小提提也不錯，他被評為待級工程師，這樣他就一直可以在七號基地。在此之後的二十天，可依分宇宙飛行機的升級工程已經全部完成，這二十一架宇宙飛行機便重新布置到西部的夏之夏基地。

在這五年中，超出了艾華和艾娃的計算預估，在大宇宙中相對比較平靜，而咖啡巨人探測系統下的七百光年範圍內更是平靜如水。

在未來的三十年內，能飛臨斯可達星球系的宇宙飛行機群是一批也沒有，曾經被懷疑是筋斗群後續的兩批超級宇宙飛行機早已掉轉了方向，飛了回去。

斯可達方除了一些小型的飛行機在外太空巡邏之外，其餘的百分之九十七的飛行機被召回了本星球。

從玲瓏飛艇不斷傳來的信息看，那八十多萬斯可達人和一些外星人的情況都非常的好。在飛艇上的智力競賽中，前主政可拉獲得了第一名，綜合運動比賽還是由可拉松獲得了第一，在智力綜合遊戲比賽中，第一至第三名都是可愛的大頭人。

在四十位米米里達的姑娘中，有十三位已經有了孩子，其中包括可拉松的伴侶吶姑娘，從啊星球來的十六位公主也全部跟心上人好上了，那九個可依分人也都找了斯可達人作為他們的陪伴。

光束圈在繼續向大宇宙移動，在更大量的玄光釋放下，玲瓏飛艇的飛行速度還在增加，估計一年後，它將飛入光束圈。

極速飛翔的咖啡巨人宇宙飛行機群已經令人振奮的穿過了光束圈，如果一切情況正常，他們將在一百年內飛到七顆星。

在他們穿過光束圈的第九天，就在他們前方的一個光年位置，突然出現了兩個光點，這兩個光點只經過半個時光的翻滾，便來到了咖啡巨人那三十九架宇宙飛行機的附近。

艾娃在宇宙指揮中心已經清楚看到，這是兩個「套套房」，它們正在陪飛咖啡巨人的宇宙飛行機。

「是接納他們，還是要毀滅他們。」艾娃緊張的守在屏幕前在注視著咖啡巨人的命運。

在某個時間的百分之一秒中，兩個「套套房」掠過了咖啡巨人機群

處，它們一掃而過，下一秒就不見了。

六個時光過去了，咖啡巨人的最後一個信號，來到了斯可達星球。

「尊敬的斯可達星球：二十天下來，我們的身高已經只剩下三分之一，謝謝你們！」

這在說什麼？艾娃讀了三遍，似乎大腦會湧出一些記憶，但又被堵上了。面對這個信號，艾華的反應是跟艾娃一模一樣。

這既模稜兩可，又難明真意的信號，它卻使另兩位主政解讀為是一種不詳的暗示，他們認為，咖啡巨人們在暗示自己正在遭受死亡的折磨。

在這樣的情況下，艾華他們思考了良久，最後，四位主政向玲瓏飛艇發出了請求減速的指令。

第二天，四個主政又聚集在宇宙工程部的指揮中心。

「艾華主政，這可是八千多萬個生命啊！就目前看，宇宙將被毀滅的跡象沒有出現，我們五十城工程也已經完成並正在驗收，這樣昂首奔向天堂的風險太大，是不是由您發個主政令讓他們撤回來！這樣我們要有時間弄清咖啡巨人的真正去向，萬不得已，我們依然可以三個飛行物一起齊飛而去。可之敏主政首先說道。

「我想了很久，我認為最關鍵的不僅僅是決策的問題，這得聽聽可拉松他們那邊的意見。可之敏主政，您認為可以嗎？」謙遜穩重的艾華說。

「好吧，聽取前方一線的意見再作決策，這是一種好的辦法！」可之敏主政說。

「艾娃，動用『三種粒子糾纏通訊系統』，跟可拉松直接通話。」艾華說。

「主政們好！我是可拉松。」可拉松在另一方說。

「你們應該已經接到了減速的指令，可沒有減速，這理由是什麼？」艾華問。

「我們當然也知道咖啡巨人的情況，但是同樣沒有精準的判斷，可有一點是明顯的：『套套房』沒有把咖啡巨人的飛行機當成殘骸吐出來，接納跟毀滅的機率各一半，我們的理由有很多，關鍵是：玲瓏飛艇是一定能到達天堂世界！」可拉松提高嗓門說。

「可拉松，我的好兄弟，很抱歉，我現在要的是能說服全斯可達人民的理由！」艾華也提高聲音說。

「我的好朋友波波提提在很久以前就說過：靈通宇，宇通宙，宙通靈！請想想一切所見的高級外星人，我們都在這個宇宙玄念中循環，我跟他的意思一樣，我們嚮往天堂世界，天堂世界也更加需要我們，我不信！他們會毀滅他們所需要的我們！」可拉松說到這裡，一旁的前主政也插上來說：「艾華主政，一路上，可拉松跟我講了很多事情的過程，我信了，

也服了！我欽佩你跟艾娃，不然，斯可達星球早被『森林地獄人』給蹂躪不堪了。要說服斯可達人民的理由嗎？我們上面的八千多萬人都一致希望繼續前進，連一個反對的聲音都沒有，這夠不夠算是一個理由？」

「艾華主政，這不但是一個理由，而且足夠了！」在一旁的可之敏主政，她以完全肯定的口氣說。

這時，艾娃和艾理也向艾華肯定的點了點頭。

「謝謝可拉松和前輩，並向你們表示歉意！」艾華說。

在艾娃關閉通訊後，艾華發了一個八個字的主政令：保持高速，永往直前。

四

五十城工程已經全部完成了，經過了驗收和試飛，現在它已被命名為：「斯可達倖存者」，這個超級龐大的宇宙飛行物體，可以載人為三億一千二百萬。眼下，主政們已經在考慮這個超級龐大飛行物將在什麼時候起飛出發。

艾娃的心目中有兩個時間節點，她祈求著上蒼保佑。第一個時間段，上蒼給了，而後一個時間段所需的兩百年，這從最近的種種跡象來看，上蒼是不會給的，正確的說：上蒼是給不了！

在百忙之中，艾華艾娃帶著學生艾理希又一次用了兩天的時間，做了另一個「測天毀滅儀」，他們吸收了上次時間上的誤差點，這次他們做了一個較長時間才可以得到結果的儀器。

在斯可達星球所有高科技的測訂下，玲瓏飛艇在目前的位置上要進入光束圈，還需要五十五年又八天的飛行時間，可是從咖啡巨人穿過光束圈的數據來看，之前的科技計算將大大的被縮短。

之前的人類科技都證明，光束圈正在大步向大宇宙走來，但是，最近的斯可達的科學家們開始偏向另一種面對事實的想法：大宇宙正在退縮。而真正的事實是：大宇宙正在被壓縮！

時間，自從人類有了它以後，它就是陪隨人類一直橫跨文明整個長度的真正「神仙」，無論人類文明處於什麼階段，它都離不開時間。

現在的時間已經出了問題，甚至可以說它在關鍵的大事上已經暴露出它的虛假。

經過六年多的太空飛行，原本要六十一年行程的距離，就目前來看，玲瓏飛艇最多只需要一百天的時間便能進入光束圈，這時的玲瓏飛艇上，到處洋溢著一派人類所說的：幸福。

又有七位米米里達的姑娘懷孕了，她們的單性繁殖期由二十八天變

美麗的地獄

成了一百零八天，她們的孩子在出生十六個時光後就能下地走路，三十天後就會說話。

從啊星球來的十六位公主中有十位也懷孕了，她們不但全是懷著雙胞胎，而且，她們都是通過性行為懷孕的，這完全可以證明，那十位斯可達男性的生殖能力系統又被開啓，這一下，在玲瓏飛艇上的生命科學的科學家們都變得非常的尷尬，並無從解釋。在目前，玲瓏飛艇上的所有醫院都處於非常靜默的狀態，它們正近於關閉之中。

玲瓏飛艇比預估提前了七十七天進入了光束圈，在進入後的第八天，這個如此龐大的飛行物體竟能以一倍的光速開始飛行，又過了三天，他們跟大本營一樣發現了兩個無比巨大的「套套房」，一個處在玲瓏飛艇七天光速的位置上，另一個在玲瓏飛艇的一個光年的位置上。

這兩個「套套房」只出現了三個時光就消失了。

又一天後，這兩個「套套房」變成了兩大影子，它們在玲瓏飛艇的兩側開始平行飛行。在屏幕放大的各個點上，一群群螞蟻點正從玲瓏飛艇的甲板上湧入室內，這是恐慌下的斯可達人正在奔向他們的住艙。

見此情景，艾娃立即打開了三種粒子糾纏通訊系統，她連連呼叫著可拉松。但是，屏幕上的移動景象靜止了，上面只留下了一張相片，相片上，表情嚴肅的可拉松正坐在主駕上。接著，斯可達有關那個方向的所有通訊都被刪除了一樣。

一直到了第二天，整個通訊系統才恢復了過來。

在三種粒子糾纏通訊系統上留下了可拉松的告別話：再見了，斯可達；再見了，我的好兄弟艾華；再見了，我的好朋友，可沁和艾娃；我感覺，波波提提先生已經在前方等著我！

一分鐘後，宇宙工程部指揮中的屏幕上出現了一分鐘的視頻圖象：

「套套房」自上而下，向玲瓏飛艇猛紮下來，轉而，玲瓏飛艇不見了，接著，「套套房」一個大翻身騰起了超級巨大的身軀，它得意洋洋的向各個方向噴射出燦爛奪目的光芒，當光芒迅速隱去時，它也不見了去向。

八千多萬人去了哪裡？是被當成宇宙的塵埃去清理？還是被帶去了天堂？

呆呆的艾娃在流淚，她開始哭泣了，跟著她大哭起來。

多少個日日夜夜的辛勞……，她放開心扉的哭泣，使她有一種渾身舒坦的感覺，在二十分鐘後，當她的美麗臉蛋還掛著淚水時，一個招牌似的迷人笑容，又出現在她的臉上。

「哥哥，我堅信！我們成功了，『套套房』正帶著玲瓏飛艇去往天堂。」在信息上，艾娃對艾華寫道。

「是的，八千多萬人正在去往天堂的路上，我們成功了！」艾華回

覆艾娃寫道。

「斯可達倖存者」有著無可比擬的先進技術，它們不但集斯可達所有的先進技術，還融入了很多外星的先進技術。

在空中，它可以從超大的身軀中變換出五十個各種形狀的飛行物，這五十個飛行物還可以變換出一萬架宇宙飛行機。

整個「斯可達倖存者」能容納三億一千二百萬人口，上面的設施是應有盡有，光醫院就有兩千家，在目前斯可達的三個行政部門將全部遷址上去。上面所有的行政管理還是由可之敏主政和艾理主政來負責，上面還設了一個統帥部，總帥是由前宇宙工程部的主政可欽來出任，副統帥有三位，他們是兩位主政和艾娃的學生艾理希。

當四位統帥已經全部就位後，民眾們便開始上去了。

這具有高度個體文明的星球人類，在三億多人口的大遷徙中顯得非常的有秩序，這個全走程只用去一百五十天的時間。

除去這三億一千二百萬人，最後留在斯可達星球的還有三千一百三十二萬人口，艾娃和一批學生們對留下的人口進行了最仔細的出路計算和安排。現在，斯可達被招回的各種飛行機有三千九百架，本在星球內的還有一千架，除此之外，還有三幢宇宙塔樓。

看來還得動用已經被裝上動力轉換系統的所有運輸飛碟，最後還得解封斯可達歷史上的一千架飛行機。

這三千多萬人應該也能有一個好的出路安排，現在的全部問題只有一個，從這個規模來看，眼下的飛行機將有三分之一會缺少玄光來作動力，這樣，那些飛行機在飛往玄光區域前也只有光速七級的速度。

經過一番討論，現在只有唯一一個辦法，再出動五百架宇宙飛行機去採光，如果有意外，那麼也只能在太空途中進行對機光輸。

「斯可達倖存者」展現著宏偉的氣勢飛出了斯可達星球。就在這一天，艾娃所在的指揮中心，有一個紅鍵上正亮起了警示燈，她上去一看，不禁愣了一下。

「可依分一號主機已經起飛？！」艾娃馬上將指揮系統的信息源鎖定在一號上機上。

可依分一號宇宙飛行機已經飛出了斯可達星球的西部，它雖然處於最慢的速度下，但它的姿勢證明，它的方向是飛出斯可達星球。

再看看是何人所為，一一是怎麼樣也想不到的小小提提。

「小小提提，你想去哪？」艾娃在大驚失色下急切的問道。

「姑姑，我想追『斯可達幸運者』。」小小提提漫不經心的回答說。

「孩子啊，這可是在胡鬧，你將在文明意識中留下污點。」艾娃顯得萬分焦急。

「我是可依分人，我們的飛行機堅不可摧，斯可達的任何飛行機都攔不住我。」小小提提帶著孩子的囂張氣說。

這話可揪著艾娃的心，她一咬牙，把可依分一號宇宙飛行機上的百分之九十九點九九的功能系統給關閉了，留下的只是它能滑翔飛行。

「姑姑，我求您了，讓我去太空看看吧，我會回來的。」反常的小小提提央求道。

「孩子，請你聽著，如果你的生父還在的話，他會為了你的無知而傷心的。」艾娃的臉漲得通紅，她嚴厲的對小小提提說。

「好吧，我的姑姑，這樣也太不爽了，那我就回到西部機場去。」

小小提提信守了自己的諾言，一個時光後，可依分一號宇宙飛行機降落在西部機場。

已經在機場等候的是大大提提和斯斯通通。

「昨天你剛對我告白，今天就出了這麼大的問題，我現在可以回答你的告白了，我們不合適，我不能愛上一個如此性格的孩子。」斯斯通通立刻這麼對小小提提說，這使他當場流下了眼淚。

大大提提則一言不發，他低下頭去，向艾華和艾娃發去了信息，他將弟弟的錯全攬在自己的身上，並願意接受任何懲罰。

斯可達已經沒有了法律，但對私自駕駛飛行外出，甚至離開星球依然保持兩個懲罰。前者將被禁閉一天到十四天，後者會被逐出星球，但這兩個懲罰在一億二千多萬年裡還沒有被使用過。

作為小小提提的母親和姑姑，可沁和艾娃一起陪著小小提提去了奇想大陸作兩天的自我禁閉。在這兩天中，她兩向小小提提提了兩個問題：你是怎麼啟動可依分一號主機的？你究竟想去哪裡？

小小提提的回答近於「荒唐」，他說：「一號主機認識我，我可以不用任何啟動順序。我跟親人們已經沒有時間去天堂了，只能直接去往美麗的地獄。」

這可讓偉大的艾娃難以置信，在這個事件結束後，她親自帶著小小提提去了西部機場，結果是，一號飛行機果然在小小提提出現在它面前時，它暢開了所有的艙門。

第一個情況證明，小小提提沒有撒謊，更沒有胡謅，但是第二個問題可無法求證的，那只有詢問小小提提為什麼會有這樣的答覆？結果他說是：他的生父波波提提在他的夢中告訴他的。

可沁和艾娃經過兩天的陪同禁閉後回到了斯可達的中部，接下來的三天，艾華去輪換她兩，他也在奇想大陸待了三天，最後他是跟小小提提一起回來的。

在隨後的一天，由艾華艾娃和艾理希所制成的「測天毀滅滅儀」炸

開了，其中所有的金屬微粒子都四處飛濺，氫絲金絲環把整個器具都擊碎了。

所有的信息數據和計算數據都指向了一個數據：299，其意是，到了二百九十九天，宇宙就將開始毀滅性的大爆炸！

艾娃沒有去清理這種實驗的破碎現場，這幾天，她反覆在這個現場，邊邁步邊思考。

艾華在獲悉這個結果後，他把還留在斯可達星球的所有主管請到了他在社會工程部十樓的辦公室，那天，當艾娃也來到時，她見到的這個辦公室已經擠滿了人。

氣象站主管正在對大家說：

「在奇想大陸原米洲的那片地心層中，那兒率先出現了一些微震情況，從昨天開始，整個斯可達星球有三十五處地心層也出現了相同的情況，這可以證明，我們的星球已經處於理論上的震盪中，雖然達不到什麼程度，但這些景象卻是一億三千萬年中的第一次。在布拉斯依大洋的洋面上，那裡不斷出現滔天巨浪，中部大洋也是，泰拉依大洋則更為劇烈，威海大洋和其流大洋屬於正常。

全球的海洋像杯水一樣在晃動，在布拉斯依大洋的南部，有一段海水已經衝到了岸上五十千米處，看上去，好像經歷了一次氣象武器的襲擊。」

「那總體洋流的安全系數和星球板塊有沒有出來異常？」艾華問。

「洋流的總體安全系數是平穩三級，我們的板塊都有很多的地心氣流釋放出來，雖然它使地震歸零，但在沒有超級天災下，板塊的小異動也不能輕易斷定。」那位氣象主管回答艾華說。

「在奇想大陸，有沒有出現動物的大批異動？」艾華又問。

「這倒沒有，只是有些巨蜥從原南興洲的近海正向內陸而去。」另一個主管說。

「在八十七城原址，現在還沒有引入唐士河的水資源，現在停止那樣的計劃。艾娃，你讓3384和3324啟動，在泰拉依大洋底打出引入缺口，如果再有湧入岸上的情況出現，那就讓那片區域變成一個大的海洋港灣。」艾華胸有成竹的說。

「我記住了！」艾娃答應說。

這個會議開了挺長，等散會後，艾華和艾娃開始討論起所有他們面臨的事情。

「哥哥，還有二百九十九天，從今起還有二百九十天，真的希望這是我們人類的虛擬實驗。」艾娃說。

「艾娃，我們已經沒有其他的確實依據，這是我們唯一的時間可以

作為考量，再說，我的記憶中似乎有了一個肯定，好像在一個夢中，有一個 299 的最後數據。我們就按這個時間表去行動，一切的後果，我來承擔。」艾華說，這聽上去是一言九鼎的話。

「首先的大事是走，讓斯可達人盡快離開，就目前而言，能在兩百天內走的人數，可以達到二千萬，最後的一千二百三十六萬就是最危急的一批，現在的五百架宇宙飛行機已經出發了，按眼下的時間算，最後一批的一千二百三十六萬人只能飛到傑阿米外星人曾經到達小區域外的行星上作等待，我們現在連太空上輸送玄光的時間都沒有，只希望在到達那個行星時，時間還在二百九十五天之內。」艾娃說。

「這是一個關鍵的大事，現在我們完全可以決定下來，艾娃，你將再次肩負重任，你只管為了這個走字而行動，我與可沁接受原社會工程部和人類生命工程部的事，那都是收尾的事，一有時間我們會過來跟你攜手共進的。」艾華說。

「好的，哥哥，我會馬上行動的，在往後的日子裡，我們還要密切注意大宇宙的動態。」艾娃說。

這兩兄妹也談了很久，他們把未來的大小事宜已經訂下了他們的行動方案。

七個光束圈那散開的迅速正超出了人類的想像。

僅僅兩天下來，光束圈在急速散開時已經變成了七個光束蛋，在高級人類的信息上，要把那七個光束蛋放大極到致才能見到它們。

在這種情況的第四天，七個光束點開始扭動，它們在一個超長距離中，展現出來一條超長的寬帶。

在第六天，這條超長寬帶不再是一條影子，而是一條能照亮大宇宙的弧形寬帶，這讓人類覺得，這個超級明亮的寬帶是由無數太陽所連接而成的。它們的光猶如一道難以形容的繩索，瑕想中，它們正在捆綁著整個大宇宙。

五

在光束圈劇烈變化的之後一百天，由兩幢塔樓式宇宙飛行機所帶領的各一千五百架宇宙飛行機，它們分批離開了斯可達星球，它們所載有的人數共一千零六十萬。而在這段時間中，宇宙工程部在宇宙塔樓的工作人員已經全部離開，現在，原本的三個行政部門已經搬至社會工程部，他們將一起辦公。

宇宙塔樓也已經飛到了奇想大陸的大沙漠，接著，又一千架宇宙飛行機也到位了，最後，所有的運輸飛碟也到了大沙漠，就在第九十六天到

一百天的五天裡，又一千萬斯可達人飛出了星球。

　　撤離遷徙的行動並沒有停止，餘下的各時代和所有的飛行機已向東部的各部基地集合，安裝動力轉換系統，充一些玄光進行飛行，這等於是一系列的工作都以跟時間賽跑的速度進行著，在二十天內，又有兩百萬人去了東部，他們準備隨時登上飛行機。

　　第一百二十一天，氣象站公布了星球已經是傾斜了一度，人們站在地面上也感受到了地面下的震動。大面積的海水正向奇想大陸衝去，動物在那個大陸上也開始向高地展開了賽跑大比拼。

　　3324 和 3384 已經發揮了作用，只幾個時光下來，原中部的八十七城業已變成了一片汪洋大海。

　　社會工程部已經向民眾們發出了警告，出門別忘了攜帶科技鞋，並向民眾發出了潮水般的通知，讓他們前去地處高處的唐士河源地區域居住。

　　第一百五十天，在太空巡邏的一百五十架宇宙飛行機也回到了斯可達星球。

　　這一天，星球西部刮起了強勁的大風，芹芹之之和斯斯通通正準備搬去唐士河源地，可在走出斯可達宮殿時，芹芹之之因為趕急穿科技鞋而被大風刮到了幾米之外，真不巧和真不幸，她在倒地時頭部正重重撞在了花崗岩石頭上，當斯斯通通在飛翔時發現母親並沒有跟上時，她迅速的飛了回來，可惜可悲的是，芹芹之之已經沒有了生命體徵。

　　三天後，由艾斯琴斯率領，全體送葬的人們坐上了二十一架可依分宇宙飛行機，他們把芹芹之之送去了斯可達山脈安葬，並舉行了追悼會，現在，這批二十三人的可依分人類已經全部被安裝在這裡，他們都是最偉大的宇宙人類。

　　二十一架可依分宇宙飛行機，在回程後都去了唐士河一帶的飛行基地作了停留，當送葬的人們都離開後，乘坐二號主機的斯斯通通率先發難，她宣布不再離開飛行機，直到斯可達星球恢復到原來的安全之後。她不但這麼做了，並把她的行為發在了信息源上。接著，小小提提也跟斯斯通通一樣發難了，這一下，弄得大大提提東走西跑起來，他一會在一號主機上勸說弟弟，一會去二號主機上勸斯斯通通，可是他們只把他的話當成了耳邊風。

　　回過來的艾斯琴斯也力勸他們，可是他在生氣之下也是無奈。

　　這個小插曲，真沒想到竟然掀起那留下的一千二百萬人的很大反應。

　　玲瓏飛艇近於完美的旅行，「斯可達幸運者」才走不久，可是現在的斯可達星球已經變成了這麼不安全。

　　這兩個外星人雖說賴在飛行機上，在文明的意識中是不妥的，但人

美麗的地獄

類在生存風險面前選擇安全，可也沒有絲毫的錯誤，讓這兩個外星人這一激發，在等待出發的一半人已經鑽進了飛行機，另一半人索性與家人一起回到了家中。

倒是還沒有接到出發通知的一千萬民眾還比較平靜。

這個波折使情況出現了一定的混亂，經艾華他們的研究，最後決定，讓已經進入飛行機的人們先飛走。

一個兩難困境產生了，看來在危急的時刻，將有近百萬人，因為沒有飛行工具而將滯留在斯可達星球。

宇宙中有複雜的各種氣流，要讓這近百萬人擠進各種飛行器去，那等於是讓更多人去冒失去生命的風險。

可眼下還有一個棘手的問題，那就是如何來解決這兩個可依分人的發難。

「我自駕飛行機，這是在文明意識中留下的污點，如果強行趕我們下去，那豈不是文明的極大倒退。」小小提提在信息源中這樣寫道。

這可是功勳人類的後代，也是他們稀有的種子，這些孩子到底是什麼意思？是要獨自離開斯可達星球嗎？

艾娃對艾華說道：「一切得由他們自行決定，一號和二號上主機都有大宇宙中最多的軌道路線，只是，波波提提先生的囑託使我們的決定變得非常的艱難。」

艾華知道，這三位可依分孩子的思維已經陷入了難以名狀狀態，再去勸說他們，就是費最大的努力，應該也不會有什麼效果，不過要讓他們自行離去，那也得有個縝密的計劃。

現在的斯斯通通居住二號主機而不願移動，大大提提和小小提提則居住在一號主機上，他們同樣也不願移動。

艾娃給他們擬定了一個去往天堂方向的計劃，為了確保他們的安全和順利，讓所有的可依分宇宙飛行機去跟著他們，他們得先追上斯可達的宇宙塔樓，然後使他們能跟那批二千多萬斯可達人結伴同行，現在的問題只有一個，那得勸說這三個可依分的後代，去乘在同一架宇宙飛行機上。

第一百五十二天，這一家五口都知道了艾娃的計劃，而艾斯琴斯和艾絢艷在傷心難過時，又得知孩子們要走的信息，他們更是百感交加。

這可是一段長時間的朝夕相處，雖然孩子們能走到這到一步令他們匪夷所思，但是，他們畢竟長大了，他們有自己的主見，也當無可厚非。人非草木，這兩位爺爺奶奶在極其不捨的情況下，那只得前去與他們道別，這一次的道別，或許就是一次兩個星球人類的永別啊！

第一百五十三天。

艾斯琴斯的全家五人一起來到了唐士河的基地，他們都帶著複雜又

沉重的心情，可當他們到來後，那三位可依分後代卻顯得異常的高興和興奮。

道別的話中，總離不開長輩對遠征到來的可依分外星人的深深敬意，以及述說著他們前輩間的深厚情誼。

一個時光後，艾娃向斯斯通通講了她為可依分人所擬定的計劃，但沒有想到的是，斯斯通通卻盡力勸說這些親人們去拋開一切，與他們同行。

艾華和可沁也在一號主機上跟大大提提和小小提提進行了促膝談心，當他們的交談已經進行了一個時光時，這一號主機的總艙門，在突然之間便被砰然關上了，緊接著，所有的透明窗外罩也一下子落了下來，這時的艾華才猛然醒悟，他禁不住沮喪的用大手捏緊了拳頭，並重擊在牆上。這時的可沁更明白，一個神秘的力量，已經對他們採取了強行的措施，他們已經成了魚缸裡的四條黃金鯉魚。

幾乎在同時，二號主機的總艙門也被關上了，儘管艾娃讓宇宙工程部想盡了辦法，但是，二號主機的總艙門依然打不開，他們現在已經成了另一隻魚缸裡的四條黃金鯉魚。

斯斯通通見此情景，她如夢驚醒，前面的異常情緒使她悔悟的感嘆道：「姑姑，我好像被一種說不清的東西給欺騙了，對不起爺爺奶奶和您了。」

這一邊廂，大大提提和小小提提還在用力拉著總艙的門，可平靜的可沁勸他們說：「別費力了，就是全斯可達人都一起出力，它也不會打開的。」

這事迅速傳遍了斯可達的星球內外，尚留在星球內的民眾紛紛奔向唐士河基地區域。

已經在外太空飛行的「斯可達倖存者」上的民眾也被震驚了，他們在一邊譴責上蒼詭異，一邊紛紛要求撤回斯可達星球。

由塔樓式宇宙飛行機和宇宙塔樓率領的三批民眾也開始紛紛要求撤回斯可達星球。

第一百五十九天。

「斯可達倖存者」上的主政和統帥們一致決定回撤，他們決定通知了大本營。

外太空的光流和霧流，它們在反常的宇宙流作用下，猶如在大海波濤不息的洋面，這些異常的光波開始湧向「斯可達倖存者」，若大一個宇宙飛行物，它在浩瀚的宇宙中只是一葉小舟，它隨時有被掀翻的危險。

可欽統帥已經向大本營和宇宙塔樓呼叫：飛行的速度已經出現了音速中的飄蕩，請各方努力配合，結束這毫無意義衝往天堂的幻想，加速回

美麗的地獄

到斯可達去。

第一百六十六天。

彷彿被禁錮在牢籠裡的艾華和艾娃，他們各自在信息源上發表了自己的著作，艾華著作的名字叫〈我誕生在斯可達〉；艾娃著作的名字叫〈我來到了斯可達〉；當人們正在開始閱讀他們的著作時，一個熟悉的女中音出現在他們的耳邊。

這是可沁，她正在獨唱由她自己作詞作曲的歌曲〈啊！斯可達〉。

〈啊！斯可達〉：

我們從地獄已經走到天堂，讓靈魂的光在宇宙點亮。

天堂遙望我們，難道還要懷疑我們的幸福和輝煌。

生時和斯可達一起歌唱，死亦與斯可達一起躺下。啊！我的斯可達！

這首歌很快流行開來，它在斯可達星球的大地；它在「斯可達倖存者」的甲板上；它在宇宙塔樓和每個飛行機上。

第一百七十一天。

宇宙中，星系外，小區域，……，光束帶已經真正變成了的絞網，它牢牢的套住了整個大宇宙，它一定是要把整個大宇宙的脖子給擰斷。

大衝擊下的宇宙大爆炸，已經正式開始了！

在數不清的點上，一種光明吞噬另一種光明，被粉碎的山脈和星球成了塵埃，它們翻滾著，蔓延在宇宙的空間上，太陽、恆星、黑洞，整個星系整個星系全部都在一個縱橫交錯的光網上倒下。

第一百八十天。

天網上又形成了一道超乎想像的直線，整個大宇宙在直線中被貫穿。只兩天的時間，直線好似被撥動的琴弦一樣顫抖起來，不知哪來的一雙巨手，開始耍弄著它。琴弦之處無不濃霧滾滾、塵埃飛揚。

在「斯可達倖存者」上，人們紛紛湧到了甲板，不知是誰先帶了頭，他們開始把手挽著他的手，並一起高吭著那首歌

〈啊！斯可達〉。僅僅六天後，那三億一千兩百萬人已經築起了一道又道人牆，這層層的人牆在抵抗宇宙的衝擊，那歌聲蓋過了宇宙的咆嘯。

一股猛烈的衝擊波從「斯可達倖存者」左翼湧來，它使這個超級的飛行物被衝得搖搖晃晃，可是，這個人類的文明標誌依然不屈，它還在回家的路上奮勇前進；又一股猛烈的衝擊波直接衝擊了它的指揮部區域，這使它出現了一個趔趄，幾乎差點將它掀翻。

第三股最猛烈的衝擊波已經從它的尾部襲來，這種超大的推力加上它自身的龐大，這使它在高速前進中，把前方的一切阻力壓縮到了極限點，隆隆的爆炸聲響起，它終於被掀翻了。

三億一千二百萬人正拉緊著手在向宇宙無底的深淵掉落，他們成了一陣超大的暴雨，向下灑去。

　　在宇宙中的所有斯可達人都掉下了熱淚！

　　就在這悲壯的一幕出現後的兩分鐘，足有八個大型「套套房」一下子出現在那裡。

　　「斯可達倖存者」正仰面下墜，就在「套套房」出現的一霎那，它突然翻過身，並在兩分鐘內爆裂開來。

　　那是五十個戰鬥群，它的架勢顯示，它要為斯可達人民戰鬥，它要攻擊「套套房」。

　　一個大衝擊下的宇宙大爆炸，誰都料不到在這個宇宙九牛一毫的點上會變成一個另類的太空戰場。

　　宇宙的爆炸衝擊波和人類的武器打擊交融在一起，這令人眼花撩亂又看不清的場面也足足持續了兩個時光，最後，「斯可達倖存者」不知了去向，同樣，「套套房」也不知了去向。

　　第一百八十九天。

　　學了「斯可達倖存者」上斯可達同胞的舉動，三座塔樓上下和全部飛行機上的人們都手挽著手，他們唱著歌曲，心中只有一個相同的願望：趕緊回家去，現在的宇宙已經是恐怖的煉獄，只有家鄉是人間天堂！

　　他們的其中一大批確實距離斯可達星球不遠了，最快的可以在二十天後就回到斯可達。

　　可是屠宰場和刑場有何不同？有時，生與死都會一樣。

　　又有五個「套套房」已經掠過了這塊宇宙區域，但它們又折返而來，開始了執行著宇宙吸塵作用。

　　又五天下來，斯可達星球內的涉外通訊已經全部中斷，這時的艾華和艾娃知道，斯可達星球在太空和外太空的力量，已經全部被歸了零。

　　第一百九十五天，在斯可達的星球內。

　　斯可達星球的地面傾斜度已經到達了五度，全部大海洋中的海嘯是連續不斷。

　　首華城被淹沒了，斯可達宮殿也被淹沒了。

　　都說江湖河泊奔大海，可現在是海水在遍地倒灌。

　　第二百十一天。

　　艾華和艾娃在信息源上合作寫下了一首詩，詩名叫作：「大宇宙的終極」。

　　這一天，留下的斯可達民眾已經全部到達了唐士河基地周邊。從空中望下俯看，基地外是一層又一層被人海包圍了，基地中央停著二十一架巨大的可依分宇宙飛行機。

第二百二十三天。

艾娃讓父親艾斯琴斯、母親艾絢艷和斯斯通通都在主艙的椅子上坐好，她自己還是向他們展現出無比美麗的笑容，然後她對他們說：「一切毀滅的景象都會出現，親愛的親人們，我們不會死！我們將去新的宇宙」。

艾娃也坐下了身子，她對著信息牌輕聲的說道：「再見了艾華哥哥，願有一天，我們再相見。」

一號主機的四個親人都看到了艾娃的信息。

大大提提和小小提提合在一起，他們給二號主機發去信息：「爺爺奶奶姑姑斯斯通通，我們兄弟謝謝您們，熱愛您們！」

艾華和可沁也給二號主機發去了信息：「父母、艾娃、斯斯通通，多保重！我們一定有相會的一天！」

第二百二十四天，凌晨：

斯可達星球響起了震耳欲聾的響聲，在這個聲響下，二十一架可依分宇宙飛行機被彈到了高空，接著一束強烈的白光把這些宇宙飛行機一下子拋出了星球之外。

從第二百二十五天開始：

大地出現了地動山搖的崩裂；

星球在旋轉中徹底傾斜；

天地顛倒，大海在上面傾灑，天空在下面密雲滾動；

人類的聽覺聾了，視覺瞎了，唯一的感覺是，有幾架超級巨大的飛行物在星球中肆意掠過；

沒有了天上與人間，有的只是，一種靈魂的感覺。

七顆星已經萎縮成七個微點，它們正開始呈幾何似的爆炸。

這樣的運動總共進行了五百年。

第三部　美麗的「地獄」　　　　（只是一部艱難的史詩）

●

第十三章：七顆星和上帝花苑（搭建完畢）

一

　　舊宇宙經過了整整五百年的大爆炸，一個無比浩瀚的大宇宙就這樣毀滅殆盡。一片粉末，一片塵埃，可它依然在慣性下持續，一切都不存在了，唯一存在的只是二十一架可依分星球的宇宙飛行機。它們在虛幻的舊宇宙中飄來蕩去。舊的宇宙落幕了，帶著模糊不清的記憶，它跟所有的一切同歸於盡，這也包括了七個光束圈。

　　這個時候，一切的一切彷彿已經消停，唯有七點細微點開始登場了，它們就是七顆星。

　　曾記得，斯可達的科學家對這七個星有過這樣的編排：（按距離最近的一顆算起）稱一號星為：滋生星；二號星為：廣褒星；三號星為：冰天星；四號星為：天柱星；五號星為：歸去星；六號星為：天穹星；七號星為：光流星。

　　七顆星先向天堂世界退去，隨後又向舊宇宙突飛猛進，這樣的姿態，它們進行了兩次，直到宇宙的大爆炸開始時，它們已經變成了七個細微的點。

　　舊宇宙已經黑暗無比，且又混沌不清，而天堂世界也呈現出一種清澈中的暗淡，此時，這七個微點依然存在於它們之間，似乎在靜觀其變。

　　那可是一個混淆凌亂的時期，說是經歷了五百年的過程，但它似乎

美麗的地獄

478

沒有時間的論定。

七顆星中的天柱星，它是它們中退往天堂世界最深的一顆星，它也是七顆星中率先在被壓縮後恢復能量的一顆，就是它，正第一個煥發出超過大爆炸的力量，開始呈幾何似的爆炸開來。

爆炸呈現出這樣的情景：亮點開裂成火花，火花綻放出數不清的點，這些點又連續不斷的再次炸裂，這樣的連續不斷後，直到以星星的本身成千百倍的規模，而不休止的爆裂。那種超級規模的火花從不熄滅，它們向著舊宇宙的黑暗區域快速穿行。當穿行到強弩之末時，最終的無窮點也爆裂開來，最後，在超級廣褒的區域中，出現了無限度肆虐的爆炸運動。

這種運動在塵埃的作用下，讓無比浩瀚的廢墟中有了光明，在構建新宇宙中起著牽線搭橋，也留下了所需的無比能量。

在沒有時間可證下，天柱星的背後，出現了十四顆億倍於它的「古老星球」，這些「古老星球」在天堂世界的邊緣移動出來，它們將光明擴大至更大的區域，並將光明盡可能的觸入舊宇宙的黑暗之中。

另外的六顆星在天柱量開始運動後不久也開始了自己使命似的運動，它們有著相同的姿態，卻有著不同的任務。

現在最接近天柱星的是六號天穹星，它的火花時不時跟天柱星火花所產生的光流交融一起，經這樣的奇妙結合，使大片大片的區域裡形成了一個又一個天輪，天輪在其他五顆星火花的加入下，它們變得令人難以置信的超大膨脹，天輪是越來越大，在膨脹得到一定的限度時，所有的天輪便開始旋轉起來，大天輪逐漸成了大火輪。之後，大天輪一邊吞噬著舊宇宙的塵埃，一邊宛如生產的機器一樣，一個個小火輪從他們的身體上掉了下來，而小火輪跟大火輪的工作狀態是一樣的，它們邊吞噬邊生產，讓幾何似的現象到處泛濫，這好像把舊宇宙的一半空間當成了表演的場所。

大小火輪在無限制速度下繼續旋轉，在又一次無時間的可證下，一個龐大的三色星系，已經在一定的空間中形成。

所謂的三色星系，它們確實有三種顏色，在白色的中央外包裹著血紅色，最外層是紫色的，這三色星系，它們已經把舊宇宙的部分黑暗區域，照出了一個沒有黑夜的通亮通亮長空。在光明下，火輪們還在玩吞噬和生產的遊戲，有時它們相互也會合二為一，並也會一分為二。

在這種周而復始的運動演變到了另一個階段時，火輪們忽然開始奔跑起來，它們在無限的空間中開闢著新的天地。

到了新址的火輪是越發不能本份，它們開始吞噬空間中的一切物質，直到它們全部成了空間中的大胖兒。

六號天穹星的火花已經停止在天柱星周邊爆裂，而天柱星依然在進行新宇宙的創建運動，這時的火花綻放，已經佔據著舊宇宙的一半面積。

真不知道怎麼正確的形容，說天堂世界懷孕了？還是說新宇宙有了簡單的輪廓？

各種磁性物質在流淌中出現了一個個星球的影子。

三色星系被誤解了，它們在成形後不久也貪吃起來，它們吞食舊宇宙的塵埃，也時不時吐出來，聽了一番的介紹後，也一點搞不明白它們的作用為何，天堂人說，它們是在疏通新宇宙的交通（軌道），還說，這是天堂世界的高科技。

造物主可能最喜歡光流。

這是純粹的光流系，並不帶絲毫的霧流，純淨的光流系在火花的爆裂中產生，它可以無限無界的到處流，在彌漫中，它可以托起任何星球，它是宇宙的主流，也會為兆億的星球人類帶去他們認為的時間。不是說時間是虛擬的嗎？它怎麼可能由天堂特意創造？是的，一個永久又虛擬的時間，它就是天堂和宇宙分隔的標竿，當時間在人類世界上結束了，那麼，宇宙的人類和天地萬物也就終結了。

光流系有了，看上去是極度的虛擬，一片虛無飄渺的景象就如一個夢，一切都是透明的，一切又笨拙的掛在虛幻中，它們只有一個區別，黑暗與光明。

一本超級偉大的巨作已經起草完畢，一張最偉大的畫卷也已經有了一些筆墨。

天柱星的火花又跟七號光流星的火花交融一起，兩種火花運動自然會產生激烈的齊爆，光流系有了更加精密的濃度，一些光流系邊緣的透明影子中已經出現了山岳和沙洲。

在這兩星火花的「折騰」下，大批大批的星球形成了，地表地層；大陸平原；群山大海；江河湖泊；資源將永永遠遠的可以供用。

天柱星從第一次爆裂火花到現在，它經歷了無數次的獨立又呈幾何的爆炸，它造就了新宇宙樣板所需的能量。之後與天穹星的火花配合，又將新宇宙豎起一個小樣板，軌道網、黑洞、恆星、行星、宇宙流界……，從透明到實體，從虛無到真實，這樣的創造不是一次，而是七次，但是，可別誤會了，宇宙就是宇宙！它沒有平行宇宙之說。

雖說沒有平行宇宙，但當時，宇宙的雛形中卻有七個小樣板。

自從六號天穹星爆出火花以來，除了小部分和天柱星一起創造光流世界以外，它在爆裂到一定程度時，便主要去圍繞十四顆「古老星球」，它們似乎在不經意中創造了巨大的推動力，也創造了難以想像的引力。就這樣，十四顆「古老星球」已經被推到了舊宇宙的粉末世界裡。

進到舊宇宙的十四顆「古老星球」，它們顯得柔軟又富彈性，它們蠕蚰扭動的著，變幻出來多種身形。

美麗的地獄

火花激烈的綻放，到這時變成了具有攻擊性的武器，它像數不清的火箭一樣，把十四顆「古老星球」刺成了渾身是孔的大網。

一顆「古老星球」破了，接著十四顆「古老星球」都破了。這時的它們，已經千瘡百孔，在百孔上正流淌著乳白色的膠液，它們拖著膠液體，開始向整個舊宇宙的空間中一路狂奔，它們把這乳白色的膠液都灑在了那裡。

這就是智慧人類的軀體皮囊的種子，凡有這些種子的星球，那遲早都是一個人類星球。

這個過程持續了很久，幾乎是在十四顆「古老星球」已經流乾了精華，並木訥呆滯的掛在天際時，才告結束。

天穹星在完成了第二個任務時，從天堂世界前沿又出現了一個碩大的「星球」，它呈粉紅色，色質也十分鮮艷。說它是星球，但怎麼看它都不圓，一部像齒輪，一部又是橢圓形。它在出來的地方已經等了很久了，它可正像一名等候在舞台邊準備上台的角兒。

它一直看著新宇宙依然的殘缺不全，當它登台後，便時不時一亮一亮的前進，它在跟天穹星相會時，首先是黏著了，三萬年的莫名又神詭鬼異後，突然爆裂出千萬條火焰線，這像火焰線在舊宇宙的空間中極速穿行，最後，千萬火焰線都到達了一點上，隨即就轟然炸開。

「這是在創造什麼？」本作者忍不住問。

「這是在創造『特別』黑洞，用天堂人的話說：『這是『靈魂通道』」，敘述者回答說。

「靈魂是看不到，又摸不著的東西，為什麼還要為之創建通道？」作者又問。「這太重要了，太重要了，不然，創造宇宙和人類，就完全失去了意義。」敘述者這麼說，我可真的懂了。

當下認為：死亡是人類既脫下了皮囊又煙滅了靈魂；宗教說：人死如燈滅；科學界認為：人死是循環，人的靈魂去了不同的維度；我們的現代人類的感覺是：人死會投胎，輪迴轉世又回來……。

敘述者說：「人死的狀態有許多種，但還是死，（肉體）靈魂卻有兩個結果：一，繼續存活於大宇宙，並循環於宇宙；二，在靈魂通道中被捏滅，永不存在。

千萬別輕視人生的行為，也別忽略了本書的告誡，前者是您永恆的積分源，後者一定能您帶來人生的一些關鍵答案。

再回到故事中。

看來天穹星在配合建完靈魂通道後，已經沒有了能量，因為，它已經不再綻放火花，而粉紅色「星球」，雖然變得通紅，但他已出現的乾癟樣子，很像一張耄耋老人的臉，它們都比旺盛時縮小了上千倍，現在，天

穹星正在向粉紅星的最高處攀升，當它已經攀到後者的頂部，它們開始向天堂世界漸漸的撤回。

就在這似乎是落幕的時候，另六顆星可依然在舊宇宙的空間中大放異彩，火花璀璨的樣子，宛如人類在慶賀時，所釋放的煙火，特別是在十四顆「古老星球」所灑出的膠液地方。

光流系上的星球，它們率先有了植物和動物，這些生命更早的出現在人類生命之前。

天穹星和粉紅星球回來了，可它們在完成使命後，一起爆炸成了粉末，隨後，這些粉末變成了幾股青煙，這些青煙，還是向宇宙方向蔓延而去。

第一次出場的四號天柱帶著七號光流星一起，它們來到了新宇宙圖案的中央，這時，又一個綻放火花的高潮正在興起，它們起初低調的躲在角落中，但是，它們卻在一個勁的吸納火花，這看上去不經意的行為，事實上又是一種設計者們無比精湛的大作。它們這樣的吸納，使自己變成了當時最大的星體，它們不但碩大無比，並還是一樣的渾身通紅。

它們確實在燃燒，確實能融化周邊的一切。

它們開始了背道而馳，並把距離越拉越大。

這個過程，氣化了的一切成了漿液，漿液又紛紛掉落到無底的深淵。各種氣流和舊宇宙的塵埃在不斷跟它們衝撞，嶄新的磁場環境和時速通道就在深淵下形成，這是以廢變寶又順便兼為的經典，真是集智慧後的超大智慧。

隨著天柱星和光流星已經變成超級大星體時，部分新建的黑洞和透明星球，也開始在被推動下四處逃竄，新宇宙的七個樣板在顫抖，不時中，燻烤下的吼聲在發出轟然的巨響。

這兩大星體正減速了步伐，實際上，它們運動下的背道而馳已經使它們之間的距離，有了二百個星系的這寬的長度。減速下，它們顯得溫柔起來，不然，這麼笨重的身體，稍有不慎，恐怕會使新建中的一部分，**轟然倒塌**。

但是，另外四顆星才不理會這樣的風險，它們是依然火花四濺，並綻放的火花是越來越多，且又越來越大。

膨脹到無法動彈的光流星開始「出事」了，它們在自身熱量和外應火花的熱量下「破身了」，一條火龍從它的身上洩了出來，不久，已經停止不前的天柱星也發生了同樣的情況，可令人不可思議的是：兩條火龍竟然在千年後連接了起來，看上去，它像是一道架設在這麼遙遠中的一座橋樑。

光流星和天柱星都在超級燃燒下變幻著形狀，它們曾經向相反方向

走，如今，它們正步履蹣跚的向著對方移動。

在艱難的移動中，光流星率先搖動晃蕩了幾下，它像生產前的產婦，因為疼痛而在掙扎，百年中，在它巨大的身體裡，竟然產下了五個紅通通的太陽。

再看一下原來的天柱星，它產下了九個太陽。

那整個區域都在燃燒和發出血染的光芒，那火龍搭起的橋樑已經一斷為二，這一邊的斷橋，打在了天柱星的身上，它在被擊的痛苦下，身體中又掉下了一個太陽。

「眩了、暈了！聽上去可比任何科幻故事還要誇張！。這是雞下蛋嗎？」我情不止禁的輕喊道。

「這是天堂中的高科技！兩大星下的不是太陽蛋，而是太陽雞！這十五個太陽雞在未來，將裂變成了六十億個太陽。」敘述者用中文告訴我說。

這麼多的太陽，它攔在宇宙中要佔據多大的空間？它們又能養育多少個生物和生命啊！！

有了太陽，出現太陽系是便是時間問題了，要是星球系出現在某個星球上，那同樣也是時間問題了。

太陽，在宇宙中，依然只是一個重要的小物體而已，以天堂人的觀點來說，太陽並不是主宰，真正的主人是：我們這些有肉體和靈魂的人類。

太陽到什麼時候都會按部就班，它聽命於天堂，而不會有絲毫錯誤。

人類能夠創造各種地獄，還會把地獄說成天堂。

天堂與人類的思維差異比宇宙還大，兆世的時空，會讓人類最終走向天堂！

二（搭建完畢）

製造了太陽源的天柱星和光流星都累了，它們靠著僅有的動力，正顯得乾癟蒼老並飄逸跟蹌的向回飄去，在新的宇宙裡，它們在平行，逐漸的，它們走到了一起。一股股青煙緊緊的箍著它倆，又一次大爆炸出現了，天柱星和光流星同時粉身碎骨，它們也變成了一股又一股的青煙。

天柱星、天穹星、光流星都化成了青煙，這些青煙一直在新宇宙中飄著，它們有絕大部分消失在新宇宙搭建完畢時，有的甚至在宇宙搭建完畢後的九十億年後才淡然離開宇宙舞台。它們是太陽源能成為太陽的保障，也是人類眼中那些稀世珍寶的發源。

新宇宙的第一顆太陽，它在新宇宙搭建完畢後的三千萬年中才從太

陽源中裂變而成，那最小的一顆，也是最後一顆裂變成太陽的，它是在新宇宙搭建完畢的一億八千多年後才出現，它是距離天堂最近的一個太陽，它也是我們目前所見到的唯一的一個太陽。

餘下的四顆星在這之後便成了搭建新宇宙的集體主角。

是火花？還是火花！由連續不斷的高潮，又被推向更高更烈的高潮。

白色和紅色的火花已有黃色和紫色的火花所取代，它們從五百多億個星球空間中繼續擴大。

二號廣褒星打起了頭陣，在天堂的超大手筆中，它帶領著其他三顆星，還是以火花的形式將新宇宙的空間，加以創建。

火花所產生的三種氣流，正將七個樣板中的三色系重新打回一色的黑，但這種黑，看上去是十分清澈透明。一切的舊宇宙塵埃業已消失，大批大批的不同星球已經出現在新宇宙的區域。

新的太空有了，風也有了，宇宙流和太空流下，一批批的恆星在若大的空間中建成，在搭建的晚期，第一批純粹的寶貝星星有了自轉的動力，這些鑽石星、翡翠星、五彩寶石星是新宇宙第一批嶄新的星球。

已經完成的七個宇宙樣板，目前正散落在整個空間的七個點上，上帝和剩下的五位天堂護衛告訴天堂人說：這是新宇宙的主要和重要的一環，未來能進入天堂的人類就不用再向天堂衝擊！

這是宇宙通往天堂的橋樑，說是跳板也可以！但是，不要誤以為是平行宇宙，宇宙就是宇宙，沒有平行可言。

「袁先生，您應該還記得我的故事中的一些人物嗎？比如：艾華的三個女兒，美麗和小溪，他們都已經生活在宇宙樣板裡，換句話說，他們必將進入天堂。」斯可達孩子這樣對我解釋說，這使我完全明白了宇宙樣板的作用。

宇宙中沒有一步登天的事情，有的只是萬般的層層努力。

那活著，這是如此的被動，又是如此的看不到希望和意義。我們正處在文明第一期還不到的階段，要步入高級文明階段還不知道要歷經多少億年的艱難歲月。

苦難和不如意是層出不窮，可是，還有這麼大比例的人群，他們的靈魂和肉體將永久消失在宇宙的生活裡。

人生的道理和德行又與天堂有著這麼大的差異，問題的關鍵是，人類由靈魂主宰的品行，其標準又是由天堂而定。所以人類會感嘆：做人難，難做人！

在接下來的幾個月中，作者確實詢問了敘述者許多許多沒有明白的問題，可到了最後，他卻這樣對我說：「抱歉，我對於您所提的八百四十個問題不能給予回答，這是天機！其實，這麼多問題的答案，差不多都在

我講的故事裡。」

在難以形容的浩瀚空間中，雖然一大批一大批的星球已經形成，可是火花群還在毫無約束，且又看上去極危險的在星球的周邊綻放，在一個漫長的時間中，整個新宇宙開始攪拌式的滾動起來，這種滾動下的動力，似乎產生了宇宙的颶風，它讓部分星球在滾動的動力下有了自己生命長度中的正確位置，但也有部分的星球在宇宙的範圍內到處飄逸。

光流中的星球系搭建完畢了；光流和霧流的星球系搭建完畢了；三色星球系和宇宙純光流星球系也搭建完畢了；唯有太陽的星球系在整個新宇宙搭建完畢後才一一形成。

在搭建中的後期，一切的天體運動都顯得非常的枯躁乏味，這讓天堂人都覺得有太多的宇宙物質在分崩離析，而且，它們正在全面的掉下「深淵」。

這是迷惑視覺的天體運動，其實，深淵就是空間，你的深淵就是我的空間；我的深淵就是他的空間；他的深淵就是他的空間，……這才是真正的新宇宙，這才是真正的美妙循環。

終於有了這麼一天，有個聲音在上帝花苑中說：歡迎星球們來到了我們的家園！

當新宇宙的一些各式星球中已經有了天與地；已經有了大陸和海洋；已經有了江河湖泊；甚至有了植物時，新宇宙的搭建才告完畢。

生命所需的條件已經形成，風吹雨打、山呼海嘯、地動山搖也即將開始，在即將迎來人類生命的到來前，也就是新宇宙搭建完畢後，那太陽才珊珊來遲的出現了。

就在第一顆太陽出現在新宇宙的那一刻，從天堂世界中，向新宇宙飛去了七十七架「套套房」。

新宇宙的七個樣板已經淡得猶如七個影子，它們就在天堂的前沿位置上，這很像是舊宇宙人類之前所見到的七顆星。

當新的宇宙已經展示在天堂人的眼前時，上帝說：新宇宙有了一個雛形而已。

一切都有了，這還是雛形嗎？是的！當宇宙已經搭建完畢之後，整個宇宙還需要一段演繹的過程，最主要的是，它還將準備好人類的到來！

在新宇宙中央誕生的太陽源，已經裂變成了六十億個「太陽蛋」，它們在漫步之中正膨脹著，這是一個「自然」演變的過程期。當它們成為真正的太陽後，一些星球才會停止漂流，並圍繞著它，成為太陽系。

每一個至十個太陽系的間隙之間必有一個超級龐大的黑洞，正如一個太陽必然會有三個至一百五十五個衛星一樣。

太陽系中的一切空間中，它必須還有一樣最重要的東西——陽流，

正如在光流星球系中必有光流一樣，幾項特殊的氣流總和，天堂人稱之它們為宇宙流。

宇宙流就是人類所稱的：天，無論是空氣和光流，或是霧流、氣流、色流之類的，它們不但是人類生命呼吸的源泉，還是承載靈魂的輸送帶。

用最明白的話來說，宇宙流給人類帶來了靈魂，也將人死的靈魂送去該去的地方，這是天堂對宇宙人類靈魂的處理運輸工具。

在宇宙流已經布滿整個新宇宙時，一號滋生星、二號廣褒星、三號冰天星和五號歸去星便發出山洪似的火花，這是它們最後的噴放，也是它們沿著天理順著天道的搭建運動的落幕。

這四顆星，它們沒有像前三顆那樣變成青煙，而是完整的退到了天堂世界的深處，從天堂抬頭看，也只有四顆星。

一場新宇宙開天闢地的運動才正式開始，它過程將至少呈現百億年，或許它將成為永恆！

按上帝和天堂人的心願來說，他們希望是永恆，因為，他們希望，新的宇宙在創造下形成，在永恆中存在下變成自然的永恆，這樣就不用再創造又一個宇宙。

曾經在夢遊中的荒蕪已不再繼續，各種星球正按部就班的行走，你跟著我，我跟著他，他再跟著他又他。

循環開始了。風起了，雨下了，電閃雷鳴出現了；水流了，浪打著，冰天雪地封固了；光照下，樹長了，花兒盛開了；地動了，山搖著，乾坤挪移也只是一些轟隆的響聲。

光與霧淌著溫柔的光，光淡時，有的就是心曠神怡的白天；霧濃時，靜靜的夜空中有了繁星燦燦，一天，一季，一年，它們在等待智能生命的辨識。

我們既有太陽，又有月亮，一天，一月，季節和年，早已在等待我們，……。

山水都有，設計者們為人類準備好了一切，應該因有盡有。

黑黏著灰，灰貼著光，它們相隔又相融，高貴的三色星球系，它們美麗的出奇，但處在天堂的遙遠距離中。

黑玉般的山，翡翠般的水，遍地的鑽石。棕色的樹，白色的葉，紅白相間的鳥，金色的魚，吐著潔白的泡沫，這是在哪裡？這是在新宇宙中的光流星球系中。

搭建完畢五千萬年後，七十七架「套套房」也到達了嶄新的宇宙，上面有上帝本人，還有剩下的五位天堂護衛，跟隨來的天堂人和入了天堂的人們有一千萬之眾，他們在一千年的飛行中，把天兆的人類靈魂種子灑向了新宇宙。

美麗的地獄

一個超偉大的靈魂養殖場，一個包羅萬象的人類大考場，正開啓了它的運作。

「宇宙究竟有多大？」作者問。

「一，天堂是無邊無際無界的，宇宙比不了；二，宇宙的龐大是人類難以想像的，用人類的數據和時間去計算是不合適的，因為宇宙從來不會停止變化；三，我只想告訴袁先生，大宇宙在上帝和天堂人的心中，就是一個拳頭。」敘述者這麼樂呵呵的回答，可要我去瑕想一輩子，當時，我呆呆的看著他，但大腦已經開始了搜索。

「袁先生，得對你說，對不起！我沒有說明白，也不能對您說明白！不用想的太多，只要記住一個拳頭的三個關節點：松、放、展。忘記它的一個功能：緊握！無論個人、家庭、國家。在緊握到一定的程度時，都是危險的。」他的提示性補充，這才使我恍然醒悟。

「斯可達，好像有點道理。那緊握的危險，會達到什麼程度？」我有點多嘴，不禁又問。

「害人害己害家庭，國亡民衰，甚至被毀滅。」他幾乎沒加思考就這麼說。

「哈哈，看來，今天我們的交流到此為止吧，我只想提最後一個問題，從舊宇宙的大爆炸，到新宇宙搭建完畢，這總共用了多少年？」

「毀滅舊宇宙的大爆炸經過了五百年，新宇宙的搭建是一百萬年，總共是一百萬零五百年。」

三

時間退回到一百萬零五百年前。

「套套房」在玲瓏飛艇的兩翼正以相夾的姿態向它靠攏，它們的白光彷彿把玲瓏飛艇緊箍在一片黑暗的點上。飛艇中的所有武器已經飛向了目標，可是這些武器在發射出去的三五秒後，便突然軟弱無力的掉下了深淵，這太像飛禽突然猝死一樣。

原十二城的「保衛者一號」想幾次脫離「斯可達俱樂部」部分，但是幾次都達不到這一目的，這時的統帥部知道了，眼下的玲瓏飛艇已經失去大部分的系統功能。

玲瓏飛艇還在掙扎中向「套套房」衝擊，接著它又忽然難以動彈似的被釘死在那片太空一般。

八千零五十萬斯可達人幾乎都躲進了艙內，他們在萬分恐懼下，不斷的顫抖，唯有統帥艙內的幾位還在作最後的努力。

「套套房」開始拉長身體，它快速靠近玲瓏飛艇時，已經不再射光

了，恰逢這一刻，玲瓏飛艇算是有了一次了不起的反擊，在武器系統已沒有作用的情況下，從它的七十二個部位中同時向「套套房」射去了濃濃的玄光，緊接著，玄光在到達目標的瞬間，爆出了巨大的火團，頓時，從「套套房」的外殼中響起了劈啪的聲響，紫光激起的光刀直接劈向了「套套房」，已經無法躲閃的「套套房」出現了趔趄向後的姿勢，這一打擊下的震動，把「套套房」彈出了一個光距之外。

各種系統好像重新暢通了，十二城部分竪立起來，它伸出了兩個巨爪，只轟隆一聲響，十二城部分跟二十五城部分已經成功脫離，這時的前者正如獵豹上樹一般，它靈巧的升至一定的高度，而後者則極速的平飛，它已經佔據著太空上有利的位置。

在可拉松統帥的命令下，由艾理希帶領的人員早已撤去了「斯可達俱樂部」部，現在在護衛部分也只剩下了三百多人。

趁著逆反而得到的時間，可拉松通過三種粒子糾纏通訊給艾華他們，以及全體斯可達留下了告別的話，跟著，他鐵青著臉，緊咬著牙，在艇上的指揮中心，沉著的應付著那無比強大的對手。他曾經被艾娃在大挑戰中的氣魄和智慧所感染，現在已輪到了他自己了，而且他所承受的挑戰一點不比艾娃的輕，且對手又絕不在跟自己一個等級上。

可拉松明白的知道，他所率領的玲瓏飛艇絕不可能從「套套房」的眼皮低下衝進天堂，他的策略早已明確，要將十二城攻擊護衛部去纏住「套套房」，這樣，二十五城部才有一點點機會。

果然，「套套房」被彈蹦出去後又飛了回來，它在明顯作了調整後，由擋在前方改變成了伴飛的姿態。三個時光後，它突發神力，只瞬時之間，它已經在玲瓏飛艇的側邊，以極快的速度旋轉起來。這種旋轉的速度，宛如產生出黑洞一般的動力，它使十二城的護衛部也轉個不停。

兩個對手在各自旋轉中方顯示出各自的強大，「保衛者一號」在旋轉中不斷發射武器，可惜由於旋轉中所出現的動力攔磁，使「套套房」沒有承受致命的打擊。而旋轉中的「套套房」卻越來越顯得龐大，到了它的身軀有之前的百倍時，突然之下，它就縈上來，把「保衛者一號」部，全部吞進了體內。

二十五城部正與另一架「套套房」在作殊死的搏鬥，由於它們之間的距離太近，加上都有一個超級龐大的身軀，在這種戰鬥中，它們已經有過兩次的直接碰撞。「斯可達俱樂部」正把速度增加到了極致，當它與「套套房」之間產生了一定的距離後，它便向「套套房」猛烈的開火。

比雨點還密的火力點使「套套房」看上去渾身都是點點滴滴的傷口，有一處出現了十米大的洞。

遭此攻擊，「套套房」即刻隱身不見了，而二十五城部正昂首闊步

的加速奔去。

那個吞進十二城的「套套房」內，由於巨大的衝擊波，這使十二城掀起了巨大的爆炸，這個爆炸已將十二城中所有系統陷入了癱瘓，其中有幾座城的面積也已碾過了另外幾座城的面積，在撞衝碾壓後，這裡至少有幾座城的面積成了滿目瘡痍的廢墟。

可拉松在意外的安然無恙後，從地上爬了起來，他經過一分鐘的呼喊後知道，這裡的通訊已經全部報廢，他盡力鎮定了一下自己，隨後，跋腿奔了出去。

又一次巨大的爆炸來臨了，這震撼的衝擊波將他衝到了一個大柱上，他被撞昏了過去。

起初不知道過了有多久，當可拉松醒來時，他一看大柱上的計時器，不禁肝火直冒，他生氣的是，發生在可依分人身上的「鬼故事」竟然發生在他的身上，真是時間扭曲使他昏厥了六年之久。

可拉松不去理會這一切，他開始拼命的往前跑，他的心中只想弄明白，那二十五城部分的情況。

這成了一個不設距離的天中球比賽，他就這麼使盡全力的在奔跑，跑不動了，稍停歇口氣接著再跑，就這樣，他跑過了廢墟，跑過了幾座城市，當他在認出了一些玲瓏飛艇上的標誌物時，他停了下來。

糟糕，二十五城怎麼會也被吞進了同一個「套套房。」可拉松根據場景他判斷著，但又不信這個事實。

這是一個無人區域，可拉松很想找到人來詢問情況，或者是找到一對科技鞋，能讓他最快的找到親人們。這兩個目的他都沒有達到，於是，他也只能繼續的奔跑。

已經三十天過去了，這樣的機械運動，已使他的意識模糊起來，他彷彿真的在參加一場天中球的比賽，而且耳邊正出現了艾華的叫聲：可拉松快傳球，可拉松快傳球！

又跑了一天才見到一些滿臉疑惑的斯可達人，經過打聽，他在第二天找到了母親可松麗和前主政可拉。

他被兩個親人緊緊抱住了，他們彼此間有半天說不出一句話。

「你還好？」可拉先開了口。

「我的好孩子，你怎麼才來？」可松麗流著眼淚問。

「先看看牆壁上的屏幕吧！」可拉提醒說。

可拉松一眼望去，只見屏幕中出現這樣的情景：有數不盡的斯可達人正手挽著手，高唱著：「啊！斯可達」歌曲，景頭轉向了另一景：「斯可達倖存者」已經蹦成了五十架威風凜凜的飛行物……，有數不清的「人雨」正灑向宇宙的深淵……，有約十架超級「套套房」正穿行在那個區

域，……屏幕變成了空白。

「您們千萬別移動，我去找吶姑娘和我們的女兒，然後我會帶她們一起跟您們團聚。」可拉松這樣對母親和可拉說後便奔了出去。

可拉松一出母親的住處，迎面就見到許多許多正在尋找親人和朋友的人們，他們見到了可拉松統帥後便圍了上來。

「可統帥，我們發現了有非常多的人失蹤了。」一位斯可達人反應說，有許多人跟這位有同樣的說法。

可拉松讓所有的人檢查了自己的信息通訊，可是，一切的通訊已經中斷，不過，科技鞋還能使用，於是，可拉松借了一雙科技鞋，他去尋找自己的愛人與女兒。

米米里達姑娘們所居住的區域，它本不在艾華的設計中，後來由於事態的發展，艾娃在整個設計中加上了這個區域。這個區域是整個玲瓏飛艇中最豪華的區域，除此之外，這兒還按照外星人的飲食特點，特意建造了各式不同的廚房。這個區域除了居住四十位米米里達姑娘和她們的伴侶與她們的孩子們；再有的是十六位啊星球公主和她們的孩子與伴侶；還有僅有的九位可依分人；當然，還有二百零七個可愛的大頭人。總之，這是一個可謂外星人的區域。

現在，所有的人都不見了，就是從戰鬥歸來的全部啊星球人也不見了。

可拉松開始讓大家去尋找自己的親人，凡失蹤的就登記下來，按不同的區域進行登記記錄，把失蹤的人數作一個正確的統計。

在二十天內，失蹤的統計數字出來了，這是一個奇怪的數字，正好三千萬！這也無疑證明了一點，這是一種故意為之。

可拉松跟斯可達人一起憤怒了，嚮往天堂，熱愛上帝的虔誠業已變成了一股股噴發的口頭怒火，這不惜生命和艱難，換來了失去親人的痛苦，難道，因為人類是由您們創造，而就應該遭受苦難嗎？

所有遇到的斯可達人都聚在了一起，在他們的心中，滿是破碎的斯可達，山脈、大海、江河湖海都倒掛在頭頂上，而天空卻被踩在了腳底下……。

聚集的斯可達人，他們讓痛苦麻痺了一般，不久，他們便群體失去了知覺。

有人把可拉松從第二次昏厥中推醒，這一次據說又發生了大事！

斯可達人又失蹤了整整三千萬！其中還包括母親可松麗和可拉。

統帥？肩負了艾華和艾娃的信任和重託，可是……。看來，一切都是誤會，要到達的天堂只屬於傳說，不想去的地獄，快要到來！

可拉松反覆思考起來，他一直在想：如果目前的統帥是艾華和艾娃，

他們在面對這種悲劇時會怎麼處理？

想來想去竟想出來一個孩子玩家家的辦法。

他讓每個人一手去挽住他人，一手握著射針槍，這樣一千人排成一隊，現在還有兩千零五十萬人，共可以列成二千零五十隊伍，現在開始向一個方向前進，一旦發現有上下的通道，就向上湧。

隊伍在幾天的嘈雜聲中排好了，這是一個望不到頭的人牆，他們起步時就唱起了歌曲：「啊！斯可達」，在玲瓏飛艇那寬闊的甲板上，這道道人牆，顯示了斯可達人都是英雄漢和巾幗女性，他們的無畏，已經把任何的恐懼拋得無影無蹤。

還想殺戮和毀滅嗎？斯可達人可以主動親赴刑場！失蹤？在這種氣勢下是顯得如此的卑微和齷齪！心靈的痛苦，會在悲壯的氣慨，變成一種可以噴射出去的力量！你們允有宇宙沒有的一切神奇，我們只有手中的射針槍！

經歷過「人智」大戰，經歷過滅國大戰，天堂人啊，如果你也是人的話，那我們就來面對面的一爭高下。

隊伍向一個方向行進了十九天，前面的人們和可拉松已經看到了通向上面的通道。

可拉松莊嚴的宣告，向上的衝擊行動就要開始，並讓前排向後排一直傳下去。

不知過了多久，最後排才把作好準備這句話傳到了前面，也就在這一刻，整個環境中出現了無數個屏幕，在人們的耳邊響起了這樣的斯可達話：尊敬的斯可達朋友，請大家不用誤會，你們可以前去附近的房間觀看屏幕，也可以站在原地！

「大家別動，就站在原地！」可拉松向後面大聲喊道。

屏幕打開了，一位男士出現在屏幕中。

「歡迎善良勇敢的斯可達朋友！我是天堂中的高維人，我的名字叫蓬比塔。祝賀你們已經成功的到達了天堂世界的境內，從現在起，由我帶領你們前往天堂的心臟——上帝花苑。

擱置你們的滿腹疑惑，讓痛苦煙消雲散。你們的六千萬親人已經先一步去往了超美麗的上帝花苑。」這個叫蓬比塔的男人說著，他向大家露出了仁慈的笑容。

聽說親人們都安全，並去了天堂中的上帝花苑，這一下，無論信與不信，這使人們的心理有了大大的改善，這時的斯可達人開始議論紛紛，他們大家都在說：這位蓬比塔真非常像躺在靈魂工廠的帝王人，但明顯的是，蓬比塔並沒有帝王人那麼高大。

高維人蓬比塔所講的斯可達標準音，聽上去有點像艾華的講話，這

短短的歡迎詞，在人們的議論之後，發生了另一個效果，大多數的人們確實開始消去了一些疑慮，他們也開始信任這個長相普通的人，既然親人們還安全的存在，天堂要以他們的方式，讓斯可達人分批前往的行為也屬可以理解的，當然，在花朵綻放在嚴寒時，斯可達人是不會懂的，天堂正以他們的智慧和科技，對每一個人類作了分類，這因為，在未來的永恆歲月中，他們都必須時時刻刻的幸福，並超越想像。

過了很久的時間，屏幕中出現了一幅奇怪的圖案，說它奇怪，這是因為，這幅圖案看起來好像是一幅地圖，但它又是在移動的變化之中。好在圖案中有斯可達的文字標注，標注上寫的是：天堂世界的指南。

那位蓬比塔在不見一段時間後，重新出現在屏幕上。

「這是人類所稱的地圖，由於它始終在變化中，所以得有一些視覺角度去看它。天堂中都是你們陌生的，你們需要慢慢地去熟悉它。這張地圖主要是上帝花苑。」蓬比塔告訴大家說。

「蓬比塔先生，上帝花苑的面積有多大？」有斯可達人問。

「上帝花苑的面積，大致與宇宙相仿。」蓬比塔答道。

「哪整個天堂世界有多大？」心情變好的可拉松問。

「大到無際無限無界，必要時，上帝花苑也一樣。」蓬比塔又答道。

這樣的簡單回答，不知道為什麼，它能愉悅斯可達人的心房。

四

「套套房」已經在天堂世界的區域中，向上帝花苑飛行了二十一年，這時的斯可達人從屏幕上看到，又有十四架「套套房」也即將飛入天堂世界，當那十四架「套套房」也平穩的飛入天堂世界時，人們再次在屏幕上見到了久違的蓬比塔。

在蓬比塔向大家含笑問候後，屏幕上出現了八位尊容，至此，蓬比塔以畫外音向大家介紹了這八位偉大的人物：

「第一位是我們的上帝：多麗多茜麗；

下面是七位天堂世界的護衛者，在天堂世界裡，我們把他們稱作為：宇宙上帝。

第一位天堂護衛者是：瑪拉蒂瑪；第二位天堂護衛者是：中堅利伯希華；第三位天堂護衛者是：馬那利各明；第四位天堂護衛者是：比默蓬列維；第五位天堂護衛者是：希米；第六位天堂護衛者是：宙；第七位天堂護衛者是：波絲里米；」當蓬比塔介紹完畢時，斯可達人群便變成了一片歡騰的海洋。

在屏幕上轉回蓬比塔的笑容時，他繼續對大家說：「我知道你們大

美麗的地獄

家在歡呼什麼，我也知道你們大家正有大堆的問題要詢問我，請保持耐性，讓我先講一下天堂世界的一些簡單信息。根據上帝的旨意，我向大家介紹關於天堂世界的四項信息和一個注意事項。這四項信息是：大海、山岳、平原和植物，這些才是真正的自然。

先講一下要注意的事項，在宇宙人類中，任何的生活和行為都離不開大量的時間數據和距離數據，以後，你們都會掌握天兆海量般的數據運算，但敬請大家記住，在交流談話中，要漸漸習慣於不講數字，別問為什麼，通過自己去感悟。

接下來，在我介紹完那四項信息後，你們可以向我提問所有的問題，我知道，宇宙人類最喜歡提問題，但我聲明一下，我不回答同一個問題所生出來的刨根問底。」

蓬比塔說到這，他向大家會心的一笑，這一下可把斯可達人樂得哄笑起來。

屏幕上出現了一片銀色的畫面，蓬比塔又在畫外音中講解起來。

「這是上帝花苑中的大海，在天堂世界裡，所有的大海也是這個模樣。

只要人們勇敢的跨出第一步，未來，你們就可以在大海上行走，並任意飛翔。」

這是大海？從屏幕上看，它像是一面有框的鏡子，那兒看不到波浪，平靜下，連水紋都沒有。

能行走在大海上，又能在大海上飛翔，這豈不是成了神仙，如果確實能這樣，那天堂還真的是令人嚮往的地方！

屏幕上的畫面已經變成了山岳。大部分的山，都見不到峰頂，那裡的峰頂都插入到了雲彩之上。天堂世界中的山都是五彩繽紛的漂亮，它們很像在斯可達節日裡，那飄揚在各個城市中的彩旗。畫外音中，蓬比塔這樣說：「你們可以輕鬆的攀上峰頂，遙望上帝花苑的旖麗風光，必要時，可以看到宇宙的每個地方。」

這樣的高度能輕易攀登？能見到上帝花苑的風光？還說能看到宇宙每一個地方，這讓擁有五期文明的人類也難以想像。或許這就是神仙們所擁有的神力，或許只有神仙才必須擁有的這種能力。

第三個畫面切到了屏幕上，那是一片廣闊無垠的大地平原，看上去空空蕩蕩的樣子，在移動的畫面上，沒有城市，沒有交通，更沒有市井的繁榮景象，它跟前兩個畫面相比，無疑形成了超級巨大的反差，而畫外音中卻是這樣說的：「你們每個人，都將擁有這麼一片遼闊的平原，這也是你們不受任何限制的生活居住區域。」

地方可真夠大啊！可怎麼居住？那兒荒涼到空無一物，且又寸草不

長，那兒應該連動物都不會去選擇它！是不是要讓斯可達人類去開拓、去墾荒？永恆的生命是不是要去做永恆的勞作？

居住，卻沒有房，要安家，難道就在那裡的荒蕪下，天堂的童話真是另類，是不是還要把天空當成被子，大地當成床。

這一下，斯可達人要即將成為神仙的心態，已經掉進了原始人類的程度。

屏幕上出現了第四個移動畫面：植物區域。

這是一片美不勝收的色彩海洋，那些花樹的顏色，可以說是顛覆了人類的認知。金色的樹幹，鮮翠的樹枝，粉色的葉子，五彩的花朵和果實，這才是幻想中的天堂。

蓬比塔是這樣介紹畫面內容的：「那是你們真正成為天堂人的主要地方，我指的是靈魂。你們到達以後，生命就將成為永恆，這些植物區域和其他地方一樣，它們在自然中，修復你們的靈魂。」

到了這個簡單介紹完了時，斯可達人卻沒有了多大的反應，總之，天堂的情景中，實在是隱含著無窮無盡的信息量，而且，這麼大的信息量裡又能產生無可估量的變化。

宇宙人類需要的是在認知上的學習與改變，在可能一億年的感染後，才能讓人類有個徹底的變化。

從某種意義上而言，天堂可真不是人類所想像的那樣。

當四個畫面全部結束後，蓬比塔以一種特別的笑容對著斯可達人說道：「現在你們可以提出問題了。」

斯可達人的提問開始了。

斯可達人問：「上帝花苑的大海，在我看來，那只是用透明材料製成的虛擬一景，蓬比塔先生，您確定，這大海中有水，您也確定，只要我們勇敢的跨出第一步，那我們便可以行走大海和飛翔在大海之上？」

蓬比塔回答說：「是的，我完全確定我所說的情況會必然出現。大海當然會有水和浪，它真實跟宇宙上的大海沒有本質上的差別，我在此保證，只要勇敢的第一步，你們一定會如願以償。天堂人可不會掉入自己的大海中。」

斯可達人問：「那高聳入雲的山峰又怎麼可以輕鬆攀上去？在上面，真能看到上帝花苑全景和看到宇宙每個地方嗎？」

蓬比塔答道：「我相信你們的智慧會輕易的攀上峰頂，你們只要站在峰頂上，想怎麼看上帝花苑和宇宙的每一個地方，到時，你們自然會明白的。」

斯可達人問：「我覺得您在引導我們的提問，我來詢問另一個問題。那看上去廣闊無垠的平原，您說是我們生活和居住的地方，請問，如此荒

無人煙的地方怎麼居住和生活？是讓我們去開拓墾荒？還是讓我們去建屋蓋房？如果讓我們回到文明的原點，對不起，我們寧可待在斯可達的玲瓏飛艇上。」

蓬比塔大笑了一下，然後答道：「我不會引導你們的話題，你們都是宇宙中最優秀的人類，關於你所說的荒涼地方，其實是你們難以想像的好地方，只要你們動一下嘴，無論什麼語言，那結果是，你們想要的一切都會有，我向你們保證，你們之後的體驗，會充分證明我的話。

過海、攀升、遙望和生活，這不包括一個神仙所俱備的神力，那些只是天堂中萬千高科技的中幾項小科技。」

斯可達人再次歡騰起來，他們是驚喜交加，他們驚的是，天堂中也有科技一說，且這些科技又是令人捉摸不透和難以想像，喜的是，斯可達可真有機會成為神仙，而且他們會凌駕於這些科技之上。

又有斯可達人問：「我是艾娃的學生，也曾是可統帥的學生，我雖然想像不出，以上的畫面，會得出您所保證的結果。但我信您，現在我想提的問題是：都說上帝是萬能的，既然這樣，哪何必還需要科技？」

蓬比塔幾乎是立刻回答了他的問題，「偉大的神力，起源於正確科技的源點，就神仙的能力而言，科技是原始階段，神仙能力是高級階段，而上帝和護衛者們是頂級階段。」

又一位斯可達人，直對著蓬比塔問：

「恕我無知，我覺得您很像我們所能見到的帝王人，您能告訴我，您跟帝王人的關係嗎？」

「哈哈，謝謝你這位朋友的提問，說我們之間有關係，那你們所稱的帝王人只是模擬了我們高維人的形象，說我們之間沒有關係，可你們所稱的帝王人跟我們高維人一樣，我們都是在宇宙中執行我們的任務和使命。」蓬比塔輕鬆坦直的話，使那位艾娃的學生，肅然起敬的在屏幕站了起來，他向屏幕中的蓬比塔行了一個斯可達敬禮。

又有斯可達人問：「上帝和天堂創造了宇宙，哪他們為什麼不一下子創造出一個永生的人類？」

「我知道，宇宙的高級文明人類最關心這樣的問題，這是一個好問題，我坦率的回答你吧。創造一類永恆的生命，這當然沒有問題，問題在於，那只是一具永恆的肉體皮囊，上帝和天堂所需的是能與他們一樣同等的靈魂，而這樣的靈魂是製造不出來的，不然的話，上帝和天堂人跟宇宙人類就沒有了區別。」蓬比塔說到這停頓了一下，趁著這一停頓，一直認真關切，但並不提問的可拉松插了上來，他說：「蓬比塔先生，我可以這樣理解嗎？上帝、護衛者們都無所無能，但唯一的是：他們創造不出跟天堂人一樣的完美靈魂。」

「謝謝可拉松朋友，是的，你理解的非常正確。」蓬比塔馬上接上來說。

「那麼，上帝和天堂的終極目標就很明確了，是嗎？」可拉松也連著蓬比塔的話說。

「是的，這是每一個天堂人都知道的終極目標，我們，現在還有你們，那將一起去不斷努力。」蓬比塔說。

「一個永恆的生命，存在於一個偉大的終極目標下，才是真正的有意義，蓬比塔先生，這一天會來到的！」可拉松堅信的說。

「是啊，這一天必將到來！創造新宇宙是個多大的奇蹟，真的希望不要再造了，一個最最偉大的終極目標就在新宇宙消失前就能達到。由此，天堂對宇宙就有一個不可抗拒的標準，沒用的一定得被毀滅，有用的，每一個都得留下來。」蓬比塔以最肯定的口氣說。

又有一位斯可達女性轉了話題問：「蓬比塔先生，您能簡單的講講有關自由、愛情和生育的問題嗎？」

蓬比塔立刻答道：「天堂是一個純陽流的無極世界，我們這裡沒有宇宙人類的一切卑劣本質，實在的說，帶著肉身，穿上皮囊到達天堂的宇宙人類只在宇宙毀滅之前才出現，以往都是經過千錘百鍊的最優質的靈魂。關於自由，在此一定是超越任何宇宙區域境界的，那天堂人的愛情更是不受任何限規的，愛與被愛，是異性中每一位的最主要的權力，愛情可以發生在任何人的身上，包括上帝本人和護衛者們。致於生育，上帝對子民們說：希望你們沒有限規而多多生養。但天堂是無窮的大，可人口不到斯可達的十倍，這原因是，跟我們的終極目標相關，我們都希望一個無需修復的純天然孩子，這當然指的是靈魂，這就像上帝的兒子瑪拉蒂瑪和另外六位護衛者那樣。」

一聽到瑪拉蒂瑪這個名字，斯可達的人們就想起了之前屏幕上所出現的形象，現在，他們又聽說他是上帝的兒子，於是，屏幕外的人群便開始又紛紛議論起來，原本有序的問答出現了一點混亂。

此刻的蓬比塔已轉過身去，他正朝著一方眺望，整整三分鐘後，他才轉回身來。

「親愛的朋友們，受上帝的囑託，我告訴大家：第一位護衛者瑪拉蒂瑪和第七位護衛者波絲里米，他們確實是你們斯可達星球的主政：艾華和艾娃。

這一宣布可使斯可達人炸開了，人們紛紛離開了屏幕，他們又自告奮勇的聚集在一起，並又唱起了：啊！斯可達。

他們已經不想提出問題了？不，恰恰相反，他們不知道還有多少問題要問，可是，這些宇宙人類在特殊的情緒下已經不能自控，他們以這樣

的方式行為來表達他們內心中的抗議，抗議天堂對他們主政的不公平。

這是飛行中出現的僵局，當然，這是上帝預料中的事情。

在這事發生之後，可拉松終於鼓起了勇氣，他向蓬比塔提了一個尖銳的問題。

「蓬比塔先生，為什麼我們都到達了天堂之內，而艾華和艾娃還要在大爆炸的環境下，蒙受災難。」

蓬比塔使可拉松不解的笑了起來，這可讓可拉松覺得很不舒服，他想，如果蓬比塔就站在他身旁的話，他一定會揍他。

「可拉松先生，你是玲瓏飛艇的統帥，也是艾華和艾娃的最好朋友，我們都尊敬你。現在，上帝和護衛者們正看著現場，他們正期待著你，帶上滿腔的怨恨直接找他們，如果你有需要，他們也可以來此接見你。」

蓬比塔的這些話，使可拉松不能置信，一位宇宙崇拜的上帝，能來此接見一個怨恨之人嗎？

在蓬比塔的話講完一分鐘後，屏幕上就出現了上帝和五位護衛者，他們在展現慈祥的笑容下，還一起對斯可達人行了天堂之禮。

他們伸出了雙臂，在前方擊拍了三掌，然後將雙臂收回，雙掌放在了雙肩上，那掌背向外。

第二天，上帝真的來到了這架「套套房」上，她見了大家，還跟可拉松進行了一次交談，在交談中，上帝無比親切的對可拉松說：「作為母親，我衷心的感謝你這一位兒子和媳婦的好朋友！」

受寵若驚下的可拉松流下了最激動的眼淚。

上帝離開前，還留下了一批非常特殊的朋友，他們就是第一批進入天堂的宇宙人類，他們這一百零二人，也是斯可達人所認識的咖啡巨人。不過，他們已經不是四米高的巨人了，由於永恆所需的身材，他們在途中已經變成了二米左右的身高了。

也從那時開始，蓬比塔也走進了斯可達人群，他向大家解釋了斯可達的親人們為什麼要分成三批進入上帝花苑的原因，在幾天的交往後，天堂的高維人、宇宙的咖啡人和斯可達人便真正的成了朋友。

當天柱星的火花在宇宙中綻放的那一刻起，蓬比塔就在屏幕上對大家宣布說：「斯可達的朋友們，我們將在三個時光內降落到上帝花苑的大海前，請大家出門排隊，我們共有一百零二個通道，由咖啡人帶隊，請記住了：勇敢的跨出第一步！」

五

「套套房」在降落前已經變得通體透明，從斯可達玲瓏飛艇每個艙房的窗戶中，可以看到含有紅色雲朵的白色天空，俯瞰下去，那是一片望不岸邊的銀色海洋。這確實像一面一望無際的鏡子，它映照出一片天空中的紅雲白天。

人們都紛紛走出艙房，他們向著玲瓏飛艇上四千部舷梯走去。

「套套房」開始向地面徐徐降落，儘管這個速度是極其的緩慢，但是，這超級大的物體還是將如鏡面一般的大海，興起了層層的大浪。

從四千部舷梯出來的斯可達人，正向「套套房」的一百零二個出口走去當那一百零二個大門打開後，湧入的人潮已經開始湧堵起來。

從一百零二道長舷梯下來，雖然由一百零二個咖啡人帶領著，但隊伍的前沿已經停滯不前了。

一百零二個咖啡人已經跳入了大海，後面的斯可達人不但沒有跟上，而且他們在恐慌中更加駐足不前。

蓬比塔樂呵呵的大笑起來，他揮動著右臂，向著人潮大聲喊著：「快跨出你們的第一步，你們新的一頁就將展開。」

跳海，這可是宇宙人類認為最愚蠢的行為，可天堂卻認定這是勇敢的第一步。不過，斯可達人中絕不缺乏勇敢的人們，不知是哪一位，首先邁出了這勇敢的第一步。

沒有入水時的撲通聲，也沒有恐懼下的叫聲，有的只是，一批勇敢者在跳下後，他們的身子被一股力量托了起來，霎那之間，他們像槍彈一樣被彈射到了幾百米之外，接著，只見他們如海浪那樣一起一伏的前進，時而踩水奔走，時而滑翔式的乘風破浪。

前面壯觀又美妙的一幕，正逐漸打消了後面的顧慮，人群紛紛向著大海縱身一躍。銀色的海面上，黑壓壓的一片人群幾乎要佔滿了三分之一的視覺場面，各有各的姿態，正可謂：千軍萬馬千姿百態。

大半天下來，這二千零五十萬斯可達人都跨海而去了，這時，也到了可拉松與蓬比塔應該告別的時候，他們彼此熱烈的擁抱了一下，擁抱後，可拉松心情愉快的對蓬比塔說：「我這個統帥在天堂的幫助下，算是完成了艾華和艾娃的信任和囑託。蓬比塔先生，你值得尊敬，我們是朋友！」

「可拉松，我會為你記錄你完成使命的這一頁，我們會經常見面的。」蓬比塔拍了拍可拉松的肩膀說，接下來他以目光示意可拉松，他也該跳入大海了。

可拉松毫不猶豫，他向舷梯的前方奔去，到了舷梯的盡頭，他一躍而下。

可拉松的腳底好像根本沒有接觸到水，他只覺得腳底被一塊無形的板給彈了一下，這一下使他的身子躍到了近三米的高處，瞬間就被彈得很

美麗的地獄

遠。他感覺自己的身體是被一種莫名的氣流所裹著，凡下降之感剛出現時，便又被彈去了一大段距離。他有飛翔中輕鬆飄然的感覺，他的皮膚在高速中沒有灼傷的疼痛，反而有一種舒服的滑爽感覺，這些不像在斯可達時穿著科技鞋，科技鞋中有避免飛翔被灼傷的裝置，而此時的無灼傷作用全是在氣流之間。

他飛翔了一陣，又調皮似的用手去划一下水面，他彷彿被激發出了好玩的童心，也確實覺得，這樣的渡海真的是一種愜意的體驗。銀色的大海太浩大了，在依然望不到岸邊時，他卻覺得一種過度勞累下的欲睡出現了，他開始竭力堅持著，漸漸的他明白了，這是一種難以抗拒的感受力在起作用，果然不久，他真的在大海的飛翔中熟睡了過去。

可拉松伸了一個懶腰後從睡夢中醒來，他發現自己正坐在一張大椅子上，他面對的還是一望無邊的銀色大海。

他走下大椅子，看了一下周圍的環境。正面是大海，三面是高聳入雲的大山，他是處在一座大山下的一個小缺口中。在如此一個狹窄的地方，可拉松第一反應是去觀察這大山的高處，從這裡可看不到峰頂，連山的半腰也看不見。

可拉松的性格還是比較細膩的，他在下一步的行動前，還不忘去查一下，剛才他究竟睡了多長時間。

斯可達的信息牌告訴他，他已經睡了整整兩年。這可不能開如此的玩笑，就是生命得到了永恆，那也不能這樣浪費時間！

可拉松料想，從玲瓏飛艇來的八千零五十萬的斯可達人，他們一定全部安頓了下來，而自己卻在這個狹窄的地方待著，這怎麼說，都是一個不該有的笑話。在這種尷尬的時刻，可拉松所想到的就是去找蓬比塔，他要請求他的幫助。

可拉松又跳進了銀色的大海。不過這一次那感覺中的無形板並沒有把他彈向前方，卻是把他拋回了原地。

到了這個時候，山脊的稍高處正發出嘎吱吱的聲音，一根長藤條從一棵大樹上降了下來。可拉松認為這又是什麼天堂的小科技，於是，他跳起來用手去抓它，可這樣還夠不到。接著，他搬來了大椅子，他站在椅子上去抓那根藤條，但還是不夠，最後，他來勁的往後退到海邊，一個起跑躍起，這一次，他抓住了藤條。

「可拉松先生，你能這樣攀上峰頂嗎？」

在攀升中的可拉松聽到了下面這樣的疑問聲，他下意識的向上看了一眼，這麼高，攀升峰頂確實沒有可能。

他再往下看，眼前只有一張大椅子，「我太粗心了，居然忘了你這個智能玩具。」他對著大椅子說，隨即，他一下子跳到了椅子上。

大椅子移動了一下，然後慢慢的升了上去。

在沒有遮蔽下，這樣的上升也真的不錯，下面的風光顯得越來越格外的艷麗，在斯可達從未感受的氣流中，這真是一種美妙的享受。

「可拉松先生，如果你害怕，可以閉上眼睛，我們馬上要去峰頂了。」大椅子對他發出了預告。

「害怕？我怎麼會害怕！」可拉松蠻不在乎的笑了。

他突然被拋離了大椅子，在一股難以名狀的力量下，他只覺得自己在空中極速翻滾，銀色的大海跟白色的天空時而連接一起，大椅子上的坐墊也時不時在貼著他的臀部，驚險下，瞬間可能摔下去粉身碎骨，驚險下，永恆的生命在遭受瞬間死亡的威脅。大驚失色的可拉松無法鎮定又無何奈何，他抓不住唯一可以救命的椅子，又弄不清楚可能的結果。

在驚魂到從來不曾的地步時，峰頂和大椅子卻已經在他的身下了。這刺激的程度讓他啼笑皆非，這好玩的程度也讓他不能非議和發火。可拉松坐在大椅子上，他覺得這個智能玩意也是最安全的保命物，當大椅子催促他下來時，他顯得十分的不願意，但是為了自己的面子，他也只得走下了大椅子。

一片紅色的雲朵從峰頂下升上來，它們就在他的前後飄過，在更高的空中，粉色和翠色的雲朵正飄在他的仰視中。望向下面，整個身體享受著愉悅，望向下面，汗水禁不住直流。

上帝花苑在浩瀚中全是淡淡的影子，用斯可達火眼金睛所能看到的地方，此時此刻全跟思想中的想像貼在了一道。大到驚魂，美到震魄，仙如夢流，壯如唯我。

宇宙正在大爆炸，萬千的一切正在挪移！

「宇宙啊！你正經受什麼樣的毀滅？」可拉松用盡無力向天邊大叫。

前方猶如帷幕被拉開，滾滾的塵埃將前方變成混濁不清，刺眼的火花正在各處綻放！這觸目驚心的一幕，讓可拉松在眼光濕潤時，內心讚頌著艾華和艾娃曾經的偉大判斷。那麼現在他們在哪？

「艾華！艾娃！您們在哪裡！？」可拉松的血已經衝到了腦門，他聲嘶力竭的喊著。

二架可依分宇宙飛行機正從另十架中衝出來，它們向相反的方向極速直衝。

斯可達的信息牌狂叫起來，可拉松趕緊低頭去看。

在一號主機上正坐著四位，他們是艾華、可沁和可依分兄弟；在二號主機也是四位，他們是艾華的父母，還有艾娃和斯斯通通。

可拉松抬起頭，再望前方，他見到有兩個螞蟻一樣的微點正艱難的在一片粉末世界中移動，不時，它們還翻滾著。

美麗的地獄

「您們快來天堂吧！」他向著那兩個微點在喊叫。

「上帝啊！艾華和艾娃可是您的兒子和媳婦，快讓他們回來吧！」可拉松還在這麼叫喊。

「為了斯可達，瑪拉蒂瑪護衛者和波絲里米護衛者已經錯過了回到天堂。」一個嬌柔的女聲在向可拉松解釋說。

可拉松趕緊環顧四週，但他並沒有找到聲音的出處。

「抱歉可拉松，兩位護衛者正按著他們與上帝的計劃，前去執行加速人類文明進程的使命。請你還是下山，去到你的居地吧。」這是另一個女聲，這充滿磁性的聲音，既補充了上一個女聲的話，也給他指引了下一步。

可拉松非常令人意外的聽從了這一指引，他坐上了大椅子，不一會兒便到了峰頂的懸崖口。

他從大椅子上下來從下面看了看，下面遙遠的四周是一片瑰麗的植物，而中間是一大片荒蕪的平原，這樣的平原，按蓬比塔的話說：那裡是應有盡有。

是該安頓下來了，蓬比塔的話，應該不會有錯。

可是，從這裡下去，可絕對不是勇敢的一步這麼簡單，不過沒有關係，有大椅子在，一切大可不必擔憂。

事情太出他的意外了，也就在他站在懸崖口的短短半分鐘裡，大椅子不見了。

這是在玩弄什麼把戲？可拉松非常不滿的這麼想。

此刻，一陣狂風從另一邊吹來，憑著可拉松的感覺，他知道這樣的風並不屬於自然，而且，它就是衝著他而來的。意外即將出現，他是……只能……還是……。

狂風已經把他吹離了峰頂，他正在極速下墜之中。

意識尚還清晰的可拉松是這麼的無助，他只有大叫著大椅子。

「椅子、椅子，椅子。」

大椅子確實沒有辜負他，就在他墜下到離地面還有五百米時，這張大椅子已經乖乖的墊在了他的臀部之下。

這樣「魂飛魄散」的一路折磨，它暫時沒有顯示可拉松聰明的一面，他反而在生氣時，一腳踢翻了大椅子，而這一腳不僅僅是踢翻了它，且使這張大椅子在地面上變成了碎件一堆。

正當可拉松不知所措之際，那一堆碎件開始令人眼花撩亂的變回了原樣，這樣魔術一般的變化使可拉松興趣盎然了，他正想再踢它一次。

「你還在生氣嗎？」那個嬌柔的女聲又一次出現在可拉松的耳邊。

聰明的可拉松應該全明白了這一路上的「遭遇」了，他對著前方問：

「你不會是智能人吧？看來，這一路上，都是你在搗亂。」

「當然不是，我是上帝的子民，我叫藤曉嫻。」隱身人以溫柔甜美的口氣說。

「那好，上帝的子民藤曉嫻，請你像椅子一樣現身吧。」可拉松一派和氣的說。

天堂女生藤曉嫻顯身了。

這就是天堂中的美貌，一副仙女的身姿。

「有艾娃般的美麗！我想問，我跳下大海後，那一路上的嚇人事，是不是你的惡作劇？」他在稱讚她後，並直言問道。

「這可不是什麼惡作劇，這是我們對你善意的考驗！」藤曉嫻帶迷人的笑容，承認說。

「我們？看來還有其他人，跟你一起在對我做這樣的善意考驗。」可拉松說。

「是的！還有一個其他人。我們關注斯可達星球中的你，好奇瑪拉蒂瑪和波絲里米的好朋友會是怎樣一種性格的人，我們都是你好朋友的好朋友，現在我們可以完全確定了你的性格。」藤曉嫻又說。

「在你的目光中，我是一個怎樣性格的人？」可拉松忙問。

「粗細有致，韌性十足，大方可愛，長情……有點倔。」藤曉嫻說著，她再次向他投去迷人的笑顏。其實，她已經把他的心坎看了透。

「這……」已經有過愛情經歷的可拉松，不知為什麼，此時的他，變得羞澀起來。

藤曉嫻沒有往下說什麼，她接著向前方的荒蕪平原，吹起了動聽的哨聲。

在哨聲的飄揚下，前方平原的大地上，頓時開裂起來，地下的各種材料以及多座宮殿拔地而起，天空中驀然飄降下各種透明的罩和屋頂，柱樑在迅速搭起建築的框架，原有的，新建的，正快速在大地上興起一個大工程的比賽。

可拉松目不轉睛的看著，這難以置信的一幕已經刻在他的表情之上。一邊的藤曉嫻則在看著可拉松的臉，她對他的臉，可比前方所發生的一切都感興趣。

「這一切可真像我們在宇宙中所見到的海市蜃樓。」在驚訝中，可拉松終於感嘆的說。

「這就是宇宙所能見到的海市蜃樓，天堂有宇宙的一切信息，而宇宙唯一能見到的是，這些海市蜃樓，一個海市蜃樓的出來，這等於在告訴宇宙，又有一個完美的靈魂在天堂中獲得了永恆！」藤曉嫻在可拉松的感嘆後，肯定了海市蜃樓出現在宇宙的用意。

美麗的地獄

「這究竟有多大？看上去不是一種科學的工程。」可拉松問。

「這是古老的科技和神聖的力量結合！斯可達玲瓏飛艇有多大，它也就有多大，斯可達星球的所有人，他們都該擁有一個玲瓏飛艇。」藤曉嫻口氣肯定的回答了可拉松的提問。

斯可達的每個人，他們都將有一個玲瓏飛艇這麼大的居住區，這實在是一件令人歡欣鼓舞的大事，要不是蓬比塔所說的注意事項，可拉松一定會說出大批的數據來讚賞天堂的壯舉。

看來距離很近的一大片宮殿已經建造完畢，此時的藤曉嫻示意可拉松跟她一起向前方走。

他們走進了金光閃閃的大門，來到了滿是舒服坐椅的大廳。這個大廳的兩面牆上都有兩個碩大的屏幕，這時屏幕上都播放著大宇宙正在出現的情形，火花四濺，塵埃飛揚，火輪飛轉。

可拉松一坐下便問藤曉嫻說：「你是上帝的子民，那你一定知道為什麼要毀滅大宇宙的原因？斯可達星球是一個完美的人類星球，難不成去毀滅它，是在測試你們顯示神力的一種必然遊戲？又難道，宇宙已經到了不毀滅不行的地步？」

面對宇宙人類的這些尖銳的問題，天堂女生是這樣回答的：「你們所在的宇宙，也是上帝帶領我們創造的，它並不由於蒼老而需要毀滅性的折除。毀滅宇宙的原因只有一個：除了我們掌握的一部分所需的星球以外，絕大部分的人類星球已經是沒有了靈氣，不進步，反自己的人類，一派的烏煙瘴氣。

在如此的人類長河下，我們已經失去了繼續保存它的意義。宇宙毀滅了，新宇宙還將創造後出現。

類似你們斯可達星球所積聚的優質靈魂，我們在許多種的選擇中，還是讓堅定想去保護它的瑪拉蒂瑪和波絲里米前往了那裡。這可不是顯示神力的遊戲，這是上帝和天堂為之終極目標的必然努力！

舊宇宙沒有了，能到達天堂的優質靈魂並不多，但這並不影響我們的繼續！會有這麼一天，宇宙已經不需要毀滅和重建了，天堂將連接著宇宙。」

「終極目標是大同的概念嗎？」可拉松又問。

「一切大同，這是宇宙人類的概念！上帝說：沒有了子民，也沒有了我，宇宙中不需要主政，也沒有了時間。無窮無盡的生命永恆在一起！所有的，都是上帝！」

「都是上帝！」可拉松震撼的重複了一句。

「慢慢想，你會想通的！你一定會想通的。」藤曉嫻說完這句話，她朝著可拉松展示一種非常特別的笑容，這讓可拉松莫名的產生出一種非

常美妙又非常美好的心理。

六

藤曉嫻在第二次來看可拉松時，還帶上了另一位美麗動人的女生，聽那位女生的聲音，可拉松便知道這位女生的聲音曾經在他的耳邊出現過，那是一種充滿磁性的聲音，聽起來可以入心入肺一樣。

這位女生長著一個可愛的娃娃臉，跟藤曉嫻一樣的仙女身材，從她的一顰一笑來判斷，她應該屬於活潑類的女性。這位初次與可拉松見面的女生叫曉之微。

當兩位天堂女生坐下後，藤曉嫻便說出了她們的來意。

「可拉松，這次我們來，主要是要告訴你一些有關你斯可達親人的情況。你的母親可松麗，她一切安好！現在她居住在你的臨近區域，原先她有其他的打算，但為了等待見你，所以她還沒有做出最後的決定。可拉、吶姑娘和你的女兒都已經『休息』了，他們在無意識中等待，然後決意去往新的大宇宙，想前往新宇宙的斯可達人是非常的多，他們想先成為高維人，隨後再成天堂人。我得再提一下吶姑娘，她已經換上了美麗的外貌，並在休息前，請我們轉告你：在宇宙的愛就留在記憶中，她想在新宇宙和天堂中有嶄新的生活。」藤曉嫻說完這些話，她望了一眼曉之微。

藤曉嫻的話使可拉松焦躁起來，他在沒有靜下來整理她的話前，便向她發問道：「什麼叫休息？我的理解是：先死亡，然後再被復活。高維人？像蓬比塔一樣的，這跟天堂人有區別嗎？」

藤曉嫻把真實告訴可拉松，以此來回答他的問題。

「高維人和天堂人沒有區別，只是在天堂中，人們把經常出入宇宙與天堂之間的人稱之為高維人，這都是自願和自身申請取得的崗位，就如你們斯可達的志願者；天堂中哪有死亡，休息是一種出入宇宙前的準備，這樣，高維人才能在宇宙各種情況下，擁有必要的神力。在宇宙被毀滅之前，我們沒有見過靈魂和身體一起到達的宇宙人類，他們都是以靈魂到達的方式前來的，所以他們都會休息。而你們有自己的選擇權，多種的形式過程都由你們自己去選擇。」

「謝謝你，藤曉嫻。你給了我十分清晰又易懂的注釋。但是，我還是想問：可拉和吶姑娘都是成年人，他們有權力去選擇，可我的女兒還是孩子，這難道不用經過我這個父親的同意嗎？」可拉松嚴肅的說。

「你的女兒可不是孩子，從她出生到進入天堂有多久了？」藤曉嫻一字一字的講著斯可達語，她的反問，使可拉松在這個問題上無言以對。不過他又提了另一些問題。

美麗的地獄

「你說有非常多的斯可達人要想前往新宇宙，可我不認為那是一件有意義的事，我感覺，這是有人在起著帶頭的作用，用我們宇宙人類的話說，是有人起著蠱惑作用。」可拉松真是宇宙人類的捍衛者，他說的可一點也不客氣。

「可拉松，你可真是一個聰明的宇宙人，你的感覺就是猜測，但你猜得沒錯！確實有一位偉大的斯可達人物起了引領作用，在很久之前，他就向上帝和七位護衛者提出了他的請求，恩准他請求的正是瑪拉蒂瑪，我還可以告訴你，這位斯可達人物的真實名字，他叫艾之冰河。」藤曉嫻十分平靜的說道。

一聽這個名字，可拉松立即站了起來，他漲紅著臉，並放大音量的說：「扯得太遠了，他是我們斯可達的第一位主政，怎麼又跟艾華扯在了一起，再說，在他的回憶錄中明確的敘述道，帝王人對他說：你很難進入天堂！」

對於可拉松的激動，看來這兩位天堂女生是一點都沒有介意，她們只是相對而笑。

「艾之冰河很真實的記錄了他們的談話，『帝王人』對這位間接的殺戮者產生的萬分氣憤也屬非常的正常，上帝特赦艾之冰河，當然也是我們天堂的標準，他的貢獻，使他的靈魂積分已經達到了最高，所以，他來到天堂，是無厚非的。」藤曉嫻又一次向可拉松作出了說明。

「天堂的事和天堂的標準真不是我們宇宙人類所能理解的，看來我的女兒要大大的睡一覺了，如果新宇宙十萬年、一百年、一千萬年都造不完的話，那她不得不繼續睡覺。」可拉松的話裡含著不滿，但這確實是一位人類慈父的心裡話。

可拉松的話引起了兩位天堂女生的同時大笑，這可讓可拉松覺得莫名其妙。

「我的話很可笑嗎？」可拉松問。

這又引起了她們的大笑。

「上帝說的完全正確！你真的很可愛！
我提醒你一下，你忘記了天堂的注意事項了。」藤曉嫻樂著說。

「哈哈，對不起，我還真的忘了。順便問一下，這個注意事項，有那麼重要嗎？」

「避免時間、距離、生活上，表達數據很重要，這並不是一種規定和限制，這是一種培養最高智慧的習慣，人們都不會告訴你為什麼，會讓你去覺悟，可憑著我們與你的特殊關係，我告訴你是培養最高智慧的習慣，並告訴你，在天堂中，有大部分的人是在管理著宇宙，當你養成了這個習慣後，你一定會體會到，這將大大幫助你管理宇宙的智慧。」藤曉嫻的話，使可拉松想起了波波提提也曾經說過的玄學上的注意事項，不過，

波波提提沒有給出理由，他自己也難以做到。

「藤曉嫻，太感謝你了。我還有一個困惑，我實在不能明白，我與吶姑娘如此相愛，而且我們還共同參加了太空大戰，現在又有了我們的女兒。可她為什麼會離我而去？」把兩位天堂女生當朋友的可拉松提出了他內心中不悅的問題。

「宇宙人類的思維比較複雜，可在天堂，這樣的問題會在大腦變得很簡單。首先，一個美麗的外貌是一種誘惑，你要還是不要，如果換上了，那麼你的家人，特別是愛人就會對新的外表經歷一種被動的適應期，深愛的人是愛對方的全部，一旦外貌都改變了，那怎麼接受？這等同於是一個陌生的開始，讓對方陷入被動的移情別戀。吶姑娘在更換外貌已經想得非常清楚了。」藤曉嫻的這一解答，使可拉松有了從未有過的認識，是啊，他愛的是吶姑娘，而不是更換相貌的其他人。

這時，第一次開口的曉之微說了一段她的認識：

「愛情是宇宙人類中最幸福和最悲傷的一頁，而悲傷又遠遠的超過了幸福。宇宙人類的愛情種類實在是太多太多，而且還有眾多繁瑣的標準，其更多的還有愛情的目的。

一句話，一點利，一個猜測，一個稍不明白，……這全會變成：妒忌、猜測、決斷、傷害、分手，有的乃至於的情殺。在天堂中處處是愛，到處是相愛，上帝只給出一個倡議：相愛而愛。

宇宙流的一大半是在調節宇宙人類的情感，宇宙人類給這一切取了一個好的字眼，叫：緣分！但是，人類文明的絕大多數都處在低級階段，所以，一切的結局都令人遺憾。說一下吶姑娘，雖然她也經過了天堂大海的洗禮，但在更真實中依然選了美麗的皮囊，所以，她也自然有了避免傷害你的嶄新認知，在離與合之間，她也正由宇宙人類至天堂人的轉折階段。

天堂中沒有宇宙人類的痛苦，更沒有宇宙人類的錯覺，在生活中，在情感上，上帝跟我們都一樣。」

可拉松聽著，表情顯示他的內心世界，他明白了非常多，但還沒有達到心明眼亮的地步。

接下來，藤曉嫻對曉之微說：「我們應該對可愛的可拉松有一定的權力，我們應該行施這樣的權力，我們讓調皮變成一種決定。」

曉之微以完全領會的表情，向藤曉嫻點了點頭。

「你們這是什麼意思，我聽不懂。」可拉松有一個感覺，他覺得她們的話是針對他的。

「你有頑固的意識，需要在睡夢中進行調整，好好的睡一覺，對你會有很大的幫助。」藤曉嫻對可拉松說。

美麗的地獄

這一下，可拉松急了，他是最反感浪費時間的人，之前已經出現過一次了，現在再出現的話，真不知道要睡多久。

　　但一切都晚了！那個大椅子已經飛轉起來，他想抗議的嘴沒能吐出一個字，吐出的只是呼呼的鼾聲。

　　五年後，可拉松才從夢中醒來，但這一次他沒有懊惱的情緒，倒是有一種充滿舒服的幸福感覺，他記起了兩個天堂女生的美麗和她們的音容笑貌，他的心坎裡產生了一種美妙的愛情。

　　大椅子提醒他，快去聯繫藤曉嫻和曉之微，可他覺得自己還沒有準備到最好的心態和上佳的狀態。在沒有聯繫她們之前，他想跟大椅子聊聊天。

　　「大椅子，我想問你幾個問題。」可拉松說。

　　「你就請問吧，不過我也有注意事項，可以給你三次不受影響的機會。」連大椅子也在努力按照那注意事項，這讓可拉松笑得非常的愉快。

　　「天堂世界有多大？上帝的子民有多少？高維人又有多少？」可拉松開始了提問。

　　「這都非常容易查找的，不過我可以回答你。天堂是無窮的大，就現在的部分而言，它比舊宇宙大四十八倍，比新宇宙大四十二倍。上帝的子民有二十一億一千一百萬又七千一百一十九名，現在的高維人是五十一個。」大椅子答道。

　　「這次宇宙毀滅，毀掉了多少人類生命？上天堂的又有多少？」

　　「毀滅的宇宙人類人數是二千萬天兆，上天堂的人數正好與現在天堂的人數一樣，當然也包括了四億二千零四十二萬又一千三百六十八位斯可達人。」

　　「什麼叫天兆，這是數據嗎？」

　　「是的！一個天兆指的是一個單位數後面加一萬個零。」

　　「上帝在終極目標中說：都是上帝，這怎麼理解？」

　　「這是藤曉嫻的話，她相信你會想通的，你應該去花園的植物區，去那裡思考，你可以與植物溝通，抱歉，我不能代替你。」

　　「最後一個問題，瑪拉蒂瑪和波絲里米是夫妻，他們都是護衛者，而且他們還是上帝的兒子和媳婦，由這一切的特殊性的存在，那他們為什麼還要在宇宙的區域中蒙難受苦？」

　　「這是他兩主動提出的，在大計劃的末尾對自己的考驗，這是在未來的永恆中最至關重要的一步。」

　　「在未來的永恆中最最至關重要的一步？這是什麼？」

　　「可拉松先生，你這個問題可以問天堂人都知道，但我不能說，你還是去問植物吧。」

「謝謝，大椅子！我現在就去植物區。」

時間是什麼？它看不到又摸不著，太虛擬又有時很無聊。可它是宇宙人類最大的財富和至寶。

時間，如果你不講，我也不說，只僅僅存在大腦，那麼它配合上數據，這當然就是宇宙人類的神，生命過程中的「妖」。

要達到一定的生命長度，斯可達星球的生命科學當然是宇宙人類的奇妙創造，但是要達到天堂的標準，天地陽流也要服務於人類靈魂。想到還有靈魂這個宇宙與天堂同有公平，世事中還有什麼可以再作計較。

可拉松走去植物區不知用了多少時間，但他在跳越的思想中，獲取了不會累不會焦躁的收獲。

天空是無盡的長方形，紅、粉、紫的雲朵在飄，翠綠的雲帶又從那裡飄過。色彩的海洋已在眼前，花朵正朝著他微笑。可拉松鑽進了花叢，他來與它們細聊。聊的內容非常廣泛，上帝和天堂，還有天堂的親人，天堂的朋友，天堂的師生，天堂的一切存在。

這一切的一切，讓他只覺得，可以歸納為兩個字：簡單。跟植物和花卉們談了很久，一直到藤曉嫻和曉之微的出現。

她們兩個顯得非常自然的舔吻了他，而原本固執的他也非常自然的舔吻了她們，這曾出現在艾華和艾娃身上的表現，如今就這麼出現在可拉松身上。

天堂上的愛無須表白，因為他們在心靈相通下，任何情感都能正確的感受到。

兩位天堂女生又在笑他，不用問為什麼，可拉松知道她們在笑他一個人步行來到了植物區。

「天堂竟然沒有交通工具，我只能走著過來啊。」可拉松這樣的解釋，可讓她們笑翻了。

「交通工具？愛愛，你已經有了神力，可以飛翔了。」曉之微告訴他說。

「松松，天堂的純陽流已經接受了你，正好，你斯可達的母親讓我們去，你可以試試。」藤曉嫻這麼說完，便馬上輕鬆的飛翔起來。

可拉松試了試自己的腿腳，感覺跟以前沒有兩樣，於是，他像從前打天中球時一樣彈跳起來，接著他前傾一下身子，然後他也飛翔了起來。

「母親，您可長成大姑娘的模樣了。」在興奮的擁抱後，可拉松對斯可達的母親可松麗說。

「孩子，你比從前更帥了。我知道你戀愛了，是藤姑娘和曉姑娘來告訴我的。在吶姑娘作出決定後，上帝對這兩位姑娘提到了你。天堂真好！比想像中的更好。」母親的話，使可拉松以詢問的目光投向了兩位天

堂女生。

「母親說的沒錯，事情就是這樣的。」藤曉嫻首先肯定的說。

「上帝的眼光真準，愛愛就是我們所要人。」曉之微接著說。

接下來，可松麗從她在玲瓏飛艇上「失蹤」到進入天堂後的現在，這一路的故事，講述給兒子聽了。

在之後的一百萬年中，可松麗經常飛到兒子的住地，跟他們一起生活。

在新宇宙搭建完畢後，可松麗也躺下休息了，她要作好準備，到時她要跟大批的斯可達新天堂人一起，跟著上帝前去新宇宙撒下靈魂的種子。

這次上帝的出行，可拉松也第一時間申請了，他的理由只有一個：去新的宇宙接回艾華和艾娃他們。可是他的申請沒被獲准，上帝和護衛者們只微笑著對他說了四個字：耐心等待！

當可拉松他們三人在屏幕上見到上帝正向新宇宙灑去靈種時，他們的激動開始達到了高潮，他們聽到上帝對著新宇宙說：請你們多多的回到天堂來！

在上帝灑去靈種後不久，可拉松他們便離開了上帝花苑，他們在天堂其他區域生活時，共生下了十二個孩子。

在出去的九十億年後，他們才回到了上帝花苑。

●

第十四章：文明的消失

敘述者說：在你們這個星球的整個文明史上，曾經有 104 次人類的出現，但是，屬於像樣的文明人類也只有九次，其中還有一次已經接近走到了一期文明，可惜了，最終它也消失了。地球是人類出現的第 105 次。

一

七顆星中的三顆自毀了，其餘的四顆回到了天堂，在新的宇宙誕生之後，從天堂到宇宙之間，已經沒有了七顆星的存在。

在之前站在天堂的最突出的位置上，有一顆從太陽源裂變出來的「太陽蛋」才剛剛成形，它是四百億顆太陽中最近天堂的一顆，可它也是最後成形的一顆。這些還不僅僅如此，這顆最後的「太陽蛋」，它還似乎忘記

了發育，它一直躺在宇宙的搖籃裡而默不出聲。

它很奇葩，非要等到最後才成為真正的太陽，當它已經成為太陽後，又讓三顆氫氣星球給擋住了一半的光芒。

這是新宇宙中少有的危險，是它引爆三顆氫星球，還是三顆氫星球一起與它同歸於盡，這還不好說，但是，有一點是可以肯定的：當新宇宙正日臻推向高潮時，這個太陽，就顯得非常的落伍。

起初，天堂把它稱為太陽嬰兒，在反覆的序例排行中，把它放在了風險的一號位置上。

這時的新宇宙已日趨成熟，有些星球可已經出現了有智慧的人類。事已至此，也不知道從什麼時候開始，也不知道從哪兒跑來了二十一顆行星，它們正按部就班的圍著嬰兒太陽，漸漸的旋轉起來。

在嬰兒太陽超級緩慢的成長中，三顆氫星球解體，二十一顆行星中十二顆也令人不解的消失了，在之後的九十億年中，那九顆行星在變大，變得又近這顆發育緩慢的太陽。才又過了一千多萬年，又一個意外奇景出現了，誰也不知道是誰的傑作，或許它在天堂中也是一個暫時的秘密，就在這個當口，在行星的遠處出現了一顆小星星，它距離太陽比較遠，但在宇宙陽流的養育下，它也正向著太陽靠攏。

它出現後顯得孤獨，但它卻朝氣勃勃，它簡直是一個不折不扣的冰球，但它努力的向著陽光的溫暖靠攏。

歷經了舊宇宙毀滅的大爆炸；歷經了火花四濺的空間；它們更歷經了數不清的跌宕起伏；它們是誰？它們是可依分的一號和二號主機，它們已經從舊宇宙的深淵中飛了出來，並一頭扎進了這個孤獨的星球之中。

那時的新宇宙已經到達了人類文明高潮的前沿，雖然一些人類星球有被毀滅三百多次的不良記錄，但也有一些星球的人類已經向二期文明的方向進軍。

可這時的孤獨星球依然還在演變，它到底有沒有大海和山脈？它到底有沒有植物和江河湖泊？不知道！總之，這顆外表藍白相間色的星球，其內只是冰封一切。

上帝、五位護衛者正關注著這個孤獨的小冰球，他們對它的運動變化都很滿意。此時的可拉松、藤曉嫻和曉之微三位正接到上帝的旨意，回到了上帝花苑，他們已經受命管理這個星球和其他的十二個星球系。

是啊！它就是我們現正處在的地球。我們的星球面積不大，它只是斯可達星球的七分之一。

當太陽行轉了三十億三百萬次時，在這個星球上才出現了第一次的人類起源。這是一個無比艱難的開場序幕，在前十一次的夭折後才出現了第二次的文明曙光。

那波人類起源於這個星球的中南部，在之後的六萬年的超長歲月中，他們在中部和南部還是處在蝸行之中。這波人類有著深紅色的皮膚，所以在故事中，就把這波人類稱之為：先紅人吧。

　　這也許注定是一個暫時的文明舞台，他們沒有多人的特點，在原始社會超長的蝸行中也沒有什麼主角，不過，他們所煥發出來的特質倒有一個，這個特質就是：簡單。

　　一個沒有主角的故事也挺難為作者，牽強一下吧，我還是找一個暫時的「主角」來替代一下，這位是個男性，由於他的臉上長有一個胎記，所以就把他稱為：胎記男。

　　在中南部中有這樣一個小地方，在南邊的大海後有一塊幾十公里方圓的平原，在平原後又有一個大山脈，在平原至山脈的交界處還有一片小森林。在這種環境下，居聚著一個部落。這些先紅人的部落共有三十一人。

　　這裡是人類的起源地之一，可是經過了漫長的歲月後，這些部落中的人依然沒有他們的語言，他們的交流是通過音量的高低和肢體來進行的，無論是喜怒哀樂；無論是行走作息；奈何的交歡發洩，他們也只是以喊聲去完成溝通的。

　　這裡的人類日出而作，日落而息，他們吃的是樹果和草根，偶然還有從沙灘上撿來的海貝和更偶然的動物屍體。

　　在無大災大難的年代裡，他們一族曾經有過增丁到人口四十七人的情況，在最近的二百年中，他們族的人口始終保持在二十九人到三十七人之間。

　　除了天災外，第二個災難就是這個地區出沒的豺狼虎豹，第三個不幸是，女人的生育。

　　現在這幾乎半裸的三十一人，他們相比之前有了一些變化，他們通常開始一起出動。拔草取根在一起；採撿海貝在一起；摘葉採果也在一起；到了黃昏歸來，他們還是在一起。

　　嚼著草根和樹葉，吞著樹果和貝肉，在久久的幾十代中，他們不打架不廝殺，甚至在眾目睽睽之下，依然進行他們活著的唯一快樂。

　　這樣的日子又過了七百年後，胎記男出世了。

　　當胎記男出生後不久，族群中有兩名男性被狼吃了，這個很久沒有出現的慘況使這個懵懂部落有了小小的變化，在出行時，男性的手上各持著尖利的長竹，在遮羞的乾草中也多了藏著的鋒利石片。

　　在祖祖輩輩的食物中，偶爾出現了鮮血淋淋的動物，到了胎記男長到八歲時，這個部落人類吃動物肉的比率便由偶爾變成了經常。

　　肉類的增加，男性自然變得更強壯，女人也在結實中，使生育的風險變低了，欲望在急劇上升，部落的人口由三十個變成了四十一個。

除了這些變化外，部落中出現了打鬥，撕咬，用石片刺割，用尖竹捅的行為也時有發生。

女人為了更美麗的海貝而爭鬥，男人為了更多的天性滿足而大打出手。

到了胎記男十三歲的那一年，這個人類小族群已經壯大到了六十八人。那時，氣候有了一些變化，溫和的天氣開始轉涼，有點小聰明的胎記男，他把割下的獸皮去泡在水中，然後把它曬後去裹在身體上，他還在叢林中設下陷阱，用尖竹向上，再放上小動物的屍體，以此來引誘野豬和猛獸往下掉。

又是這個發育才成熟的胎記男，把他的狩獵成果拿來取悅女性，這使他獲得了足夠的交配次數。

就這麼一些小小的變化，它使這六十八的人的部落起了不小的變化。女人出外的次數在減少，部落中的人們，他們身上的遮衣在增多。

在胎記男到了十七歲的那一年，這一部落的男性都在模仿他，然而他卻又有了新的辦法。他開始私藏獵物，常常把部落的女性引出部落圈，在之後的日子裡，無論是大樹下、巨石後、山洞中、高坡上，他都在實施自己的聰明伎倆。

這個行為可沒有讓部落中的男性去模仿，因為部落中的女性已經佔了主導地位，而這時，正巧又逢上了海嘯，大片的海水湧上岸來，只短短的時間後，他們原本的居住地就變成了一片澤國。

這一次，已經壯大到了八十八人的部落不得不放棄了原居地，他們向著東北方向遷徙。

這個族群翻過了山脈，他們還千辛萬苦的趟過了一條長河。

前方是一個很大的平原，他們見到了跟他們長相一樣的人類，他們都以喊聲為主要語言，不過，他們肢體動作上的意思是基本差不多。

到了新的廣闊天地，聰明的胎記男還在故技重演，可是，現在成形的母系部落已經禁止他這樣做，她們要他上交一切的成果，然後才分配他所需的欲望。

胎記男沒有活到二十歲，他在經常違背族規的情況下，最後他讓一群男性同胞用亂石給砸死了。

胎記男的小聰明，使他們的一族部落和以後大多數的部落變成了母系天下，這個現象足足持了七百年之久。

在大地的供養下，先紅人類依然處在六萬年中的蝸行歲月，相比舊宇宙的人類文明速度，他們還是一樣的緩慢。

在這片大平原上，由於各種部落還在增加，在七百年過去後的現在，各路來的部落使這裡的人口在不斷增加，人多了，主食的草根、樹果已經

變得缺乏起來，狩獵的成果也已經明顯的不如以往。

跟猛獸搏鬥不再是危及生命的事，各部落間的群毆才成了男性之間的大事。原本編織遮衣，打磨飾品的女性，現在還製作竹木武器，在打鬥成為風氣下，女人的喊聲是越來越弱，而男人的叫喊已經完全壓過了她們的聲音。

這樣的時光流逝，誰也不知道過了有多久，人類只知道自己的同胞就這麼一批又一批的死去。

天堂只給人類兩大天性，交配和進食，但在這兩大天性下，人類已經衍生出比這兩大天性還要根深蒂固的東西，這些東西就是貪婪和自私。

人類發展到一定的時候才知道，原來，老天在人類的大腦中還放置了一個寶貝，這個寶貝只可稱一個字：善。接下來有一段日子見不到了太陽，天上下起的大雨正在取代陽光。幾千次的電閃雷鳴連續不斷，這是這個區域出現了從來沒有過的景象。

大雨滂沱，山上的泥水在往下沖，江河泛上來的水，也很快跟那些泥水合在了一起，它們成了滔天的洪流，肆虐著這個區域。

人類向著高處奔走，走著走著，他們終於見到了雨停了！

雨停後的天氣是極其的悶熱，久沒出現的太陽，把大地燃燒成了一個大火妒。沒有幾天後，陣陣的悶雷又響個不停，道道的閃電已直接打向了高山和平原之中。

山上燃起了熊熊大火，平原也有多處被點燃了。空氣中瀰漫著滾滾的黑煙，這也是原來的屍臭味被一下蓋住了。

這個區域死了很多人，也死了許多動物，但有一種噴香的氣味吸引了所有飢腸轆轆的人類。

這噴香的氣味找到了，而且找到了很多。他們嘗了嘗，哇——！同樣的動物有太不同的滋味，它們油膩酥軟，噴香上口，真的實在太好吃了！

飢餓的男性，把屍體放在山火中去烤，可山火之後熄滅了。

女性們可經常在打磨手飾時見過這些灼痛人又閃亮的東西，她們開始在試，終於試成功了，——人類終於知道在摩擦下可以取火。

就是這麼個：火！它燎原起了人類文明的康莊大道。

在這個星球上，曾有過十一次的人類出現，而這第十二次，因為有了火，人類的步伐才能繼續往下走。

食物由生變熟，吃了後，人們漸漸的都比當初的胎記男聰明了。叫喊聲中出現單詞，逐漸變成句子後，人類有了彼此溝通的條件。

再向前遷徙，人類在新的環境下開始搭建草棚，有了草棚還要圍欄，而圍欄是越建越大。

有個遮風擋雨的棚，整個部落為此便時不時爭吵和打鬥，會搭棚建欄的人，開始走出，找新的地方，於是，在僅僅一百年後，這遍地的草棚圍欄便像雨後春筍一樣出現了。

在整個原始社會的後期，「家」已經出現在整個大地上。

當母系社會瓦解的二千年後，人類又發明了另一樣東西：粗鐵。

有此一項，世界就變成了強者的天下。

強者騎在壯牛上向各處出擊，憑藉膽量和強壯，他們可以輕易的得到草棚、女人和食物，強者在掠奪的過程中正與另一批強者廝殺，他們毀了不知道有多少個家。

消去家的人類和弱者們，他們可比強者更有韌性，一個草棚一個欄，前面再加一塊地，這些可是他們生存下來的天堂，他們企盼平安，也渴望著家，有了家，人類活著才有了第一個意義。

誰也毀不了的就是家！

外面的世界已經是一片混亂。

太陽依然還在轉，當它探著身子又張望了這個星球二十萬次時，大地終於起了一個翻天覆地的變化。

在南山邊有一戶以打獵為生的人家，有一天，這家子的唯一個兒子剛從外面打獵回家，他一進門，忙對家人喊道：「聽說在北方，有一個皇帝登基了。」

「哥哥，皇帝是個什麼東西？」小夥子的妹妹問他說。

「妹妹，皇帝不是東西，他、他，但他又不讓人稱他為了人，嗨唉！我也說不清楚。」

哥哥的話可讓他的妹妹琢磨了很久，最後，她對她哥說：「我明白了，皇帝是不讓人稱他為人的東西。」

二

在第一個皇帝出現後的近五千年，又一個新皇帝出現了。

那我來講一個關於皇帝的故事，看看五千年後，這個不讓人稱他為人的東西，會有什麼變化。

先皇的猝死真讓皇儲加立那喜出往外，他只費了一點假惺惺的眼淚後便順利的登上了皇位。這個叫作金瓷國的國家，座落在藍晶星球的中部，它的版圖在歷經幾十次的征戰後已經變成了全大陸的第一，到了眼下的加立那登基時，這一國的土地面積是全球第三，人口也是全球第一。它是一個名符其實的強國。

金瓷國跟十個國家在大陸中接壤，其中有三個國家早在五十年前就

成了它的附庸國，那三國每年都進貢給金瓷大量的礦產原材料，並進貢給它金子和美女。

金瓷國表面上的強大和富裕，這跟人口眾多的民眾並沒有什麼關係，這可是封建制度的一大特色，可它們的皇宮和皇親國戚的宮殿卻不斷在擴建，並建得無比的金碧輝煌。皇帝跟皇親國戚們在無限度荒淫踐踏本國女性的情況下，他們還不停的糟蹋附庸國的女性，壓迫欺騙，掠奪資源，這是封建制皇朝的另一個特色。

金瓷國的表面確實強大，它豢養著一百五十萬的軍隊，這是一支驍勇善戰的軍隊，並還配有鐵騎鐵甲和四輪戰車。

金瓷國是中部大陸的人類起源地，它也是中部文化和語言的發祥之地。但是，這個皇朝在出現的第二代時便對內橫政暴斂，對外橫蠻無理。暴政使民眾雞飛狗跳，苦不堪言。野蠻的挑動戰爭，使鄰近的國家也動盪不堪。

加立那在登基後的第二天就把老宰相莫度和軍中統帥郭以龐召到了宮中，他首先對著宰相莫度說道：「你得趕快替朕去辦兩件事，第一，迅速清理後宮，凡十七歲以上的女子統統發配邊疆，有抵觸者和哭哭啼啼者一律關進大牢；第二，替朕擬定詔書，大致的內容是：先皇已經駕崩歸西，舊的進貢數目必須增加五成，新的形勢應該要有新的秩序，新的秩序維護，當然要增加新的代價。另外，支之國出任的新總統已經任期兩年了，我們已經跟他們商談了幾次，希望他們恢復皇王朝制的勸說可從來沒有得到他們的明確答案，還有，他們的新首相也出任一年了，那是何許人也，至今諱莫如深，也請他們一併坦白告知。」

「遵旨！」老宰相莫度彎曲著身子退出了大殿。

「郭以龐。」加立那皇帝喊了一聲。

「在，皇上。」郭以龐同樣彎曲著身子，走前一步。

「你是金瓷國的軍中統帥，也是聞名全國的勇士，現在，我命令你率領十萬大軍，從明天起就開赴與支之國接壤的邊境，你在那裡等待幾天，我會降旨給你！支之國已經出現了不服從我們的異常，所以，你要準備好進攻支之國。一旦攻進去後，你一定要打到那個國家被納入我們的版圖為止。」加立那皇帝氣勢兇兇的說道。

「遵旨。」郭以龐應了後也退出了大殿。

不久，金瓷國的軍機大臣雨布王匆匆忙忙的走進了大殿，這位雨布王是加立那皇帝的親兄弟。

「吾皇萬壽無疆！」他跪下身體向兄長喊道。

「站起來，到朕身邊來！宇西王解決了？他的一切都收繳了？」加立那問。他提到的這一位，是他們同父異母的兄弟。

「是的！吾王，全部的家產和女人都已經送到了皇宮。」雨布王回答說。

「很好！朕會獎你的，他的女人都歸你！那巴可王和震東王那裡，你準備什麼時候動手？」加立那又問。他所提到的兩位，是他們的親兄弟。

「吾皇，兩位王弟整天龜縮在王府中，外面還有郭以龐的弟弟郭小勇守著，這很難下手。」雨布王說了真實的情況。

「那個毛小子確實厲害，但他一人擋不住你的大軍，現在我已經把郭以龐支到邊境去了，一則是防備他們造反，二則是為你的行動掃除障礙，你就大膽去做吧。」加立那似是在鼓勵他，但口氣是在命令他。

「吾皇，那母后追究起來怎麼說？」雨布王有點憂心的問。

「就說是他們兄弟間的互相殘殺，快點行動，我會把收繳的財寶賜給你三成，但是，你要把那個叫姐妮妮的支之國女子給我送過來，不準動她一根毫毛，記住！」加立那惡狠狠的說。

「多謝吾皇恩賜，我當馬上見機行事！」雨布王第二次跪下去後說道。

「聽說有人發明了一種短火銃槍，你想辦法給我弄一支。去吧！」

十萬大軍的部隊正向著西南邊境開跋，前面的鐵騎部隊在行軍時把地面上的塵土給捲了起來，這讓後面的戰士在看不到前面的情況下，拚命跟著。經過二十幾天的奔跑，這支大軍已經是顯得十分疲憊和困乏。

現在他們已經到達了邊界地區，正當他們停下來休整時，不料，那八百里的快騎給他們統帥送來了皇帝聖旨，聖旨命令他們快速跨過邊界，向支之國發動全面的進攻。

看來，支之國的國運將被改變，金瓷國的版圖將被再次擴大。

金瓷國的軍隊在越過邊界後並沒有遇到任何的阻擊，直到第二天的傍晚，他們的前沿部隊才在一個山脈前，讓一支三千人的小部隊給攔住了去路。

郭旗下的兩員大將立即出戰了，他們中一個掄著大鐵錘，一個端著長矛，他們已經衝到了戰鬥的最前沿。

支之國出來迎戰的只是一人，它看上去也只有十四五歲，他持的是一對短槍。

在第一個回合中，這個少年的便是一個左右躲閃的側仰，他在躲過了鐵錘和長矛的第一擊後，又雙手環抱，他的身子在前伏的一霎那，手中的短槍一個向左一個向右的正確刺到了對方的腰部，一股血腥和短槍一起插離了對方的身體，那打頭陣的兩將便墜落馬下。

郭旗下又一戰將衝了出來，他持著長槍向少年小將來了一陣眼花繚亂的刺殺，雙方打了十幾個回合，眼見郭旗一將已處於了下風，這時的少

年小將又施出了一個危險動作，他在躲過長槍的鋒利尖刃的同時，卻一躍到坐騎的一側，接著他向對方投去了一支短槍，這短槍正中對手的喉嚨，在對手已經倒在地面時，他又來了個海底撈月的姿勢，一個飛躍，將短槍從屍體的喉嚨裡抽了回來。

郭旗方又衝出了六員大將，少年小將一見這陣勢，他是且戰且退，在這短暫的過程中，郭旗一方有八位戰將投入了戰鬥，而支之國一方也有四位少年小將加入了戰鬥。

前面在生死的拚殺，後面的步兵在鳴鑼擊鼓的吶喊。戰了一段時間後，郭旗軍已經損失了六員大將，而他們的對手卻一將沒損。久經沙場又武功高強的郭以龐已聞訊趕來，他哪能受得了這種被侮辱的窩囊氣，他緊握著長戟，二語不說，直接投入了戰場。

郭以龐的加入，大大的改變了雙方搏殺的態勢，支之國方加入的少年小將已有十一個，他們其中有五位竟然一起圍著郭以龐打。

就在郭旗軍的步兵也湧到了前沿之際，只聽到一聲火銃槍發出的巨響，支之國的三千步兵開始掉頭向山脈奔走，這十一位少年小將中的六位也開始掉頭回奔，只是還有五位少年小將在抵擋著郭以龐。

在支之國的軍隊回撤一陣後，五位少年小將也且戰且退，之後，他們似放棄了抵擋，開始向山脈區快速後撤。

在後面追趕的郭以龐大聲咆嘯著，他帶著大隊的人馬一直追進了山脈。

十一位少年小將已從山脈前的平原穿入到了兩山的峽谷間，很快，郭旗軍的人馬也像蝗蟲一般，黑壓壓的湧進了那裡。

天色漸漸黑暗下來，追著追著，陣陣陰風吹了過來，這讓郭以龐心中的怒火在逐漸消退，他突然把馬勒住，並大聲喊道：「小心埋伏！」。

就在這時，兩邊的山腰上出現了大批火把，接著，喊殺聲震撼了峽谷。

郭以龐狠拉韁繩，這使他的戰馬立刻掉轉了方向，他一蹬馬肚，那馬便向回程方向飛奔起來。

山上沒有下來追兵，連扔擲石塊的行動也沒有，他們大喊大叫，真像一群聰明的獵人，在驅趕一群他們無法取勝的猛獸一樣。

金瓷國大軍逃離了峽谷，他們在驚魂未定之下，又奔走了十里地，這時，統帥郭以龐才下達了安營紮寨的命令。

說是要蕩平這個附庸國，可是，這小小的遭遇一仗竟然打成了這樣，雖然折損的戰將只有六名，但是，這極大的侮辱性卻是軍中的士氣大為受損。

回到統帥部大帳的郭以龐是胸疼心悶，他在生氣的時候想：要是易

龍先生在的話，這一仗一定不會打成這樣。

易龍是郭以龐的軍師，他也是金瓷國的著名軍事家。就因為郭以龐的仗義，在前不久，當巴可王懇求他把易龍轉到王家軍營時，他便一口答應了。

現在，軍中已經沒有易龍般的軍師了，輪下來的仗又該怎麼打？

郭以龐仔細的想著易龍先生在他臨行給予的建議：這十萬人的軍隊分成四波，先遣部隊一萬人，後續分兩萬又兩萬人兩波，五萬人暫時留在金瓷國的境內……。

這些郭以龐已經照做了，可接下來呢？

正當郭以龐在左思右想之間，帳外傳來了一陣嘈雜的聲音，接著衛兵前來報告說：那個持雙短槍的少年前來挑戰。

一聽這個消息，郭以龐邊發出輕蔑的冷笑，一邊從帥椅上跳了下來，他順手取下插在架上的長戟，轉眼他便衝出了帥帳。

他跳上了衛兵牽來的戰馬，在他的吆喝聲中，戰馬一溜煙的奔了出去。

前方已有兩名戰將與少年小將交上了手，當郭以龐衝到陣前時，少年小將便用短槍狠拍了他的坐騎，他的戰馬很靈性，瞬間就掉轉方向向黑暗中狂跑。

「毛小子，哪裡走？」郭以龐發出了銅鐘般的喊叫，他的戰馬則向著黑暗方向急追了過去。

長戟和雙短槍已經在雙方的頭頂與周圍飛舞，兵器的猛烈撞擊，摩擦出一束束寒光，你來我往戰了二十多個回合，眼見少年小將招架不住，可此刻，從黑暗中又殺來另十個少年小將，在這突如其來的力量改變下，郭以龐沒有絲毫的慌張，他在揮戟抵擋下，正尋找著一招致命的機會。

長戟在飛舞中，把穿插的雙短槍打了一個力量震動的拍擊，少年小將的戰馬向左側一個趔趄，郭以龐趁勢抽出了佩劍，他的佩劍沒能刺中少年小將，可在迅雷之勢的掃刺中，另兩名少年小將被刺中了胳膊。

就在郭以龐一擊兩傷的戰績下，他的右臂上也被短槍插了進來，他的意識覺得，自己的傷口在燃燒似的發燙，可肌肉中的硬物已經被抽離了。

他的一手已沒有揮揮長戟的勁，他只得扔了佩劍，把長戟換到了另一手。

十一名少年小將還在勇猛的戰鬥，可郭以龐他只得在他眾將士的掩護下，拚命的向戰鬥的間隙中突圍而出。

退出戰場的他，因為鮮血噴流不止，而不得不奔回帥營，在軍醫的醫治下，他親眼見到自己右臂中的骨頭，這個傷勢還不輕，軍醫告誡他，

雖然他的傷沒有涉及骨頭，但要痊癒，至少需要三個月。

「戰略戰術家的性格是戰爭中非常重要的部分，不能自我控制自己，等同於主動奉出戰場主動權一樣。」這是易龍先生曾告誡他的話，現在的局部結果，使他懊惱，也使他追悔莫及。不過由此，他可以靜下來，好好的作一番思考。

郭以龐想到易龍先生對他建議的細節，關於這分兵四波，他完整的說法是這樣的：先皇剛剛駕崩，金瓷國的上下的局勢是非常的動盪不穩。支之國是個弱小的國家，從戰略上說，大動干戈並不合適，所以我建議，分一半兵力進入，並分兵三波，切忌長驅直入，以閒待勞的觀察為主。另一半，以蛇頭龍尾的陣式布於邊界於首都之間，最好能與我們巴可王和震東王的小部隊相呼應，這可以預防不測，也可以幫助你的弟弟郭小勇。

「我沒有完全做到，我好像也做不到。」郭以龐很有自知之明的想到。

這是一個軍事戰略家和戰術家在關鍵時刻的根本差別。

儘管他略知道了自己的錯誤所在點，但是，那些少年小將的騷擾，已經搞亂了他的心智，現在，郭以龐在槍傷之下依然有一股衝動佔據著上風，他把受氣於那幫少年小將的惡氣，一並轉換成了要侵佔支之國的勇氣。

從那次戰鬥之後，少年小將的挑釁和騷擾已經停止了，可受傷中的郭以龐依然沒有停止前進的腳步，不僅僅如此，他還命令後續部隊向他靠攏，並合為一體，向支之國的首都前進。

十天後，三波部隊已經合在了一起，他們在沒有任何的抵抗之下向支之國的首都進發。

又過了兩天，加立那皇帝下詔，欲讓郭旗軍的另外五萬人的部隊跨過邊界，他要讓郭旗軍一舉拿下支之國。

那時的金瓷國國內正謠言四起，最大的一部分謠言就是：巴可王和震東王欲意謀反，謠傳他兩的私家軍即將進攻皇宮。

三

那天是巴可王的二十一歲生日，在他的王府大殿上是一片燭光通明，他的愛妾——支之國女子妲妮妲正在這次盛宴上揮舞長袖為嘉賓們翩翩起舞。

巴可王頻頻含笑舉杯，向震東王和全體來賓敬酒。他們欣賞著異國他鄉的舞蹈，高談闊論著眼下昏庸不堪的皇朝。

震東王一會兒與鄰座竊竊私言，一會兒發表一些慷慨的言論，但他

的目光卻始終瞟著妲妮妲，這色瞇瞇的目光已再三蹂躪著那吸引人們眼球的身段。

一直站在大殿一邊的郭小勇則瞪著豹子一般的圓眼，而端坐在他眼前的易龍先生則喝著酒，臉上的表情是憂心忡忡。

妲妮妲已經跳完了她的優美舞蹈，她去坐在巴可王的身旁為他斟酒，而巴可王若無旁人一樣，他用自己的嘴去對著她的嘴，去舔吻她的舌頭。

賓客中爆出了一陣輕淫的歡笑，這時，美妙的琴弦被撥動了。一批大殿上的舞女飄移到了中央，她們排成了一個圈子，用長袖搭在前者肩上，她們開始扭動，一陣彎腰飄動，一陣向前挪移，演示出輕舟盪湖的一幕。她們帶著幾分憂鬱和幾分誘惑的目光投向在場的貴族來賓，而那些半醉半醒的貴族賓客則帶著色暈和酒暈的目光去瞟向她們，在他們每一位人的心中，都有這樣的企望，他們巴不得巴可王早點做個特別的手勢，這樣，這些經過精心挑選的女人就可以來向他們投懷送抱，然後，按著慣例，她們還會爬上他們的寢床。

原本是有這麼一齣的安排，可這一次，這些貴族們卻沒有能等到這一刻，他們等來的是：一個渾身是血的士兵衝到了大殿上。

「出了什麼事？是雨布王進攻了。」郭小勇一個箭步衝上去問。

「是李馬世將軍跟雨布王軍一起打來了，他們已經攻到了大門口。」那名士兵回答後就倒在了地上。

李馬世將軍是震東王私家軍的首領，他們這一部有三千多兵馬，本來易龍安排他們在意外時前來救援的，可他們已經成了叛軍。

這可真是一個危在旦夕的事態。

「郭將軍，現在只有你帶著三百禁衛軍從正面突出去，我們在座的先都別移動，等待著你們殺開血路。」易龍先生對郭小勇說。

郭小勇點了點頭，隨即他抽出長劍便衝出了大殿。只有十七歲大的震東王確也有一些膽量，他從架上取了兩支長槍後，就奔去緊跟著郭小勇。

出了宴會大殿就是一個寬闊的長走廊，已經追上郭小勇的震東王把一支長槍遞給了他。

過了長廊，出了門，外面是一個較大的廣場，走出廣場才算是走出了巴可王的王府。

可是，現在的廣場上到處都是生死搏殺的場面，看來，進攻一方已經早突破了防守方在王府外的防禦。

進攻方衝進來的士兵已經幾倍於守方，而從大門外和高牆上跳下來的士兵在不斷增多。

郭小勇二話沒說，他手中的長槍正以秋風掃落葉之勢向敵兵掃去，

美麗的地獄

他左手握的長劍，又給敵方以致命的一劍，這樣的情景重複了三次，但形勢沒有逆轉，只看上去暫緩了一下。

「殿下，跟著我去馬廄。」郭小勇一聲喊後便向那個方向奔去。

他解開了自己寶馬「雪上走」的韁繩，緊接著，他兩一起跳上了馬背。

「雪上走」轉眼就衝到了廣場，這時郭小勇手中的槍劍正如一股強風，它們所到之處，兩邊的敵兵正如疾風下的草叢。

郭小勇已見到了叛將李馬世，他緊拉韁繩，「雪上走」一個急轉，騰空躍起，郭小勇的長劍飛出了他的手，劍頭極速直去，它已經穿透了叛將的脖子。

他們向大門衝去，這速度和力量真是風馳電掣，在衝出大門的那一刻，要不是剛要進大門的雨布王由衛兵的擋架的話，他的脖子怕也被穿透了。

「殿下，您得趕快的去支之國的方向，如果趕得快，我哥手下的將軍可能還沒有過邊界，要是找不到他們，您去支之國找他們。」在馬背上，郭小勇對震東王說。

「那你去哪？」震東王急切的問。

「我得回去救巴可王和易龍先生。」郭小勇口氣堅定的說。

「別傻了郭將軍，他們根本就活不了，還是我們一起走吧。」震東王央求道。

郭小勇一躍跳下了馬，那「雪上走」在一陣慣性前跑下又轉身跑了回來，牠用腦袋蹭著主人，這讓郭小勇抱著牠的脖子，顯得非常依依不捨。

郭小勇輕拍著「雪上走」，最後不得已的在牠的屁股後面猛拍了一下，「雪上走」心有不甘的向著前方碎步走去，當牠消失後，郭小勇便向著巴可王府快速的奔去。

巴可王府前是一片嘈雜，王府中的女子被串綁著拖出了大門，她們被一群一群的推上了馬車，同一時間裡，有許多士兵從府內搬出一個又一個的大木箱，這些也被裝上了馬車。

郭小勇站在一棵大樹後望著，他親眼看到那個支之國的大美人妲妮妲被幾個士兵押了出來，她好像正在發抖，高盤頭頂的髮髻已經十分的蓬亂，轉眼，雨布王也走出了大門，他把手中的長劍放入劍鞘內，隨後把妲妮妲一個熊抱提起來，他把她塞進了一輛豪華的馬車廂內。一個士兵上來，他把一顆人頭交給了雨布王，雨布王提著人頭，跨進了車廂內。馬車啟動了，車廂開始劇烈的搖晃起來。

郭小勇躍上了王府的高牆，他只見廣場中是一片橫七豎八的屍體，他跳了下去，順著牆根過了廣場。他走進了第二垛高牆內，貼著長廊和人工河的斜坡，最後走進了王府大殿。

這裡的屍體更加密集，搏鬥和殺戮的殘酷性明顯的超過了廣場和走廊。

在這兒，巴可王和易龍先生的死狀是最為恐怖的。

巴可王已經沒有了頭顱，大堆的血液快要凝固了他的脖子，他的上下已被斬成兩截，但他的拳頭卻還攥緊著。

郭小勇禁不住雙淚直下，他蹲下身去，用勁扒開了巴可王的拳頭。喔！原來他還拽著一塊小金牌，這小金牌上刻有四個字：唇齒相依！在小金牌後面還刻有一個名字：加立那。

好一個人世間的唇齒相依？好一個人類中的同胞手足？

郭小勇從他的王袍中撕下一塊布，他將布把小金牌包裹了起來。

再看看易龍先生，殘忍的殺手雖然沒砍去他的腦袋，但他那帥氣逼人的臉上已被挖去了雙眼，在他屍體不遠，郭小勇發現了一支手指大小的笛子，這種獨一無二的小竹子就產自於郭家的家鄉，這小笛是哥哥郭以龐親手製作的，在他贈予易龍先生時，郭小勇也在場，哥哥曾親口對他說：先生，在危急時吹響它，我們兄弟一定會衝來救您的。

郭小勇後悔自己先把震東王送走，他想他該留下來，留下來能殺他個天昏地暗，如果運氣好能劫持雨布王的話，或許，結果會得以改變。

現在的一切都已經成了不可改變的事實。

郭小勇把小笛與小金牌放在了一起，他轉身去了武器的存放架，他找到了自己的兵器，這是一把有六十斤重的大刀，這兵器的一頭是大刀，另一頭是跟郭以龐一樣的戟，人們把這種兵器稱為：「兩家刀」，一把「兩家刀」加上「雪上走」，這是郭小勇獨一無二的標配。

郭小勇出了王府後，共行走了兩天兩夜，之後，他在一個小鎮的集市上買了一匹三歲大的棗紅馬，有了新的坐騎後，他便徑直向與支之國接壤的邊境奔去。

到了邊境才知道，哥哥的大部隊早在七八天前已經進入支之國。郭小勇沒去多想，他快馬加鞭也跨進了支之國的境內。

整整跑了一天，他才見到了一個鎮子，鎮上熙熙攘攘的人不少，看上去好像什麼事都沒有發生過。

郭小勇找到了一個酒家，他要了一斤乾燒牛肉，一大塊乾煎餅，還要了一壺燒酒。

「店家，我想打聽一下，前一陣有沒有一支金瓷國的大軍路過此地？」郭小勇詢問道。

店家答道：「我聽說了，但沒有見過他們從這裡過去。」

「那要去皇城該怎麼走？」郭小勇又問。

「那可遠了，聽說騎馬趕路都要十天以上。我可沒去過，所以我不

美麗的地獄

知道該怎麼走。」店家客氣的答道。

郭小勇沒有再往下問，他大口大口吃著食物和喝著酒。

有三個少年走進了酒家，其中的一個走到郭小勇的身旁對他打量了一下，然後對他說：「你一定是金瓷國人，看來還是一位勇士，我們跟你坐一桌行嗎？」

「我是金瓷國人！你們還是坐一邊去，我這人不喜歡熱鬧。」郭小勇只顧大吃大喝，他說話時，沒用眼睛去看著對方。

「你來我們支之國幹什麼？」那少年直接了當的問。

「幹什麼？我自己也不知道，先要找人。」郭小勇漫不經心的答道。

「勇士，我看你是在找你們的軍隊吧。」

「我是在找金瓷國的軍隊，這又怎樣，你們難道要擋住我嗎？」郭小勇的口氣中已經帶上了一點火藥味。

「我可以告訴你，金瓷國的大軍已經離我們的皇城不遠，可要打下我們的皇城，絕無半可能性。」少年這話在郭小勇聽來具有一點挑釁性，他掃了一眼對方和他身後的兩位。這三個少年跟他一般的身材，站在眼前的一個，他雙手交叉在胸前，有一副天不怕地不怕的架式，他的後腰插著兩把短槍，站在後面的兩位也身材魁武，他們分別帶著不同的兵器。

郭小勇一口氣喝完了壺中的燒酒，他把錢扔在桌上，隨後起身拿了自己的長兵器，接著他對那位少年說：「說話別說過了頭，拿不拿得下支之國的皇城，你說的不能算數！」

「勇士且慢走！你知道怎麼去皇城嗎？」少年伸手一攔問。

「我確實還不知道怎麼走，但誰也攔不住我怎麼走！」郭小勇說完便走出了酒家。他解開了栓馬的韁繩，然後一躍而上，棗紅馬轉眼功夫就衝出了鎮子。

向南方向跑了幾天，郭小勇來到了一條叉道口，這兒綠樹成蔭，可沒有任何住戶的氣息，他在此徘徊了一陣，最後他選了一條比較寬闊的道路。

沒跑多久，他又來到了另一個叉道口，這裡一邊是上山的坡道，一邊是黃土小路。這樣的叉道對一位異鄉他的人來說，真是難選又心煩，也就在他為難之際，忽聽到山道上響起了一陣馬蹄聲，只一會兒功夫，有六匹駿馬已經出現在郭小勇的視線中。郭小勇一下子就辨認出，在這六位中，有三個就是他在鎮子上碰到過的。

「勇士，你迷路了？」那位持雙短槍的少年問。

「我不確定，但我確實已經不知道怎麼走了，你們能告訴我怎麼走嗎？」郭小勇面帶誠懇的表情問。

「這裡的兩條道，要去皇城可都是繞大圈子，你得退回去，從第一

個叉道上走另一條路，但到皇城，也是多走了三天路。」那位少年告訴郭小勇說。

郭小勇向他們做了一個感謝的手勢，然後，他掉轉馬頭向回跑去。

可是，這六位少年卻一聲不吭的跟著他，在郭小勇已經回到第一個叉道口時，那六位少年竟一字排開，擋住了他的去路。

「讓開！別逼我跟孩子們打架！」郭小勇持著「兩家刀」，口氣嚴劣的說。

「勇士，我們支之國進貢貴國這麼多年，一直來我們都是忍氣吞聲，但是，你們的新皇帝卻還要下旨讓你們的大軍來犯我山河，我們見勇士非等閒之輩，所以想向你討個說法。」那少年說出了他們阻攔郭小勇的理由。

「找我討說法，我想你們應該去找我們的狗屁皇帝，讓開，不然我會讓你們大傷筋骨。」郭小勇傲慢的措辭激怒了對方，他們其中的三個已經掄起了兵器朝他打來。

郭小勇抵擋了幾下，可不曾想到的是，他的新坐騎竟然受驚了，牠前蹄揚起，又一個亂竄，牠把郭小勇給甩了出去。郭小勇畢竟是名符其實的郭小勇，他的第一反應便是連續翻了兩個跟斗，在翻滾時，他已擋住了三種兵器的連番攻擊，他一落地面，便穩穩的站住，接下來，他把「兩家刀」舞得比風輪還快，在高速的轉動下，就別說是兵器，就是水也潑不到他。

他開始時而的輕靈走步，又時而蹬著樹幹，以居高臨下的身姿去劈向對手，那「兩家刀」砍下時，幾乎讓抵擋的對手是骨胳和虎口都震得疼痛。

三個打不過就六個全上，這六對一的搏鬥不僅沒有在以多勝少中得到便宜，這反而更激發出郭小勇天生勇猛的鬥志！

六個少年都已經跳下了馬，他們時而一擁而上；時而圍著他打，可郭小勇明顯的毫無怯意，他在這樣的力量對比下，依然打得像一場擂台表演賽。

他一擋一攻，一劈一砍，其速度和力度都似乎在教授一幫剛入武門的學生，到了他又似乎「玩」夠時，他猛然將「兩家刀」插入了泥土裡，接著，他借著握住刀柄之際，來了一個半空飛舞，這一下可把三個對手的手上兵器給踢飛了。

「停！勇士，我們認輸。」持雙短槍的少年大聲喊道。

郭小勇把「兩家刀」從地上拔了出來，隨即也停下了。

「英雄真是神功，要不是你手下留情，我們怕已經出了人命。」另一位少年說。

「都說郭以龐是金瓷國的第一高手，但我們認為他是圖有虛名，這

美麗的地獄

位英雄哥哥才是世界第一高手。」另一個少年誇獎道。

「你們莫非認識郭以龐？」郭小勇急著問。

「豈止認識，我還刺傷了他的胳膊！」持雙短槍的少年真實的說。

「他還受傷了？趕快帶我去皇城，我要去見他，實話告訴你們，我是他的親弟弟郭小勇！」郭小勇這一亮明身份可把這六個少年給愣住了，他們的表情上還顯示出尷尬和驚慌。

「好小子們，都楞著幹嘛？打架鬥毆受了傷是很正常的事！快帶我去皇城，我不會計較的，我們還能做朋友！」由郭小勇這麼一說，少年們馬上由憂轉喜，這好像天氣由陰轉晴一樣。

「郭小哥，做朋友我們不敢，認你作哥哥吧。」雙短槍少年這麼一說，其餘的五位也這麼表示道。

「好！我就收下你們六個弟弟，快，我們還是快走！」郭小勇也高興的說道。

這七位都跨上了馬背，他們開始向著正確的道路前進。

四

金瓷國的十萬大軍已經兵臨支之國的皇城腳下，郭以龐從第二天起就親自對這兒的環境和地地形進行了勘察。

支之國的皇城，它座落在一座大山的山凹下，這裡的東南兩面是大山，西面是一條叫作烈明之的大河，北面是一個大平原。

就這樣一座城市而言，它確實從地形上顯得是易守難攻。

面對這樣的城市，郭旗軍的統帥部決定：首先要圍住這城的臨山兩面，然後再把烈明之大河給封堵住，最後留出正北面的大平原，攻擊的主要地點，就是從正北面的大平原開始。

十萬軍分成四路安營紮寨，一路紮寨在大山區域，一部分在烈明之大河一段，另兩路在大平原的正面和東側一段。這個安營紮寨的態勢，其實已經顯示了金瓷國大軍對這座城市形成了包圍之勢。

一切的準備已經就緒，接下來，郭以龐親點了二十四位勇猛的大將，由他們率領一支三千騎兵和一萬五千名步兵組成的攻擊大軍，看來，攻擊行動即將開始。皇城的城門緊閉著，護城河的吊橋也高高懸起，面對金瓷國的大軍，這座城市顯得是出奇的靜寂，無論是外面那麼的喧鬧，它卻無一人站在城樓之上。

攻城開始了。

第一批工兵已在護城河上架起了七道跳板，第二批士兵扛著大木椿向城門衝去，騎兵的位置已經靠到了最近，黑壓壓的大批步兵也到達了衝

擊的位置。

在木樁就要撞衝城門前，如暴雨一般的利箭已飛向了城樓。

正當攻擊正式開始時，那城樓上忽然出現了十幾個怪怪的木架，木架的下端有一塊黑乎乎鐵板，從這鐵板上，有一批大鐵球正快速升到了木架的高處，緊接著，大鐵球被彈拋到城樓外的空中，在這些大鐵球落到地面時，地面上便掀開了連番的爆炸。

前沿的騎兵正人仰馬翻，這個場面，使抬著木樁的士兵抱頭鼠竄，又接著，有更大的木架出現在城樓上，從那兒彈出的鐵球更遠，簡直覆蓋了全部騎兵所處的地方。這沒有見到敵軍的戰鬥已使郭旗將士死傷了幾百，它也使在後面觀戰的郭以龐看了目瞪口呆。

「這神神叨叨的是什麼鬼東西？」郭以龐氣急敗壞的問道，沒人回答，也沒有人能回答。

第一次的攻城已告失敗，為了防止那些會炸的鐵傢伙打到軍營，郭以龐還命令軍營向後撤了。

統帥部召開了一次軍事會議，在會上，所有人都沒有提出一個好的解決辦法，但總結下來，作為攻擊方的金瓷國軍隊確實犯了軍事上的大忌，他們對敵方的了解太少，關於敵方的情報幾乎為零。

現在必須要做的是趕緊派一些偵察小組混入支之國的皇城，在沒有得到情報之前，這十萬人的大部隊作了一起調整，他們把統帥部移到了皇城南面的大山上。

就在這些日子裡，金瓷國的使者也到達了皇城前，他們將雨布王的親筆信由弓箭把它射入了皇城，大半天下來，皇城的大門打開了，對方只准許使者一個人進入。

過了沒多久，使者驚慌失措的從城裡跑了出來，看他的樣子便知道，這趟的使命，他是一無所獲。

過了幾天，前去偵察的人員紛紛回來了，從他們打探的情況來分析，主要有這麼三點：一，在金瓷國大軍的重重包圍下，城中的物資出現了問題，特別是在糧食方面，現在他們的物資供應，主要來自於烈明之大河上的運輸，也就是說，封堵大河行動還不夠嚴；二，支之國的皇城中正準備著全民同心的防禦，人們正分區分段的行動著；三，聽說那拋彈鐵球的東西，只是民間的玩意，真正的好武器根本就沒有亮相，那些神叨的好武器都是新首相帶著一些「雪毛人」研發的，偵察人員確定，那位新首相也是「雪毛人」。

這些情報的價值並不高，但關於「雪毛人」這一點，卻已經包括郭以龐和所有統帥部指揮將軍在內的一致關切和重視。

「雪毛人」，它在先紅人類所生存的大陸中已經傳說了二百年，前

美麗的地獄

者的形象是絕大多數先紅人類都沒有見過的。通常，關於「雪毛人」的故事一般都是大人用來嚇唬那些調皮的孩子。但是，在人類社會已經發展到這段歷史時，人們還是確信，在這同一個星球中，「雪毛人」是確實存在的。

傳說中的「雪毛人」，他們起源於冰天雪地的西北大陸，他們身材高大，渾身雪白，他們有兩種不同顏色的眼睛，一種是紅的，一種是藍的。「雪毛人」比先紅人更有智慧，他們能做你正在想的，也能做你所想不到的。

先紅人只認為他們的歷史只有六千年，殊不知他們的全部歷史有七萬年之久。

傳說中的「雪毛人」只有幾百年，可他們若隱若現的存在，已經高達了十一萬年之久。

「雪毛人」突然出現了，而且一下子以異國的首相和發明家的身份出現了，這真是一個非常棘手的問題。

在沒有易龍先生這樣的謀略家的情況下，郭以龐依然只有用整天整天的時間去加以思考，從進入支之國境內開始，那第一次遭遇的就是，讓那些毛孩子前來騷擾，在騷擾中設計傷害侵犯者的主帥，以此來打亂主帥的心智，這種激怒的伎倆，引來了憤怒中的長驅直入，這不但避免了戰爭中的一路生靈塗炭，還玩弄著引敵深入的冒險遊戲，這一切都需要洞悉對手主帥的性格和心態。

人類心高氣傲的統治者最喜歡玩的是陰謀，真正站在制高點的強者愛擺弄的卻是陽謀。

在這個皇城中只有九十萬人口，城市面積也不算大，大致上與金瓷國的首都差不多。可是，他們卻不怕擋在最前線，並以一種真假分明又實在不明的姿態，擺在你的眼前。

說它為弱，可你的心理中都不會承認這一點，說它為強，可他的所有強項又在這麼虛實之中不予暴露。

在力量懸殊下，讓人聽到彷彿一種聲音在說：放馬過來吧；在強大的暗流湧動下，讓人又彷彿不得不謹慎行事，以免掉入深溝。

現在的郭以龐自感到，他的前後都面臨著巨大的風險，冒然急攻，有躲不過的暗箭齊發，拖延不攻的話，他知道在一定的時限之後，他連本人都恐怕都保不住性命。

眼下，他只能命令先把這個皇城給壓縮包圍，特別是，要把那條烈明之大河封鎖得連一只麻雀也難以飛過。

而郭以龐本人，他在幾天裡是到處跑動，這一，他想見見自己方封堵的效果，這二，他想在更多的時間中獲得一個更成熟的戰術想法。

有一天，郭以龐從外面勘察地形回來，他在很遠就見到了自己的帥帳前來了「雪上走」，這是他喜出望外，一路興奮的奔回了大帳之中。

「你來得正是時候。」他喊著衝進了大帳內，當他見到的不是弟弟郭小勇而是髒兮兮的震東王時，不禁倒退了一步，他知道，國內一定是發生了不幸變故。「殿下，您……」還沒等郭以龐把話說完，他已經被滿是委屈的震東王給緊緊抱住了。

震東王終於結束了他孩子般的舉動，他開始一五一十的講著那天晚上所發生的經過。「殿下，既然郭小勇能殺回王府，那巴可王和易龍先生就一定能得救，我了解我的親兄弟，像我一樣的兩個也頂不住。我看，他一回去，加上還有三百個禁衛兵，他們還是有很大的機會突圍出來的。」郭以龐以安慰的口氣對他說，他更像是在安慰自己。

「郭大將軍，『雪上走』跑得驚人的快，等郭小身徒步趕回去，怕是一切都為時過晚了。」震東王顯得很沮喪。

讓震東王這麼一說，郭以龐確實心裡打起了鼓，他了解雨布王的兇殘和陰險，他知道他會以十倍以上的兵力去做他想做的事，並且，他做這種事，絕不會留下活口。但願奇蹟出現吧，只有奇蹟才能拯救他們！

「郭統帥，我已經回不去了，你這裡的情況如何？」震東王轉了語氣問。

郭以龐把入境後的情況告訴了震東王，最後他對震東王說：「我們最遲在三天後發起對支之國皇城的總攻，一定在十天之內拿下那座城市。」

「這算是一個好消息，那我就永遠留在支之國。」震東王好像從沮喪中看到了希望。

大帳外的寶馬「雪上走」嘶叫了兩聲，隨後，聽到衛兵大聲的喊道：「郭小勇將軍到！」

郭以龐和震東王忙走出大帳，一身風塵的郭小勇在施禮後跟他們一起走進了大帳中。

「我也剛剛到達不久，一路上不好走！郭將軍，你回去有沒有救了小哥巴可王和易龍先生？」震東王急著問道。

郭小勇把回到王府的情況說了一遍，然後他取出血布中的小金牌和小竹笛子。

震東王將小金牌拿到了手上，他目光呆滯的停留在上面。

郭以龐則拿著小竹笛吹了起來，一陣悲催的笛聲，令人心酸的瀰漫在大帳之中。

他吹完了一曲後，便大聲咆嘯的喊道：「易龍先生，您在天有靈看著，我一定會為您報仇雪恨！」

「哥哥，雨布王雖然殘忍到畜牲不如，但他也是奉旨行事！」憤怒

的郭小勇提醒道。

「我真的不懂，都是一奶同胞，後母怎麼會生下兩個畜牲不如的兄長。」震東王在一旁也義憤填膺。

「不管怎樣，等我打下了支之國，我一定奏稟皇上，為他兩討回公道。」郭以龐的話，立即遭到了郭小勇的強力反對，他這樣對著他的哥哥說道：「別往下打了，自從支之國引入『雪毛人』以來，支之國已經今非昔比。你是打不下支之國的，就是傾我們的全國之力也未必能戰勝支之國！」

郭小勇的話使郭以龐大為吃驚，為了免傷兄弟的和氣，郭以龐是以他的總攻方案來說服郭小勇，但是，這還是不足以能說服他。

「你得到的不是情報，而是敵方的故意餵料，你說他們快鬧飢荒了，可我知道他們的糧食儲備足夠一年，我親眼目睹他們的十一個糧倉，加在一起足有一個鎮子大小。你說從兩邊山上衝擊下去，這出奇不意定可以拿下皇城，可我知道，他們早就布置了千萬個炸雷在等待著我們，上次的土雷就使我們死傷幾百，千萬個炸雷又會產生什麼樣的後果？」

「你小子竟敢在大敵當下說這些擾亂軍心的話，是誰告訴你那些皇城的情況？那些情況要比我們的方案還可信嗎！」郭以龐也來勁了，他顯得寸步不讓起來。

「能告訴我的，自然是我信得過的朋友！哥哥，你知道我們兄弟都不怕死，但我不想為了那樣的皇帝去拼命！」郭小勇理直氣壯的說。

「你小子難道想造反？」郭以龐大聲問。

「哥哥，我以前沒有想過，可現在不但想了，而且想動真格的！天下人都想做皇帝，但由古至今，一個好皇帝都沒有，我只想見到一個讓人太太平平活下去的皇帝。」

郭小勇的話真的愣住了郭以龐，這也讓一旁的震東王嚇得不敢透氣。

大家僵持了一陣，最後還是郭以龐以最嚴劣的口氣對郭小勇說道：「我不會改變總攻的計劃，三天之內攻城，十天之內拿下，致於你要不要助哥一臂之力，你自己看著辦吧！」郭以龐說完，便氣呼呼的出了大帳。

「郭將軍，就等待十天二十天吧，等有了結果，我們再來商議下一步。」震東王以非常平和的口氣，在勸郭小勇。

郭小勇已經一言不發，他好像在思考什麼問題。

郭旗軍所擬定的總攻計劃依然是從正面開始。

烈明之大河可真正的被牢牢的封鎖了，在第三天的凌晨，由副統帥所親自率領的攻擊部隊已經到達了皇城腳下，這次是吸取了上一次的沉痛教訓，他們把騎兵分成了許多小隊，第一個小隊又帶著一定數量的步兵。

首先，由弓箭手在最前沿向城樓發射點上火的利箭，工兵梯隊有十二

組，他們快速搭上跳板，向皇城衝去。

那些鐵球土雷雖然比之前拋來了更多，但是，它在金瓷國大軍有準備的情況下，其效果是在迅速的減少。

這兒的大木椿已經開始撞門，那兒有大部隊的吶喊，搭上城樓的十個長梯已經豎立起來，一批又一批的步兵也正在向上攀爬。

這麼近的距離，那些鐵球土雷已經失去了作用，在防守方士兵很少的情況下，郭旗的士兵也已經佔上了城樓。

城樓的大門也被撞開了，緊接著，大批大批的郭旗軍士湧進了皇城。衝進城門，有一批將士直接沿石階上，他們在經過短暫的拼殺後，已經佔領了城樓。

進了皇城的正面是一堵較大的牆，它將左右分成了兩個小道，而在這兩個小道的盡頭，那兒正由少年小將們堵著，一場生死搏殺的場景就首先出現在那裡。

衝入皇城的郭旗軍正如一股勢不可擋的洪流，他們很快衝塌了抵抗的一方。

在無力抵抗的情況下，少年小將們帶著自己各自人馬，紛紛向各個街道奔去。

這一片街區雖然不小，但還是讓佔領軍們擁擠著向縱深跑去。皇城上已經點燃上了勝利的篝火，皇樓下，已經沒有了抵抗。

郭旗軍將士已經衝過了街區，現在出現在他們眼前的是一個黃土大廣場，在黃土大廣場的另一頭是另一個城樓，那是以前的皇宮，他也是現在的總統府和行政重地，如果佔領了那裡，那等於是佔領了支之國。

郭旗軍開始最大的衝鋒了，副統帥也騎馬在先，向黃土土廣場的盡頭衝去。

一陣又一陣令人牙癢癢的聲音響了起來，在大廣場的正南，正由一大批高高的木牆，呈弧形的向進攻的大部隊壓過來，在這難聽的聲音下，城樓上又打來了炮響，大廣場的這一邊已有一批又一批的攻擊人群倒了下去，在大廣場的那一邊，木牆已經快要推到攻擊方的人群前。

木牆到了人群，它們把騎兵和步兵一層層的夾住，又使這麼多的將士被隔開，這個戰時牢籠很快形成了，它使黃土大廣場變成了幾百個小監獄。

儘管郭旗軍將士還在奮鬥作戰，但他們在看不到目標的情況下，不是兵器被卡住了，就是被從暗格刺來的武器所傷害，有的人，甚至被人為的拖進了另一格暗格中夾了起來。

在緊逼和擁擠中，副統帥從戰馬上掉了下來，起初是被在混亂中推來推去，之後他覺得自己已經跟幾十個士兵一起被逼入了牢籠，他的身體

美麗的地獄

靠在木牆時，他的小腿部又被刺得鮮血直流，他還見到，他的戰馬被暗格中伸出的利刃給砍掉了一個馬蹄。這樣的仗，是他戎馬一生中的第一次，這樣的經歷，使他火冒三丈，但是，他確實也無可奈何。

這算是戰場的惡毒計算？還是戰爭中的不擇手段？

這邊廂的將士們將成為支之國的俘擄，可在那一廂，原本毫無抵抗的街區中出現了全民皆兵的遊擊戰。街區的屋頂上出現了數不清的弓箭手，街區中，不斷有一批人衝出來，他們將入侵者三三兩兩的拖進了房屋內，然後進行捆綁。

這一萬將士就在前一陣還勢不可擋，可此一時很快變成了彼一時，他們在幾十萬民眾的人海中，已經被打得暈頭轉向。

這樣的逆轉態勢在進一步的發展，到了最後，擁擠在近城樓的郭旗兵正向城外跑，城樓上的勝利籌火也被撲滅，到了最後的最後，皇城的城樓上又拋出了一批批鐵球土雷，爆炸聲在平原中響起，這無疑是支之國在慶祝他們的勝利。

五

郭以龐在兩個多時辰前就見到了攻城成功的信號，他以得意的目光瞟了一眼身旁的郭小勇和震東王，按他的戰術計劃的布置，只要郭旗軍能殺到皇宮前的消息一到，那麼，他將指揮這裡的將士馬上出擊。

正面的敵方城門已被攻陷，籌火的出現，也由快騎兵的報告證實了。

皇城中的皇宮偏近他們的北正門，料想他們會把大部隊調往正門方向，那兒一定是他們寸土必爭的地方。

不一會，第二個快騎兵的報告也到達了，報告說，進城的將士只面臨一些少年小將的抵抗，郭旗軍現在已經進入了前沿街區，至於最前部隊的位置則不太確定，因為前方太擠。但肯定沒有聽說有什麼抵抗！

郭以龐判斷，他的部隊一定是在黃土大廣場中跟支之國之間產生了激戰，這個當兒可是這裡最佳的攻擊時刻。

郭以龐又一次走出帥帳，郭小勇和震東王則跟在他的身後。

正當郭以龐準備發出他的軍令時，第三個快騎兵也回來了，他報告說，在皇城內的黃土大廣場中，他們的軍隊正面臨到了一種前所未有的阻擊，在街區方向的戰鬥是尤其的激烈。

郭以龐聽了報告後，他有一種頭皮發麻的感覺，於是，他面對高聳的木塔，大聲的喊道：「高舉黃旗，全面出擊！」

「停一下」郭小勇同樣對著高塔叫了一聲，轉而他對郭以龐說：「急躁和衝動是指揮官的大忌！」

「我們不能讓這個附庸國繼續侮辱我們。」郭以龐憤怒的說。

「我們已經說定了，也在計劃中修改定了，還是先舉黑旗，超過了這十八里再舉藍旗，最後才是舉黃旗全面出擊。哥哥，你命令吧，我去率領藍旗軍。」郭小勇說著，便翻身跳上了「雪上走」。

高高的木塔上，一面大黑旗在迎風飄揚，這邊山上的兩千騎兵和那邊山的兩千騎兵便分別向山坡前衝去。

兩支騎兵在前面的兩里地會合，接著，他們一起越過了雷區，兩個時辰後，他們已經殺到了皇城的南面城樓下。

還沒等挑戰的叫罵聲出現，支之國一方已經打開了城門，從那裡，他們出來了一萬多將士來迎敵。

不一會，雙方將對將的廝殺開始，郭旗軍的騎兵也突到了敵方的步兵群中。

按照預定的時間，郭以龐命令再舉起了藍旗，在藍旗的飄揚下，這兩邊山又下去了四千騎兵和六千步兵。

騎著「雪上走」，操著「兩家刀」的郭小勇是一馬當先，在之後五里地時，他幾乎領先了有一里多地。

他一趕到戰場便殺進了敵方的步兵包圍圈，那把「兩家刀」舞得風輪轉起，所到之處無不落花流水。

那些少年小將都發現了他的到來，於是他們都圍了上來，與他展開了比武似的交量。

一陣陣莫名的呼嘯聲從城樓上出來而掠過戰場的頭頂，從兩三里外傳來了陣陣的爆炸聲響，此刻的藍旗軍被炮擊打得四處亂竄，在城樓的這一邊，支之國的將士開始迅速的回撤。

戰鬥依然在激烈的進行著，有幾百郭旗軍的騎兵在戰鬥中，跟著敵方的人流，殺進了城內。

那些少年小將也奔進了城內，眼下也只有兩位少年小將還糾纏著郭小勇。

郭小勇見此情況也心急了，他手中的「兩家刀」前後變化式的揮動了一下，這個舞動中的變化所用的勁是非常的大，它將一個抵擋的少年小將彈出了幾米之遠，另一位少年小將掉進了護城河。

「毛小子，拽住！」郭小勇跳下馬，他把大刀的一端伸向了那個落水中的少年小將。

「小哥哥，你出手太重了。」剛上岸的少年小將嘻笑著說。

「我把打仗當比武了，你還不滿意？趕緊騎馬回去吧，可別把小命留在這裡。」郭小勇說著便重新上了馬。

最後的兩個少年小將也奔回了城中。

美麗的地獄

藍旗軍也殺到了，這時，這邊的城門已經關上，吊橋也懸了起來。

「郭將軍，久仰了！」

郭小勇聽到有一個宏亮的聲音在叫他，他一眼看去，可是站在城樓上的士兵太多，他看不清是誰在喊他。

郭小勇騎馬來到了正門的中央，這一下他才看見是誰在喊他。

站在士兵的中央有個身材瘦高的長者，他長著一張雪白的長臉，他還有一頭齊肩的白髮，他穿的是一身白色的長袍。「這一定是傳說中的『雪毛人』。」郭小勇心中這麼說。

「尊敬的郭將軍，你覺得我們這樣打下去有意義嗎？」這個提問從那張長臉上傳了過來。

「我不懂什麼叫意義，我們只按聖旨行事，出來投降吧，免得害苦了城中的百姓。」郭小勇說，此時，他的身後已站滿了黑藍兩旗的將士。

「支之國從今往後都不會投降！我對自己尊敬的人是不會說謊的，你們永遠也佔領不了皇城！郭將軍，你應該對你們的皇帝已經有了認識和了解，以我看，無論勝負輸贏，你們回去後都保不住郭旗軍，休戰吧，或許我們能有辦法使你們轉危為安。」「雪毛人」說。

「雪毛人」的話把這這位蓋世英雄的臉給說紅了，可不管怎麼說，兩兵交戰，不能輸在氣勢上。

「我不想多說了，識時務就快投降！免得我們把皇城燒成灰。」郭小勇加大聲量說。

「你們的皇帝要納支之國入你們的版圖，但我們不認為你們的將士有這麼仇恨我們的支之國。我們為郭旗軍準備了禮物，如果你們真的願意打下去，那也未必不可以，現在我們打開城門讓你們攻進來，至於，你想來參觀又取禮物，還是進攻我們，兩者都由你決定取捨。」「雪毛人」泰然自若的說。

「雪毛人」如此大膽的話，引起了郭小勇身後猛將們的紛紛議論，有的說不能進去，因為「雪毛人」詭計多端又智高一籌，我們已經有幾千個俘擄在他們的手上，剛殺進去的幾百士兵還不見出來；有的說，不用怕，還不如馬上殺進去，並通知統帥部發兵黃旗軍；還有的說，就進去，先取了禮物，這樣在郭統帥那兒也可交代，……。

郭小勇冷靜了片刻，然後他向著「雪毛人」問道：「你要打開城門？你要送我們禮物？」

「這麼說，你們確實想進城，好吧，請稍等」，這是「雪毛人」的回話。

城門真的被打開了，吊橋也被放到了地面。

「聽候我的命令！全部後退兩百米，都別動！我能進去，也一定能

出來！」郭小勇大聲說道。他等著將士們按照他的命令後退完了，接著，他抽了一鞭「雪上走」，然後就飛速奔進了城門。

　　單槍匹馬的郭小勇一入城便勒住了韁繩，要不是眼明手快，憑著「雪上走」的速度，料想他已經掉進了大水池中。這大水池的一邊是個大廣場，廣場上黑壓壓的站滿了士兵，大水池的另一邊有三條通道，一條是拾階而上的石梯，它可以直上城樓；另一條是斜坡上城樓的通道；第三條才是通往城內的大路。

　　這時，那位持雙短槍的少年小將迎了上來。

　　「郭小哥，歡迎你來到我們的皇城。」這少年說著，幫他牽著韁繩。

　　「好小子，那八個人拉上城樓的是什麼玩意？」郭小勇指著斜坡問。

　　「那是我們的火炮。」少年小將回答說。

　　「火炮不是按裝在炮台上嗎？你們在城樓要建炮台來對付我們。」郭小勇問。

　　「裝在炮台上的火炮是你們的玩意，我們的火炮都是可以移動的，我們有三種不同射程的火炮，你見到的這一種，可以直接打到你們的統帥大營。」少年毫無心計的大白話，可立即遭到了郭小勇的瞪眼。

　　「好小子，你想嚇唬我？看我像不像是個被嚇大的人。」郭小勇一拳捶在少年的肩上後說。

　　「郭小哥，對不起，我直話直說冒犯了你了，看！這是進入城內的大路，那是城中最大的區域，俗稱迷宮區，首相來了後，我們還修改了一次。」少年指著大路介紹說。

　　「這樣的話，我得去看看。」郭小勇馬上翻身上馬，他不理會對方是否同意。

　　過了約半個時辰，郭小勇又回到了原地。

　　「郭小哥，你見到總統府了？」少年問。

　　「總統府？我沒見到！」郭小勇誠實的說。

　　「這說明你還沒有到達大街區的一半。如果大軍進入的話，連這個大街區都進不了，怎麼能去佔領大皇宮？」

　　「還有大皇宮？」

　　「是的！我們支之國有皇帝、總統和首相，外界可只知道我們有皇帝和首相。這是過渡時期。皇城有十六個區域，最過不去的地方叫：空曠地區。」

　　「有我們過不去的地方？那裡有什麼貓膩？」

　　「那是我們的練武和訓練場，到了戰時，別說十萬，就是二三十萬大軍也會在炮火下喪生。」

　　「看來『雪毛人』是大腦發達的瘋子。」

美麗的地獄

534

「郭小哥，我也是這麼認為的。對了，我們的瘋子首相可一直在城樓上等待你呢！」

一見到郭小勇，「雪毛人」便彬彬有禮的向他欠了一下身子，而郭小勇也向他施以金瓷國的軍人禮節。

「首相大人，這一排火炮都是你的發明？」郭小勇直接了當問。

「這是我們西方的早期發明，想不想見識一下它的厲害？」「雪毛人」和睦的說。

「當然想看！」郭小勇顯得開心的說。

「雪毛人」遞給郭小勇一支金屬筒，然後對他說：「看看你的哥哥在哪？」

「原來，支之國的人一直在看著我們！」

郭小勇心裡在這麼想。

沒多久，火砲被拉響了，隨著聲音的遠去，郭小勇從金屬筒中看到，遠處的帥帳近處已經轟然炸響，濃煙中，他還見到哥哥郭以龐從大帳中衝了出來。

「我只想見見你們火砲的威力，可沒讓你們去炸我的哥！」郭小勇急得跺腳，那「兩家刀」幾乎逼近到「雪毛人」人的脖子。

「不不！我們沒想炸你們郭旗軍。」「雪毛人」又遞上一幅圖給郭小勇，接著他說：「我們計算過，根據你們的布陣，我們只要六十門火砲連續轟你們兩個時辰，那你們將失去一半以上的人馬，然後我們再出擊，這樣定能一舉消滅郭旗軍。但是，我們不會去那樣做，原因是：我們理解你們奉旨行事的無奈，更憎恨你們皇帝的無恥和背信棄義。」

「我聽你口氣的意思是，你想讓我們造反！」

「郭將軍，你很聰明！你們要好好活下去，而我們是時候結束附庸國的狀態，我們都不希望繼續被奴役。怎麼樣，我們聯合起來，機會有九成以上。」「雪毛人」直言不諱的說完後，便向士兵們擊拍了幾掌，跟著，一群士兵抬著箱子和托著盤子，把說好的禮物送了上來。

「郭小哥，這是一百兩黃金和兩千錠白銀給郭旗軍，這一對火銃槍和一對望海鏡贈送給郭以龐統帥。等你們回去時，我們還準備了更多的禮物。」少年小將在一旁對郭小勇說。

「謝謝首相大人，金銀留下，給我哥的禮物我帶走！」郭小勇口氣堅定的說道。

見到郭小勇回來了，郭以龐便非常焦急的問：「郭小勇，快騎回報說，你一個人進了皇城，而他們的火砲又打到了這裡，我們還以為大戰役已經開始，你會回不來。快告訴哥哥，到底出了什麼事情？」

郭小勇在猛喝一陣水後，便把所有的情況，詳細的告訴了他們。

聽了郭小勇的話後，震東王想了一陣，然後他對兩兄弟說：「從各種情況判斷，那個外來首相的話並不是嚇唬人的。我想，我們戰勝不了支之國，回去一定是吞食惡果。既然都是一個死，我們何必去放棄九成以上的機會，捨得一身剮，就起來造反吧！」

「起來造反？這是您家的皇朝，您真這麼想？」郭以龐對震東王表示了懷疑的態度。

「我說的是真的！與其在流亡中苟且偷生，倒不如賭上一把！我要為巴可王報仇，你們也要使易龍先生在九泉之下安息。雨布王他們雖然強大，但也不是不可戰勝。我們放棄所有貢品以求支之國能借給我們所需的火砲和火銃槍，然後我們裡應外合，這樣一定會成功的。」震東王的話，已經說動了郭以龐，它也使郭小勇下定了一反到底的決心。

「雨布王手握三十萬大軍，皇帝的御林軍也有十萬，我們得好好盤算一下才行。」郭以龐謹慎的說。

「哥哥，只要你堅定造反的決心，事情就會成功。另外，我們在好好策畫時，也應該去聽取『雪毛人』的意見，他比我們聰明得多。」郭小勇對哥哥的轉變，表示了非常高興的說。

「對！我們先得向他們承諾，放棄所有的貢品，簽定一個永久的條約：我們世世代代不再要求他們一金一銀和女人；也不再帶一兵一卒踏上支之國的土地。」震東王說。

「我們可以用購買的方式從他們的手上得到槍砲，只要他們放回我們的俘擄，我們便可以作出撤軍的決定。」郭小勇跟在震東王的話後說。

「郭小勇，既然要和，我們也可以先表示一下，我可以馬上下達休戰的命令！你去跟『雪毛人』再談一次，並且安排我們雙邊的會談。」郭以龐說。

「哥哥，你很棒！」郭小勇興奮的說。

高高的木塔已經換上了休戰的棕色旗，第二天，戰場前的黑藍軍也接到了撤軍的命令！

六

郭小勇又一次到達了支之國的皇城，這次他受到了十位少年小將的出城迎接。「郭小哥，首相去了總統府，他很快會回來的，現在我帶你去首相府去等待他。」持雙短槍少年小將說。

他們很快來到了首相府前。

「好小子，這是什麼鐵怪物。」郭小勇一下馬便指著前面的物體問。

「這叫飛機，它能在天上飛，只可惜，它現在只能飛行不到一百里

地。」少年小將介紹說。

「『雪毛人』真是了不起！」郭小勇感嘆道。

首相府設在一個人工小島上，這兒四面環水，去到那兒有兩架人工竹橋。這裡是一個風景秀麗的地方，但一切的建築，都是非常樸實的竹子平屋。

首相府的衛兵是特別的多，那批被叫做實驗室的地方，它的外面都是手持火銃槍的士兵。

當郭小勇和少年小將走近時，正有兩位長髮披肩的「雪毛」女人從屋內走了出來，於是，郭小勇問：「支之國有多少個『雪毛人』？」

「共有二十一個，他們是航海來的，其中有七個大人，兩男五女，十六個是他們的子女，現在還有三十七個我們和他們的混血小孩子。」少年小將回答說。

他們走進了客廳。

「這個球上有這麼多的國家，還有那個自動的東西，以前我可都沒有見過。」郭小勇說。

「這叫星球儀，看！這邊上全是大海，整個星球中只有三個大陸，大陸間都隔著大海，當然還有一千一百七十七個比較大的島嶼，三個大陸中只有東西兩個大陸有人類，一千多個島嶼中，絕大部分也有人類。郭小哥，那個玩意叫鐘，是計時的，『雪毛人』跟我們有不同的計時方法。」少年小將又介紹說。

「計時會自己跑？」郭小勇撓著頭髮問。

「時間當然會自己跑！郭將軍，你一定給大家帶來了停戰的好消息。」這時，這位異族首相也走進了客廳。

雙方坐了下來後，郭小勇把郭旗軍方的想法告訴了這位首相。

「太好了！我們共抓了你們七千九百八十一名戰俘，他們的傷也快好了，我們會馬上釋放他們，你們可以明天來接回他們，到時我會出城恭迎你們，進城後，總統和我會宴請大家，屆時我們共商大計，郭將軍，你看這樣的行程安排好嗎？」首相充滿誠意的說。

「首先釋放戰俘是個非常好的舉動，謝謝！我們明天午時到達，接完我們的士兵之後就進城與貴方共商大計。」郭小勇爽快的說道。

「郭將軍，我們一言為定！」

翌日，支之國按預定的時間，把金瓷國的戰俘放出了城外，在這位首相的迎接下，郭氏兄弟和震東王也按預定的時間，走進了支之國的皇城。

豐盛的款宴設在了總統府內，宴會上，支之國首相首先發表意見說：「很高興我們之間已經結束了本不該有的戰爭狀態，本國不再願意充當附

庸國的角色，我們希望睦鄰友好，更希望簽訂一項百年好合的條約，雖然我們都知道在目前的情況下，我們還做不到這一點，不過我與郭將軍已經達成了共識，由我們來幫助你們去推翻你們的當今皇帝政權。我們這一方已經擬定好了一批武器的贈予清單，其中有二十四門火砲，兩千發砲彈，二百支火銃長槍和彈藥，我們將為你們配置五十名砲手。另外，我們還是要把最後一次貢品讓你們帶上。」

聽了這位首相的曖心話，郭旗軍的三位代表交換了一下眼色，然後，由震東王發言說道：「謝謝貴國的鼎力相助，可是，這貢品就免了，在此我向貴國承諾，未來的金瓷國政府不會與貴國發生主庸之間的關係，也不會侵犯貴國的一寸土地。」

「謝謝震東王殿下！可這一次請你們務必收入貢品，不然，過早出現的災難會影響整個大局。這一次除了金銀財寶之外，我們在貢品中增加了二十位支之國的美麗女子，其中還包括了原巴可王愛妾姐妮姐的兩個妹妹，她們叫布妮姐和布露姐，你們的皇帝和雨布王都有一個共同點，他們荒淫無度。」首相說，看來他對人性和那些邪惡的惡魔，都有著自己的見解。

「謝謝首相大人，我們知道您具有過人的智慧，所以我們懇請您給予我們的計劃多一些的建議。」郭以龐誠懇的說。

直率的「雪毛人」首相，接下來就把他的想法，仔仔細細的告訴了他們。

在第三天的午夜，郭小勇帶上了三千騎兵和支之國贈予的武器出發了，他們趁著夜色的黑霧，從北前進。

在霧霾剛散去的時候，郭以龐帶著騎步兵各五千和支之國的貢品，堂而皇之的從平原的北方向走去。

又兩天後的午夜，副統帥帶著餘下的人馬悄悄的進入了西北部的山岳，他們前後兵分了三路，至此，郭旗軍下的十萬大軍都離開了支之國的皇城地區，他們將返回祖國，去完成推翻那無朽皇朝的使命。

已經是秋天了，可是天氣還是那麼的悶熱，在太陽的直曬下，異常灼熱的光線，可把大地射得滾燙難受。

在超常炎熱的氣候下急行軍，這使郭以龐所率領的這股小部隊顯得十分的疲憊，在經歷二十一天的行軍後，他們已經來到了國內的一座大山前，這裡距離首都還有三百三十里，在此停下休整三天，這是一個非常合適的地方。

在郭以龐下達停止前進的命令僅僅半天後，他們的前面就出現了另一條部隊。

很明顯，那是一支前來堵擊他們的部隊，據報來者有兩萬多名，他

美麗的地獄

們是雨布王屬下的主力部隊，其目的是不明而喻的。

郭以龐迅速提著長戟跨上了戰馬，當他到達部隊的最前時，對方的人馬已經密密層層的堵在了那裡。

「原來是鄭將軍，你們這是什麼意思？」

郭以龐認識對方的領軍人物，他鎮定自如的問。

「我奉軍機大臣雨布王的命令，前來帶你們回首都去。」鄭將軍回答說。

「帶我們回首都？這分明是來押送我們吧。」郭以龐毫不客氣的明說道。

「郭統帥，我是奉命行事！你的這路郭旗軍怎麼人數這麼少？」鄭將軍問。

「都在支之國的皇城包圍著敵方，我是回來面聖的。」郭以龐顯得平靜自然的說。

「郭統帥，我知道你的厲害，所以你也莫怪我，軍令如山，敬請你理解。」看來這位鄭將軍也是一位爽快之人，他是想盡快的來完成他的任務。

「你想繳我們的械嗎？我們都是帶兵的粗人，明說吧，要繳我們的傢伙，那就拿實力出來，如果只是『帶路』，我們就跟著走！」郭以龐擺明了態度。

「不不，不繳你們的兵器，只是帶你們去首都。」

郭以龐見對方這麼說，他也不好再多說什麼，在他的心中則牢牢記得大家商量後的決定，他得克服自己的情緒，一直要到有必要的那一刻。

一進首都的大門，另又一支雨布王的部隊出現了，他們不由分說，直接奔向郭以龐。

「尼浮利將軍，要忍住，別忘了自己的使命。」郭以龐對屬下作了最後的吩咐後，便自己跳下了馬。

「皇上有旨，命郭統帥立即前去面聖！」一個御林軍的首領喊著，一群御林軍衝上來繳了郭以龐的長戟和佩劍，接著，他在幾百個御林軍的押送下，向皇宮方向走去。

在皇宮的議事大殿上只有三個人，皇帝加立那正坐在高處的皇椅上，在石階的左邊是宰相莫度，右邊的是軍機大臣雨布王。

被押入大殿的郭以龐立刻跪倒在地，他的嘴裡還在喊著：「吾皇萬壽無疆！」

「你可真夠大膽的，還敢回國。」加立那皇帝的話音從高處傳來，它猶如刮來的刺骨寒風直撲郭以龐。

「來人！把郭以龐拿下！」雨布王聲嘶力竭的喊道。帳後竄出了六

位大漢，他們摁住了郭以龐，並把他捆綁起來。

「你可知罪？」雨布王劣聲問道。

「我奉聖旨去攻打支之國，這何罪之有？」郭以龐面無懼色的反問。

「這麼長時間你居然打不下一個支之國？你還讓對方俘擄了七八千人，這是無能？還是你跟對方勾結了？」雨布王咄咄逼人的話可讓郭以龐明白了，他是要置自己於死地。

「您有所不知，支之國已今非昔比，他們不但有一個詭計多端的『雪毛人』首相，他們還有很多神奇的武器。我們是攻進了城內，但他們使用了活動迷宮才俘擄了我們眾多將士。之後，我們將他們團團包圍，迫使他們歸還了戰俘，還送上了豐厚的貢品。他們還懇請皇上，與他們修上百年好合，千萬別拼吞了他們。」

郭以龐的話，即刻遭到了加立那的輕蔑大笑，他大聲說：「這真是癡心妄想！」

「郭以龐，你這是胡說八道的欺君之罪，這世上哪有『雪毛人』」，看來雨布王是殺人興起，已經難以停下。

「郭以龐，你的重重包圍已經奏效，那為什麼不發起強攻，而是『見好就收』回到了國內？」莫度宰相也開口問道。

「支之國並沒有屈服之意，但卻有不錯的誠意。以雙方的實力而言，郭旗軍實難在短期內能攻佔他們，所以，我有意趁把貢品送回國內之際，把郭小勇的一部也調去參戰。」郭以龐解釋道。

「你還想再去支之國？皇上，郭以龐的話是一句也不能信。他不但無能，他還通敵！我可領兵出征，一定將支之國歸入我們的版圖。」雨布王以斬釘截鐵的口氣說。

加立那向莫度示意了一下，後者拾階而上，把耳朵貼了上去，他們在私語了一陣後，加立那對著郭以龐說道：「你弟郭小勇跟巴可王他們一起企圖謀反，現在他正潛逃在外。郭以龐，你是一個堂堂的軍中統帥，但你不在軍中指揮打仗，而跑來對朕胡說八道，我將置你死罪，你還不認罪嗎？」

「皇上，我身經百戰，決不是貪生怕死之徒。我真的不知道郭小勇發生了什麼狀況。這一次我親自回來，只是為了貢品中有些好東西，如果不親自呈上，一，怕在途中被一些大膽狂徒給沾污了；二，又怕擔誤了時間而讓皇上掃興。」到了這個時候，郭以龐終算是說出了「雪毛人」所教他說的話。

「哪是什麼稀罕之物？這分明是你想拖延該死的時間，來人，拖出去斬首！」雨布王是一副著急的樣子，可這時，加立那一擺手阻止了他立斬的命令。

「郭以龐，你指的是什麼好東西？」加立那親自問道。

「是支之國的二十個絕色美女，其中還包括了姐妮姐的兩個妹妹。這樣的天姿國色和人間尤物，我豈敢等打完了仗後才把她們送來。」

郭以龐的話可立刻改變了加立那和雨布王的神態，他們真像黑夜中的兩隻野獸那樣，眼睛中發出閃閃的綠光。

「快將貢品送上來！」皇帝大聲命令道。

這麼多的奇珍異寶都沒有引起他們的關注，而那二十位愁眉苦臉的姑娘卻牢牢吸住了他們的眼球。

兩位鶴立雞群的超級美女被他們的目光迅速的找了出來。

皇帝加立那終於從皇椅上走了下來，他一手拉著布露姐，又一手去抱住布妮姐的細腰，此時的他已經淫笑得見不了眼睛。

雨布王癡迷的看著這一幕，心理是非常的微妙，他見到了那個布露姐正朝他嫵媚一笑，這一笑勾起了他一陣惘然，「我為什麼不是皇帝？」他在內心中自問，然後他覺得自己的心中燃起了怒火，可是這種怒火是致命的，他終算意識到了自己的危險，然而，這種怒火如果不發洩出來，心裡又是何等的不舒服。

「皇上，先斬了郭以龐吧！」雨布王找到了怒火的發洩口，他氣急敗壞的喊道。

「他送來了這樣的好事，暫時不能殺他，來人，把郭以龐關入大牢。莫度，你把這批美人送去後宮。」加立那喊著他的聖旨。

御林軍把郭以軍帶走了，莫度宰相瞟了一眼已經沒有人理採的奇珍異寶，他揮了揮手，讓這批美女跟著他和幾個衛兵向大殿外走去。

「哈哈，人逢喜事就成仙！」哼著這句話的皇帝邊在兩姐妹的臀部上下其手，邊把她們推向大殿的另一方向。

雨布王好像被勾了魂似的跟著他們，他只聽到皇帝在夢遊般的說：妙！朕帶你們去見你們的姐姐，朕要天天寵幸你們，讓世上最美麗的花朵，天天為朕綻放。

這時的布露姐又回頭向後面的雨布王嫵媚一笑，這一下可使他從癡迷的夢中驚醒了過來，他想立即消失。可是晚了，他已經被他的皇兄發現了。

「你活膩了？滾！快滾！」他的皇兄對他大叫起來，可他是連滾帶爬的向反方向逃跑，這狼狽的一幕使加立那發出了一陣狂笑。

慌忙回到大殿外，雨布王的眼睛還在不甘心的尋找著，接下來，他向著後宮方向急跑起來。

他終於追上了宰相莫度，接著，他趕緊對他說：「宰相，你知道我皇兄一定會賜她們給我一些的，這事易早不易遲，你還是……。」

「這是要掉腦袋的事！要不，我是什麼都不知道，也什麼沒看到。」莫度說完，趕緊向另一方向走去，他跑了一陣才停了下來，然後，他感嘆道：「都是餵不飽的大公雞，大公雞在上，江山必然直下！」

雨布王的的五輛馬車已經回到了王府，從車上下來的幾名士兵外，另外還有五個支之國的美女，這些情況都在郭小勇望海鏡的監視之下，他知道哥哥可能已經出事，至少，他把貢品已經送到了皇宮。

郭小勇早郭以龐兩天回到了國內，他正在選定最佳的砲擊位置後而加緊準備，根據快馬的來報，副統帥所率領的大隊人馬從近道已經到達了首都西南的四十里處，另兩支人馬距離首都也在一百里之內。

按在支之國所訂下的計劃，要全部到達預定的位置，最多還剩下不到五個時辰的時間，當一切就緒，那攻擊的時間，就是以郭小勇手下的大砲聲為信號。

就在這個當兒，正在大肆蹂躪支之國美女的雨布王也接到了正確的密報，密報清晰的指出郭旗軍的十萬大軍已經全部回到境內，根據郭旗的行軍路線和他們現有的位置來判斷，這肯定是一個不平常的行動，這極大的可能是要造反。

雨布王在這個密報下的第一反應是，趕緊讓八百里快騎去北方的齊立王那裡，讓他務必帶上大部隊在五天內趕過來，接下來，他緊急讓自己的部隊在王府的周邊進行加層的防衛，最後他才想起了皇帝加立那的皇宮那一邊。

「要不要去告訴他？」雨布王心裡想著，可他猶豫了好一陣，不過，最後他還是快馬加鞭去了皇宮。

此時的加立那正陷入瘋狂的奸淫之中，在他的眼前有六位穿著透明薄紗的女子在翩翩舞蹈，他面對著三個赤身裸體的姐妹，他剛姦污了姐妮姐，又將布妮姐摁在了桌子上，這時的布露姐正調皮的伸手蒙著他的眼睛，而姐妮姐則使勁拖著他，不讓他移動。

雨布王在寢宮外斥責衛兵，他憤怒的威脅他們，如果要阻止他的進入，他們將全部腦袋不保。

「吾皇萬壽無疆。」雨布王的這一喊，一下子氣呆了加立那，他那滾滾燃燒的慾火，似乎給一桶冰水給撲滅了，他的慾火迅速變成了怒火，他情急之下從一邊抽出寶劍，但是，他忽然覺得自己已經沒有了力氣去刺向他的兄弟了。

「皇兄，郭旗軍造反了！」雨布王報告說。

「造反？他們能翻天？你應該去找齊立王，你們加在一起可是郭旗軍的六倍。你闖到我這裡，是要我帶著她們去鎮壓嗎？我命令你，馬上讓全部御林軍進宮保駕，你的軍隊在宮外層層守護。另外我最後一次警告

你，如果還擅自闖宮，我一定格殺無論！」紅了眼的皇帝向他發出兇狠的目光。

悻悻不悅的雨布王出宮後立刻把自己的部分部隊從皇宮外圍撤走了，他已經盤算好了，從現在起，他要保存力量守護好自己，等到齊立王的人馬一到，他們兩兵一合，到那時，他才下決心去剿滅郭旗軍，至於皇帝，他已經不會再去理會，他真的希望郭旗軍能消滅他，然後他再去滅了郭旗軍，如果形勢真的這樣發展，那他一定會成為又一個新皇帝。

郭小勇已經打聽到了郭以龐的下落，他被關進了死牢中，致於什麼時候被問斬還尚不清楚，而從幾方面的跡象來看，雨布王一方應該已經獲悉了郭旗軍要造反的事，為此，郭小勇決定，造反的炮聲就在今晚打響。他把這一個關鍵的決定通知了郭旗軍的各方。

郭旗軍的九萬人馬挺進到了首都的周邊，有大部分的主力部隊也已經進入了首都，郭小勇指揮的砲兵也早就瞄準著雨布王王府和他的幾個兵營，出擊的火銃槍部和騎兵也到達了指定的位置。

郭小勇收起了望海鏡，他對著砲兵說：「兄弟們，關鍵的時刻到了，一鼓足氣的打趴敵軍。」接著，他舉起了火銃槍向天空打了一槍。

二十四門火砲同時齊發，炮彈呼嘯著向長空劃去，**轟隆**的爆炸聲震耳欲聾的響起，眼見目標中的建築物在一批又一批的倒下。在如此猛烈的打擊下，絕大部分的兵營都被炸得火光衝天，能衝出兵營的士兵也在火海中像熱鍋上的螞蟻一樣被燒成了焦屍。雨布王王府所受到的打擊更猛於兵營，它幾乎在不到兩個時辰便變成了一大片廢墟。

郭小勇提著「兩家刀」，已經跨上了「雪上走」，他的騎兵和火銃槍部隊跟著他，向著目標方向奔去。

在雨布王府和他的兵營中已經沒有能抵抗的力量，郭小勇命令一部分戰士留下打掃戰場之後，他自己領著騎兵和火銃部隊則直奔死牢方向。

守衛死牢的士兵一見郭小勇衝來，他們只抵擋了一點時間後就投降了！

救出了哥哥郭以龐，郭小勇把眼下的人馬都留給他，而他自己則獨自一人，快速奔回了炮兵陣地。現在他要將大砲全部拉到靠近皇宮的地方，把皇宮納入射程之內，這也是他們計劃中的重點。

在兩個時辰後，砲彈已經落到了皇宮的周邊，郭旗軍的總攻擊也全面開始了。

副統帥率領的前沿騎兵殺到了皇宮南側，他們與郭以龐蒂領的騎兵和火槍部隊會合了。在排排火銃散彈打擊下，莫度宰相帶著一部人馬率先投降了，之後，雙方的部隊在皇宮周邊的大街上展開了血腥的大搏殺。

這一戰鬥一直打到了天亮，大街上是屍橫滿街。這時的御林軍部隊

也全數退進了皇宮，他們退卻之後就緊閉了皇宮的三個大門。

到了近午時，郭旗軍的將士已經全部殺到，但是，也夠頑強的御林軍只是堅守著宮內，幾次對皇宮的強攻也暫時失利。

在暫停一時攻擊後，郭小勇則直接把二十四門大砲拉到了皇宮前，這些大砲幾乎以平射的姿態向皇宮的正面進行了狂轟。

皇宮堅固的圍牆被炸倒了一大片，郭旗軍的將士像蜂群一樣湧了進去。

在大勢所趨的形勢下，御林軍也投降了！

郭旗軍在皇宮中打掃戰場，他們幾乎查遍了每個角落，但是，他們唯獨沒有見到皇帝加立那和三個支之國姐妹。最後，還是那個莫度把大家帶到了皇帝的寢宮，他移開了密室的機關。

郭小勇第一個衝進了密室，在燭光昏黑之下，他見到了使他吃驚的一幕：那支之國的三姐妹已用自己的身體死死的壓住了加立那，鮮血已掛在她們美麗的臉上。

郭小勇把最上面的布妮姐和布露姐拉起來，並把她們抱出了密室。

郭以龐看到的是：直接壓住加立那的姐妮姐是多出流著鮮血，一把長劍已穿透了她的腿部，而這時的加立那正喘著粗氣，他好像在一場激烈的打鬥後也已精疲力盡。

郭以龐把他們全部拖出了密室。

姐妮姐睜開了已經沒有光亮的眼睛，她對著兩個妹妹，吐出了最後四個字：「我要回家！」她嘆了一口氣，隨後永遠閉上了眼睛。

加立那開始瞌頭求饒，郭以龐以非常輕蔑的目光瞟了他一眼，跟著，他從腰間取出了一支小笛吹了起來，在一陣悲催的音樂聲中，震東王也取出了一塊小金牌，他把小金牌扔在加立那身上時，低沉聲音的對他說：你可真是一個畜牲不如的『好大哥』」。

郭以龐從郭小勇的手中接過了「兩家刀」，他在加立那的號哭下將「兩家刀」舞了起來，一道寒光在人們的頭頂上閃過，這快速的一閃後，加立那的身體已成了兩截。

三天後，雨布王的屍體也被辨識出來，那是一個沒有下肢的屍體，那一張臉也被炸掉了下巴。

一個月後，震東王登基成了新皇帝。

金瓷國跟支之國也確實簽訂了睦鄰友好的條約。

有一天，「雪毛人」首相的女兒把一張電文交給了他，她對他說：「爹，我們遠洋的大艦隊終於打造完了，看來，它們將到達這片美麗的大陸。」

他看了一下電文，然後對女兒說：「它們已揚帆啓航，估計一百天

美麗的地獄

後就可到達。這是文明真正向上的開始？還是征服者無畏的航向？不過，我首先希望，這熱死人的氣候能早點結束！」

征服者的艦隊是永遠也到不了這個大陸了！這個星球的第一次文明就要夭折！

超級的酷暑下，全人類已有一種窒息的感覺，而那時的北極，高聳的冰層已發出斷裂的巨響。太陽燒著了太空，蒸騰的氣流跟著火焰的光射，把這個「藍晶冰球」給燒得滾燙。斷裂的冰層從北極大洋橫衝直撞過來，大海浪連上了天際，首先把這個星球的西方大陸也納入到了它們的同伴行列。星球的周邊都是海洋，它們搖晃不止。只十年後，隔絕東西大陸的大海洋也正如當時發生在北極大海洋的情況一樣，……。

在毀滅的過程中出現了這樣的小細節：原冰封在北極的兩架可以分宇宙飛行機，它們被從冰層衝到了這隔絕東西大陸的大海洋，這一號主機掉進了海底一萬多米的深溝裡，二號主機最後在深海五千多米處被架在海下的兩山之間。這個由先紅人和「雪毛人」所組成的文明人類，他們被毀滅在封建時代的後期。

●

第十五章：又一次文明的謝幕

一

宇宙或許真的沒有了時間，在一段又一段的黑暗中，時間彷彿也會處於窒息的狀態。

當星球的演變暫時達到足夠的階段時，世間萬物又在蠢蠢蠕動下發出了萌芽。時間又跳了出來，它給星球再一次帶來了人類所需的生機。

嚴寒過去了，一片春暖花開的年月即將來臨。藍晶星球的稱號必將被修改，但是，原來的三個大陸和星羅棋佈的島嶼還依然存在著，這三個大陸的面積相比從前可大多了，原本星球周邊的海洋圈現在已經形成了不同的四個大海洋。

這個星球比較像樣的二號文明，正同時出來在這三個大陸和那些暫時數不過來的島嶼上。

全球人類的長相和膚色都這般的相似，透明的淡紅色皮膚，均勻的中等身上，他們都長著一對黑色的眼睛。敘述者把這波人類稱作為：後紅人。

後紅人出現在這個星球後，這裡的氣候是處於絕大部分的風調雨順，可這波人類卻在反反覆覆又兜兜轉轉的原始步履中走了比前一次多一倍的時光，這段超級漫長的過程，它也是這個星球的 105 次文明中，走得最長的一次。

他們從群居到家天下之間就反覆走了三次，曾經的小家被不斷消失，新建的大家又不斷出現了自我分化，這種循環似的通向文明的新階段，它又使全部人類有了一種慣性下的習慣。

混亂的語言和混亂的早期文化，它們依然穿梭到每家每戶。

嚇唬孩子的胡編亂造，欺騙鄰里的胡說八道，男性無能後的自圓其說，女人在外時的無聊嘮叨，這一切竟然讓聰明人經過整理編排後，變成了一系列的宗教。

曾經明確的肯定過：宗教在人類走到文明的第二期時會漸漸的消失，但是，宗教卻是人類文明前期所不能缺又不能少的依靠，人類還沒有見到真正的文明之光時，宗教便是人類自我創造的明燈。

宗教是人類所需要的精神同伴，從文明行程的角度來說，它的意義跟戰爭一樣。

每一個人類都知道戰爭是一個極壞的現象，它確實也會在高級文明的初期消失掉，但是，人類不惜殺戮，不惜毀掉另一類的存在，這個原因是非常簡單，因為人類需要戰爭，人類有太多解決不了的問題，而使用戰爭卻能解決人類所難以解決的難題。

人類的文明道路，就是要闖過那交叉出現的矛盾阻擋，智能的人類啊！你可千萬記住，無論人類處於什麼文明階段，普通人只應該做的兩個字：簡單！哪一天，有一個使命落在了某個人的頭上，讓你成為了一個「人物」，那你可千萬別太把自己當會事了，你想顯耀自己而胡作非為，那麼，非常可能，你會一天比一天覺得更累，其實這時的你已經「死了」，（靈魂先肉體而死）請你記住，無論是宇宙中的誰，他都沒有訂下標準的權力，治國安邦只有一條：順勢而行！

敘述者說：天堂對宇宙人類的大標準只看一點：進步和倒退。

宗教是開啓後紅人真正進入文明新一頁的動力，人類的意識在比較接近的情況下，一種意識形態的同步在全球無聲無息的出現。手工業像宗教一樣傳入了一半的家庭，在這個時候，國家才漸漸的出現於這三個大陸中。

這是一個在 105 次人類出現中比較另類的一次，在手工業蓬勃興起之際，那裡有大批大批的少年走出了家門，外面的世界是這麼的大，可一個無意的想法就能聚成一群人，兩三個志同道合的朋友就能串起一大幫，操起了冷兵器去打鬥令人興奮，在國家軍隊的追殺下又令人覺得很刺激，這

蕩來晃去一千年中，每個國家的皇帝都在快速變動，連綿不斷的戰事由幾千人一直發展到幾十萬人。

打著打著，那些農耕歷史變得出奇的短暫，打著打著，那封疆建土的時代卻與工業革命揉在了一道。

刀光劍影下的刀槍劍戟在不知不覺中變成了火銃槍的齊發和隆隆的砲聲，在那大海上，那冒著黑煙的戰艦也像趕集似的去向戰場。

大地上似乎一下子都有犬牙交錯的鐵道，天空上那不會拍動翅膀的鐵飛鳥也出現了。

後紅人把他們的星球稱叫為：藍色星球，人們就習慣稱它為：藍球。

藍球的東方有個大國，它的名字叫：大都國。

大都國與全球中三個大陸中的國家建國的時間都差不多，它建立於家天下之後，這個建國歷史至今有一千一百年。

在這段歷史的後期，它曾與六個鄰國進行過大型的戰爭，但其結果是：它相繼被這六國殖民了，這個殖民史幾乎佔了它建國史的三分之一，這種苦不堪言的歷史一直到了八十年前才告結束。

在九十五年前，大都國出現了一位傑出的民族英雄，他率領著這片土地上同宗同教的民眾進行了反殖民的戰鬥，在艱難困苦又力量懸殊的條件下，他們竟然只用十三年的時間就擺脫了殖民的統治。接著，他們又以六年的時間，向鄰里的四國發起了攻擊戰爭，其結果是：他們把其中的兩國納入了自己的版圖。

在如此逆轉整個大勢的情況下，那個民族英雄便更換了自己的舞台角色，他把原本的王國帝制，改成了類似全球潮流的「民選制」，並把皇帝改成了家主席，他當然就是大都國的第一任家主席。

可是這位家主席只執政了三十四天的時間就因病去世了。他死後，原本法律上註明民選的場面並沒有出現，接任他職位的是他的親弟弟。

接下來，被並入版圖的兩國開始烽火四起，於是，一場幾十年的內戰也開始席卷這個國家的每一個角落。

當這場戰爭結束後，這個國家的政權便落到第二大家族——左氏家族的手中。

大都國終於有了十七年的和平，在這麼短期的和平下，這個國家終算是從百廢待興中漸漸的恢復過來。

前不久，這位執政十七年的家主席也因病去世了，現在接任他的是這位故去家主席的親生兒子。新任家主席的兒子叫：左通言堂。

這位家主席才二十八歲。他是一位外貌俊朗，氣度不凡的年輕人。當時，在東方流行著這樣一個傳說，一國的首腦人物，如果他的長相是英俊瀟灑的話，那麼，這個國家的國運是不會差到哪裡去的。

這位家主席按著貫列在上任後便召集了所有的政要，他們一連開了幾天的會議，這會議的議題，大多數是圍繞著國內外的形勢進行討論和分析。

那時的世界形勢和格局是這樣的：東部大陸共有三十八個國家，屬於最有崛起希望的只有兩個國家，這兩個國家除了大都國以外，另一個就是大都國的鄰國大尊國。這個大尊國的土地面積只有大都國的一半，可它的人口基數比大都國還多，除了之外，它還有兩個國家優勢：一，它是一個資源大國；二是，在東部大陸上，有十九個國家的宗教跟它隸屬相同。

在那個時代，所有先進發達的國家基本上都集中在南部大陸，而在東部大陸上，可以這麼說，它們的物質文明與南部大陸還處在不同的等級上。

就目前的形勢看，大都國與大尊國在邊境上時有衝突和摩擦，原因是，大尊國在領土上對大都國有著領土上的要求，因為，大都國在二十多年前佔有了他們部分寶貴的領土。

那片土地是他們相互箝制崛起和搏弈的籌碼，但這暫時還沒有達到發起戰爭時來作為借口。

家主席左通言堂對於有關國外議題的討論分析結果很是滿意，他看起來的理念基本上跟幕僚是一致的。

但是，這位年輕的家主席，他在國內的形勢議題下卻處於舉棋不定的狀況，這裡大多人在堅持對大尊國持強硬態度下，卻對國內的事持著先外後內的施政想法，而對於大局，只有一位持不同意見者，這一位就是首相箚大瓦。

這位首相在會議上發言不多，但可以從他一小段直言不諱的發言中，鮮明的知道他的立場，他對著大家說：「縱觀當下，我們還是把治國的重點放在國內。我們的國家正處在家族天下的時代，大部分的資源都在家族的手裡，我們在座的都來自於不同的大家族，大家都知道，資源的不合理會使整個社會民風傾向一個極端。對於大尊國，我們何必過分強硬，從表面上去度民族主義的爽快和撈取民意激進的安慰可都是愚蠢之舉。我們的目的是崛起，而不是佔他人的上風，一個和平的環境穩定，會使我們和他們的文明距離攔開。等有一天，我們空中有了大型轟炸機，地面上有了齊發的飛彈，到時才與他們攤牌。」

「這些南部大陸都有了，可我們還將努力二十年。現在大尊國幾乎每天都在叫囂著要我們歸還他們的領土，這二十年又怎麼去爭取和平的環境？國與國的和平是靠戰爭得來的，而不是靠忍氣吞聲的裝傻。」陸軍總司令對首相立刻回懟道。

「箚大瓦首相，我們正在強大，歷史上，我們在力量懸殊下依然打

敗了殖民者，而現在卻要在他人的叫囂下，只當沒有受到威脅，當然，我並不主張戰爭，但表現強硬是應該的。」一位部長說。

「靠外交上的模糊戰略，這好像有損我們的國格，無條件的歸還領土，豈能讓人接受。客觀的說，大尊國所具備的條件比我們要好得多，我們可不能等他們超越了我們，然後又一次的去接受挨打。」工業部長說。

「我堅持自己的意見，跟大尊國的衝突可以以其他的方式去避免，我們跟他們在當下可不能去開戰，戰爭到一定的時候不但拚的是國力，還拚的是雙方社會的結構，一旦結構性的崩塌出現，那國內外的危機將同時出現，而這樣的例子在歷史上很多，在這種情況下，真保不齊我們又變成了被殖民國，或許，殖民我們的是域外的某個強大的勢力。」很倔的首相依然是固執己見。

接下來是文化和外交部長的發言，他們既批評了首相的觀點，可也希望在國內對大家族作一定的限制措施。這樣的發言，使他們自己和在座的所有人都覺得怪怪的。家庭和國家在人類的文明道路上有十分矛盾的同時出現。

「好了，不要再爭論了，簡單的說，我們都服務於這個國家，我們都要對這個國家負責，大家要逐漸產生共識，從共識中產生出一個好的新國策。」家主席左通言堂聰明的感覺到，這樣的會議開得越長，可越是沒有了意義。於是，他在停頓了一下自己的話後，接著又說道：「我們的會議已經進行了兩天了，以聊天的方式來各抒己見也夠了，現在我得請書記員進來，讓他們把我們會議的內容給記錄下來。首先，我得說，我們的大針方向不能改變，按既定的政策至少是在短時間不能變動，現在我們只需來討論內外的兩個問題，一，大尊國強力要求我們歸還那二十七萬平方千米的事；二，國內的民意中，強力要求政府去處理大家族的掠奪和控制國家資源的問題。這第二件事是非常的棘手，它關乎到我們在座的每一個人。」

「我先來發言。」外交部長站了起來，他向大家禮貌的點了一下頭，然後發言道：「我們與大尊國關於領土的談判已經進行了多年，首先，我們從來沒有在法律上，把那片領土歸入我們的版圖，以既定的方針來講，我們也沒有刻意要將那片領土歸為大都國所有，在領土問題產生的初期，我們雙邊貿易關係是非常有利於我們間的談判，由此我們也曾經歸還了他們一部分，從國際法的角度來說，這是一場戰爭所遺留的問題，我們由此對歸還附加一定的條件是完全符合情理的，但是，從這兩年開始，對方的政策變了，他們要求我們無條件的歸還領土，這是世界上大多數國家覺得滑稽的事，這也是我們在疑問，除了再一次的戰爭，好像沒有其他的解決辦法。」

「我也認為他們為了以戰爭的手段來解決糾紛而設下了伏筆，就實際情況看，他們確實能在五年後超越我們的發展，我們軍方已經擬定了一個完整的作戰方案，我們評估過，如果我們與他們之間解決不了這個問題，最有利我們開戰的時候是現在。」陸軍總司令說。

「我跟前任家主席的意見是高度一致的，與大尊國的關係只能向好的方向發展，我們倒不在乎吃了能長壽的『娃娃枝』，而真實的情況表明，我們的發展資源有百分之四十必須來自於大尊國。大家可以翻閱我們前政府的內閣定議，在特殊情況下，我們要不惜把那片領土跟他們交換所擁有的和平。」首相箚大瓦說。

「我相信在座的人們都知道這樣的事，但就國家的體面而言，這確是一種放棄尊嚴的大事，當時，這個定義只產生於內閣中，可這怎麼去面向大眾？」宣傳部長髮言說。

「這是一個兩屆政府遺留下來的問題，我的態度是：既審時度勢，也還是要且行且應變。」工業部部長說。

「關於這個事情，我父親曾經告誡過我：一個國家的政策，以利益最大化而定！在這個棘手的問題上，應該是以分批歸還來拖延，這樣更有利國家利益。但是，我本人只是認為：在最佳的國家友好關係下，把那片土地一次性歸還。可是，我們與大尊國的關係卻變得越來越不盡人意，如果，這時去把領土還給他們，這確實有損我們的國家尊嚴。」家主席真不愧是個年輕人，他的坦率使人們既佩服又覺得有點軟弱。

「家主席，以我的認為是：先擱置一下這個問題，致於我們與他們的談判，這還要繼續進行。」首相再次發言說。

「首相的意思是，完全按之前的方針延續，我本人是贊成的，大家看，還有其他意見嗎？」家主席說著，然後環視了一下大家。

為了第一個問題，他們已經沒有了其他的聲音。

「看來，首相所擔憂的國內問題是比國外問題來得更棘手，我很想聽聽你們大家的看法。」家主席左通言堂調整了一下自己的坐姿，他彷彿在說，我可最重視這個棘手難辦的事！

人們一下了靜了下來，人類就是這樣，一旦涉及到自己的利益時，他們的第一反應終是如此的謹慎，他們都會同時盤算著自己……。

「如果我不說，相信大家也不會說什麼。在座的各位都出生於當今五十個大家族，可以肯定的說，大家除了一份公職外，也都是大家族的掌門人。如果只按民意而制定法規的話，相信在座的家族興旺，會受到巨大的影響，但是，如果像我父親那樣蒙過去，事態定會受到失控性的繼續發展。我不是一個激進的改革者，可也不是一個能眼睜睜的看著國內大動盪的附庸者

美麗的地獄

。我現在可以明白無誤的告訴大家我想幹什麼，一，我敬請大家從現在起，盡一切努力去終止從公職中獲取商業利益，並不再進行壟斷行業方面投資，在新的法律出來之後，我們不反對家族性的生意，我憑『不反對』這三個字，相信大家的利益就不會崩盤。二，在座的沒有家族的武裝勢力，這一點我很慶幸，我想做的重點是：解除家族性的所有武裝。」

家主席左通言堂這麼坦率，可把在座的內閣成員給驚愕住了，他們先望向他的臉，跟著又相互觀望，他們集體在心裡撥起了算盤，當有一位內閣成員聰明的微笑時，另外的人也逐漸顯示出同一表情。

家主席左通言堂已經看到了他們表情上的展示，他心知肚明的跟著微微一笑，最後，他站起來對大家說：「好了，大家都開會開累了，該回去好好休息！希望大家精神飽滿的為國家出力，散會！」

人們都離開了會議室，家主席左通言堂看了一下時間，然後他也起身離開了，這一次，他沒有回去自己的辦公室，而是趕去了國家大劇院。今晚有一出新歌劇上演，創作者和主演者正是他的太太：莫小紅。

二

左通言堂是一位非常有個性的年輕人，他又是一位極富理想色彩並還是一位堅定不移去做的執行者。他的思想理念其實十分不同於他的父親，甚至是，他在父親的大腦中是一個執意的逆反者，要不是父親的病故，加上他是他唯一的兒子的話，那麼可以肯定，這個家主席的重任一定不會落在他的肩上，但是，左通言堂對於子承父業的大事卻顯得不非常的在意。

通過這兩天的內閣會議，左通言堂一直在這麼想：我已經堅定了要改變這個國家的決心，那麼無論其他人說了什麼，又做了什麼，這只是謹供我的參考，最終的決策，還得由我自己來定。

今天，他約了他的堂兄左志言郎，他想跟他好好的談談。這位堂兄是大都國的內務部長，他這次也參加了內閣會議，不過這位亦兄亦友的堂兄，他在會議上幾乎沒有發言。

這是一對從小一起長大的好兄弟，小時候他們形影不離，稍長大後，又常常結伴去旅行，讓他們印象最深刻的一次是，在他們十幾歲時的有一年，他們結伴去了東南島國旅行，他們躲過了衛士的視線去了另一個小島，在小島上，他們欣賞了綺麗的風光，又享用了難以遺忘的美味，之後他們還在一些露天攤位上，買到了兩本一模一樣的「古籍抄本」，他們回去後都悉心閱讀了，但這書內容卻使他們一知半解。不過，這書中的最後一句話和書中的一首童謠，竟使他們不能忘記。

後來，他們將這兩本「古籍抄本」拿去作了檢定，檢定的結果是：

這並不是什麼古籍書，這些紙張是仿舊的，墨跡也最多只有不到三十年，還有就是這本書的作者叫斯可達，這個名字由古至今都沒有聽說過寫過什麼作品。

這對兄弟把假的「古籍抄本」給燒了，可是還沒過三年，書中的童謠就出現在大街小巷里，根據他們的了解，孩子們在擊掌遊戲和跳繩遊戲中都在唱。

他們還記得這童謠的內容是這樣的：「歌聲重，舞蹈輕，東方的舞台彈性足。東一槍，西一炮，佔據不了山頂，往家跑。西上坡，北下橋，搭起的舞台全拆掉。你吃土，我吃藥，這個世界全睡覺。

什麼意思？這對兄弟當然是解讀不了和知道。

在他們長大後，由於在特殊環境下的耳濡目染，這使他領悟到那本結尾的那句話，實在講的很有道理，那句話是這麼寫的：治國安邦四個字，法、規、情、理不顛倒。

眼下，堂兄左志言郎已經到了。

「堂兄，這次會議上，你可一言不發，這是為什麼？」家主席左通言堂開口便問。

「言堂弟，我因為知道你的理想重點和預先講出來對大家族的武裝要動手的目的，所以，我懶得去說交惡打仗的事，任何必勝的戰爭都會變成持久戰，如果真的是那樣的話，你的政治信念和理想就是做夢。

那我們訂下來的故意放風，在這幾天沒有什麼動靜，各個環節，我都作了準備。」左志言郎回答說。

「在合適的情況下把那片土地還給大尊國，這一點，我是不會改變的。你知道，我對權力的興趣不同於其他所有的男人，既然這個使命已經落在了我的肩上，那我就拿來實現自己的價值觀。堂兄，我再說一次，我只想使國家安定，消除那些把人不當人的勢力。把國家引入南部大陸似的民主制度，然後就退下來！」左通言堂確實是在重申他的執政理想。

「言堂弟，當叔叔過世時，你就跟我談過你的理想，為此也使我有一段時間的思考，我們從小一起長大，我們的理念是一致的，但是，你應該已經考慮成熟，應該知道其阻力和艱難的程度有多麼的巨大。自從有了家主席到現在，所有的領導人其實都在延續皇朝制度，現在的大家族也只是一種另類的帝王將相。在你的思想中，有沒有去什麼執行的具體步驟？」左志言郎直接坦率的問。

「有！第一個就是立法，這世界奢想不了公平，但一個好的法律，至少能把人權作為生存的基本線，把人類拉在一條公平線上，堂兄，還記得那本奇書的最後一行句子嗎，法、規、情、理不顛倒。這聽起來容易的事，我想了很久，其實它蘊含著極其複雜的過程，人事，環境，資源，智

慧，時機等等的問題都要做到一定的份上，我正準備建一個重新的立法團隊，可以借鑑南部大陸一些國家。這是一個豐滿的構思，希望在過程中一切順利。在行動上，當然是先去解決大家族武裝的事，這樣可以消除內戰的隱患。另外，我希望在形勢趨向安穩的條件下，再出具一個選舉法，爭取在五年至八年之間，讓我們國家的政治制度能完全變個樣，到了那時，我會退下來！」

「言堂弟，我們確實缺少一部真正的法律，我們還缺少嚴守法規的基本素質，正如首相說的那樣：我們的社會結構已經腐爛，我們的二十一個省份中，甚至有一半的地方可以死人無須償命，金錢已經成了最高的律法，在四個邊境省份，那裡什麼都可以做，法律形同虛設。」

「堂兄，這也是我想跟你說的另一個問題，我已經考慮定了，按照南部大陸的經驗去組建一支治安部隊，他們把它叫做警察，我們可以把它叫做安民憲兵，不過，現在的時機未到，因為，這樣一支治安部隊一定會與家族武裝起到最不安定的衝突，我想，在新法律出籠和鏟除家族武裝後，才是最佳的時機。」

「言堂弟，我支持你在時機來臨時作大刀闊斧的改革，但我們得處處小心，表面上不能高調和冒進，最近，我正加強著下屬情報部門的工作，也著手把一些重要的海內外情報作了應對的準備措施。」

「你讓人送來的材料我都看了。我對形勢進行了預判，認為這兩年很關鍵，我們必須得審時度勢。」

這一次談話持續了幾個小時，將來的大致策略已經基本上刻在他們的大腦裡。

在家主席左通言堂的執政第一年，在大都國的國內外，形勢相對是平穩的。只是在國內，民眾要求改革的呼聲是日趨的高漲，但是，地方的家族勢力對此不但沒有收斂起他們一貫來的壓迫，而且相對之前還在加深。

在又三個月過去後，從先進的南部大陸傳來了令人意外的新聞消息，為了爭奪海洋資源，有兩個大國在那南部海洋中發生了激烈的海戰。這個消息傳來不到三天，又有四國參與了這場戰爭，以這樣的趨勢來看，一場世界大戰非常可能發生。

當今的世界輿論證明，有許多許多國家正在站隊，這可真是文明初期的人類特證，他們認為，概念中的對與錯，可比人類的生命還重要。

這個大新聞發生不到一個月，大都國的首相箌大瓦遭到了暗殺。

這個首相的位置暫時由左志言郎兼任著。

在新的法律尚未出爐的時間中，家主席左通言堂頒發了一個政府法令，其內容是：凡是出生於南方四島的居民，他們將分得一塊屬於他們的

土地；凡在各城市設廠的經營者，他們將得到政府的補貼。

在國內民眾正高興的歡呼之際，大都國的外交部也給家主席左通言堂傳來了不錯的好消息，大尊國的家主席在收到左通言堂的兩封和善的信件後，正式向他發出了到訪的邀請。

一個月後，家主席左通言堂率領了一個龐大的訪問團去了大尊國，這個國事訪問很成功，雙方的國家關係得到了迅速的改善。

就在大都國開放了那片被佔領土的兩個月後，大尊國的家主席也不幸被他的衛兵刺殺了。

根據內務部的情報，在大都國西部的大家族中有八家，他們已經在邊境地區快速加大了武裝，並且，他們已經跟大尊國的主要武裝力量，勾結在了一起，大尊國前家主席被刺，背後也有他們的影子。

家主席左通言堂接獲這個消息後，他想了有幾個小時的時間，之後，他雖然又召集了一個會議，但是除了討論新法律即將公布和下一步的國內方針以後，他並沒有向內閣通報這個情報內容。

三天後，新的法律公布了，也就在這個時候，左通言堂和左志言郎再一次在家主席的官邸見面了。

「堂兄，我們該到時候動手了！」左通言堂開門見山的說。

「言堂弟，我們早已做好了準備，你就按你的想法吩咐吧。」左志言郎說。

「西邊家族的事教訓了我，但使我的決心更堅定了。在我們的國家有五支最大的家族武裝，我想讓你帶上內務部的精銳部隊，把大家族的東方軍給拔掉，大家族的西方軍我已經安排讓人去了。堂兄，你最好在明天凌晨去辦，記住！盡量別太血腥，你主要要做的是：抓人，抄家。當然，如不得已，也可以使用極端的手段！你去布置吧，我等著你的好消息。」左通言堂說後便站起來，他把堂兄送到了門外。

根據家主席的指示，內務部出動了最精銳的七個營，他們在翌日凌晨把東方軍的四個家族給團團包圍了，在指定的時間一到，內務部隊便向目標發起突擊。

有兩個家族在沒有反應過來的情況下，經過短暫的槍戰下便被繳械了。該抓的已經抓到了，抄家時，東方軍的軍火庫存和先進程度都使左志言郎大為吃驚。

這一邊廂的結果比想像的還順利，可另一邊廂的兩大家族卻使內務部隊遭到了很大的麻煩。

這兩大家族好像早有準備，他們依著堡壘似的建築進行了非常頑強的抵抗，他們間的戰鬥正像一次戰場上的真正搏殺，最後，內務部不得不調來了裝甲營，他們在猛烈的炮火下，才攻下了這兩個家族，這一次該抓

的人都跑了，但讓內務部士兵所抄到的武器，足足可以裝備兩個師。

這次的行動取得了成功，但也衍生出了其他的問題。從收繳的先進武器來看，它們絕大部門來自於南部大陸，從這一點看，這證明了大家族的雄厚財力，但是讓人意外的是，在繳獲的武器中還有大都國自己所研發的遠程砲，這種新型的遠程砲還沒有廣泛裝備於大都國的自己軍隊，而僅僅在大家族的東方軍中卻擁有不少的數量。對此問題，陸軍總司令表示全然無知，而工業部長所提供的數據信息是，他們已經在一個月前便向軍方送去了全部訂購的貨物。

這個嚴重的問題必須得解決，解決前也必須由內務部去進行徹底的調查。

這次向大家族武裝開始的第一次動手，確實起到了敲山震虎的作用，凡擁有私人武裝的家族，有小部分向政府作了確切的申報，有的自願把武器交了出來。但是，有大部分的家族開始發出激烈的反應，他們有的獨霸一方，大有頑抗新法律的實施，有的索性拉上武裝直接投奔鄰國。

再來看一下左通言堂執政兩年下的形勢：新政在提升教育制度、自由市場風氣、平衡勞資關係等等的一系列改革中取得了前所未有的成功，加上目前南部大陸正在陷入戰爭，所以有大量的投資湧入到了這個社會環境，法律保障，基礎建設等正快速發展的大都國，雖然僅僅只有兩年的時間，可這種既合適匹配又嶄新的政治制度，它使這個國家出現了煥然一新的面貌，這種面貌等同於是一個崛起的火車頭，它自然會把大都國帶往一個理想的前方。

新法出現後的幾個月中，更為細緻的法規也正大量的推出。這時的左通言堂和左志言郎的思想中隱隱約約的產生了一種感覺，這法、規、情、理四個字是折開還是連接，它們都是手拉著手，法與規應該重於社會的上層，而輕於下層，而情與理應該正好相反。

正當大部分人興高采烈時，那一定有少部分人坐立不安。安邦治國的大忌是顛倒黑白和一片拍馬奉諛。

請看風調雨順和天怒人怨的區別；請看民眾在一個好的節點上的表情，再看看災難重重時，那天空中的氣息。

接下來的情況和形勢是這樣的：經過內務部的徹查，軍方確實有一批將軍們在國家的武器採購中上下其手，他們貪腐的數目是非常的巨大，不過，從整體而言，這種齷齪的行為還不致於影響整體的國家軍事建設，為此，所有涉案的將軍都被起訴了原陸軍總司令也由咎辭職了，在工業部中，凡有牽連的大官也相繼受到了法律的懲處。

自從對大家族的東方軍和西部大家族武裝被鏟除後，在一年後，對北方的大家族武裝也採取了相同的行動。

現在已是左通言堂執政的第六年，這位家主席現在正以一部分的時間和精力，著手將他理想中的另一個重點——選舉憲法付之於行動之中。

政府正在聽取各方的意見，立法專家在研究和借鑑南部大陸的選舉法後，這麼一部使國家政治制度得以改變的法律也快將出爐。

在這個時間點上，內閣已經訂下了四個點進行實質性的試驗，並訂下了時間表，大都國將在之後的第三年開始實施全民的選舉制度。

時間又過去了五個月，這時的形勢發生了急轉直下的實質變化。

這時發生在南部大陸的戰爭已經接近尾聲，可在鄰國的大尊國發生了一場流血的政變，而政變成功的領袖人物，可正是之前大都國北方大家族中的一位掌門人。

就在同一個月，在大都國西北方向的鄰國：綿山國也發生了一場政變，其結果讓人唏噓的相同於大尊國的情況。

這兩個變化引起了世界的關注，作為領國，大都國政府的關注度自然是十分高的。

在此介紹和說明一下，在之前的一個文明故事的講述和這個文明故事講述中，作者都沒有提到過一個人類文明都有的存在現象，這個就是：政黨！這不是敘述者故意不說，也不是作者忘了不說，這是在這兩次文明竟然沒有出現過的事！

在這個叫做藍球的星球中，所有的組織形式都始終在宗教活動之下，當時在整個星球中，大宗教有十個，其支派真是極其繁多，教派的作用幾乎等同於政黨的作用，這複雜性，也幾乎超過了教派和政黨同時存在的複雜性。

回到故事中。

在這兩個變化不久，大都國方的情報顯示，這兩個有了新的家主席的國家，他們都在邊境區域增加了大批的駐軍，尤其是大尊國，他們光靠近邊境地區的軍隊已經達到了五十萬之多。

極具個人風格的家主席左通言堂，他想趁此形勢來作出大膽的行動，他面對國內可喜的形勢，心中想著去與大尊國來解決他們間的領土問題。

但是，他的理念就是在內閣中也沒予通過，由於歸還領土，內閣中的十四位閣員以十一比三的優勢否決了左通言堂的想法。

左通言堂清楚的知道，這出現在內閣的一幕如果放去國內作公投的話，那結果可能更加不如心意，現在除了外交顯示出主動向好的方向努力外，其他的也只能靜觀其變。

新的情報顯示，大尊國方已經作好了奪回領土的戰爭準備，他們將全面向大都國開展軍事行動。

現在能做的只有一個：迎戰！

美麗的地獄

三

大尊國的兩個裝甲旅和三個步兵師已經越過了邊境，這不算突然襲擊，但不宣而戰的強大攻勢，已經使他們佔據了戰術的上風。

雖然大尊國在邊境前沿也有三個軍的佈防，但是，他們怎麼抵擋得住那後面滾滾湧來的幾十萬武裝精良的大軍。

邊境的前方正在興起殘酷的血腥大戰，在明顯的劣勢之下，大都國已經有幾千名士兵陣亡，而大尊國的軍隊已在迅速推進。

一周後，大都國的兩個軍團共十萬人也已經抵達了戰場，這戰場的規模在升級，隨著大都國的不斷調遣，這戰爭的升級不知道要到什麼程度。

攻守雙方的力量沒有絲毫的勢均力敵，在那地勢峻峭的地區，一方佔了人數的優勢，一方佔了熟悉地形的優勢，而這僅僅一點卻更加增加了雙方的死亡人數，並使戰場漸漸的更膠著起來。

內閣的多數和民意的多數已經把左通言堂的想法和所為硬拉到了他們的統一陣線，除了繼續打下去之外，既沒有其他方面的辦法，也做不到在軍事上有任何突破。

打了整整兩個月下來，大尊國已經奪回了他們失去的十分之一的領土，可要奪回那全部二十七萬千米的領土，從目前的雙方力量來看，那一定要經過一場十分持久的戰爭。

從軍事角度上來看，這左氏兩兄弟並沒有天賜的才華，不過，在這吃大虧的形勢下，倒是他們同時想起了一個軍事上的能人，這位年輕人正在軍事學院擔任校級銜的教官，他叫箚合暢，今年二十七歲，他是前任首相箚大瓦的侄子。

「那位箚合暢極有天賜，他在我們內務部軍隊待過，都說他的想法既超級聰明又非常不同一般。」首相左志言郎對家主席左通言堂說。

「我認識他，說來正巧，我還讀過他的軍事教課書，那是箚大瓦拿來給我看的，這人確有非一般人的才華。堂兄，要不我們把他請來，聽聽他的想法。」左通言堂說。

「那好，我馬上發電文給軍事學院，請他們通知他快點過來。」

那位叫箚合暢的年輕人很快便來了。

「箚合暢，我們都是熟人了，就直接說正題吧，就當前的嚴峻形勢，想必你也有所了解，你看，這樣一個極其不利的局面，有沒有好的辦法來扭轉它？」左通言堂開門見山的問題。

「我每天都時時在觀察那個方向的軍事發展，由此我也經常在做一些針對性的思考，就目前軍事情況來作表面上的分析的話，這場戰爭有很

大的可能會打成持久戰，如果拖到那個地步，情況將會非常的糟糕。」這位箹合暢並沒有直接回答席主席的提問，而先是說了他的看法。

「箹合暢大校，你的看法很相同於你的叔叔，你們兩都擔心持久戰的發生，一般的歷史上都是守方在持久戰中最後得勝，可你們叔侄兩卻似乎認為，我們才是輸掉戰爭的一方。」左志言郎在一邊也提出了自己的看法。

「歷史並不是這麼記載的。就現在的局勢，我們和他們都是輸方，真正的贏方是新參與的國家，甚至是幾個聯合起來的地方力量。戰爭的表面有一個悖論：贏家一定屬於正義的一方！正義？誰都稱自己為正義的一方，但我在教學中，直言不諱的對同學們說：我個人不信在戰爭情況下的正義，正義只是獲勝貼在腦門上的勝利年畫。國與國的持久戰不但拚的是國力和智慧，其實在實力相當下，要拼的是各自的社會結構，換句簡單的話說：誰家的麻煩少，差距小，誰一定就是贏！」箹合暢的這一觀點讓左志言郎很不以為然，他馬上說道：「社會結構是個複雜的課題。那我們的第一任家主席，他率領了民眾，只用了十三年的時間，就戰勝了殖民主義，當時是什麼社會結構？一窮二白！」

「首相說到了點上，那是一種特殊的社會結構，我們超級巨大的民眾都在一個層面上，這個平衡到極致的社會，會把戰爭當成唯有一個改變的重點。而現在呢？誰打我們，大多數人真正能做到無所謂，他們真正想的是錢！是過上大家族的日子，而掌握絕對資源都希望政府早點垮了，這樣他們更有掌握權力的機會，並繼續壓榨絕大多數的民眾。好吧，我不想為自己的想法與您爭論，現在我想來回答家主席剛才的提問。我認為我們的戰術正在激烈的戰爭中出了差錯，我們要打贏，或者讓這一場戰爭早點結束，那麼就應該做到：調整戰術，出奇兵於敵方背後的兩翼。」

左氏兄弟面面相覷，他們笑了。這才是他們想聽的內容，這也是他們請他到來的目的。

「趕緊來說說你的想法，這奇兵該怎麼運用。」左通言堂微笑著說。

「家主席，首相，你們來看。」箹合暢取出自製的摺合地圖，他把它展開放在了桌上，然後繼續說道：「這二十七萬千米的土地呈一個狼形的面積，大尊國方在交戰的初期，以勢若破竹之勢佔領的是這個狼腰部分，從這一段到這塊領土的最尾處有五百千米的縱深，而狼形的兩段是這個縱深的十二倍。從這個最尾處到我們的首都還有一千里，中間還有一段最難逾越的天然屏障——太平山脈。就大尊國目標的五十萬兵力而言，他們難以打到我們的首都，但如果戰術得當，他們應該可以在十五天至二十天之內奪回他們要求歸還的這片領土。現在我們與他們的交戰要點在正面一百五十公里寬的地帶，他們的戰術目的很清楚，先正面突破，再向兩翼

展開來鞏固收復的土地。而我們是正面阻擊性的抵擋守衛，我們後續部隊上去的也是正面，這個戰場態勢可能變成三百公里寬的戰爭區。這個是增加雙方消耗的殘酷對抗，隨著時間的過去，它會變得更加激烈和殘酷。我經過再三的思考後認識到，從整個態勢中，敵方給我們留出了一個戰術大空檔，在他們踏入縱深已達八百多里的情況下，這不斷進入的部隊，已經在進入的邊境線點上暴露出一個巨大的缺口。我想：我們該有兩支精銳部隊迂迴至那個薄弱點，從他們背後的兩翼發起奇襲。這樣的奇襲即可以極大的減輕我們的防守壓力，它一定還可能引起使敵方的整體出現潰敗的混亂。同時需要調整的是：我們的正面應該先且戰且退，新加入上來的戰力應該向兩翼展開，我的意思是，打出一個口袋形的戰場，只要出奇兵成功了，我們的三邊該發起猛烈的反攻。」

左氏兄弟邊聽著箚合暢的話，邊用目光一直盯著地圖，他們的大腦都在飛快的旋轉，在紙上談兵下，他們暫時也實在是無法對此作出評估。

「你真的覺得你的想法在實戰中能起到出其不意的作用嗎？」過了好一陣，左志言郎有點擔心的問。

「我們在學院的訓練拉練時都曾經去過那兩個不同的區域，我個人是堅定的認為可以成功的扭轉目前的戰場態勢，當然，這兩支部隊會遇到很大的困難，主要是，這些崎嶇的山路，很難讓他們隨之帶上重武器。」箚合暢這麼回答說。

幾乎又經過十幾分鐘的思考，左通言堂忽然之間笑了起來，他直接對首相說道：「我突然想到了一個全局的場面，在我們全國的各地，現在按這樣打下去，我們必定會調遣可用的一切力量奔赴前線，這樣，在當前的形勢下，我國有多個點上會出現大家族武裝的暴動，所以，我們還得謹慎的保存力量，在如此的情況下，我們現在好像已經被突如其來的戰爭給打昏了頭，在一昧追求趕快結束這個局面時，其實，我們戰術上的應變很拙劣，不過，大尊國也出於急於求成的目的，也一昧在戰術上猛攻我們。堂兄，大部分的軍事首腦現在都在前線，而你我在軍事上也不夠有了不起的天賜。但是，作為家主席，我認為我的政治判斷和見地是不錯的，所以，從政治上的見地來說，我高興的覺得箚合暢的軍事想法是可行的。」

「家主席，我斗膽向您保證，這盤棋只有在軍事上先得到突破，軍事上的主動也會提供政府在政治上的主動。」年輕人真是豪氣萬丈，他似乎不僅僅是一個談論自己想法的人，他的口氣上好像在說，我能去完成這個艱鉅的任務。

左氏兄弟又一次面面相覷，之後，家主席左通言堂對箚合暢笑咪咪的說：「你很厲害，逼著我這個外行來作一個威權決定，好！我就來作決定吧！你覺得你自己能承擔領軍人物嗎？」

「我能！從小我就是一個軍事迷蟲，如果您給予我這個機會，我會感激您一輩子。另外我還得推薦一個您信任的人給你，他是內務部隊的參謀長，我們各帶一支部隊，一路由西北兩個方向迂迴，一路從西南方向繞過去。」箭合暢信心滿滿的說。

「你說的是拜伸參謀長，我認為合適，上次去解決北方大家族，他的任務完成得很出色。」左通言堂的口氣說明，另一個領軍人物他也贊成訂下了。

「箭合暢，你說說具體的事，怎麼組建這支奇兵？需要的時間？裝備？等等。」左志言郎問。

「由於時間緊迫，我只想在附近的十一軍和十四軍中選一批，兩支部隊各六千人左右，那是兩支強悍勇敢的鐵軍，我對他們只有一個要求，二十二歲左右的戰士，機槍手優先，如果有家主席的命令，我跟拜伸將軍能在五天內建完奇兵軍，在急行軍中，我會把他們組成十個營，裝備方面，因為沒有重武器，所以我想帶上盡可能多的機槍。」箭合暢馬上回答了左志言郎的提問。

「好吧，你先去與拜伸見面，我會把軍事命令通知十一軍和十四軍的司令，既然是奇兵就得隱蔽和快速，我和首相預祝你們馬到功成！」左通言堂說著，並鼓勵的拍了拍箭合暢的肩膀。

箭合暢邁出有力的步伐離去了，隨後，左志言郎也走了。左通言堂馬上親自給那兩個軍團的司令發去了電報，然後他開始閱讀秘書給他送來的重要文件，一會兒後，他收到他太太的電文，她詢問他今天是不是回家去。

是啊，由於實在太忙，這幾天他都是在辦公官邸度過的，而這幾天，他的太太莫小紅也不在家，她是回了娘家住了幾天。

左通言堂看了看手上的工作，他稍後給太太回電說，兩個小時後便能回到家中。

「大丈夫，我可想死你了！」左通言堂一進房門，莫小紅就輕燕一般飛過來抱住了他。

「我也很想念你！你不是說要回娘家住一陣嗎，怎麼幾天就回來了？」左通言堂坐下來，他把莫小紅拉到他的腿上坐著，然後親切的問她。

「說是這樣說，可老想著你，還不如回家守著。大丈夫，告訴你一個好消息，我姐姐懷孕了。」莫小紅幾乎貼著左通言堂的耳邊輕聲的說。

「那你什麼時候懷孕？都結婚十年了，還不想要孩子嗎？」左通言堂笑嘻嘻的問。

「你我都忙，我想等到你退下來不當家主席了，才要我們的孩子，可是這場戰爭可真可惡，好像把一切都給打亂了。」莫小紅說。

「是啊，你知道原本我打算把選舉的事給搞好了就退下來的，可現在確實打亂了一些計劃，不過，你也可以放棄原本的計劃。」左通言堂說。

「是！姐姐懷孕對我的觸動很大，你是個家主席，也是一個好男人，我十七歲就嫁給了你，可還沒有我們的孩子。姐姐也勸我快點生吧，所以，我決定改變原來的計劃，快點為你生個孩子，不！是連續生下去。」莫小紅說話的聲音很小，可這甜蜜的程度能使左通言堂心花怒放。

「這實在是一個天大的好消息，那你的歌劇事業該怎麼處理？」左通言堂在家可真不是一個家主席，他關切的問他自己的太太。

「我會辭去那個職業，上次隨你出訪後就有了這個想法。現在我國的人均壽命只有四十八歲，而我已經二十七了，還是回歸家庭做個賢妻良母吧！」

「太好了！這次回娘家真的不錯。怎麼樣，家裡都好嗎？」

「都很好！只是哥哥剛回國，他這幾天可心情不好，老對著姐夫發脾氣。」

「寶貝，這是怎麼一回事，說來聽聽！」

「姐姐嫁了震平家後，她有了很多積蓄，她在父母的再三勸說下把大部分的錢給了哥哥拿去做生意。哥哥可是第一次做生意，他去了大尊國，可正遇上了兩邊打仗，他只買到了一個『娃娃枝』和一批上等酒，接著他去了南部大陸，在那裡也是戰火紛飛的，可哥哥在那裡留學時有個同學很厲害，他在受到哥哥的好酒和『娃娃枝』後，竟然鼓動哥哥去做了一次冒險的大生意。他幫哥哥搞了一船軍火回來」。

「我的舅爺真有這個膽量？這可直接違反了新的法律。」

「是啊，姐夫和震平家都這麼對哥哥說的，還說他太無知。你知道我們姐妹是嫁了好人家，不然，我們可是普通人家。震平家不敢出力，那這一千萬的貨可虧大了，父母叫我讓你來幫忙，可我知道，讓你來幫這樣的忙，真的會很為難你！」

左通言堂皺起眉頭想了想，然後問莫小紅說：「金錢不是問題，這也說明我對你家的關心是非常的欠缺，寶貝，你不用過分擔心。都知道南部大陸的武器比我們大陸的東西先進一個等級，你知道大哥都買了什麼貨回來嗎？」

「大多數是一種大機槍，還有一批小火箭。」莫小紅當即回答說。

「小火箭？是不是聽說的那種反裝甲的小型發射器。」左通言堂忽然神色中出現了變化。

「對！哥哥叫的就是這個名字，抱歉，我不懂，以為射得遠的就叫火箭！」莫小紅也紅著臉，她滿臉都是歉意。

「舅爺啊舅爺！你的無心之罪，或許是為國家立下了大功。寶貝，

你趕緊發報通知他帶上樣品來見我！」看上去，左通言堂已經處在興奮之中。

「不用發報，我有一個好東西！」莫小紅從左通言堂的腿上跳了下來，她從自己的包包裡取出了對講機。

「這是對講機，我知道，看來舅爺傻人有大福，該是他發財的時候了！」左通言堂口氣肯定的說。

莫小紅讓她的哥哥快點趕來，左通言堂也發報給左志言郎，讓他向這裡趕。

這對夫婦的哥哥兩幾乎在兩個小時後都來到了這裡。

「真的是反裝甲發射器，這一次你買了多少回來？我的大舅爺？」左通言堂興奮無比的問。

「共有六十具，還有四千發炮彈，有六千發炮彈尚未交付。我還買了五十挺輕機槍和一百五十挺重機槍，另外還有一百個軍用對講機。」莫小紅的哥哥神色稍帶不安的回答說。

「我們全要了！」左志言郎笑著說。

「大堂哥，這不是知法犯法嗎？」莫小紅擔心的問。

「哈哈，我的寶貝，這是犯法，但變成立大功了。現在大舅爺是愛國人士，這批貨權當他捐贈給了國家。」左志言郎心情特別愉悅的說。

「捐贈？」這位老兄的臉色變成了鐵青色，他顯得非常的慌張。

「哈哈，我的大舅爺，這些貨，我全部買下了，而且我出一個鼓勵價給你，明天，你將在帳戶上看到六千萬這個數。滿意了嗎？不過你明天下午前，把所有的一切送去軍方的裝備部。」左通言堂大笑著說。

「這樣的操作，你應該不用再擔心吧！」左志言郎還在堂弟的話後加了一句。

「我放心了，我們真是好親人！」這個老兄激動的快要流淚了，這五千萬的利潤，已經超乎了他的想像。

這段真實的巧合事，使國家和個人都得到了好的收獲。

兩位兄長走後，莫小紅便親自下了廚房，晚餐上，他們吃著喝著，談笑甚歡！

「大丈夫，請您以後盡量能每天回家，從今天起，我要為我們生一大幫可愛的孩子。」在入睡前，莫小紅無比溫柔的對左通言堂說。

美麗的地獄

四

由家主席的命令和他的斡旋力爭，拜伸和簡合暢很快從十一軍與十四軍中挑選好了自己所需的部隊，而十一軍和十四軍的建制缺員則從後備

部隊中來補充。這兩支奇兵部隊的裝備則由裝備部來特殊供給，僅僅三天後，那批愛國人士所捐贈的先進武器也到達了這兩支部隊的手中。

出於地理地形的考慮，拜伸所率領了一支部隊早箚合暢的部隊一天出發了。

箚合暢的部隊則坐著軍用運輸卡車，經過三天的行駛後，最後步行進入了富白山脈，這是西部大陸最大一個山脈，它接壤著四個國家。

箚合暢的部隊進入山脈後，他們是畫伏夜行，先向西北，然後又向西南，在四天的秘密行軍後，他們比較順的到達了預先指定的地點。

到了翌日的晚上，他們在漆黑的夜幕中向四處散開，在目視下的目標已經全部確定後，他們開始在寂靜的深夜中，等待著拜伸一方的消息。

這支部隊整整等待了四個小時，直到拂曉時分，拜伸方才發來了電報：他們也悉數到達了位置，並作好了準備。

箚合暢的信號槍聲響起，這十二營的火力向著三十六個目標一起開火，針對裝甲的炮彈在目標中連番猛炸，沒有想到它清除防守據點的威力還勝過摧毀裝甲。

僅僅只打了二十分鐘，這如天降的神兵已經開始了衝鋒，在輕重機槍的掃射下，他們迅速的解決了前面一大片的守軍部分。

留下十分之一的部隊打掃戰勝，並準備好敵軍的反擊，另外的部隊正以猛虎下山之勢向東壓去。

就只第一天，箚合暢所率了部隊便打出了一個三十里縱深開潤地，在此地方的敵軍幾乎被全部殲滅。

收到這樣的戰果，大都國正面的主力在「慢撤」中停了下來，他們又開始對猛撲上來的敵人進行了強有力的阻擊。

新上前方的四軍和六軍，正沿著南北兩翼一路而上，他們的位置正處在整個戰場的中段，他們此時已經接到了命令，讓他們向戰場的中樞發起攻擊。

這個大口袋形的態勢，在之後的十天中是越打收得越緊，到了第十一天，拜伸部隊在快速攻擊中又成功的摧毀了大尊國的前沿指揮所，這一下，大尊國的戰場優勢被徹底的扭轉過來，這些人數佔優的部隊已經開始出現了混亂。這是敵方潰敗前的態勢。

形勢在這樣短的時間下出現了逆反，這使大尊國的戰術出現了一次又一次的偏差，他們潰逃一陣，又停下打一陣，有時也組織起裝甲部隊向大都國方反擊而來。

拜伸和箚合暢兩部都是年輕強悍的小伙子，他們攻擊和穿插的速度原本就不同凡響，加上他們又有精良的武器，所以，敵方的反攻在不斷失敗，他們的裝甲更是遇上強勁的對手，不過，這兩支部隊的反裝甲武器也

即將用完。

是時勢造英雄？還是智者有了舞台也成為英雄？應該都是！可這位不太精通軍事的家主席，卻在此時竟一反歷史的常態，他雖然行事謹慎，但還是對著首相說：「堂兄，我們該不該向大尊國提出：我們可以讓出一條大道使他們退回去，關於這塊領土，在之後的三年內去解決它。」

左志言郎聽了他這麼說，實在是大出意外，他想了一陣後回答他說：「言堂弟，世上沒人會把生死所獲的籌碼，一鋪就還給對方的，這一定不能！我們勝利在望，放心，未來他們會求著我們談判的。」

左通言堂無言了，一個月後，大尊國的部隊在十分艱難的軍事態勢下，回到了自己的境內。

就在大都國歡呼偉大勝利的八天後，他們西北的兩個鄰國——綿山國和士敏國向大都國宣戰了，原因是：大都國西北方向的十幾支家族武裝進入了他們的國家進行資源的開採和掠奪。是的，這是無恥的謊言，真相是，太有錢的大家族聯合了這兩個國家，他們的目的是要顛覆大都國的現政府。

再通過外交手段已經為時過晚，人類的委屈求全並不能阻止另外人類欲達目的的步伐。

勝利之下的大都國，勇氣和士氣並不缺乏，那兩國的正規軍和家族偽軍已經向大都國殺來。

世界正進入周期性複雜的局面，南部大陸業已結束的戰爭又開始死灰復燃，西部大陸也正戰火四起，一場世界大戰的大幕已經拉開。

跟大尊國的交戰還沒有最終的結果，那兩國多方的部隊又殺了進來，這可真是一個不以人們意志為轉移的事實。

在戰火連天的大戰下，雙方第一個三月，就打成了拉鋸戰，這是最靠前沿的是兩支原來的奇兵部隊，那時，家主席已讓箚合暢退回首都，由他出任內務部長，兩支奇兵已經合併，由拜伸帶領，在戰爭進行了一個月後，他也被提升為副總參謀長。當時在前線的還有第四和第六軍團。

拉鋸戰打得非常交熾，大都國也曾經有一次打入士敏國境內。

到了這三個月後，形勢出現了最大的危機，在大都國的整個北方，那兒幾乎有近二百萬的家族偽軍在向大都國的正規軍交戰，由於北方前線需要更大的緩軍，所以在西北一線的四個軍和一支奇兵部隊已經退守至大都國天然屏障——太平山脈一帶。而這時的大尊國部隊又一次向大都國打來。

在那三國已經到達各自五百公里處的縱深時，從東部調遣來的十三軍和首都的十一軍也到達了西與西北的一線。

又打了十幾天後，大都國的十三軍忽然投靠了家族偽軍，這樣的突

美麗的地獄

發事件使十一軍和四軍蒙受了極大的壓力，不過，十四軍在經過一段時間整修後，也趕赴了前線。

大都國的形勢正處在危難之機，在國內，徵兵令已經下達。但是，這麼一個人口大國竟然只有兩萬多人參軍。

有錢人為了避開兵役而明目賄賂，沒錢的，也寧可加入願出高薪的家族偽軍。儘管政府下達了三道禁令，可絲毫沒有效應，有些地方政府甚至用奪命的子彈去威脅加入偽軍的人們，但是，這依然阻止不了人們對金錢的願望。

在又三個月中，大都國又有一次大戰術的成功，他們引敵悉數進入了太平山脈，他們集中了三個集團軍的力量將那三國的主力圍在一隅，並由第六、第十一和第三軍的各一師進行了穿插，這個戰役整整打了五十天，殲敵總數達四十一萬，而大都國軍隊的傷亡人數僅一萬四千餘人。這個大戰役的最後還是叛軍十三軍率先突出了重圍，要不是這十三軍，大都國將取得更大的勝利。

就在這個戰役接近尾聲時，彷彿老天也來湊熱鬧，目前的氣候是出乎尋常的炎熱，整個山脈的白天氣溫已經高達五十三度，這種燃燒般的氣溫，使整個山脈變成了超大蒸籠，在大蒸籠中，到處瀰漫著植物的焦味、土地的的蒸氣味、還有人類的屍臭味。

大戰好像沒有低潮，除了大尊國軍守著他們的國土外，其他的兩國幾方早已變成了聯軍，而且，在戰場上還發現了北方六個鄰國軍人身影。

按戰爭的角度看，聯軍應該已經遭受到了巨大的損失，但實際情況是，他們還有四十萬大軍在戰鬥，而大都國方在取得大勝後，其作戰的人數也只有二十一萬。

新的大戰役又將開始，從情報和敵方的行動的情況來看，他們的意圖很明顯，這次他們是要繞過太平山脈，他們的一部會拖住大都國的主力，而他們的主力欲向大都國的首都殺去。

「這是一次絕佳的好機會，但是，這又難以令人信服，他們這麼笨。」這是前線的拜伸和首都的簡合暢的一致反應和判斷。

但是，無論敵方怎麼走他的下一步，大都國軍方還是決定將計就計，他們把一部主力就運動到突出部讓對方纏著，而把十四軍和奇兵軍作跟隨，由途中的三軍和首都的七軍前出，我們準備在敵方的行軍途中，打一個超大的伏擊殲滅戰。

這是一個一槌定音的決戰？還是某一方的戰略大錯誤？這不得而知，因為這時的老天出來作裁判了。

太平山脈的許多地方已屍橫遍野，炎熱也使屍臭味能熏昏人，當聯軍的大部隊已北出山脈時，一場百年不遇的傾盆大雨由天而降，這場大雨

使河流四湧，使無數的山坡崩塌，大雨能使士兵的腿邁不了大步，也能使士兵在睜不開眼睛的情況下，迷失方向。

人類，你們殺瘋了！該是停止的時候了。冥冥之中似乎有這樣一種呼喚！可是有人懂嗎？如果人類不懂，那後果就不能怪罪老天啊！

七天七夜的大雨停了，天氣又回到了悶熱。薰天的臭味讓人忍不住要吐，可臭氣的範圍還不知道什麼時候才能擺脫。

聯軍的主力大部隊在向東方向行軍了兩天後，突然渡江向北奔走，纏住大都國主力的大批偽軍先退到了大尊國控制的區域，隨後也向北奔去。

這兩國的部隊沿著大都國的北方邊界一路向東，偽軍則在大都國的境內一路向東。

在大都國的西、西北線的戰爭停止了？回答是：是的！哪那些聯軍究竟想幹什麼？這時，不精軍事的家主席也看出來了，這部聯軍已跟北方六鄰國融妥了，他們一定有一個更大的聯合，意圖只有一個，讓大都國亡國。

「各位，我們大概率下會陷入最難的境地。」這是家主席左通言堂在內閣擴大會議上的第一句話。

「現在的軍事形勢已經明朗，西北兩國聯軍會變成日後的八國聯軍，在目前世界大戰的形勢下，不宣而戰已比比皆是，所以，我們也又能僥倖某國會不參與其中。現在不是什麼類似與大尊國之間的糾紛戰，而是一場大概率下的衛國戰。我們得有第一任家主席的勇氣去面對十三國，我們得有十足的信心，堅持到最後，從而等到轉危為安的局面。」左志言郎以鼓勵士氣的口氣說。

「我看能讓站在我們一邊的民眾行動起來，一場人民戰爭才能使我們取得最後的勝利。」工業部長說了這樣的空話。

家主席瞥了一眼工業部長，然後，他把目光移到了內務部長簫合暢的身上。

美麗的地獄

「由八國聯軍組合的部隊加上偽軍，至少有三百萬，他們從一個方向打來，這就軍事角度而言，他們在戰略上已經佔據了絕對的優勢，這是在集中力量從一個點重擊的策略，除了雙方的力量非常懸殊外，我們並不可能做到讓民眾來加入而打一場人民戰爭，戰爭中的不恰幻想等於是自殺！這是我們應得的社會結構問題，從民族的特性和匱乏的資源來說，我們都不要去產生無謂的想法。由北方邊界至我們首都共有一千五百公里的距離，我們的正規軍有九個，而整個地形只有四個山脈，其餘的都是一馬平川的平原，光守是非常非常艱難的。然而還有戰備物資補給的問題，民生在戰爭下的問題，另外，還有一個令人頭皮發麻的新問題。」簫合暢說

到這裡，一下子停頓了下來，這讓人覺得十分的意外。

「你指的新問題是什麼？」家主席問。

箚合暢沒有正面回答，他從公事包裡取出了一疊已印好的文件，然後他將它發給了與會的每一個人。

這是一份內務部的內部報告，上面還有箚合暢的個人意見，全篇內容並不長，通篇中只講了一件事：超級大瘟疫。

大瘟疫首先在一年前發生在南部大陸，幾個月後，西部大陸也出現了，由於戰爭的原因，所有的政府都沒有向民眾公布這個壞消息，還是由於戰爭的原因，在這個世界上，也沒有人正式評估過，這個災難已經達到了什麼地步。

在目前的大都國，從奇兵出現的第一位置到太平山脈之間已經發現了這種瘟疫所引起死亡案例有一千一百多例，經醫學上的初步檢定，這種瘟疫發源於特殊氣候下的屍體腐爛菌變，可就當下的世界科學文明而言，那只有四個字：束手無策！

大家對箚合暢的發言，大家都有一種期望失落的感覺，而他卻又拿出來這樣一個文件，在眼下的節點，在座的人們開始對他有了另一種的疑問，真不知道他的真正目的是什麼！

「箚合暢，坦率的說，這是一個大敵當前，急於求得怎麼樣去挽回劣勢的時刻，但你又丟出這樣一個消息。首先，我個人就不明白你的真實意圖，我不知道在座的人們有沒有人跟我有一樣的感覺。」首相左志言郎坦露心扉直說道。

接下來，在座的大多數人都表示有相同的感覺。

「首相，我向您和大家表示抱歉！我也坦率的說，我這樣繞一個圈子才去說出自己的想法，其實我是擔心大家會誤會我的本意。我知道，就我們還存在的製造能力和國家資源，要打這樣一個一年半載的戰爭是可以的，在之前的戰爭日子裡，我們工業的逆向製造的反裝甲炮彈才能供予戰時的所需，但客觀的說，我真的無法相信，在十年內，我們能贏得戰爭的勝利，鑑於大局和這個史無前例的大瘟疫到來，我們應該作全局未來的打算。我就真說吧：我希望遷都，把首都遷到西南地區的石頭城，會有一天，我們會戰勝瘟疫，並重新奪回大都國的每一寸土地！我的話，大家不愛聽，可我認為，這一步可能是當今形勢下最靈光的一步。」

箚合暢的話不但是大家不愛聽的，而且是大家所接受不了的。

「我從前線趕回來，竟然聽到了這樣的『高見』，我們不打這一仗，而去石頭城建半壁江山嗎？」總參謀長以輕視的目光望著這位年輕的箚合暢。

「仗，一定得打，但這個戰爭的目的是讓我們有時間遷都，最好是

讓敵方沒有能力踏入我們的西南地區。」箌合暢鏗鏘有力的說。

「我真的不認為這是一個好主意，家主席，我們軍方有個全盤的作戰計劃，請您看一下。」總參謀長也從公事包中取出一疊紙交給了左通言堂。

左通言堂接過了軍方的作戰計劃，可他的大腦中不知道為什麼，老跳動著兩個字：遷都！

五

八個國家的聯軍從大都國的正北方向攻來，原本正與大都國交戰的偽軍也率先在前打頭陣，目前，處於最前線的是大都國的第五和第九軍團，他們正面對二十倍於自己的家族偽軍。殊死的搏鬥在不分晝夜的進行著，在強敵當前，這兩個集團軍顯得是格外的頑強。

八國聯軍從這兩個軍團的兩翼包抄過來，就在形成包圍圈之際，從太平山脈過來的四軍和十一軍也達到了戰場。

一場二十萬對二百二十萬的對決已在大都國北面的第一個山脈激烈的展開著，現在，大都國的六軍也上去了，這時，在那片並不太廣袤的地區中，已經出現了大範圍的橫屍遍野，這樣的惡戰足足持續了十五天，之後，八國聯軍的大部和東部的偽軍已從正面的兩翼插到了大都國五個軍團的背後，他們沒有向對方實施夾擊，而是向一馬平川的大平原直奔西南方向。

五軍和九軍後撤了一百公里，他們在那組織了第二道防線，其他的三軍正向著後方回撤了二百多公里，他們在援助前方兩軍的情況下，首要的任務還有阻襲向首都方向奔襲的聯軍和偽軍。

最聞名的大都國鐵軍——第一軍團也到達了首都前方近兩百公里的位置，他們的任務是，阻擊任何敢向首都奔來的敵軍。看看當下的整個軍事態勢，大都國已經失守了近兩百平方公里的土地，而且，這樣糟糕的狀況還在日益更改，留在太平山脈只剩四軍和十四軍了，在西北方向也只有第七軍。

在大都國西南還有二軍和三軍，南邊有八軍駐防，東部已經沒有正規軍了。

在首都也只剩下十五軍和內務部屬下的三個警備師，縱觀這樣的軍事實力，這在大都國的軍事專家的心目已經完全得出了結論：這樣的戰爭已經堅持不了多久了，如果夠頑強，且又戰術運用得當的話，那最多也只能堅持一年。

人類戰爭向來是瞬間萬變的，這豈可能是估算的結果。

這樣血流成河的戰爭已經打了六個月了，八國聯軍和偽軍也已經攻到了距離大都國首都近三百公里的位置。

在這種嚴峻的時刻，大都國的全部內閣成員才想起了箚合暢當時的建議：遷都！

原本握有十四個軍團的強大力量，如果開始考慮遷去西南石頭城的話，那麼至少穩坐有半壁的江山，有了這個半壁江山，可以生養生息，可以東山再起，更可以說，未來的機會是無限的。但是，這半年下來，這些主要家底已經損失過半，那九軍和五軍更是減員到了百分之八十，現在他們所面臨的是退出戰場，不然會連建制都不復存在。

不過，當全國上下都陷在戰爭的空氣中不能自拔下，還是有一個人在逆勢而行，他一直帶著下屬，為遷都的事情作著全方位的暗中準備，這個人當然就是內務部長箚合暢。

自從大戰開始後，對此承受著最大壓力的自然是家主席了，在空前的艱難形勢下，他要面臨一切問題。

現在，由於戰爭，大批大批的民眾流離失所；東部南部的物資市場是一批混亂；軍隊在目前的情況下已經無兵可調遣；供應線也時不時被切斷；除了首都之外，物資在各地都匱乏起來；……，總之有數不完的國家事有待解決。除此之外，家裡也發生了一些小的狀況。

八個姐姐和她們的全家都去了石頭城，太太的全家也走了，而他的太太莫小紅已經挺著大肚子，讓她先走，可怎麼說，她都堅決要留下。

左通言堂的思維很前衛，行為也是十分的開放，他首先提過向大尊國拋去超級橄欖枝，可勢不通過，他內心中第一個接受箚合暢的建議，可勢亦使他退去，他的大腦中連父親大腦中的一點獨裁思想都沒有，但是，這卻讓他變得焦頭爛額，並且日益無力。

「大丈夫，如果現在按箚合暢的建議，去遷往石頭城的話，還來得及嗎？」今天，莫小紅向丈夫左通言堂提了這樣的問題。

「應該很難了，這可不是搬家！弄得不好就是一場極其混亂的亡國大潰敗。」左通言堂認真的回答說。

「我在想，這會不會像歌劇一樣，有一個絕大多數唱不的高調，卻會有這麼一兩個天賦異稟的人能很容易的歌唱。我的意思是，箚合暢既然能在半年前便看明白了今天的形勢，而且有了一個好的建議，會不會他就是那個天賦異稟的能人。」莫小紅的話還真是提醒了左通言堂。

「寶貝，謝謝你的提醒，我是應該主動的去找他來談談。」左通言堂說。

「大丈夫，能快點嗎？您得為整個國家想，我也得為肚子裡的孩子想。」莫小紅那帶上憂鬱的目光，全貼著左通言堂的臉上。

第二天，家主席把箚合暢秘密的請到了他的辦公室，這一次就他們兩，連首相左志言郎也不在場。

　　「箚合暢，現在的形勢是越來越不利，我經過反覆思考之後認為，也只有一條路：遷到西南部去。但是，我非常擔心的一點是：這個超大的國家行動，會不會變成一個大潰敗？我還想問你，從時間上來說，我們如果現在再行動，還來得及嗎？」左通言堂問了這兩個大問題。

　　「尊敬的家主席，首先我向您抱歉！其實我應該打消顧慮早一點來找您的，但我為自己前途的顧慮太重了。現在我先來回答您的第一個問題。這麼大的行動要在目前的形勢下進行，這確實是一個十分艱難的事情，但是，我在內務部一直在作著準備工作，我向您保證，您所擔心的結果不會出現。我一直隨身帶著一份具體行動的書面計劃，現在我把它交給您。」箚合暢把他的書面計劃報告交給左通言堂後，又對他說：「您的另一個問題，我也可以肯定的回答您，從時間上來說，我們還趕得及。」

　　左通言堂沒有接話說，他認真仔細的開始在讀著那份書面的計劃報告。時間正在靜寂中漸漸過去，左通言堂久久的愁眉苦臉上也出現了笑容。

　　「我非常非常讚同你的計劃步驟。」左通言堂在看完時，表示了態度。

　　「家主席，我有堅定的信心認為，書面上所說的一切都能完成，不過還有一個棘手的問題有待您去解決，家主席，我能直說嗎？」

　　「當然可以！」左通言堂馬上點頭表示道。

　　「現在的形勢雖然急迫，但這個計劃卻不允許我們去拖延時間了！我知道，要成為一個獨裁者，那一定會有許多齷齪的時刻，也將面臨非常災難性的時刻，我意思是，在這樣大敵當前下，為了國家和民眾的未來，您應該作一個強人的決斷，如果遷都遇到阻力，請您負責任的來作出獨當一面的決斷。」

　　對這位年輕人的話，左通言堂呵呵的笑了起來，他對他說：「你不用擔心，我會當機立斷的！」。

　　「謝謝家主席，大都國一定滅不了。」年輕人握著拳頭說。

　　家主席左通言堂立刻按鈴叫來了秘書，他叫秘書去通知全部政府的要員來開會，並讓他把那份書面計劃報告打印二十一份。

　　一個小時後，一個內閣擴大會議就召開了。家主席一上來就把計劃報告的書面文件發給了大家。

　　「可行！就目前的形勢，我們應該這樣做。」原本持反對意見的總參謀長第一個表示說。

　　「太好了，我也同意！」陸軍總司令也表示道。

美麗的地獄

家主席左通言堂歡快的笑了，他對大家說：「我可不是讓大家來討論表決的，這件大事從現在起已經訂下了。我叫大家來是讓大家在熟讀這份文件後牢牢記得自己的職責，這牽涉到在座每個人的行動步驟，也從現在起，我們進入最高的戰爭級別。大家帶上這份文件，去努力完成自己的任務吧！」

這是一個最短的會議，可每一個官員都覺得自己的神經在繃緊，而感覺中還有刺激和興奮在驅使他們趕快行動。

內務部屬下的三個警備師的官兵，就在當天下午便臂上佩著「憲兵」袖章出現在大街小巷上，他們在走訪中向首都市民帶去了當局的指示：凡想自行去到西南部的民眾，可以去各個街區的政府機構領取路費，他們還會得到搬家外出的人員幫助。凡想留下暫時不走的，請在明天留在家中，政府將發放一定的物資給大家，具體的事宜，政府將在明天會通知他們。

第二天，各部組織下的糾察隊大部開始執行著他們的任務，有的向市民挨家挨戶的發放二十天的糧食，有的配合憲兵把武器發放到男性市民的手中。每個男人都能得到一支步槍和一百發子彈，一個家庭可以得到三個手雷。

「後兩天，由文化和教育部組織下的人員正逐戶登門登記，把老人、孩子和婦女都登記在冊，並且叫他們在某個時間去某個地點等待。

六天後，三個警備師中的兩個師已經脫下了軍裝，他們已經散落在首都的各個區域。也在這天的夜晚，一批又一批的政府家眷在一個警衛團的帶領下，向西南方向開跋了。接下來，城市中幾萬個聚集點的民眾也向城外撤去。這個相對有秩序的撤離行動整整持續了兩天，後來，這批遷徙隊伍又整整延綿距離達幾百公里。

在行動的當天，一支工兵部隊開車去了首都外西北五十里的方向，他們在大沙河一段，埋下了成噸成噸的炸藥。

也在行動的當天，大都國三個方向的大軍正向著一個方向移動，他們盡量避免與敵軍作正面的對抗。這樣的三天下來，大都國大軍就等同於又向後撤了一百多公里，這也使敵方又向首都靠近了一百多公里。

在第四天的拂曉，大都國的第一軍突然跟整個大軍向敵軍展開了突擊猛攻，這個兇猛反攻，一下子打得敵方鬼哭狼嚎，這一仗整整打到了這一天的夜晚。這是一個大雨來臨前的黑夜，天空中是烏雲密佈，也就在這個時候，全軍幾乎是統一下休息了三個小時，接著，全軍便開始向首都的方向急行軍。

在第二天的上午，大沙河的工兵部隊引爆了炸藥，於是，大沙河被炸開非常大的堤，滾滾的洪水正向著東邊方向滔滔不絕的奔騰而來。

大都國的大軍已在這一天的傍晚到達了首都城郊外，他們都沒有進

城，而是在城外的南邊休息了八個小時，而那鋼鐵第一軍就在首都城的東邊停下來，他們修築工事，作好了迎戰的準備。

八國聯軍和偽軍被大都國最後一次強大反擊下給打懵了，當大都國的軍隊在撤離的兩天後，他們才從惡夢中醒來，當他們的軍事情報告知他們真實情況後，他們還是心有餘悸的擔誤了幾個小時。

前方已經沒有了敵軍的蹤影，望遠鏡下，只有大都國首都那淡淡的影子。

大都國的首都，這可是東部大陸中最大又最繁華的城市，這個城市可有東方中最大的魔力。

這裡距離大都國的首都只有一百多公里，那片灰濛濛的影子具有著無比的吸引力，聯軍和偽軍的最高指揮官都下達了加速前行的命令。

正當這大批的軍隊在比拼前去佔領和搶奪的速度時，另一股自然力量在他們無知的情況下，也在奔騰不息。

人類的雙腿和他們製造的機械哪裡跟得上洪水，在侵略軍跑到半路時，洪水也衝了上去。

濛濛的霧色下，聯軍部隊首先遇上了洪水，不到一個小時，偽軍也遇上了。一切都晚了，嚮往回跑都來不及了，相比只認利益的人類，那不認河界的洪水，可真是吃人的猛獸。

在僅僅的幾天中，那些攻擊部隊已經遭受十萬人左右的損失，而後續的大部隊也只能望著茫茫的洪水望洋興嘆。

不過還有一支偽軍！從東方向奔往了大都國的首都城，但是，他們遭到了大都國的迎頭痛擊。

戰鬥到了第二天的傍晚，第一軍向首都的西南郊區撤走了，於是，那股三個師的偽軍趁勢走入了首都城。

首都城的大街小巷已看不到了一個行人，但到了夜幕下的夜晚，這批偽軍可吃盡了苦頭。

子彈不知從何處飛來，手雷似乎可以在各處炸響，從第一天開始，接下來是夜夜悲劇。

到了天亮，這個首都彷彿由石頭所壘起，偽軍的刺刀、子彈和炸彈好像沒有作用，他們不進入民屋會遭到暗槍，進去了，卻又好像進入了雷區。

還好，這樣地獄的日子終算熬到了頭，二十天後，聯軍也進入了這個大城市，這一下可把東邊的偽軍給樂壞了，可他們也很迷惑：為什麼有這麼多的人搶著來地獄。

現在的抵抗和暗殺已經不見了，因為在警備師憲兵暗中的帶領下，每天有一批又一批軍民從南郊的山區中離開了此地。

接下來的三個月，大都國首都變成了佔領者去攻打西南區的橋頭堡，但是每回都是：出去了一大批，回來的只是少部分，經過這樣的消耗，無

美麗的地獄

論是聯軍還是偽軍，他們在達不到目的上已經失去了所需的能力。

在又接下來的一年中，遷都到西南地區石頭城的原大都國政府，他們在那裡已經穩住了腳，一切的發展勢頭也使那裡日新月異。

而在大都國失去的土地上，僅僅一年下來，那兒已經四分五裂，在那裡又建立起了九個國家，這也是這塊土地上，第十四次從大一統回到了國家林立。

在到達西南地區石頭城的第三天，莫小紅誕下了一名女嬰，最近她又一次生產了，這一次是一名男嬰。

在擁有一對子女的喜訊下，家主席左通言堂卻不幸染上了瘟疫，他被送去醫院的第二天便吩咐堂兄說：「堂兄，選舉法即將出籠了，如果我戰勝不了病魔，請向內閣轉達我們的心願：希望未來的總統候選人，他們沒有大家族的背景。另外，你可能的話，敬請跟堂嫂一起，照顧好莫小紅和我們的孩子，莫小紅是天底下最好女人！」

不久，左通言堂陷入到了昏迷中，他在病床上堅持了六天，隨後他便與世長逝了。

在家主席左通言堂的追悼會後，莫小紅傷心的哭暈了過去，也打這以後，她開始覺得，這個世界都在搖晃。有這麼多的人臉出現在她的眼前，從小到現在，所有的人都排著隊在她面前搖晃，她除了哺乳時還有一點清醒，其他的時間裡都是暈暈乎乎的，她自己不知道過了有多久，只覺得左通言堂的八個姐姐來過，後來堂哥與堂嫂也來了，後來她覺得自己正處在潔白的環境中。

有一次，她看到了對山那蔥鬱翠綠的植被，從植被到這裡又有一座橋樑，而這時，她看到左通言堂正向她走來，「您是世界上最好的男人！」莫小紅大喊著衝上去，向橋上衝去，……她跨過去，身體飄向空中，隨後從空中飄向了深淵。

大瘟疫肆虐了六十年，在藍球上的人類已經日趨銳減，世上幾乎沒有了孩子和年輕人，剩下的老年人幾乎也處於抑鬱症的狀態。

「舞蹈輕，歌聲重，東方的舞台彈性足；東一槍，西一炮，佔不了山頂往家跑；西上坡，北下橋，搭起來的舞台全拆掉；你吃土，我吃藥，這個世界全睡覺。」作者我聽著敘述者在朗讀著這首童謠，內心中有說不出的滋味。

我想問他……，他向我擺了擺小手，然後對我說：「我知道你想問我什麼，最後我再告訴你！」

後紅人的文明結束了，聽說，又有八次人類文明出現過這個星球，可他們都夭折於原始社會的狀態下。

一直到這八次後，人類才出現了一次最為前行的文明。

第十六章：已站在一期文明的門檻前

一

「文明」號客機已經準備從南部大陸的費南國飛往和平海洋的巴伐維亞群島，這架大客機可容納二千名乘客，它有六個機翼，從這飛到巴伐維亞群島，所需的時間是一小時十一分鐘。

費南國總統的女兒可依妮婭跟兒子可及頌旦將搭乘這班客機。

智能小車把可依妮婭送到了艙位，她知道弟弟可及頌旦還有五分鐘才能到達。可依妮婭就利用這五分鐘的時間展開了她的左手，她對著手心劃了幾下，於是，她的衣服在艙內的環境下，已經讓這個艙房的溫度達到了最適宜舒適的程度，然後她詢問智能中心說：可及頌旦先生去東部大陸參加的是什麼會議？

「可依妮婭小姐，可及頌旦先生去參加是一個學術討論會，內容是有關深海下的兩架外星飛行機。」一個智能聲音在她的耳機裡說。

可依妮婭合攏了手，她側過臉去，目光凝視著窗外。

她是一位費南國的著名電影導演，三天後是紀念全球銷毀核武器的二百週年，為此她將出席她的智能電影在西部大陸恆國的首映式，這部電影的內容真是講述核戰爭的，這部電影的名字叫做：「紀元 2028」。

可依妮婭的弟弟可及頌旦是費南國的海洋生物科學家，這次關於他的旅行目的，剛才智能信息中已經提到過了。

「姐，你好！」智能小車也將可及頌旦送入了艙房內。

這姐弟兩長得很像，他們都是一頭的綠色頭髮，他們有著淺棕色的皮膚，還有明亮發光的藍眼睛，這一看上去就讓人知道，他們都是混血人種。

「姐，這次又該得大獎了！在我了解的信息中都是這麼認為的。」可及頌旦一坐下後便打開了話匣。

「得不得獎，我不乎，重要的是，我喜歡這樣的工作。老弟，請告訴我，和平大洋的東北海域究竟發生了什麼事？那兩架外星飛行機為什麼能使全球的領導人這麼來勁啊，父親明天也會趕去那兒開會。」其實，她看上去對此也非常感興趣。

飛機起飛了，只瞬時之際，它已經鑽入了雲層。

可及頌旦調整了一下坐姿，他告訴姐姐說：「這兩架外星飛行機都

在普林國的海域內，一架在深海的海溝裡，它好像被夾在那兒，那裡距離海面有一萬三千米；另一架外星飛行機的全身都裹著海藻，它是被夾在五千五百米的海下山頂上；它們間相距近一千海哩。發現它們不久，海洋地質學家推測它們是在五六千萬年前，從東北極的冰層深處因為氣候的極端變化後而推到了現在的位置，他們的推斷依據是來自於東北極的演變學術，但是一個月後，當我國的最先進科考船到達後，事情就引起了進一步的變化。根據星球的光譜數據探測，那兩架外星飛行機是產自於一百多億年前。」

「一百多億年前？！」可依妮婭驚訝道。

「是的！你想想，新的宇宙是產生於一百二十六億年前，而我們的星球也只有三十六億年的年齡，這兩架外星飛行機可比我們的星球還古老得多。」他沒有往下說，他的目光已經投向了窗外。

過了一陣子，他才轉過臉繼續說道：「第一次，我們的科考船上不去，在三百海哩處被洋流波奇怪的擋住了；第二次，我們才成功的接近到了那架海溝飛行機的三十海哩處，這一次讓我們的科學家給驚呆了。這麼精美到美侖美奐的先進宇宙飛行機是人類製造的嗎？當然我們進一步靠近它時，那發現的一切真的已經超出了我們的想像。

飛行機的外層還留著大宇宙中一百多種塵埃，整個數據分析告訴我們，舊宇宙被毀滅的形式，它不是一種自然的大爆炸，它更像是一次經過精心設計下的宇宙大衝擊，大衝擊毀滅了舊宇宙，大爆炸搭建了新宇宙。最後，我們的科考船終於來到了這兩架外星飛行機的中間位置，這一下所得到的信息，才是全球的科學界炸開了。

海藻中的一架顯示不明，但是，海溝中的一架卻讓我們發現了一個能驚掉下巴的事實：飛行機中躺著四個人，他們是三男一女，他們依然有著生命的體徵。」

「停！停！停！臭小子，你是故意在講鬼故事來嚇唬我吧？我怎麼聽都覺得它比神話故事還不可思議，看來你在展示自己胡說八道的才華！」可依妮婭是在說她真實的感覺。

「姐，別不信啊！上次我們在火星上遇到的外星人，可惜他們都是外星所製造出來的智能產品，可這一次所見到的是三個帥極的男人和一個美麗的女人。火星上有我們全球在那裡銷毀的全部核武器，星球內又存在著那四個美妙的外星人，這後者相比我們的文明史上所發生的任何事情都重要萬倍。」可及頌旦越說越認真了。

「啊，上帝啊！您們原來都躺在我們的世界裡。」可依妮婭故意以朗誦的口氣，調皮的說。

「看來你還是不信！你只相信全部公開的信息。可這個信息在沒有

全部公開的情況下，它的歸屬已經引起了全球的爭議。普林國說應該歸屬他們，因為飛行機都在他們的海疆中；西部大陸七國說，這應該歸屬他們，理由是，他們是信奉上帝的宗教發源地；而東部三國乾脆說，這就是他們宗教信仰中的『一家神』，除了他們該讓他們歸回故里外，其他人想得到他們，就是褻瀆神靈；而我國也是主要的參與者，起到了其他國家在科學上所做不到的作用，怎麼說，我們都不能被屏棄出局。」可及頌旦補充說道。

「弟弟，看來是十分重要，它也使我不斷增加了興趣，好吧，在參加完電影首映之後，我也飛去普林國，一則我可以接受到更多的有關信息，二則，等你開完會，我們也可以作伴回家去。」可依妮婭表示了她最新的決定。

一個小時很快過去了，在這個時間點上，只聽到廣播中正在傳來擴音員的聲音：「親愛的乘客們，班機馬上會降落到巴伐維亞群島機場，請下去的乘客作好準備！請轉機的乘客注意，要去西部的乘客去一號航站等待，要去東部的乘客去七號站等，您們也可以等在艙房內，讓智能小車來接您們。」

「姐，七號站最近，我就自己去了。西部還處在電腦和手機的落後年代，大街上的絕大多數車輛都不會飛，你可要小心保重自己。」可及頌旦已經站起來，他關心的告誡姐姐說。

「弟弟，你也保重，兩天後，我來找你。」可依妮婭也站了起來，她說話後，便跟弟弟擁抱了一下。

在熱烈的掌聲下，可依妮婭微笑著走上了舞台，她對台下的觀眾簡單的說道：「核戰爭已經過去了二百六十一年，全球核武器的銷毀也過去了整整二百年，我拍的「紀元2028」就是想警示大家，我們可千萬別在利益面前，忘卻了自造的悲劇。我謝謝大家的到來，希望您們能喜歡這部智能影片。」她走下舞台兩分鐘後，影片便正式開演。

突然，在整個放映大廳中發出了劇烈的爆炸聲，在極其黑暗的環境下，一片白灼的光芒瞬間照亮了整個大廳，接著，白光在一層一層的變化，直到一陣刺眼的紅光出現。

一大團蘑菇雲彷彿出現在觀眾的頭頂上，一聲五雷轟頂下的響聲，讓鏡頭上裂開了這樣的情景：一幢大廈的圓頂被掀走了，像暴風下的驟雨一般，銀幕上全是四濺的塵埃。

基斯利亞國的國會大廈被粉碎了；斯維登共和國的總統府也在轟塌後成了廢墟；普林國的大航母更被擊中後，變成了四分五裂；……。

恐怖的場景正在變得越來越小，影片的片名已經佔滿了大銀幕。

「紀元2028」字幕變成了另一個字體組的呈現：2027年8月18日，

巴伐維亞島中的漢之城。

　　穿著一身藍色衫，舉著藍色旗的民眾正在集會，他們高喊著支持人民民主黨總統候選人比亞迪的名字，還喊著反對強國掠奪的激進口號。

　　比亞迪大步跨上了講台，他的大聲演講開始了。

　　「我們巴伐維亞群島的人民，在歷經了長期的艱難後從普林國的手中奪回了自由和取得了獨立，但是，在人民國家黨的統治下，這四十年中的情況不但沒有好轉，而且還每況愈下。我們的人民依然是這麼的貧困，再來看看人民國家黨的要員們，他們個個富甲天下，他們使用權力攫取了我們巨大的財富。他們貪污腐敗，欺壓民眾，他們對待掠奪我們資源的斯維登共和國卻崇媚如狗。我們有蘊藏豐富的各種礦源，在我們海外大陸架下更有蘊藏量全球第二的油田，可我們人民的生活的程度哪？我們在被操控選舉的情況下已經四十年了，人民國家黨是什麼？他們是黑幫，是殘害人民的毒蛇猛獸！選民們，我們不能再這樣下去了，在沒有任何權力力量的情況下，我們只有拿起選票作武器，我們要奪取政權，改造國家！」

　　「我們要比亞迪當選總統！我們要比亞迪當選總統！」藍色人海中，人們搖旗吶喊道。

　　「對！只要我當選，我會把民眾的利益放在首位，會將榨取我國資源的海外公司課以重稅，大反貪污，我會讓民眾富裕，讓國家強大。」比亞迪揮舞著拳頭高喊著。

　　字幕呈現：8 月 18 日上午 8:00，情報員摩爾的家中。

　　摩爾那年輕漂亮的妻子，已經沐浴完畢，她擦乾了身體從浴室來到了客廳中。

　　正坐在沙發上的摩爾對著她說：「親愛的，下午三點二十分，你將前往南部大陸的費南國，來！這是鑰匙，你順便去看看那所新房子。」

　　摩爾太太去坐在她丈夫的身邊，她帶著擔憂的表情說：「老公，你將去執行什麼任務，他們竟然在海外給你買了房子。」

　　「這不是去完成任務的報酬，而是我的全部積蓄，親愛的，我們是同一期受訓的情報員，在十年中，我們不知歷經了多少個險象環生的場面，但就沒人獎我們一所房子。十天後，我有假期，到時去把你從費南國接回家。」

　　「這兩天，我的感覺很奇怪，很怕出什麼事。」

　　「沒事！幹我們這一行，出點事也屬正常。」摩爾說著，他提起手，為妻子理了一下前額的瀏海。

　　「十天後，如果我等不到你，那該怎麼辦？」

　　「跟以前一樣，你就去找我的好朋友：依諾。」

　　「這麼說，你真的又接到活兒了，你看上去得馬上走，是嗎？」

望著深情的妻子，摩爾無言以答，幹這一行，無論如何都保證不了自己的下一刻。

摩爾站了起來，他把妻子抱起來向臥室走去。

字幕呈現：8月18日中午12:00。

藍衫民眾繼續在大街上高呼著口號，比亞迪已經站在無蓬的卡車上，他不斷朝著支持者們揮著手。

特寫：飛來的子彈已穿過了比亞迪的太陽穴，鮮血濺到了他的團友身上。

鏡頭之下，摩爾扔掉了手中的狙擊步槍，他身輕如燕從三樓的樓頂上跳到了二樓的陽台上，跟著，他又從陽台上跳到了地面的草坪。他開始飛奔起來，很快奔到了街後的對面，他拐過了街口，迅速鑽進了一輛紅色的轎車內。

憤怒的藍衫民眾從四面八方湧了過來，紅色車已經到了第二條街。

特寫：一輛貨車衝向十字路口，那輛紅色車幾乎從貨車的前面擦了過去。

大貨車擋住了大部分追趕的藍衫民眾，特寫中，紅色車在衝過第三條街時，整個車身在猛然間的爆炸下，它冒著烈火，向街邊翻滾著。

特寫：依諾帶著眼淚，口中唸道：「我的天啊！」

轉景到了摩爾家的客廳，摩爾太太正對著電視，她的表情很惆悵。

電話鈴響起，她抓起手機接聽，在電話的對方傳來了一個男人的聲音。

「摩爾太太，我是依諾‧他出大事了！我在三號地點等你。」

她放下電話，淚如雨下，她緊緊的咬著牙，去穿上皮外套。然後，她迅速走去了地下室。她在地下室的保險櫃中取出兩隻小小的瓷盒放進了靴內，她又從那兒取出了兩支手槍，把它們插入了後腰。

在屋外，她上了一輛藍色的車，車子拐出了街區，它在公路上飛馳。

字幕呈現：一個小時後。維亞島的斯特林酒吧。

「是摩爾幹掉了比亞迪？」摩爾太太問對座的依諾。

依諾肯定的點了點頭。

「多好的摩爾啊，我真的很愛他，我肯定他不知道真正的幕後是斯維登共和國，不然他一定不會去接下這樣的髒活。」摩爾太太含著熱淚，痛苦的說。

「摩爾十一點才給我打了電話，他讓我在準十二點十分去接應他，當槍響後，他十二點十四分闖到了路口，我見此情景，只能先去攔截追他的人群。」依諾大致說了一下過程。

「那是斯維登共和國情報部門慣用的伎倆，讓人去殺人，再滅殺人

者的口。依諾，由於事態的突然變化，我怕已經被人盯上了，昨天，我把一號情報分成了兩份，我把一分交給你，我們分頭去送。小心，不能把小瓷盒握得太緊，它會爆炸。」摩爾太太把一個瓷盒從桌子底下遞給了依諾。

「那好！我先走！」

「等一下，你帶槍了嗎？」依諾搖了搖頭表示沒帶。

摩爾太太從後腰抽出手槍，她第二次從桌子底下，把手槍遞給了他。

鏡頭轉向大海。

海水衝著海灘上的細沙，在一片棕櫚樹中，一幢漂亮的海景別墅就在樹林間中。

摩爾太太跳下了汽車，她從石階路，走到了別墅的門口。一顆子彈飛到了她的腳跟下，這濺起了一些細碎的石子。

「您多大年紀了？竟然還這麼愛調皮玩耍。」摩爾太太對著來人，笑呵呵的說。

「你這小女人，有了男人就忘了老舅了，老人抬著長槍，把門打開時說。

那是一個裝飾講究的客廳，老人把長槍放在一邊，他在端詳他的外甥女，然後開口問她說：「怎麼不打個招呼就上門，你一定有事吧？」

「舅舅，我表妹不在？」摩爾太太並沒有答覆老人，而是問他說。

「她最近老不在家，你是有了男人忘了舅，她是有了男人忘了爹，這可是我家女人的傳統。」老人的話，引得她樂呵呵的大笑起來。

「舅舅，我可有事請您幫忙，您把飛機借給我五天。」摩爾太太說出了來意。

「你曾說我是瘋子，可你比我還瘋，開一兩個小時可以，開五天太不安全，你去找其他人幫忙。」老人拒絕道。

「現在除了九泉下的媽媽，我只能找你了。」摩爾太太說。

「跟你說了無數次了，別再提你英雄媽媽了，這是一把刀子，一直割著我的心。你還是叫你的男人來作擔保，不然我可真的擔心你會把飛機開進大海。」老人還是不想把飛機借給她。

「舅舅，摩爾死了！」摩爾太太傷心的說。

「天啊！看來要出大事了，好吧，我把飛機借給你。你這個不聽話的小女人給我聽著：聰明的冒險是偉大，毛毛躁躁的冒險是愚蠢！你把飛機向西飛行，在公海上繞個圈，然後去沙灘島加滿油，我不問你去哪，但一定要注意安全！」

「舅舅，我記住了！我們什麼時候去取飛機？」

「做大事要像大海一樣量大和縝密，趕路要快過逃命，我喝口水，然後就帶你去。」

「什麼亂七八糟的比喻，用詞一點都不合適。」

他兩哈哈大笑起來。

字幕呈現：東部時間翌日上午 9:00，在普林國的總統會議室。

「各位。」柯迪基米總統正對與會者說道：「大家已經知道了發生在巴伐維亞群島的刺殺事件，現在可以肯定的是，幕後的主使就是斯維登共和國。這起明目張膽踐踏民主價值觀的惡性事件，著實令人作嘔和憤怒，這樣卑劣的舉動完全有悖於當今的文明世界。我們曾跟斯維登共和國有過二十四年的合作夥伴關係，由於他們堅持齷齪的競爭，使我們雙邊持續了六年的經濟戰。現在，他們的經濟已經受到了重創，困境下，他們正幹出了一件件的壞事。

眼下的形勢並沒有使斯維登共和國在經濟重創下出現加劇性的全面衰弱，原因大家都知道，一，他們有同盟國斯基斯利比國的鼎力相助；二，他們還有巴伐維亞群島政府的資源『合作』。好吧，我們還是先回到那件刺殺事件吧。這次，我們強大的天基網絡和情報網絡並沒有獲得關鍵重要的信息，倒是海外的情報朋友給我們帶來了非常有價值的情報，看來，我們的戰略應該作些調整。接下來，我們先請希而金局長來通報一些情報吧。」

國家情報總局局長希而金說道：「有可信度最高的情報顯示，巴伐維亞群島和斯維登共和國已經在能源方面簽署了一個秘密文件，他們在一致的合作下，也訂下了雙邊的利率結構。他們應該很快將在和平洋上的大陸架進行全面的開採，那是世界第二大的油量儲藏點，這種行動將極大的損害我們的國家利益。現在，有望通過選舉獲得成功的比亞迪已經被刺身亡，現總統法布奇的連任也變成了撼動不了的事實。另外，我們同時還獲取了一個關鍵重要的情報：在嚴重的經濟危機下，基斯利亞國已經決定作出非常大的戰略調整，在他們的兩份內閣記錄中已經顯得十分的明確，他們要跟我們建立友好關係。

與會者聽後，他們都顯示出高興的笑容。

希而金局長從小瓷盒中倒出了小蕊片，小芯卡被放入了電腦，隨後，屏幕上出現了那兩份基斯利亞國內閣會議的記錄。

字幕呈現：9 月 21 日，法布奇連任了巴伐維亞群島的總統。

在電視屏幕上，連任總統正在發表電視講話。摩爾太太的舅舅手握搖控器在不斷更換著電視的頻道，他的嘴上正喃喃的自言自語道：「什麼叫人民？你們喜歡的人民，無非是被任意欺騙的愚民罷」。

門被打開了，他的女兒像風一樣飄了進來，在她身後跟著的是依諾。

「爹，看誰來了。」女兒麗娜帶著甜蜜的笑容說。

「喔！你把偷竊感情的盜賊帶回了家中。」老人抬起目光，漫不經

心的說。

「哈哈，爹，你在說啥呀。」麗娜在笑得更歡時，把依諾摁到了沙發上。

「好小子，快搬來住吧！我可把醜話說在前頭，如果你想把你們的窩築在外面的話，可別怪我這個老頭不講情面。」老人邊說，邊把雪茄盒推給依諾。

「謝謝伯父，我已經戒煙了。」依諾把雪茄盒推了回去。

「爹，這幾天，那片海域來了多艘軍艦，天空中還飛著各種飛機，您知道是怎麼回事嗎？」麗娜問。

「你是聽新聞說的，還是出海看到的？」老人瞥了閨女一眼問。

「伯父，外海上是不是要開採油田？」依諾也加入了提問。

「你們都出海看到了，還問我！我可什麼都不知道。」老人說。

「爹，您昨天都去了城防司令的家了，那還會什麼都不知道嗎？」麗娜去坐在父親的身邊說。

「有人要變賣祖產，這跟我們沒有關係，對我們最有關係的是，你要把這個小子弄回家來，免得他在外面闖大禍。」老人不緊不慢的這麼說。

麗娜和依諾相視而笑，他們帶著溫柔的微笑。

字幕呈現：11 月 11 日，南部大陸費南國，二十國外長會議在國際大廈召開。

在一個有大紅地毯的走廊上，普林國外交部長正跟基斯利比國的外交部長，緊緊的握著手。

近鏡下，普林國外長對基斯比外長說：「冬天即將過去！請轉告貴國總統，柯迪基米總統向他表示親切的問候和崇高的敬意！」

基斯利比國外長回應說：「謝謝，我也代表我國總統向貴國總統表示真摯的問候和敬意。春天接著冬天就會來到。」

字幕呈現：2028 年 1 月 3 日，普林國外長到達了基斯利比國訪問。2 月 14 日，基斯利國總統，到達了普林國進行了國事訪問。

一組鏡頭：禮炮響起，國歌奏響，兩國元首檢閱儀仗隊，會談，國宴，雙方簽署合作協議。

字幕呈現：2028 年 2 月 14 日凌晨，在巴伐維亞群島的外海上。

麗娜正在自家遊艇的駕駛艙，她張望著映著星光的海面，她的神情帶著擔憂和不安。

不久，近處傳來有人冒出海面的水聲，有三個人影已經爬上了遊艇的甲板，他們迅速脫下了蛙人裝，其中一個正跑向駕駛艙，——他是依諾。

「依諾，你看能行嗎？」麗娜遞上浴巾給他，並問道。

「能行！等第二組發出信號，我們四個組會一起動手。」依諾邊擦

著濕漉漉的身子，邊回答說。

兩顆火苗竄上了天空，依諾趕緊摁了一下搖控器。

海面的遠處分別響起了四個巨大的爆炸聲，四道火光噴向了長空。

「我們走！」依諾說。

麗娜拉了啓動桿，遊艇打著浪花，快速穿行在大海上。

電視，報紙都報導了這個新聞。

字幕呈現：三天後，巴伐維亞群島上的智理小島，在總參謀長的住宅。

外面戒備森嚴，廳內，五位穿著將軍服的軍人正圍坐在一張大桌前。

情報總長範立巴對大家說：「三號從普林國轉來的消息，我想大家已經知道了。他們承諾我們所提出的全部要求，他們會讓各項提議都在國會通過的。我們所擬定的計劃，應該也準備得差不多了，現在可以訂下最後的時間了。」

「對總統府，國防部，外交部和安全部，馮將軍，你準備得怎樣？」總參謀長問。

那位馮將軍肯定的點了點頭。

「瓦立將軍，你的三軍團和六軍團準備得怎麼樣？」總參謀長又問另一個將軍說。

「首都是我們的防區，一切準備妥當，只等您的命令。」瓦立將軍回答道。

「現在可以告訴大家，巴伐維亞群島共有一萬多個大小島嶼，在十一個防區中，有九個防區參加我們的行動。立敏特將軍，你是海軍司令，在全面封鎖領海之際，要密切防範和注意斯維登共和國的艦隊，對此，你的壓力很重。現在你準備的如何？」

「一切準備就緒，請總參謀長放心！」立敏特海軍司令說。

「現在只有空軍和兩個防區在法布奇的手中，沒有關係，普林國承諾我們，他們會幫我們掌握住制空權，現在是下午近兩點，我們行動的時間就定在凌晨兩點鐘，大家行動吧！」總參謀長站起來，向大家宣布了行動的時間。

字幕呈現：同一天，情報人員依諾被捕了。

在一間昏暗的審訊室，依諾被架在木架上，他的雙眼已經紅腫到了只見到一條縫。

「摩爾的老婆在哪？你們是怎麼為普林國效力的？」審訊員大聲吼道。

依諾昂起頭，他一言不發。

打手掄起木棍向依諾的手臂砸去，一聲嘶心裂肺的慘叫後，他昏厥了過去。

美麗的地獄

傍晚，在老人家的客廳裡。

「爹，都七個小時過去了，他一定是出事了。」麗娜萬分焦急的說。

「你該早聽老爹的話把他弄過來住，看你現在竟急成了這樣！閨女，耐下心來再等等。」老人說。

「光等有什麼用，爹，您把便攜衝鋒槍給我，我架飛機去首都找他。」麗娜從沙發上蹦起來說。

「天啊！我家成了瘋人院了，如果我家有核彈，你是不是想馬上發射？我的寶貝閨女，再等等，真的等不到的話，那我們一起去營救這個小子。」老人說。

電話鈴響起，老人隨之抓起了話筒，「舅舅，是我，依諾被捕了，他被關押在安全部內，不過，您和麗娜千萬別動，請相信我們一定能營救他的。」電話的另一方傳來了摩爾太太的聲音。

字幕呈現：2028 年 2 月 15 日凌晨，巴伐維亞群島的首都。

首都全城響起了密集的槍炮聲，一片片烈火和濃煙彌漫在首都城。

坦克碾過地面，大炮不斷轟倒了一垛垛圍牆。大批大批的士兵正在衝鋒陷陣，總統府跟其他的一切政府機構正在漸漸的被佔領。

字幕呈現：2028 年 2 月 18 日，巴伐維亞群島的全境已經掌握在軍事政變的軍隊手中，與此同日，普林國第一個承認了巴伐維亞的軍政府。

3 月 8 日，普林國國會通過了與巴伐維亞群島的「關係法」。

3 月 9 日，臨時軍政府中止了與斯維登共和國的能源合作條約。

3 月 21 日，在巴伐維亞群島的麗晶島上。

陽光燦爛，在麗晶島的沙灘上，麗娜和依諾正在金光閃閃的沙灘上舉行婚禮。麗娜身穿潔白的婚紗衣，依諾身穿著黑色的紳士服，他們背依湛藍的大海，在眾多賓客的注視下，深情的熱吻。

在島上的大別墅中，優雅的音樂飄響在大廳裡，歡快的一些賓客正在廳中跳著舞，老人提著酒杯笑逐顏開，不久，摩爾太太和新郎新娘從外面走了進來。

特寫：槍聲突然響起，摩爾太太的手腕上血流如注。

玻璃杯砸在了地面，槍擊還在繼續，依諾奮不顧身擋在摩爾太太的身前，槍彈飛進了依諾的胸膛，摩爾太太舉槍還擊，兩個槍手應聲倒在血泊中。麗娜伏在依諾的身體上大聲呼喚著，依諾抽蓄後閉上了眼睛，他的臉上沾著麗娜的熱淚。

字幕呈現：4 月 11 日，巴伐維亞群島發生了刺殺臨時政府主席的未逐事件；4 月 20 日，臨時政府勒令關閉在群島的二十一家斯維登共和國的能源大公司。4 月 30 日，巴伐維亞群島的兩艘護衛艦正疾馳在海面上。

「向他們發出最後的警告信號！」艦長大聲命令道。

「斯維登共和國的艦隊向我們發回了信號，讓我們跟他們保持規範距離。司令部命令我們，勇敢靠上去，絕不讓他們在我們的領海上肆意妄為。」一名電訊兵對艦長報告說。

「發射電磁炮再次警告，準備打開垂直發射裝置，做好全面戰鬥準備！」艦長喊叫著命令道。

「艦長，司令部告誡我們，我們已經處於他們隱形飛機的射程之內。」電訊兵也喊了起來。

瞬間，多枚空地飛彈已經朝著巴伐維亞群島的兩艘護衛艦飛來！

「發射飛彈！」艦長的聲音叫到了最高。

一批飛彈從護衛艦的垂直裝置中噴向了空中，只一陣，這兩艘護衛艦都中了空中飛彈的攻擊，它們在火焰中正冒著黑煙。緊接著，爆炸聲從艦底下響起，這使它們搖晃起來，過不多久，它們開始向大海沉去。

字幕呈現：巴伐維亞群島向斯維登共和國發出最強烈的抗議，斯維登共和國則向全世界公布群島的護衛艦首先開火的證據；5 月 4 日，巴伐維亞群島召回了駐斯維登共和國的大使，並限日讓對方大使離開；5 月 18 日，雙方在同一天宣布了斷絕外交關係。在巴伐維亞群島的海面上，他們打響了全面的海戰。

在銀幕上，一場大戰的鏡頭在連續翻滾；字幕也同時連續呈現。

從 5 月 19 日至 5 月 29 日的十天裡，巴伐維亞群島被擊落的戰鬥機有二百二十架；被擊沉的戰艦四十二艘，巴伐維亞群島的本地也開始遭受了襲擊。

5 月 30 日，普林國的驅逐艦在巴伐維亞群島的外海遭到了斯維登共和國艦隊攻擊。

6 月 7 日，普林國和他的盟國正式向斯維登共和國宣戰。

在這個星球的天基上，人類第一次見到了電視上傳來的畫面，太空的特殊光下正閃爍著大面積的異光，那兒到處是火光般的亮點，這是一場星球內的太空戰，一百年所發展出來的各式衛星正在紛紛掉落。

普林國的五個航母打擊群正由和平洋和傑西洋方向衝來，在他們奔向戰場的途中，那艘「總統」號航母跟另幾艘戰艦遭到了致命的打擊，這些戰艦都墜下了海底。

字幕呈現：三天後，普林國的「魚鷹」號也被擊沉。經證實，斯維登共和國使用了戰術核彈。

特寫：普林國的最高長官們個個義憤填膺，國會外，憤怒的民眾在吶喊。

字幕呈現：2028 年 6 月 8 日。

銀幕上出現了一片雲海，普林國的兩架隱形戰略轟炸機正穿梭在雲

美麗的地獄

層中，兩枚巨大的核彈飛了出去，像是直刺觀眾的眸孔。

　　大當量的核彈掀翻了斯維登共和國的首都，讓整個放映廳也覺得天翻地覆一般。

　　字幕呈現：核戰在現實中打響，人類失去理智的在這場戰爭中投下了共五十八枚核彈。僅十八天中，這五十八枚有九枚被攔截，其餘的都命中目標。除此之外，普林國和他的盟軍已經有一百萬軍隊登上了斯維登共和國的領土。已遷至邊緣地區的斯維登共和國的政府要員，他們正在地下深處的避護所召開著緊急的會議。

　　法務省主席說道：「戰爭已經在這麼短的時間中打成了這樣，現在的主要官員中，副總統、總理，外交部長等失了蹤，我們誰都承擔不起殘害人類的責任。眼下，連基斯利比國也出重兵，從北面入境來攻打我們，我們爭霸世界的傲氣，馬上就會演變成眾叛親離的局面，現在的國內跟世界一樣，反戰的聲浪變成了武裝抗議，照此下去，局面將無法收拾。」

　　「主席先生，請別忘了，我才是共和國的領袖，人民崇拜我和愛戴我，只有我能帶領他們走向歷史的偉大之巔。所有的反動勢力必將失敗，那些反動勢力也將被清算。現在是緊急磋商戰爭對策的重要會議，你無須在此宣傳厭戰的言論，凡向世界高處走的國家都會不惜一切，要阻止這種趨勢，簡直就是在做夢！殘酷的核戰才是對我們的真正考驗。」斯維登共和國總統在會上說。

　　「難道還要往下打嗎？再打下去，全球人類都會被毀滅。冷靜吧，就算有一天我們都上了絞架，也不要再堅持下去了。」法務省主席堅持著，他漲紅著臉說。

　　「請注意，這是戰時，我讓你出去，立刻出去！」這位總統惱羞成怒的說，而那位法務省主席毫不猶豫的站起身，他馬上離開了會場。

　　接下來，與會者個個保持著沉默。

　　「這是會議，既然都不吭氣，那就散會吧。」總統氣急敗壞的說。

　　會議室只留下了總統和國防部長兩人。

　　「我們現在的壓力來自三個方面：一，基斯利比國的百萬大軍；二，普林國與他們盟國的百萬大軍；三，南方各省的反政府武裝。」國防部長很沮喪的對總統說。

　　「既然已經陷入了核戰，我們應該作出更大膽的行動，我們至少得向不宣而戰的基斯利比國進行核打擊。」已經瘋了的總統咬著牙說。

　　字幕呈現：7月2日，斯維登共和國向基斯利比國發射了三枚戰略核彈。

　　那超級震撼的一幕幕又在銀幕上展現。

　　全世界所有的城市都擠滿了人，人們高呼著停止戰爭，嚴懲殘害人

類的戰爭發動者。

　　槍炮聲在斯維登共和國是亂成一團，聯盟軍和反政府武裝的旗幟正在到處飄揚。

　　鏡頭轉向摩爾太太跟她的舅舅，還有麗娜，他們乘坐的小艇正在大海上乘風破浪！

　　「舅舅，我們已經過了亞拉群島，到明利國已經不到兩百海哩。」摩爾掌著方向盤，對著老人說道。

　　老人表情凝重的望著大海說：「終於離開了讓人熱愛，可又倒楣的祖國了。」

　　這時的麗娜忽然一個趔趄撞到了艙門處，對此摩爾太太關切的問：「表妹，你是不舒服了？還是太累了暈船？」。

　　「她怎麼會暈船，一定是依諾的種子在作怪呀！天堂也好，地獄也罷，該來的一定還是會來的。」老人說，他的表情出現了一絲笑顏。

　　字幕呈現：7月27日，普林國宣布了單方面停戰；7月28日，身患肝癌的普林國總統柯迪基米在住處自殺身亡；斯維登共和國的十七名政府官員，被反政府武裝全部打死；

　　9月13日，原斯維登共和國總統的家屬也被人全部刺殺。

　　2029年1月7日，原斯維登共和國總統和國防部長都被捉拿歸案。

　　2033年，他們被國際法庭送上了絞架。

　　這場核戰使二千一百多萬人直接死亡，受災於核戰而死亡的人數超過了三億，它給東西部兩個大陸帶來近一百二十年的「核冬天」。

　　在戰爭結束的五年後，摩爾太太一家回到了巴伐維亞群島。

　　一天，摩爾一家帶著一名智障的孩子來到了一片鮮花盛開的土地。

　　「明明，這是你爸爸永遠睡過去的地方。」麗娜告訴兒子說。

　　這智障孩子不斷眨著眼睛，轉而，他向著母親癡癡的直笑著。

　　鏡頭移向了遠方，觀眾的耳邊傳來了摩爾太太的畫外音：「利益滋生了瘋子的土壤，而我們的孩子就生長在這片土壤上。」

　　劇終

美麗的地獄

二

可及頌旦所參加的大型科學研討會，主要有三個議題，一，小藍星球的义明該如何的平衡發展？自從核戰爭以來的二百六十多年中，束與西的兩個大陸，由於之後一百多年核黑暗的原因，絕大多數耕地中的糧食都不能食用，這人類生存的基本條件都主要由南部大陸來供應。核冬天的時間是格外的長。而那時在南部大陸的火山運動和地震，以及傳染病又意外的瀕發，雖然科技依然在這個星球上突飛猛進，但是，最令人頭痛的大問題是：東西大陸中，有大量的民眾還存在著普遍的厭世憤俗，他們一代又一代的心靈中，還受著核冬天的影響，有一點突出的問題是：當今世界的人口只是核戰前的四分之一。人類在極度瘋狂後，其恢復的速度是非常的緩慢，文明的平衡發展，它不僅僅是資源和科技的問題，而牽涉的還有價值觀和政治上的問題，這個問題可比高科技還要複雜。不過，這些與會的頂級科學家們也一致肯定的是：在核戰後，人類的思想中擁有了真正的反省思維，這使他們在這二百多年中，沒有再發生戰爭。

人類一定會在鬼魘之後甦醒，但估計還需要幾百年的時間，人類在共同存在一個星球中才能平衡的發展；

第二個議題是：火星上又來了一些外星飛行機，那火星上的核輻射，看上去對它們根本產生不了絲毫的影響。它們來幹什麼？對此又應該怎麼樣去對付它們呢？

這是一個非常棘手的問題。自從小藍星球上的人類有能力登上火星，這已經有二百四十多年的歷史了，目前，能運載到火星的重量也達到了萬噸級。可惜的是，當這個星球有能力上到火星時，之前留下痕跡的外星人已經離開了，可有一點是有趣的，那些離去的外星人，給小藍星球留下了五具屍體，這五具屍體，至今還留在費南國的機密之處。

經過了一段長時間的研究後發現，這些所謂的外星人，他們其實是某個文明星球中所製造出來的智能工具而已，所以對此，小藍星球並不再以仰視與珍寶似的態度去對待它們，他們還給它們起了一個綽號叫：矽膠人。

目前的火星上已經逐漸的來了五架外星飛行機，以上說過，小藍星球的人類對他們的來歷和目的是一概不知，儘管那些外星人給他們發來了不少的信號，也儘管他們對此進行了複雜的破譯，可事實證明，小藍星球上的科學家們只是對他們進行了猜測而已。事至眼下，科學家們已經坦率的承認，用當今的科學去解讀外星人，這無疑就是自欺欺人的逞能，到頭來，不是自嘲，就是不著邊際，保不齊又是一次遇上了矽膠人。但是，這又是一個不得不解決的問題；

第三個議題才是重中之重的問題：深海中的兩架外星飛行機。

　　受當今世界最先進發達的費南國科技委員會的委託，可及頌旦向與會者，詳細介紹了第三次科考的情況。

　　被世界公認的第一科學家立空達，他在可及頌旦介紹完後對著大家，大膽的推測道：「這兩架精美的外星飛行機，以及其中的八個活人，這整個的一切都包含著宇宙中最最頂級的大學問和大科學，這相比我們大腦中的一切幻想，這兩架外星飛行機還是超越了。我個人推測：這兩架飛行機不會與火星上的外星飛行機有什麼關連。宇宙的誕生跟我們星球的誕生上下相差了九十三億年，我在想，如果沒有這八個外星活人的話，或許我們的星球就不會形成，我不敢認為他們就是上帝的家庭成員，但我非常認可的是：這八個外星活人對天堂和上帝的重要性一定超乎我們的想像。假設一下，在新舊宇宙的交替時，他們遇上了似設計下的劇情，或者遇上了意外中的意外，於是，他們飄到了我們的銀河系，然而，我們的星球形成了，這是為了他們而形成的！那麼，這麼長的時間中，上蒼為什麼沒有讓他們回去？我又想，也許他們牽動了整個宇宙的大布局；又也許，他們還將在宇宙完成一個關鍵的任務，這可能是新宇宙一個階段中的壓軸戲碼。」

　　「立先生，您為我們枯躁的研討會，帶來了非常有趣的氣氛，那火星上的五架飛行機明顯的與這兩架外星飛行機有著至少兩億年的文明差距，那麼我們可不可以排除，那五架外星飛行機來接這兩架外星機的可能性，按科學的思維推斷：這五架外星飛行機是來搶掠這兩架外星飛行機的。」另一位頂級科學家說。

　　「這個推斷完全成立，在我的大腦中，這個推斷是一個最大的可能，我們可以拭目以待。」立空達直言表示說。

　　「尊敬的立空達前輩，您的推測很不科學，倒像是神學中的一種教義，您難道相信神學嗎？」一個宏亮的聲音從後排傳來。

　　「是的，先生！我最近確實對神學中的一些東西產生了興趣，並正在研究。信與不信含著哲學的道理，目前的世界上，確實找不到一個全可信的事物，但在全劣的事物中也有可取的精華，那位先生，你可否站在科學的角度，來詮釋一下這件外星飛行機事件吶？」立空達的話使會場變得十分的寂靜，人們在等待著一個不同觀點的發言，可是，這種發言卻遲遲的沒有出現。

　　之後不知道是誰，他在寂靜中突然提出了這兩架外星飛行機的歸屬問題。

　　這是一個很敏感的問題，它在科學家的圈子裡應該屬於無須討論的話題，在那時小藍星球科學家的心中，只有一致的想法和態度，這就是：順其自然的讓外星飛行機安於原處，就是有十分合適的機會，也不要去輕

易去打擾和打撈它們。

其實，在同一個時間和同一座城市中，那兒也正在舉行一場高峰會議，出席的有六個國家的元首，他們的最主要議題才是這兩架外星飛行機的歸屬問題。

這個高峰會議對這個議題足足討論和磋商了四個小時，由於在打撈的能力上，還面臨著太多的未知問題，所以在最後，這些首腦取得了一致的共識：對天臨人間的機會當然可以作科學上的研究，前提是，不能太接近它們，以免在無意之間傷害它們，對於這兩架飛行機的歸屬，五十年內不作定論，擱置起來，讓更有智慧的後代去解決這個問題。

這個共識，在短短的幾天中，已經得到全球百分之九十五的國家讚同，由此，在普林國的那片海域中，它的空中和海上就設立了禁飛區和禁航區，能準許進入的只是各國的一些科考船隻。

這兩架可依分宇宙飛行機的外貌照片被公開發布了，艾華和艾娃這八位的睡姿照片也出現在小藍星球人類的視線裡。

這是這個文明星球中最大的新聞，它可第一次讓人類產生了比金錢還要大的吸引力和興趣。

也就在這段時間裡，火星上的外星飛行機由原本的五架，增加到了十三架，兩種不同文明的「相識和接觸」也成了勢在必行。

近來由多個國家組成的戰鬥機聯隊，開始了對這個區域的巡邏，可是它們已經多次受到那外星飛行機的戲弄，後者時有闖入這個禁區，當小藍星球的戰鬥機聯隊上去攔截時，它們終以靈活和高速來耍弄你，它們根本不把那些空對空飛彈當回事兒，它們似乎以這種姿態來向你宣示，它們具有來去自由的權利。

事態正在漸漸升級，在有一天的深夜，外星飛行機共來了六架，它們闖入這個區域後就對著洋面發射極強的紅光，在此情況之下，所有二十三架戰鬥機都不顧一切向它們開火攻擊，可它們竟然沒有以高速去躲避，而只是不顧一切的向著洋面發射紅光。

它們沒把小藍星球放在眼裡的行為足足持續了好幾個小時，而隨後，它們又讓人難以捉摸的離開了，但在離開前，它們又竟然一口氣擊落了小藍星球中的六架戰鬥機。

就在這一幕發生後的十分鐘，所有停在洋面上的小藍星球科考船都失去了科技功能，這一下，原本的星球主人，卻變成了無關痛癢的觀眾。

夜晚的遊戲暫停了，白天，大多數國家變成了供開會議的場處，有許多國家首腦更是成了家庭婦女，他們煲電話的勁頭，遠遠超過了他們思考問題的勁頭，儘管，他們都在努力尋找辦法，可是，他們根本阻止不了外星飛行機的為所欲為。

被這次紅光噴射後，洋面總會出現陣陣的漪波，深海之中的兩架外星飛機已經出現了很大的變化。一架從海底深溝跑了出來，並上升了三千米；另一架渾身纏著海藻的外星飛行機，它身上的海藻不見了，並且，它也向海面上升了近千米。

那些火星上的外星飛行機又來了三次，在十天過後，海下的兩架外星飛行機由此已經升至了海面，如此大的飛行機竟能浮在海面，它們的機身下，似有一種力量在托舉著它們。

看來，火星上的外星飛行機已經到了收成期了，當它們再次到來之後，便向海面上的外星飛行機灑去了一種刺眼的白光。

那兩架大型外星飛行機開始離開了海面，它們對著白光，好像鐵器對著磁鐵石一樣，但是，就在它們離開了海面快到一百米時，突然，它們自身噴出了另一道白光，僅僅一道白光，它即刻跟噴灑到它們身體上的白光一下子交集一起，這樣的摩擦瞬間產生出兩道紫光出來，並且發出雷電轟鳴的響聲，又一個瞬間後，火星上的兩架外星飛行機馬上殞爆起來，它們成了粉身碎骨的碎片，又馬上掉下大海。

這一刻，那兩架大型外星飛行機也重重的掉回大海，它們下墜的速度是非常的快，不久，它們墜到了有六千多米深的海底平面。

這是，整個銀河系出現了異象，月亮變成了紅白雙色，而火星上捲起了暈眼的風暴，這個風暴僅僅出現了幾分鐘，而幾分鐘後，火星上可再也沒有什麼外星飛行機了，這沒有結束，連著的是：小藍星球的全境被照耀成了白色，只一分鐘還不到，在空中的外星飛行機都爆炸開來。

這可真是一次完美的大掃除，這使得整個銀河系都成了一塊淨地。

到了這一幕結束後不久，天地間再一次出現了異象，一種清澈透明的白光照亮了天地萬物，可以說，小藍星球中的一切都聚焦在這樣的光芒之下，人類趕緊拍攝下這一奇景，有許多人在無意之中拍到了一個大到不法形容的影子，這是一個長方形的影子。

這一異象奇景結束了。

三天後，所有的科考船都發現自己的科技功能都恢復了正常，由此，他們奇怪的發現，深海中的兩架外星飛行機回到了原處，更奇怪的是，那架外星飛行機的身上又纏著一片海藻。

這一驚人事件使這個星球的人類大開了眼界。

全球的媒體為之瘋狂，這個之後被稱為是：爭奪上帝家人的事件，可使科學家們在震驚中得到了無比的振奮，一場科學上的大革命在不久便席捲了全球。

海市蜃樓，光學鏡面，宇宙物理粒子等證明下的「平行宇宙」理論一一被推翻，另一個新的理論正在被證實中，「新宇宙在誕生的初期，會

有一些樣板出現，如果真有，那它們會不會就是天堂！」。

在這個故事情節的僅僅二百年後，東部和西部大陸終於跟上了南部大陸的文明節奏，一個平衡發展的面貌出現了。

個體文明的價值觀理論真正正面出現了：

全球平均壽命為一百二十歲；小藍星球的飛行機終於能飛臨銀河系的多個邊緣；沒有終身的執政者，沒有異想中的正確理論；十四以下的少年，再沒有屏棄人類的殘害作為；人類生活水準的接近度達到了前所未有；雖然還缺十二項，……但可以說：小藍星球上的人類已經踏入到了一期文明的門檻，應該不出三百年，他們定能進入真正的一期文明。

既然有一個隱形的宇宙標準，那麼，作者我，有一些問題可真的忍不住想問：一期文明的標準都這麼高，那宇宙中，為什麼還有那麼多魔鬼級人類的存在，而他物質文明的水平，有的幾乎已經達到了近三期文明。

為什麼天堂還能容忍他們的存在？

這是天堂人與宇宙人類思維標準的又不同一個？還是……忍一下，到了斯可達孩子講完這個故事，我得一定問他！

宇宙人類都存在於一個矛盾球體中，或許除了星球的宇航員。矛盾體就是一個在壓力下往上走的無限塔樓，矛盾和壓力是一對孿生兄弟，他們不到死亡就不會消失。由此，人類喜歡反反覆覆的折騰和盲目前行。

三期文明以下的人類都見不到宇宙的塔頂，可他們又不屑於下面，他們寧可累死累活的仰視高處，也不會去輕易的去審視自己，那到頭來的結果是：大家一起跌回低層去。

剛站上一期文明門檻的人類就浮躁起來，尤其是那些政府的首腦們，他們以為已經達到了文明的頂端，在看不到接下來的發展道路時，他們把目光聚焦在那兩架處於深海的外星飛行機上。

糧食已經不太需要耕作，新能源也在人間天地中為人類準備好了，目前，人們渴望成作文明的主角，要成為這樣的主角，那麼就應該去做世上難以做成的稀罕事。

經過了三百年的平衡發展，各國的焦點終於又回到了某一個原點，曾經的共識被認為早已過了期限，曾經的沒有能力，這在發展的成果下早被自己遺忘。

技術在快速進步，這個時機被認為是最佳的打撈時刻。打撈的目的已從科學研究的角度，變成去佔據世界政治舞台的制高點。

好吧，那就竭盡所能的打撈吧！

幾年下來，國家級單位和私人公司都參與了其中，紛至沓來的部分力量和聯合下的國家力量，他們都成功不了這樣的打撈工作。而這兩架可憐的外星飛行機在最多時，它們的渾身上下是捆滿了鋼索，但無論是在科

技的引力和動力下，它們的材質是絲毫無損，在這樣行動下，受損的只是天上的飛機，海面上的啓動船，還有的就是海底下的山岳磐石。

逞強方並不由於一次次的失敗而罷手，那時，高科技拍得一組鏡頭，在深溝裡的外星飛行機中，有一對孿生兄弟，他們居然同時在熟睡中伸了一個懶腰，僅僅這麼一組鏡頭，它卻把人類推向了又一個高潮。

就是那個核戰的主要參與國，它在此的熱潮下，又一次把那片區域列成了禁區，上一次它禁不住，這一次它更是禁止不了。

在星球內的這邊廂，各國正在為打撈爭奪力主自由作業的權利；在那邊廂的火星和金星上，不知從何處來了三波外星飛行機，它們正把外星當成了擂台，一直打了十三天。

外星人打夠了，他們也失蹤了，直到這時，小藍星球的人類才從半癡半瘋中醒來，他們面對屏幕上出現的金星和火星，真是驚汗一身，看那火星，那場外太空交量已使得它天昏地暗，再看金星，那上面更是烏煙瘴氣，顯得令人恐懼的一團糟。

從某個角度來說，小藍星球要真正的進入一期文明，他們的難度已經增加了不少，因為，在金星上有他們需要的資源珍寶，有了這些，小藍星球才能走得更遠；有了這些，小藍星球的人類才能成為某個星球的外星人。

這借「擂台」的十三天混戰，它使這個銀河系的一隅出現了混濁的大黑霧，而小藍星球的太空層更壓抑著層層的烏雲，十天過去了，二十天過去了，三十天也過去了，這難道又是一個漫長的核冬天，不！它可是蒸籠裡的熱黑暗。

沒有了陽光的普照，沒有了宇宙光的輻射，大地的樹上開始掉葉；植物開始枯萎；江河湖海的水面上，讓一層層魚屍在那兒漂浮；有的峻嶺已經是枯黃一片。

文明到了這個地步豈能坐以待斃？在跟天鬥的情況下，人類出現了一致的團結，商店出現了沒有利潤的商品，食品工廠生產的產品正免費在發送，老闆成了義務的組織者，工人成了義工，官員成了指揮員，軍隊成了運輸工，空天軍在不斷攻擊太空層，智能飛行機正在太空擔任清潔工。

人類正在前赴後繼去抗爭命運，可他們怎麼會預計到，共赴黃泉會是什麼時候，循環中的生命，就是在此艱難下，把醜惡的元素從靈魂中擠出去，天堂啊天堂，事已至此，你為什麼還這麼無動於衷。

抗爭下，竟從死亡邊緣搖晃了八個月。

敘述者口氣一轉，來一個大跳躍，他說：「上帝來看望可拉松、藤曉嫻和曉之微了，她見到他們皺著眉頭，於是，她向他們微微一笑。他們三人頓時眉頭舒展，他們向上帝行了天堂禮後，去到了外面。」

一個小時內，小藍星球天際的烏雲是一掃而光，一陣大雨頃刻而下。

　　啊！太陽出來了，太陽出來了！

　　這才是大地最美的風景。沒有經過長期的黑暗，豈能知道陽光的真實含意；沒有經過太多的壓抑，那懂得釋然中的興奮高興；一次的陽光明媚，可以抵消一百次的黑暗陰影；一次的釋然興奮，也頂得上一百次的情緒壓抑。

　　好日子就是這麼短暫，僅僅一年後，南部大陸的三大火山群便異常的活躍起來，六個月後，火山中噴發出衝天的火焰，那岩漿世無前例的猛烈噴灑，僅僅短期中，火山周圍到處成了岩漿河。

　　這是人類所其及陌生的岩漿衝擊，這速度加上超高的溫度真讓人難以置信。森林被點燃了，山岳也被點燃，甚至大平原的沃地都在熊熊燃燒之下。火山臨近的四個國家已成了火爐，讓人窒息的濃煙和熱浪還在四處蔓延。大災難又來了，它簡直不讓人類有喘息之際。

　　世界最富蔗的區域成了難民狂潮的起源地，天災所到之處，哪有什麼疆域，可人類不行，他們在奄奄一息的同類面前，卻依然死認著國家的邊界。

　　為了死堵難民潮，子彈已經開始殘忍的飛向了人們的身體，團結抗災的一幕不見了，隨著局勢的變化，能見到的是：六個國家的戰爭，幾乎以跟岩漿一樣的速度，出現在那裡。

　　失去理智的發燒，它的溫度也不比岩漿的溫度來得更低，不過，在二十天後，一場及時的大雨來到了，三天中，它澆滅了火焰，奇怪，它也使戰爭裂度降到了最低。

　　這個短期災難使南部大陸是滿目瘡痍，在原本適這個最先進的大陸地區，已經退回到了文明的千年之前。接下來，東西兩大陸也頻繁出現了大地震，大地震夷平了許多城市和鄉村，地震、海嘯、搶劫、殺人……這都在相同的時間上演，啊！小藍星球你怎麼啦？

　　一切都是十一萬年的積累，這可是文明的點滴積蓄啊！

　　「可拉松他們從外面回來了，這一次，他們見到了上帝用目光給他們的示意。」敘述者再一次口氣一轉，同樣來了一個大跳躍。

　　就從這一瞬間開始計算：二十五天的大風暴和大洪水，首先將巴伐維亞群島變成了海洋，那裡再也沒有人類的氣息；三十天的暴雨和洪水下，西部大陸最後已全部變成了汪洋大海，能見到的只是原來山脈中的峰頂；四十天中，狂風暴雨和山崩地裂則在南部大陸交替上演，當這場演繹結束時，那兒就連一隻小鳥也見不到了；天災在東部大陸同樣是來得兇猛，但是，居於東部的人類，他們還有百萬人僥倖的活了下來。

　　陽光下，大地彌漫著潮濕的霧氣，存活下來的人類在亂錯的心智下，

還是去打開了製造糧食的機器。

接下來的兩代人幾乎生存在以前文明留下的博物館裡，他們有暫時用不完的資源，也不用愁一切的生活所需，那他們在幹什麼？是讓星火得以燎原嗎？

沒有！他們空白著思想，絕大多數的時間中躺在了床上，他們有吃有喝，最大的興趣只是與異性的肉體摩擦，他們猶如一群昆蟲，寄生在這個美麗的星球上。

這是最後的機會，也是他們最後的舒坦！

一年多後，大地已經全部枯黃，夜空緊緊的連在了一起，這兒已經沒有白晝，這時，這批墮落的人類已經知道，末日已經即將來臨！

第十七章：毀滅恐龍和乾坤大挪移

最後一大批人類在被毀滅前，他們看到的是：太陽出現了七條赤紅線，隨之，他們都在毫無痛苦的情況下，永遠閉上了眼睛。

通紅的天空上出現了一塊巨大的斑點，從斑點上，時不時掉落著鮮血般的紅柱，它們所到這處便是火焰滾滾，把大地烙出了一個又一個深坑。

最多的紅血柱落到了最南邊的海岸上，一個烙得如火爐般的巨形缺口呈現了出來，海水冒著蒸汽在不斷衝擊，短期中，產生出一個超級巨大的海灣。

原南部大陸的地層在轟隆的巨響聲中被撕裂，看上去就在新的海灣處開始撕裂，這個僅僅縫隙般的裂線，它貫穿著整個南部大部，這猶如有一個無形的切割機，正將原南部大陸一割為二。

又是在轟隆的巨響中，那一片又一片的山岳被掀翻後又埋入地層，這順帶著把文明輝煌的遺跡也一並葬入地下。這一片的埋葬，那一片又從大地和海洋中拱了起來，這好像將整個大陸在重新打扮一番。

原本的南部大陸被一分為二，在未來的二十億年後，這個大陸便成了真正的兩片。

這可是一次真正的星球演變，這次可不是第一次，而是第二次星球演變。這次演變，地球人類把它稱之為：乾坤大挪移。

原最西端的深海已在日夜不息的超常翻騰，連地殼層也在吱吱作響，這個運動，把西海變成了嬰兒的搖籃，海底開始一刻不息的向上拱托上

來。也就在這拱托上來的大地還在海下之際，那原西部的大陸區域已經是倒海翻江般的四分五裂，在沒有人類可聽到的轟鳴下，這片大地正向下陷塌，千年之後，原本的西部大陸率先的不復存在了。

又在接下來的三十萬年中，這裡的東部方向有一大片大地從深陷的地面拱凸了出來，這時期，從最西端海下拱上來的大地，也剛好露出了水面。

再來看看更為激烈的一幕，這一幕是發生在這個星球的東方。

相比發生在東方的演變裂度，那發生在西方的則算是一個小兒科。

在原本的和平大洋中，那出現的整個情景是：大海在同時左右上下的傾斜，海水時而倒向西方，又時而灌入東方，這還加上了地層的大崩裂，並且持續不斷。

要把大洋的海水全部晃成水份而消失在空氣中；要使洶湧澎湃的大海變成連接西方大陸的大地，尊敬的科學家們請幻想一下，這是一種什麼樣的宇宙力量？也請想想，為什麼要這麼做？

還在乾坤大挪移開始時，東部大陸並沒有翻身覆地的異象，那時只是從北方刮起了陣陣詭異的風暴，在這寒冷刺骨的風暴後，整個大陸出現了一派美好的景象，大地是春暖花開百花齊放，陣陣的沁香飄往已經腐爛透頂的人類屍體，芬芳中融著奇臭，在幾百年的氣味混合後，天體的演變才大模大樣的開始了。

那片原東方的大陸，它可真像一個已經酥軟透頂的身體，這全部的大地都一寸不留的掉進了最早的東海和最西的大海一部分，那些海洋的底部似乎早就地層塌方式的深凹下去，也似乎早已準備好了來裝下這片大陸。

那時的「東海」已經跟拚命折騰下的原和平大洋快連成了一片，這吞噬了東部大陸的「東海」也開始學著和平大洋樣，而翻天覆地起來。

在二十萬年後，這二海之間的陸地開始拱了起來，整整又十萬年後，這個星球上出現了最高的山頂。

在共三十萬年的乾坤大挪移的最後階段，西部的新大陸正漸漸東擴（海水退去），群山、江河、平原、沙漠、大海已經成了又一幅嶄新的畫圖。從最高處腳下開始，由西向東開始大浪反滾，漸漸的，東西方連成了一片；又漸漸的，嶄新的東方大陸呈現在這個星球中。

這一切都有了，但局部的變遷依然還在持續。

據天堂的記載：這個星球的第二次乾大挪移，整整歷經了太陽紀時間為：七十二萬二千三百年。

當這個嶄新的星球雛形呈現後，整個星球普降了大雪。氣溫在急劇下降，一個冰球期也持續了近八萬年的時間。

敘述者畫過一張斯可達星球的地圖，我也模仿過一張，他又畫過一張我們星球的地圖，我作了對比後覺得，地球跟斯可達星球真的很像，好像是：我們的星球是斯可達星球的壓縮版。

「一切都是可拉松的作品？」我傻傻的問，敘述者又是笑而不答。

休息吧，美麗的星球；休息吧，運動量超大的星球；或許，將來你會更累。

她休息了，而且，她讓人類生命的空白保持了十八億年之久。

在接近十八億年時，有一波外星人，從地幔進入到了我們的星球，他們沒有去到星球的大地，而是進入到了海洋中，他們在那裡建立了一個袖珍的小皇朝，這又是一波外星「矽膠人」。由於，這個星球上沒有人類的存在，所以，這些「人」在退化和自相殘殺後就消亡了，這個過程，也只是持續了一千年。

從那以後，在這個美麗的星球中又出現過九十六次文明，而這麼多次的文明，他們都沒有達到封建社會的時代，究其原因只有兩個：氣候變化下的天災和流行疾病。

不要讓文體大過拖沓了！我還是來講述一下，出現在這個星球的第九十七次的文明故事。

一

第九十七次的人類文明出現在這個星球之中。

按敘述者的說法，天堂在記錄中，對這波文明人類有一個不一般的稱呼，——「孿生文明」。

為什麼有這樣的稱呼，這是因為，這波文明從未中斷的持續了一百多萬年，並且，他們表現出宇宙人類的第一韌勁。這個稱呼表現出天堂對之的愛憐和尊重之意。

我先來簡單的介紹一下這波人類的基本情況。

這波人類，他們前後出現了兩個族種，他們起源的時間也相差了有一萬多年之久。

率先起源的一波人種，其長相是這個星球之前從未有過的，他們的身材都十分的矮小，一般在一米三十和一米四十之間，他們有淡淡的綠色皮膚，還有圓圓的眼睛，他們的特點是愛笑。這個族種起源於這個星球的東方。

敘述者把他們稱之為：小綠人。

另一個族種人長得與小綠人是截然的不同，他們是白色的皮膚，高大的身材，男女一般都有一米八十到二米之間，他們的男人長得高大威猛

並帥氣逼人，這個族種起源於西方，但在故事開始前，他們也有極少數的一部分生活在東方的北部。敘述者把他們稱之為：高白人。

那時的高白人正處在這樣的歷史時期，正如我在之前的故事中所講過的那樣，他們正從家天下在漸漸過渡到立國階段，在他們起源的西方大陸，傳說已經出現了兩例立國的案例，可在反覆中，國破了，家自然還存在著，在這個故事發生時，聽說在那裡又有一國成立了。

在此同時，小綠人所處的東方世界，則全是一片的封建制國家，而且，所有的封建制國家也都進入了這個階段的成熟期。

這兩個種族，他們在歷史上已經有過非常多次的交集。

小綠人的特質是睿智，高白人的特質是力量，在他們所有的交集中，首先的原因就是：小綠人向北向西方向的擴展。

如果只是民間之間的打架，那麼勝負在表面上已經基本上能確定，但是，人類的韌性和犟強使他們在任何衝突後，都不會顯得那樣能輕易的解決問題。

由於文明已經明顯的說明了問題，所以，作者還是把他們之間的交惡情節給省略掉吧。

在這故事開始前的兩百年，在東方的北部，小綠人跟高白人在長期的交集下，他們由打架和群架，漸漸的變成了民間的和諧交往和相處，在聰明的人類眼裡，這樣的摩擦已經毫無意義，一方只是戰馬棍棒加弓箭，而另一方有鐵製武器和戰車，甚至於還有火藥。在這廣褒的北方地區，他們都是自由的人類，他們沒有國家的硬性統治，或者說，有一方是國家的邊緣無人統治的地區。

一方用狩獵來的獸皮與另一方交換糧食和河鮮，漸漸，彼此之間在分享他們的收獲，並傳授著他們的技藝。他們交叉居住，後來竟出來了這兩個長相差異的種族有了彼此的結晶。

到了他們的混血子孫出現到第六代時，在整個北方，便出現了兩個新立的小國。

這是人類文明中少有的美好一頁，但這樣的美好也只持續了不到二十年。

有這麼一天，正在小鎮上趕集的人們忽然聽到從空中傳來了奇怪的聲音，可他們沒有見到什麼，或許是老天又要下大雨了。

天上並沒下一滴雨，讓農田周邊的農民首先看到了一幕使他們驚嚇到翻起了白眼。

有七個從未見過的大神鳥降到了附近，雖然只有七隻，但它們出現在人們的眼前時，卻讓人覺得是滿山遍野一樣。

神鳥原本尾部噴著嚇人的火焰，當火焰熄滅後，有十五個「妖怪」

從神鳥中走了下來。

　　除了可依分宇宙飛行機上面的八個真人外，這十五個也是真正的外星人。

　　這十五個外星人跟之前在海底建國的智能矽膠人是出自同一個星球；這十五個外星人，也是他們逃離自己星球的一波人。

　　這十五個外星人，他們的每個人都手牽著七八隻寵物，那是像狼一般的動物。這是兩種長相相似的寵物，但有些還有翅膀。這些動物的脖子上都套著發光的金屬枷鎖，它們呲牙裂嘴的樣子不是可愛，而是令人噁心。

　　他們迅速閃開來，看上去，他們的閃開的速度比小綠人的戰車還要快上幾倍之多。

　　兩個人口密集的小鎮上，人們已經見到了他們的幾個身影，這一下，大部分的人開始尖叫，開始躲避，開始躲藏起來。

　　皇帝宮被神鳥推碾成了平地，接下來，整個小皇城也基本上被夷為了平地。幾天裡，另一個小國也受到了同樣的結果。

　　在北方地區，就在短短的時間裡，已經有大批的人被一種細如髮絲的東西給控制了起來，只要反抗，那些細絲就會使你渾身不停的顫抖，嚴重時還會喪命，而外星人在把他們集中關押的同時，他們也使這裡所有成熟的莊稼，迅速變成了糧食。

　　對於這樣的風雲突變，所有的高白人、小綠人，以及他們的後代都如疾風下的烽火一般，戰馬和戰車被藏到了隱蔽的山區，炸藥已被填滿了石砲，人們正在加速準備，看上去他們要跟外星人決一死戰。

　　沒過多久，十五個外星人已經不見了十四個，那七架飛行機（神鳥）也不見了六架，留在這個北方地區的只有一個外星人，而且，她還是一個女人，另外，留下來的還有十幾條他們的寵物。

　　在當時的初期，這個外星女人，她每天都在幾百個關押原居民的地方，使用一個方型機器對這些被征服者講話，她在循環了幾天後，那兒出現了一件意外的事情。

　　在一大批受訓的人群中站起來了十幾個原居民，他們對著會他們語言的方型機器發吼式的提出了他們的尖銳問題，他們希望自己能恢復自由。對此，那個外星女人對語言機進行了調節，接下來，這架機器就告訴了這大批的被關押者，說是他們已經被征服了，這個星球的人類將全部被征服，之後，他們得按外星人的要求被奴役。

　　這一下他們憤怒了，一位高白人率先衝向外星女人，可是，他讓細絲給折騰了一下，馬上倒地發抖。而有十幾個小綠人又不顧一切的向她衝去。

美麗的地獄

她的手上牽著三個寵物，只一鬆手，那三個噁心的動物便竄到了人群中，它們的長牙咬去，只一會兒，便咬死了兩個小綠人。

　　外星女人發出了兩個音的叫聲，這時，極度憤怒的人們才知道，外星人稱他們的寵物為：崩狗。

　　必須消滅這些外星人跟他們的崩狗！

　　真正反奴役的炮聲，首先在北方地區打響了！

　　炮聲下，前赴後繼的騎兵向著這個外星人的飛行機衝來，這個外星女人只手持著激光槍在對付著這個星球的人類衝擊。

　　一批又一批的勇敢戰士倒了下去，也有許多戰士被崩狗咬傷，在衝鋒達到高潮時，那架外星飛行機也升空加入了戰鬥。僅僅的幾天裡，原居民方面的自發戰士已經死了幾萬人，而且外星方則毫毛無損。

　　都是人類，都具有智慧，但是，文明的差異使一方在不幸戰死，在不對等的戰場上不斷死亡。

　　受到巨大損失的一方開始改變策略，在吃大虧的過程中使他們懂得了兩點，一，控制他們同胞的細絲主要是由於飛行機的作用；二，正面的猛烈攻擊，只是一種雞蛋碰石頭的自殺行動。

　　為了拯救同胞，首先得去炸毀外星飛行機，要消滅外星人和崩狗，也只得靠天時地利所給予的機會。

　　反抗戰鬥已經在整個東方中激烈的展開著，這裡的人類也開始了另一種戰術——遊擊戰，但是，這個星球上的人民並沒獲得成功，而是，他們有越來越多的人被關押囚禁起來。

　　這樣的反抗戰過了一年時，其結果已經是十分明顯了，——這個星球的人類必將被奴役。

　　小綠人除了被抓獲和控制的以外，其餘的人都在四處奔逃，他們有部分被抓後，有的被送入了崩狗的血口之中。

　　在北方，三個種族都出現了相同的趨勢，他們向著更北方逃命，更多的由北方再逃往西方。

　　一個星球級的奴役正式開始了，原星球人開始為外星人建造宮殿，建立城市，他們還去採礦、種植、伺服外星人和他們的寵物，更有的高白人男女成了外星人的玩偶。

　　在煎熬了兩百年後，悲傷的故事有了轉機，傳說中，這幫外星人在向西擴展的途中發現了一架神奇的飛行機，它就像一道不可逾越的屏障一樣，當這些外星飛行機只稍微接近西方時，那架神奇飛行機就會閃爍強光把它們攔住，有一次，這七架外星飛行機一起出動了，他們企圖一舉去消滅那架神奇的飛行機。

　　但是，這些已經成為征服另外星球的皇帝們可萬萬沒料到，這樣的

企圖，只進行了不到兩分鐘就得出了最後的結果，這七架外星飛行機在強光的反擊下，全部被擊成了碎片。

在接下來的十年中，這十五個外星人的大限也到了，他們陸續死在了他人的星球中。

這裡的人類得到了徹底的解放，儘管，這個東方文明在外星人的奴役下已經大大的倒退，但是，他們的解放則預示著他們的文明終將繼續向上。

可有一件令人錯愕的大事也因此發生了，當這十五個外星人死後，他們的崩狗已經失去了控制，在這兩百多年中，這個物種已經發展到了三千多隻，而它們在沒受控制的情況下已向四處移動，為了食物，它們移動的範圍也比人們想像中的要大得多，而且有二十分之一的崩狗會飛的。

僅僅還不到一百年，由於充足的食物和特別的環境，這些物種已經起了質的變化，它們的身體已經變得特別的龐大，在進化中，它們終於成為了這個星球中的最大物種。

相信聰明的讀者朋友已經猜到了這種物種是什麼動物了，是的，它們就是恐龍！

二

外星人較為文明的奴役，它並沒有給這個星球的人類帶來刻骨銘心的記憶，當這些人類在意外的解放後，他們所做的第一件事就是，在強者之間進行血腥的較量，因為，在東方的土地上已經沒有了國家，要進行統治，那會吸引無數的強者去參與其中。

打江山的戰爭跟人類的生存一樣，它們暫時取代了一切，這也難怪人類，這只因為，人類在二期文明前，真是不懂什麼才是真正的文明。

這樣的戰爭無疑也是一種人類的慾望努力，有努力會有收成，五年後，在東方的大地上又出現了十四個國。

一切都是正常的事情，在那個時期，非常令人意外的是：人類對那些崩狗們所採取的態度和行為。這可造成了宇宙中唯一的一幕極其失控的後果。

這種被叫做崩狗的動物，它們在星球異地經過了二百多年的不斷進化後，已經完全不符合它們的稱呼了，它們變得又大又壯，其體型有虎這麼大，長度都超過了八米。

這種外星物種，它既有被訓養後的狗對主人的忠誠，但又具有比惡狼還兇殘的本質，這些動物在主人們相續死後，便漸漸散落到了野外，那本有的外星枷鎖早就沒有了，在此所製造的鐵製枷鎖也漸漸消失了。

美麗的地獄

憑這些物種的自然繁殖，它們在之後的十年中，很快就成了東方區域中最大又最多的物種。

時時發生的攻擊，這使東方的民眾都憎恨它們，在這些物種主要的棲息地，民間已經組成了各種的打「狗」隊。

具有智慧的人類，他們在眼下的環境中，一定能戰勝這些外星物種，但是，在萬世萬物的世界裡，終有一種特殊性，它在冥冥之中，產生出特殊的環境，一種人為的環境。

作者還是根據敘述者所講的內容，來講述一個小故事吧。

在東方有個新建立的大國，他的地理位置處在東方中部偏北處，這個地方是之前外星人所控制的中心，當外星人死去，本星球人自由後，這裡是第一個為爭奪統治權而興起烽火的地方。

這裡出現了一支最強大的隊伍，領頭的是三個兄弟，確切的說：真正領軍的是三兄弟中的小弟。隨著戰事的不斷發展，無比兇悍的小弟，他不但驍勇善戰，並將幾支自發的力量聚集了一起，就在快一統天下的前夕，這個小弟和他的二哥在同一個決戰的戰役時，雙雙陣亡了，那留下的大哥，最後成了這個新建國家的國王。

這是一個平庸又善於心計的國王，當他入住到外星人的宮殿時，那些曾經追隨三兄弟的領軍將領幾乎沒有一個瞧得起他，儘管這位新國王費盡心機出台了許多新政，但是，他自覺自己的王位始終是岌岌可危。

一個平庸者，他的身邊始終會有一批拍馬屁的阿諛奉承的人，也就是這平庸與平庸之間臭氣相投時，一個無意的舉動，讓這個最高平庸者，得到了一個統治靈感。

有一次，有一位封疆大吏來到了宮中，他送給了國王五條崩狗孩子，這本是一個在封建社會中最普通的行為，但這個普通行為在日後就發展成了一個不可收拾的人類慘劇。

這個平庸的國王在日後的一個月中，他對這些可愛又另類的崩狗產生了其大的興趣，可以說，他把愛好混血姑娘的興趣重點已經轉移到了崩狗孩子的身上。

事情只過去了兩個月，這個國王就下旨了一道最嚴厲的王法，凡捕殺崩狗者，一律處於極刑！

這樣的王法一出台，整個國家在有較對付崩狗的事態下，可一子失衡了，這也是一次生態失衡的開始。

接下來，那些皇親國眷、帝王將相也跟起了妖風，他們模仿起外星人，紛紛把崩狗當起寵物來養，這股妖風不但傳遍了全國，還跨境傳遍了整個東方的各國。

由於抓捕這個物種的難度是需要以生命為代價的，所以，買賣它們

也成了一個生意。到了又幾個月後，這個物種除了被皇族達官們當成寵物之外，他們還將它們去用於兩個用途，一，處死他人；二，讓崩狗們進行格鬥。

隨之而來，各種格鬥場方興未艾，各種血腥格鬥的場所因運而生。

血腥的格鬥場外，醉生夢死的人們開始了瘋狂的賭搏，而在大部分的東方大地上，崩狗的更加速進化已經開始，它們即將進入泛濫的時代。

在曾經的外星宮殿中也出現了一個崩狗格鬥場，這當然是一個建築得講究的賭搏頂級的場處，在這裡，一個月至少也要進行兩次以上的崩狗格鬥。

平庸的統治者已經把這一切作為統治民眾的「政治正確」，如有反對者，那他也會被扔進格鬥的大籠子之中。

已經有太多的統治者正在與崩狗比拚著他們的殘忍程度，保護特有物種也成了開啓地獄的謊言口號。

它們沒有了枷鎖，正衝向有著心靈枷鎖的人類，它們還不屬於這個星球食物鏈的頂端角色，但是，「政治正確」已經為它們最終成為食物鏈中的頂端角色而鋪平了道路。

當強盜衝進家門時，你可不能反抗，因為你首先得負起反抗的職任，這就是人類國王的意願，經過這樣的經歷，你至少顯得比國王還平庸。當崩狗衝來時，你不能消滅他，那能不能請它口下留情，讓你有條生路？所有的答案都是肯定的，但在黑白巔倒的統治者面前都不成立，因為他只有他一個自我。

這是一個想講又不願意講的故事，那麼，就講一下，這位第一個開啓「政治正確」的國王，他的結果吧。

在三年後的有一天，國王對他的宰相說：「彼利國王已經下注了，如果他們輸了，將割給我們兩個郡，我們的注碼是一個省，格鬥三天後就要進行，我們有什麼方法利用主場之利，來個只贏不輸呢？」

「陛下，他們的崩狗已經來到，我們的玩家說：他們來的三條都是八歲左右的崩狗，我們可以用十一歲的崩狗去迎戰！從體重和體長上必須相等，多兩歲的優勢是最重要的因素，我們會想辦法給對方的崩狗多餵食物，我們將在一天前就停止餵自己崩狗的食物，其他的細節，訓狗師正在特別的訓練和照料，他們說，我們的贏率應該有六成以上。」宰相哈著腰說。

「這樣就好！你把訓狗師叫來，讓他們在格鬥大賽前，每天來向我匯報！」國王吩咐道。

就在這一天的晚上，在皇宮花園的北山腳下，另一國的訓狗師正把他們的格鬥狗從牢籠中牽了出來，他們正按慣例，想把三條崩狗牽往山上

美麗的地獄

作一些訓練。

　　已經處於飢餓的崩狗只跳了幾下後就瘋狂起來，或許他們嗅聞到了不熟悉的人類氣味，如果在飽食的情況下，這應該不是問題，可這一方也想把崩狗訓練到最兇殘的狀態，所以。他們今天就沒有給它們餵任何食物。

　　三條中的一條已經掙脫了連著枷鎖的粗繩，連緊拽繩索的訓狗師也從馬背上給掀翻到了地面，這個突然的意外，直讓這些訓狗師們是猝手不及，騎士去追趕狂奔的崩狗，死拽另兩條崩狗的幾個人則拚命用力把另兩條崩狗向樹林方向拖。

　　一條崩狗被捆到大樹下控制住了，另一條則狂吠著，用勁甩開了拽它的訓狗師，現在已有兩條崩狗失去了控制，它們正在無方向的狂奔。

　　它們奔跑的速度超過了馬速，第一條失控的崩狗已經跑得無影無蹤，第二條崩狗也向東宮方向奔去。

　　靠著訓狗師們已經無法找回它們，無奈下，他們只得通知了主場方。

　　主場方有一千衛兵首先為了保護國王而圍住了國王的寢宮，另一千多衛兵在整個皇宮中到處尋找。

　　從東宮中傳來了消息，兩條崩狗都闖到了那裡，於是，絕大部分的衛兵都向東宮衝去。

　　東宮是國王家眷的主要住宅區，那裡光王子的府殿就有十一個，這也是跟國王區一樣大的地方。

　　人們已經發現了一條崩狗，於是，幾百名衛兵衝過去圍堵它。這是一個公主的住處，可能是時間比較短的原因，這條崩狗只是咬傷了一個女侍從，衛兵們衝進來便向它攻擊，他們好不容易才拉住連在枷鎖上的繩索。這可能是第二個逃脫的崩狗。

　　在東宮的中部傳來了一批尖叫的聲音，當衛兵趕去時，在一個王子府外，有多名被抓受傷的衛兵躺在了地上，當幾百名衛兵衝來時，他們才夠膽量向屋內衝去。

　　第一次逃脫的崩狗正緊緊的咬著一具屍體的肩膀，而這具屍體已經被吃掉了頭顱，當衛兵衝進來時，這條崩狗才放下屍體，它正想向屋外逃走。這時的衛兵們已經擠滿了整個屋子，他們都用長矛亂捅崩狗，崩狗慘吠後咽了氣，可巧的是，這條崩狗吃下的頭顱真是這個國家的王儲。

　　那位參與格鬥賭博的另一方的國王，他一到達後便知道發生的意外事件，而他立刻逃命般的離開了。

　　就在這個慘劇發生後的第二天，國王命令屠殺了王子衛隊的全部五十位衛兵，國王本人則在這個打擊下病倒了。

　　趁他病，要他命！有此想法，並一直在等待時機的不是別人，他就

603

是國王的親姪兒，前面提過的那位饒勇善戰的國王小弟的唯一兒子，這位國王可一直視他為己出，而且從小到大，他一如既往的喜歡著這個姪子。

這個姪子時任軍務總司，主管著這個國家的全部軍事事務。

就在這次意外的崩狗事件發生後的幾天，他調遣了幾支主力，直接攻進了皇宮。

這個皇朝瞬間被推翻了，但是，這個政權可並沒有落在這個姪子的手裡，只僅僅三天後，推翻這個皇朝的三支主力將軍們便開始了一場相互間的爭鬥戰，經過幾個月的混戰，勝者如新任的坐莊者，在獲得政權之後的第一件事，那就是屠殺了那位國王的全部家屬人員，而對原國王的處置，就是把他扔進了崩狗的格鬥場。

從那時起，這個國家的統治者便像走馬燈看花似的更快，令人無法解釋的是，整個東方各國的政權，在更換上也在奇葩似的變化。

國家成了五花八門的垃圾場，換了又換扔了又扔，誰也不會忘記有國家這回事，但誰也不回當它是一回事。

朦朦朧朧的一代又一代，一切不適合人類，可一切也非得人類去適應它。

又一百二十年過去了，處於東方的崩狗不但泛濫成災，而且已經進化長成到了食物鏈的最頂端。雖然當時的人類還稱叫它們為：崩狗，可是作者本人認為，完全進化好的這種物種，它已經應該被稱為：恐龍了。

恐龍不僅僅使人類的文明趨於停頓，可以說它們已經具備了扼殺人類文明的能力。

大宇宙啊！這可是第一次出現這樣超級奇葩的事情，竟有這樣一個動物類的物種，它們能挑戰智慧人類的主導和主宰地位，難道它們能打破天規，以力量和吞噬力去戰勝人類的智慧？

三

「我們的星球」，這是當時人類對他們生存地方的稱呼，無論是小綠人、高白人，還是他們結合生下來的子孫們，他們都是這麼稱呼它的，這樣稱呼蘊含著他們對生存地主權的宣示，也充分表現了人類對生存的堅韌，以天堂對這波人類的生存環境的評估，他們可是處於全人類中最艱難困苦的一類，在生與死的考驗下，他們也是唯一一類在瞬息都無保障的。

但是，他們依然在堅持往下走，他們把人類最強勁的本質表現得淋漓盡致，這感動了可拉松，甚至讓上帝也稱讚他們。

在最惡劣的環境下生存，可小綠人在逆境中，並沒有出現遷徙的潮流。國家存在著，一個家一個家在聯合，他們團結一致的程度，也創下了

大宇宙前所未有的奇蹟。

從文明的角度來說，他們不是停滯不前，就是反反覆覆。他們在東方的土地上不斷移動，可之前的各國疆界還留在他們的大腦，他們以移動來增加自己的生存保險，並抗擊那兇狠的外來物種。

遺憾的是：恐龍不再是崩狗了，幾百年的進化後，它們已經有二十多米的身軀和長長的利爪，更可怕的是，他們還有很強的繁殖力和有些會飛的品種。

這樣沒完沒了的過程究竟持續了多久？說出來會讓所有的人類都瞠目結舌，光東方的小綠人就持續了一百四十萬年。在合理的情況下，人類可應該已經處在一期文明的成熟期，通常是在「人與智」的相持階段。可是在「我們的星球」中，他們還處在封建社會和家團體的社會裡。

在當時那十五個外星人入侵到「我們的星球」時，整個東方的人口有一億三千多萬，到了二百多年，外星人都死去後，整個獲得自由的東方，又增加了一些人口。可到了一百四十萬年後，東方的小綠人只剩下了不到四十萬，這些剩下的人類，他們絕大多數是居住在東方的南部。就在他們大概率消亡的年代，這些堅韌的後代終於發明了早該有的槍械，於是，他們在四面而來的吞噬風險下，開始了突圍似的大遷徙，這時的他們才放棄了國界，他們向西和向北前進。

東方的文明終止了，恐龍成了東方唯一的主宰物種。

我們回過來，去看看另兩個種族的情況。

在外星人侵入「我們的星球」的初期，由於地域的原因，高白人被涉及其中的也只有三位數，而在外星人的奴役中，雖然非常倔強的高白人在反抗中都死了，但這個二百多年的奴役歷史，也使得東方帶來了一定的另類文明，所以，大部分居住在北部崇山峻嶺中的高白人還沒有遷徙的跡象，他們基本上安居於那片土地上。

高白人從以前到這二百多年時，他們跟小綠人所繁殖的混血人也有十幾代了，而這些混血後代的人口也已經超過了高白人，敘述者把這個人種稱為：黃中人。

當崩狗已經進化到恐龍的雛型時，在東方的北部，人類也時有見過它們，經過初步的接觸，他們已經認識到，這個物種的難纏和難以戰勝的程度。也就在當初的幾十年裡，一個可信度不高，但很有吸引力的傳說傳遍了那個北方的廣袤地區。

據說這個傳說來自於西方人的祖上，傳說的內容裡說：在東西方的交界處有座大山，在大山的山腰間躺著一隻碩大無比的「天鳥」，這隻「天鳥」能保佑人類，它的光芒能使外星神鳥們碎身碎骨。

一邊是恐龍的威脅所帶來的恐懼，一邊是傳說帶來的美好吸引力，

對此，具有智慧的人類已經有了他們的選擇。

在東北有一個比較大的家庭，家庭的成員共有二十四位，這個家族有六個高白人，其餘的都是黃中人，他們在經過家庭會的協商下，決定按照傳說中的方向遷往西方。

他們歷經了九個月的長途跋涉，在途中，他們結識了一個又一個志同道合的家庭和部落，這出去的二十四人，在九個月後，他們已經成了六百多人的隊伍。

到了九個後，他們確實見到了大山脈，並經過了十幾天的兜轉下，也確實見到了傳說中的「天鳥」。

那是一架無比精美又巨大的宇宙飛行機，這架宇宙飛行機就是艾華他們四人所乘的這一架，由於乾坤大挪移的作用，這一架可依分的一號主機，早已從深海溝裡被掀翻到了陸地，它現在就在一座大山的半腰中，其實，另外一架艾娃他們所乘的宇宙飛行機也被掀翻到了地面，不過他們所在的位置，卻是在遙遠的南部大陸。

這無疑證實了傳說的真實性。

這一大批遷徙中的人們連忙牽上兩隻山羊來作祭祀，他們全部齊齊的趴在地上，膜拜起懸在半空位置上的「天鳥」。

從地面上去也無法夠得著天鳥，從山頂上下去更觸及不到它那巨大的身體，人們在此待了十幾天，最後，他們在後幾批人類到來後，便依依不捨的離開了這個地區。

他們繼續向西前進，之後的一個月，人們發現了一個大山洞，在進去之前，有部分人選擇留下，大部分人進入了大山洞。

這個大山洞真若仙境，裡面有溪流，有許多小出口的奇異植物，那裡更有許多許多沒見過的小動物，牠們的模樣千姿百態，可經燒烤後，牠們都是美味絕侖的佳餚。

進去的人很快忘了時間，他們只知道進去了四百多人。在大山洞中，他們的人群中，有非常多的女性懷孕了，到了出來的時候，那些生下來的孩子也都會自己走路了，在他們出來後，這批人點了一下人數，眼下共有六百十一人了。

山洞外的大地上，已經見不到恐龍。在安全的心願達到後，這波人開始各奔東西，他們要去尋找理想中的居住地。

不過，還有一半的人並沒有停下腳步，據向那裡的高白人打聽到，這兒是某個國家的偏遠區，當地人說，他們也見過恐龍，只是數量是非常的少。

這時的西方，他們所處的文明狀態近似於，外星人還沒有到達之前的東方，在整個西方，也存在了多個新建立國家，當然，在西方，這裡的

美麗的地獄

人口是遠遠沒有當時東方的人口多。

沒有停下腳步的人們，他們是有一定的長遠目光，他們想著自己的安全，也想著他們子孫的安全。

他們向西北走去，在足足走了兩年多，也走過了多個國家後，他們見到了從未見過的另一個景象。

那裡的天際老泛著絢麗的白光，那裡的大地有著長長的白晝，黑夜是這樣的短暫，這或許就是他們心目中所居住的天堂。關鍵是：這兒可見不到恐龍的蹤影。

這是一片美麗的土地，千姿百態的小動物在到處奔跑；枝頭上更有五彩繽紛的鳥類在鳴叫；清澈的河流能見到河底，擠滿的魚兒也在悠閒的遊曳；即使有些大動物，可牠們也是人類所能對付得了的。

在安全的平靜下，在優美富饒的環境中，這一批人類終於停頓了下來。

人類的頑強看起來得到了回報，他們會吹響遲來的號角。

十年過去了，生死的循環在正常中進行，從南方來的高白人是日益增加，從東方來的兩個種族人們也是不少，到了後來的十年，這裡的人們開始見到了從東方來的小綠人，對於這些矮矮又可愛的人種，原居民好像見到了久別的親人一樣。

就在這二十年的平靜後，南邊的鄰國對他們進行了武裝入侵，於是，生存在這片地區的幾萬個居民，便歸納入了那個國家。

在與此相同的時間下，傳說在這個大陸的東部與南部，已經在大面積中，發現了越來越多的恐龍，根據這樣的趨勢，西方大陸就會像東方大陸一樣，恐龍將泛濫成災。

果然，就在西方大陸的人類在文明進程中還沒有走完又一百年時，西方的恐龍也泛濫到了等同於東方一樣的程度。

整個大陸開始了全面抗龍的戰鬥。形式中，有打龍的國家軍隊；有自發聯合的民間打龍聯隊；還有家庭聯防式的抗龍集體。

雖然，以高白人為主體的西方要比東方小綠人更能殺死恐龍，但是，他們也根本沒有可能去消滅這個外星物種，當時，人類的壽命都只有四十年，而恐龍壽命卻有一百年以上，人類是一胎基本的生育情況，而恐龍的一窩蛋能生存下來至少三條以上。總之，單就力量而言，只有冷兵器武裝的人類，他們至少需要二十個人才能對付得了一條恐龍，如果遇上會飛的一種恐龍，那恐怕需要更多的人。

儘管人類運用自己的智慧，想出了各種消滅恐龍的辦法，比如利用山洞和大型的建築內去設下陷阱，雖然這種辦法相對比較有較，但這也不足於引到理想中的作用。

到了後來，人類已經不用去尋找它們，它們在嗅到人類相聚的氣味時，便會主動上門，這樣，人類在自願充當誘惑時，也會出現幾近自殺式的結果。

隨著時間的推移，西方的高白人發現，他們相比小綠人有著體形上的優勢，由於這樣的優勢，他們把攻勢戰術變成了防守戰術。

他們搶時間建造堡壘，把自己當成了罐頭中的肉，他們以守株待兔的方式來殲滅恐龍。

在如此漫長的過程中，高白人世界的生存率相比東方的小綠人要高出幾數倍，但是，在這超級漫長的過程，他們餓死和得疾病的人數也是東方小綠人的幾倍。這就是任何事物兩面性上的不同。

我們讓時間向後跳躍一百四十萬年吧！

就在東方的小綠人已經有了槍械，並正在向西方和北方作突圍式的遷徙時，那西方的人類又是處在什麼狀態下呢？

西方的人類早東方的人類而有了槍械，他們還造出了大炮，他們已經走出了堡壘，並重新在陽光和空氣下跟罪惡兇煞的恐龍進行了堅韌不息的戰鬥。

那請來看看，人類是不是能轉危為安，看看一個出乎大家意外的結果。

四

西方的世界中雖然有了槍炮和戰艦，可他們真正的文明卻依然處在封建社會的中期階段，一些機械的發明製造也只僅僅限於單方面的武器，而人類的首要目標，也只限於跟恐龍去戰鬥。不消滅這個外星物種，怎麼能談文明的發展，人類的文明，也只有奪取主宰權才得以繼續向前發展。

在「我們的星球」上，四個大陸都已經遍佈了恐龍，只是在南部和最西部大陸沒有人類的存在。

西部大陸，到了這個時間點上，這兒已經有大小十八個國家，當時處於恐龍的重災區是在這個大陸的中南部一帶。

前面提過的那些從東方遷徙來的民族，他們在二十年被劃了一個國家後的又二十年間，其中有四位美麗的黃中人女子被選入了宮中為妾，其中的一位又為皇帝產下了一位王子和一位公主，而就是這位公主在長大後，嫁給了鄰國的皇儲，這皇儲和公主誕下了兩個兒子，其長子最後成了那一國的皇帝。

這是西方大陸中，第一個黃中人的皇帝，就是他，開啓了一個嶄新的景象。

美麗的地獄

這一國在三面邊疆建造起了梯階式高牆，在十年中，就在皇太后的祖國，也開啟了這樣的模式，這雖然耗去了全國一半的勞力和資源，可這確實在阻擋恐龍和在國家的牆內去圍剿恐龍起了非常有較的作用，在這種高牆建後的十年中，這兩國在自己的境內，一下子消滅了九成以上的恐龍，也就是這樣的成績，在又二十年中，這兩國得到了超前快速的發展。

　　當時，衡量人類區域發展標準是：其生產的鐵產量和鋼產量，就是這兩個國，他們在這兩個指標上都佔整個大陸的六成。

　　在這個斐然成績下，加上國內的打龍成績單，這可是這兩國皇帝的名聲響遍了整個西方大陸。

　　這時，這兩國已經建立了一支龐大的打龍聯軍，這支聯軍的人數足足有三十萬人。

　　那位鄰國的皇帝，他具有極不同當時的人類想法，他將聯軍的五萬人馬調去本大陸，去參與各國的打龍行動，而他的主體思想並不限於此，他想的是要在這個世界裡與恐龍決一死戰！用他的直白話來說：他要消滅這個星球上所有的恐龍。

　　就是由於他的鴻圖大志，他本人決定，再調出十五人馬，由這支人馬向東突進，務求在向東的八百公里中打出一個通道，然後再派更多的人馬，向東方大陸挺進，他希望在有生之年能完成他的大業。

　　那去往西方大陸配合打龍行動，在一年已經有了效果，可是，出於一些客觀的原因，其他十六國並沒有築起高牆。

　　在這一年過去後，打龍聯軍也開始東進了，他們在兩年多的戰鬥後，也確實在東西方之間打開了一條能完全保障補給的通道，於是，這位皇帝便命令，按原計劃向東方挺進。

　　「各個點準備好射擊的槍炮，見到信號彈後，馬上點燃火把。」聯軍指揮官下達了命令，幾十個傳令兵跨上了駿馬，他們快速向各個戰鬥位置去傳達指揮官的命令。

　　這是一個大山脈中的兩座大山之間，大山的一邊山腰間是一片人類軍隊的戰士，在另一座大山腰間，有一大批恐龍正從山腰的幾十個點上，向坡下衝來。

　　一方用目光緊緊對著對方；一方向著嗅覺的方向跳躍式的奔去。

　　聯軍的戰士們雖然久經打龍的沙場，但是，他們還是心生恐懼，因為，他們可是第一次見到這樣意外的大場面，如果按當代科學家的想法，他們一定會認為這是臆造的情節，怎麼可能有一百多條恐龍出現在同一個地方，可是，天堂所知道的真實確是這樣，這樣的泛濫程度，才是人類的巨大災難。

　　這些巨大的黑影已經到了山下的平原，信號的光點已經閃爍在天空

之上。

　　陣陣的槍炮聲震盪起來。向平原直望，有幾條巨大黑影被炸得粉身碎骨，再看看，大多數黑影已經奔跳到這邊大山的腳下，它們正向著聯軍的兩翼向上衝來。

　　槍炮聲一直沒有間斷，從聲音上來判斷，聯軍的戰士所射擊的方向在不斷變化，有幾個又幾個黑影在恐怖的叫聲下倒去，也有許多人類的慘叫滲雜在槍炮聲中，甚至，人們還能聽到恐龍嚼食人類所發出的聲響。

　　這本該出現的殲滅戰，不久就變成了人類與恐龍的貼身激戰，鋒利的爪子對著子彈，滿口的利牙對著大炮，這樣的激烈程度和裂度，真的難以深入描寫，那我們就來看看結果吧。

　　打龍聯軍被咬死四十七人，因傷而亡二十人，失蹤二百四十四人；恐龍方留下五十四具屍體，炸碎的，估計有七條恐龍。

　　這是人類與恐龍的交戰史上，人類所獲得的最大戰果。

　　通過這場比較大的戰鬥，指揮官們把整個先遣部隊的兩萬士兵調整為一百個戰鬥組，在行軍時，二十組點著火把，十組休息，這樣的陣式，讓全軍保持著一定間隔的五隊，戰鬥時，一組得集中火力打最前沿恐龍，一組得集中火力將恐龍盡量隔斷開來，加強組要掩護炮兵，使炮兵有改成平射的機會。

　　指揮官們還重申以前老人的教訓：打龍忌自己心亂；忌待著不移動；更忌在平原中打。

　　經過調整和練習後，這支先遣隊又向東挺進了幾百公里，在這個途上，他們經歷了大小五次的戰鬥，結果，聯軍一直保持了低戰損和多戰果的狀況。

　　當這支大軍在走出這片山脈前，他們見到了傳說中的「天鳥」。

　　「天鳥」這時已經不是夾在山腰懸崖上，他現在正倒過了整體的身子，躺在了山腳下的平原前。

　　在很遠的距離中，不但能見到那在太陽下閃光的「天鳥」，還能見到七個黑點，這些黑點無疑就是恐龍，它們用利爪在劃著這個宇宙飛行機，有的好像還用牙去啃它。

　　聯軍迅速以組為單位散開了，這時，爬上飛行機的七條恐龍也發現了人類，後者向人類飛了過來。

　　「會飛的恐龍！」正當所有的官兵正在驚訝之間，這七條恐龍已經出現在他們的眼前，不過，它們並沒有攻擊他們，而是掠過他們的頭頂飛走了。

　　接下來，所有的官兵都向「天鳥」湧去，他們在它的近處時，不由得都產生了敬慕之情。

美麗的地獄

這是一個蛙型翻過來朝天的樣子，大家上去幾百人想把它翻過來，可是再使勁也無濟於事，之後，指揮官便命令就此休息，可這一休息調整竟然過了很多天。

其實，指揮官們也不想離開這個最安全的地方。

又過了幾天，從後方的指揮部傳來了皇帝命令，命令他們以最快的速度撤回到本國去。

當一年後，這所有的聯軍部隊撤回到他們的西方祖國時，那時的西方大陸已經是一片戰火。

這場戰火的引由是，一個南方大國率先奪取了聯軍的指揮權，然後，一些摩擦性的事件也陸續發生，這一切都發生在兩年前，而真正的大戰發生在一年前，南方有三國向各個鄰國發動了戰爭，大戰打了半年後，自稱是最正義的口號出來了，憑著這三個字的口號，就能令人覺得這場戰爭會有什麼樣的結果，現在，在僅僅一年半的現在，這個口號已經來到了聯軍祖國的家門口，這個口號就是：大一統！統什麼？當然是整個西方大陸！

那前面的十六國統一了嗎？是的，一年半的勢如破竹，十六國真的統一了，但瘋狂下，還有這北方的兩個強國！

多個大炮陣已經擺在這兩個強國的高牆前。在攻擊方的命令下，萬炮齊發，一直轟了半個月。高牆被轟塌，能防住恐龍的高牆，如今湧入了大量喊著要求「大一統」的士兵。

人類從封建社會一直堅持到了現在，他們面對恐龍時，可沒有出現這樣的戰爭，可是一個口號卻使他們丟棄團結而大打出手。

這場戰爭前後打了九年，那麼，整個西方大陸統一了嗎？沒有！那結果又是怎麼樣呢？各方俱敗，它把人類的堅韌精神打敗了；它把人類的創造力打敗了；它把人類的元氣打傷了；……它只是把一些想獨裁的個人，打得顯了原形。

外星人帶來了崩狗，他們死後，把這個物種扔在了「我們的星球」。

一個東方皇帝的「政治正確」，他造就了恐龍；一個西方皇帝提出的「大一統」口號，使人類失去了戰勝外星物種的機會！

在未來的六百年，人類成了恐龍排名第一的食物，想要命的躲不過，不想要命的拚不過，人類是有一個了不起的智慧，但離開了基本的團結，在如此特殊的環境下，他還是無法生存得了。

在超級恐懼下，人類還會激情的發揮本能嗎？是人類的繁衍快？還是恐龍的吞噬快？答案當然是肯定的！

是的，人類在這場戰爭後的六百年就全部被毀滅了，而恐龍，它們在大宇宙的星球中創造了一個記錄：一個動物類的物種，唯一一次主宰了一個人類的星球！

恐龍在之後，它們還在這個星球中存在了近一億年的時間。它們並在這個星球樂團中演化成了十二個恐怖的種類。

　　到了一個天堂認為已經無法忍受的時候，總於，可拉松出手了！

　　接下來，我們來聽聽那次可拉松在接回艾華和艾娃的回程中，他是怎麼向他們介紹說的內容。

　　「我們主要關注著兩個太陽系中的兩個星球，一顆是名叫烏拉希星球，另一顆就是「我們的星球」，它們是鄰近的太陽系，可是他們的文明程度足足相差了兩期。

　　烏拉希星球剛剛處於二期文明的初期，他們跟比較多的文明星球一樣，正在圍繞了人類與他們所發明製造的智能人進行著爭奪主宰的糾纏階段，這個星球的智能人，他們曾經在逆境中到過「我們的星球」，還在海洋裡建立過王朝。

　　而帶著寵物崩狗來的，才是那個星球的真正人類，這個時期是人類正走下坡階段。我們自然知道崩狗在「我們的星球」這特殊氣候環境會變成什麼失控的後果，但也就是這個人類的生存精神和堅韌不拔的勇氣感動我們和上帝，其實他們確實有不讓崩狗成為恐龍的機會，更有消滅恐龍的最佳時期，遺憾的是，他們都因為統治者的個人習性，而失去了。

　　在恐龍主宰了這麼久的時期，烏拉希星球的人類也以近億年的時間，跟智能人進行了最頑強的搏奕和戰爭，可惜的是，讓我們清晰的看到，人類已經無法取勝，因為智能的矽膠人，他們竟可以為人類設置文明的路線。

　　上帝說：「可拉松，就按你們的準備行動吧！把烏拉希星球連根拔起！

　　藤曉嫻命令『松級』中子萬極波，去攻擊哥傑斯黑洞一隅，我和曉之微把三顆氫星球引入了黑洞局部爆炸的區域。

　　這個爆炸的衝擊波把整個烏拉希星球毀滅了，星球成了宇宙非常多的隕石，它們正飛向各地，根據我的命令，其中有顆大隕石，直衝到了『我們的星球』，這就是我們準備好的行動，我們早就把這個行動命名為：乾坤風暴。

　　連環的地動山搖下，我們的目的當然會得以完美的達到！一切都歸平靜。」

　　在乾坤風暴後，這個美麗的星球還是出現過七次文明，但是，他們都沒有跨入初期的文明。也就在這六千七百萬年中，曾經有過十一波外星人到訪過，無害通過的則有八千八百零十一次。

　　在距今的十七萬年前，這個美麗的星球上來過十二個非常非常特殊的人物，他們乘坐「套套房」，徑直達到了我們的星球中。他們共來了四

美麗的地獄

個小時，他們一起去了星球的東北部和星球的西南部，他們在近距離看了艾華和艾娃他們八人。

是啊！這是由多麗多茜麗上帝親自率領的來訪人員，隨行者中有三位曾經出現在本部小說裡，他們是：可拉松的愛人滕曉嫻，還有兩位是，前斯可達星球的主政可拉，另一位是可拉松的母親可松麗。

「上帝親臨過地球？為什麼她還是沒有接回艾華和艾娃？」作者趕緊問敘述者。

「抱歉袁先生，我不能回答您，我只能告訴您一點，那是在一百四十億年前，上帝他們所親自設計的，這關乎到新宇宙的大目標。」敘述者又一次讓我覺得遺憾的說。

「斯可達，從故事中我得知，在之前的 104 次文明中，由天堂毀滅的人類有三次，（不包括毀滅恐龍）但我在聽完故事之後總有一種感覺：如果相比現在的地球，那三次文明都不應該被毀滅，我的真正意思是：依我想，地球上的人類是否該被毀滅？」我憋在心裡的問題終於問了出來。

「依您想？哈哈，袁先生，這自然不是標準，天堂自有標準！您真實想問的是：天堂會不會毀滅地球，是嗎？我的答案是肯定的。

不用對什麼都不滿，因為這裡依然還處在文明全局的地獄中。放心吧，袁先生，我也關注新聞，知道形勢和事態！對於殘害文明和殘害人類的人，天堂比人類還要清楚，他們的結果，我已經告訴過您。」他說完，皺了一下眉頭。

「斯可達，既然是有了肯定的答案，那麼我又要問：天堂能容下魔鬼的一片星球系，而且一直容到他們走到近第三期文明，那為什麼地球不行？難道地球的機會只有一千年的時間嗎？」既然問了，我也來個一吐為快。

「不不不！您誤會了，袁先生！這不是限時達到一期文明的時間，而是地球調整方向的時間。我告訴您，新宇宙已經沒有魔鬼星球系，之前能容忍它，是因為以它來容納宇宙的惡人，在舊宇宙，要懲處殘害文明和殘害人類的惡人有兩步，而在新宇宙已經不需要了，對於那些殘害者，只有一個：捏滅他們的靈魂，永世永恆的滅去他們。順此，我也可以告訴您，當時小藍星球的科學家們猜測得沒有錯，新宇宙的樣板區，就是必能到達天堂的地方，這也是天堂的新改變，可惜的是，在我們腳底下的星球，已經到達那裡的人們還不足兩千人！」敘述者斯可達以為太讓他們遺憾的結果，可使作者的內心大為興奮，這無疑才是活著的真正意義。

「斯可達，不久你就要離開了！我們師生一場，我有兩個不大不小的問題還想問你，請你不要再對我說：抱歉。」我執意想問他，所以這麼對他說。

「我們還有兩週可以相處，不過，我知道您現在想問的問題，我可以回答。」他微笑起來說。

「我們要向前走！這一百年裡應該走的最重要的一步是什麼？我從小到大，耳邊總聽到兩個單詞：左派和右派，那什麼才是中間派？」我問。

「答袁先生的第一個問題，一百年中，努力在行動上真正放棄和脫離封建制的意識和行為；答袁先生的第二個問題，在左右派中都沒有太激進的行為，這就是中間派；文明的進程，沒有特定的時間限制，穩重漫步的中間派確實有利文明的發展。

袁先生，好好生話吧，天堂跟宇宙有個最接近的標準，生活等於愉快！」他答說道。

「在你的故事中，有這麼多的戰爭情節，可天堂中就沒有，宇宙人類難道就避免不了戰爭嗎？」我趕緊追加了一個問題。

斯可達孩子大笑了起來，他回答說：「人類有太多解決不了的事情，而戰爭也確實能解決人類出現的問題，可惜的是：人類不知道什麼樣的戰爭是必須打的，而不能留給子孫！什麼樣的戰爭是可以避免的！」

這個回答內容表面聽起來很空洞，但我畢竟一直在聽他講述的故事內容，所以我聽後馬上豁然大笑了。

他大笑是因為我追加提問的「佔便宜」性格，我大笑，是因為他最樸實的回答中，也藏著深層的義含和內容。

後面兩週的議題才可能是最重要的。

是啊！又該到了去解決問題的時候了！

不能避免！

他一定會離開的。

我從他那裡學到了這個動作：雙臂向前，擊掌三下，雙手退到雙肩，掌背向外。

等到再見斯可達時，我還想用這個動作去迎接他！

美麗的地獄

亦良
2016 － 2023
Don'twantmore?doraksann.cf/no

第三部　美麗的「地獄」

國家圖書館出版品預行編目資料

美麗的地獄 / 袁亦良著 . -- 初版 . -- 臺北市：博客思出版事業網，
2024.11
面； 公分
ISBN 978-986-0762-97-6(平裝)

863.57 113011202

現代小說 12

美麗的地獄

作　　者：袁亦良
主　　編：楊容容
編　　輯：陳勁宏
美　　編：陳勁宏
校　　對：楊容容　古佳雯　施羽松
封面設計：陳勁宏
出　　版：博客思出版事業網
地　　址：臺北市中正區重慶南路 1 段 121 號 8 樓之 14
電　　話：(02) 2331-1675 或 (02) 2331-1691
傳　　真：(02) 2382-6225
E - MAIL：books5w@gmail.com 或 books5w@yahoo.com.tw
網路書店：http：//5w.com.tw/
　　　　　https：//www.pcstore.com.tw/yesbooks/
　　　　　https：//shopee.tw/books5w
　　　　　博客來網路書店、博客思網路書店
　　　　　三民書局、金石堂書店
經　　銷：聯合發行股份有限公司
電　　話：(02) 2917-8022　　　傳真：(02) 2915-7212
劃撥戶名：蘭臺出版社　　　　帳號：18995335
香港代理：香港聯合零售有限公司
電　　話：(852) 2150-2100　　　傳真：(852) 2356-0735
出版日期：2024 年 11 月 初版
定　　價：新臺幣 450 元整（平裝）
I S B N： 978-986-0762-97-6